C. J. Sansom

C.J. Sansom est né en Angleterre en 1952 et vit dans le Sussex.
Passionné par la littérature et diplômé d'histoire, il quitte sa profession d'avocat en 2000 pour se consacrer pleinement à l'écriture. S'appuyant sur des recherches approfondies, il écrit *Dissolution* (Belfond, 2003), projet qui lui tient à cœur depuis de nombreuses années et pour lequel il fut finaliste du prix Ellis Peters du roman historique décerné par la prestigieuse Crime Writers' Association.
Les Larmes du diable, son deuxième roman est paru en février 2005 aux éditions Belfond.

DISSOLUTION

DU MÊME AUTEUR
CHEZ POCKET

LES LARMES DU DIABLE

C. J. SANSOM

DISSOLUTION

Traduit de l'anglais
par Georges-Michel Sarotte

BELFOND

Titre original :
DISSOLUTION
publié par Viking Penguin, a member of Penguin Group
(USA) Inc., New York

Ce livre est une œuvre de fiction. Les noms, les personnages, les lieux et les événements sont le fruit de l'imagination de l'auteur ou utilisés fictivement, et toute ressemblance avec des personnes réelles, vivantes ou mortes, des établissements d'affaires, des événements ou des lieux serait pure coïncidence.

ISBN 978-2-266-14760-6

Aux membres du cercle d'écriture :
Jan, Luke, Mary, Mike B, Mike H, Roz, William
et surtout Tony, notre source d'inspiration. Le creuset.
Et aussi à Caroline.

Obédienciers (administrateurs) du monastère de Saint-Donatien-l'Ascendant à Scarnsea, Sussex, 1537

ABBÉ FABIAN
Abbé du monastère, élu à vie par les frères.

FRÈRE EDWIG
Économe. Chargé des finances du monastère sous toutes leurs formes.

FRÈRE GABRIEL
Sacristain et maître de chapelle. Chargé de l'entretien et
de la décoration de l'église, ainsi que de la musique.

FRÈRE GUY
Infirmier. Chargé de la santé des moines. Autorisé à prescrire des médicaments.

FRÈRE HUGH
Intendant. Chargé des affaires domestiques du monastère.

FRÈRE JUDE
Pitancier. Chargé du paiement des factures du monastère, du salaire des moines et des gages des serviteurs, ainsi que de la distribution des aumônes.

FRÈRE MORTIMUS
Prieur. Second de l'abbé Fabian. Chargé de la discipline et de la bonne conduite des moines. Également en charge des novices.

[illegible]
[illegible] de [illegible]
[illegible]

Frère [illegible]
Aide du [illegible] [illegible]

Frère [illegible]
[illegible] Chargé des finances du monastère sous toutes leurs formes.

Frère [illegible]
Organiste et maître de chapelle. Chargé de l'exécution [illegible]

[illegible] de la décoration de l'église, ainsi que de la musique [illegible]

Frère Guy
Infirmier. Chargé de laver les morts. Habilité à prescrire des médicaments.

Frère Hugh
Intendant. Chargé des affaires domestiques du monastère.

Frère [illegible]
Portier. Chargé de [illegible] du monastère, du salut des [illegible] et des [illegible] des [illegible] ainsi que de la distribution des aumônes.

Frère [illegible]
Prieur. Second de l'abbé [illegible]. Chargé de la discipline et de la bonne conduite des moines. Également en charge des novices.

1

Je me trouvais dans le Surrey, en mission pour les services de lord Cromwell, quand me parvint la convocation. Les terres d'un monastère dissous avaient été accordées à un membre du Parlement dont Cromwell avait besoin, mais les titres de propriété de certains bois avaient disparu. Je n'avais guère eu de mal à les découvrir et, sur l'invitation du député, j'étais ensuite resté quelques jours de plus dans sa famille. J'avais apprécié ce bref repos, et contemplé la chute des dernières feuilles avant de retourner à Londres et à ma pratique. Sir Stephen ayant une toute nouvelle et splendide demeure de brique aux agréables proportions, je lui avais proposé d'en faire un dessin, mais n'avais encore exécuté que quelques esquisses préliminaires lorsque le cavalier se présenta.

Le jeune homme venait de Whitehall. Il arriva à l'aube, après avoir chevauché toute la nuit. L'ayant reconnu comme l'un des messagers particuliers de lord Cromwell, je brisai le sceau du premier ministre avec inquiétude. La missive émanait de Grey, son secrétaire, et m'annonçait que lord Cromwell me convoquait de toute urgence à Westminster.

La perspective de rencontrer mon protecteur, de lui parler et de le voir, au siège du pouvoir où il se trouvait désormais, m'aurait jadis transporté de joie, mais durant l'année écoulée j'avais commencé à me lasser. De la politique, du droit, de la fourberie des hommes et de leurs chicaneries sans fin. Et j'étais malheureux du fait que le nom de lord Cromwell, encore plus que celui du roi, suscitât la peur en tout lieu. On disait à Londres qu'à la seule évocation de sa venue les bandes de mendiants s'évanouissaient comme par enchantement. Ce n'était pas le monde que nous, les jeunes réformateurs, avions voulu créer durant nos interminables dîners chez l'un ou chez l'autre. Nous avions naguère cru avec Érasme que la foi et la charité suffiraient à régler les différends religieux surgissant entre les hommes. Mais au début de cet hiver 1537 la rébellion s'était ensuivie, ainsi qu'un nombre croissant d'exécutions et d'âpres luttes pour accaparer les propriétés des monastères.

Comme il n'avait pas beaucoup plu cet automne-là, les routes étaient encore bonnes. Si bien que, même si mon infirmité m'empêchait de galoper à fond de train, j'atteignis Southwark dès le milieu de l'après-midi. Après un mois passé à la campagne, Chancery, mon bon vieux cheval, était comme moi gêné par le bruit et les odeurs. Au moment où j'approchai du London Bridge, je détournai le regard de l'arche du pont, hérissée de hautes perches sur lesquelles étaient plantées les têtes, picotées par les mouettes tourbillonnantes, des hommes exécutés pour trahison. De tempérament délicat, je ne supporte même pas les combats d'ours et de chiens.

Comme d'habitude, le magnifique pont était bourré de monde. Beaucoup de marchands étaient en noir, car ils portaient le deuil de la reine Jeanne, morte en couches deux semaines plus tôt. Les commerçants vantaient leurs marchandises au rez-de-chaussée des bâtiments, construits si près du bord qu'on avait l'impression qu'ils risquaient de basculer dans le fleuve d'un moment à l'autre. À l'étage, des femmes rentraient leur linge propre, des nuages assombrissant le ciel à l'ouest. S'interpellant ou échangeant des ragots, elles me rappelaient, vu mon humeur mélancolique, des corbeaux croassant dans un arbre gigantesque.

Je soupirai en me souvenant des tâches à effectuer. C'était en grande partie grâce à la protection de lord Cromwell qu'à moins de trente-cinq ans j'avais un cabinet d'avocat prospère et une belle maison toute neuve. Et travailler pour lui signifiait œuvrer pour la Réforme, accomplir une mission divine. C'est ce que je croyais encore alors. Cette convocation devait être importante, puisqu'en général c'était Grey qui indiquait le travail dont lord Cromwell nous chargeait. Cela faisait deux ans que je n'avais pas rencontré le premier secrétaire et vicaire général, comme on l'appelait désormais. Secouant les rênes, je menai Chancery à travers la foule des voyageurs, marchands, coupeurs de bourses et aspirants courtisans. Puis nous pénétrâmes dans la grande marmite londonienne.

✝

Tandis que je descendais la pente de Ludgate Hill, j'aperçus un étal débordant de pommes et de poires. Je mis pied à terre pour en acheter afin d'apaiser ma faim. Alors que je faisais manger une pomme à Chancery, je remarquai, dans une ruelle adjacente, un groupe d'une trentaine de personnes chuchotant fébrilement devant une taverne. Était-ce un nouvel apprenti illuminé qui se prenait pour un prophète après une lecture erronée de la nouvelle traduction de la Bible ? Dans ce cas, il avait intérêt à se méfier du guet.

Deux personnes mieux mises se tenaient aux abords

de la foule. Je reconnus William Pepper, avocat près la Cour des augmentations, à côté d'un jeune homme portant un pourpoint à crevés aux couleurs criardes. Curieux, évitant le caniveau plein d'urine, je conduisis Chancery sur les pavés dans leur direction. Lorsque je parvins à sa hauteur, Pepper me découvrit.

« Tiens, tiens ! Shardlake ! Ça m'a manqué tout ce trimestre de ne pas te voir trotter partout de cour en cour. Où étais-tu passé ? » Il se tourna vers son compagnon. « Permets-moi de te présenter Jonathan Mintling, frais émoulu de l'École de droit et bienheureuse nouvelle recrue de la Cour des augmentations. Jonathan, je vous présente messire Matthew Shardlake, le bossu le plus brillant des tribunaux anglais. »

Je m'inclinai devant le jeune homme, sans relever la référence grossière à mon infirmité. J'avais eu raison de Pepper à la barre peu de temps auparavant et une langue d'avocat est toujours prompte à la vengeance.

« Que se passe-t-il ici ? » demandai-je.

Il éclata de rire.

« Il y a une femme à l'intérieur qui affirme posséder un oiseau des Indes sachant converser aussi bien qu'un Anglais. Elle va l'amener dehors. »

La rue descendant vers la taverne, je pouvais assez bien observer la scène malgré ma petite taille. Une vieille femme corpulente, vêtue d'une robe crasseuse, apparut sur le seuil. Elle portait une barre de métal reposant sur un trépied. Perché sur une tige transversale se trouvait l'oiseau le plus bizarre que j'eusse jamais vu. Plus gros que la plus grosse corneille, il possédait un court bec se terminant par un terrible crochet et un plumage rouge et or si brillant que, se détachant sur le gris sale de la rue, il éblouissait presque les yeux. La foule fit cercle.

« Ne vous approchez pas davantage ! s'écria la

vieille femme d'une voix suraiguë. J'ai fait sortir Tabitha, mais elle n'ouvrira pas le bec si vous vous bousculez trop près d'elle.

— On veut l'entendre parler ! lança quelqu'un.

— Je veux être payée pour mes peines ! hurla sans vergogne la vieille commère. Tabitha ne parlera que si vous jetez tous un liard à ses pieds !

— C'est sans doute une ruse », se moqua Pepper, tout en jetant lui aussi son quart de penny au pied de la barre.

La vieille femme ramassa les pièces dans la boue avant de s'adresser à l'oiseau.

« Tabitha, cria-t-elle, dis : "Vive le roi Henri ! Une messe pour la malheureuse reine Jeanne !" »

L'oiseau parut ne faire aucun cas de sa demande. Il s'agitait sur ses pattes écailleuses tout en fixant la foule d'un œil vitreux. Puis il cria soudain, d'une voix fort semblable à celle de la femme : « Vive le roi Henri ! Une messe pour la reine Jeanne ! » Les spectateurs du premier rang se reculèrent spontanément d'un pas et des bras se levèrent pour faire le signe de la croix. Pepper siffla.

« Que dis-tu de ça, Shardlake ?

— Je n'en sais rien. Il y a sûrement quelque astuce.

— Recommencez ! s'écria l'un des plus hardis. Refaites-le !

— Tabitha, dis : "Mort au pape ! Mort à l'évêque de Rome !"

— Mort au pape ! À l'évêque de Rome ! Dieu protège le roi Henri. » Les badauds étouffèrent un cri d'effroi. L'oiseau étendit les ailes. Je vis qu'il ne volerait jamais plus car on les lui avait sans pitié coupées à moitié. Il enfouit son bec crochu dans sa poitrine et commença à se lisser les plumes.

« Si vous voulez entendre la suite, rendez-vous sur

le parvis de Saint-Paul demain ! lança la commère. Dites à tout le monde que vous savez que Tabitha, l'oiseau parlant des Indes, sera là à midi. Rapporté du Pérou où des centaines d'oiseaux similaires bavardent à qui mieux mieux dans une immense ville nichée dans les arbres ! » Et sur ce, s'arrêtant un bref instant pour ramasser deux pièces qu'elle n'avait pas vues plus tôt, la vieille prit le perchoir et disparut à l'intérieur de la taverne, l'oiseau agitant frénétiquement ses ailes tronquées pour garder l'équilibre.

La foule se dispersa en chuchotant tant et plus. Je fis remonter la ruelle à Chancery, flanqué de Pepper et de son ami.

Pepper avait perdu de sa superbe.

« On dit des merveilles de ce Pérou conquis par les Espagnols. J'ai toujours pensé qu'on ne pouvait croire la moitié des fables venant des Indes, mais ça, par Notre-Dame !

— C'est une ruse, rétorquai-je. Tu n'as pas vu les yeux de l'oiseau ? On n'y percevait pas la moindre lueur d'intelligence. Et la façon dont il s'est arrêté de parler pour se nettoyer les plumes...

— Mais il a parlé, monsieur, dit Mintling. On l'a entendu.

— On peut parler sans comprendre. Et si l'oiseau ne fait que répéter les paroles de la vieille, réagissant comme le chien qui répond à l'appel de son maître ? Il paraît que certains geais possèdent cette faculté. »

Ayant atteint le bout de la ruelle, nous nous arrêtâmes. Pepper fit un large sourire.

« Il est certes vrai que les fidèles répondent sans les comprendre aux momeries en latin des prêtres. »

Je haussai les épaules. Cette sorte de sentiments à propos de la messe en latin n'étant pas encore orthodoxe, je refusais de me laisser entraîner dans un débat théologique.

Je leur fis un salut.

« Eh bien ! je crains de devoir vous quitter. Je suis convoqué par lord Cromwell à Westminster. »

Le jeune homme eut l'air impressionné et Pepper chercha à ne pas sembler l'être. Avec un petit sourire en coin, j'enfourchai Chancery et me mêlai à nouveau à la cohue. Les avocats étant les pires colporteurs de ragots que Dieu ait placés sur cette terre, cela ne ferait pas de mal aux affaires que Pepper racontât au palais de justice que j'avais été reçu en audience privée par le premier secrétaire. Mais mon plaisir fut de courte durée, car, comme je longeais Fleet Street, de grosses gouttes commencèrent à tomber sur la rue poudreuse et, lorsque je passai sous Temple Bar[1], poussée par un vent violent, une forte pluie me fouettait le visage. Je relevai le capuchon de mon manteau, le maintenant serré pour me protéger de la bourrasque.

✝

Au moment où j'arrivai au palais de Westminster, des nappes de pluie torrentielle se plaquaient contre moi en rafales. Les rares cavaliers que je croisais se recroquevillaient eux aussi dans leurs manteaux et nous nous plaignions de concert du déluge qui nous trempait jusqu'aux os.

Le roi l'ayant abandonné quelques années plus tôt pour son magnifique nouveau palais de Whitehall, celui de Westminster n'était dorénavant utilisé que pour abriter les tribunaux. La Cour des augmentations, où travaillait Pepper, était une nouvelle création, instaurée pour s'occuper des biens des maisons religieuses de moindre importance dissoutes l'année précédente. Lord Cromwell et son entourage croissant y avaient

1. La barrière du Temple.

aussi leurs bureaux. C'était donc un endroit très peuplé.

D'habitude, la cour grouillait d'hommes de loi en noir occupés à discuter à propos de parchemins, ainsi que d'agents de l'État palabrant ou complotant dans des recoins tranquilles. Mais ce jour-là elle était presque vide, la pluie ayant poussé tout le monde à l'intérieur. Seuls quelques hommes mal vêtus, dépenaillés, trempés de la tête aux pieds, se blottissaient sous le porche de la Cour des augmentations : d'anciens moines des établissements dissous venus supplier qu'on leur accorde les bénéfices séculiers que la loi leur avait promis. L'employé de service devait être parti ailleurs, peut-être était-ce messire Mintling. Un vieillard au visage fier portait toujours le froc des cisterciens, la pluie ruisselant de son capuchon. Le port de cet habit dans les bureaux de lord Cromwell ne l'aiderait guère.

Les anciens moines avaient en général la mine penaude, mais ce groupe-là regardait d'un air horrifié des rouliers décharger de grands chariots et en empiler le contenu contre les murs, maudissant la pluie qui leur dégoulinait dans les yeux et dans la bouche. Je crus d'abord qu'ils apportaient du bois pour le feu des employés, mais, lorsque j'arrêtai Chancery, je vis qu'il s'agissait de châsses au couvercle de verre, de statues en bois ou en plâtre, ainsi que de grandes croix de bois, finement sculptées et décorées. C'étaient sans doute des reliques et des images enlevées aux monastères dissous et dont nous, les tenants de la Réforme, voulions voir cesser l'adoration. Descendues de leur piédestal et entassées sous la pluie, elles étaient enfin dépouillées de leur pouvoir. Réprimant une bouffée de pitié, après un morne signe de tête au groupe de moines, je fis passer Chancery sous la voûte interne.

✝

Parvenu aux écuries, je me séchai avec une serviette fournie par le palefrenier, puis pénétrai dans le palais. Je montrai la lettre de lord Cromwell au garde, lequel, portant bien haut sa hallebarde étincelante, me conduisit de la zone publique au dédale des corridors intérieurs.

Il me fit franchir une grande porte flanquée de deux autres gardes et je me retrouvai dans une salle longue et étroite, illuminée de bougies. Cette ancienne salle des banquets contenait désormais d'un bout à l'autre des rangées de pupitres sur lesquels des commis vêtus de noir triaient des monceaux de correspondance. Un premier clerc, grassouillet et de courte taille, les doigts noircis par l'encre de nombreuses années d'écriture, s'avança vers moi avec empressement.

« Messire Shardlake ? Vous êtes en avance. » Je me demandai comment il m'avait reconnu, mais je compris qu'on lui avait annoncé un bossu.

« Le temps s'est montré clément... jusqu'à ces derniers instants. » Je jetai un coup d'œil à mes hauts-de-chausses détrempés.

« Le vicaire général m'a enjoint de vous conduire à lui dès votre arrivée. »

Il me fit traverser la salle, passer devant les commis qui s'activaient dans un bruissement de papiers, leurs bougies vacillant dans le courant d'air créé par notre passage. Je me rendis compte de l'étendue du réseau tissé par mon maître. Les commissaires ecclésiastiques et les magistrats locaux, chacun assisté de son propre réseau d'informateurs, avaient ordre de signaler la moindre rumeur de mécontentement ou de trahison. On se livrait alors à une enquête judiciaire extrêmement rigoureuse et d'année en année les sanctions devenaient plus sévères. Une révolte contre les changements religieux s'était déjà produite. Une autre risquait d'ébranler le royaume.

Le clerc s'arrêta devant une grande porte s'ouvrant au bout de la salle. Il me pria d'attendre, frappa et entra en faisant un profond salut.

« Messire Shardlake, Votre Seigneurie. »

✝

Contrairement à la salle des secrétaires, le bureau de lord Cromwell était fort sombre. Par ce lugubre après-midi, un seul petit chandelier était allumé à côté de la table de travail. Alors que la plupart des hauts personnages de l'État auraient fait tendre leurs murs des plus somptueuses tapisseries, les siens étaient couverts du sol au plafond de placards contenant des centaines de tiroirs. La pièce était encombrée de tables et de coffres jonchés de rapports et de listes. Un grand feu de bûches flambait dans une vaste cheminée.

Je ne le vis pas tout de suite. Puis, près d'une table tout au bout de la pièce, je discernai sa silhouette trapue. Il tenait à la main un coffret dont il étudiait l'intérieur, le sourcil froncé et en faisant la moue, la lèvre mince de sa grande bouche pendant au-dessus de son menton en galoche. Dans cette position, sa mâchoire évoquait un terrible piège susceptible de s'ouvrir à tout moment et de ne faire de vous qu'une bouchée. Il se tourna vers moi et, changeant de mine avec sa rapidité et son aisance habituelles, me sourit d'un air affable tout en me saluant d'un geste de la main. Je fis une profonde révérence en grimaçant, car j'avais le dos roide après ma longue chevauchée.

« Approchez, Matthew ! » La voix grave et gutturale était accueillante. « Vous avez fait du bon travail à

Croydon. Je suis content que l'affaire compliquée de Black Grange soit résolue.

— Merci, Votre Seigneurie. » M'approchant, je remarquai la chemise noire sous la robe aux parements de fourrure. Il intercepta mon regard.

« Vous êtes au courant de la mort de la reine, n'est-ce pas ?

— Oui, Votre Seigneurie, et j'en suis désolé. » Je savais qu'après l'exécution d'Anne Boleyn il avait lié son sort à celui de Jeanne Seymour et de sa famille.

« Mmm ! Le roi est désemparé. »

J'abaissai le regard vers la table. Je fus surpris d'y voir empilés un grand nombre de coffrets de diverses tailles. Apparemment tous en or et en argent. Beaucoup étaient incrustés de joyaux. À travers le verre ancien piqué, j'apercevais, placés sur des coussinets de velours, des bouts de tissu et des fragments d'os. Le reliquaire que lord Cromwell tenait encore à la main contenait un crâne d'enfant. Lorsqu'il le secoua des deux mains, quelques-unes des dents déchaussées s'entrechoquèrent. Le vicaire général fit un sourire sinistre.

« Cela devrait vous intéresser. Il s'agit de reliques qu'on a signalées tout particulièrement à mon attention. » Il posa le coffret sur la table et désigna une inscription latine sur le devant. « Regardez ça ! »

« *Barbara sanctissima* », lus-je. J'examinai la relique. Quelques cheveux restaient accrochés au crâne.

« C'est le crâne de sainte Barbara, expliqua Cromwell en frappant le reliquaire de la paume de la main. Une jeune vierge tuée par son père païen à l'époque romaine. Il vient d'un prieuré clunisien de Leeds. C'est une très sainte relique. » Il se pencha pour prendre un coffret en argent apparemment incrusté d'opales. « Et voici... le crâne de sainte Barbara qui vient du couvent de Boxgrove dans le Lancashire. » Il rugit de rire. « On dit qu'aux Indes il y a des dragons à deux têtes. Eh bien ! nous, nous avons des saintes bicéphales.

— Seigneur Dieu ! m'écriai-je en contemplant les deux crânes. À qui pouvaient-ils bien appartenir ? »

Il s'esclaffa derechef et me donna une forte claque sur le bras.

« Ah ! voilà bien mon Matthew. Il veut trouver une réponse à tout. C'est justement de cet esprit curieux que j'ai besoin aujourd'hui. Mon représentant à York pour la Cour des augmentations déclare que le coffret en or est de style romain. Quoi qu'il en soit, il sera fondu dans le fourneau de la Tour comme tous les autres et les crânes échoueront sur le tas de fumier. Les hommes ne doivent pas adorer des ossements.

— Il y en a tant... » Je regardai par la fenêtre. La pluie tombait toujours à verse, balayant la cour, sans que les hommes interrompent leur déchargement. Lord Cromwell traversa la pièce et regarda dehors lui aussi. Bien que, en tant que nouveau pair du royaume, il fût désormais autorisé à porter la pourpre, il s'habillait toujours de la même façon que moi, portant la robe et la toque noires des hommes de loi et des commis de l'État. La toque était en velours de soie, cependant, et la robe était doublée de castor. Je notai que ses longs cheveux châtains s'étaient teintés de gris.

« Il faut que je fasse mettre ces choses à l'abri, dit-il. Elles doivent rester au sec. La prochaine fois que je brûlerai un traître papiste, j'ai l'intention d'utiliser une partie de ce bois. » Il se tourna vers moi, un sourire cynique aux lèvres. « Alors les gens constateront qu'utiliser les images vénérées par l'hérétique ne l'empêche pas le moins du monde de hurler de douleur et que Dieu n'éteint pas le bûcher pour autant. » Changeant à nouveau d'expression, il se rembrunit. « Bon, venez vous asseoir. On a des affaires à régler. » Il s'installa derrière son bureau et d'un geste brusque m'indiqua un siège en face de lui. Un élancement dans le dos me fit faire la grimace.

« Vous paraissez fatigué, Matthew. » Ses grands yeux marron me fixèrent avec attention. Comme celle de son visage, leur expression variait constamment et elle était devenue glaciale.

« Un peu. La chevauchée a été longue. » Je jetai un coup d'œil à son bureau. Il était couvert de documents dont certains étaient cachetés avec le sceau royal scintillant dans la lumière des bougies. Deux petits coffrets en or semblaient servir de presse-papiers.

« Heureusement que vous avez trouvé les titres de propriété concernant les bois ! dit-il. Sans ça, l'affaire aurait pu traîner dans les tribunaux pendant des années.

— L'ancien économe du monastère les avait en sa possession. Il les avait emportés après la dissolution de l'établissement. Apparemment, les villageois souhaitaient faire des bois une terre communale. Sir Richard soupçonnait un concurrent du coin mais je me suis d'abord adressé à l'économe, puisqu'il devait les avoir détenus en dernier.

— Bien. C'était logique.

— Je l'ai retrouvé dans l'église du village dont il était devenu le pasteur. Il a vite reconnu les avoir gardés et me les a rendus.

— À n'en pas douter, les villageois avaient dû payer l'ancien moine. L'avez-vous remis au juge de paix ?

— Non, il ne s'était pas fait payer. Je crois qu'il voulait seulement aider les villageois dont les terres sont arides. J'ai préféré ne pas créer de remous. »

Les traits de lord Cromwell se durcirent et il se cala dans son fauteuil.

« Il avait commis un délit, Matthew. Vous auriez dû

le faire arrêter pour que cela serve d'exemple aux autres. J'espère que vous n'êtes pas en train de mollir. En ce moment, j'ai besoin d'hommes de forte trempe à mon service, Matthew, des hommes impitoyables. » Son visage était soudain empreint de la colère que j'avais déjà notée chez lui la première fois où je l'avais rencontré, dix ans plus tôt. « Nous ne vivons pas dans l'Utopie de Thomas More, dans une nation peuplée d'innocents sauvages n'attendant que la parole de Dieu pour que leur bonheur soit complet. Nous vivons dans un royaume violent, confit dans la corruption d'une Église décadente.

— Je sais.

— Les papistes vont faire tout leur possible pour nous empêcher de bâtir la communauté chrétienne. C'est pourquoi, par le sang du Christ, j'utiliserai tous les moyens nécessaires pour les anéantir.

— Je suis désolé d'avoir commis une erreur de jugement.

— D'aucuns affirment que vous vous relâchez, en effet, reprit-il d'un ton calme. Que vous manquez d'ardeur et de zèle au service de Dieu, et même peut-être de loyauté. »

Lord Cromwell avait la faculté de vous fixer sans ciller jusqu'à ce qu'on soit contraint de baisser le regard. Quand on le relevait, on découvrait que les yeux marron perçants vous scrutaient toujours. Je sentis mon cœur cogner dans ma poitrine. Je m'étais efforcé de garder pour moi mes doutes et ma lassitude. J'étais certain de ne les avoir révélés à personne.

« Votre Seigneurie, je suis toujours autant contre la papauté. » Tout en prononçant ces paroles, je ne pouvais m'empêcher de penser à tous ceux qui, interrogés sur leur loyauté, avaient dû lui faire cette réponse. Un frisson de terreur me secoua. Je pris plusieurs profondes inspirations pour me calmer, espérant qu'il ne s'apercevrait pas de mon émoi. Après quelques instants, il hocha lentement la tête.

« J'ai une mission pour vous, digne de vos talents. L'avenir de la Réforme peut dépendre de vous. »

Il se pencha en avant, prit un petit coffret et le maintint en l'air. À l'intérieur, au centre d'une colonne d'argent finement ciselée, se trouvait une fiole de verre contenant une poudre rouge.

« Voici, fit-il d'un ton calme, le sang de saint Pantaléon, écorché vif par les païens. Cela vient du Devon. Le jour de sa fête, ce sang était réputé se liquéfier. Des centaines de personnes accouraient chaque année, rampant à quatre pattes et payant pour jouir du privilège de contempler le miracle. Mais regardez ! » Il retourna le coffret. « Vous voyez ce petit trou au dos ? Un autre trou était percé dans le mur à l'endroit où le reliquaire était placé et un moine muni d'une pipette instillait des gouttelettes d'eau colorée dans la fiole. Et alors, voici que le sang sacré, ou plutôt la terre d'ombre brûlée, se liquéfie... »

Je me penchai en avant, passant le doigt sur l'orifice. « J'ai entendu parler de ce genre de supercherie.

— Voilà en quoi consiste le monachisme. Tromperie, idolâtrie, cupidité, et fidélité secrète à l'évêque de Rome. » Il retourna la relique, faisant s'écouler de minuscules paillettes rouges. « Les monastères sont un chancre niché au cœur du royaume et je vais l'extirper.

— On a déjà commencé à le faire. Les monastères de moindre importance ont été mis à bas.

— On a à peine gratté la surface. Bien que cela ait rapporté un peu d'argent, assez pour aiguiser l'appétit du roi et l'inciter à s'emparer des grands établissements, ceux où se trouve la vraie fortune. Ils sont six cents et possèdent un sixième de la richesse du pays.

— Autant que ça ?

— Oh oui ! opina-t-il. Mais après la révolte de l'hiver dernier, lorsque vingt mille rebelles ont campé sur le Don pour exiger qu'on leur rende leurs monastères, je dois agir avec prudence. Le roi ne veut plus de restitutions forcées, et il a raison. Ce qu'il me faut, Matthew, ce sont des restitutions *volontaires*.

— Mais ils ne vont sûrement pas... »

Il fit un sourire rusé.

« Il n'existe pas qu'une seule façon de tuer un cochon. Bon. Écoutez bien, car ce que je vais vous dire est confidentiel. » Il se pencha en avant et parla d'un ton calme mais ferme.

« Lorsque j'ai fait inspecter les monastères, il y a deux ans, je me suis assuré qu'était minutieusement noté tout ce qui pouvait leur porter préjudice. » Il fit un signe de tête en direction des tiroirs tapissant les murs. « Tout se trouve là : sodomie, fornication, prêches séditieux. Biens vendus en catimini. Et j'ai désormais de plus en plus d'informateurs au sein même des monastères. » Il eut un rictus sinistre. « J'aurais pu faire exécuter une dizaine d'abbés à Tyburn, mais j'ai préféré attendre, augmenter la pression en leur envoyant de nouvelles injonctions impératives. Je les terrorise. » Le sourire aux lèvres, il lança soudain la relique en l'air, la rattrapa et la reposa parmi ses documents.

« J'ai persuadé le roi de me laisser choisir une dizaine de maisons sur lesquelles exercer une pression toute particulière. Ces deux dernières semaines, j'ai dépêché des hommes triés sur le volet pour offrir aux abbés le choix entre, d'une part, la restitution volontaire en échange d'une pension pour tous, notamment pour les abbés qui en recevraient une particulièrement conséquente, et les poursuites judiciaires d'autre part.

Par exemple, Lewes et ses prêches séditieux, Titchfield, où le prieur a envoyé des renseignements de tout premier choix sur ses frères, ou encore Peterborough... Une fois que j'en aurai incité quelques-uns à céder de leur plein gré, les autres comprendront que les jeux sont faits et partiront sans demander leur reste. J'ai suivi les négociations de près, et tout se déroulait sans anicroche. Jusqu'à hier. » Il prit une lettre sur le bureau. « Avez-vous entendu parler du monastère de Scarnsea ?

— Non, Votre Seigneurie.

— Rien de plus normal. C'est un monastère de bénédictins situé dans un vieux port de la Manche envasé, à la frontière entre le Kent et le Sussex. Il y a des antécédents de vice et, selon le juge de paix du coin, qui est des nôtres, l'abbé vend des terres à bas prix. J'ai envoyé Robin Singleton la semaine dernière pour voir ce qu'il pouvait dénicher.

— Je connais Singleton. Je me suis opposé à lui dans le prétoire. C'est un homme énergique. » J'hésitai. « Ce n'est peut-être pas le meilleur juriste.

— En effet. Mais ce qui m'intéressait c'était son énergie. Il y avait peu de preuves tangibles et je souhaitais voir ce qu'il pouvait les forcer à avouer. Je l'ai fait accompagner d'un expert en droit canon, un vieux réformateur de Cambridge du nom de Lawrence Goodhaps. » Il fouilla dans ses papiers et me tendit une lettre. « Elle est de Goodhaps et est arrivée hier matin. »

Il s'agissait d'un gribouillis serré, tracé sur une feuille de papier arrachée à un registre.

Votre Seigneurie,

Je vous écris en toute hâte et vous fais parvenir

cette missive par un gamin du village car je n'ose faire confiance à aucune personne d'ici. Mon maître Singleton a été lâchement et atrocement assassiné en plein monastère. On l'a retrouvé ce matin dans la cuisine, gisant dans une mare de sang, la tête tranchée. Le meurtre a dû être perpétré par un grand ennemi de Votre Seigneurie, mais tous ici nient en être l'auteur. L'église a été profanée et la grande relique aux ongles ensanglantés du bon larron a disparu. J'ai signalé les faits au juge Copynger, et nous avons adjuré l'abbé de garder le silence. Nous craignons que la nouvelle ne se répande à l'extérieur du monastère.

Je prie Votre Seigneurie de m'envoyer de l'aide et de m'indiquer la marche à suivre.

Lawrence Goodhaps.

« Un commissaire a été assassiné ?

— Apparemment. Le vieil homme semble terrifié.

— Mais si l'assassin est un moine, cela entraînera à coup sûr la ruine du monastère. »

Cromwell opina de la tête.

« Je sais. C'est sans doute quelque fou cloîtré qui nous déteste plus qu'il ne nous craint. Mais voyez-vous les implications ? Je cherche à faire un précédent de la reddition de ces monastères. Les lois anglaises et les coutumes du royaume sont fondées sur des précédents.

— Et il s'agit là d'un autre genre de précédent...

— Justement ! L'autorité du roi mise à bas. Littéralement abattue. Le vieux Goodhaps a eu raison de ne pas ébruiter l'affaire. Si la rumeur se répandait, pensez aux idées que cela donnerait aux fanatiques et aux fous de toutes les maisons religieuses du pays.

— Le roi est-il au courant ? »

Il fixa derechef sur moi un regard dur.

« Si je lui en parlais, cela déclencherait une véritable explosion. Nul doute qu'il enverrait des soldats et ferait pendre l'abbé à son clocher. Et cela signifierait la fin de ma stratégie. Je dois résoudre ce problème rapidement et dans le plus grand secret. »

Je voyais où il voulait en venir. Je m'agitai sur mon siège, car mon dos me faisait souffrir.

« Matthew, je veux que vous vous rendiez sur les lieux de toute urgence. Je vous accorde tous les pouvoirs sous mon autorité de vicaire général. Vous pourrez donner tout ordre et vous procurer tout accès.

— Cette mission ne serait-elle pas mieux effectuée par un commissaire expérimenté, Votre Seigneurie ? Je n'ai jamais traité avec les moines de manière officielle.

— Vous avez été élevé par eux. Vous connaissez leurs usages. Mes commissaires sont des hommes redoutables, mais ils ne jouissent pas d'une réputation de finesse, et cette tâche requiert doigté et délicatesse. Vous pouvez faire confiance au juge Copynger. Je ne l'ai jamais rencontré mais nous avons correspondu. C'est un réformateur zélé. Mais à part lui personne ne doit être au courant. Dieu soit loué ! Singleton n'a pas de famille et nous n'allons pas être harcelés par des parents. »

Je pris une profonde inspiration.

« Que savons-nous de ce monastère ? »

Il ouvrit un grand livre. Je reconnus un exemplaire du *Comperta*, le rapport sur les inspections des monastères effectuées deux ans plus tôt, dont les parties les plus juteuses avaient été lues au Parlement.

« Il s'agit d'un important établissement roman, bien pourvu de terres et doté de beaux bâtiments. Il comprend seulement trente moines mais pas moins de soixante serviteurs. En bénédictins typiques, ils se soignent très bien. Selon l'inspecteur, l'église est scandaleusement surdécorée, pleine de saints de plâtre, et ils possèdent – ou plutôt possédaient – une prétendue relique du bon larron crucifié en même temps que Notre-Seigneur : une main clouée sur un morceau de bois, un fragment de sa croix, d'après eux. Apparemment, on venait de très loin pour la vénérer, car elle est censée guérir les infirmes. » Il ne put s'empêcher de regarder ma difformité, comme font les gens quand on parle d'infirmes.

« C'est sans doute la relique mentionnée par Goodhaps.

— Oui. Mes envoyés ont découvert un nid de sodomites à Scarnsea, comme souvent dans ces sordides trous à rats. L'ancien prieur, le principal coupable, a été écarté. Depuis la nouvelle loi, la sodomie est passible de mort. Ça permet de faire pression sur eux. Je voulais que Singleton s'enquière de la situation en ce domaine, en plus de son enquête sur la vente des terres dont Copynger m'avait parlé par lettre. »

Je réfléchis quelques instants.

« C'est une affaire à tiroirs... Extrêmement complexe. »

Il opina du chef.

« C'est pourquoi j'ai besoin d'un homme intelligent. J'ai fait porter chez vous votre ordre de mission ainsi que les parties pertinentes du *Comperta*. Je veux que vous partiez dès demain matin. Cette lettre date déjà de trois jours et cela risque de vous prendre trois jours encore pour arriver sur les lieux. Les étendues boisées du Weald peuvent s'avérer un véritable bourbier à cette époque de l'année.

— L'automne a été sec jusqu'à aujourd'hui. Le trajet peut sans doute être effectué en deux jours.

— Parfait. N'emmenez aucun valet. N'en parlez à personne, à part Mark Poer. Il habite toujours avec vous ?

— Oui. Il s'est occupé de mes affaires pendant mon absence.

— Je veux qu'il vous accompagne. Il est très vif d'esprit, paraît-il, et vous aurez peut-être besoin à vos côtés d'un jeune homme aux bras solides.

— Mais, Votre Seigneurie, il se peut qu'il y ait du danger. Et, à vrai dire, Mark n'est pas animé d'un grand zèle religieux... Il ne comprendra guère l'importance de l'enjeu.

— Peu importe. Du moment qu'il est loyal et qu'il obéit à vos ordres. Et cela peut l'aider à retrouver un emploi au tribunal après ce scandale.

— Mark a agi en imbécile. Il aurait dû savoir qu'un homme de sa condition ne doit pas fréquenter la fille d'un chevalier, soupirai-je. Mais il est jeune. »

Lord Cromwell acquiesça d'un petit grognement.

« Si le roi avait appris ce qu'il a fait, il l'aurait fait fouetter. Et ce n'était guère montrer de la reconnaissance envers vous qui lui aviez obtenu un emploi.

— C'était un devoir familial, Votre Seigneurie. D'une grande importance.

— S'il s'acquitte bien de cette mission, il est possible que je demande à Rich de lui permettre de reprendre son poste de commis, celui que je lui avais trouvé sur votre requête, ajouta-t-il d'un air entendu.

— Merci, Votre Seigneurie.

— Bon. Je dois me rendre à Hampton Court pour tenter de persuader le roi de se mettre au travail. Matthew, assurez-vous que rien ne transpire et censurez les lettres partant du monastère. »

Il se leva, fit le tour de son bureau, et, comme je me

mettais sur pied, m'entoura les épaules de son bras. C'était un notoire signe de faveur.

« Trouvez le coupable rapidement, mais discrètement surtout. » Il sourit puis étendit la main pour prendre un tout petit étui en or qu'il me passa. À l'intérieur se trouvait une autre minuscule fiole cylindrique renfermant un peu de liquide pâle et épais qui bougeait contre le verre.

« Dites-moi, que pensez-vous de ça ? Peut-être pourrez-vous découvrir comment c'est fait. Moi, je n'y arrive pas.

— Qu'est-ce que c'est ?

— Ça se trouvait au couvent de Bilston depuis quatre cents ans. Il paraît qu'il s'agit du lait de la Vierge Marie. »

Je poussai une exclamation de dégoût. Cromwell s'esclaffa.

« Ce que j'aimerais savoir, c'est comment ils ont imaginé qu'on pouvait obtenir du lait de la Vierge Marie. Mais regardez ! On a dû le remplacer récemment pour qu'il reste liquide de cette façon. Je m'attendais à trouver un petit trou derrière comme dans l'autre, mais ça me paraît hermétiquement scellé. Qu'en pensez-vous ? Utilisez ceci. » Il me tendit une besicle de bijoutier et j'examinai l'étui, à la recherche d'un minuscule orifice, mais sans succès. Je tâtai et palpai l'étui dans l'espoir de faire jouer un ressort secret. Je secouai la tête.

« Je donne ma langue au chat. Ça semble parfaitement clos.

— Dommage. J'aurais voulu le montrer au roi. Ça l'aurait amusé. » Il m'accompagna jusqu'à la porte qu'il ouvrit, son bras toujours passé autour de mes épaules pour montrer aux commis que je jouissais de sa faveur. Mais au moment où je quittais la pièce mon regard tomba à nouveau sur les deux crânes qui, la lumière des bougies jouant sur leurs vieilles orbites, avaient l'air de sourire. Le bras de mon maître toujours posé sur mes épaules, je dus réprimer un frisson.

2

Dieu merci, la pluie avait cessé quand je sortis de Westminster. Je chevauchai lentement vers ma demeure dans la lumière du crépuscule. Les propos de lord Cromwell m'avaient effrayé. Je me rendis compte que j'avais pris l'habitude de jouir de sa faveur. L'idée de la perdre me glaçait, et surtout ses questions sur ma loyauté m'inquiétaient. Je devais faire bien attention à ce que je disais au tribunal.

Cette année-là, j'avais acheté une nouvelle maison spacieuse dans Chancery Lane, la grande avenue qui portait le nom des tribunaux de Sa Majesté et celui de mon cheval. C'était une belle maison de pierre dotée de fenêtres tout en verre et qui m'avait coûté une fortune. Joan Woode, ma gouvernante, ouvrit la porte. Veuve alerte et très courtoise, elle était à mon service depuis plusieurs années. Elle m'accueillit avec chaleur. Elle aimait se conduire en mère avec moi, attitude qui ne m'était pas désagréable, même s'il lui arrivait de ne pas rester à sa place.

J'avais faim et, bien qu'il fût encore tôt, je lui demandai de préparer le dîner, puis passai au salon. J'étais fier de cette pièce, sur les panneaux de laquelle j'avais fait peindre à grands frais une scène bucolique classique. Mark était assis sur un tabouret près d'un feu de bûches flambant dans l'âtre. Vision incongrue... Révélant un torse blanc et musclé, il avait ôté sa chemise et sur le col de celle-ci cousait des boutons d'agate ornés d'un dessin gravé compliqué. Une dizaine d'aiguilles, d'où pendait un fil blanc, étaient piquées dans sa braguette excessivement proéminente, comme le voulait la mode de l'époque. J'étouffai un éclat de rire.

Il fit son large sourire habituel, montrant de bonnes dents un rien trop grosses pour sa bouche.

« Monsieur... Je vous ai entendu arriver. Un envoyé de lord Cromwell a apporté un paquet et m'a annoncé votre retour. Veuillez m'excuser de rester assis, mais je crains de faire glisser une de ces aiguilles en me levant. » Malgré le sourire, son regard était circonspect. Si j'avais vu lord Cromwell, sa disgrâce avait dû être évoquée...

J'acquiesçai d'un petit grognement. Je remarquai que ses cheveux châtains étaient très courts. Afin de dissimuler sa progressive calvitie, le roi Henri avait fait couper les siens à ras, puis ordonné à tous les courtisans de l'imiter, et c'était devenu la mode. Ce nouveau style allait assez bien à Mark, alors que moi j'avais décidé de garder les miens longs, cette coiffure s'accordant mieux à mes traits anguleux.

« Joan ne pouvait-elle pas faire tes travaux de couture ?

— Elle était occupée à préparer votre retour. »

Je pris un livre sur la table.

« Je vois que tu lisais mon Machiavel.

— Vous m'avez dit que ça pourrait me distraire. »

Je me laissai tomber sur les coussins de mon fauteuil en poussant un soupir.

« Et ça te plaît ?

— Pas vraiment. Il conseille à son prince d'utiliser la cruauté et la tromperie.

— Il croit que c'est nécessaire pour bien diriger le pays et que l'appel à la vertu des écrivains classiques méconnaît les réalités de la vie. “Un chef qui agit honorablement mais est entouré d'hommes peu scrupuleux est voué à perdre le pouvoir.” »

Mark coupa le fil d'un coup de dent.

« Voilà une pensée fort amère.

— C'était un homme amer. Il a écrit son livre après avoir été torturé par le prince de la famille des Médicis auquel il est dédié. Si tu retournes à Westminster, tu as intérêt à ne pas dire que tu l'as lu. Il n'y est pas en odeur de sainteté. »

L'allusion lui fit lever les yeux.

« Est-il possible que j'y retourne ? Lord Cromwell... ?

— Ce n'est pas impossible. On en parlera plus longuement durant le dîner. Je suis fatigué et souhaite me reposer un peu. »

Je me hissai hors du fauteuil et sortis de la pièce. Ça ne lui ferait pas de mal de macérer un peu dans son jus.

✝

Joan avait bien travaillé. Un bon feu flambait dans ma chambre et mon lit de plumes avait été fait. Elle avait allumé une bougie et l'avait placée sur mon bureau, à côté de mon bien le plus cher : la nouvelle version autorisée de la Bible. Cela me rasséréna de la voir là, illuminée, pièce centrale de la chambre attirant d'emblée le regard. Je l'ouvris et fis courir mes doigts sur les caractères gothiques dont la surface brillante luisait dans la lumière de la bougie. Près du Livre saint se trouvait un large paquet contenant des documents.

Je fis sauter le cachet à l'aide de mon poignard. La cire durcie se brisa en éclats vermillon qui tombèrent sur le bureau. À l'intérieur, il y avait un ordre de mission rédigé de l'écriture vigoureuse de Cromwell, un exemplaire relié du *Comperta*, ainsi que des documents relatifs aux inspections de Scarnsea.

À travers la fenêtre aux carreaux en losange, durant quelques instants je regardai mon jardin et sa pelouse entourée de murs, paisible dans la pénombre. À l'approche de l'hiver, je voulais rester là, dans la chaleur et le confort de mon logis. Soupirant, je m'étendis sur le lit. Je sentis mes muscles dorsaux fatigués tressaillir en se détendant peu à peu. Je devais faire un grand trajet le lendemain, et ces longues chevauchées m'étaient chaque année plus pénibles.

✝

Mon infirmité s'était manifestée à l'âge de trois ans. Mon corps se mit à se voûter et à se tordre vers la droite, et aucun appareil ne réussit à le redresser. À cinq ans, j'étais un vrai bossu et je le suis encore aujourd'hui. J'étais toujours jaloux des garçons et des filles de la ferme, qui jouaient et couraient partout alors que je ne pouvais que sautiller comme un crabe, ce qui déclenchait leurs moqueries. Je prenais parfois Dieu à témoin de cette injustice.

Mon père exploitait une ferme de bonne taille située près de Lichfield, où il élevait des moutons et cultivait une terre fertile. Il était très triste à la pensée que je ne pourrais pas m'occuper de la ferme, étant son unique enfant survivant. Moi, cela me chagrinait d'autant plus qu'il ne me reprocha jamais mon infirmité. Il déclara tranquillement un jour que, lorsqu'il serait trop vieux pour gérer lui-même la ferme, il la confierait à un régisseur qui travaillerait peut-être pour moi après sa disparition.

J'avais seize ans quand arriva le régisseur. Je me souviens d'avoir serré les dents et refoulé un flot de rancune lorsque William Poer apparut chez nous un jour d'été. C'était un homme costaud aux cheveux bruns, au visage franc et rougeaud, dont les fortes mains calleuses enserrèrent les miennes. On me présenta à sa femme, une jolie créature au teint pâle, et à Mark, un vigoureux bambin à la tignasse en bataille qui s'accrochait aux jupes de sa mère en suçant son pouce sale sans me quitter des yeux.

On avait déjà décidé à l'époque que j'irais faire mon droit à Londres. Si l'on souhaitait que son fils devînt financièrement indépendant, et s'il possédait un minimum d'intelligence, c'était alors à la mode de l'envoyer à l'École de droit. Mon père affirma que non seulement il y avait de l'argent à gagner dans ce domaine, mais qu'un jour mes connaissances juridiques m'aideraient à surveiller la manière dont le régisseur gérait la ferme. Il croyait que je reviendrais à Lichfield, mais je n'y retournai jamais.

J'arrivai à Londres en 1518, soit un an après que Martin Luther eut affiché son défi au pape sur le portail de l'église paroissiale de Wittenberg. Je me rappelle la difficulté que j'eus au début à m'habituer au vacarme, aux foules de la capitale, et surtout à la puanteur constante qui y régnait. Mais aux cours et dans la résidence où je logeais je ne tardai pas à trouver de bons compagnons. C'était déjà une époque de controverse, les tenants du droit civil contestant le recours de plus en plus fréquent aux tribunaux ecclésiastiques. J'étais du côté de ceux qui soutenaient que les cours royales se voyaient de plus en plus dépouillées de leurs prérogatives. Car si des hommes s'insultent ou se querellent à propos du sens d'un contrat, en quoi cela regarde-t-il un archidiacre ? Il ne s'agissait pas seulement du désir cynique d'avoir des clients. L'Église était devenue une énorme pieuvre qui, pour le simple profit et sans le moindre fondement dans l'Écriture, étendait ses tentacules sur toutes les zones de la vie de la nation. Je lus Érasme et commençai à considérer sous un jour nouveau ma naïve soumission à l'Église durant ma jeunesse. J'avais mes propres raisons d'en vouloir aux moines en particulier, et je voyais désormais qu'elles étaient légitimes.

Je terminai mes études, établis des contacts et me forgeai peu à peu une clientèle. Je me découvris une aptitude inattendue pour le débat dans le prétoire, don qui me servit beaucoup devant les juges honnêtes. Et à la fin des années 1520, juste au moment où le différend entre le roi et la papauté à propos de l'annulation de son mariage avec Catherine d'Aragon commençait à créer des remous dans le public, je fus présenté à Thomas Cromwell, un confrère qui gravissait les échelons au service du cardinal Wolsey.

Je le rencontrai dans une société de débats de réformateurs non officielle, dont les membres se réunissaient dans une taverne londonienne – secrètement, car nombre des livres que nous lisions étaient interdits. Il me donna bientôt du travail pour le compte de certains ministères. Ce fut ainsi que j'embrassai ma future carrière, dans le sillage de Cromwell dont l'étoile montait au point qu'il supplante Wolsey et devienne secrétaire du roi, commissaire général et vicaire général, tout en cachant à son souverain l'étendue exacte de son radicalisme religieux.

Il se mit à rechercher mon aide pour des questions juridiques concernant ses protégés – il bâtissait un immense réseau –, à telle enseigne qu'on finit par me considérer comme l'un des « hommes de Cromwell ». C'est pourquoi quand, quatre ans plus tôt, mon père m'avait écrit pour me demander si je pouvais trouver un poste pour le fils de William Poer dans l'un des services de l'État prenant de l'ampleur sous l'égide de mon mentor, j'avais pu répondre favorablement à sa demande.

Mark choisit d'arriver en avril 1533, afin d'assister au couronnement de la reine Anne Boleyn. Il prit grand plaisir aux impressionnantes cérémonies en l'honneur de la femme qu'on nous apprendrait plus tard à considérer comme sorcière et fornicatrice. Il avait alors seize ans, mon âge lorsque j'étais venu dans le Sud. Il n'était pas grand, mais il avait de larges épaules et des yeux bleus ; son visage d'ange à la peau lisse me rappelait celui de sa mère, même si la sage intelligence luisant dans ses yeux pâles lui appartenait en propre.

Je dois avouer qu'au début je souhaitai qu'il s'en aille de chez moi le plus vite possible. Je n'avais aucune envie d'agir *in loco parentis* pour un gamin qui, j'en étais sûr, claquerait bientôt les portes et ferait tomber par terre des documents, et dont le visage et le corps réveillaient tous les sentiments que j'associais à la maison de mon enfance. Je pensais que mon père devait regretter que Mark ne fût pas son fils au lieu de moi.

Mais mon désir d'être débarrassé de lui finit par s'apaiser. Ce n'était pas le paysan balourd que j'avais imaginé. Au contraire, il se montrait calme, respectueux, et possédait des rudiments de savoir-vivre. Lorsqu'il commettait une erreur dans le code vestimentaire ou dans la manière de se tenir à table, il savait se moquer de lui-même avec humour. Dans les emplois subalternes de secrétariat que j'avais obtenus pour lui, on le disait consciencieux. D'abord à l'Échiquier, l'administration centrale des finances, et ensuite aux Augmentations. Je le laissais aller et venir à sa guise et, s'il se rendait dans les tavernes et les bordels fréquentés par ses collègues, il n'était jamais ni bruyant ni saoul à la maison.

Je m'attachai à lui malgré moi et pris l'habitude de soumettre à son esprit agile certains cas ou des points juridiques particulièrement épineux que j'avais à traiter. Son seul défaut était la paresse, mais quelques vifs reproches suffisaient en général à le faire bouger. Loin d'être agacé que mon père ait pu regretter de ne pas l'avoir pour fils, j'aurais voulu qu'il fût le mien. Je n'étais pas sûr d'avoir jamais un fils, la pauvre Kate étant morte en 1534 pendant l'épidémie de suette. Je portais toujours une bague à tête de mort en sa mémoire, avec une certaine présomption d'ailleurs, puisque si elle avait vécu elle aurait sans doute épousé quelqu'un d'autre.

✝

Une heure plus tard, Joan m'appela pour dîner. Un beau chapon trônait sur la table, avec un accompagnement de carottes et de navets. Mark était tranquillement assis à sa place, vêtu à nouveau de sa chemise et d'un pourpoint de fine laine marron. Je notai que le pourpoint était lui aussi orné de boutons d'agate. Je dis le bénédicité et découpai une cuisse de poulet.

« Eh bien ! fis-je, il semble que lord Cromwell songe à te reprendre aux Augmentations. Il veut d'abord que tu m'aides dans une mission qu'il m'a confiée. Nous verrons ensuite. »

Six mois plus tôt, Mark avait eu une liaison avec une demoiselle d'honneur de la reine Jeanne. Elle n'avait que seize ans, était trop jeune et trop écervelée pour être à la cour, mais des parents ambitieux l'y avaient poussée. Elle occasionna finalement leur disgrâce, car elle se mit à vagabonder partout dans l'enceinte des palais de Westminster et de Whitehall, avant de se retrouver dans les salles de Westminster où travaillaient juristes et secrétaires. Ce fut là que la petite dévergondée rencontra Mark, et ils firent bientôt l'amour dans un bureau vide. Plus tard, s'étant repentie, elle avoua tout aux autres dames d'honneur et, comme il fallait s'y attendre, l'histoire parvint aux oreilles du grand chambellan. La donzelle fut renvoyée dans ses foyers et, ayant mangé son pain blanc, Mark se retrouva dans le pétrin. Lorsqu'il fut cuisiné par des hauts dignitaires de la maison royale, il ne comprit pas ce qui lui arrivait et eut très peur. Malgré mon irritation, j'éprouvais de la pitié pour lui. Après tout, il était très jeune. J'avais demandé à lord Cromwell d'intervenir, sachant qu'il pouvait se montrer indulgent, à propos de cette sorte d'inconduite en tout cas.

« Merci, monsieur, dit Mark. Je regrette sincèrement ce qui s'est passé.

— Tu as de la chance. Il est rare que les gens de notre condition obtiennent une seconde chance. Pas après ce genre d'écart de conduite.

— Je le sais bien. Mais elle était délurée, monsieur. » Il fit un pâle sourire. « Et je ne suis pas de bois.

— C'était une tête de linotte. Tu risquais de la mettre enceinte.

— Dans ce cas, je l'aurais épousée si nos positions respectives l'avaient permis. Je suis un homme d'honneur, monsieur. »

Je mis un morceau de poulet dans ma bouche et agitai mon couteau dans sa direction. Il s'agissait d'un vieux sujet de discussion.

« Sans doute, mais tu es un nigaud et un étourdi. La différence de rang est fondamentale. Allons, Mark ! Voilà quatre ans que tu es au service de l'État. Tu sais comment fonctionne le système. Les roturiers comme nous doivent savoir rester à leur place. Des hommes de basse extraction tels Cromwell et Rich sont montés très haut au service du roi, mais seulement parce que tel est son bon plaisir. Il peut les rejeter d'un moment à l'autre. Si le chambellan en avait informé le roi plutôt que lord Cromwell, tu aurais pu te retrouver à la Tour, après une séance de fouet qui aurait risqué de te laisser des marques à vie. Je craignais que cela ne se produise, tu sais. » En effet, cette affaire m'avait fait passer plusieurs nuits blanches dont je ne lui avais jamais parlé.

Il avait l'air abattu. Je me lavai les mains dans la coupe remplie d'eau placée sur la table.

« Bon ? Cette fois l'affaire a des chances d'être oubliée, dis-je d'un ton plus doux. Parlons travail ! As-tu préparé les documents afférents à l'acte translatif de Fetter Lane ?

— Oui, monsieur.

— Je vais les regarder après le dîner. J'ai aussi d'autres papiers à étudier. » Je reposai ma serviette et plongeai mon regard dans le sien. « Demain, nous devons nous rendre sur la côte sud. »

J'expliquai notre mission, sans évoquer son importance politique. Il écarquilla les yeux quand je lui parlai du meurtre. Déjà l'enthousiasme irréfléchi de la jeunesse s'emparait à nouveau de lui.

« Il peut s'agir d'une mission dangereuse, l'avertis-je. Nous n'avons pas la moindre idée de ce qui se passe là-bas. On doit s'attendre à tout.

— Vous avez l'air soucieux, monsieur.

— C'est une lourde responsabilité. Et, franchement, en ce moment, au lieu de me rendre dans le Sussex je préférerais rester ici. Au-delà du Weald, le paysage est désolé, soupirai-je. Mais, tel Isaïe, nous devons aller nous battre pour Sion.

— Si vous réussissez, lord Cromwell vous récompensera généreusement.

— Oui. Et cela me conserverait sa faveur. »

Il leva les yeux, surpris par mes paroles. Je décidai qu'il serait sage de changer de sujet.

« Tu n'as jamais été dans un monastère, n'est-ce pas ?

— Non.

— Puisque tu as fréquenté une école publique, tu n'as pas joui du privilège douteux d'être l'élève d'une école diocésaine. Les moines connaissaient à peine assez de latin pour pouvoir comprendre les volumes anciens dont ils se servaient pour enseigner. Heureusement que j'étais assez naturellement doué, autrement je serais aussi illettré que Joan.

— Les monastères sont-ils vraiment aussi corrompus qu'on le dit ?

— Tu as vu le Livre noir, qui contient des extraits des inspections et que l'on colporte un peu partout ?

— Oui, comme la plupart des Londoniens.

— En effet. Les gens raffolent des histoires de moines paillards. » Je me tus comme Joan apportait de la crème renversée. « Mais oui, ils sont réellement corrompus, repris-je après son départ. La règle de saint Benoît – que j'ai lue – prescrit une vie réduite au strict nécessaire, une existence séparée du monde et consacrée à la prière et au travail. Et pourtant, leurs terres leur fournissant de juteux revenus, le plus souvent ces moines habitent de magnifiques bâtiments, servis par des domestiques, et sont perclus de vices.

— On dit que les chartreux vivaient de manière austère et qu'ils ont chanté des hymnes à cœur joie quand on les a emmenés pour être étripés à Tyburn.

— Oh ! quelques ordres observent les règles. Mais n'oublie pas que les chartreux ont péri parce qu'ils ont refusé de reconnaître le roi comme chef de l'Église. Tous les moines veulent le retour du pape. Et à présent, il semble que l'un d'entre eux ait commis un meurtre. » Je poussai un soupir. « Je suis désolé que tu doives être mêlé à ça.

— Les hommes d'honneur ne doivent pas avoir peur du danger.

— On doit toujours avoir peur du danger. Suis-tu toujours tes cours d'escrime ?

— Maître Green affirme que je fais beaucoup de progrès.

— Bien. Les routes peu fréquentées sont infestées de robustes gueux. »

Mark se tut un bref instant en me regardant d'un air grave.

« Je retrouverais mon poste aux Augmentations avec gratitude, mais je regrette que ce soit un tel cloaque. La moitié des terres va à Richard Rich et à ses acolytes.

— Tu exagères. C'est une nouvelle institution. Il est normal que ceux qui sont chargés de la diriger donnent la préférence à leurs fidèles. C'est de bonne guerre. Mark, tu rêves d'un monde idéal. Et tu dois prendre garde à ce que tu dis. As-tu relu une fois de plus *L'Utopie* de More ? Cromwell m'a jeté ce nom-là à la tête aujourd'hui même.

— *L'Utopie* nous donne de l'espoir pour la condition humaine. Votre Italien nous emplit de désespoir. »

Je désignai son pourpoint.

« Eh bien ! si tu veux imiter les Utopiens, il te faut échanger ces beaux habits pour une simple tenue en toile de sac. Au fait, que représente le dessin de ces boutons ? »

Il ôta son pourpoint et me le tendit. Sur chaque bouton était gravé un homme armé d'une épée, le bras passé autour d'une femme, un cerf à son côté. C'était un joli travail.

« Je les ai achetés pour trois fois rien au marché Saint-Martin. L'agate est fausse.

— C'est ce que je vois. Mais qu'est-ce que cela signifie ? Ah ! je sais... Le cerf incarne la fidélité. » Je lui rendis le pourpoint. « Ça me fatigue, cette passion pour les dessins symboliques qu'il faut déchiffrer. Il existe assez de vrais mystères dans le monde.

— Mais vous peignez, monsieur.

— Lorsqu'il m'arrive d'en avoir le temps, en effet. Mais, comme maître Holbein, j'essaie modestement d'être clair et directement accessible. L'art doit résoudre les mystères du monde au lieu de les occulter davantage.

— Mais dans votre jeunesse, ne portiez-vous pas ce genre de fantaisies ?

— Ce n'était pas la mode. Une fois ou deux peut-être. » Une formule biblique me revint à l'esprit. Je la citai d'une voix un peu triste. « "Enfant, je pensais comme un enfant, mais lorsque je suis devenu un homme j'ai rejeté les enfantillages." Bon. Il faut que je remonte. J'ai beaucoup de lectures à faire. » J'eus du mal à me lever et Mark accourut pour m'aider.

« Je peux me débrouiller tout seul, dis-je avec aigreur, tout en faisant la grimace alors qu'un élancement me traversait le dos. Réveille-moi au point du jour. Demande à Joan de préparer un bon petit déjeuner. »

Je pris une bougie et gravis l'escalier. Des énigmes plus complexes que des dessins gravés sur des boutons m'attendaient, et j'avais besoin de toute l'aide que pourrait me fournir l'étude d'honnêtes mots anglais imprimés sur la page.

3

Le lendemain, nous partîmes dès l'aube. C'était le deuxième jour de novembre, le jour des morts. Après avoir lu toute la soirée, j'avais bien dormi et j'étais de meilleure humeur, commençant à ressentir un vif intérêt pour ma mission. J'avais jadis été l'élève des moines, avant de devenir l'ennemi de tout ce qu'ils représentaient. J'avais désormais la possibilité de plonger au cœur de leurs mystères et de leur corruption.

Tour à tour houspillant et cajolant un Mark encore tout ensommeillé, je parvins à lui faire terminer son petit déjeuner et à le tirer hors de la maison. Durant la nuit le temps avait changé. Un vent sec et glacial soufflait de l'est, gelant les ornières boueuses de la rue, nous faisant larmoyer tandis que nous avancions, emmitouflés dans nos fourrures les plus chaudes, des gants épais aux mains et le capuchon de nos manteaux de voyage bien serré autour du visage. Mon poignard était accroché à ma ceinture. Utilisé d'habitude comme ornement, il avait été aiguisé ce matin-là sur la pierre de la cuisine. Mark portait son épée, une arme nantie d'une lame bien affilée en acier de Londres de deux pieds de long qu'il avait acquise avec ses économies pour suivre ses cours d'escrime.

Il me fit la courte échelle pour m'aider à enfourcher

Chancery, car j'ai du mal à sauter en selle tout seul. Il monta sur Redshanks, son vigoureux rouan, et nous nous mîmes en route, les chevaux chargés de lourdes sacoches contenant des vêtements et mes documents. Mark semblait toujours à moitié endormi. Il rejeta son capuchon en arrière et passa la main dans ses cheveux en bataille pour se gratter le crâne, grimaçant à cause du vent qui les ébouriffait.

« Seigneur Dieu ! qu'est-ce qu'il fait froid ! s'exclama-t-il.

— Tu t'es amolli en restant trop longtemps dans des bureaux bien chauffés. Il faut que ton sang s'épaississe.

— Pensez-vous qu'il va neiger, monsieur ?

— J'espère que non. La neige pourrait nous retarder de plusieurs jours. »

Après avoir traversé un Londres qui se réveillait tout juste, nous parvînmes au London Bridge. Jetant un coup d'œil par-dessus le fleuve, au-delà de la masse redoutable de la Tour, je vis un grand galion venant des mers lointaines ancré près de l'Isle of Dogs[1], sa lourde proue et ses hauts mâts formant une silhouette floue à l'endroit où le gris du fleuve se mêlait à celui du ciel. Je désignai le bateau à mon compagnon.

« D'où peut-il bien venir ?

— De nos jours, les hommes voyagent jusqu'à des pays que nos pères n'imaginaient même pas, répondit-il.

— Et en rapportent des merveilles. » Je songeais à l'étrange oiseau. « De nouvelles merveilles et peut-être de nouvelles tromperies. » Nous continuâmes à traverser le pont. À l'autre bout, un crâne fracassé gisait près des quais. Complètement nettoyé par les oiseaux, il était tombé de sa perche ; les morceaux resteraient là

1. L'île des Chiens.

jusqu'à ce que les amateurs de souvenirs ou les sorcières en quête de charmes viennent les ramasser. Les saintes Barbara du bureau de Cromwell, et maintenant cette relique de la justice terrestre... Le malaise me gagna quand je pensai aux mauvais signes, puis je me reprochai d'être superstitieux.

✝

Au sud de Londres, la route qui passait entre les champs alimentant la capitale, désormais marron et dénudés, resta quelque temps assez bonne. Pour le moment, le ciel demeurait d'un blanc laiteux et le temps ne changeait pas. À midi nous nous arrêtâmes pour déjeuner à Eltham, et peu après nous atteignîmes la crête des North Downs et découvrîmes, s'étendant à nos pieds jusqu'à l'horizon brumeux, l'antique forêt du Weald dont les cimes dépouillées étaient çà et là couronnées du vert des feuilles persistantes.

La route s'étrécit, encaissée entre d'abrupts talus boisés où de petites pistes, à moitié engorgées par les feuilles mortes, menaient à des hameaux éloignés. Nous ne croisions que de rares rouliers. En fin d'après-midi, nous parvînmes au petit bourg de Tonbridge et de là nous nous dirigeâmes vers le sud. Restant bien sur nos gardes, nous guettions les voleurs, mais ne vîmes qu'un troupeau de chevreuils en train de fourrager dans un sentier. Comme nous tournions à un coin, les stupides bêtes escaladèrent le talus et disparurent dans la forêt.

La nuit tombait au moment où nous entendîmes le carillon d'une église. Après un autre tournant, nous nous retrouvâmes dans l'unique rue d'un pauvre hameau de maisons en torchis au toit de chaume mais qui possédait une belle église romane et, à côté, une auberge. Toutes les fenêtres de l'église étaient pleines de bougies, une chaude lumière filtrant à travers les vitraux. La cloche n'arrêtait pas de sonner.

« C'est l'office des défunts, dit Mark.

— Oui. Tout le village est sans doute à l'église, priant pour que ses morts soient libérés du purgatoire. »

Nous avançâmes au pas. Depuis le seuil des maisons, de petits enfants blonds nous examinaient d'un œil soupçonneux, mais il n'y avait que peu d'adultes en vue. La messe chantée nous parvenait par les portes ouvertes de l'église.

À cette époque, la Toussaint constituait l'une des grandes fêtes du calendrier. Dans chaque église, les fidèles se rassemblaient pour assister à la messe et réciter des prières afin d'aider à abréger le séjour au purgatoire des parents et amis. Déjà la cérémonie ne bénéficiait plus du soutien officiel du roi et bientôt elle serait totalement interdite. D'aucuns affirmaient qu'il était cruel de dénier aux gens le réconfort de la manifestation du souvenir. Mais il est sûrement plus réconfortant de savoir que ses parents se trouvent, selon la volonté divine, soit au ciel soit en enfer, plutôt que de croire qu'ils sont au purgatoire, lieu de tourments et de souffrances où ils doivent demeurer parfois pendant des siècles.

Les membres gourds, nous mîmes pied à terre devant l'auberge et attachâmes nos montures à la grille. Le bâtiment à colombage, aux murs de torchis dont le plâtre s'effritait par endroits, ressemblait aux autres mais en plus grand. Le haut toit de chaume descendait jusqu'aux fenêtres du premier étage.

À l'intérieur, un feu flambait dans une cheminée circulaire placée, à l'ancienne mode, au milieu de la salle, si bien que la fumée envahissait autant la pièce qu'elle s'échappait par la hotte ronde au-dessus de l'âtre. Dans la pénombre, quelques vieillards barbus levèrent les yeux de leur partie de dés pour nous fixer avec curiosité. Un gros homme en tablier s'approcha de nous, son regard inquisiteur jaugeant nos fourrures coûteuses. Je demandai une chambre et le repas, ce qu'il nous proposa pour la somme de six pence. M'efforçant de comprendre son fort accent guttural, je réussis à lui faire accepter seulement quatre pence. Après qu'il m'eut confirmé la route de Scarnsea, je commandai une bière et m'installai près du feu, tandis que Mark sortait pour surveiller la façon dont on rentrait les chevaux à l'écurie.

Je fus content de le voir revenir, en ayant assez d'être dévisagé par la bande de vieillards. Je leur avais fait un signe de tête mais ils avaient détourné les yeux.

« Ils ont un regard dur, chuchota Mark.

— Ils ne doivent pas voir beaucoup de voyageurs. Et ils croient sans doute que les bossus portent malheur. Oh ! je sais bien que c'est ce qu'imaginent la plupart des gens. J'ai assez souvent vu des personnes se signer à mon approche, malgré mes beaux habits. »

Nous commandâmes à dîner et l'on nous servit un ragoût de mouton très gras avec de la bière épaisse. La bête, grommela Mark, était morte depuis longtemps. Pendant que nous dînions, un groupe de villageois firent leur entrée, vêtus de leurs plus beaux habits, l'office ayant apparemment pris fin. Ils s'assirent tous à la même table et discutèrent d'une voix morne. Ils jetaient de temps en temps un coup d'œil dans notre direction, nous gratifiant de nouveaux regards indiscrets et hostiles.

Je remarquai trois hommes assis dans un coin éloigné et qui paraissaient, eux aussi, être tenus à l'écart par les villageois. D'aspect grossier, la barbe hirsute, dépenaillés, ils nous observaient, non pas franchement comme les villageois, mais furtivement, le regard en coin.

« Vous voyez ce grand type ? chuchota Mark. Je jurerais qu'il porte les guenilles d'un froc de moine. »

Le plus corpulent des trois, un géant hideux au nez cassé, était vêtu d'un habit de grosse laine noire et j'aperçus en effet derrière son dos un capuchon de bénédictin. L'hôte, qui avait été le seul à nous traiter poliment, vint remplir nos verres.

« Dites-moi donc, demandai-je à voix basse, qui sont ces trois-là ?

— Hum... Des larbins du prieuré dissous l'année dernière. Vous savez ce que c'est, monsieur. Le roi ordonne la disparition des petits établissements, alors on place les moines ailleurs, mais les serviteurs se retrouvent à la rue. Ces gars mendient par ici depuis un an... Il n'y a pas de travail pour eux. Vous voyez le type tout maigre, il s'est déjà fait couper les oreilles. Méfiez-vous d'eux ! »

Je vis, en effet, que l'un d'eux, un grand mince à la tignasse blonde, n'avait pas d'oreilles, simplement des trous bordés de tissu cicatriciel. C'était la peine encourue par les faux-monnayeurs. Il avait dû participer à quelque activité locale consistant à rogner des pièces et à utiliser l'or pour fabriquer de pâles imitations.

« Vous leur permettez de venir ici ? »

Il acquiesça d'un grognement.

« Ce n'est pas leur faute si on les a mis dehors. Eux et des centaines d'autres. » Puis, pensant en avoir peut-être trop dit, il repartit en hâte.

« Il me semble qu'il est l'heure de se retirer », dis-je en prenant une bougie sur la table. Mark opina de la tête. Nous finîmes nos bières et nous dirigeâmes vers l'escalier. Comme nous passions devant les serviteurs de l'abbaye, mon manteau frôla par inadvertance la soutane de l'homme de forte taille.

« Ça va te porter malheur, Edwin ! s'exclama à haute voix l'un de ses compagnons. Tu vas devoir toucher un nain pour retrouver ta chance. »

Ils gloussèrent. Sentant que Mark se retournait, je posai mon bras sur le sien.

« Non, murmurai-je. Ne crée pas d'incident ici. Monte ! » Je le poussai quasiment sur l'escalier de bois branlant jusqu'à la chambre sous les combles où nos bagages étaient posés sur des lits gigognes. En entrant, on entendit détaler une tribu de rats dans le chaume. Nous nous assîmes pour retirer nos bottes.

Mark était furieux.

« Pourquoi devrions-nous supporter les insultes de ce genre d'individus ?

— Nous sommes en pays hostile. Les habitants du Weald sont encore papistes. Chaque dimanche, le prêtre de l'église du village leur enjoint probablement de prier pour la mort du roi et le retour du pape.

— Je croyais que vous n'étiez jamais venu dans cette région. » Il étendit ses pieds vers la seule source de chaleur, le gros tuyau de cheminée en métal qui montait jusqu'au toit en traversant la pièce en plein milieu.

« Attention aux engelures !... C'est vrai. Mais depuis la rébellion les agents de renseignements de lord Cromwell envoient des rapports de tous les comtés. J'en ai des copies dans ma sacoche.

— Vous ne trouvez pas cela fatigant parfois ? dit-il en se tournant vers moi. De devoir toujours réfléchir à ce qu'on dit quand on parle à un inconnu, de crainte qu'une parole lâchée par mégarde ne puisse être dénoncée comme séditieuse par un ennemi. Ce n'était pas comme ça jadis.

— Nous sommes en pleine crise. Les choses vont s'améliorer.

— Quand les monastères auront été dissous ?

— Oui. Car enfin la Réforme sera en sécurité. Et parce que lord Cromwell aura alors assez d'argent pour protéger le royaume des invasions et faire beaucoup de bien au peuple. Il a de grands projets.

— Une fois que les hommes des Augmentations auront touché leur part, en restera-t-il assez, même pour acheter de nouveaux habits aux rustres d'en bas ?

— Sois-en sûr, Mark, répliquai-je avec gravité. Les grands monastères possèdent d'immenses fortunes. Et que donnent-ils aux pauvres malgré le devoir de charité auquel ils sont astreints ? Le jour de la distribution des aumônes à Lichfield, je voyais toujours les miséreux s'agglutiner devant les grilles. Des enfants en haillons se bousculaient et flanquaient des coups de pied pour prendre les maigres sous passés à travers les barreaux. Ce jour-là, j'avais honte d'entrer dans l'école, malgré sa médiocrité. Eh bien ! désormais il y aura des écoles dignes de ce nom dans chaque paroisse, et elles seront financées par l'Échiquier du roi. »

Il ne répondit rien, se bornant à hausser le sourcil d'un air dubitatif.

« Morbleu, Mark ! m'écriai-je d'un ton vif, soudain irrité par son scepticisme. Enlève tes pieds de la cheminée ! Ils sentent plus mauvais que le ragoût de mouton. »

Il grimpa dans son lit et contempla la voûte du toit de chaume.

« Je souhaite que vous ayez raison, monsieur. Mais les Augmentations m'ont conduit à douter de la charité humaine.

— Il y a du levain divin même dans la pâte du criminel le plus endurci. Il agit peu à peu. Et, malgré sa dureté, c'est aussi le cas de lord Cromwell. Aie foi ! » ajoutai-je avec douceur. Pourtant, au moment même où je parlais, je me rappelai le ton de jouissance sinistre de lord Cromwell parlant d'immoler un prêtre sur un bûcher alimenté par ses propres images saintes et le revis en train de secouer le reliquaire renfermant un crâne d'enfant.

« La foi soulève les montagnes ? demanda Mark après quelques instants.

— Sangdieu ! m'exclamai-je, à mon époque, c'étaient les jeunes qui étaient idéalistes et les vieux cyniques. Je suis trop fatigué pour discuter davantage. Bonne nuit ! » Je commençai à me déshabiller, assez gêné, car je n'aime pas que l'on voie mon infirmité. Mais Mark eut la discrétion de se retourner lorsque nous ôtâmes nos vêtements pour enfiler nos chemises de nuit. Les membres las, je montai dans mon lit et pinçai la mèche de la chandelle.

Je récitai mes prières, puis demeurai longtemps dans l'obscurité, écoutant la respiration régulière de Mark et le bruit des rats se précipitant vers le centre de la pièce, près de la cheminée où il faisait le plus chaud.

Comme à l'accoutumée, j'avais fait semblant de prendre la chose à la légère, mais la manière dont les villageois avaient regardé ma bosse et la remarque du larbin d'abbaye m'avaient infligé une blessure familière, un coup à l'estomac qui avait entamé mon enthousiasme. J'avais passé ma vie à faire fi de ces insultes, même si dans ma jeunesse j'avais souvent eu envie de hurler de fureur. J'avais vu assez d'infirmes dont la cervelle était devenue aussi tordue que leur corps sous le poids des insultes et des moqueries endurées. Le sourcil froncé, ils lançaient des regards noirs au monde et se retournaient pour agonir d'injures obscènes les enfants qui les interpellaient dans la rue. Mieux valait tenter de n'en faire aucun cas et continuer à mener la vie que Dieu avait bien voulu vous donner.

Je me rappelais la fois où une telle indifférence m'avait été impossible. L'événement avait transformé ma vie du tout au tout. J'avais quinze ans et fréquentais l'école diocésaine de Lichfield. En tant que grand élève, je devais assister à l'office dominical et parfois servir la messe. C'était un merveilleux moment après une longue semaine passée dans mes livres à étudier le grec et le latin médiocrement enseignés par le frère Andrew, un gros moine de la cathédrale épris de la dive bouteille.

La cathédrale était illuminée, les lumières des cierges tremblotant devant l'autel, les statues et le jubé recouvert de splendides peintures. Je préférais les jours où je ne servais pas la messe mais restais assis au milieu des fidèles. Derrière le jubé, le prêtre psalmodiait l'office dans un latin que je commençais à comprendre, les répons des fidèles faisant écho à ses paroles.

Aujourd'hui que l'ancienne messe n'est plus du tout célébrée, il est difficile d'évoquer l'impression de mystère qu'elle suscitait. L'encens, la mélodie rythmée des phrases en latin, accompagnée par le son de la cloche, à l'élévation, quand dans la bouche du prêtre le pain et le vin devenaient réellement, croyait-on, le corps et le sang de Jésus-Christ.

Cette dernière année, ma tête s'était de plus en plus emplie de ferveur religieuse. Regardant les visages des fidèles, sereins et respectueux, j'en étais venu à considérer l'Église comme une grande communauté liant les vivants et les morts, faisant des paroissiens, ne serait-ce que quelques heures, le troupeau obéissant du Grand

Berger. Je me sentais appelé à servir ce troupeau. En tant que prêtre, je pourrais guider mes semblables et gagner leur respect.

Le frère Andrew m'ôta mes illusions lorsque, tremblant à cause de l'importance de ce que j'allais dire, je lui demandai de m'accorder un entretien dans son petit cabinet de travail derrière la salle de classe. Le jour tombait. Il avait les yeux rouges, car il étudiait un parchemin sur son bureau, sa robe noire maculée d'encre et de nourriture. Je bredouillai que je croyais avoir la vocation et que je souhaitais être considéré comme un aspirant à l'ordination.

Je m'attendais qu'il me questionne sur ma foi, mais il se contenta de lever une main potelée en signe de dénégation.

« Mon garçon, déclara-t-il, tu ne pourras jamais être prêtre. N'en es-tu pas conscient ? Tu ne devrais pas me faire perdre mon temps avec ce genre de requête. » L'agacement lui faisait froncer ses sourcils blanchis. Il n'était pas rasé et les poils de sa barbe formaient comme de la gelée blanche sur ses grosses bajoues violacées.

« Je ne comprends pas, mon frère. Pourquoi pas ? »

Il soupira, me soufflant en plein visage son haleine empestant l'alcool.

« Jeune Shardlake, tu n'es pas sans savoir, n'est-ce pas, que dans la Genèse il est dit que Dieu a créé l'homme à son image ?

— Bien sûr, mon frère.

— Pour servir son Église, il faut être conforme à cette image. Quiconque est affligé d'une infirmité visible, ne serait-ce qu'un bras atrophié – alors ne parlons pas d'une énorme bosse comme la tienne ! –, ne pourra jamais devenir prêtre. Comment pourrais-tu servir d'intercesseur entre les pécheurs ordinaires et la majesté de Dieu, alors que ton corps est si inférieur au leur ? »

J'eus soudain l'impression de me recouvrir de glace.

« Ce ne peut être juste. Ce serait trop cruel. »

Le visage du frère Andrew devint cramoisi.

« Mon garçon ! s'écria-t-il, mets-tu en question les enseignements immémoriaux de la sainte Église ? Toi qui viens ici pour demander d'être ordonné prêtre ? Quelle sorte de prêtre ? Un lollard hérétique ? »

Je le regardai, assis là, vêtu de sa soutane sale, couverte de taches de nourriture, son visage mal rasé, rougeaud et renfrogné.

« Donc, je devrais vous ressembler, c'est ça ? » m'écriai-je sans réfléchir.

Il se leva en poussant un rugissement et me flanqua une gifle magistrale.

« Espèce de vilain petit bossu ! Fiche-moi le camp ! »

Je quittai la pièce en courant, les oreilles bourdonnant. Il était trop gros pour me poursuivre (il mourut d'une violente attaque l'année suivante). Je m'échappai de la cathédrale et, très malheureux, rentrai chez nous en clopinant le long des sentiers de plus en plus sombres. Lorsque j'aperçus la maison, je m'assis sur un échalier pour contempler le crépuscule printanier dont la verdoyante fécondité semblait se gausser de moi. J'avais le sentiment que si l'Église me rejetait, je me retrouverais seul, n'ayant nulle part où aller.

C'est alors que le Christ me parla dans la lumière crépusculaire. Je dois le dire ainsi car c'est bien ce qui se passa. Dans ma tête, j'entendis une voix qui cependant n'était pas la mienne. « Tu n'es pas seul », disait-elle. Et soudain une sensation de grande chaleur, un sentiment d'amour et de paix envahit tout mon être. Je ne sais combien de temps je demeurai assis là, respirant à pleins poumons, mais ce moment changea ma vie. Le Christ Lui-même m'avait consolé des paroles de l'Église, censées être les Siennes. Je n'avais jamais entendu cette voix auparavant et bien que j'aie espéré l'entendre à nouveau, agenouillé en prière ce soir-là et dans les semaines et les années qui suivirent, cela n'arriva jamais. Mais peut-être qu'au cours de notre vie nous ne pouvons jouir de ce privilège qu'une seule fois. Beaucoup ne reçoivent même pas ce bienfait.

✝

Nous partîmes au point du jour, avant le réveil du village. J'étais toujours d'humeur morose et nous ne parlâmes guère. Comme il avait gelé très fort, la route et les arbres étaient blancs de givre, mais nous eûmes la chance qu'il ne neigeât pas encore au moment où nous sortîmes du village et reprîmes l'étroit chemin entre les hauts talus boisés. Nous chevauchâmes toute la matinée et jusqu'en début d'après-midi. Enfin la forêt s'éclaircit et nous pénétrâmes dans une région de champs cultivés, tandis qu'apparaissaient un peu plus loin les pentes des South Downs. Nous suivîmes un sentier, gravissant la colline où paissaient des moutons efflanqués. Parvenus au sommet, nous vîmes à nos pieds rouler les lentes vagues grises de la mer. Sur notre droite, une rivière sujette aux marées traversait les coteaux et atteignait la mer après avoir franchi une vaste étendue de marécages. Près des marais se trouvait une petite ville, et à moins d'une demi-lieue se dressait un grand ensemble de bâtiments de pierre jaune ancienne, dominé par une énorme église romane presque aussi vaste qu'une cathédrale et entouré par un haut mur d'enceinte.

« Voici le monastère de Scarnsea, annonçai-je.

— “Après nos tribulations le Seigneur nous a emmenés ici sains et saufs”, cita Mark.

— Je crains, hélas ! que nous ne soyons pas au bout de nos peines. » Nous fîmes descendre la colline aux chevaux fatigués, juste au moment où, venant de la mer, une neige légère commençait à tomber.

4

Nous guidâmes avec précaution les chevaux le long de la pente jusqu'à la route menant en ville. Ils se montraient nerveux et cherchaient à éviter les flocons qui s'écrasaient sur leur face. Heureusement, la neige cessa de tomber lorsque nous arrivâmes.

« Allons-nous rendre visite au juge de paix ? demanda Mark.

— Non. Il nous faut atteindre le monastère aujourd'hui même. Si la neige se mettait à tomber de nouveau, on risquerait de devoir passer la nuit ici. »

Restant tout près du mur pour éviter de recevoir le contenu des pots de chambre, nous longeâmes la grand-rue pavée de Scarnsea que surplombaient les derniers étages des vieilles maisons. Le plâtre et les poutres de nombre d'entre elles s'effritaient et les échoppes semblaient pauvres. Les rares passants nous regardaient sans montrer la moindre curiosité.

Nous parvînmes à la place. D'autres maisons délabrées la flanquaient sur trois côtés, mais le quatrième était un large quai de pierre. Il avait sans doute jadis été baigné par la mer, mais aujourd'hui il donnait sur la boue et les roseaux du marécage désolé s'étendant sous la grisaille du ciel et dégageant une odeur de sel et de pourriture. Un chenal, juste assez large pour une petite embarcation, avait été creusé dans la vase et, tel un long ruban, s'étirait jusqu'à la mer, bande d'acier à moins d'un mille. Sur le marécage, une file d'ânes étaient attachés ensemble, tandis qu'un groupe d'hommes remblayaient les bords du chenal avec les pierres tirées des paniers de bât.

Un spectacle avait de toute évidence eu lieu récemment, car de l'autre côté de la place un petit nombre de femmes bavardaient près du pilori, autour duquel s'amoncelaient légumes et fruits pourris. Une pauvresse d'âge moyen, aux vêtements couverts d'œufs et de poires écrasés, était assise sur le tabouret, les pieds entravés par les ceps. Elle portait un bonnet triangulaire marqué d'un « M » pour « mégère ». Ayant reçu un verre de bière de l'une des commères, elle avait l'air assez joyeuse maintenant, mais son visage était contusionné et ses yeux tuméfiés. Nous apercevant, elle leva sa chope à notre adresse en esquissant un sourire. Une petite bande de gamins, les bras chargés de vieux choux pourris, déboulèrent sur la place en ricanant, mais l'une des femmes les chassa à grands gestes.

« Fichez le camp ! leur cria-t-elle d'une voix à l'accent aussi épais et guttural que celui des villageois. La mère Thomas a compris sa leçon et fichera maintenant la paix à son époux. Elle sera libérée dans une heure. Ça suffit ! »

Les gamins battirent en retraite, lançant des insultes à une prudente distance.

« On dirait que les mœurs sont assez douces par ici », dit Mark. Je hochai la tête. À Londres, il arrive assez souvent qu'on casse les dents et crève les yeux des condamnés au pilori à coups de pierres pointues.

Nous sortîmes de la ville et prîmes la direction du monastère. La route longeait les roseaux et les eaux stagnantes des marais. Je m'étonnais qu'il ait pu y avoir des chemins à travers ce répugnant bourbier, mais ce devait être le cas, autrement les hommes et les ânes que nous avions vus n'auraient pu y pénétrer.

« Jadis, Scarnsea était un port prospère, expliquai-je. Ces marais sont le résultat de l'accumulation de vase et de sable depuis une centaine d'années. Rien d'étonnant qu'aujourd'hui la ville soit si pauvre. Un bateau de pêche aurait du mal à passer par ce chenal.

— De quoi vivent les habitants ?

— De pêche et d'agriculture. Et aussi, probablement, de produits de contrebande importés de France. Ils doivent encore payer des loyers et des droits au monastère afin d'entretenir ces fainéants de moines. Le port de Scarnsea a été donné en trophée à l'un des chevaliers de Guillaume le Conquérant, qui a accordé des terres aux bénédictins et fait construire le monastère. Payé avec des impôts anglais, cela va de soi. »

Venant de la direction du monastère, un carillon résonna dans l'atmosphère sereine.

« Ils nous ont vus arriver ! s'écria Mark en riant.

— Il leur faudrait de bons yeux. À moins qu'il ne s'agisse de l'un de leurs miracles. Tudieu, elles en font du vacarme ces cloches ! »

Les cloches continuèrent à sonner tandis que nous approchions du mur d'enceinte, le bruit me martelant le crâne. J'étais las et, mon dos m'ayant fait de plus en plus mal au cours de la journée, je chevauchais désormais affalé sur le large dos de Chancery. Je me redressai alors de toute ma taille, car je devais m'imposer dans le monastère dès le début. Ce ne fut qu'une fois sur place que je me rendis compte de son importance. Les murs recouverts de plâtre incrusté de silex mesuraient douze pieds de haut. Le domaine enclos allait de la route à l'extrême bord du marais. Un peu plus bas se trouvait un imposant corps de garde roman. Nous vîmes sortir du portail à grand fracas un chariot chargé de barriques et attelé à deux robustes chevaux de gros trait. Nous tirâmes sur nos rênes et il passa devant nous en cahotant, puis prit le chemin de la ville. Le conducteur nous salua en portant sa main à sa casquette.

« C'est de la bière, dis-je.

— Des barriques vides ?

— Non, pleines. La brasserie du monastère possède le monopole de l'approvisionnement en bière de la ville. Les moines peuvent en fixer le prix. Cela figure dans la charte fondatrice.

— Par conséquent, si quelqu'un se saoule c'est avec de la bière sainte ?

— C'est une pratique assez courante. Les fondateurs normands ont choyé les moines en échange de prières à perpétuité pour leurs âmes. Tout le monde était content, à part ceux qui payaient la note... Dieu merci ! les cloches ont cessé de sonner. » Je pris une profonde inspiration. « Bon. Allons-y ! Ne dis rien. Règle ton attitude sur la mienne. »

Nous avançâmes jusqu'au corps de garde, bâtiment massif sur la façade duquel étaient sculptés des animaux héraldiques. Le portail avait été refermé. Levant les yeux, j'aperçus au premier étage le visage de quelqu'un qui regardait par la fenêtre de la loge mais rentra aussitôt. Je mis pied à terre et frappai à une petite porte latérale percée dans le mur d'enceinte. Elle s'ouvrit quelques instants plus tard, révélant un homme de haute taille et de forte carrure, chauve comme un œuf, et qui portait un tablier de cuir crasseux. Il nous foudroya du regard.

« Qu'est-ce que vous voulez ?

— Je suis le commissaire du roi. Ayez l'amabilité de nous conduire chez l'abbé », répondis-je avec froideur.

Il nous regarda d'un air soupçonneux.

« On n'attend personne. Il s'agit d'un monastère cloîtré. Vous avez des papiers officiels ? »

Je plongeai la main dans ma tunique et lui tendis mes documents d'un geste brusque.

« Le monastère de Saint-Donatien-l'Ascendant à Scarnsea est un établissement bénédictin. Ce n'est pas un ordre cloîtré, on peut y aller et venir selon le bon vouloir de l'abbé. Ou peut-être nous sommes-nous trompés de monastère ? » ajoutai-je d'un ton narquois. Le rustre me fixa d'un œil perçant et regarda les documents – il était clair qu'il ne savait pas lire – avant de me les rendre.

« Vous les avez ornés de deux traces de doigts, l'ami. Comment vous appelez-vous ?

— Bugge, marmonna-t-il. Je vais vous faire conduire chez messire l'abbé, messieurs. » Il s'écarta pour nous laisser franchir le portail avec les chevaux et nous débouchâmes dans un large espace sous le portique du corps de garde.

« Attendez ici, s'il vous plaît. »

Je hochai la tête, et il s'éloigna à grands pas.

Je passai sous le portique et contemplai la cour. Devant moi se dressait la grande église du monastère, solidement bâtie en pierre blanche, désormais patinée par le temps. Comme tous les autres bâtiments, elle était en meulière française et dotée à la normande de larges vitraux, tout à fait à l'opposé du style contemporain avec ses hautes fenêtres étroites et ses voûtes montant jusqu'au ciel. Malgré son imposante taille, avec ses trois cents pieds de long et ses tours jumelles de cent pieds de haut, elle semblait robuste et trapue, comme ramassée sur elle-même et bien enracinée dans le sol.

À gauche, près du mur d'en face, se trouvaient les

dépendances habituelles – écuries, atelier du maçon, brasserie. Débordant d'activités, la cour me rappelait Lichfield... Fournisseurs et serviteurs couraient çà et là, discutaient affaires et travail avec les moines tonsurés, ceux-ci vêtus du froc noir des bénédictins, en fine laine, notai-je, sous lequel pointaient des chaussures de bon cuir. Le sol jonché de paille était de terre battue. De gros chiens, bâtards de lévriers et de retrievers, couraient partout, aboyant et urinant contre les murs. Comme dans tous ces lieux, l'ambiance de la première cour évoquait plutôt une entreprise qu'un refuge séparé du monde.

À droite de l'église, le mur interne isolait les bâtiments claustraux où les moines vivaient et priaient. Contre le mur du fond s'élevait une maison indépendante d'un étage devant laquelle s'étendait un beau jardin de plantes médicinales cultivées dans des plates-bandes bien délimitées et soigneusement étiquetées. Je devinai que c'était l'infirmerie.

« Alors, Mark, que penses-tu d'un établissement monastique ? »

Il lança un coup de pied en direction de l'un des molosses qui s'était approché de nous, le poil hérissé. L'animal recula un peu, mais se mit à aboyer furieusement.

« Je ne m'étais pas attendu à quelque chose d'aussi vaste. On a l'impression que deux cents hommes pourraient y soutenir un siège.

— Bonne réponse ! Il a été construit pour abriter cent moines et cent serviteurs. Aujourd'hui, selon le *Comperta*, tout l'ensemble – bâtiments, terres, monopoles locaux – sert à entretenir grassement trente moines et soixante serviteurs.

— Ils nous ont vus, monsieur », murmura Mark. En effet, les aboiements continus du mâtin nous avaient attiré, des quatre coins de la cour, des regards peu amènes et aussitôt détournés, tandis que les chuchotements allaient bon train. Appuyé sur une béquille près du mur de l'église, un moine grand et maigre nous regardait fixement. Sa soutane blanche, sur le devant de laquelle pendait un long scapulaire, contrastait avec le simple froc noir des bénédictins.

« C'est un chartreux, si je ne me trompe, dis-je.

— Je croyais que les chartreuses étaient toutes fermées et que la moitié des moines de l'ordre avaient été exécutés pour trahison.

— En effet. Que peut-il bien faire là ? »

Quelqu'un toussota près de moi. Le portier était revenu, accompagné d'un moine trapu d'une quarantaine d'années. La couronne de cheveux entourant la tonsure était poivre et sel, l'empâtement et les bajoues du bon vivant adoucissaient les traits forts et durs du visage rougeaud. Un insigne montrant une clef était cousu sur le devant de son habit. Derrière lui se tenait un adolescent roux à l'air nerveux vêtu de la soutane grise du novice.

« Vous pouvez disposer, Bugge ! lança le nouvel arrivant de l'accent dur et clair des Écossais. Regagnez votre poste. » Le portier s'éloigna à contrecœur.

« Je suis le prieur, le frère Mortimus de Kelso.

— Où est donc l'abbé ?

— Je crains qu'il ne soit sorti pour le moment. Je suis son adjoint, chargé de la gestion quotidienne de Saint-Donatien. » Il nous fixa d'un œil perçant. « Vous venez en réponse à la missive de messire Goodhaps ? Aucun messager ne nous a avertis de votre arrivée. Je crains qu'aucune chambre ne soit prête. » La forte odeur qu'il dégageait me fit reculer d'un pas. Ayant été élevé chez les moines, je savais à quel point ils s'accrochaient à la vieille théorie selon laquelle se laver était malsain, ne se baignant que cinq ou six fois l'an.

« Lord Cromwell nous a dépêchés sur-le-champ. Je suis Matthew Shardlake, commissaire nommé pour enquêter sur les événements rapportés par messire Goodhaps dans sa lettre. »

Il s'inclina.

« Bienvenue, messieurs, au monastère de Saint-Donatien. Veuillez excuser les manières du portier, mais les injonctions nous obligent à avoir le moins de rapports possible avec le monde extérieur.

— Notre mission est urgente, monsieur, rétorquai-je d'un ton vif. Robin Singleton est-il vraiment mort, je vous prie ? »

Le visage du prieur se figea et il se signa.

« En effet. Odieusement assassiné par un agresseur inconnu. C'est affreux...

— Voilà pourquoi nous devons voir l'abbé sans plus tarder.

— Je vais vous conduire chez lui. Il devrait être bientôt de retour. Je souhaite que vous puissiez éclaircir le mystère de ce qui s'est passé ici. Du sang a été versé sur une terre consacrée, et pis encore. » Il secoua la tête, puis, changeant complètement d'attitude, il se tourna vers le jeune novice qui nous regardait avec de grands yeux et lui lança sèchement : « Whelplay ! les chevaux ! Rentrez-les à l'écurie ! »

Mince et frêle, le jeune homme avait l'air d'un gamin et paraissait plutôt seize ans que dix-huit, l'âge requis pour accomplir son noviciat. Je détachai la sacoche contenant mes documents, la tendis à Mark, puis le novice emmena nos montures. Après quelques pas, il se retourna pour nous regarder. Glissant sur des crottes de chien, il tomba à la renverse, heurtant brutalement le sol. Les chevaux s'agitèrent peureusement, et des rires fusèrent dans toute la cour. Le visage du prieur Mortimus s'empourpra de colère. Il se dirigea vers le jeune homme, qui se remettait sur pied tant bien que mal, et lui donna une bourrade qui le fit retomber sur les crottes de chien, ce qui déclencha de nouveaux rires.

« Sangbleu, Whelplay, vous êtes un crétin ! hurla le prieur. Voudriez-vous que les chevaux du commissaire du roi s'échappent et galopent partout dans la cour ?

— Non, monsieur le prieur, répondit le novice d'une voix tremblante. Je vous prie de m'excuser. »

Je m'approchai, saisis les rênes de Chancery d'une main et offris mon bras au gamin pour l'aider à se relever, en prenant soin de ne pas me salir avec la crotte de chien maculant sa soutane.

« Toute cette agitation va terroriser les chevaux, dis-je avec douceur. Ne vous en faites pas, mon garçon. Ce genre d'accident arrive à tout le monde. » Je lui rendis les rênes et, après avoir jeté un coup d'œil au prieur qui était rouge de colère, il emmena les bêtes. « Maintenant, monsieur, nous sommes prêts à vous suivre. »

L'Écossais me lança un regard noir. Son visage était devenu violacé.

« Sauf votre respect, monsieur, je suis responsable de la discipline de ce monastère. Le roi a prescrit bien des changements dans notre vie ici, et nos jeunes frères en particulier doivent apprendre l'obéissance.

— Avez-vous du mal à faire que les frères obéissent aux injonctions de lord Cromwell ?

— Non, monsieur, pas du tout. Du moment que j'ai le droit d'imposer une stricte discipline.

— Pour avoir glissé dans des excréments de chien ? demandai-je sans hausser le ton. Ne vaudrait-il pas mieux discipliner ces animaux et les empêcher d'entrer dans la cour ? »

Il parut sur le point de me répondre, puis soudain il rugit de rire.

« Vous avez raison, monsieur, mais l'abbé refuse qu'on les enferme. Il veut qu'ils soient en forme quand il va à la chasse. » Pendant qu'il parlait je regardais la couleur de sa face perdre sa teinte violacée pour revenir à son rouge initial. Je me dis que ce devait être un homme exceptionnellement colérique.

« La chasse... Je me demande ce que saint Benoît aurait pensé de ça.

— L'abbé a ses propres règles », répliqua le prieur d'un ton plein de sous-entendus.

Il nous fit passer devant les dépendances. Je découvris alors au milieu d'un jardin de roses une belle maison de maître de deux étages qui n'eût pas déparé Chancery Lane. Nous longeâmes les écuries où, par les portes ouvertes, je vis le jeune novice conduire Chancery dans une stalle. Il se retourna et me gratifia d'un étrange regard appuyé. Nous dépassâmes la brasserie et la forge dont le rougeoiement semblait accueillant par ce froid. Dans une grande dépendance contiguë, on apercevait des blocs de pierre sculptés et décorés. Sur des tréteaux dressés dehors des plans étaient étalés, et un homme à barbe grise portant un tablier de maçon se tenait les bras croisés à côté de deux moines en pleine discussion.

« C'est imp-possible, mon frère ! » s'exclama le plus âgé des deux. C'était un petit homme grassouillet d'environ quarante ans, doté d'une couronne de cheveux bouclés noirs autour de la tonsure et d'un visage rond et pâle percé de deux petits yeux sombres au regard dur. Des doigts courts et boudinés s'agitèrent au-dessus du plan. « Si on utilise de la p-pierre de C-Caen ça ép-puisera tout votre b-budget des trois années à venir.

— On ne peut pas s'en tirer à meilleur compte, répliqua le maçon. Pas si on veut faire les choses comme il faut.

— Il faut que ce soit fait comme il faut, insista l'autre moine d'une belle voix profonde et ferme. Autrement, toute la symétrie de l'église sera rompue et le revêtement différent attirera immédiatement l'œil. Si vous n'êtes pas d'accord, frère économe, je serai contraint de présenter l'affaire à l'abbé.

— Eh bien ! à votre guise... Mais ça ne changera rien. » Il se tut en nous apercevant, nous dévisageant de ses petits yeux noirs en boutons de bottine, puis se pencha à nouveau sur ses plans. Le deuxième moine nous examina. Jeune encore, grand et fortement charpenté, il possédait un beau visage marqué de rides profondes et une tignasse blonde qui se dressait autour de sa tonsure comme des épis de blé. Il avait de grands yeux clairs, bleu pâle. Son regard s'attarda sur Mark qui le fixa d'un œil froid, puis il s'inclina pour saluer le prieur au moment où nous passâmes devant le groupe, mais ne reçut qu'un bref signe de tête en échange.

« Intéressant, chuchotai-je à Mark. On n'a guère l'impression qu'une menace plane sur ce lieu. Ils parlent de restaurer l'église comme si tout devait durer éternellement.

— Vous avez vu la manière dont le grand moine m'a regardé ?

— Oui. Ça aussi, c'est intéressant. »

Nous longions le mur du fond de l'église, tout près de la maison, lorsqu'une silhouette en soutane blanche surgit de derrière un arc-boutant. C'était le chartreux que nous avions aperçu dans la cour. Le prieur se planta prestement devant lui.

« Frère Jérôme ! s'écria-t-il d'une voix dure, pas de scandale, je vous prie ! Retournez à vos prières ! »

Le chartreux contourna le prieur, lui lançant seulement un bref regard de dédain. Je vis qu'il traînait la jambe droite et que pour marcher il avait besoin de sa béquille, serrée sous l'aisselle. Son bras gauche déformé pendait, flasque, sur le côté, la main tenue selon un angle incongru. C'était un homme efflanqué d'une soixantaine d'années et dont les maigres cheveux autour de la tonsure étaient plus blancs que sa soutane tachée et élimée. Dans son visage hâve, les yeux brillaient avec la sorte de farouche intensité qui semble vouloir pénétrer l'âme. Il s'avança vers moi, se déplaçant avec une surprenante agilité pour éviter le bras tendu du prieur.

« Vous êtes l'envoyé de lord Cromwell ? » La voix était fêlée et chevrotante.

« C'est bien le cas, monsieur.

— Sachez donc que tous ceux qui auront pris le glaive périront par le glaive.

— Matthieu vingt-six, verset cinquante-deux, dis-je. Que voulez-vous dire ? » Je pensai à ce qui s'était passé au monastère. « Est-ce une confession ? »

Il ricana avec mépris.

« Non, bossu, il s'agit de la parole de Dieu, et c'est la vérité. » Le prieur Mortimus attrapa sans ménagement le bras valide du chartreux. Celui-ci se dégagea avec force et s'enfuit en clopinant.

« Ne lui prêtez aucune attention, je vous prie. » Cette fois-ci, le prieur était devenu livide et des vaisseaux violacés éclatés apparaissaient nettement sur ses joues. « Il n'a plus sa tête, ajouta-t-il en pinçant les lèvres.

— Qui est-il ? Et que fait donc ici un moine chartreux ?

— Il est pensionnaire. Nous l'avons accepté pour complaire à son cousin, un propriétaire terrien de la région. Par charité pour son état.

— De quel monastère vient-il ? »

Le prieur hésita.

« La chartreuse de Londres. On le connaît sous le nom de Jérôme de Londres. »

Je le regardai avec étonnement.

« Là où le prieur Houghton et la moitié des moines ont été exécutés pour avoir refusé de prononcer le serment d'allégeance ?

— Le frère Jérôme a fini par prononcer le serment. Après que lord Cromwell eut exercé certaines pressions. » Il fixa sur moi un regard acéré. « Vous comprenez ?

— Il a été torturé ?

— Atrocement. Le fait d'avoir cédé lui a fait perdre l'esprit. Mais il n'a eu que ce qu'il méritait, n'est-ce pas, vu son manque de loyauté... Et voici comment il nous remercie de notre charité. Il ne perd rien pour attendre.

— Qu'a-t-il voulu dire tout à l'heure ?

— Dieu seul le sait. Je vous l'ai dit, il est fou. » Il se détourna et, poussant une barrière en bois, nous précéda dans le jardin de l'abbé où quelques pâles roses d'hiver se détachaient sur les branches épineuses dénudées. Je jetai un coup d'œil en arrière, mais le moine infirme avait disparu. Je frissonnai au souvenir de ce regard brûlant.

5

Un gros homme portant la robe bleue d'un serviteur répondit au coup frappé à la porte par le prieur. Il nous regarda d'un air inquiet.

« Voici des envoyés du vicaire général qui veulent voir Sa Seigneurie de toute urgence. Est-elle là ? »

Le serviteur effectua un profond salut.

« Ce terrible meurtre... » Il se signa avec ferveur. « Nous n'avons pas été avisés de votre venue, messieurs. L'abbé Fabian n'est pas encore de retour, bien que nous l'attendions d'un moment à l'autre. Veuillez entrer, je vous prie. »

Il nous fit entrer dans un vaste vestibule sur les panneaux duquel étaient peintes des scènes de chasse.

« Peut-être voudrez-vous attendre dans la salle de réception ? suggéra le prieur.

— Où est messire Goodhaps ?

— En haut. Dans sa chambre.

— Alors, nous le verrons en premier. »

Le prieur fit un signe de tête au serviteur, qui nous précéda dans un large escalier. Le prieur s'arrêta devant une porte close et cogna très fort. On entendit un couinement à l'intérieur, puis un bruit de clef, et la porte fut à peine entrebâillée. Un visage mince et angoissé surmonté de cheveux blancs en désordre regarda par la fente.

« Prieur Mortimus ! s'exclama le vieil homme d'une voix fluette, pourquoi cognez-vous aussi violemment ? Vous m'avez fait peur. »

Un sourire sardonique passa brièvement sur le visage de Mortimus.

« Vraiment ? Pardonnez-moi... Vous voilà en sécurité désormais, mon bon monsieur. Lord Cromwell a envoyé un émissaire, un nouveau commissaire.

— Messire Goodhaps ? demandai-je. Je suis le commissaire Matthew Shardlake. Je suis venu suite à votre missive. C'est lord Cromwell qui m'envoie. »

Il continua à nous dévisager quelques instants, puis nous fit entrer dans la chambre bien meublée. Elle contenait un lit à baldaquin et à rideaux, de gros coussins moelleux sur le parquet, et la fenêtre donnait sur la cour animée. Par terre se trouvait une pile de livres sur laquelle était posé en équilibre un plateau supportant un pichet de vin et des gobelets d'étain. Un feu de bûches flambait dans l'âtre. Mark et moi nous précipitâmes vers la cheminée, car nous étions tous les deux glacés jusqu'aux os. Je me retournai vers le prieur qui restait sur le seuil sans nous quitter des yeux.

« Merci, mon frère, lui dis-je. Peut-être pourrez-vous me prévenir dès que l'abbé sera rentré. » Il s'inclina et sortit en refermant la porte.

« Au nom du Christ, fermez la porte à clef », couina le vieil homme en se tordant les doigts. Il faisait pitié à voir avec ses cheveux blancs en bataille et sa robe noire de clerc chiffonnée et tachée. L'odeur de son haleine indiquait qu'il avait déjà goûté le vin.

« La lettre est arrivée ? Dieu soit loué ! Je craignais qu'elle n'ait été interceptée. Vous êtes combien ?

— Nous ne sommes que deux. Puis-je m'asseoir ? »

demandai-je en me baissant avec précaution pour m'installer sur les coussins, ressentant un merveilleux soulagement dès que j'y calai mon dos. Messire Goodhaps remarqua mon infirmité pour la première fois. Puis il regarda Mark qui était en train de détacher sa lourde épée.

« Ce jeune homme est-il un spadassin ? Peut-il nous protéger ?

— Si nécessaire. Risquons-nous d'avoir besoin de l'être ?

— Nous sommes ici entourés d'ennemis. Après ce qui s'est passé..., messire Shardlake... »

Voyant qu'il était terrorisé, je souris pour le rassurer. Il faut calmer un témoin apeuré comme on caresse le flanc d'un cheval effrayé.

« Tranquillisez-vous, monsieur. Nous sommes fatigués et nous apprécierions bien une goutte de ce vin pendant que vous nous raconterez ce qui s'est passé ici exactement.

— Oh ! monsieur, par la Sainte Vierge, le sang... »

Je levai la main.

« Commencez au tout début, depuis votre arrivée en ces lieux. »

Il nous servit du vin et s'assit sur le lit, passant les mains dans ses cheveux blancs emmêlés.

« Je ne voulais pas venir là, soupira-t-il. À Cambridge, j'ai travaillé dur à la vigne du Seigneur, œuvrant pour la Réforme dès le début, et je suis trop vieux pour ce genre de mission. Mais Robin Singleton ayant été naguère l'un de mes étudiants, il m'a demandé de l'aider à persuader ce maudit monastère de se soumettre. Il avait besoin d'un avocat expert en droit canon, voyez-vous... Et je ne pouvais pas décliner une requête émanant du vicaire général, ajouta-t-il d'un ton chagrin.

— C'eût été difficile, en effet. Donc vous êtes arrivé ici, il y a combien de temps ? Une semaine ?

— Oui. Après une pénible chevauchée.

— Comment les négociations se sont-elles déroulées ?

— Mal, monsieur, comme je m'en étais douté. Singleton a joué les fanfarons, déclarant qu'il s'agissait d'un établissement de pécheurs et de dépravés et que les moines auraient intérêt à accepter les pensions qu'il offrait et à se soumettre. Mais l'abbé Fabian n'a pas accepté le marché, car il adore la vie qu'il mène ici. Il se conduit en seigneur du village et traite de haut les intendants et les baillis. Il n'est que le fils de l'approvisionneur de navires du coin, vous savez. » Il vida son gobelet et le remplit à nouveau. Je ne pouvais en vouloir à cette vieille nouille désemparée et toute seule ici de chercher le réconfort dans la bouteille.

« Il est malin, l'abbé Fabian. Il savait qu'il n'y aurait plus de fermeture forcée, pas après la rébellion du Nord. Le commissaire m'a dit de dénicher quelque article dans mes livres de droit pour le menacer. Je l'ai prévenu qu'il perdait son temps, mais Robin Singleton n'a jamais été un bon étudiant. Il réussissait grâce à sa faconde. Dieu ait son âme ! ajouta-t-il, sans se signer, en bon réformateur.

— Ce que vous dites est assez vrai, acquiesçai-je. À moins de découvrir d'autres manquements à la loi. On a parlé, paraît-il, de sodomie et de vol. Deux infractions majeures.

— Cette fois, lord Cromwell se trompe, soupira-t-il. Le juge de paix du coin est un bon réformateur, mais ses rapports concernant les ventes de terres à un prix sous-évalué ne résistent pas à l'analyse. Il n'y a aucune preuve d'une quelconque irrégularité dans les comptes.

— Et la rumeur sur la dépravation ?

— Rien. L'abbé affirme que tous se sont amendés depuis l'inspection. L'ancien prieur encourageait ces pratiques abominables, mais il a été évincé depuis, ainsi que deux des coupables les plus invétérés du lot, et on l'a remplacé par ce rustre d'Écossais. »

Je finis mon vin, mais me retins d'en redemander. J'étais épuisé, et le vin, conjugué à la chaleur du feu, me donnait envie de m'allonger et de dormir. Et il me fallait garder les idées claires durant quelques heures encore.

« Comment trouvez-vous les frères ? »

Il haussa les épaules.

« Comme tous les autres. Paresseux et contents de leur sort. Ils jouent aux cartes, s'adonnent à la chasse – vous aurez remarqué qu'il y a des chiens partout – et bâclent les offices. Mais ils respectent les injonctions, font leurs sermons en anglais et aucune catin ne hante les lieux. Ce rougeaud de prieur est à cheval sur la discipline. Il se présente comme un partisan des directives de lord Cromwell, mais je ne fais confiance à aucun d'entre eux. Les obédienciers sont malins et patelins, mais au fond d'eux-mêmes ils n'ont pas le moins du monde renoncé aux vieilles hérésies. Ils se gardent bien de le montrer, cependant. Hormis ce chartreux infirme, bien sûr, mais il ne fait pas partie de la communauté.

— Ah oui ! le frère Jérôme. Nous l'avons rencontré.

— Savez-vous qui c'est ?

— Non.

— C'est un parent de la reine Jeanne, Dieu ait son âme ! Il a refusé de prêter serment, mais l'exécuter comme les autres chartreux aurait fait mauvais effet. Ils l'ont torturé jusqu'à ce qu'il prête serment, puis ils l'ont relégué ici comme pensionnaire. Un autre de ses parents est un grand propriétaire terrien de la région.

J'aurais pensé que les services de lord Cromwell étaient au courant de sa présence ici.

— Les documents se perdent, je suppose, même dans ses services, dis-je en baissant la tête.

— Les autres moines ne l'aiment pas parce qu'il les insulte, les traite de mollassons et de fainéants. Il n'a pas le droit de quitter le monastère.

— Sans doute le commissaire Singleton s'est-il entretenu avec de nombreux moines pour voir ce qu'il pourrait découvrir. Certains de ceux impliqués dans le scandale de la sodomie devraient toujours se trouver ici, non ?

— Le grand moine à la tignasse blonde, peut-être ? » lança Mark.

Goodhaps haussa les épaules.

« Oh ! lui... C'est le frère Gabriel, le sacristain. Oui, il était impliqué. Il paraît tout à fait normal, n'est-ce pas ? Grand et fort. Il a parfois l'air hagard, cependant. Le commissaire Singleton les a poussés dans leurs retranchements, mais ils prétendent tous être purs comme des anges désormais. Il m'avait chargé de mener plusieurs interrogatoires, d'en questionner certains sur leur vie quotidienne, quoique je sois un érudit et ne possède aucune formation en ce domaine.

— J'imagine que le commissaire Singleton n'était pas très aimé ? Je le connaissais d'ailleurs. Il avait des manières brutales.

— Oui. Sa brusquerie ne lui a jamais gagné les cœurs, mais peu lui chalait.

— Racontez-moi comment il est mort. »

Il rentra les épaules, semblant se recroqueviller sur lui-même.

« Il avait cessé de les harceler de questions. Il m'a enjoint de dresser la liste de toutes les façons dont un monastère peut enfreindre le droit canon, en raclant les fonds de tonneaux. Il a passé le plus clair de son temps à étudier les comptes et les archives. Il se faisait du souci. Il lui fallait trouver quelque chose pour satisfaire lord Cromwell. Je ne l'ai guère vu les deux derniers jours, car il examinait les livres de l'économe.

— Que cherchait-il ?

— La moindre irrégularité. Je le répète, il raclait les fonds de tonneaux. Mais il connaît assez bien cette nouvelle comptabilité italienne où tout est inscrit deux fois.

— Oui. La "comptabilité en partie double". Donc il était fort en comptabilité sinon en droit ?

— Oui, soupira-t-il. Le dernier soir, nous avons dîné ensemble, en tête à tête, comme d'habitude. Il paraissait d'humeur plus joyeuse. Il a dit qu'il allait dans sa chambre pour examiner un nouveau registre qu'il avait soutiré à l'économe, lequel était sorti ce soir-là, le soir des événements.

— L'économe serait-il un gros petit homme aux yeux noirs ? On a vu quelqu'un comme ça dans la cour en train de discuter d'argent.

— C'est lui. Le frère Edwig. Probablement en train de discuter avec le sacristain sur ses projets de construction. J'aime bien le frère Edwig. Il a les pieds sur terre. Il ne jette pas l'argent par les fenêtres. Il nous faudrait quelqu'un comme lui dans mon université. Le prieur Mortimus et le frère Edwig ont la haute main sur la gestion au jour le jour du monastère et ils tiennent bien les rênes. » Il but une nouvelle gorgée de vin.

« Que s'est-il passé ensuite ?

— J'ai travaillé durant une heure. Puis j'ai récité mes prières et je me suis couché.

— Vous avez dormi ?

— Oui. Je me suis réveillé en sursaut vers cinq heures du matin. J'ai entendu un grand remue-ménage sur le palier, puis on a cogné violemment à la porte, comme vient de le faire le prieur. » Il frémit. « L'abbé et une dizaine de moines étaient là. L'abbé avait l'air hébété, comme s'il avait complètement perdu la tête. Il m'a dit que le commissaire était mort, qu'il avait été assassiné et que je devais venir sur-le-champ.

» Je me suis habillé et suis descendu avec eux. Il régnait une confusion extrême... Ils jacassaient tous tant et plus, parlant de portes fermées à clef et de sang, et j'ai entendu quelqu'un évoquer la vengeance de Dieu. Ils ont trouvé des torches et nous avons gagné les cuisines après avoir traversé les quartiers des moines. Il faisait si froid le long de ces interminables corridors sombres... Les moines et les serviteurs s'agglutinaient par petits groupes, la mine apeurée. Et puis on a ouvert la porte des cuisines... Dieu du ciel ! » À mon grand étonnement, il s'empressa de se signer.

« Il y avait une odeur de... » Il émit un bref éclat de rire. « Comme dans une échoppe de boucher. La pièce était pleine de bougies... On en avait posé sur les longues tables, les placards à provisions, partout. J'ai marché dans quelque chose et le prieur m'a tiré sur le côté. Quand j'ai levé le pied, c'était gluant. Il y avait une grande flaque de liquide sombre sur le sol, mais je ne savais pas ce que c'était.

» Puis j'ai vu Robin Singleton gisant à plat ventre au milieu de la mare, sa robe toute souillée. Je savais que quelque chose clochait, mais je n'ai pas saisi d'emblée ce que c'était. Puis, soudain, j'ai compris qu'en fait il n'avait plus de tête. J'ai jeté un regard circulaire et alors je l'ai aperçue, sa tête, sous la baratte, les yeux fixés sur moi. C'est seulement à ce moment-là que j'ai vu qu'il s'agissait d'une mare de sang. » Il ferma les paupières. « Seigneur Dieu, j'étais terrifié ! » Il les rouvrit, vida son gobelet et tendit à nouveau le bras vers le pichet, mais je le couvris de la main.

« Ça suffit pour le moment, messire Goodhaps ! dis-je doucement. Poursuivez ! »

Ses yeux s'emplirent de larmes.

« J'ai pensé qu'ils l'avaient tué. J'ai cru qu'il s'agissait d'une exécution et que c'était maintenant mon tour. Je regardai leurs visages et cherchai à voir lequel portait une hache. Ils avaient tous l'air si sinistres. Le chartreux était là, un horrible sourire sur les lèvres. Il a crié : "La vengeance m'appartient, dit le Seigneur !"

— Il a dit ça ? Vraiment ?

— Oui. L'abbé lui a lancé : "Du calme !" Puis il s'est approché de moi. "Messire Goodhaps, vous devez nous dire ce que nous devons faire", et alors j'ai compris qu'ils avaient aussi peur que moi.

— Puis-je dire quelque chose ? » s'enquit Mark. Je hochai la tête. « Ce chartreux aurait été incapable de trancher la tête de quiconque. Il faudrait de la force et de l'équilibre.

— En effet, opinai-je. Tu as tout à fait raison. » Je m'adressai à nouveau au vieil homme. « Qu'avez-vous répondu à l'abbé ?

— Il a dit que nous devrions consulter les autorités civiles, mais je savais qu'il fallait avertir en premier messire Cromwell. Je me doutais qu'il y aurait des implications politiques. L'abbé a déclaré que le portier, le vieux Bugge, affirmait avoir rencontré Singleton durant sa ronde de nuit moins d'une heure plus tôt. Le commissaire avait annoncé à Bugge qu'il avait rendez-vous avec l'un des moines.

— À cette heure-là ? A-t-il dit de qui il s'agissait ?

— Non. Apparemment Singleton l'a envoyé paître.

— Je vois. Et ensuite ?

— J'ai ordonné à tous les moines de garder un silence absolu sur cette affaire. Et qu'aucune lettre ne devait quitter le monastère sans mon consentement et j'ai confié la mienne au jeune courrier du village.

— C'était une sage décision, messire Goodhaps. Vous avez agi à bon escient.

— Merci. » Il s'essuya les yeux avec sa manche. « J'avais horriblement peur, monsieur. Je suis revenu dans ma chambre et n'en suis pas sorti depuis. Pardonnez-moi, messire Shardlake, mais cette affaire a eu raison de mon courage. J'aurais dû mener une enquête, mais je ne suis qu'un... érudit.

— Eh bien ! nous sommes là désormais. Dites-moi... Qui a découvert le corps ?

— L'infirmier. Le frère Guy. Le moine basané... » Il frissonna. « Il a expliqué que, comme un vieux moine était malade à l'infirmerie, il était venu chercher du lait à la cuisine. Il a une clef. Il avait ouvert la porte extérieure, puis traversé le petit couloir qui mène à la cuisine. Il avait poussé la porte et marché dans la mare de sang. Alors il a donné l'alerte.

— Par conséquent, la cuisine est normalement fermée à clef la nuit ?

— Oui. Afin d'empêcher les moines et les domestiques de venir se servir. Les moines ne pensent qu'à se goinfrer. Vous verrez à quel point la plupart d'entre eux sont gros et gras.

— Donc, l'assassin possédait une clef. Tout comme le rendez-vous signalé par le portier, cet élément désigne un habitant du monastère. Mais dans votre lettre vous dites que l'église a été profanée, qu'une relique a été dérobée...

— En effet. Nous étions tous dans la cuisine quand l'un des moines est venu annoncer que... » Sa gorge se serra. « ... qu'un coq avait été sacrifié sur l'autel de l'église. Plus tard, on a découvert qu'en plus la relique du bon larron avait été volée. Les moines soutiennent qu'une personne étrangère au monastère est venue profaner l'église et dérober la relique, et qu'ayant rencontré le commissaire au cours d'une de ses promenades nocturnes elle l'a assassiné.

— Mais comment quelqu'un d'étranger au monastère aurait-il pu entrer dans la cuisine ? »

Il eut un haussement d'épaules.

« Peut-être en faisant faire une copie de la clef après avoir soudoyé un serviteur. C'est ce que pense l'abbé, même si le cuisinier est le seul serviteur à posséder une clef.

— Et la relique ? Avait-elle de la valeur ?

— Cette horreur ! Une main clouée sur un bout de bois... Mais elle se trouvait dans un gros coffret en or inscrusté de pierres précieuses, de véritables émeraudes, il me semble. Elle est réputée guérir les os déformés ou brisés, encore une supercherie destinée à tromper les imbéciles. » Durant quelques instants, sa voix vibra de l'ardeur du réformateur zélé. « Les moines sont davantage bouleversés par la disparition de la relique que par la mort de Singleton.

— Et vous, quelle est votre opinion personnelle à ce sujet ? Qui pourrait être le coupable, à votre avis ?

— Je ne sais que penser. Les moines parlent d'adorateurs du démon pénétrant par effraction dans le monastère pour voler la relique. Mais ils nous détestent. On sent leur haine jusque dans l'air qu'on respire. Maintenant que vous êtes là, monsieur, puis-je rentrer chez moi ?

— Pas tout de suite. Bientôt, peut-être.

— Au moins, vous et ce jeune homme me tiendrez compagnie. »

Un coup fut frappé à la porte et la tête du serviteur apparut dans l'entrebâillement.

« L'abbé est rentré, monsieur.

— Très bien. Mark, aide-moi, je suis tout engourdi. » Il m'aida à me relever et je brossai mes vêtements.

« Merci, messire Goodhaps. Nous pourrons peut-être continuer cette conversation plus tard. Au fait, où sont passés les livres de comptes qu'étudiait le commissaire ?

— L'économe les a repris. » Il secoua sa tête blanche. « Comment en sommes-nous arrivés là ? Tout ce que je désirais, c'était la réforme de l'Église. Comment en sommes-nous venus à un monde où se produisent de telles choses ? Rébellion, trahison, meurtre. Parfois, je me demande s'il existe un chemin pour sortir de tout cela.

— En tout cas, il existe un chemin pour sortir des mystifications élaborées par les hommes, rétorquai-je avec force. De cela je suis sûr. Viens, Mark ! Allons voir le bon seigneur abbé... »

6

Le domestique nous précéda dans l'escalier et nous fit entrer dans une vaste salle dont les murs étaient tendus de tapisseries flamandes aux vives couleurs, anciennes mais très belles. Les fenêtres donnaient sur un grand cimetière planté d'arbres où deux serviteurs ratissaient les dernières feuilles mortes.

« Le seigneur abbé est en train de quitter son costume de chasse. Il sera à vous tout de suite. » Il nous fit un profond salut et sortit, nous laissant nous chauffer le dos devant le feu.

Le principal meuble de la pièce était un large bureau jonché de papiers et de parchemins. Il y avait un fauteuil rembourré derrière et de simples tabourets devant. Le grand sceau de l'abbaye se trouvait sur un bloc de cire à cacheter, lui-même placé sur un plateau de cuivre, à côté d'une carafe de vin et de plusieurs timbales d'argent. Une bibliothèque couvrait tout le mur derrière le bureau.

« Je ne me doutais pas que les abbés vivaient dans un tel luxe, dit Mark.

— Oh si ! Ils ont leur propre demeure. Jadis, les abbés habitaient au milieu des frères, mais lorsque la Couronne a commencé à lever des impôts sur leur maison, il y a plusieurs siècles, on a trouvé la parade en donnant à l'abbé son propre revenu, légalement distinct. Aujourd'hui, tous les abbés mènent grand train et laissent les prieurs s'occuper de la majeure partie de la gestion quotidienne du monastère.

— Pourquoi le roi ne change-t-il pas la loi afin qu'on puisse faire payer des impôts aux abbés ? »

Je haussai les épaules.

« Jadis, les rois avaient besoin du soutien des abbés à la Chambre des lords. Aujourd'hui... De toute façon, ça n'aura bientôt plus d'importance.

— Par conséquent, c'est cette brute d'Écossais qui assure en fait la gestion quotidienne de l'établissement ? »

Contournant le bureau, j'allai examiner les livres de la bibliothèque. Je remarquai un exemplaire imprimé des statuts anglais.

« C'est une authentique brute, pas vrai ? Il avait l'air de prendre plaisir à maltraiter le novice, dis-je.

— Ce garçon semblait malade.

— Oui. J'aimerais savoir pourquoi on oblige un novice à effectuer des tâches de domestique.

— Je croyais que les moines devaient employer une partie de leur temps à des travaux manuels.

— C'est bien ce que prescrit la règle de saint Benoît. Mais depuis des centaines d'années aucun moine dans une maison de bénédictins ne s'est sali les mains en accomplissant un travail honnête. Les serviteurs se coltinent toutes les corvées. Non seulement la cuisine, le soin des chevaux, mais ils s'occupent du feu, font les lits des moines, les aident parfois à se vêtir, et qui sait à quoi d'autre... »

Je pris le sceau et l'étudiai à la lumière du feu. Il était en acier trempé. Je montrai à Mark l'effigie gravée de saint Donatien portant la toge romaine, penché au-dessus d'un homme gisant sur un panier de bât et dont le bras se tendait vers le saint en un geste de supplication. C'était un joli travail, les plis de la toge étant dessinés avec une grande précision.

« Saint Donatien ramenant le mort à la vie. J'ai lu son histoire avant notre départ dans mon exemplaire de *La Vie des saints*.

— Il pouvait ressusciter les morts comme le Christ avec Lazare ?

— On raconte que Donatien a aperçu le cadavre d'un homme qu'on transportait jusqu'à sa tombe. Un autre homme vitupérait sa veuve, alléguant que le défunt lui devait de l'argent. Le bienheureux Donatien a enjoint au mort de se lever et de régler ses comptes. Celui-ci s'est alors redressé et a convaincu tous les présents qu'il avait payé sa dette. Puis il s'est allongé, mort à nouveau. L'argent, l'argent, ces gens ne pensent qu'à ça ! »

On entendit des pas dans le vestibule et la porte s'ouvrit pour laisser passer un homme grand et fort, âgé d'une cinquantaine d'années. Sous son habit noir de bénédictin, on apercevait des chausses en velours de laine et des souliers à boucles d'argent. Son visage carré rubicond était doté d'un nez aquilin. Il avait de longs cheveux châtains, et sa tonsure, un minuscule rond rasé, était la plus petite concession possible à la règle de l'ordre. Il s'avança vers nous, un sourire aux lèvres.

« Je suis l'abbé Fabian. » Ses manières étaient celles d'un patricien, mais je perçus un soupçon d'inquiétude dans sa belle voix d'aristocrate. « Bienvenue à Scarnsea. *Pax vobiscum*.

— Matthew Shardlake, commissaire du vicaire général. » Je ne répondis pas par la formule consacrée, « Et avec vous », car je refusais de me laisser entraîner dans ces momeries en latin.

L'abbé hocha lentement la tête. Ses yeux bleus enfoncés balayèrent de haut en bas mon corps voûté avant de s'écarquiller un tant soit peu lorsqu'il vit que je tenais le sceau entre mes mains.

« Attention, monsieur, je vous prie... Tous les documents légaux doivent être marqués de ce sceau. Il ne sort jamais de cette pièce. Si on veut appliquer strictement la règle, je devrais être le seul à le toucher.

— En tant que commissaire du roi, j'ai accès à tout ce qui se trouve ici, Votre Seigneurie.

— Bien sûr, monsieur, bien sûr. » Son regard suivit mes mains tandis que je reposais le sceau sur son bureau. « Vous devez avoir faim après votre long voyage... Désirez-vous que je commande quelque chose à manger ?

— Merci. Tout à l'heure.

— Je regrette de vous avoir fait attendre, mais j'avais affaire avec le régisseur de notre domaine de Ryeover. Les comptes concernant les moissons sont loin d'être réglés. Un peu de vin, peut-être ?

— Juste une goutte. »

Il m'en versa un peu avant de se tourner vers Mark. « Puis-je demander qui est ce jeune homme ?

— Mark Poer, mon secrétaire et assistant. »

Il haussa le sourcil.

« Messire Shardlake, nous devons nous entretenir de graves sujets. Puis-je indiquer qu'il vaudrait mieux que nous restions en tête à tête ? Le jeune homme peut aller dans le logement que j'ai fait préparer.

— Je ne suis pas d'accord, Votre Seigneurie. C'est le vicaire général lui-même qui m'a demandé de me faire accompagner par le jeune Poer. Il restera, sauf si je lui dis de s'en aller. Souhaiteriez-vous maintenant voir mon ordre de mission ? »

Mark gratifia l'abbé d'un large sourire.

Celui-ci rougit et courba la tête.
« Comme bon vous semblera. »
Je plaçai le document dans sa main couverte de bagues.
« J'ai parlé à messire Goodhaps », dis-je pendant qu'il rompait le cachet. Ses traits se crispèrent et son nez sembla se redresser comme si l'odeur de Cromwell émanait du document. Je regardai le jardin où les serviteurs brûlaient les feuilles. Un filet de fumée blanche montait dans le ciel gris. La lumière du jour commençait à faiblir.
L'abbé réfléchit quelques instants puis posa l'ordre de mission sur son bureau. Il se pencha en avant, les doigts noués.
« Ce meurtre est l'événement le plus horrible qui se soit passé ici. Cela, et la profanation de l'église. J'en suis... tout bouleversé. »
Je hochai la tête.
« Lord Cromwell est bouleversé, lui aussi. Il ne veut pas que la nouvelle s'ébruite. Vous n'en avez parlé à personne ?
— Nous avons gardé un silence absolu, monsieur. Les moines et les serviteurs savent que, si une seule allusion à ce sujet traverse le mur d'enceinte, ils auront affaire aux services du vicaire général.
— Bien. Assurez-vous, je vous prie, que toute correspondance reçue m'est montrée. Et aucun courrier ne doit sortir d'ici sans mon consentement. Bon, je crois comprendre que la visite du commissaire Singleton n'était pas de votre goût.
— Que dire ? soupira-t-il. Il y a deux semaines j'ai reçu une lettre des bureaux de lord Cromwell m'indiquant qu'il envoyait un commissaire pour discuter de sujets non spécifiés. Lorsque le commissaire Singleton est arrivé, j'ai été stupéfait de l'entendre déclarer qu'il

voulait que je donne ce monastère au roi. » Il me fixa droit dans les yeux. Désormais, il y avait dans son regard non seulement de l'inquiétude mais aussi du défi. « Il a insisté sur le fait qu'il souhaitait que la soumission soit volontaire, et il paraissait décidé à me faire céder, passant tour à tour des promesses financières aux menaces vagues concernant des écarts de conduite, accusations dénuées de tout fondement, dois-je préciser. L'"instrument de soumission" qu'il voulait me faire signer était exorbitant. Je devais reconnaître que notre existence ici n'avait été qu'un simulacre de vie pieuse, que nous observions de stupides rites romains. » Sa voix prit un ton blessé. « Nos cérémonies suivent à la lettre les injonctions du vicaire général, et tous les moines ont prêté serment et renoncé solennellement à l'autorité du pape.

— Bien sûr. Autrement il y aurait eu des représailles. » Je notai qu'il portait un insigne de pèlerin en bonne place sur son habit. Il avait effectué le pèlerinage du sanctuaire de Notre-Dame à Walsingham. Évidemment, comme le roi par le passé.

Il prit une profonde inspiration.

« Le commissaire Singleton et moi avons eu un certain nombre de discussions tournant autour du fait qu'aucune loi ne permet au vicaire général de nous contraindre, moi et mes moines, à lui remettre les clefs de notre maison. Assertion que messire Goodhaps, expert en droit canon, ne pouvait contredire. »

Je ne lui répondis pas sur ce point car il avait raison.

« Peut-être pourrions-nous passer aux circonstances du meurtre ? dis-je. C'est ce qu'il y a de plus urgent. »

Il opina du chef, la mine grave.

« Il y a quatre jours, durant l'après-midi, le commissaire Singleton et moi avons eu une autre longue et, je le crains, stérile discussion. Je ne l'ai pas revu ce jour-là. Il logeait dans cette maison, mais messire Goodhaps et lui avaient accoutumé de prendre leur dîner séparément. Je me suis couché comme d'habitude. Puis, à cinq heures du matin, j'ai été réveillé par le frère Guy, mon infirmier, qui a fait irruption dans ma chambre. Il m'a annoncé que, s'étant rendu à la cuisine, il avait trouvé le corps du commissaire Singleton gisant dans une grande mare de sang, décapité. » Le visage de l'abbé se tordit de dégoût et il secoua la tête. « Verser le sang sur une terre consacrée est une abomination, monsieur. Et il y a eu ensuite ce qu'on a trouvé dans l'église, près de l'autel, lorsque les moines sont allés assister aux matines. » Il se tut, un profond sillon apparut entre ses sourcils. Je compris qu'il était sincèrement bouleversé.

« C'est-à-dire ?

— Encore du sang. Celui d'un jeune coq noir, posé devant l'autel, la tête tranchée lui aussi. Je crains que nous n'ayons affaire à de la sorcellerie, messire Shardlake.

— Et il vous manque une relique, paraît-il ? »

Il se mordit la lèvre.

« La grande relique de Scarnsea. C'est un objet sacré exceptionnel : la main du bon larron qui a souffert aux côtés du Christ, clouée sur un fragment de sa croix. Le frère Gabriel s'est aperçu de sa disparition un peu plus tard ce matin-là.

— Je crois comprendre qu'elle possède une grande valeur marchande. Il s'agit d'un reliquaire en or incrusté d'émeraudes, n'est-ce pas ?

— En effet. Mais je me préoccupe davantage de son contenu. L'idée qu'un objet possédant un tel pouvoir sacré puisse tomber entre les mains d'une sorcière...

— La décapitation du commissaire du roi n'est pas due à un acte de sorcellerie.

— Certains des frères n'en sont pas si sûrs. Il n'y a aucun instrument dans la cuisine qui puisse servir à trancher la tête d'un homme. Ce n'est guère facile à faire... »

Je me penchai en avant, plaçant une main sur mon genou. Je cherchais à soulager mon dos, mais on aurait dit un geste de défi.

« Vos relations avec le commissaire Singleton n'étaient pas bonnes. Vous dites qu'il avait accoutumé de dîner dans sa chambre ? »

L'abbé Fabian ouvrit les bras.

« En tant qu'émissaire du vicaire général, on l'a traité avec la plus extrême courtoisie. C'est lui qui a préféré ne pas partager ma table. Mais, je vous en prie, poursuivit-il en élevant un rien la voix, permettez-moi de répéter que sa mort est une abomination et me fait horreur. D'ailleurs, j'aimerais donner à sa malheureuse dépouille une sépulture chrétienne. Sa présence prolongée ici met mes moines mal à l'aise, car ils craignent son fantôme. Mais messire Goodhaps a insisté pour qu'on garde le corps afin qu'il puisse être examiné.

— Avec raison. Ma première tâche consistera à procéder à cet examen. »

Il me fixa attentivement.

« Allez-vous enquêter sur ce crime tout seul, sans la collaboration des autorités civiles ?

— Oui. Et le plus vite possible. Mais je compte sur votre aide et votre totale coopération.

— Cela va de soi ! s'écria-t-il en écartant largement les bras. Mais, franchement, je ne sais par où vous pourriez commencer. Cela me semble une tâche impossible pour un homme seul. Surtout si, comme j'en suis sûr, le coupable venait de la ville.

— Pourquoi donc ? On m'a affirmé que le gardien avait rencontré le commissaire Singleton durant la nuit, lequel lui a annoncé qu'il avait rendez-vous avec l'un des moines. Et on me dit qu'il faut une clef pour ouvrir la porte de la cuisine. »

Il se pencha en avant, l'air grave.

« Monsieur, nous sommes dans une maison de Dieu, consacrée à l'adoration de Jésus-Christ. » Il courba la tête en mentionnant le nom de Notre-Seigneur. « Depuis quatre siècles qu'elle existe, rien de tel ne s'est jamais produit. Mais il est possible que, venant du monde de pécheurs qui l'entoure, quelque dément, ou, pis, quelque adepte de sorcellerie ait pénétré à l'intérieur, dans l'intention de se livrer à une profanation. La violation de l'autel me paraît indiquer sans conteste cette éventualité. Je pense que le commissaire Singleton a surpris l'intrus – ou les intrus – sur le point de commettre son forfait. Quant à la clef, le commissaire en possédait une. Il l'avait demandée au prieur Mortimus cet après-midi-là.

— Je vois. Avez-vous une idée de la personne qu'il devait rencontrer ?

— J'aimerais bien. Mais ce renseignement a disparu avec lui. Je ne sais pas, monsieur, quels hommes violents ont pu se trouver dans la ville récemment, mais ce ne sont pas les vauriens qui manquent. La moitié de la population est impliquée dans l'exportation illégale de laine vers la France.

— J'évoquerai la question quand je rendrai visite au juge de la ville, messire Copynger.

— Va-t-il participer à l'enquête ? » Les yeux de l'abbé s'étrécirent. Il était évident que la perspective ne l'enchantait guère.

« Lui seul et personne d'autre. Dites-moi, depuis combien de temps êtes-vous l'abbé de ce monastère ?

— Quatorze ans. Quatorze années paisibles, jusqu'à ce jour.

— Mais quelques difficultés ont surgi il y a deux ans, n'est-il pas vrai ? L'inspection ? »

Il rougit.

« Oui. Il y avait eu un certain... relâchement. L'ancien prieur... De la dépravation... Ce genre de pratiques existe dans les maisons les plus pieuses.

— Des mœurs dépravées et des pratiques illégales.

— L'ancien prieur a été révoqué et défroqué. Le prieur est, bien entendu, responsable, sous mon égide, de la discipline et de la bonne conduite des moines. C'était un méchant homme rusé et vicieux qui cachait bien son jeu. Mais aujourd'hui, le prieur Mortimus applique une sainte discipline. Le commissaire Singleton ne l'a pas nié. »

J'opinai du chef.

« En ce moment il y a ici soixante serviteurs ?

— Nous avons un grand ensemble de bâtiments à entretenir.

— Et environ trente moines, c'est cela ?

— Je ne peux pas croire, monsieur, que l'un de mes serviteurs, sans parler d'un moine qui se consacre au service de Dieu, ait pu commettre une telle action.

— Au début de l'enquête, tout le monde est suspect. Après tout, le commissaire Singleton se trouvait ici pour négocier la soumission du monastère. Et, malgré la générosité des pensions gracieusement offertes par Sa Majesté, j'imagine qu'il est possible que certains n'envisagent pas de gaieté de cœur la fin de leur vie en ces lieux.

— Les moines n'ont pas été mis au courant de ses desseins. Ils savent seulement que le commissaire était un émissaire du vicaire général. J'ai demandé au prieur Mortimus de faire courir le bruit qu'il existait un litige à propos de l'un des domaines. Sur la demande expresse du commissaire Singleton. Seuls mes moines de rang supérieur, les obédienciers principaux, connaissaient le but de sa visite.

— Qui sont-ils exactement ?

— Outre le prieur Mortimus, il y a le frère Gabriel, le sacristain et maître de chapelle, le frère Edwig, notre économe, ainsi que le frère Guy. Ce sont les plus anciens, et ils demeurent ici depuis de nombreuses années, hormis le frère Guy qui nous a rejoints l'année dernière. Depuis le meurtre, toutes sortes de rumeurs ont circulé sur la cause de la venue du commissaire, mais j'ai continué à invoquer la contestation du titre de propriété.

— Très bien. Nous allons nous en tenir à ce prétexte pour le moment. Même s'il est possible que je revienne sur la question de la soumission. »

L'abbé observa un silence puis reprit, en pesant chacun de ses mots :

« Malgré les terribles circonstances présentes, monsieur, je tiens à défendre mes droits. La loi sur la dissolution des maisons de moindre importance a souligné que l'ordre régnait dans les grands monastères. Il n'y a aucune base juridique pour exiger la dissolution, sauf si la maison s'est rendue coupable d'une grave infraction aux injonctions royales, ce qui n'est pas notre cas. Je ne vois pas pourquoi le vicaire général exigerait la confiscation de ce monastère. J'ai entendu dire qu'on demande à d'autres de se soumettre, mais je dois vous déclarer, comme je l'avais indiqué à messire Singleton, que je me place sous la protection de la loi. » Il s'appuya au dossier de son siège, le visage empourpré et les dents serrées, acculé mais prêt à relever le défi.

« Je vois que vous possédez les statuts qui régissent le pays, dis-je.

— J'ai étudié le droit à Cambridge, il y a bien longtemps. Vous êtes juriste, monsieur. Vous savez par conséquent que le respect de la loi constitue la pierre angulaire de la société.

— Soit. Mais les lois changent. De nouvelles lois ont été votées qui seront suivies par d'autres. »

Il fixa sur moi un regard atone. Il savait aussi bien que moi qu'il n'y aurait plus de loi sur la dissolution forcée des monastères tant que des troubles agiteraient le pays.

Je rompis le silence.

« Bon. Maintenant, Votre Seigneurie, je vous serais reconnaissant de me faire conduire auprès du corps du malheureux Singleton, qui, comme vous l'avez signalé, aurait déjà dû recevoir une sépulture chrétienne. Je souhaiterais, d'autre part, que quelqu'un me fasse visiter le monastère, mais peut-être vaudrait-il mieux attendre demain. La nuit tombe.

— Certainement. Le corps se trouve dans un lieu qui, vous en conviendrez sans doute, est à la fois sûr et approprié, sous la garde de l'infirmier. Je vais vous faire conduire jusqu'à lui. Permettez-moi de vous affirmer avec force que, même si votre mission me paraît impossible, je ferai tout ce qui est en mon pouvoir pour vous aider.

— Merci.

— J'ai fait préparer en haut l'une des chambres pour les hôtes de passage.

— Je vous en remercie, mais je crois que je préférerais me trouver plus près du lieu de l'action. L'infirmerie dispose-t-elle de chambres pour les visiteurs ?

— Eh bien ! oui... Mais ne serait-il pas plus normal que le représentant du roi logeât chez l'abbé ?

— L'infirmerie me conviendrait mieux, répliquai-je

d'un ton ferme. Et il me faudra un trousseau de clefs complet pour tous les bâtiments du monastère. »

Il sourit d'un air incrédule.

« Avez-vous la moindre idée du nombre de portes et de clefs qu'il y a ici ?

— Oh ! un très grand nombre, à n'en pas douter. Mais il doit bien y avoir plusieurs trousseaux complets.

— J'en possède un. Tout comme le prieur et le portier. Mais ils sont constamment utilisés tous les trois.

— Il faudra m'en fournir un, Votre Seigneurie. Faites ce qu'il faut à cet effet. » Je me levai, réfrénant un cri à cause d'un brusque élancement dans le dos. Mark me suivit. L'abbé Fabian avait l'air complètement déconfit lorsqu'il se leva lui aussi et lissa les plis de son habit. « Je vais vous faire conduire à l'infirmerie. »

Nous le suivîmes dans le vestibule. Il s'inclina puis s'éloigna d'un pas très vif.

« Va-t-il vous donner les clefs ? demanda Mark.

— Oh ! je pense que oui. Il a peur de Cromwell. Mordieu ! il connaît la loi. S'il est de basse extraction, comme l'affirme Goodhaps, être abbé de ce magnifique monastère doit beaucoup compter pour lui.

— Il a l'accent d'un gentilhomme.

— On peut se forger un accent. Nombreux sont ceux qui ne ménagent pas leur peine pour y parvenir. Celui de lord Cromwell ne porte plus guère la trace de Putney. Et le tien ne sent pas la ferme, d'ailleurs.

— Il n'a guère apprécié qu'on ne loge pas chez lui.

— C'est vrai, et le vieux Goodhaps sera déçu. Mais je n'y peux rien. Je ne veux pas être isolé ici, sous l'œil de l'abbé. Il me faut être près du saint des saints. »

✝

Le prieur Mortimus apparut quelques minutes plus

tard, chargé d'un volumineux trousseau de clefs attachées par un anneau. Il y en avait une bonne trentaine, certaines énormes et décorées, datant de plusieurs siècles. Il me les tendit, un sourire pincé sur les lèvres.

« Je vous prie de ne pas les perdre, monsieur. C'est le seul trousseau de rechange que nous possédions. »

Je le passai à Mark.

« Peux-tu les garder, s'il te plaît ? Il y avait donc bien un trousseau de rechange ? »

Le prieur se garda de répondre sur ce point.

« On m'a demandé de vous accompagner à l'infirmerie. Le frère Guy vous attend. »

Nous sortîmes de la maison avec lui, repassant devant les ateliers aux portes et aux volets clos désormais, car la nuit était tombée. C'était une nuit sans lune et il faisait plus froid que jamais. Vu ma fatigue, j'avais la sensation que le froid glacial me pénétrait jusqu'à la moelle des os. Nous passâmes devant l'église, où l'on chantait des hymnes. Il s'agissait de belles polyphonies très travaillées, accompagnées par de la musique d'orgue. Cela n'avait rien à voir avec les gazouillements peu mélodieux que j'avais jadis entendus à Lichfield.

« Qui est votre préchantre ? demandai-je.

— Le frère Gabriel, notre sacristain, qui est aussi maître de chapelle. C'est un homme doué de nombreux talents. » Je perçus une note d'ironie dans le ton du prieur.

« N'est-il pas un peu tard pour les vêpres ?

— Un tout petit peu. C'était hier le jour des morts et les moines ont passé toute la journée à l'église.

— Partout les monastères suivent leur propre emploi du temps, fis-je en secouant la tête, et il est toujours moins strict que celui établi par saint Benoît. »

Il opina du chef, la mine grave.

« Et lord Cromwell a raison de stipuler qu'on doit contraindre les moines à observer les règles. Quant à moi, je fais tout ce qui est en mon pouvoir pour les y obliger. »

Nous longeâmes le mur du cloître délimitant la résidence des moines puis entrâmes dans le grand jardin de plantes aromatiques que j'avais remarqué plus tôt. Vue de près, l'infirmerie était plus vaste que je ne l'avais imaginé. Le prieur tourna le loquet métallique de la solide porte et nous le suivîmes à l'intérieur du bâtiment.

La longue salle de l'infirmerie s'étendait sous nos yeux, une rangée de lits de chaque côté, très espacés les uns des autres et vides pour la plupart, ce qui me rappela que les bénédictins étaient désormais fort réduits en nombre. Ils n'auraient eu besoin d'une si vaste infirmerie qu'à l'époque où l'ordre comptait le plus de moines, avant la Grande Peste. Seuls trois lits étaient occupés, par des vieillards en chemise de nuit. Dans le premier était assis un gros moine rubicond en train de manger des fruits secs. Il nous dévisagea avec curiosité. L'homme qui se trouvait dans le suivant ne se tourna pas vers nous et je compris qu'il était aveugle, les yeux d'un blanc laiteux à cause de la cataracte. Dans le troisième, un très vieil homme, dont le visage n'était plus qu'un amas de rides, marmonnait, à demi conscient. Une personne portant une coiffe blanche et une robe bleue de serviteur se penchait au-dessus de lui et essuyait doucement son front avec un linge. À ma grande surprise, je m'aperçus qu'il s'agissait d'une femme.

À l'autre bout de la salle, assis autour d'une table près du petit autel, le bras bandé après avoir subi une saignée, six moines jouaient aux cartes. Ils levèrent vers nous un regard soupçonneux. La femme se retourna et je vis qu'elle était jeune, âgée seulement d'une vingtaine d'années. Grande, elle avait un beau corps robuste, un visage carré aux traits bien dessinés, des pommettes saillantes. Sans être jolie, elle possédait un physique remarquable. Elle s'avança vers nous, nous scrutant de ses yeux intelligents bleu foncé, avant de baisser le regard d'un air soumis au dernier moment.

« Voici le commissaire du roi venu voir le frère Guy, annonça le prieur d'un ton péremptoire. Ces messieurs devant loger ici, il faut leur préparer une chambre. »
Ils échangèrent un bref regard hostile, puis elle hocha la tête et fit la révérence.

« Très bien, mon frère. »

Elle s'éloigna et disparut par une porte située près de l'autel. Elle marchait d'un pas tranquille et assuré, très différent de celui, habituellement vif et pressé, d'une jeune servante.

« Une femme à l'intérieur d'un monastère, dis-je, c'est contraire aux injonctions.

— Comme beaucoup d'autres monastères, nous avons une dispense nous permettant d'employer des femmes pour aider à l'infirmerie. La douce main d'une femme connaissant la médecine... Même si je ne pense guère que la main de cette malapprise soit bien douce. Elle se prend pour ce qu'elle n'est pas et l'infirmier la traite avec trop d'égards.

— Le frère Guy...

— Le frère Guy de Malton... De Malton, mais pas originaire de Malton, comme vous vous en apercevrez. »

La servante revint.

« Je vais vous conduire au dispensaire, messieurs. »
Elle parlait avec l'accent de la région. Sa voix était douce et voilée.

« Je vous salue, par conséquent. » Le prieur s'inclina et repartit.

La jeune fille examinait le costume de Mark. Il avait mis ses plus beaux habits pour le voyage. Sous son manteau doublé de fourrure, il portait une veste bleue couvrant une tunique jaune au-dessous de laquelle pointait sa braguette. Les yeux de la fille remontèrent vers le visage. Beaucoup de femmes regardaient Mark, mais l'expression de celle-ci était différente. Je perçus une tristesse inattendue dans ses yeux. Mark lui décocha un charmant sourire qui la fit rougir. J'esquissai un geste de la main.

« Montrez-nous le chemin, je vous prie. »

Nous la suivîmes le long d'un étroit couloir sombre où s'ouvraient plusieurs portes. Par l'une d'elles, restée ouverte, j'aperçus un autre vieux moine assis dans son lit.

« C'est vous, Alice ? demanda-t-il d'un ton grincheux au moment où nous passions devant sa chambre.

— Oui, frère Paul, répondit-elle avec douceur. Je m'occupe de vous dans un instant.

— Les tremblements ont repris.

— Je vais vous apporter du vin chaud. »

Il sourit, rassuré, et la jeune fille poursuivit son chemin, avant de s'arrêter devant une autre porte.

« Messieurs, voici le dispensaire du frère Guy. »

Mes chausses frôlèrent un des brocs de grès posés devant la pièce. À mon grand étonnement, il était chaud et je me penchai pour le voir de plus près. Les divers brocs étaient pleins d'un liquide noir et épais. Je humai ce liquide puis me redressai aussitôt en regardant la jeune fille avec stupéfaction.

« Qu'est-ce donc ?

— Du sang, monsieur. Du sang seulement. L'infirmier fait la saignée d'hiver aux moines. Nous gardons le sang. Ça facilite la pousse de nos plantes médicinales.

— Je n'ai jamais entendu parler de ce genre de pratique. Je croyais que les moines n'avaient pas le droit de verser le sang sous quelque forme que ce soit, même les infirmiers. N'avez-vous pas recours aux services d'un barbier-chirurgien pour faire les saignées ?

— En tant que médecin diplômé, le frère Guy y est autorisé, monsieur. Il affirme que dans son pays conserver le sang est une pratique assez fréquente. Il vous prie de l'attendre quelques minutes, car ayant tout juste commencé à saigner le frère Timothy il doit surveiller l'opération.

— Très bien. Merci. Vous vous appelez Alice ?

— Alice Fewterer, monsieur.

— Eh bien ! Alice, dites à votre maître que nous allons l'attendre. Nous ne voudrions pas que son patient soit saigné à blanc. »

Elle fit une révérence et s'éloigna, ses talons de bois claquant sur les dalles de pierre.

« C'est une fille bien faite, dit Mark.

— En effet. Étrange travail pour une femme... J'ai l'impression que ta braguette l'a amusée, ce qui n'est guère étonnant.

— Je n'aime pas les saignées, fit-il, changeant de sujet. La seule fois où j'en ai subi une, je suis resté pendant des jours aussi faible qu'un chaton. Mais il paraît que ça équilibre les humeurs.

— Dieu m'a donné une humeur mélancolique et je ne pense pas qu'une saignée pourrait changer ce fait. Bon, voyons ce que nous avons là... » Je détachai de ma ceinture l'énorme trousseau de clefs, les examinant à la lueur d'une lanterne accrochée au mur jusqu'à ce que j'en trouve une marquée « Inf. » Je l'essayai et la porte pivota sur ses gonds.

« Ne devrions-nous pas attendre, monsieur ? demanda Mark.

— Nous n'avons pas de temps à perdre en politesses. » Je pris la lanterne du mur. « Ne laissons pas passer cette chance d'apprendre quelque chose sur l'homme qui a découvert le corps. »

Blanchie à la chaux et très bien tenue, la petite pièce fleurait bon les plantes aromatiques. Une couche pour les malades était recouverte d'un drap blanc immaculé. Des bouquets d'herbes médicinales étaient suspendus à des crochets à côté de scalpels de chirurgien. Sur un mur se trouvait une carte astrologique détaillée, tandis que sur le mur opposé était fixée une grande croix en bois sombre, de style espagnol, le sang dégouttant des cinq plaies d'un Christ couleur d'albâtre. Sur le bureau de l'infirmier, placé sous une haute fenêtre, s'entassaient des feuillets, en petites piles impeccables, de jolies pierres servant de presse-papiers. Y jetant un coup d'œil, je vis qu'il s'agissait de notes concernant des prescriptions et des diagnostics rédigés en anglais et en latin.

Je longeai les étagères, regardant les pots et les flacons aux étiquettes soigneusement libellées en latin. Soulevant le couvercle d'un grand récipient, je découvris les sangsues, petites bêtes noires et gluantes qui se tortillaient, éblouies par la soudaine lumière. Tout était comme prévu : des soucis séchés contre la fièvre, du vinaigre pour les coupures profondes, des souris réduites en poudre pour les maux d'oreilles.

À l'extrémité de l'étagère du haut, il y avait trois ouvrages. L'un était un livre imprimé de Galien, un deuxième de Paracelse, les deux en français ; le troisième, à la couverture de cuir merveilleusement décorée, était écrit à la main en caractères étranges aux courbes effilées.

« Mark, regarde ceci. »

Il contempla le livre par-dessus mon épaule.

« Quelque code médical ?

— Je n'en sais rien. »

J'avais gardé l'oreille aux écoutes, mais, n'ayant encore perçu aucun bruit de pas, je sursautai en entendant une toux discrète derrière mon dos.

« Je vous en prie, monsieur, gardez-vous de faire tomber ce livre, dit une voix à l'étrange accent. Il a beaucoup de valeur pour moi, sinon pour d'autres. Il s'agit d'un ouvrage de médecine arabe, et il ne se trouve pas sur la liste royale des livres interdits. »

Nous nous retournâmes brusquement. Un moine de haute taille, âgé d'une cinquantaine d'années, doté d'un visage mince et austère aux yeux enfoncés, nous regardait d'un air serein. À ma grande surprise, sa peau avait la couleur d'une latte de chêne. J'avais de temps en temps vu à Londres, près des quais, des hommes au teint bistré, mais aucun d'entre eux n'avait jamais plongé son regard dans le mien.

« Je vous serais très reconnaissant de me donner ce livre, dit-il de sa voix douce et zézayante, au ton à la fois ferme et déférent. C'est un présent du dernier émir de Grenade à mon père. »

Je le lui rendis et il s'inclina avec grâce.

« Vous êtes messire Shardlake et maître Poer ?

— En effet. Et vous le frère Guy de Malton ?

— C'est cela. Vous possédez la clef de mon bureau ? Normalement, seule Alice, mon assistante, entre dans cette pièce en mon absence, de crainte que quelqu'un ne touche à ces herbes et à ces potions. Une erreur dans le dosage de certaines de ces poudres pourrait être mortelle, voyez-vous. » Il parcourut du regard les étagères. Je sentis le rouge me monter au front.

« J'ai pris soin de ne rien toucher, monsieur. »

Il inclina le buste.

« Fort bien. Et en quoi puis-je aider l'émissaire de Sa Majesté ?

— Nous aimerions loger ici. Avez-vous des chambres pour les hôtes de passage ?

— Bien sûr. Alice est en train d'en préparer une. Mais la plupart des chambres ouvrant sur ce couloir sont occupées par des moines âgés. On a souvent besoin de les soigner durant la nuit et vous risquez d'être dérangés. En général, les visiteurs préfèrent habiter chez l'abbé.

— Nous aimerions mieux demeurer ici.

— À votre aise... Puis-je vous aider autrement ? »

Son ton était tout à fait respectueux mais, pour une raison ou une autre, ses questions me donnaient le sentiment d'être un patient stupide à qui on demande d'énumérer ses symptômes. Malgré son aspect étrange, l'homme avait beaucoup d'autorité.

« Je crois comprendre que vous avez la charge du corps du défunt commissaire ?

— C'est bien ça. Il se trouve dans une crypte du cimetière laïque.

— Nous aimerions le voir.

— Bien sûr. Entre-temps peut-être désirez-vous vous laver et vous reposer après votre long voyage. Allez-vous dîner avec l'abbé plus tard ?

— Non. Je pense que nous allons dîner au réfectoire avec les moines. Mais je crois que nous allons d'abord prendre une heure de repos. À propos de ce livre..., ajoutai-je, êtes-vous maure de naissance ?

— Je suis de Málaga, aujourd'hui en Castille, mais à l'époque où je suis né cette ville faisait partie de l'émirat de Grenade. Quand Grenade a été vaincue par l'Espagne, en 1492, mes parents se sont convertis au christianisme, mais la vie n'a pas été facile. Nous avons fini par nous rendre en France. Nous avons trouvé que la vie était plus aisée à Louvain, ville cosmopolite. Leur langue était l'arabe, bien entendu. » Il sourit avec douceur mais ses yeux noirs comme le charbon restaient perçants.

« Vous avez étudié la médecine à Louvain ? » J'étais étonné car c'était l'école la plus prestigieuse d'Europe. « Nul doute que vous devriez être attaché à la cour d'un grand seigneur ou d'un roi et non pas exercer dans un monastère perdu.

— Certes, mais en tant que Maure espagnol, je souffre de certains désavantages. Durant ces dernières années, j'ai virevolté de poste en poste en France et en Angleterre, telle l'une des balles de jeu de paume de votre roi Henri. » Il fit un nouveau sourire. « J'ai passé cinq ans à Malton dans le Yorkshire et j'ai gardé le nom quand je suis arrivé ici, il y a deux ans. Et s'il faut en croire la rumeur il se peut que je me retrouve bientôt une fois de plus sur les routes. »

Je me rappelai que c'était l'un des obédienciers supérieurs au courant de la réelle mission de Singleton. Comme je gardais le silence il hocha la tête d'un air pensif.

« Bien. Je vais vous conduire à votre chambre et je reviendrai vous chercher dans une heure pour que vous examiniez le corps du commissaire Singleton. Il faut enterrer chrétiennement ce malheureux. » Il se signa en soupirant. « L'âme d'un homme assassiné aura assez de mal à trouver le repos, puisqu'il n'a pu se confesser ni recevoir les derniers sacrements avant sa mort. Que Dieu fasse qu'aucun de nous ne connaisse un tel sort ! »

7

Notre chambre dans l'infirmerie était petite mais confortable. Elle était garnie de lambris de bois et le sol venait d'être couvert de joncs odoriférants. Un feu flambait dans l'âtre devant lequel on avait placé des sièges. Lorsque le frère nous y fit entrer, Alice était en train de poser des serviettes à côté d'un broc d'eau chaude. Le feu donnait à son visage et à ses bras nus une saine couleur.

« J'ai pensé que vous aimeriez peut-être vous laver, messieurs », dit-elle avec déférence.

Je lui souris.

« C'est très gentil à vous.

— J'ai besoin de me réchauffer », fit Mark en lui décochant un large sourire. Elle baissa la tête et le frère Guy fixa Mark d'un air sévère.

« Merci, Alice, dit-il. Vous pouvez disposer. » Elle fit une révérence et sortit.

« J'espère que la chambre vous paraîtra confortable. J'ai fait prévenir l'abbé que vous alliez dîner au réfectoire.

— Elle nous conviendra parfaitement. Merci pour tout ce que vous avez fait.

— Si vous avez besoin de quoi que ce soit, Alice

est à votre service. » À nouveau il lança un regard perçant à Mark. « Mais rappelez-vous, je vous prie, qu'elle est très prise par les soins à donner aux moines âgés ou malades. Et que c'est la seule femme ici, à part quelques vieilles filles de cuisine. Elle est sous ma protection, dans la mesure du possible. »

Mark rougit. Je fis un salut à l'infirmier.

« Nous ne l'oublierons pas, monsieur.

— Merci, messire Shardlake. Bon, je vous laisse à présent.

— Espèce de vieux moricaud, marmonna Mark, une fois la porte refermée. Ce n'était qu'un regard et elle en a été enchantée.

— Elle est sous sa garde », dis-je sèchement.

Mark regarda le lit. Il s'agissait d'un de ces meubles composés d'un lit surélevé, où dormait le maître, sous lequel était ménagé un étroit espace où se glissait la couchette de bois à roulettes du valet. Il tira la partie inférieure, contempla d'un air lugubre la planche dure couverte d'un mince matelas de paille, puis enleva son manteau et s'assit sur son lit.

Je me dirigeai vers le broc et aspergeai mon visage, laissant dégouliner l'eau chaude dans mon cou. J'étais épuisé. Les visages et les impressions des dernières heures tournaient dans ma tête comme un manège, me donnant le vertige.

« Enfin seuls, grâce au ciel ! » gémis-je. Je m'assis dans le fauteuil. « Sangdieu, j'ai mal partout ! »

Mark fixa sur moi un regard inquiet.

« Votre dos vous fait souffrir ?

— Ça ira mieux après une nuit de repos, soupirai-je.

— Vous en êtes sûr, monsieur ? » Il hésita. « Il y a là des torchons... On pourrait faire un cataplasme chaud... Je pourrais vous l'appliquer.

— Non ! m'écriai-je d'un ton coupant. Ça ira, tu m'entends ? » Je détestais que quelqu'un voie mon dos bossu. Seul mon médecin en avait le droit, et encore uniquement quand j'avais particulièrement mal. J'avais la chair de poule rien qu'à imaginer le regard de Mark, sa compassion et peut-être sa répulsion, car pourquoi quelqu'un doté de son physique n'eût-il pas été dégoûté par une telle difformité ? Je me hissai sur mes pieds et m'approchai de la fenêtre qui donnait sur la cour sombre et vide. Après quelques instants, je me retournai. Mark me dévisageait, le ressentiment se mêlant à l'inquiétude. Je levai la main en un geste d'excuse.

« Désolé. Je n'aurais pas dû crier.

— Je n'avais pas l'intention de vous blesser.

— Je le sais. Je suis fatigué et tracassé, voilà tout.

— Tracassé ?

— Lord Cromwell exige de rapides résultats et je me demande si je serai capable de le satisfaire. J'avais espéré... Je ne sais pas, un moine fanatique qui aurait déjà été enfermé... À tout le moins, quelque indice clair désignant le coupable. Goodhaps ne nous aide en rien. Il est si effrayé qu'il a peur de son ombre. Et les moines qui dirigent ce fichu monastère ne se laisseront sûrement pas intimider. Et, par-dessus le marché, on a ce chartreux fou qui sème le trouble, tandis que d'autres évoquent une effraction par des villageois férus de sciences occultes. Seigneur Jésus, quel imbroglio ! Et l'abbé connaît son droit ! Je comprends pourquoi Singleton le trouvait difficile.

— À l'impossible nul n'est tenu, monsieur.

— Ce n'est sans doute pas le point de vue de lord Cromwell. » Je m'allongeai sur mon lit, les yeux fixés au plafond. En général, quand je m'attaquais à un nouveau dossier je ressentais une certaine jouissance, mais cette fois-là je ne distinguais aucun fil d'Ariane dans ce qui semblait être un immense labyrinthe.

« Quel endroit lugubre ! fit Mark. Tous ces sombres corridors de pierre, toutes ces arcades... Un assassin pourrait se dissimuler n'importe où.

— Oui. À l'école, je me rappelle à quel point ces couloirs sonores paraissaient interminables et effrayants lorsqu'on était envoyé faire une course. Et toutes ces portes qu'on n'avait pas le droit d'ouvrir. » Je tentai d'être encourageant. « Mais aujourd'hui je détiens un ordre de mission qui me donne accès partout. C'est un endroit comme un autre et bientôt nous nous y retrouverons. » Il ne répondit pas mais le bruit d'une profonde respiration m'indiqua qu'il s'était assoupi. Je fis un petit sourire ironique, fermai les yeux quelques instants... Soudain, j'entendis des coups violents frappés à la porte et le cri de Mark réveillé en sursaut. Je bondis hors du lit, étonnamment reposé par mon somme involontaire, l'esprit de nouveau clair. J'ouvris la porte. Le frère Guy se tenait sur le seuil, l'œil grave, sa bougie jetant d'insolites ombres sur sa face bistre et troublée.

« Êtes-vous prêt à voir le corps, monsieur ?

— Fin prêts tous les deux ! » Je pris mon manteau.

✝

Dans la grande salle de l'infirmerie, la jeune femme apporta une lampe au frère Guy. Il enfila un chaud surplis par-dessus sa soutane et nous précéda dans un long couloir sombre au haut plafond voûté.

« On ira plus vite en traversant la cour du cloître », dit-il en ouvrant la porte dans le froid.

La cour, bordée sur trois côtés par les bâtiments où vivaient les moines et sur le quatrième par l'église, présentait, de manière inattendue, un joli tableau. Des lumières clignotaient aux nombreuses fenêtres.

Tout autour courait la galerie couverte du cloître aux arcades très ouvragées. Jadis, il y a très longtemps, c'était là que les moines auraient étudié, dans une suite de compartiments cloisonnés ouverts au froid et au vent. À cette époque moins rigoureuse, on s'y promenait en devisant. Le *lavatorium* se trouvait contre un pilier, bassin de pierre très orné utilisé pour se laver les mains, dans lequel un petit jet d'eau tintinnabulait doucement. La douce clarté projetée par les vitraux de l'église formait des dessins colorés sur le sol. Je fus un instant intrigué par d'étranges particules dansant dans la lumière, avant de m'apercevoir qu'il s'était remis à neiger. Les dalles de la cour du cloître étaient déjà tachetées de blanc. Le frère Guy nous la fit traverser.

« C'est vous qui avez trouvé le corps, n'est-ce pas ? demandai-je.

— Oui. Alice et moi étions en train de nous occuper du frère Auguste qui avait la fièvre et souffrait beaucoup. Je voulais lui donner du lait chaud et suis allé en chercher à la cuisine.

— Dont la porte est normalement tenue fermée ?

— Bien sûr. Autrement, les serviteurs et, à mon grand regret, les moines prendraient de la nourriture chaque fois qu'ils en ont envie. Si je possède une clef, c'est parce que j'ai souvent besoin de certaines choses sur-le-champ.

— Cela s'est passé à cinq heures ?

— L'horloge venait de sonner.

— Les matines avaient-elles commencé ?

— Non. Ici, on chante les matines plus tard. Vers six heures, en général.

— Selon la règle de saint Benoît, ce devrait être à minuit. »

Il fit un sourire affable.

« Saint Benoît a édicté ses règlements pour les Italiens, monsieur, pas pour ceux qui doivent subir les rigueurs de l'hiver anglais. L'office est chanté et Dieu l'entend. Nous allons couper par le chapitre maintenant. »

Il ouvrit une autre porte et nous nous retrouvâmes dans une grande pièce dont les murs étaient décorés de belles peintures représentant des scènes bibliques. Des tabourets et des chaises garnies de coussins étaient alignés tout autour, et une longue table s'étirait devant un grand feu flambant dans l'âtre. Il faisait chaud dans la pièce, où régnait une odeur de renfermé et de corps humains. Une vingtaine de moines étaient assis çà et là. Certains discutaient, d'autres lisaient, et six jouaient aux cartes autour d'une table de jeu. Ces derniers avaient chacun un joli verre de cristal près du coude, plein d'un liquide vert provenant d'une grosse bouteille de liqueur française posée sur la table. Je cherchai du regard le chartreux, mais je ne vis aucune soutane blanche au milieu des habits noirs. Frère Gabriel, le sodomite, ainsi qu'Edwig, l'économe à l'œil perçant, étaient également absents.

Un jeune moine au visage mince et orné d'une fine barbe venait de perdre la partie, à en juger par son air bougon.

« Vous nous devez un shilling, mon frère, dit d'un ton enjoué un grand moine d'aspect cadavérique.

— Vous devrez attendre. Il faudra que l'intendant m'accorde une avance.

— Les avances, c'est terminé, frère Athelstan ! » Un vieux moine replet, assis tout près, le visage défiguré par une grosse verrue sur la joue, agita un doigt à son adresse. « Le frère Edwig dit que vous avez eu tant d'avances que vous recevez votre salaire avant de l'avoir gagné... » Il se tut, et les moines se levèrent d'un bond et s'inclinèrent dans ma direction. L'un d'eux, un jeune homme si obèse que même son crâne rasé avait des plis et des bourrelets de graisse, fit tomber son verre par terre dans sa hâte.

« Septimus ! Espèce d'imbécile... » Son voisin lui donna un vif coup de coude et il jeta à l'entour un regard vide de simple d'esprit. Le moine défiguré s'avança vers moi et me fit un nouveau salut obséquieux.

« Je suis le frère Jude, le pitancier.

— Matthew Shardlake, commissaire du roi. Je vois que vous passez une agréable soirée conviviale.

— Nous nous détendons un peu avant les vêpres. Voulez-vous goûter à cette excellente liqueur, monsieur le commissaire ? Elle vient de l'une de nos maisons sœurs de France.

— Non, j'ai encore du travail à faire, dis-je d'un ton sévère en secouant la tête. À l'époque où votre ordre a été fondé, la fin de la journée aurait été consacrée au "grand silence". »

Le frère Jude hésita.

« Il y a de cela très longtemps, monsieur. C'était avant la Grande Peste. Depuis, l'état du monde a empiré et s'est rapproché de sa fin.

— Moi, je pense que sous le règne du roi Henri le monde anglais se porte comme un charme.

— Non, non..., se reprit-il en hâte, je ne voulais pas dire... »

Le grand moine mince qui se trouvait à la table de jeu vint nous rejoindre.

« Pardonnez au frère Jude, monsieur, il parle sans réfléchir. Je suis le frère Hugh, l'intendant. Nous savons que nous méritons des réprimandes, monsieur le commissaire, et nous les acceptons volontiers. » Il foudroya du regard son collègue.

« Très bien. Cela me facilitera la tâche. Allons-y ! frère Guy, nous avons un cadavre à examiner. »

Le jeune moine obèse avança d'un pas hésitant.

« Veuillez m'excuser d'avoir glissé, mon bon monsieur. J'ai mal à la jambe. Je souffre d'un ulcère. » Il nous regarda d'un air désespéré. Guy posa une main sur son épaule.

« Si vous suiviez mon régime, Septimus, vos pauvres jambes n'auraient pas à supporter un tel poids. Pas étonnant qu'elles protestent.

— Je ne suis qu'un malheureux être de chair, mon frère. J'ai besoin de manger de la viande.

— Je pense parfois qu'il est dommage que le concile du Latran ait levé l'interdiction de la viande... Bien, excusez-nous, Septimus, mais nous devons aller à la crypte. Vous serez heureux d'apprendre que le commissaire Singleton pourra bientôt être porté à sa dernière demeure.

— Dieu soit loué ! J'ai peur d'approcher du cimetière. Un corps sans sépulture, un homme mort sans absolution...

— Oui, oui. Allez-y maintenant ! C'est presque l'heure des vêpres. » Le frère Guy l'écarta avec douceur, puis nous fit passer par une autre porte et nous nous retrouvâmes à nouveau dans la nuit. Un terrain plat parsemé de pierres tombales s'étendait devant nous. Ici et là se détachaient des formes blanches et spectrales que je devinais être des cryptes familiales. Le frère Guy releva son capuchon pour se protéger de la neige qui tombait dru désormais.

« Vous devez pardonner au frère Septimus, dit-il. C'est un pauvre benêt.

— Ce n'est pas étonnant que sa jambe lui fasse mal, fit observer Mark. Gros comme il est.

— Les moines restant debout chaque jour, pendant

plusieurs heures d'affilée, dans une église froide, maître Mark, un bon rembourrage de graisse n'est pas malsain. Mais la station debout donne des ulcères variqueux. Ce n'est pas une vie très facile. Et le pauvre Septimus n'a pas l'intelligence de cesser de s'empiffrer. »

Je frissonnai.

« Le temps ne se prête pas à une conversation dehors. »

Tenant sa lampe en l'air, le frère Guy nous conduisit entre les pierres tombales. Je lui demandai si la porte avait été fermée à clef lorsqu'il s'était rendu à la cuisine ce matin-là.

« Oui, répondit-il. Je suis entré par la porte donnant sur la cour du cloître, laquelle est toujours fermée la nuit, puis j'ai emprunté le petit couloir qui mène à la cuisine. La cuisine elle-même n'est pas fermée à clef parce qu'on ne peut y accéder que par le couloir. À peine avais-je ouvert la porte que j'ai glissé dans quelque chose et failli tomber à la renverse. J'ai posé ma lampe et j'ai découvert le corps sans tête.

— Messire Goodhaps a dit qu'il a glissé lui aussi. Donc le sang était encore frais ? »

Il réfléchit quelques instants.

« Oui. Il n'avait pas encore commencé à se coaguler.

— Par conséquent, le forfait venait d'être commis.

— En effet. C'est probable.

— Et vous n'avez aperçu personne sur le chemin de la cuisine ?

— Non. »

J'étais content de constater que j'avais recouvré ma clarté d'esprit, que mon cerveau fonctionnait à merveille.

« Quel que soit le meurtrier de Singleton, il devait

lui aussi être couvert de sang. Ses vêtements et ses souliers ont dû laisser des traces.

— Je n'en ai vu aucune. Mais j'avoue que j'étais trop bouleversé pour penser à regarder. Plus tard, bien entendu, quand tout le monastère a été réveillé, il y avait des marques de pas partout, laissées par les chaussures de tous ceux qui étaient entrés dans la cuisine. »

Je réfléchis un court moment.

« Et l'assassin a pu ensuite se rendre à l'église, profaner l'autel et voler la relique. Avez-vous, vous ou quelqu'un d'autre, noté des traces de sang sur le chemin menant du cloître à l'église et à l'intérieur de l'église ? »

Il me fixa d'un œil sombre.

« Du sang maculait toute l'église. Nous avons cru qu'il venait du coq sacrifié. Quant au cloître, il s'est mis à pleuvoir avant l'aube et la pluie n'a pas cessé de tomber toute la journée. Elle aurait nettoyé toutes les empreintes de pas.

— Et après avoir découvert le corps, qu'avez-vous fait ?

— Je me suis rendu directement chez l'abbé. Bien, nous y voici. »

Il nous avait conduits jusqu'à la plus grande crypte, un bâtiment d'un étage construit sur une petite éminence dans la pierre meulière jaune que l'on voyait partout. Elle était fermée par une solide porte de bois, assez large pour qu'on puisse faire passer un cercueil.

Je clignai les paupières pour chasser de mes cils un flocon de neige.

« Bien, finissons-en au plus vite », fis-je. Il sortit une clef et, prenant une profonde inspiration, je priai Dieu en silence qu'il fortifie mon estomac délicat.

✝

Nous dûmes nous courber pour entrer dans la salle au plafond bas, blanchie à la chaux. L'ossuaire était glacial, le vent mordant y pénétrant par une petite fenêtre à barreaux. On y humait l'odeur âcre et malsaine que dégagent tous les tombeaux. À la lueur de la lampe du frère Guy, je vis que les murs étaient bordés de sarcophages de pierre, sur les couvercles desquels était sculptée l'effigie des défunts, les mains jointes en une attitude de supplication. La plupart des hommes portaient l'armure complète des siècles passés.

Le frère Guy posa sa lampe et croisa les bras, fourrant ses mains à l'intérieur des longues manches de son surplis pour se réchauffer.

« C'est la crypte de la famille Fitzhugh, expliqua-t-il. Ses membres sont les fondateurs du monastère et ont été enterrés ici jusqu'à la mort du dernier d'entre eux durant les guerres civiles du siècle dernier. »

Le silence fut soudain brisé par un violent fracas métallique. Je ne pus m'empêcher de faire un bond, tout comme le frère Guy, dont les yeux s'écarquillèrent dans son visage sombre. Je vis Mark se pencher et ramasser par terre les clefs de l'abbé.

« Désolé, monsieur, chuchota-t-il. Je les croyais solidement attachées.

— Mordieu ! m'exclamai-je. Espèce d'idiot ! » Mes jambes tremblaient.

Au milieu de la pièce se dressait un grand candélabre de métal portant de gros cierges. Le frère Guy les alluma avec sa lampe et une lumière jaunâtre emplit la crypte. Il nous mena à un sarcophage au couvercle de pierre nu, sans la moindre inscription.

« Cette tombe est la seule à ne pas avoir d'occupant permanent et elle n'en aura jamais. Le dernier héritier mâle a péri à Bosworth aux côtés de Richard III. » Il sourit tristement. « *Sic transit gloria mundi.*

— Et c'est là qu'on a placé Singleton ? » demandai-je.

Il fit oui de la tête.

« Cela fait quatre jours qu'il est là, mais le froid a dû le garder en bon état. »

Je pris une profonde inspiration.

« Eh bien ! soulevons le couvercle. Aide-le, Mark. »

Ils eurent du mal à pousser la lourde plaque de pierre sur la tombe voisine. Elle résista d'abord à leurs efforts avant de glisser d'un seul coup. Une odeur fétide emplit immédiatement la salle. Mark recula, ses narines frémissaient de dégoût.

« Pas en si bon état que ça... », murmura-t-il.

Le frère Guy jeta un coup d'œil à l'intérieur et se signa. Je fis un pas en avant, m'agrippant au bord du sarcophage.

Le corps était enveloppé dans une couverture de laine blanche. On ne voyait que les mollets et les pieds, d'une blancheur d'albâtre, les ongles longs et jaunis. À l'autre bout du suaire, un peu de sang aqueux avait coulé du cou, et une flaque de sang plus sombre apparaissait sous la tête, laquelle avait été posée d'aplomb, à côté du corps. Je scrutai le visage de Robin Singleton, dont j'avais jadis soutenu le regard depuis l'autre côté du prétoire.

Ç'avait été un homme mince d'une trentaine d'années, aux cheveux noirs et au long nez. Ses joues blanches étaient ombrées de courts poils noirs. J'eus un haut-le-cœur en voyant sa tête placée sur une pierre ensanglantée au lieu d'un cou. La bouche était entrouverte, la pointe des dents visible entre les lèvres. Les yeux bleu foncé étaient, eux, grands ouverts, comme voilés par la mort. Un minuscule insecte noir sortit d'une paupière, avança sur le globe oculaire et passa sous l'autre paupière. La gorge serrée, je me dirigeai vers la petite fenêtre à barreaux pour aspirer une grande goulée d'air nocturne glacial. Refoulant tant bien que mal une gorgée de bile, je forçai une autre partie de mon cerveau à donner un sens à ce que j'avais vu. J'entendis Mark s'approcher.

« Ça va, monsieur ?

— Naturellement. » Me retournant, j'aperçus le frère Guy, les bras croisés, la mine tout à fait sereine, qui me regardait d'un air pensif. Quant à Mark, il était un peu pâle mais il retraversa la salle pour contempler à nouveau cette horrible tête.

« Eh bien ! Mark, à ton avis, comment cet homme est-il mort ? » lançai-je.

Il secoua la tête

« Comme on le savait déjà : on lui a séparé la tête du tronc.

— Je n'imaginais pas qu'une fièvre l'avait emporté... Mais pouvons-nous déduire quelque chose de plus de ce que nous avons sous les yeux ? Pour commencer, je parierais que son assaillant était au moins de taille moyenne. »

Le frère Guy me fixa d'un œil curieux.

« Comment devinez-vous cela ?

— Eh bien, d'abord, Singleton était très grand.

— C'est difficile à déterminer sans la tête, dit Mark.

— Je l'ai rencontré au tribunal. Je me rappelle que je souffrais de l'inconvénient d'avoir à me démancher le cou pour le regarder. » Je me forçai à aller jeter un nouveau coup d'œil à la tête. « Et voyez comment le cou est tranché selon une ligne nette. Il est posé parfaitement d'aplomb sur la pierre. Si Singleton et son agresseur étaient debout tous les deux au moment où il a été attaqué, ce qui semble fort probable, un homme d'une taille inférieure aurait dû le frapper de bas en haut et le cou n'aurait pas été coupé horizontalement. »

Le frère Guy opina du bonnet.

« C'est vrai... Par la Sainte Vierge Marie, monsieur, vous avez l'œil d'un médecin.

— Merci. Malgré tout, je n'aurais aucune envie de passer mes journées à contempler de tels spectacles. Mais j'ai déjà vu trancher une tête. Je me rappelle... (je cherchai le mot exact) ... la mécanique. » Je croisai le regard intéressé de l'infirmier, m'enfonçant les ongles dans les paumes au souvenir d'une scène que je souhaitais ardemment oublier. « Et à ce propos notez à quel point la coupure est nette et précise : il a suffi d'un seul coup pour détacher la tête du tronc. Opération malaisée si la victime est couchée, la tête sur le billot. »

Mark regarda une fois encore la tête placée sur le côté.

« Oui. La hache n'est pas un outil facile à manier. On m'a dit qu'on avait dû s'y reprendre à plusieurs fois pour trancher le cou de Thomas More. Mais si Singleton était en train de se pencher ? Pour ramasser quelque chose par terre, par exemple. Ou bien, on l'a peut-être forcé à se courber. »

Je réfléchis quelques instants.

« En effet. Bien vu. Mais, s'il était penché en avant au moment de sa mort, le corps aurait été courbé quand on l'a trouvé. Le frère Guy s'en souvient sans doute. » Je l'interrogeai du regard.

« Il était allongé tout droit, répondit l'infirmier d'un air pensif. Nous avons tous beaucoup réfléchi à la difficulté de trancher une tête de cette façon. On ne peut le faire avec un instrument de cuisine, même avec le plus grand couteau. Voilà pourquoi certains frères craignent un acte de sorcellerie.

— Mais quelle arme pourrait véritablement couper la tête d'un homme qui se tient debout ? demandai-je. Pas une hache, à mon avis, la lame est trop épaisse. Il faudrait un fil très aiguisé, comme celui d'une épée. En fait, je ne vois qu'une épée pour faire ce genre de travail. Qu'en penses-tu, Mark ? Ici, c'est toi le spadassin.

— Je pense que vous avez raison. » Il eut un petit rire nerveux. « Seuls les membres de la famille royale et les nobles ont le droit d'être exécutés par l'épée.

— Justement parce qu'une lame d'épée bien aiguisée garantit une fin rapide.

— Comme Anne Boleyn », dit Mark.

Le frère Guy se signa.

« La reine sorcière, souffla-t-il.

— C'est ce à quoi je pensais, murmurai-je. La seule décapitation à laquelle j'ai assisté. Tout comme Anne Boleyn. »

8

Nous attendîmes dehors pendant que le frère Guy refermait la crypte. La neige tombait désormais à gros flocons tourbillonnant dans les airs. Le sol était déjà tout blanc.

« On a eu de la chance de ne pas subir ça sur la route, dit Mark.

— Le retour sera pénible si cela continue de la sorte. On devra peut-être rentrer par la mer. »

Le frère Guy nous rejoignit. Il me fixa d'un air grave.

« Monsieur, nous aimerions l'enterrer dès demain. Cela soulagerait la communauté et permettrait à l'âme du pauvre commissaire Singleton de trouver le repos.

— Où allez-vous l'enterrer ? Ici ? Il n'avait pas de famille.

— Dans le cimetière laïque. Avec votre permission.

— Très bien, opinai-je. J'en ai assez vu. Ce n'est que trop nettement gravé dans mon esprit.

— Vous avez tiré beaucoup de conclusions ? monsieur.

— Des déductions d'honnête homme, rien de plus. »

Me trouvant près du frère Guy je perçus un léger

parfum rappelant celui du santal. En tout cas, il dégageait une meilleure odeur que ses frères.

« Je vais prévenir l'abbé que l'on peut organiser l'enterrement », dit-il avec soulagement.

Les cloches de l'église se mirent soudain à carillonner à toute volée. Je sursautai.

« Je n'ai jamais entendu des cloches sonner aussi fort. Cela m'a frappé tout à l'heure.

— Elles sont beaucoup trop grosses pour le clocher. Mais elles possèdent une histoire intéressante. À l'origine elles se trouvaient dans l'ancienne cathédrale de Toulouse.

— Pourquoi les avoir transportées ici ?

— Elles sont venues ici par le chemin des écoliers. La cathédrale a été détruite au cours d'une razzia arabe il y a huit cents ans. Les cloches ont été alors prises en trophée. On les a retrouvées à Salamanque, lorsque cette ville espagnole a été reconquise pour le Christ, et offertes à Scarnsea à la fondation du monastère.

— Je pense quand même que des cloches plus petites vous conviendraient mieux.

— Nous nous y sommes habitués.

— Je doute que ce soit jamais mon cas. »

Il ébaucha un bref sourire mélancolique.

« Il faut en faire grief à mes ancêtres arabes. »

Nous parvînmes au cloître juste au moment où les moines sortaient de l'église en procession. Le spectacle produisit sur moi une impression qui me revient clairement à l'esprit toutes ces années plus tard. Presque trente bénédictins en soutane noire traversaient en double file le vieux cloître de pierre, les capuchons relevés et les bras croisés dans leurs larges manches pour se protéger de la neige qui tombait en silence, tel un rideau, les enveloppant peu à peu, toute la scène baignée de la lumière filtrant par les vitraux. C'était un beau spectacle et je fus ému malgré moi.

✝

Le frère Guy nous ramena à notre chambre, nous promettant de venir nous chercher bientôt pour nous conduire au réfectoire. Nous secouâmes la neige de nos manteaux, puis Mark tira son petit lit à roulettes et s'affala dessus.

« Comment pensez-vous qu'on a pu tuer Singleton d'un coup d'épée, monsieur ? En se tenant en embuscade, puis en le frappant par-derrière ? »

Je commençai à vider ma sacoche, triant les papiers et les livres.

« C'est possible. Mais que faisait Singleton dans la cuisine à quatre heures du matin ?

— Peut-être y avait-il donné rendez-vous au moine, celui dont il avait parlé au portier ?

— Oui. C'est l'explication la plus plausible. Quelqu'un a donné rendez-vous à Singleton dans la cuisine, peut-être en lui promettant de lui fournir des renseignements, puis l'a tué. Exécuté serait un terme plus exact. Tout sent l'exécution. Il aurait été à l'évidence beaucoup plus facile de le poignarder dans le dos.

— Il avait l'air d'un homme dur. Même si c'est difficile d'en juger en regardant sa tête plantée comme ça sur le fond de la tombe. » Il poussa un éclat de rire, un rien trop grinçant, et je compris que lui aussi avait été affecté par la scène.

« Robin Singleton appartenait à une catégorie d'avocats que je déteste. Le peu de droit qu'il connaissait était mal digéré. Il avait fait son chemin à l'esbroufe et en jouant les gros bras, ainsi qu'en glissant de l'or dans la bonne main au bon moment. Mais il ne méritait pas d'être tué de cette horrible façon.

— J'avais oublié que vous aviez assisté à l'exécution de la reine Anne Boleyn, l'année dernière, monsieur.

— J'aurais bien aimé l'oublier moi aussi.

— En tout cas, ça vous a permis d'apprendre certaines choses. »

Je hochai tristement la tête, puis fis un sourire désabusé.

« Je me rappelle l'un de mes maîtres durant ma première année d'études à l'École de droit, le professeur Hampton. Il nous enseignait à analyser les preuves. Il disait ceci : "Dans n'importe quelle enquête, quels sont les faits les plus marquants ? *Aucun*, hurlait-il en réponse. *Tous* les faits sont marquants, *chaque chose* doit être examinée sous *tous* les angles !"

— Oh ! ne dites pas ça, monsieur ! On risquerait de ne jamais partir d'ici. » Il s'étira en soupirant. « Je pourrais dormir douze heures d'affilée, même sur cette vieille planche.

— Oh non ! il n'est pas question de dormir. Pas pour le moment, en tout cas. Je veux rencontrer les membres de la communauté pendant le dîner. Si on veut arriver à quelque chose, on doit connaître ces gens. Allons, viens ! le repos n'existe pas pour les hommes au service de lord Cromwell. » Je donnai un coup de pied dans le chariot à roulettes et Mark poussa un hurlement en glissant sous mon lit.

✝

Le frère Guy nous conduisit au réfectoire, nous faisant longer de sombres couloirs puis monter un escalier. C'était une salle impressionnante d'aspect, avec son haut plafond aux larges voûtes soutenues par de gros piliers. Malgré ses vastes dimensions elle dégageait une impression de confort, grâce aux tapisseries sur les murs et aux épaisses nattes de jonc couvrant le sol. Dans un coin il y avait un grand pupitre merveilleusement sculpté. Des candélabres garnis de nombreuses et grosses bougies jetaient une chaude lumière sur deux tables portant de la belle vaisselle et de beaux couverts. L'une des deux, dressée pour six personnes, était placée devant l'âtre et l'autre, beaucoup plus longue, se trouvait plus loin. Des serviteurs de cuisine s'activaient vivement, posant des pichets de vin et des terrines d'argent dont le couvercle laissait échapper de délicieuses odeurs. J'examinai les couverts de la table située le plus près du feu.

« Ils sont en argent, dis-je au frère Guy. Et les assiettes aussi.

— C'est la table des obédienciers, celle des religieux qui administrent le monastère, les moines ordinaires n'ont que de l'étain.

— Les gens du peuple ont des écuelles en bois », répliquai-je au moment où l'abbé Fabian entrait d'un pas vif. Les serviteurs s'arrêtèrent pour faire un salut et furent gratifiés de hochements de tête bienveillants en retour. « Et l'abbé mange dans de la vaisselle en or, sans doute », murmurai-je à Mark.

L'abbé s'approcha de nous, un sourire pincé sur les lèvres.

« On ne m'avait pas avisé de votre désir de dîner au réfectoire. J'ai fait préparer du rôti de bœuf dans mes cuisines.

— Merci, mais nous allons dîner ici.

— À votre guise. » Il soupira. « J'ai suggéré à messire Goodhaps qu'il se joigne à vous, mais il a refusé avec force de quitter ma maison.

— Le frère Guy vous a-t-il dit que j'ai donné l'autorisation de faire enterrer le commissaire Singleton ?

— Oui. Je vais annoncer la nouvelle avant le dîner.

C'est mon tour de faire la lecture. En anglais, en accord avec les injonctions, ajouta-t-il d'un ton solennel.

— Fort bien. »

Il y eut un mouvement à la porte et les moines commencèrent à entrer l'un derrière l'autre. Les deux administrateurs que nous avions vus plus tôt, le sacristain, le blond frère Gabriel et Edwig, l'économe brun, marchaient côte à côte, sans parler, en direction de la table des obédienciers. Ils formaient un étrange duo : l'un grand et blond, la tête légèrement courbée en avant, l'autre avançant d'un pas assuré. Le prieur et les deux obédienciers que j'avais rencontrés au chapitre, ainsi que le frère Guy, les rejoignirent. Les autres moines se tenaient autour de la longue table. Je remarquai que le vieux chartreux se trouvait parmi eux. Il me lança un regard venimeux. L'abbé se pencha vers nous.

« Je me suis laissé dire que le frère Jérôme avait été impoli tout à l'heure. Je vous présente mes excuses. Mais ses vœux l'obligent à prendre ses repas en silence.

— Je crois comprendre qu'il loge ici sur la demande d'un membre de la famille Seymour.

— Notre voisin, sir Edward Wentworth. Mais la demande est venue d'abord du bureau de lord Cromwell. » Il me jeta un regard en coin. « Il voulait que Jérôme soit gardé à l'écart, dans un lieu isolé. En tant que parent éloigné de la reine Jeanne, il était quelque peu gênant. »

Je hochai la tête.

« Depuis combien de temps est-il ici ? »

L'abbé lança un coup d'œil au visage renfrogné du frère Jérôme.

« Dix-huit longs mois. »

Je parcourus des yeux l'assemblée des moines qui

m'épiaient d'un air gêné, comme si j'étais un étrange animal placé au milieu d'eux. Je remarquai qu'ils étaient presque tous d'âge mûr ou déjà vieillissants. Il n'y avait guère de visages jeunes et trois religieux seulement portaient la tenue des novices. Un vieux moine, dont la paralysie agitante faisait trembler la tête, se signa à toute vitesse en m'examinant.

Mon attention fut attirée par une silhouette qui hésitait sur le pas de la porte. Je reconnus le novice qui s'était occupé de nos chevaux plus tôt. Il se balançait d'un pied sur l'autre, tenant quelque chose derrière son dos. Le prieur Mortimus leva les yeux vers lui depuis sa table.

« Simon Whelplay ! s'écria-t-il d'un ton cassant. Votre pénitence n'est pas terminée. Vous n'aurez rien à manger ce soir. Reprenez votre place dans votre coin. »

Le jeune homme baissa la tête et traversa la pièce pour gagner le coin le plus éloigné du feu. Il ramena ses mains devant lui et je vis qu'il tenait un bonnet de fou pointu, la lettre M tracée dessus au pochoir. Il le mit en rougissant. Les autres moines ne lui prêtèrent guère attention.

« "M" ? demandai-je.

— Pour *maleficium*, dit l'abbé. Je crains qu'il n'ait enfreint le règlement. Asseyez-vous, je vous prie, monsieur. »

Mark et moi nous assîmes à côté du frère Guy, tandis que l'abbé se dirigeait vers le pupitre. Je vis qu'une bible était posée dessus et je constatai avec joie qu'il s'agissait de la Bible anglaise et non de la vulgate en latin contenant des erreurs de traduction et des évangiles inventés.

« Mes frères, commença l'abbé Fabian d'une voix de stentor, nous avons tous été extrêmement bouleversés par les récents événements. J'ai le plaisir d'accueillir l'émissaire du vicaire général, le commissaire

Shardlake, qui est venu enquêter à ce sujet. Il va s'entretenir avec un grand nombre d'entre vous et vous devrez lui fournir toute l'aide que mérite l'envoyé de lord Cromwell. » Je le fixai d'un œil dur. Ces paroles étaient à double sens.

« Messire Shardlake ayant donné l'autorisation d'enterrer le commissaire Singleton, l'office funèbre sera célébré après-demain, après les matines. » Un murmure de soulagement courut le long des tables. « Et maintenant notre lecture est extraite du chapitre 7 de l'Apocalypse : "Après cela, je vis, debout aux quatre coins de la terre, quatre anges..." »

Je fus surpris qu'il ait choisi l'Apocalypse, car c'était un texte dont raffolaient certains réformateurs, les ardents évangélistes qui voulaient à tout prix informer le monde qu'ils avaient sondé ses mystères et ses violents symboles. Le passage traitait de la liste des élus donnée par le Seigneur le jour du Jugement dernier. C'était comme un défi qu'il me lançait en identifiant les membres de la communauté aux élus.

« "Et il me dit : Ce sont ceux qui viennent de l'affliction, la grande ; et ils ont lavé leurs robes et les ont blanchies dans le sang de l'Agneau." Amen », conclut l'abbé d'une voix sonore. Puis il ferma le Livre saint et sortit du réfectoire d'un pas solennel. Son rôti de bœuf devait l'attendre dans sa salle à manger. Aussitôt les bavardages commencèrent tandis que six serviteurs faisaient leur entrée et servaient la soupe. C'était un épais et délicieux bouillon de légumes, bien épicé. N'ayant rien mangé depuis le petit déjeuner, je me concentrai sur mon bol quelques instants avant de jeter un coup d'œil à Whelplay, immobile comme une statue dans l'ombre. Par la fenêtre près de lui je vis que la neige tombait toujours. Je me tournai vers le prieur assis en face de moi.

« Le novice n'aura pas du tout droit à cette bonne soupe ?

— Pas avant quatre jours. Cela fait partie de sa pénitence de rester debout pendant toute la durée du repas. Il doit apprendre à se bien conduire. Me trouvez-vous trop sévère, monsieur ?

— Quel âge a-t-il ? Il paraît avoir moins de dix-huit ans.

— Il a presque vingt ans, même s'il ne les fait pas à cause de son air malingre. On a dû prolonger son noviciat, car il avait du mal à maîtriser le latin, bien qu'il possède des dons musicaux. Il aide le frère Gabriel. Simon Whelplay a besoin d'apprendre l'obéissance. Il est puni, entre autres, pour s'être abstenu d'assister aux offices célébrés en anglais. Quand j'inflige une punition à quelqu'un, je lui donne une bonne leçon qu'il gardera à l'esprit et qui servira d'exemple aux autres également.

— V-Vous avez raison, frère Prieur ! » s'exclama l'économe en hochant vigoureusement la tête. Il me décocha un froid sourire qui fendit brièvement son visage poupin. « Je suis le frère Edwig, monsieur le commissaire. L'économe. » Il posa la cuiller d'argent sur son assiette qu'il avait vidée en cinq sec.

« Par conséquent vous êtes chargé de répartir les fonds du monastère ?

— Et de les c-collecter... Et de m'assurer que les d-dépenses ne d-dépassent pas les rentrées d'argent », ajouta-t-il. Son bégaiement ne parvenait pas à cacher le ton suffisant de sa voix.

« Il me semble que je vous ai croisé dans la cour tout à l'heure. Vous étiez en train de discuter à propos de... constructions, c'est bien ça ?... Avec l'un de vos frères. » Je jetai un coup d'œil vers le grand moine blond qui avait alors lorgné Mark avec concupiscence.

Il était assis presque en face de lui maintenant et le regardait à la dérobée, tout en évitant ses yeux. Il accrocha mon regard, cependant, et se pencha vers moi pour se présenter.

« Gabriel d'Ashford, monsieur le commissaire. Je suis sacristain et préchantre. Je m'occupe de l'église, de la bibliothèque, ainsi que de la musique. Nous sommes obligés d'assumer plusieurs fonctions, car nous ne sommes plus aussi nombreux que jadis.

— En effet. Il y a cent ans vous auriez été deux fois plus nombreux, n'est-ce pas ? Et l'église a besoin d'être restaurée ?

— C'est bien cela, monsieur. » Gabriel se pencha vers moi avec tant d'empressement qu'il faillit faire renverser sa soupe au frère Guy. « Avez-vous visité notre église ?

— Pas encore. J'ai l'intention de m'y rendre demain.

— Nous avons la plus belle église romane de la côte sud. Elle a plus de quatre cents ans. Elle soutient la comparaison avec les plus belles maisons bénédictines de Normandie. Mais il y a une profonde lézarde qui part du toit. On doit utiliser de la pierre de Caen pour que la réfection soit en harmonie avec l'intérieur...

— Frère Gabriel, coupa le prieur, messire Shardlake a des choses plus sérieuses à faire que d'admirer l'architecture. Il se peut qu'elle soit trop ornée à son goût, ajouta-t-il d'un ton plein de sous-entendus.

— Mais la Réforme n'est pas contre la beauté architecturale ?

— Sauf quand les fidèles sont encouragés à adorer le bâtiment plutôt que Dieu, dis-je. Car alors c'est de l'idolâtrie.

— Ce n'est pas du tout ce que je veux dire, répliqua le sacristain avec force. Seulement que dans un édifice grandiose l'œil doit être attiré par l'équilibre des proportions, l'harmonie des lignes... »

Le frère Edwig fit une grimace ironique.

« Ce que veut d-dire mon frère c'est que pour satisfaire ses goûts artistiques le monastère devrait f-faire f-faillite en important de France de gros blocs de meulière. J'aimerais savoir comment il a l'int-tention de leur faire t-traverser les marais.

— Le monastère ne détient-il pas d'amples réserves de fonds ? m'enquis-je. J'ai lu que ses terres lui rapportent jusqu'à huit cents livres par mois. Et les loyers montent constamment maintenant, comme les pauvres le constatent à leurs dépens. »

Comme je parlais les serviteurs revinrent et déposèrent des assiettes garnies de grosses carpes fumantes, ainsi que des terrines de légumes. Notant une femme parmi eux, une vieille au nez crochu, je me dis qu'Alice devait se sentir seule si elle n'avait que ce genre de compagnie féminine. Je me tournai à nouveau vers l'économe. Il eut un bref froncement de sourcils.

« On a d-dû récemment vendre des t-terres, p-pour diverses raisons. Et la somme que demande le frère Gabriel dépasse le b-budget des réfections pour q-quatre années entières. Servez-vous de l'une de ces belles carpes, monsieur. Pêchées dans notre étang ce matin même.

— Mais, vu les surplus annuels que vous devez avoir, vous pourriez emprunter.

— Merci, monsieur. C'est précisément l'argument que j'ai mis en avant. » L'économe fronça plus fortement les sourcils. Il posa sa cuiller et agita ses petites mains dodues.

« Une c-comptabilité prudente ne permet pas de c-creuser pendant p-plusieurs années un grand trou dans les revenus à venir, monsieur, car le remb-boursement des int-térêts les rongerait c-comme des souris. La p-politique de l'abbé est d'ét-tablir, un b-budget équi-qui... » Il rougit, ayant dans son excitation perdu la maîtrise de son bégaiement.

« Équilibré », compléta le prieur avec un sourire narquois. Il me passa une carpe et plongea son couteau dans son propre poisson, le découpant avec empressement. Le frère Edwig lui lança un regard noir et but une petite gorgée du bon vin blanc.

« C'est une affaire entre vous, bien sûr », dis-je en haussant les épaules.

Le frère Edwig reposa sa timbale.

« Veuillez m'exc-cuser de m'être emporté. Il s'agit d'une vieille discussion entre le sacristain et moi. » Son visage se fendit à nouveau en un bref sourire qui laissa voir des dents blanches régulières. Je répondis par un hochement de tête grave avant de regarder vers la fenêtre par laquelle on voyait toujours des tourbillons de neige. D'épaisses congères se formaient désormais. Un courant d'air soufflait de la fenêtre et, si le feu me chauffait par-devant, j'avais froid au dos. Près de la fenêtre le novice toussa. Sous le bonnet sa tête courbée était dans l'ombre, mais je notai que ses jambes tremblaient sous sa soutane.

Soudain une voix rauque brisa le silence.

« Imbéciles ! Il n'y aura pas de nouveaux bâtiments. Ne savez-vous pas que le monde est parvenu à sa fin ? L'Antéchrist est parmi nous ! » Le chartreux s'était à demi levé de son banc. « Un millénaire de dévotion à Dieu dans toutes ces maisons de prière est terminé. Il n'y aura bientôt plus rien, des bâtiments vides et le silence, un silence que le démon emplira de ses rugissements ! » Il se mit à hurler en fixant tour à tour sur chacun un œil torve. Les moines évitaient son regard.

Se retournant sur place, le frère Jérôme perdit l'équilibre et s'affala sur le banc, le visage tordu de douleur.

Le prieur Mortimus bondit et frappa la table du plat de la main.

« Mordieu ! frère Jérôme, vous allez quitter cette table et rester dans votre cellule jusqu'à ce que l'abbé décide du sort qui vous sera réservé. Emmenez-le ! »

Ses voisins soulevèrent le chartreux sous les bras, le hissèrent rapidement sur ses pieds et le tirèrent hors du réfectoire. Comme la porte se refermait derrière eux, la tension se relâcha et des soupirs s'exhalèrent dans toute la salle. Le prieur Mortimus se tourna vers moi.

« À nouveau je vous présente mes excuses au nom de la communauté. » Un murmure d'assentiment courut le long des deux tables. « Je vous demande seulement de l'excuser parce qu'il est fou.

— Qui appelle-t-il l'Antéchrist ? Moi ? Non, probablement lord Cromwell, ou peut-être Sa Majesté le roi ?

— Non, monsieur, non. » Il y eut un murmure d'inquiétude à la table des obédienciers. Le prieur Mortimus serra ses lèvres minces.

« Si je pouvais agir à ma guise, je mettrais Jérôme à la porte dès demain pour qu'il puisse hurler ses folies dans la rue jusqu'à ce qu'on l'enferme à la Tour, ou plus probablement à l'asile des fous de Bedlam, car c'est là qu'il devrait se trouver. L'abbé ne le garde que parce qu'il a besoin de la protection de son cousin, sir Edward. Vous connaissez le lien de parenté entre Jérôme et la feue reine ? » J'opinai du chef. « Mais ça, ça dépasse les bornes. Il doit partir. »

Je levai la main, secouant la tête.

« Je ne prends pas au sérieux les divagations d'un dément. » Je perçus alors un net soulagement autour de la table. Je baissai la voix afin que seuls les obédienciers puissent m'entendre. « Je souhaite que le frère

Jérôme reste ici, au cas où je voudrais l'interroger. Dites-moi, a-t-il aussi gratifié messire Singleton de ce genre de propos ?

— Oui, répondit sans ambages le prieur. Dès qu'il est arrivé ici le frère Jérôme l'a accosté dans la cour et l'a qualifié de parjure et de menteur. Le commissaire Singleton a répliqué sur le même ton en le traitant de suppôt de Rome et de fils de putain.

— Parjure et menteur. Voilà des insultes plus précises que celles dont il m'a agoni. Que pouvait-il bien vouloir dire ?

— Dieu seul sait ce que veulent dire les fous. »

Le frère Guy se pencha en avant.

« C'est peut-être un dément, monsieur le commissaire, mais il n'aurait jamais été capable de tuer messire Singleton. Je l'ai soigné. Son bras gauche a été déboîté pendant une séance de torture et les ligaments déchirés. Sa jambe droite ne vaut guère mieux et il perd facilement l'équilibre, comme vous avez pu le constater. S'il peut à peine se tenir debout, comment pourrait-il manier une arme pour trancher la tête d'un homme ? J'ai déjà traité les effets produits par la torture officielle, en France, ajouta-t-il un ton plus bas, mais jamais en Angleterre. Il paraît que c'est nouveau.

— La loi le permet lorsqu'une très grave menace pèse sur l'État », rétorquai-je, piqué. Je vis le regard de Mark posé sur moi et j'y lus de la déception et de la tristesse. « Bien que ce soit toujours regrettable, soupirai-je. Mais pour revenir au malheureux Singleton, si le frère Jérôme est peut-être trop infirme pour tuer, il a pu avoir un complice.

— Non, monsieur, jamais, c'est impossible ! » Les dénégations fusèrent en chœur. Je ne vis que de la peur sur le visage des obédienciers, le refus d'être impliqué dans un meurtre et dans un acte de trahison, et d'en encourir le terrible châtiment. Mais les hommes, me dis-je, savent dissimuler leurs véritables pensées. Le frère Gabriel se pencha à nouveau vers moi, son mince visage rongé d'inquiétude.

« Monsieur, personne ici ne partage les croyances du frère Jérôme. Il nous porte préjudice. Nous souhaitons seulement mener notre vie de prière en paix, dans la fidélité au roi et en respectant les formes du culte qu'il a prescrites.

— En cela mon frère parle au nom de tous, ajouta l'économe d'une voix forte. Je dis amen à cela. » Un chœur d'amen s'éleva autour de la table.

Je remerciai d'un signe de tête.

« Mais il n'empêche que le commissaire Singleton est bel et bien mort. Alors qui d'après vous l'a assassiné ? Frère économe ? Frère prieur ?

— Des gens v-venus du monde ext-térieur, répondit le frère Edwig. Il allait à un rendez-vous et il les a dérangés. Des sorcières, des adorateurs du diable. Ils sont entrés pour profaner notre église, dérober notre relique, et ils sont tombés sur le pauvre Singleton et l'ont tué. La personne qu'il devait rencontrer, quelle qu'elle soit, a été effrayée par le tumulte.

— Messire Shardlake a suggéré que le meurtre a peut-être été perpétré à l'aide d'une épée, ajouta le frère Guy. Mais il n'est guère probable que de telles gens portent des armes, de peur qu'on les repère. »

Je me tournai vers le frère Gabriel. Il poussa un profond soupir et passa les mains dans les mèches éparses au-dessous de sa tonsure.

« La disparition de la main du bon larron, cette relique des plus saintes du calvaire de Notre-Seigneur, est une tragédie ! Je tremble à la pensée de l'abominable usage que le voleur peut en faire maintenant. » Il avait les traits crispés. Je revis les crânes dans le bureau de lord Cromwell, constatant une fois de plus le pouvoir des reliques.

« Connaît-on dans la région des personnes qui pratiquent la sorcellerie ? » demandai-je.

Le prieur secoua la tête.

« Deux commères de la ville, mais ce ne sont que de vieilles femmes qui marmonnent des incantations au-dessus des herbes qu'elles vendent.

— Qui sait quelles œuvres maléfiques le démon accomplit dans ce monde de pécheurs ? dit à voix basse le frère Gabriel. Dans notre sainte vie nous sommes protégés contre lui autant qu'il est possible, mais à l'extérieur... » Il frissonna.

« Et puis il y a les serviteurs, ajoutai-je. Tous les soixante.

— Ils ne sont qu'une dizaine à habiter ici, dit le prieur. Et la nuit le monastère est fermé à double tour. En outre, le portier Bugge et son assistant font des rondes, selon mes directives.

— Ceux qui vivent ici sont pour la plupart de vieux serviteurs fidèles, ajouta le frère Gabriel. Pourquoi l'un d'eux assassinerait-il un visiteur important ?

— Et pourquoi un moine ou un villageois le feraient-ils ? Bon. Nous verrons. Demain je souhaite interroger quelques-uns d'entre vous. » Mon regard parcourut une rangée de visages déconfits.

Les serviteurs vinrent enlever nos assiettes pour les remplacer par des coupes à dessert. Le silence régna jusqu'à leur départ. L'économe mit sa cuiller dans sa coupe contenant la préparation sucrée.

« Ah ! de la compote, s'exclama-t-il. Ça réchauffe agréablement par une nuit froide. »

On entendit soudain un grand fracas dans un coin de la pièce. Tout le monde sursauta et se tourna vers le novice qui s'était effondré sur le sol. Le frère Guy se leva en poussant un cri de réprobation, sa soutane gonflant autour de lui pendant qu'il se précipitait vers l'endroit où Simon Whelplay gisait immobile sur la natte de jonc. Je quittai la table et le rejoignis, suivi du frère Gabriel et ensuite du prieur, l'air courroucé. Le jeune homme était pâle comme un linge. Au moment où le frère Guy lui souleva délicatement la tête, il gémit et ses paupières s'ouvrirent en papillotant.

« Ce n'est rien, dit le frère Guy d'une voix douce. Vous vous êtes évanoui. Vous vous êtes fait mal ?

— Ma tête. Je me suis heurté la tête. Je suis désolé... » Des larmes luisirent soudain au coin des yeux, le frêle torse se mit à trembler et le novice éclata en sanglots. Le prieur Mortimus poussa un grognement de mépris. Je fus surpris par l'éclat de colère qui brilla alors dans les yeux noirs du frère Guy.

« Rien d'étonnant à ce que le gamin pleure, monsieur le prieur ! Quand lui a-t-on donné correctement à manger pour la dernière fois ? Il n'a plus que la peau et les os.

— Il a été mis à l'eau et au pain sec, frère infirmier. Vous n'êtes pas sans savoir qu'il s'agit d'une pénitence prescrite par la règle de saint Benoît... »

Le frère Gabriel apostropha le prieur avec fureur.

« Le saint n'a pas prescrit qu'on fasse mourir d'inanition les serviteurs de Dieu ! Vous avez fait travailler Simon comme un chien aux écuries, puis vous l'avez obligé à rester debout dans le froid pendant de longues heures. » Les sanglots du novice se changèrent brusquement en une violente crise de toux, son visage devenant soudain violet tandis qu'il tentait de retrouver son souffle. L'infirmier prêta une oreille attentive au sifflement de sa poitrine.

« Ses poumons sont pleins de bile. Je veux qu'on le transporte d'urgence à l'infirmerie !

— Est-ce ma faute si c'est une chiffe molle ? grogna le prieur, agacé. Je l'ai fait travailler pour le fortifier. C'est ce dont il a besoin... »

La voix du frère Gabriel résonna dans tout le réfectoire.

« Le frère Guy a-t-il votre permission de transporter Simon à l'infirmerie ou dois-je aller consulter l'abbé Fabian ?

— Emportez ce mollasson ! » lança le prieur. Il regagna la table à grands pas. « Mollesse ! Mollesse et faiblesse. Voilà ce qui aura raison de nous tous ! » Il jeta des regards de défi tout autour de la salle, tandis que le frère Gabriel et l'infirmier sortaient du réfectoire en soutenant le novice toussant et sanglotant. Le frère Edwig se racla la gorge.

« Frère prieur, je pense qu'on peut dire les g-grâces maintenant et quitter la table. C'est p-presque l'heure des c-complies. »

Le prieur Mortimus s'étant prestement acquitté de cette tâche, les moines se levèrent, ceux qui se trouvaient à la longue table attendant que les obédienciers soient sortis. Comme nous franchissions le seuil, le frère Edwig se pencha vers moi, et me susurra d'un ton onctueux :

« Messire Shardlake, je suis désolé que votre repas ait été t-troublé à deux rep-prises. C'est fort reg-grettable. Je vous prie de nous pardonner.

— Il n'y a pas de mal, mon frère. Plus j'en apprends sur la vie menée à Scarnsea, plus cela éclaire ma lanterne. Au fait, je vous serais très reconnaissant de m'accorder un moment demain et de vous munir de tous vos livres de comptes récents. Suite à l'enquête du commissaire Singleton, il y a plusieurs sujets que je souhaiterais examiner avec vous. » J'avoue que j'eus plaisir à voir son air déconcerté. Je le saluai d'un signe de tête et rejoignis Mark qui se tenait devant une fenêtre. La neige tombait toujours, couvrant de blanc la moindre surface, amortissant tous les bruits et brouillant la vue. Des silhouettes voûtées et encapuchonnées commençaient à traverser la cour du cloître en direction de l'église pour assister aux complies, le dernier office de la journée. Les cloches recommencèrent à carillonner.

9

Lorsque nous regagnâmes notre chambre, Mark s'allongea à nouveau sur son petit lit. Bien que je fusse aussi fatigué que lui, il me fallait mettre de l'ordre dans les impressions qu'avaient produites sur moi tous les événements du dîner. Je m'aspergeai le visage avec l'eau du broc puis allai m'asseoir près du feu. À travers la fenêtre me parvenait un très faible bruit de chants.

« Écoute ! dis-je. Les moines assistent aux complies. Ils prient Dieu de veiller sur leur âme à la tombée du jour. Eh bien ! que penses-tu de cette sainte communauté de Scarnsea ?

— Je suis trop fatigué pour penser, gémit-il.

— Allez ! C'est ton premier jour dans un monastère. Quel est ton avis ? »

Il se redressa sur ses coudes à contrecœur et prit une mine sérieuse. Les ombres projetées par les bougies accentuaient les premières ridules sur sa peau lisse. Un jour, me dis-je, les rides creuseraient de vrais sillons sur son visage, comme c'était arrivé au mien.

« C'est un monde de contradictions, dirais-je. En un sens, leur vie est un univers à part. Leurs soutanes noires, toutes ces prières... Le frère Gabriel affirme qu'ils sont isolés du monde des pécheurs. Et pourtant, vous avez vu la façon dont il m'a encore regardé, ce chien ? Et ils vivent dans un tel confort. La chaleur de bons feux, les tapisseries, des mets plus délicieux que tout ce que j'ai pu goûter auparavant. Ils jouent aux cartes comme les clients d'une taverne.

— En effet. Saint Benoît serait aussi révolté que lord Cromwell par le luxe dans lequel ils vivent. L'abbé Fabian se comporte à la façon d'un grand seigneur. Et c'en est un, bien sûr, puisqu'il siège à la Chambre des lords comme la plupart des abbés.

— J'ai l'impression que le prieur le déteste.

— Le prieur Mortimus se présente comme un sympathisant des réformateurs qui désapprouve le confort. En tout cas il mène la vie dure à ses subalternes. Et il y prend plaisir, à mon avis.

— Il me rappelle un ou deux de mes anciens maîtres.

— Les maîtres d'école ne s'acharnent pas sur leurs élèves jusqu'à ce qu'ils s'évanouissent. La plupart des parents n'accepteraient pas la façon dont il a traité le gamin. Apparemment les novices n'ont pas de mentor particulier. Il n'y a pas assez de vocations. Les novices sont entièrement sous la coupe du prieur.

— L'infirmier a essayé de l'aider. On dirait que c'est un brave homme, même s'il donne l'impression d'avoir été rôti à la broche. »

J'opinai de la tête.

« Et le frère Gabriel est intervenu lui aussi. Il a menacé le prieur d'en référer à l'abbé. Je n'imagine pas que l'abbé Fabian se préoccupe énormément du sort des novices, mais si jamais la brutalité du prieur dépassait les bornes, il devrait y mettre un frein pour éviter le scandale. Bien... Nous les avons tous rencontrés désormais, les cinq qui connaissaient la raison de la venue de Singleton. L'abbé Fabian, le prieur

Mortimus, le frère Gabriel, le frère Guy. Et l'économe, bien entendu...

— Le f-frère Edwig », dit Mark en imitant son bégaiement.

Je souris.

« Il a beaucoup de pouvoir ici, même s'il bute sur les mots.

— Il m'a fait l'impression d'un crapaud gluant.

— Oui. Il m'a tout de suite déplu, je l'avoue. Mais il ne faut pas se fier aux apparences. Le plus grand escroc que j'aie jamais connu possédait les plus exquises manières de galant homme qu'on puisse imaginer. Et l'économe était absent la nuit où Singleton a été assassiné.

— Mais pourquoi l'un d'entre eux aurait-il voulu tuer Singleton ? Ça renforce les raisons qu'a lord Cromwell de fermer la maison, non ?

— Et si le motif était plus personnel ? Par exemple, si Singleton avait découvert quelque chose ? Cela faisait plusieurs jours qu'il était là. Il pouvait être sur le point de révéler que quelqu'un avait commis un grave forfait...

— Messire Goodhaps dit que le jour de sa mort il vérifiait les comptes.

— Justement, opinai-je. C'est la raison pour laquelle je veux y jeter un coup d'œil. Mais j'en viens à la façon dont Singleton est mort. Si on voulait le réduire au silence, un coup de couteau dans les côtes aurait été bien plus facile. Et pourquoi profaner l'église ?

— J'aimerais bien savoir où le meurtrier a caché l'épée, dit Mark en secouant la tête, s'il s'agit bien d'une épée. Et la relique. Et ses vêtements, qui devaient être maculés de sang.

— Il doit y avoir une myriade de cachettes dans ce

vaste dédale. » Je réfléchis quelques instants. « D'un autre côté, la plupart des bâtiments sont constamment utilisés.

— Les dépendances qu'on a vues ? L'atelier du tailleur de pierres, la brasserie, etc.

— Surtout les dépendances. Il faut garder l'œil au guet et chercher à découvrir des cachettes possibles au fur et à mesure qu'on se familiarisera avec les lieux.

— Il se peut que l'assassin ait enterré ses vêtements et l'épée. Mais si la neige continue à tomber on ne pourra guère se mettre en quête de monticules de terre fraîchement retournée, soupira-t-il.

— C'est vrai. Eh bien ! je commencerai demain par questionner le sacristain et l'économe, ces deux frères ennemis. Et je souhaiterais que tu parles à la jeune Alice.

— Le frère Guy m'a mis en garde à son propos.

— J'ai dit que j'aimerais que tu lui parles. Rien d'autre, s'il te plaît. Je ne veux pas d'ennuis avec le frère Guy. Tu sais t'y prendre avec les femmes. Elle a l'air intelligente et elle connaît sans doute mieux que quiconque tous les secrets du lieu. »

Il s'agita sur son lit.

« Je ne voudrais pas qu'elle pense que... je suis gentil avec elle... rien que pour lui soutirer des renseignements.

— Obtenir des renseignements est le but de notre mission ici. Ce n'est pas la peine de lui donner de fausses idées. Si elle nous fournit un renseignement utile à notre enquête je veillerai à ce qu'elle soit récompensée. Il faudrait lui trouver un autre poste. Une femme comme elle ne devrait pas moisir ici parmi ces moines.

— Il me semble que vous n'êtes pas insensible à

ses charmes, vous non plus, fit-il en souriant. Avez-vous remarqué l'éclat de ses yeux ?

— Ce n'est pas une femme ordinaire, dis-je sans m'avancer.

— Ça semble honteux de chercher à lui tirer les vers du nez.

— Il faudra que tu t'habitues à tirer les vers du nez aux gens, Mark, si tu veux travailler au service de la loi ou de l'État.

— Bien, monsieur. » Il n'avait pas l'air convaincu. « C'est juste... que je ne voudrais pas lui faire courir des risques.

— Moi non plus. Mais peut-être court-on tous des risques ici.

— Croyez-vous que l'abbé puisse avoir raison de parler de sorcellerie ? reprit-il après un court silence. Ça s'accorderait bien avec la profanation de l'église. »

Je secouai la tête.

« Plus j'y réfléchis, plus je pense que le meurtre a été prémédité. La profanation a peut-être même été commise pour égarer les enquêteurs. Il va de soi que l'abbé préférerait de beaucoup que le forfait ait été perpétré par quelqu'un venant de l'extérieur.

— Aucun chrétien ne profanerait une église de cette façon, qu'il soit papiste ou réformateur.

— Soit. C'est une véritable abomination. » Je soupirai et fermai les paupières. Je sentais mon visage s'affaisser de fatigue. J'étais trop épuisé pour réfléchir davantage ce jour-là. Rouvrant les yeux, je vis que Mark fixait sur moi un regard intense.

« Vous avez dit que le corps du commissaire Singleton vous rappelait la décapitation d'Anne Boleyn ? »

Je hochai la tête.

« Le souvenir me fait toujours froid dans le dos.

— Tout le monde a été surpris par la soudaineté de

sa chute l'année dernière. Même si elle était cordialement détestée.

— Oui. La "Corneille de Minuit".

— Il paraît que la tête a essayé de dire quelque chose après qu'elle a été coupée.

— Je ne peux pas en parler, Mark, fis-je en levant la main. J'étais là en tant que personnage officiel. Allons ! tu as raison. Il est temps de dormir. »

Il eut l'air déçu, mais n'ajouta rien, et remit des bûches dans le feu. Nous grimpâmes dans nos lits respectifs. Du mien je voyais par la vitre la neige continuer de tomber, les flocons se détachant contre une fenêtre éclairée assez loin. Certains moines veillaient tard, mais il est vrai que l'époque où, l'hiver, les frères se couchaient avant que la nuit tombe, afin de se relever à minuit pour prier, avait dès longtemps disparu.

Malgré ma fatigue je me tournai et me retournai dans mon lit, l'esprit toujours en éveil. Je pensais en particulier à la jeune Alice. Tout le monde courait des risques dans cet endroit, mais une femme seule était plus vulnérable que quiconque. J'aimais la force de caractère que j'avais perçue en elle. En cela elle me rappelait Kate.

✝

Malgré mon envie de dormir je ne pus empêcher mon esprit fatigué de remonter trois ans en arrière. Kate Wyndham était la fille d'un drapier londonien accusé par son associé de falsification de comptes au cours d'un procès intenté devant une cour ecclésiastique, au motif qu'un contrat était l'équivalent d'un serment prononcé devant Dieu. En fait, son associé étant parent d'un archidiacre susceptible d'influencer le juge, je réussis à faire transférer le dossier devant la Cour du Banc du roi – la cour supérieure de justice –

et la plainte fut rejetée. Le marchand reconnaissant, un veuf, m'invita à dîner et me fit rencontrer sa fille unique.

Kate avait de la chance. Elle avait l'esprit très vif et son père croyait en l'instruction des filles au-delà de l'apprentissage du calcul nécessaire à la tenue des comptes ménagers. Elle possédait en outre un charmant visage en forme de cœur et une belle chevelure brune lui tombant jusqu'aux épaules. C'était la première fois que je rencontrais une femme avec qui je pouvais converser d'égal à égal. Elle adorait discuter d'affaires juridiques, de la cour et même de l'Église, les tribulations de son père ayant fait d'eux d'ardents réformateurs. Les soirées passées chez eux à bavarder avec elle et son père, puis, plus tard, les après-midi avec Kate seule, au cours de longues promenades dans la campagne, furent les meilleurs moments de ma vie.

Je savais qu'elle me considérait uniquement comme un ami – le fait que je parlais aussi librement avec elle qu'avec un autre homme devint une plaisanterie entre nous –, mais je me mis à espérer que notre relation prendrait un tour plus intime. J'avais déjà été amoureux mais je m'étais toujours gardé de me déclarer, persuadé d'être éconduit à cause de ma difformité. Pour la contrebalancer, il valait mieux attendre d'avoir bâti une fortune. Mais j'avais d'autres atouts à faire valoir auprès de Kate : une plaisante conversation, l'affection que je lui portais, un cercle d'amis agréables.

Aujourd'hui encore je me demande ce qui aurait pu arriver si j'avais déclaré ma flamme plus tôt, mais je tardai trop. Un soir, arrivant chez elle à l'improviste, je la trouvai en compagnie de Piers Stackville, le fils d'un associé de son père. Je ne m'en émus pas tout d'abord car, malgré une beauté diabolique, Stackville n'avait guère de talents, hormis une galanterie excessivement affectée. Mais je vis que ses propos vulgaires la faisaient rougir et glousser. Ma Kate se conduisait en jeune péronnelle. À partir de ce moment-là elle ne parla plus que des faits et gestes de Piers, avec des soupirs et des sourires qui me transperçaient le cœur.

Je finis par lui exprimer mes sentiments. Je m'y pris comme un nigaud, balbutiant et bredouillant. Le plus douloureux fut sa totale stupéfaction.

« Matthew, je croyais que vous vouliez seulement être mon ami. Vous n'avez jamais prononcé une seule parole d'amour. Vous semblez m'avoir caché beaucoup de choses. »

Je lui demandai si c'était trop tard.

« Si vous vous étiez déclaré il y a seulement six mois... peut-être, fit-elle tristement.

— Je sais que mon aspect n'est pas fait pour inspirer la passion.

— Vous vous abaissez ! s'écria-t-elle avec une chaleur inattendue. Vous avez un beau visage viril et une courtoisie exquise. Vous êtes trop obnubilé par votre dos voûté, comme si vous étiez le seul homme fait de la sorte. Vous êtes trop fier, Matthew, et vous vous apitoyez trop sur votre sort.

— Alors... »

Elle secoua la tête, des larmes plein les yeux.

« C'est trop tard. J'aime Piers. Il va demander ma main à mon père. »

Je rétorquai sans ménagement qu'elle méritait mieux, qu'elle mourrait d'ennui, mais elle répliqua avec véhémence qu'elle aurait bientôt des enfants ainsi qu'une belle maison dont s'occuper. N'était-ce pas le rôle assigné par Dieu aux femmes ? Effondré, je pris congé d'elle.

Je ne la revis jamais. Une semaine plus tard, la

suette frappa la ville tel un ouragan. Des centaines de personnes commencèrent à frissonner et à transpirer à grande eau. Ils s'alitaient et mouraient dans les deux jours, le fléau frappant le riche comme le pauvre. Il emporta Kate et son père. Je revois leur enterrement, que j'avais organisé en tant qu'exécuteur testamentaire du vieil homme, les cercueils de bois descendus lentement dans la fosse. Regardant par-dessus le cercueil les traits ravagés de Piers Stackville, je compris qu'il avait aimé Kate autant que moi. Sans parler, il me fit un signe de tête de reconnaissance que je lui rendis avec un petit sourire mélancolique. Je remerciai Dieu de m'être au moins libéré de la fausse doctrine du purgatoire qui eût voulu que Kate y endurât maints tourments. Je savais que son âme pure ne pouvait être que sauvée et trouver le repos en Jésus-Christ.

Des larmes emplissent mes yeux au moment où j'écris ces mots, comme ce fut le cas durant cette première nuit passée à Scarnsea. Je les laissai alors rouler en silence sur mes joues, me retenant de sangloter de peur de réveiller Mark et de l'obliger à contempler un spectacle gênant. Elles me soulagèrent et je m'endormis.

✝

Mais le cauchemar revint cette nuit-là. Il y avait des mois que je n'avais pas rêvé de l'exécution de la reine Anne, mais la vue du cadavre de Singleton me remit tout en mémoire. Par une belle matinée de printemps j'étais de nouveau sur le Tower Green (la partie ouest de la cour intérieure de la Tour où l'on décapitait les condamnés de sang royal et les nobles), parmi l'énorme foule entourant l'échafaud recouvert de paille. J'étais au premier rang, lord Cromwell ayant ordonné à tous ses protégés d'être présents afin qu'ils soient liés à la chute de la reine. Il se trouvait à deux pas, au premier rang lui aussi. Bien qu'il ait dû son ascension à son appartenance au groupe d'Anne Boleyn, c'était lui qui avait préparé l'accusation d'adultère ayant causé sa perte. Il avait l'air sévère et renfrogné, incarnation du courroux de la justice.

On avait entassé beaucoup de paille autour du billot, et le bourreau venu de France se dressait, les bras croisés, vêtu de sa sinistre cagoule noire. Je cherchai des yeux l'épée qu'il avait apportée, à la demande de la reine, pour que la mort fût plus charitable, mais je ne la vis pas. Je courbais la tête avec déférence car certains des hommes les plus puissants du pays étaient présents : Audley, le lord-chancelier, sir Richard Rich et le comte de Suffolk.

Nous restions immobiles comme des statues, personne ne parlant au premier rang, bien que des murmures et des chuchotements se fissent entendre derrière nous. Il y a un pommier sur le Tower Green. Il était en fleur et un merle chantait sur une haute branche, insoucieux de la foule. Je le regardai, lui enviant sa liberté.

Il y eut un remous et la reine apparut. Elle était entourée de dames d'honneur, d'un aumônier en surplis et de gardes en habit rouge. Elle avait l'air amaigrie et hagarde, épaules osseuses voûtées sous sa cape blanche, cheveux relevés et attachés sous une coiffe. Tandis qu'elle approchait du billot, elle jetait d'incessants coups d'œil en arrière comme si elle espérait l'arrivée d'un messager porteur d'une grâce royale. Ayant passé neuf années au cœur de la cour, elle aurait dû savoir que c'était un espoir vain. Il était hors de question d'interrompre ce grandiose spectacle soigneusement orchestré. Comme elle approchait du billot, les énormes yeux marron bordés de cernes noirs lancèrent des regards éperdus tout autour de l'échafaud et je pense que comme moi elle cherchait l'épée.

Dans mon rêve il n'existe aucun des longs préliminaires. Pas de longues prières, aucune tirade prononcée par la reine Anne sur l'échafaud suppliant tous les présents de prier pour que Dieu garde le roi. Dans mon rêve elle s'agenouille immédiatement en face de la foule et se met à prier. J'entends ses appels répétés, émis d'une voix frêle et aiguë : « Jésus, reçois mon âme ! Seigneur Dieu, aie pitié de mon âme ! » Puis le bourreau se penche et sort la grande épée de l'endroit où elle avait été cachée dans la paille. C'est donc là qu'elle se trouvait, pensé-je, avant de tressaillir et de pousser un cri au moment où elle décrit un arc dans les airs, trop vite pour qu'on puisse la suivre du regard, et la tête de la reine est propulsée et s'envole au milieu d'un puissant jet de sang. À nouveau, pris d'une nausée, je ferme les yeux, tandis qu'un grand murmure s'élève de la foule, ponctué de quelques hourras. Je les rouvre au moment où est prononcée la formule rituelle : « Ainsi périssent tous les ennemis du roi ! », à peine intelligible à cause de l'accent français du bourreau. La paille et ses vêtements sont trempés du sang qui continue à jaillir du cadavre et de la tête de la reine qu'il brandit.

Les papistes disent qu'à ce moment précis les cierges de l'église de Douvres s'allumèrent spontanément. Si d'autres légendes aussi absurdes circulèrent dans tout le pays, moi je peux témoigner que les yeux dans la tête coupée bougeaient vraiment, qu'ils parcouraient frénétiquement la foule, et que les lèvres s'ouvraient comme si elles essayaient de parler. Quelqu'un hurla derrière moi et j'entendis un marmonnement tandis que se signaient tous les spectateurs vêtus de leurs plus beaux habits aux manches à gigot. En vérité, le trouble ne dura pas une demi-heure, comme on l'affirma plus tard, mais moins de trente secondes. Mais dans mon cauchemar je revécus chacune de ces secondes où je priai pour que ces yeux hagards trouvent le repos. Le bourreau jeta la tête dans un carquois qui servait de cercueil, et au moment où elle y tombait en faisant un bruit mat on frappa à la porte et je me réveillai en poussant un cri.

Je haletai bruyamment, ma sueur se figeant dans le froid intense. Les coups reprirent puis Alice lança des appels pressants.

« Messire Shardlake ! Monsieur le commissaire ! »

On était en pleine nuit, le feu couvait dans l'âtre et dans la chambre régnait un froid intense. Mark grogna et remua sur sa paillasse.

« Que se passe-t-il ? criai-je, le cœur cognant toujours à cause du cauchemar, la voix tremblante.

— Le frère Guy vous prie de venir, monsieur.

— Un moment, s'il vous plaît ! » Je me hissai hors du lit et allumai une bougie aux braises du feu. Mark se leva également, les cheveux emmêlés et clignant les yeux.

« Qu'est-ce qu'il y a ?

— Je n'en sais rien. Reste là. » J'enfilai mes hauts-de-chausses et ouvris la porte. La jeune fille apparut, une blouse blanche passée par-dessus sa robe.

« Veuillez m'excuser, monsieur, mais Simon Whelplay est au plus mal et il veut à tout prix vous parler. Le frère Guy m'a dit de venir vous réveiller.

— Très bien. » Je la suivis le long du corridor glacial. Nous atteignîmes bientôt une porte ouverte. J'entendis des voix : celle du frère Guy et une autre qui geignait de douleur. Je découvris le novice allongé sur un petit lit à roulettes. Il marmonnait fébrilement, le visage luisant de sueur, ahanant, la respiration sifflante.

Le frère Guy était assis près du lit, essuyant le front du novice avec un linge qu'il trempait dans une coupe.

« De quoi souffre-t-il ? » Je ne parvenais pas à cacher mon angoisse, car les victimes de la suette se contorsionnaient et haletaient de la sorte.

L'infirmier me regarda, le visage grave.

« Il s'agit d'une congestion des poumons. Rien d'étonnant après être resté debout dans le froid, l'estomac vide. Sa température est inquiétante. Mais il ne cesse de demander à vous parler. Il ne se calmera pas avant de l'avoir fait. »

J'avançai vers le lit, évitant de m'approcher trop près de peur que le malade ne souffle sur moi les miasmes de sa fièvre. Il me fixa de ses yeux aux cernes violacés.

« Monsieur le commissaire, murmura-t-il d'une voix rauque. Vous avez été envoyé ici pour rendre la justice.

— Oui. Je suis ici pour enquêter sur la mort du commissaire Singleton.

— Il n'est pas la première personne à avoir été assassinée, souffla-t-il. Pas la première personne. Je le sais.

— Que voulez-vous dire ? Qui d'autre est mort ? »

Une violente quinte de toux secoua sa frêle carcasse, du flegme gargouillant dans sa poitrine. Il se rejeta en arrière, épuisé. Son regard tomba sur Alice.

« Cette brave fille, la malheureuse... Je l'ai avertie du péril qui la guette ici... » Il fondit en larmes, les gros sanglots déclenchant une autre crise de toux qui semblait menacer de déchirer son maigre corps en deux. Je me tournai vers Alice.

« Que veut-il dire ? demandai-je d'un ton vif. Contre quoi vous a-t-il mise en garde ? »

Elle paraissait tout à fait déconcertée.

« Je ne comprends pas, monsieur. Il ne m'a jamais

mise en garde contre quoi que ce soit. Je ne lui ai quasiment pas parlé avant aujourd'hui. »

Je me tournai vers le frère Guy. Il semblait tout aussi mystifié. Il regarda le jeune homme d'un air anxieux.

« Il est très malade, monsieur le commissaire. Il faudrait le laisser se reposer maintenant.

— Non, mon frère, je dois l'interroger encore un peu. Avez-vous une idée de ce à quoi il fait allusion ?

— Non, monsieur. Je n'en sais pas plus qu'Alice. »

Je me rapprochai du lit et me penchai vers le gamin.

« Maître Whelplay, expliquez-moi ce que vous avez voulu dire. Alice affirme que vous ne l'avez prévenue de rien...

— Alice est bonne..., dit-il d'une voix éraillée. Douce et gentille. Il faut la mettre en garde... » Il se remit à tousser et le frère Guy s'interposa fermement entre nous.

« Je dois vous demander de le laisser maintenant, monsieur le commissaire. Je pensais que ça pourrait le calmer de vous parler, mais il délire. Il faut que je lui donne une potion pour le faire dormir.

— Je vous en prie, monsieur, renchérit Alice. Par charité. Vous voyez dans quel état il est. »

Je m'éloignai du novice qui, apparemment à bout de forces, avait sombré dans une sorte de torpeur.

« Il est vraiment très malade ? » demandai-je.

L'infirmier serra les lèvres.

« Ou bien la fièvre va bientôt retomber ou il en mourra. Il n'aurait pas dû être traité de la sorte, ajouta-t-il avec rage. Je me suis plaint à l'abbé. Il va venir voir le gamin demain matin. Le prieur Mortimus est allé trop loin cette fois-ci.

— Il faut que je sache ce qu'il voulait dire. Je vais revenir dès demain et je veux être averti sans tarder si son état empire.

— Bien sûr. Bon, je vous prie de m'excuser maintenant, monsieur, mais je dois préparer quelques herbes. »

Je hochai la tête et il partit. Je souris à Alice, pour me montrer rassurant.

« Étrange histoire, fis-je. Vous n'avez pas la moindre idée de ce qu'il voulait dire ? Il a d'abord affirmé vous avoir mise en garde et ensuite qu'on devait le faire.

— Il ne m'a rien dit, monsieur. Quand nous l'avons amené ici il a d'abord dormi un peu, puis comme sa fièvre montait il s'est mis à vous réclamer.

— À quoi pouvait-il bien faire allusion lorsqu'il a dit que Singleton n'était pas la première victime ?

— Sur ma foi, monsieur, je n'en sais rien. » Sa voix vibrait d'inquiétude. Je la fixai tout en lui parlant avec douceur.

« Alice, croyez-vous que vous pourriez être menacée par quelque danger ?

— Non, monsieur. » Elle rougit et je fus surpris de l'expression de grande colère et de virulent mépris qui se peignit sur son visage. « J'ai reçu de temps en temps des avances de certains moines, mais je parviens à y faire face grâce à la protection du frère Guy et à ma propre intelligence. C'est agaçant, mais ce n'est pas un danger. »

Je hochai la tête, frappé une fois de plus par sa force de caractère.

« Vous êtes malheureuse ici ? » demandai-je tranquillement.

Elle haussa les épaules.

« C'est un emploi. Et j'ai un bon maître.

— Alice, si je peux vous aider ou si vous souhaitez me dire quoi que ce soit, n'hésitez pas à venir me voir. Je n'aimerais pas que vous couriez le moindre danger.

— Merci monsieur. Je vous en suis très reconnaissante. » Elle parlait avec circonspection. Elle n'avait aucune raison de me faire davantage confiance qu'aux moines. Mais peut-être s'ouvrirait-elle davantage à Mark. Elle retourna auprès de son malade qui s'était mis à s'agiter, menaçant dans sa fièvre de rejeter les draps et les couvertures.

« Alors bonne nuit, Alice. »

Elle tentait toujours de calmer le novice et ne leva pas la tête.

« Bonne nuit, monsieur. »

Je repris le corridor glacial. M'arrêtant devant une fenêtre, je vis que la neige avait enfin cessé. Elle formait un épais tapis ininterrompu, d'une blancheur éclatante sous la pleine lune. Contemplant ce désert borné par la masse sombre des antiques bâtiments, je me sentis aussi isolé et coupé du monde que si je m'étais trouvé dans les cavernes inhabitées de la lune.

10

Quand je me réveillai, je ne sus pas tout de suite où j'étais. Une chambre inconnue était inondée d'une lumière blafarde d'une incroyable blancheur. Puis, me rappelant tout, je me redressai lentement dans mon lit. Mark, qui s'était déjà rendormi au moment où j'étais revenu dans la chambre après avoir parlé au novice, était levé. Il avait regarni le feu et se rasait en culotte devant une aiguière d'eau fumante. Une épaisse couche de neige, mouchetée d'empreintes de pattes d'oiseaux, recouvrait tout, réfléchissant un soleil lumineux qui entrait à flots par la fenêtre.

« Bonjour, monsieur, dit-il en louchant vers son image renvoyée par un vieux miroir cerclé de cuivre.

— Quelle heure est-il ?

— Neuf heures passées. L'infirmier dit que le petit déjeuner nous attend dans sa cuisine. Il savait que nous serions fatigués et il nous a laissés dormir. »

Je rejetai les draps et les couvertures.

« Nous n'avons pas de temps à perdre à dormir ! Dépêche-toi ! Finis de te raser et enfile ta chemise ! » Je commençai à m'habiller.

« Vous n'allez pas vous raser ?

— Ils devront m'accepter tel quel ! » J'étais préoccupé par la somme de travail qui m'attendait.

« Hâte-toi ! Je veux visiter l'endroit de fond en comble et interroger les obédienciers. Il faut que tu trouves l'occasion de parler avec la jeune Alice. Ensuite promène-toi un peu partout et repère des cachettes où l'on aurait pu dissimuler l'épée. Il nous faut faire le tour de la question le plus vite possible car on a un nouveau problème à résoudre. » Tout en laçant mes chausses je lui racontai mon entrevue de la veille avec Whelplay.

« Quelqu'un d'autre a été tué ? Seigneur Jésus ! L'écheveau s'emmêle d'heure en heure.

— Je sais. Et nous avons peu de temps pour le démêler. Allons-y ! »

Nous longeâmes le corridor pour gagner l'infirmerie du frère Guy. Il était assis à son bureau et scrutait son livre arabe.

« Ah ! vous êtes réveillés », dit-il avec son accent très doux. Il ferma le livre à contrecœur et nous conduisit dans une petite pièce où d'autres plantes médicinales étaient suspendues à des crochets. Nous invitant à nous asseoir à la table, il posa devant nous du pain et du fromage ainsi qu'un pichet de bière légère.

« Comment va votre malade ? demandai-je tout en mangeant.

— Un peu mieux ce matin, Dieu merci. La fièvre est tombée et il dort profondément. L'abbé doit venir lui rendre visite plus tard.

— Dites-moi un peu... Quelle est l'histoire du novice Whelplay ?

— C'est le fils d'un petit fermier qui vit près de Tonbridge. » Le frère Guy sourit tristement. « Il fait partie de cette catégorie d'êtres trop fragiles, trop vulnérables pour ce dur monde. Des êtres de ce genre sont parfois attirés jusqu'ici... Je crois que c'est l'endroit que Dieu choisit pour eux.

— Un refuge protégé, loin du monde, c'est cela ?

— Des gens comme le frère Simon servent Dieu et le monde par leurs prières. N'est-ce pas mieux pour tous que la vie de moqueries et de mauvais traitements qu'ils subissent souvent à l'extérieur ? Mais en l'occurrence on ne peut guère dire qu'il ait trouvé ici un refuge. »

Je le regardai d'un air grave.

« Non, ici aussi il a trouvé moqueries et mauvais traitements. Frère Guy, lorsque nous aurons terminé de manger, j'aimerais que vous nous conduisiez à la cuisine où vous avez découvert le corps. Je crains que nous ne nous mettions en mouvement déjà un peu tard.

— Bien sûr. Mais je ne dois pas laisser mes malades seuls trop longtemps...

— Une demi-heure devrait suffire. » J'avalai une dernière gorgée de bière, puis me levai en serrant mon manteau autour de moi. « Maître Poer va rester à l'infirmerie ce matin. Je lui ai accordé une matinée de repos. Après vous, mon frère. »

✝

Nous traversâmes la salle où Alice s'occupait une fois de plus du vieux moine. C'était l'homme le plus vieux que j'aie jamais vu. Allongé, il respirait lentement et avec difficulté. Le contraste n'aurait pu être plus grand avec son voisin grassouillet qui, assis dans son lit, était en train d'exécuter une patience. Le malade aveugle dormait dans un fauteuil.

L'infirmier ouvrit la porte d'entrée et recula d'un pas au moment où presque un pied de neige accumulé contre la porte s'écroula sur le seuil.

« Nous devrions porter des protège-chaussures, dit-il. Autrement, on va attraper des engelures aux pieds. » Il me pria de l'excuser et me laissa contempler le spectacle, la buée sortant de ma bouche. Sous un ciel bleu l'atmosphère était on ne peut plus calme et glaciale. Comme lorsqu'il fait un froid intense, la neige était légère et poudreuse, neige sur laquelle il est si affreusement difficile de marcher. J'avais apporté mon bâton car, étant donné mon manque d'équilibre, je risquais beaucoup de faire une chute. Le frère Guy revint, chargé de robustes protège-chaussures de cuir.

« Il faut que j'en fasse distribuer aux moines qui travaillent dehors », dit-il. Nous les laçâmes, puis nous enfonçâmes jusqu'aux mollets dans la neige, le teint du frère Guy paraissant plus sombre que jamais contre toute cette blancheur. La porte des cuisines n'était pas loin et je vis que le bâtiment principal possédait un mur mitoyen avec l'infirmerie. Y avait-il une porte entre les deux ?

« Il y avait jadis un passage. Il a été fermé à l'époque de la peste noire afin d'endiguer la propagation du fléau, et on ne l'a jamais rouvert. C'est une sage mesure.

— Cette nuit, quand j'ai aperçu le gamin, j'ai eu peur qu'il n'ait attrapé la suette. Je l'ai déjà vue à l'œuvre. C'est terrible. Mais, bien sûr, la cause en est l'air vicié des villes.

— Dieu merci, je n'ai guère eu affaire ici à ce genre de maladie. Je dois surtout traiter les effets des longues séances de prière, debout dans une église glaciale. Et du vieil âge, bien entendu.

— Vous avez un autre patient qui a l'air mal en point. Le vieillard.

— Oui. Le frère Francis. Il a quatre-vingt-quatorze ans. Il est retombé en enfance et en ce moment il souffre de fièvre. Je crains qu'il ne soit parvenu enfin au terme de son pèlerinage.

— De quoi souffre le gros moine ?

— D'ulcères variqueux, comme le frère Septimus,

mais en plus grave. Je les ai drainés et il se repose un peu. » Il eut un sourire bienveillant. « J'aurai peut-être du mal à le faire se lever. Personne n'aime quitter l'infirmerie. Le frère Andrew fait partie des meubles désormais. Il est devenu aveugle sur le tard et il a peur de sortir. Il a perdu confiance en lui.

— Vous vous occupez de combien de vieux moines ?

— Douze. Les frères ont tendance à vivre longtemps. J'ai quatre octogénaires.

— Ils ne subissent pas la tension ou les vicissitudes de l'existence qu'endurent la plupart des gens.

— Ou alors la prière fortifie le corps autant que l'âme. Mais nous y voilà. »

Il me fit passer par une lourde porte de chêne. Comme il me l'avait expliqué la veille, un petit couloir conduisait à la cuisine elle-même. La porte était ouverte et j'entendais des voix et un bruit de vaisselle. Une bonne odeur de rôti émanant de la pièce embaumait le couloir. Six serviteurs préparaient un repas. La cuisine était vaste et semblait propre et bien organisée.

« Eh bien ! mon frère, lorsque vous êtes entré ici cette nuit-là, où gisait le corps ? »

L'infirmier fit quelques pas sous le regard curieux des serviteurs.

« Juste là, près de la grande table. Le corps était allongé à plat ventre par terre, les jambes pointées vers la porte. La tête avait roulé jusque-là. » Il désignait un baquet de métal marqué « Beurre ». Je suivis son regard, tout comme les serviteurs. L'un d'eux se signa.

« Par conséquent, il venait d'entrer dans la pièce quand on l'a attaqué », pensai-je tout haut. Près de l'endroit où il était tombé se trouvait un grand bahut. Son assaillant avait pu se cacher à côté et, au moment où passait Singleton, bondir et le frapper. Joignant le geste à la parole, je fis tourbillonner mon bâton dans les airs. Pris de frayeur, un serviteur recula d'un bond. « En effet. Il y a assez d'espace pour exécuter un grand moulinet avec une épée. Je suppose que les choses se sont passées ainsi.

— Avec une lame bien affûtée tenue par une main vigoureuse... Oui, j'imagine que c'est faisable, dit le frère Guy d'un air songeur.

— À condition d'être habile et d'avoir l'habitude de manier une grande épée. » Je parcourus du regard le groupe des serviteurs. « Qui est le chef cuisinier ici ? »

Un homme barbu portant un tablier taché s'avança en saluant.

« Ralph Spenlay, monsieur, pour vous servir.

— Vous êtes responsable de la cuisine, maître Spenlay, et vous en possédez la clef.

— Oui, monsieur le commissaire.

— Et on ne peut entrer et sortir que par la porte s'ouvrant sur la cour ?

— Oui-da.

— La porte de la cuisine proprement dite est-elle fermée à clef ?

— C'est inutile. La porte extérieure est la seule voie d'accès.

— Qui d'autre a la clef ?

— L'infirmier, monsieur, ainsi que l'abbé et le prieur. Et maître Bugge, le portier, bien sûr, pour ses patrouilles nocturnes. Personne d'autre. J'habite le monastère. J'ouvre le matin et je ferme le soir. Si quelqu'un a besoin de la clef, il s'adresse à moi. On vole de la nourriture, vous voyez. Même celle destinée à la table des moines. Tenez ! j'ai vu le frère Gabriel traîner dans le couloir certains matins comme s'il attendait qu'on ait le dos tourné pour chiper quelque chose. Et c'est un obédiencier...

— Que se passe-t-il si vous êtes malade ou absent et qu'on ait besoin d'entrer ici ?

— Il faut s'adresser à maître Bugge ou au prieur. » Il sourit. « Non pas que les gens aiment les déranger, s'ils n'y sont pas obligés.

— Merci, maître Spenlay. Vos renseignements sont fort précieux. » J'étendis la main et pris un peu de crème dans une coupe. Le cuisinier eut l'air déconcerté. « Délicieux... Je ne vais pas vous importuner davantage, frère Guy. Je vais aller voir l'économe maintenant. Si vous pouviez m'expliquer comment me rendre à son bureau... »

✝

Il m'indiqua le chemin et je m'éloignai d'un pas lourd, mes protège-chaussures faisant crisser la neige. La cour était beaucoup plus calme aujourd'hui, les gens et les molosses restant à l'intérieur. Plus j'y songeais, plus je considérais que seul un bretteur habile aurait pu avoir l'audace de bondir derrière Singleton et de lui trancher la tête. Aucune des personnes que j'avais rencontrées jusque-là ne me semblait capable d'accomplir un tel acte. L'abbé était un homme de forte taille, ainsi que le frère Gabriel, mais le maniement de l'épée était l'apanage des hommes de condition, pas celui des moines. Pensant au frère Gabriel, je me rappelai les paroles du cuisinier. Elles m'étonnaient, le sacristain ne m'ayant pas paru être le genre d'homme qui traîne aux alentours d'une cuisine pour dérober de la nourriture.

Je contemplai la cour enneigée. La route de Londres serait impraticable à présent. Il n'était pas agréable de penser que Mark et moi étions plus ou moins prisonniers en ce lieu, en compagnie d'un assassin. Je m'aperçus qu'inconsciemment j'avais marché au centre de la cour, le plus loin possible des embrasures de portes sombres. Je frissonnai. Cela faisait tout drôle d'avancer seul sous les hauts murs dans ce silence blanc... Ce fut donc avec un certain soulagement que j'aperçus Bugge près du portail. Aidé par un autre serviteur, il déblayait le chemin à coups de pelle.

Comme j'approchais, le portier leva les yeux, le visage empourpré par l'effort. Son compagnon, un jeune gars râblé défiguré par des verrues, sourit nerveusement et me fit un salut. Ayant travaillé dur ils dégageaient tous deux une odeur fétide.

« Bonjour, monsieur », dit Bugge d'un ton mielleux. On lui avait sans doute ordonné de me traiter avec déférence.

« Quel temps atroce !

— Oui-da, monsieur. L'hiver est arrivé tôt une fois de plus.

— Puisque je tombe sur vous, j'aimerais vous poser quelques questions à propos de vos rondes nocturnes. »

Il acquiesça d'un signe de tête et s'appuya sur sa pelle.

« On fait deux rondes par nuit dans toute l'enceinte, à neuf heures et à trois heures et demie. Soit moi, soit David que voici, on fait un tour complet, en vérifiant chaque porte.

— Et le portail ? Est-il verrouillé la nuit ?

— Chaque soir à neuf heures. Et rouvert à neuf heures du matin, après prime. Quand le portail est fermé, pas un chien ne pourrait entrer ici.

— Ni un chat », précisa le jeune gars. Il avait un regard perçant. Il avait beau être laid, il n'était pas idiot.

« Les chats peuvent grimper, suggérai-je. Ainsi que les hommes. »

Une touche d'agressivité apparut sur le visage du portier.

« Pas un mur de douze pieds, c'est impossible. Vous

l'avez vu, monsieur, il est à pic. Personne ne pourrait l'escalader.

— Le mur est intact tout autour du monastère ?

— Sauf à l'arrière. Il est éboulé par endroits mais là-bas il donne directement sur les marécages. Personne ne peut les passer à gué, surtout la nuit. Des gens ont fait un faux pas et se sont enfoncés complètement dans la boue... Ploc !

— Si personne ne peut entrer, pourquoi donc faites-vous des rondes ? »

Il se pencha tout près. Son haleine nauséabonde me fit reculer, mais cela ne parut pas le gêner.

« Il y a des pécheurs, monsieur. Même ici. » Il prit le ton de la confidence. « La discipline s'était beaucoup relâchée du temps de l'ancien prieur. Quand le prieur Mortimus est arrivé, il a donné l'ordre de faire des rondes de nuit et qu'on lui indique immédiatement le nom de quiconque n'était pas dans son lit. Et c'est ce que je fais. Sans peur et sans la moindre faveur. » Il eut un sourire satisfait.

« Et la nuit où le commissaire Singleton a été assassiné ? Avez-vous remarqué quelque chose suggérant que quelqu'un avait pu entrer par effraction ?

— Nenni, monsieur, répondit-il en secouant la tête. Je jure que tout était normal entre trois heures et demie et quatre heures et demie, puisque j'ai effectué cette ronde moi-même. J'ai vérifié comme d'habitude que la porte extérieure qui donne accès à la cuisine était fermée. J'ai vu le commissaire, cependant. » Il hocha la tête d'un air important.

« Oui, c'est ce qu'on m'a dit. Où était-ce ?

— Durant ma ronde, je traversais le cloître quand j'ai vu quelque chose bouger. Alors j'ai appelé. C'était le commissaire, tout habillé.

— Que faisait-il dehors à cette heure-là ?

— Il m'a dit qu'il avait rendez-vous avec quelqu'un, monsieur. » Il sourit, ravi qu'on lui prête attention. « Il m'a dit que si je rencontrais l'un des frères qui disait avoir rendez-vous avec lui, je devais le laisser passer.

— Par conséquent, il avait bien un rendez-vous en vue !

— Je le crois. Et, de plus, il n'était pas très loin des cuisines.

— Quelle heure était-il ?

— Quatre heures un quart, je dirais. C'était presque la fin de ma ronde. »

Je désignai du menton la grande masse derrière moi.

« L'église est-elle fermée à clef la nuit ?

— Non, monsieur. Jamais. Mais, comme d'habitude, j'en ai fait le tour à l'extérieur avant ma ronde dans le cloître, et tout était normal. Puis je suis rentré chez moi à quatre heures et demie. Le prieur Mortimus m'a donné une petite pendule, dit-il avec fierté, et je vérifie toujours l'heure. J'ai dormi un peu, tandis que David montait la garde. Et j'ai été réveillé à cinq heures par un raffut de tous les diables.

— Donc, le commissaire Singleton avait rendez-vous avec un moine. Il semble par conséquent que l'atroce crime commis ici il y a une semaine soit bien l'œuvre d'un moine. »

Il hésita.

« J'affirme que personne n'a pénétré dans le monastère par effraction. C'est tout ce que je sais. C'est impossible.

— Pas impossible, mais improbable, d'accord, acquiesçai-je. Merci, maître Bugge, vous m'avez beaucoup aidé. » Je plantai mon bâton devant moi et m'éloignai, les laissant reprendre leur travail.

✝

Je rebroussai chemin jusqu'à la porte verte du bureau de la comptabilité. Entrant sans frapper, je me retrouvai dans une salle qui me rappelait mon propre univers : des murs blanchis à la chaux garnis d'étagères de registres, le moindre espace libre recouvert de listes et de factures. Deux moines étaient assis à leurs pupitres. L'un des deux, un homme d'un certain âge aux yeux chassieux, comptait des pièces. L'autre, penché au-dessus d'un registre, les sourcils froncés, était le jeune moine barbu qui avait perdu aux cartes la veille. Il y avait derrière eux un coffre doté du plus gros verrou que j'aie jamais vu. Il devait sans nul doute contenir les fonds de l'abbaye.

Dès qu'ils m'aperçurent les deux moines se mirent sur pieds d'un bond.

« Bonjour ! » fis-je. La buée sortait de ma bouche car la pièce n'était pas chauffée. « Je cherche le frère Edwig. »

Le jeune moine jeta un coup d'œil vers une porte intérieure.

« Le frère Edwig s'entretient avec l'abbé...

— Dans cette pièce-là ? Je vais aller les rejoindre. » Je m'approchai de la porte, sans me soucier de la main à demi levée en signe de protestation. L'ayant ouverte je me retrouvai en face d'un escalier que je gravis jusqu'au petit palier dont la fenêtre donnait sur le paysage blanc de neige. On entendait des voix derrière une porte en face. Je m'immobilisai devant sans parvenir à comprendre ce qu'on disait. Puis je l'ouvris et pénétrai dans la pièce.

L'abbé Fabian était en train de parler au frère Edwig d'un ton geignard.

« Il faut demander davantage. Cela n'est pas digne de notre position de la laisser partir pour moins de trois cents...

— J'ai b-besoin que cet argent entre dans mes coffres

sans plus t-tarder, Votre Seigneurie. S'il p-paie rubis sur l'ongle, il faut ac-cepter cette somme ! » Malgré son bégaiement, une note acérée perçait dans le ton de l'économe. L'abbé Fabian se retourna, l'air décontenancé.

« Ah ! messire Shardlake...

— Monsieur, il s'agit d'une conversation privée », s'écria l'économe. La colère se peignit soudain sur son visage.

« Je crains que cette expression n'ait aucun sens pour moi. Si je devais frapper à chaque porte et attendre qu'on m'ouvre, qui sait ce que je risquerais de manquer ? »

Le frère Edwig se maîtrisa, agitant les mains, reprenant à nouveau son rôle de bureaucrate empressé.

« B-bien sûr, b-bien sûr ! Pardonnez-moi... Nous discutions des finances du monastère, de t-terres qu'il nous faut vendre pour p-payer les réfections. Cette qu-question n-n... » Son visage s'empourpra à cause de ses difficultés d'élocution.

« Cette question n'a rien à voir avec votre enquête, conclut l'abbé en souriant.

— Mais il y a une affaire connexe, frère économe, à propos de laquelle je souhaite vivement m'entretenir avec vous. » Je m'installai sur un fauteuil devant un bureau muni de nombreux tiroirs, les seuls meubles dans le petit cabinet à part, ici aussi, plusieurs étagères de registres.

« Je suis à votre service, monsieur, évidemment.

— Messire Goodhaps me dit que le jour de sa mort le commissaire Singleton travaillait sur un livre de comptes que lui avait remis votre bureau. Et qu'ensuite ce livre a disparu.

— Il n'a pas disp-paru, monsieur. Il a été rendu au bureau de la c-comptabilité.

— Peut-être pourrez-vous me dire de quoi il s'agit ? »

Il réfléchit quelques instants.

« Je ne m'en souviens pas. Les c-comptes de l'infirmerie, il me semble. Nous établissons des c-comptes différents pour les divers services – sac-cristie, infirmerie, etc. – et un registre central pour tout le monastère.

— Je suppose que si le commissaire Singleton vous a emprunté des registres de comptes vous l'avez noté.

— Cela va de soi ! » Il fronça les sourcils, l'air agacé. « Mais plus d'une fois il a emp-prunté des livres sans m'en informer, ni moi ni mon assistant, et nous passions la journée à rechercher q-quelque chose q-qu'il avait pris.

— Ce qui veut dire qu'il n'y a aucune trace de tout ce qu'il a emprunté ? »

Il écarta les bras.

« C-comment serait-ce p-possible, puisqu'il se servait lui-même ? Désolé... »

Je hochai la tête.

« Et tout est en ordre maintenant dans la comptabilité ?

— Dieu merci ! »

Je me levai.

« Très bien. Ayez donc la bonté de faire porter dans ma chambre à l'infirmerie tous les registres concernant les comptes des douze derniers mois. Ah ! et ceux des divers services également.

— Tous les livres ? » L'économe n'aurait pu paraître plus atterré si je lui avais ordonné d'enlever sa soutane et de déambuler tout nu dans la neige. « Cela serait extrêmement gênant, car cela emp-pêcherait les c-comptables de c-continuer à travailler...

— Cela ne sera que pour une nuit. Deux, tout au plus. »

Il sembla sur le point d'émettre d'autres objections, mais l'abbé Fabian s'interposa.

« Nous devons coopérer, Edwig. Les livres vous seront apportés aussi vite qu'on pourra les rassembler, monsieur le commissaire.

— Je vous en suis reconnaissant. D'autre part, messire l'abbé, j'ai rendu visite au malheureux novice, cette nuit. Le jeune Whelplay. »

L'abbé hocha la tête d'un air grave.

« Oui. Le frère Edwig et moi-même irons le voir tout à l'heure.

— Je dois vérifier les c-comptes du mois c-concernant les œuvres charitables, marmonna l'économe.

— Peu importe. En tant qu'administrateur le plus important après le prieur Mortimus, vous devez m'accompagner... Le frère Guy aurait-il émis une plainte ? soupira-t-il.

— Une plainte très grave, dis-je. Apparemment, le jeune homme aurait pu mourir... »

L'abbé Fabian leva la main.

« Soyez certain que je vais faire une enquête approfondie à ce sujet.

— Puis-je vous demander, Votre Seigneurie, quelle faute ce garçon est censé avoir commise pour mériter un tel châtiment ? »

Les épaules de l'abbé se raidirent.

« Pour être franc, messire Shardlake...

— Oui, soyez franc, je vous prie...

— Ce jeune homme n'apprécie pas le nouveau rituel. La prédication en anglais. Il tient beaucoup à la messe en latin et aux psaumes chantés. Il craint qu'ils ne soient traduits en anglais...

— Étrange préoccupation pour quelqu'un d'aussi jeune.

— Il est très musicien. Il aide le frère Gabriel à tenir ses livres d'offices. Il est très doué mais il exprime des opinions au-dessus de sa position. Il les a émises au chapitre, alors qu'en tant que novice il n'y est pas autorisé...

— J'espère qu'elles ne sont pas félonnes, comme celles du frère Jérôme.

— Aucun de mes moines, monsieur, absolument aucun, n'exprimerait des opinions félonnes, déclara l'abbé avec force. Et le frère Jérôme ne fait pas partie de notre communauté.

— Très bien. C'est donc pour cela que Simon Whelplay a été envoyé travailler aux écuries et mis à l'eau claire et au pain sec. Cela semble un peu dur. »

L'abbé rougit.

« Ce n'était pas sa seule faute. »

Je réfléchis un court moment.

« Il aide le frère Gabriel, avez-vous dit ? J'ai cru comprendre que le frère Gabriel possède un certain passé... »

L'abbé tritura nerveusement la manche de son habit.

« Simon Whelplay a parlé en confession de certains... appétits charnels. Pour le frère Gabriel. Mais il a péché en pensée, monsieur, seulement en pensée. Le frère Gabriel ne le savait même pas. Il est resté pur depuis les... incidents, il y a deux ans. Le prieur Mortimus surveille de près, de très près, ce genre de chose.

— Vous n'avez pas de moine chargé du noviciat, n'est-ce pas ? Il y a trop peu de vocations.

— Il y a plusieurs générations que les effectifs des monastères sont en baisse, depuis la Grande Peste, dit l'abbé d'un ton doux et posé. Mais, grâce à un renouveau religieux sous l'égide du roi, peut-être nos maisons vont-elles connaître un regain de vie. Il se peut qu'il y ait davantage de candidats à une existence de... »

Je me demandai s'il croyait vraiment ce qu'il disait, s'il était si aveugle aux divers signes. La note plaintive dans sa voix me fit comprendre que ce n'était pas impossible. Il pensait sûrement que les monastères pouvaient survivre. Je jetai un coup d'œil à l'économe. Il avait pris un papier sur son bureau et l'étudiait, s'excluant de la conversation.

« Qui sait ce que l'avenir nous réserve ? » Je me tournai vers la porte. « Je vous remercie, messieurs. Il me faut à nouveau braver les éléments, afin de voir l'église... et le frère Gabriel. » Je partis sous le regard anxieux de l'abbé, tandis que l'économe examinait sa comptabilité en partie double.

✝

Comme je traversais la cour du cloître, je ressentis une envie pressante. La veille, le frère Guy m'avait désigné les lieux d'aisances. Il existait un raccourci pour gagner le cabinet situé dans la salle d'eau derrière le dortoir, en sortant par l'arrière de l'infirmerie puis en passant par une cour.

Je traversai la salle de l'infirmerie puis ressortis dans la cour. Celle-ci était fermée sur trois côtés. Une rigole couverte coulait sous une petite maison de bains contiguë à l'infirmerie, continuant jusque sous la salle d'eau afin d'évacuer les eaux usées des deux. Je ne pus qu'admirer l'ingéniosité des bâtisseurs des monastères. Rares étaient les maisons particulières, même à Londres, jouissant d'un tel système, et je pensais parfois avec inquiétude à ce qui arriverait lorsque la fosse de vingt pieds de profondeur située dans mon jardin finirait par être pleine.

Des volailles couraient en gloussant dans la cour où la plus grande partie de la neige avait déjà été balayée. Deux cochons regardaient par-dessus la clôture d'une porcherie de fortune. Alice était en train de les nourrir, déversant un seau de soupe dans leur auge par-dessus la barrière. Je me dirigeai vers elle. Mes besoins naturels pourraient attendre un peu.

« Vous avez beaucoup de travail, à ce que je vois. Les porcs en plus des malades... »

Elle sourit poliment.

« Oui, monsieur. Une servante n'est jamais au bout de ses peines. »

Je jetai un œil dans la porcherie, me demandant si on pouvait cacher quelque objet dans la paille et la boue, mais à l'évidence ces animaux poilus à la peau brune l'auraient déterré avec leur groin. Ils pouvaient manger une soutane ensanglantée mais pas une épée ni une relique. Je jetai un regard à l'entour.

« Je ne vois que des poules. Vous n'avez donc pas de coq ? »

Elle secoua la tête.

« Non, monsieur. Le pauvre Jonas est mort. C'est lui qui a été tué devant l'autel. C'était un bel oiseau. Ça me faisait rire de le voir se pavaner de façon grotesque.

— Oui, ce sont de vrais pitres. On dirait des roitelets qui paradent et font les fiers devant leurs sujets. »

Elle sourit.

« C'est exactement comme ça qu'il était. Ses petits yeux méchants me défiaient quand j'approchais. Il battait des ailes avec colère en poussant des cris aigus, mais c'était de l'esbroufe. Un pas de trop de ma part, et il faisait demi-tour et s'enfuyait. » À ma grande surprise ses grands yeux bleus s'emplirent de larmes et elle baissa la tête. À coup sûr, elle était dotée d'un cœur à la fois tendre et solide.

« Cette profanation est un acte absolument atroce, dis-je.

— Le pauvre Jonas. » Elle se secoua et prit une profonde inspiration.

« Dites-moi, Alice. Quand avez-vous remarqué sa dis-parition ?

— Le matin où l'on a découvert le meurtre. »

Je parcourus la cour des yeux.

« Il n'y a pas moyen d'entrer ici sauf par l'infirmerie ou la salle d'eau derrière le dortoir ?

— En effet, monsieur. »

Je hochai la tête. C'était là une autre preuve que le meurtrier était venu de l'intérieur du monastère et connaissait la disposition des lieux. Un brusque mouvement de mon intestin m'avertit que je ne devais pas traîner. À contrecœur, je pris congé d'Alice et me précipitai vers la salle d'eau.

✝

Je n'avais jamais vu de cabinets d'aisances de moines. À l'école de Lichfield, on plaisantait beaucoup sur ce que les moines y faisaient, mais ceux de Scarnsea étaient on ne peut plus banals. Les murs de pierre de la longue salle étaient nus et il faisait sombre à l'intérieur, les rares fenêtres étant placées très haut. Un banc percé d'ouvertures circulaires courait tout le long d'un mur et à l'extrémité du local se trouvaient trois cabines privées réservées aux obédienciers. Je me dirigeai vers elles, passant devant deux moines assis sur le banc commun. Le jeune moine que j'avais rencontré à la comptabilité était là. Le moine assis à côté de lui se leva et me fit un salut gauche, réajustant sa soutane tout en se tournant vers son voisin.

« Vas-tu passer ici toute la matinée, Athelstan ?

— Laisse-moi tranquille, j'ai la colique. »

J'entrai dans l'une des cabines, poussai la targette et m'installai avec soulagement. Quand j'eus terminé je restai assis, écoutant l'eau de la rigole bruisser beaucoup plus bas. Je repensai à Alice. Si le monastère fermait, elle perdrait son emploi. Je me demandai ce que je pourrais faire pour elle. Peut-être l'aider à trouver quelque chose en ville. Cela m'attristait qu'une telle femme ait échoué dans un endroit de ce genre, mais elle devait être issue d'une famille pauvre. Comme la mort d'une volaille l'avait rendue malheureuse ! J'avais été tenté de lui prendre le bras pour la consoler. Je secouai la tête en constatant ma faiblesse. Après ce que j'avais dit à Mark...

Un bruit me tira brusquement de ma rêverie. Je redressai vivement la tête et retins mon souffle. Quelqu'un se déplaçait à pas feutrés devant la cabine, mais j'avais perçu le son mat du cuir effleurant la pierre. Mon cœur cognait dans ma poitrine. Je me réjouis que le sens du danger m'ait fait éviter les embrasures des portes. Rattachant mes chausses, je me relevai en silence tout en saisissant mon poignard. Je me penchai en avant et appuyai l'oreille contre la porte. Quelqu'un respirait de l'autre côté. Quelqu'un se tenait tout contre la porte.

Je me mordis la lèvre. Le jeune moine avait dû déjà repartir. Il se pouvait que je sois seul dans la salle d'eau avec l'homme posté de l'autre côté de la porte. J'avoue que j'étais terrifié à l'idée que l'assassin de Singleton puisse m'attendre comme il avait guetté mon prédécesseur.

La porte de la cabine s'ouvrait vers la salle. Je tirai la targette avec d'infinies précautions avant de me reculer et de flanquer un coup de pied dans la porte de toutes mes forces. Un cri d'effroi se fit entendre au moment où la porte s'ouvrit d'un seul coup, révélant le frère Athelstan. Il avait effectué un bond en arrière et battait des bras pour garder l'équilibre. Une vague de soulagement m'envahit lorsque je constatai qu'il ne tenait rien à la main. Les yeux exorbités, il me regardait avancer sur lui, mon poignard à la main.

« Que faisiez-vous là ? m'écriai-je. Je vous ai entendu ! »

Il hoqueta, sa pomme d'Adam saillante montant et descendant.

« Je ne vous voulais aucun mal, monsieur ! J'allais frapper, je le jure ! »

Il était blanc comme un linge. J'abaissai mon arme.

« Pourquoi ? Que voulez-vous ? »

Il jeta un regard anxieux à la porte du dortoir.

« Il fallait que je vous parle en secret, monsieur. Quand je vous ai vu entrer j'ai attendu qu'on soit seuls.

— De quoi s'agit-il ?

— Pas ici, je vous en prie, dit-il d'un ton pressant. Quelqu'un pourrait nous déranger. S'il vous plaît, monsieur, pouvez-vous m'attendre à la brasserie le plus tôt possible ? Elle se trouve à côté des écuries. Personne n'y travaille ce matin. »

Je scrutai son visage. Il semblait sur le point de s'évanouir.

« Très bien. Mais je serai accompagné de mon assistant.

— Bien sûr, monsieur, bien sûr... » Le frère Athelstan se tut au moment où la haute silhouette svelte du frère Jude apparut, venant du dortoir. Il s'éclipsa. Le pitancier, qui s'accordait sans doute une pause au milieu de l'élaboration des délicieux menus des moines, me lança un drôle de regard. Il me fit un salut et pénétra dans une cabine dont il poussa violemment la targette. Je me rendis alors compte que je tremblais comme une feuille des pieds à la tête.

11

Je me rassérénai en prenant plusieurs profondes inspirations avant de retourner à l'infirmerie en toute hâte. Mark était assis à une table de la cuisine. Alice était revenue et lavait la vaisselle tout en lui parlant. Elle paraissait gaie et détendue, sans la réserve qu'elle avait gardée avec moi. Je ressentis une pointe de jalousie.

« Vous accorde-t-on des moments de loisir ? lui demandait-il.

— Une demi-journée par semaine. Si nous n'avons pas trop de travail, le frère Guy me permet parfois de prendre toute une journée. »

Ils se retournèrent en m'entendant entrer précipitamment.

« Mark, il faut que je te parle. »

Il me suivit dans notre chambre et je lui fis part de la façon dont le frère Athelstan m'avait abordé.

« Accompagne-moi tout de suite. Prends ton épée. Il n'a pas l'air dangereux, c'est une sorte de petite fouine, mais deux précautions valent mieux qu'une. »

Nous regagnâmes la cour principale, où Bugge et son aide continuaient toujours à dégager la neige, et dépassâmes les écuries. Je jetai un coup d'œil par la porte ouverte. Un palefrenier entassait du foin sous l'œil des chevaux, leur haleine formant une épaisse buée dans l'air glacial. Ce n'était pas un travail pour un garçon malingre comme Whelplay.

Je poussai la porte de la brasserie. Une bonne chaleur y régnait. Par une porte latérale, on voyait un feu brûler tranquillement. Un escalier menait au séchoir au premier. Il n'y avait personne dans la salle principale, pleine de barriques et de cuves. Quelque chose voletant au-dessus de ma tête me fit sursauter et, levant les yeux, je vis que des poules nichaient parmi les poutres.

« Frère Athelstan ! » soufflai-je. Il y eut un bruit sourd quelque part dans notre dos, et Mark porta la main à son épée alors qu'apparaissait derrière une barrique la maigre personne du moine. Il inclina le buste.

« Monsieur le commissaire... Merci d'être venu.

— J'espère que c'est pour quelque chose d'important que vous m'avez dérangé. Sommes-nous seuls ici ?

— Oui, monsieur. Le brasseur s'est absenté en attendant que le houblon ait séché.

— Ces poules ne gâtent-elles pas la bière ? Leur fiente est partout. »

Il fit un sourire gêné en triturant sa petite barbe.

« Le brasseur prétend que ça donne du goût.

— Je doute que les villageois soient de cet avis », dit Mark.

Le frère Athelstan s'approcha et me regarda droit dans les yeux.

« Vous connaissez, monsieur, la section des injonctions de lord Cromwell stipulant que tout moine mécontent peut aller se plaindre directement auprès des administrateurs officiels sous les ordres du vicaire général sans passer par son abbé ?

— En effet. Vous désirez déposer une plainte ?

— Vous aider, plutôt. » Il se rengorgea. « Je sais que lord Cromwell recherche des renseignements sur des méfaits se produisant dans les maisons religieuses. Il paraît qu'il offre une récompense.

— Si ce qu'ils nous apprennent possède quelque valeur. » Je scrutai ses traits. J'avais souvent affaire à des informateurs, dans mon travail, et ces déplaisants individus pullulaient plus que jamais à cette époque. Peut-être était-ce Athelstan avec qui Singleton avait rendez-vous cette nuit-là... Mais je devinais que c'était la première fois que ce jeune homme jouait ce rôle. S'il aspirait à une récompense, il avait peur.

« J'ai pensé... J'ai pensé que tout renseignement sur certains méfaits commis ici pourrait vous aider à trouver le meurtrier du commissaire Singleton.

— Qu'avez-vous à me révéler ?

— Les moines supérieurs, monsieur, les obédienciers... Ils n'aiment pas les nouvelles injonctions de lord Cromwell. Les sermons en anglais, les règles de vie plus strictes. Je les ai entendus parler ensemble au chapitre, monsieur. Ils tiennent des conciliabules avant les réunions de la communauté.

— Et qu'avez-vous entendu ?

— Je les ai entendus dire que les injonctions sont imposées par des gens qui ne connaissent ni ne respectent la vie monacale. L'abbé, le frère Guy, le frère Gabriel, ainsi que mon maître, le frère Edwig, ils pensent tous la même chose.

— Et le prieur Mortimus. »

Athelstan haussa les épaules.

« Lui se laisse porter par le courant.

— Il n'est pas le seul. Frère Athelstan, avez-vous ouï l'un des obédienciers affirmer qu'il faudrait se remettre sous la coupe du pape ou bien dire du mal du divorce royal ou de lord Cromwell ? »

Il hésita.

« Non. Mais je... Je pourrais dire que c'est le cas, monsieur, si ça peut vous aider. »

J'éclatai de rire.

« Et les gens croiraient quelqu'un qui baisse les yeux et se dandine d'un pied sur l'autre comme vous ? Je ne le pense pas. »

Il tritura à nouveau sa barbe.

« Si je peux vous être utile de toute autre manière, monsieur, marmonna-t-il, ou à lord Cromwell, je serai ravi de me mettre à son service.

— Pourquoi donc, frère Athelstan ? Êtes-vous donc malheureux ici ? »

Son visage s'assombrit. Il avait des traits mous, un air triste.

« Je travaille au bureau de la comptabilité pour le frère Edwig. C'est un maître très dur.

— Pourquoi ? De quelle façon ?

— Il vous fait trimer comme un chien. S'il y a une erreur, ne serait-ce que d'un penny, il vous rend la vie impossible, vous fait revérifier tous vos comptes. J'ai commis une peccadille et maintenant il me fait travailler au bureau nuit et jour. Il est sorti pour un bon moment, autrement je n'aurais pas osé rester si longtemps absent.

— Ainsi donc, parce que votre maître vous punit pour vos fautes, vous êtes disposé à causer des ennuis auprès de lord Cromwell au frère Gabriel et à d'autres afin qu'il adoucisse votre régime ? »

Il eut l'air perplexe.

« Mais lord Cromwell ne veut-il pas que les moines dénoncent les méfaits, monsieur ? Tout ce que je souhaite c'est lui rendre service.

— Je suis ici pour enquêter sur la mort du commissaire Singleton, mon frère, dis-je avec un soupir. Si vous détenez des renseignements à ce propos, je vous écouterai volontiers. Autrement, vous me faites perdre mon temps.

— Je suis désolé.

— Vous pouvez disposer. » Il parut sur le point d'ajouter quelque chose, puis, se ravisant, il quitta le local en toute hâte. Je donnai un coup de pied dans une barrique et éclatai d'un rire rageur.

« Dieu, quel drôle d'individu ! Bon. Cela ne nous apporte rien.

— Les informateurs... Ça apporte surtout des ennuis ! » Mark fit un bond de côté en poussant un juron, tandis que l'une des volailles lâchait une fiente sur sa tunique.

« Oui. Ils sont comme ces poules, ils ne s'occupent pas de savoir où tombe leur merde. » J'arpentai la brasserie. « Grand Dieu ! ce chenapan m'a fait peur quand je l'ai entendu de l'autre côté de la porte du cabinet. J'ai cru que c'était l'assassin qui me guettait. »

Mark me regarda d'un air sombre.

« J'avoue que je n'aime pas me trouver seul en ces lieux. La moindre ombre vous fait sursauter. Peut-être devrions-nous rester ensemble, monsieur ?

— Non, il y a trop à faire. Retourne à l'infirmerie. Tu sembles bien t'entendre avec Alice.

— Elle me raconte toute sa vie, répondit-il avec un sourire suffisant.

— Parfait. Je vais de ce pas rendre visite au frère Gabriel. Peut-être me racontera-t-il la sienne. Je ne pense pas que tu aies déjà eu le temps d'explorer l'endroit ?

— Non, monsieur.

— Eh bien ! tâche de le faire. Demande des protège-chaussures au frère Guy. Mais reste sur tes gardes », ajoutai-je en le fixant avec gravité.

✝

Je m'arrêtai devant l'église. Voyant l'un des garçons de cuisine marcher péniblement dans la neige, ses culottes de laine bon marché détrempées, je fus ravi de porter les protège-chaussures du frère Guy. Les serviteurs n'y avaient pas droit cependant. Cela aurait coûté trop cher. Le frère Edwig aurait eu une attaque.

J'étudiai la façade de l'église. Autour des grands portails de bois, hauts de vingt pieds, la pierre était richement sculptée de gargouilles et de monstres destinés à effrayer les esprits malins, la face usée après quatre siècles mais l'expression toujours vive. À l'instar des grandes cathédrales, l'église du monastère cherchait à impressionner les laïcs. Une image grandiose des cieux. Une promesse de prières pour un être cher au purgatoire ou une guérison miraculeuse due à une relique auraient cent fois plus de poids dans un tel décor. J'entrebâillai le lourd portail et, me glissant à l'intérieur, je me retrouvai dans un endroit extrêmement sonore.

Tout autour, soutenues par des piliers peints d'un rouge et d'un noir éclatants, les grandes voûtes de la nef avaient près de cent pieds de hauteur. Des carreaux bleus et jaunes couvraient le sol. L'œil était attiré par l'imposant jubé de pierre s'élevant au milieu de la nef et sur lequel étaient peintes en vives couleurs des figures de saints. Au-dessus du jubé, éclairées par des cierges, se dressaient les statues de saint Jean-Baptiste, de la Vierge et de Notre-Seigneur. De sorte à laisser entrer le soleil levant, un grand vitrail aux figures géométriques jaunes et orange avait été placé à l'est, à l'extrémité de l'église. Il inondait la nef d'une suave lumière terre d'ombre, surnaturelle et paisible, qui adoucissait la vive variété des couleurs.

Les bâtisseurs savaient créer une ambiance, aucun doute là-dessus.

J'avançai lentement dans la nef. Le long des murs s'alignaient des statues peintes de saints ainsi que divers petits reliquaires, dans lesquels on apercevait d'étranges objets posés sur des coussinets de satin, éclairés par des bougies placées devant eux. Un serviteur passait lentement de l'un à l'autre, changeant les bougies consumées. Je m'arrêtai pour jeter un coup d'œil aux chapelles latérales, chacune ornée de statues et d'un autel illuminé par des cierges. Je me dis que ces chapelles, avec leurs autels protégés par des grilles, leurs statues et leurs sarcophages, pouvaient faire d'excellentes cachettes.

Dans plusieurs de ces petits sanctuaires des moines psalmodiaient des messes privées. Terrifiées par les souffrances du purgatoire, certaines personnes fortunées du coin devaient avoir légué, au détriment de leurs épouses et de leurs enfants, une partie conséquente de leurs biens aux moines pour qu'ils disent des messes en leur mémoire, en attendant le Jugement dernier. À combien de jours de rémission correspondait une messe célébrée ici ? me demandai-je. Parfois on en promettait cent, parfois mille, tandis que ceux qui n'en avaient pas les moyens étaient condamnés à souffrir autant que Dieu l'avait décidé, bien sûr. Nous, les réformateurs, l'appelions le purgatoire grippe-sou. Les hymnes psalmodiées en latin suscitèrent en moi une vive colère.

M'immobilisant devant le jubé, je levai les yeux. Comme il ne faisait guère plus chaud dans l'église que dehors, de la buée sortait toujours de ma bouche et se dissipait dans l'atmosphère jaunâtre. De chaque côté, un escalier creusé dans le mur donnait accès au sommet du jubé. À cette hauteur, une étroite galerie munie d'un garde-corps courait sur toute la longueur de l'église. Au-dessus de la galerie, les murs s'incurvaient graduellement vers l'intérieur jusqu'à la grande voûte du toit. À gauche, je notai une profonde fissure, bordée de taches d'humidité, qui descendait presque jusqu'au niveau du sol. Je me rappelai que les églises et les cathédrales romanes n'étaient pas en fait aussi robustes qu'on l'aurait cru. Les murs avaient beau avoir vingt pieds d'épaisseur, l'espace entre les coûteux blocs de pierre des murs extérieurs et intérieurs était souvent comblé par des gravats.

Le long de la fente, les pierres, ainsi que le plâtre qui les reliait, étaient décolorées. Sur le sol juste au-dessous il y avait un petit tas de poussière de plâtre. Au-dessus du parapet, une série de statues étaient placées dans des niches à intervalles réguliers. On y voyait la même représentation de saint Donatien penché au-dessus du mort que celle ornant le sceau du monastère.

À l'endroit où la fissure traversait l'une des niches, la statue avait été enlevée et couchée, toute décolorée, sur le parapet. Un extraordinaire enchevêtrement de poulies et de cordes, véritable jeu du berceau, avait été installé là. Les cordes étaient fixées au mur derrière la galerie et passaient au-dessus du vide avant de disparaître dans les hauteurs sombres du clocher où l'autre bout devait être attaché.

De ces cordes pendait une nacelle en bois assez grande pour que deux hommes puissent y tenir. Le jeu du berceau permettait à la nacelle d'effectuer un mouvement de navette grâce auquel on avait déposé la statue. Dispositif ingénieux mais dangereux. Pour entreprendre une réelle réfection, il aurait fallu édifier un échafaudage. L'économe avait raison de dire qu'une restauration en bonne et due forme serait excessivement coûteuse. Pourtant, sous l'effet de l'eau et du gel, la fissure ne ferait que s'élargir et finirait par mettre en péril toute la structure. On était pris de vertige en imaginant l'énorme édifice s'effondrant sur notre tête.

À part les prières psalmodiées dans les chapelles latérales, l'église était silencieuse. Puis j'entendis un faible murmure et remontai à la source du bruit : l'entrebâillement d'une petite porte par où l'on percevait la lueur tremblotante d'une bougie. Je reconnus la voix profonde du frère Gabriel.

« Mais j'ai le droit de demander de ses nouvelles ! disait-il d'un ton irrité.

— Si vous traînez toujours près de l'infirmerie, on va recommencer à jaser », répliqua le prieur de sa voix rauque. Il émergea un instant plus tard, son visage rougeaud très crispé. Il eut un léger sursaut en me voyant.

« Je cherchais le sacristain, dis-je. Je pensais qu'il pourrait me faire visiter l'église. »

Le prieur fit un signe de tête en direction de la porte ouverte.

« Vous trouverez le frère Gabriel dans cette pièce, monsieur. Il sera content d'avoir l'occasion de se lever de son bureau par ce froid. Bonne journée ! » Il esquissa un salut et continua son chemin, ses pas résonnant fortement dans l'église.

Dans un petit bureau bourré de livres le sacristain était assis devant une table jonchée de partitions musicales. La statue d'une Vierge au nez brisé s'appuyait contre un mur comme si elle était ivre, ajoutant à l'ambiance déprimante de la pièce glaciale et sans fenêtre. Le frère Gabriel portait un épais manteau par-dessus sa soutane noire. L'inquiétude se lisait sur son visage ridé. Par certains aspects, c'était un visage énergique, allongé et osseux, mais la bouche était tirée vers le bas aux commissures et il avait de grosses poches sous les yeux. Il se leva en me voyant, forçant ses lèvres à ébaucher un sourire.

« Monsieur le commissaire, messire Shardlake. En quoi puis-je vous être utile ?

— Je pensais que vous pourriez peut-être me faire visiter l'église, frère sacristain, et notamment le lieu du sacrifice.

— Comme il vous plaira... » Le ton était réticent, mais il me conduisit dans le corps de l'église.

« Vous êtes responsable de la musique ainsi que de l'entretien de l'église ?

— Oui. Et aussi de notre bibliothèque, que je peux également vous montrer si vous le souhaitez.

— Avec plaisir. Je crois comprendre que le novice Whelplay était votre assistant pour la musique.

— Avant qu'on l'envoie se geler aux écuries ! » s'écria le frère Gabriel d'un ton amer. Se ressaisissant, il continua d'une voix plus sereine : « Il est très doué, même s'il se laisse trop emporter par l'enthousiasme. » Il fixa sur moi un regard inquiet. « Pardonnez-moi, mais vous logez à l'infirmerie... Savez-vous comment il va ?

— Le frère Guy pense qu'il devrait guérir.

— Dieu merci. Pauvre petit imbécile ! » Il fit le signe de la croix.

Au fur et à mesure qu'il me faisait visiter l'église, son humeur s'égayait, tandis qu'il racontait avec vivacité l'histoire de telle ou telle statue, devisant de l'architecture du bâtiment et de l'art des vitraux. Il semblait se réfugier dans les mots pour alléger son angoisse, sans se rendre compte apparemment que, en tant que réformateur, je risquais de ne pas approuver ce qu'il me montrait. L'impression que j'avais eue de lui, celle d'un homme naïf et crédule, fut confirmée.

Mais ce genre de personne peut être fanatique, et je notai une fois de plus qu'il était grand et solidement charpenté. Il avait de longs doigts délicats, mais aussi des poignets épais et forts aisément capables de faire tournoyer une épée.

« Avez-vous toujours été moine ? lui demandai-je.

— J'ai prononcé mes vœux à dix-neuf ans. Je n'ai jamais connu d'autre existence. Et je ne souhaiterais d'ailleurs pas mener une autre vie. »

Il s'arrêta devant une grande niche contenant un piédestal de pierre vide sur lequel on avait placé un tissu noir. Un amas de cannes, béquilles et autres soutiens utilisés par les infirmes s'appuyaient dessus. J'aperçus un lourd carcan qu'on mettait autour du cou des petits bossus pour tenter de leur redresser le dos. J'en avais porté un moi-même sans le moindre résultat.

« C'est là qu'on gardait la main du bon larron, soupira le frère Gabriel. Quelle terrible perte ! Elle a guéri bien des malheureux. » Comme tout le monde, il ne put s'empêcher de jeter un coup d'œil sur ma bosse, avant de regarder vers le tas de béquilles et de le désigner de la main.

« Tous ces ex-voto ont été déposés là par des gens guéris grâce à l'intervention du bon larron au cours des ans. N'en ayant plus besoin, ils ont laissé ces objets pour exprimer leur reconnaissance.

— Il y avait combien de temps que la relique se trouvait là ?

— Elle a été apportée de France par les moines qui ont fondé le monastère de Saint-Donatien en 1087. Elle se trouvait en France depuis des centaines d'années, après avoir été auparavant conservée à Rome pendant plusieurs siècles.

— Le reliquaire avait beaucoup de valeur, paraît-il. De l'or incrusté d'émeraudes.

— Les gens étaient contents de payer rien que pour le toucher, vous savez. Ils ont été déçus quand les injonctions ont interdit qu'on fasse payer pour montrer les reliques.

— J'imagine qu'il est très volumineux. »

Il hocha la tête.

« Il en existe un dessin dans la bibliothèque. Si vous souhaitez le voir...

— Avec plaisir. Merci. Dites-moi, qui s'est aperçu de la disparition de la relique ?

— Moi-même. C'est aussi moi qui ai découvert la profanation de l'autel.

— Racontez-moi comment cela s'est passé, s'il vous plaît. » Je m'assis sur l'éperon d'un pilier. Mon dos me faisait beaucoup moins mal mais je ne voulais pas rester debout trop longtemps.

« Je me suis levé vers cinq heures comme d'habitude et suis venu préparer l'église pour les nocturnes. La nuit, il n'y a que quelques bougies allumées devant les statues, si bien que lorsque je suis entré dans l'église en compagnie de mon assistant, le frère Andrew, nous n'avons rien remarqué d'anormal tout d'abord. Puis nous avons pénétré dans le chœur. Andrew a allumé les cierges dans les stalles et j'ai ouvert les missels à la page de la prière de ce matin-là. Comme il était en train d'allumer les cierges, le frère Andrew a vu une traînée de sang sur le sol et il m'a appelé. La traînée allait jusqu'à la... (il frissonna)... table de communion. Là, sur la table devant le maître-autel, il y avait un coq noir, égorgé. Que Dieu nous protège ! Des plumes noires maculées de sang placées sur l'autel même, un cierge allumé de chaque côté, en un simulacre satanique. » Il refit le signe de la croix.

« Pourriez-vous me montrer l'endroit précis, mon frère ? »

Il hésita.

« L'église a été reconsacrée, mais je ne crois pas qu'il soit bienséant de revivre ces événements devant l'autel lui-même.

— Malgré tout, je dois vous demander... »

Il me fit passer à contrecœur par une porte du jubé et entrer dans le chœur où se trouvaient les stalles. Je me rappelai que Goodhaps avait dit que les moines paraissaient plus bouleversés par la profanation de l'autel que par la mort de Singleton.

Le chœur contenait deux rangées de stalles de bois, noircies par le passage des siècles mais merveilleusement sculptées, se faisant face au-dessus d'un espace carrelé. Le frère Gabriel désigna le sol.

« C'est là qu'il y avait du sang. Il avait coulé jusque-là... » Je le suivis jusqu'à l'endroit où, recouvert d'une nappe blanche, se dressait le maître-autel devant un retable joliment sculpté et décoré à la feuille d'or. L'air embaumait l'encens. Il désigna deux chandeliers d'argent très ouvragés, posés sur la table devant le maître-autel, de part et d'autre du centre où, lors de la célébration de la messe, on plaçait le calice et la patène.

« C'était là. »

Je pense que la messe doit être une cérémonie simple et en bon anglais, afin que les hommes puissent réfléchir à leur rapport avec Dieu, au lieu d'être distraits par un magnifique décor et les ornements du latin. Peut-être fut-ce pour cette raison, ou à cause de ce qui s'était passé en ce lieu, que, devant cet autel richement décoré et baigné par la lumière tamisée des bougies, j'éprouvai soudain une forte impression de mal, au point de tressaillir. Non pas l'impression qu'un crime banal ou des petits péchés furtifs avaient été commis à cet endroit, mais qu'on était en présence de l'œuvre du Malin lui-même. À côté de moi, le sacristain avait le visage ravagé de chagrin.

« Voilà vingt ans que je suis moine, dit-il. Pendant les jours les plus sombres et les plus froids de l'hiver j'ai vénéré l'autel durant les matines, et le poids pesant sur mon âme, quel qu'il soit, disparaissait dès que le premier rayon du soleil traversait le vitrail est. Il nous emplit de lumière et nous apporte la promesse divine. Mais désormais je ne pourrai plus regarder l'autel sans que cette scène s'impose à mon esprit. C'était l'œuvre du démon.

— En tout cas, mon frère, répondis-je doucement, c'est aussi l'œuvre d'un être de chair et d'os et je dois le trouver. » Je me dirigeai vers les stalles où je m'assis, faisant signe au frère Gabriel de s'installer à côté de moi. « Quand vous avez vu cet outrage, frère sacristain, qu'avez-vous fait ?

— J'ai dit qu'il fallait aller chercher le prieur. Mais juste à ce moment-là la porte de l'escalier de nuit s'est ouverte brusquement et un moine est entré en courant pour nous informer qu'on avait découvert le corps du commissaire assassiné. On est tous sortis ensemble de l'église.

— Vous vous êtes alors rendu compte de la disparition de la relique ?

— Non, plus tard. Je suis passé devant le sanctuaire vers onze heures et c'est seulement alors que j'ai constaté qu'elle avait disparu. Mais le vol avait dû avoir lieu au même moment.

— C'est possible. Vous avez dû vous-même arriver par l'escalier de nuit qui relie le dortoir des moines à l'église. Cette porte est-elle fermée à clef ?

— Bien sûr. C'est moi qui l'ai ouverte.

— Par conséquent, la personne qui a profané

l'église est obligatoirement entrée par la porte principale qui, elle, n'est pas verrouillée ?

— En effet. Nous tenons beaucoup à ce que les serviteurs, les visiteurs et les moines puissent entrer dans l'église chaque fois qu'ils le désirent.

— Et vous êtes arrivé peu après cinq heures. Vous en êtes certain ?

— Cela fait huit ans que j'accomplis cette tâche.

— L'intrus œuvrait donc dans une demi-obscurité lorsqu'il a répandu le sang de la volaille et – sans doute – dérobé la relique. La profanation et l'assassinat de Singleton ont été perpétrés entre quatre heures et quart, heure à laquelle Bugge a rencontré le commissaire, et cinq heures, lorsque vous êtes entré dans l'église. Cette personne, qui que ce soit, a agi rapidement. Cela signifie qu'elle connaissait la disposition de l'église. »

Il me fixa intensément.

« C'est tout à fait vrai.

— Et les villageois ne suivent pas la messe dans les églises des monastères. Quand les laïcs assistent à des fêtes particulières ou viennent prier devant les reliques, ils n'ont pas le droit de franchir le jubé, n'est-ce pas ?

— Non. Seuls les moines ont le droit de pénétrer dans le chœur et de s'approcher du maître-autel.

— Ainsi donc, seul un moine connaîtrait ces rituels et la disposition du bâtiment. Ou bien un serviteur travaillant ici... comme cet homme qui déambule dans l'église pour allumer des bougies. »

Il prit un air grave.

« Geoffrey Walters a soixante-dix ans et est sourd. Les serviteurs de l'église sont tous ici depuis des années. Je les connais bien et il est inconcevable que l'un d'entre eux ait commis une telle vilenie.

— Alors cela ne nous laisse que l'un des moines... L'abbé Fabian et votre ami l'économe soutiennent que le coupable venait de l'extérieur. Je ne peux être d'accord.

— Je pense qu'on ne peut écarter cette hypothèse, fit-il d'un ton hésitant.

— Je vous écoute...

— Certains matins, au cours de cet automne, j'ai aperçu des lumières dans les marais. Ma chambre donne dessus. Je crois que les contrebandiers ont repris du service.

— L'abbé a bien parlé de contrebandiers, mais je croyais que les marais étaient dangereux.

— Oui, mais il existe des sentiers connus des contrebandiers qui passent par l'îlot surélevé, où se trouvent les ruines de l'église des fondateurs, vers la rivière. On peut y charger des bateaux de laine de contrebande à destination de la France. L'abbé se plaint de temps en temps auprès des autorités de la ville, mais peu leur chaut. Certains édiles profitent sans aucun doute de ce commerce...

— Donc, quelqu'un connaissant ces sentiers aurait pu pénétrer dans le monastère et en sortir cette nuit-là ?

— Ce n'est pas impossible. À cet endroit-là, le mur d'enceinte est en très mauvais état.

— Avez-vous signalé à l'abbé que vous aviez aperçu des lumières ?

— Non. Comme je l'ai dit, il a cessé de se plaindre. J'ai été trop meurtri pour avoir les idées claires, mais maintenant... » Son visage s'anima. « Voilà peut-être la réponse ! Ce sont des gens sans foi ni loi et une chose peut mener à une autre, même au sacrilège...

— Évidemment, la communauté serait ravie de rejeter la culpabilité sur quelqu'un d'autre. »

Il se tourna vers moi, les traits crispés.

« Messire Shardlake, il se peut que vous considériez

nos dévotions et nos prières aux reliques des saints comme des cérémonies stupides, célébrées par des hommes qui ont la vie facile pendant que le monde extérieur souffre et geint... »

J'inclinai la tête évasivement. Il reprit avec une certaine ardeur :

« Notre vie consacrée à la prière et à l'adoration de Dieu constitue un effort pour nous approcher de Jésus-Christ, de Sa lumière et pour nous éloigner du monde des pécheurs. Chaque prière, chaque messe représentent une tentative pour nous rapprocher de Lui. Chaque statue, chaque rituel, chaque morceau de vitrail nous rappellent Sa gloire, nous soustraient aux maléfices du monde.

— Je constate que c'est ce que vous pensez, mon frère.

— Notre existence est plus douillette qu'elle ne devrait l'être, je le sais. Les vêtements confortables et la bonne chère ne correspondent pas à ce qu'avait prévu saint Benoît. Mais nous poursuivons le même but.

— Chercher à communier avec Dieu ? »

Il plongea son regard dans le mien.

« Ce n'est pas facile. Ceux qui disent le contraire ont tort. L'humanité pécheresse est travaillée par nombre de mauvaises impulsions, placées en nous par le démon. Ne croyez pas que les moines soient épargnés, monsieur. Il m'arrive de penser que plus nous cherchons à nous rapprocher de Dieu, plus le démon s'acharne à nous tenter. Et plus il nous faut lutter contre lui.

— Et voyez-vous qui aurait pu être poussé à commettre un meurtre ? demandai-je d'une voix calme. Rappelez-vous que je m'exprime comme émissaire du vicaire général et que par son intermédiaire je représente le chef suprême de l'Église, Sa Majesté le roi.

— Je ne vois pas qui dans notre communauté aurait pu commettre un tel acte. Sinon, j'en aurais informé l'abbé. Je le répète, je pense que le coupable venait de l'extérieur. »

J'opinai de la tête.

« Mais on a parlé d'autres graves péchés commis ici, n'est-ce pas ? Il y a eu le scandale à l'époque de l'ancien prieur. Et les petits péchés peuvent en entraîner de plus graves. »

Son visage s'empourpra.

« Entre... ces choses et l'acte qui a été commis la semaine dernière il y a un fossé. Et tout cela, c'est du passé. » Il se leva d'un bond et alla se poster quelques pas plus loin.

Je me levai à mon tour et me plaçai à côté de lui. Il avait les traits crispés et le front luisant de sueur malgré le froid.

« Pas tout à fait dans le passé, mon frère. L'abbé m'a dit que le châtiment de Simon Whelplay était dû en partie à certains sentiments qu'il nourrissait envers un autre moine. Vous-même. »

Il se tourna vers moi, me parlant soudain avec animation.

« Ce n'est qu'un enfant ! Je n'étais pas responsable des péchés qu'il envisageait de commettre dans sa pauvre cervelle. Je n'étais même pas au courant jusqu'à ce qu'il se confesse au prieur Mortimus, car alors j'y aurais mis bon ordre. Et oui, j'ai eu des rapports avec des hommes, mais je me suis confessé et repenti, et je n'ai plus jamais péché de cette façon. Voilà, monsieur le commissaire, vous avez sondé mon passé. Je sais que les bureaux du vicaire général adorent ce genre de ragots.

— Je ne recherche que la vérité. Je ne troublerais pas votre âme pour le simple plaisir de me divertir. »

Il parut sur le point d'ajouter quelque chose puis, se ravisant, il prit une profonde inspiration.

« Souhaitez-vous voir la bibliothèque maintenant ?

— Oui, s'il vous plaît. »

Nous regagnâmes la nef.

« Au fait, repris-je après avoir fait quelques pas en silence, j'ai vu la grande lézarde sur un mur latéral de l'église. Ce serait une réparation vraiment très importante. Le prieur ne donne pas son aval au débours nécessaire ?

— Non. Le frère Edwig soutient que tout programme de réfections doit entrer dans le cadre des revenus annuels disponibles. Cela permettra à peine d'empêcher les dommages de s'étendre.

— Je vois. » Dans ce cas, pensai-je, pourquoi le frère Edwig et l'abbé affirmaient-ils qu'ils avaient besoin de vendre des terres pour faire rentrer des fonds ?

« Ceux qui tiennent les cordons de la bourse pensent toujours que ce qui est moins cher est meilleur, continuai-je avec philosophie. Ils font des économies de bouts de chandelles jusqu'à ce que tout s'effondre autour d'eux.

— Le frère Edwig croit que faire des économies constitue un devoir sacré, renchérit-il avec amertume.

— Ni lui ni le prieur n'ont l'air de beaucoup s'adonner à la charité. »

Il me décocha un regard pénétrant et me fit sortir de l'église sans rien ajouter.

✝

Dehors, la lumière blanche et glaciale me fit pleurer les yeux. Déjà haut dans le ciel, le soleil répandait une clarté éblouissante mais sans chaleur. On avait dégagé de nouveaux chemins dans la neige et les moines avaient repris leurs activités, les soutanes noires sillonnant en tout sens l'étendue immaculée.

Le bâtiment de la bibliothèque, à côté de l'église, était étonnamment vaste. Les flots de clarté entrant par les hautes fenêtres illuminaient des étagères bourrées de livres. Les pupitres n'étaient pas occupés, sauf par un novice se grattant la tête au-dessus d'un épais volume et un vieux moine qui copiait un manuscrit dans un coin.

« Ils ne sont pas nombreux à étudier, dis-je.

— La bibliothèque est souvent vide, répondit le frère Gabriel d'un ton de regret. Si un frère veut consulter un livre il l'emporte généralement dans sa cellule. » Il se dirigea vers le vieux moine. « Ça avance, Stephen ? »

Le moine nous regarda en plissant les yeux.

« Lentement, frère Gabriel. » Je jetai un coup d'œil à son travail. Il recopiait une bible très ancienne, où les lettres et les figures peintes à côté du texte étaient travaillées dans le moindre détail, les couleurs lumineuses sur l'épais parchemin à peine pâlies malgré les siècles écoulés. Mais la copie du moine était fort médiocre, les couleurs criardes, et les lettres de véritables pattes de mouche. Le frère Gabriel lui tapota l'épaule. « *Nec aspera terrent*, mon frère », lui dit-il, avant de se tourner vers moi. « Je vais vous montrer l'illustration représentant la main de Barabbas. »

Il me conduisit au premier par un escalier à vis. Il y avait là encore des livres, d'innombrables étagères chargées de volumes anciens. Une épaisse couche de poussière recouvrait tout.

« Voici notre collection. Certains de nos ouvrages sont des copies d'œuvres grecques et romaines, faites à une époque où la copie était un art. Il y a cinquante ans seulement, les pupitres en bas auraient tous été occupés par des frères en train de copier des livres. Mais depuis l'invention de l'imprimerie personne ne veut d'ouvrages enluminés. Les gens se contentent de ces livres bon marché dont les affreuses lettres carrées sont entassées les unes sur les autres.

— Les livres imprimés sont peut-être moins beaux mais désormais la parole de Dieu peut atteindre tout le monde.

— Mais peut-elle être comprise par tous ? rétorqua-t-il d'un ton vif. Sans les illustrations et l'art qui stimulent le respect et l'adoration de Dieu ? » Il prit un ouvrage ancien sur une étagère et l'ouvrit, toussant au milieu de la poussière qui s'envola alors des pages. De petites créatures peintes y dansaient comme des lutins parmi les lignes d'un texte grec.

« Une copie de *Sur la comédie*, l'œuvre perdue d'Aristote, paraît-il... C'est un faux, bien sûr, fabriqué en Italie au XIIIe siècle, mais très beau malgré tout. » Il le referma, puis se tourna vers un énorme volume qui partageait une étagère avec plusieurs plans roulés. Il enleva ces derniers et j'en pris un pour l'aider. À ma grande stupéfaction, il me l'arracha des mains.

« Non ! N'y touchez pas ! »

Je haussai le sourcil. Il rougit.

« Veuillez m'excuser... Je... ne voudrais pas que vous salissiez vos vêtements, monsieur.

— De quoi s'agit-il ?

— D'anciens plans du monastère. Le maçon les consulte de temps en temps. » Il retira le livre se trouvant au-dessous. Il était si volumineux qu'il eut du mal à le transporter jusqu'au bureau. Il tourna les pages avec soin.

« C'est une histoire illustrée des trésors du monastère, écrite il y a deux siècles. » J'aperçus des images en couleurs de statues que j'avais vues dans l'église et d'autres objets comme le pupitre du réfectoire, chaque dessin accompagné de mesures et d'un commentaire en latin. Les pages centrales étaient occupées par une illustration en couleurs d'un grand reliquaire carré incrusté de joyaux. À travers un panneau de verre on apercevait un morceau de bois noir posé sur un coussinet pourpre. Une vieille main ratatinée, chaque tendon et chaque nerf parfaitement visibles, y était fixée par un clou à large tête planté dans la paume. Selon les mesures indiquées, le coffret avait deux pieds de largeur et un de hauteur.

« Voici donc les émeraudes, dis-je. Elles sont très grosses. Le coffret aurait pu être dérobé pour son or et ses pierres précieuses, non ?

— Certes. Mais si un chrétien faisait cela il perdrait son âme.

— J'avais toujours cru que les larrons crucifiés en même temps que le Christ avaient eu les mains attachées à la croix et non pas clouées dessus, afin de prolonger leurs souffrances. C'est ainsi qu'on les montre sur les tableaux religieux.

— Personne ne le sait vraiment, soupira-t-il. Les Évangiles disent que Notre-Seigneur est mort le premier, mais il avait été torturé au préalable.

— Quel pouvoir de tromper ont les peintures et les statues !... Quelle ironie ! N'est-ce pas ?

— Que voulez-vous dire, monsieur ?

— Cette main appartenait à un voleur. Or sa relique, qu'on pouvait voir, moyennant finance, jusqu'à ce que ce soit interdit comme pratique usuraire, a été elle-même volée.

— C'est peut-être ironique, répondit le frère Gabriel

d'un ton serein, mais pour nous il s'agit d'un grand malheur.

— Un homme seul pourrait-il transporter le reliquaire ?

— Il est porté par deux hommes pendant la procession de Pâques. Un homme costaud pourrait le porter seul, mais pas très longtemps.

— Jusqu'aux marais, peut-être ? »

Il opina du chef.

« Peut-être.

— Alors je pense qu'il est temps que j'aille y jeter un coup d'œil, si vous voulez bien m'indiquer le chemin.

— Avec plaisir. Il existe une porte dans le mur de derrière.

— Merci, frère Gabriel. Votre bibliothèque est impressionnante. »

Il me reconduisit dehors et désigna le cimetière.

« Suivez le sentier qui le traverse, dépassez le verger et l'étang à poissons, et vous verrez le portail. Il va y avoir beaucoup de neige.

— J'ai mes protège-chaussures. Eh bien ! nous nous reverrons sans doute au dîner. Vous aurez alors l'occasion de rencontrer à nouveau mon jeune assistant. » Je fis un sourire narquois. Il rougit et baissa les yeux.

« Ah... oui ! En effet...

— Très bien, mon frère, je vous remercie de votre aide et de votre franchise. Bonne journée ! » J'inclinai la tête et le quittai. Quand je me retournai il se dirigeait lentement vers l'église, le dos courbé.

12

Je passai devant les ateliers et franchis la barrière du cimetière laïque. Il paraissait plus petit en plein jour. Les pierres tombales des habitants du village ayant payé pour être enterrés là, ainsi que celles des visiteurs morts au monastère, étaient à moitié enfouies sous la neige. Il y avait trois autres grands tombeaux familiaux de pierre semblables à la crypte des Fitzhugh où l'on était entrés la veille. À l'autre bout, des rangées d'arbres fruitiers levaient leurs bras dénudés vers le ciel.

Ces cryptes, me dis-je, feraient d'excellentes cachettes. Marchant péniblement dans la neige, je me dirigeai vers la plus proche tout en détachant de ma ceinture le trousseau de clefs fourni par l'abbé. Mes doigts gelés et gourds en cherchèrent une de la bonne taille et qui s'encastre dans la serrure.

Je fouillai chaque crypte l'une après l'autre, mais rien n'était dissimulé dans ces tombeaux de marbre blanc. Leur sol de pierre était couvert de poussière et il n'y avait aucun signe qu'on y eût pénétré depuis des lustres. L'une d'entre elles appartenait à une autre famille de Hastings de haute lignée décimée durant les guerres civiles, me rappelai-je. Et cependant, tout ce qui resterait des êtres enterrés là, me dis-je, en revoyant les moines en train de psalmodier leurs messes privées, ce seraient des noms appris par cœur et lancés chaque jour à la cantonade. Je secouai la tête et repris le chemin du verger, où des corbeaux affamés croassaient dans les arbres squelettiques. Progressant cahin-caha entre les tombes, je me réjouissais de m'être muni de mon bâton.

J'entrai dans le verger par un portillon et avançai avec précaution entre des arbres chargés de neige. Tout était calme et silencieux. En plein air, j'eus le sentiment que j'avais enfin assez d'espace pour réfléchir.

C'était étrange de se retrouver dans un monastère après tant d'années. Quand j'étais élève à Lichfield je n'avais été qu'un petit infirme insignifiant. Ici je détenais l'autorité d'un émissaire de lord Cromwell et plus de pouvoir qu'aucun étranger n'en avait jamais eu sur une maison religieuse. Mais aujourd'hui comme alors je me sentais isolé, esseulé, détesté. L'unique élément nouveau était la crainte que j'inspirais, mais il me fallait utiliser ce pouvoir avec doigté, car lorsque les hommes ont peur ils restent muets comme des carpes.

Ma conversation avec le frère Gabriel m'avait découragé. Il vivait dans le passé, dans un monde de livres enluminés, d'hymnes anciennes, de statues de plâtre. Je devinais qu'il s'y réfugiait pour fuir des tentations encore vivaces. Je me souvins de son expression d'angoisse lorsque je lui avais rappelé son histoire personnelle. Au cours de ma carrière, j'avais rencontré bien des hommes, des menteurs éhontés, des chenapans retors que j'avais, je l'avoue, pris plaisir à interroger. J'avais aimé les voir changer de couleur et rouler des yeux tandis que je démontais tout un échafaudage de mensonges. Mais débusquer de peu ragoûtants péchés chez un homme comme le frère Gabriel, qui possédait une dignité quelque peu chancelante et trop facile à saper, n'avait rien de plaisant. Après tout, je connaissais trop bien la sensation d'être méprisé pour sa différence.

Certaines railleries des autres enfants quand je ne pouvais jouer à leurs jeux m'avaient poussé à supplier mon père de me retirer de l'école religieuse et de me faire donner des leçons à la maison. Il m'avait répondu que si l'on me permettait de sortir du monde je n'y rentrerais jamais plus. C'était un homme sévère, peu compatissant et qui le devint encore moins après la mort de ma mère, survenue lorsque j'avais dix ans. Peut-être avait-il raison, mais ce matin-là je me demandai si j'avais gagné au change, vu l'endroit où m'avait mené la réussite dans le monde. Ce lieu ne suscitait que de mauvais souvenirs.

Je passai devant une rangée de pigeonniers au-delà desquels on apercevait une grande pièce d'eau entourée de roseaux. C'était un vivier creusé pour élever des poissons. Le ruisseau s'y déversait avant d'en ressortir sous le mur arrière par un canal couvert un peu plus loin. Tout près se trouvait un lourd portail de bois. Je me souvins que les monastères étaient toujours bâtis au bord d'un cours d'eau afin d'y rejeter les ordures. Les premiers moines étaient des plombiers astucieux. Il existait sans aucun doute quelque dispositif de dérivation empêchant l'étang à poissons d'être souillé par les immondices. Appuyé sur mon bâton, je contemplai la scène, me reprochant mes lugubres pensées. J'étais là pour enquêter sur un meurtre et non pour ressasser d'anciens chagrins.

J'avais accompli quelques maigres progrès. Il me semblait peu probable que cet assassinat eût été commis par quelqu'un venant de l'extérieur. Mais, bien que les cinq principaux obédienciers aient tous été au courant de la mission de Singleton, je n'arrivais pas à imaginer que l'un d'entre eux ait pu perpétrer, par haine et sous l'emprise d'une folie meurtrière, un crime qui mettrait en plus grand péril l'avenir de Saint-Donatien. Il était cependant difficile de lire dans leurs pensées, et il y avait chez Gabriel au moins quelque chose de tourmenté et de désespéré.

J'examinai l'hypothèse selon laquelle Singleton aurait été assassiné parce qu'il avait découvert un secret concernant l'un des moines. Quoique plus plausible, elle ne semblait pas pouvoir s'accorder avec le côté spectaculaire de cette exécution. Je soupirai. Allais-je devoir finalement questionner tous les moines et tous les serviteurs du monastère ? J'étais découragé en pensant au temps nécessaire pour mener à bien ce projet. Il me tardait de quitter ces lieux sinistres et dangereux. Cependant, lord Cromwell désirait une résolution du mystère... Mais, comme l'avait dit Mark : à l'impossible nul n'est tenu. Je devais continuer à avancer, un pas après l'autre, en bon juriste. Ensuite, j'irais vérifier si un étranger au monastère pouvait pénétrer dans l'enceinte à partir des marais. « Tous les faits, marmonnai-je, tout en peinant dans la neige. *Tous* les faits, sans exception. »

J'atteignis l'étang et en scrutai les eaux. Il était couvert d'une mince couche de glace mais, le soleil étant presque au zénith maintenant, je pus distinguer les formes évanescentes de grosses carpes scintillant dans l'eau jonchée de roseaux.

Comme je me redressais, quelque chose d'autre accrocha mon regard, un faible éclat jaunâtre tout au fond. Intrigué, je me penchai derechef. Ne parvenant pas tout de suite à repérer la chose que j'avais cru voir parmi les roseaux, je me demandai s'il s'agissait d'un jeu de lumière, mais je l'aperçus à nouveau. Je m'agenouillai, la neige me brûlant les mains, et scrutai l'étang. Il y avait bien une plaque jaune sur le fond. Le reliquaire était en or et beaucoup d'épées coûteuses possèdent des poignées dorées. Cela valait la peine de chercher à savoir de quoi il retournait. Je frissonnai. Je n'avais aucune envie d'affronter ces profondeurs glaciales pour le moment, mais je pourrais revenir plus tard en compagnie de Mark. Je me relevai, brossai la neige de mes vêtements, puis, m'emmitouflant dans mon manteau, pris la direction du portail.

Le mur, éboulé à deux endroits, avait été irrégulièrement et grossièrement réparé. Détachant le trousseau de clefs de ma ceinture, j'en trouvai une qui s'adaptait à l'antique et lourde serrure. Le portail pivota sur ses gonds en grinçant et je sortis dans un sentier étroit qui longeait le mur, le terrain s'affaissant tout au bord, à quelques pouces seulement du marécage. Je ne m'étais pas rendu compte que celui-ci commençait si près. De temps en temps, le sentier s'interrompait lorsque la vase avait atteint le mur qu'elle délitait, à tel point qu'on avait dû le reconstruire. Il était encore plus médiocrement réparé à l'extérieur. À certains endroits un homme agile n'aurait eu aucun mal à escalader cette paroi pleine d'aspérités. « Tudieu ! » marmonnai-je, car désormais je ne pouvais plus du tout écarter cette possibilité.

Je parcourus du regard les marais. Couverts de neige, parsemés d'épais bouquets de roseaux et de flaques stagnantes gelées, ils s'étendaient sur environ un demi-mille jusqu'au large ruban de la rivière dont les eaux fluides réfléchissaient le ciel bleu. Au-delà, le terrain remontait jusqu'aux bois fermant l'horizon. Tout était calme. Les seuls signes de vie étaient deux oiseaux de mer sur la rivière. Comme je les contemplais, ils prirent leur envol en poussant leurs cris mélancoliques vers les cieux glacials.

À mi-chemin entre la rivière et l'endroit où je me trouvais s'élevait un gros tertre, une île entourée de marais. Elle était couronnée d'un amas de ruines basses. Ce devait être le lieu où, selon le frère Gabriel, s'étaient établis les premiers moines. Curieux, et m'appuyant avec précaution sur mon bâton, je posai mon pied hors du sentier. À ma grande surprise, le sol sous la neige se révéla ferme. Je descendis l'autre pied et fis un pas en avant. Là encore le terrain était solide. Mais il ne s'agissait en fait que d'un mince tapis d'herbe gelée et soudain la vase clapota sous mon pied. Poussant un cri, je laissai choir mon bâton. Ma jambe était aspirée lentement par une sorte de boue visqueuse. Je sentis la bourbe et l'eau glaciale s'infiltrer dans mon protège-chaussure et dégouliner le long de mon tibia.

J'agitai les bras frénétiquement pour garder l'équilibre, horrifié à l'idée de tomber à plat ventre dans ce bourbier. Mon pied gauche reposait toujours sur la terre ferme et je tentai de me redresser de toutes mes forces, redoutant qu'il ne traverse lui aussi une croûte dure et s'enfonce dans quelque abîme inconnu. Mais le terrain ne céda pas et, couvert de sueur à cause de l'effort et de la peur, je réussis à extirper peu à peu l'autre jambe, noire de boue. Un gargouillis et un bruit de succion montèrent de la vase qui dégageait une odeur de fosse d'aisances. Je fis un pas en arrière et m'affalai sur le sentier, le cœur cognant dans ma poitrine. Mon bâton gisait sur le marécage, mais je n'envisageai pas d'aller le récupérer. Regardant ma jambe dans sa chape de boue nauséabonde, je me traitai d'imbécile. Il eût été intéressant de voir l'expression de lord Cromwell en apprenant que le commissaire qu'il avait choisi avec tant de soin avait bien bravé les mystères et les dangers de Scarnsea mais s'était noyé en tombant dans un bourbier.

« Tu n'es qu'un nigaud ! » m'exclamai-je.

Un bruit derrière moi me fit me retourner vivement. Le portail était ouvert et le frère Edwig, un chaud manteau par-dessus son froc, me fixait, tout ébahi.

« Messire Shard-dlake, ça va ? » Il parcourut des yeux l'étendue déserte et je compris qu'il m'avait entendu me parler à moi-même.

« Oui, frère Edwig. » Je me remis sur pied, conscient de faire piètre figure, tout crotté que j'étais. « J'ai eu un petit accident. J'ai failli tomber dans le marécage.

— Vous ne d-devriez pas marcher là-dessus, monsieur. C'est t-très dangereux.

— C'est ce que je vois. Mais vous, que faites-vous ici, mon frère ? N'avez-vous pas de travail à la comptabilité ?

— J'ai été rendre visite au n-novice malade avec l'ab-bé. Je voulais m'éclaircir les idées. Je viens p-parfois ici pour me p-promener. »

Je le fixai attentivement. J'avais un certain mal à l'imaginer en train de traverser des vergers enneigés pour faire de l'exercice.

« J'aime venir ici p-pour contemp-pler la rivière là-bas. C'est rep-posant.

— Du moment que l'on regarde où l'on met les pieds !

— Heu ! Certes... P-puis-je vous aider à r-rentrer, monsieur ? Vous êtes c-couvert de boue. »

Je commençais à trembler.

« Je peux me débrouiller tout seul. Mais, oui, il faut que je rentre. »

Nous refranchîmes le portail et regagnâmes cahin-caha le monastère. J'avançais aussi vite que possible, ma jambe détrempée me donnant l'impression d'être un bloc de glace.

« Comment va le novice ?

— Il semb-ble se remettre, mais on ne sait jamais, avec cette fièvre et ce mal de p-poitrine, dit-il en secouant la tête. J'ai eu la même ch-chose l'hiver dernier et ça m'a emp-pêché de travailler à la c-comptabilité durant d-deux semaines.

— Et que pensez-vous du châtiment que le prieur lui a infligé ? »

Il secoua à nouveau la tête avec impatience.

« C'est d-difficile à dire... Il faut de la d-discipline.

— Mais “à brebis tondue Dieu mesure le vent”, n'est-ce pas ?

— Les gens ont b-besoin de certitude. Ils ont b-besoin de savoir qu'ils seront punis s'ils c-commettent une faute. » Il se tourna vers moi. « Ce n'est p-pas votre avis, monsieur ?

— Certains ont la tête plus dure que d'autres. On m'avait dit de ne pas aller dans ce marécage, mais j'y suis allé quand même.

— Mais il s'agit là d'une erreur de jugement, monsieur, pas d'un p-péché. Et à ceux q-qui ont du mal à apprendre, il faut sans doute justement leur donner une b-bonne leçon. Et ce garçon est maladif, il aurait pu attraper la fièvre de t-toute façon », dit-il d'un ton rogue.

Je haussai le sourcil.

« Vous semblez voir le monde en noir et blanc, mon frère.

— Bien sûr, monsieur, répliqua-t-il, l'air déconcerté. Le b-blanc s'oppose au noir. La vertu au p-péché. Dieu au d-diable. Les règles sont écrites noir sur blanc et nous devons les suivre.

— Dorénavant, les règles sont édictées par le roi et non plus par le pape. »

Il prit un air grave.

« Oui, monsieur. Et nous d-devons les suivre. »

Je me rappelai que, selon le frère Athelstan, ce n'était pas ce qu'auraient dit frère Edwig et certains autres obédienciers.

« Je crois comprendre, frère économe, que vous étiez absent la nuit où le commissaire Singleton a été tué ?

— Oui. Nous possédons des d-domaines à W-Winchelsea. Je n'étais pas satisfait des c-comptes de l'intendant. Je suis allé là-bas à cheval pour effectuer une insp-pection à l'imp-proviste. J'ai été absent trois nuits.

— Et qu'avez-vous découvert ?

— J'avais c-cru qu'il nous volait. Mais il s'agissait seulement d'erreurs. Je l'ai congédié cep-pendant. Je n'ai rien à faire d'hommes qui ne savent pas tenir leurs c-comptes.

— Vous y êtes allé seul ?

— Je me suis fait accomp-pagner par l'un de mes assistants. Le vieux frère William que vous avez vu à la comp-ptabilité. » Il me lança un regard pénétrant. « Et j'étais chez l'intendant, la nuit où le c-commissaire Singleton a été t-tué. Dieu ait son âme ! ajouta-t-il pieusement.

— Vous avez donc beaucoup de tâches. Mais au moins vous disposez d'assistants pour vous aider. Le vieux et le jeune moine.

— En effet. Même si le jeune me c-cause plus d'ennuis qu'il ne m'aide, dit-il en fixant sur moi un regard perçant.

— Vraiment ?

— Il n'est pas d-doué pour les chiffres, mais alors pas d-du tout. Je l'ai chargé de rechercher les registres que vous avez réc-clamés et vous d-devriez les recevoir très b-bientôt. » Il faillit glisser et je le rattrapai par le bras.

« Merci, monsieur. Sainte Vierge Marie, quelle neige ! »

✝

Durant le reste du trajet, il fit surtout attention à l'endroit où il posait le pied et nous ne dîmes pas grand-chose de plus jusqu'aux bâtiments du monastère. Nous nous séparâmes dans la cour. Le frère Edwig retourna à sa comptabilité et je pris le chemin de l'infirmerie. J'avais besoin de manger quelque chose. Je pensai à l'économe : un scribe obsédé sans doute par ses responsabilités financières, à l'exclusion de toute autre préoccupation. Mais dévoué au monastère également. Serait-il capable de couvrir une malhonnêteté pour le défendre, ou cela signifierait-il pour lui franchir la frontière entre le blanc et le noir ? Ce n'était guère un homme plaisant mais, comme je l'avais dit à Mark la veille, cela ne faisait pas davantage de lui un assassin que la sympathie que j'éprouvais pour le frère Gabriel n'innocentait celui-ci. Je soupirai. Qu'il était difficile de rester objectif au milieu de ce genre de personnes !

Tout semblait calme au moment où j'ouvris la porte de l'infirmerie. La salle était quasiment déserte. Le vieux malade était tranquillement couché, le frère aveugle dormait dans son fauteuil et le lit du gros moine était vide. Peut-être le frère Guy avait-il réussi à le persuader qu'il était temps de partir. Un feu pétillait agréablement dans l'âtre et je m'en approchai pour me réchauffer un petit moment.

Alors que je regardais la vapeur émaner de mes chausses mouillées, j'entendis des bruits venant de l'intérieur. Sons confus, éclats de voix, cris, ainsi qu'un fracas de vaisselle brisée. Les bruits se rapprochèrent. Je regardai avec stupéfaction la porte s'ouvrir brusquement et un groupe de trois personnes se démenant tant et plus débouler dans la chambre des malades... Alice, Mark et le frère Guy entouraient une mince silhouette en chemise de nuit qui, se dégageant de leur emprise, s'éloigna en titubant. Je reconnus Simon Whelplay, mais ce n'était plus le moribond fantomatique que j'avais vu la veille. Il avait le visage violacé, les yeux hagards et exorbités, une mousse de salive perlant aux commissures des lèvres. Il semblait vouloir parler mais ne parvenait qu'à haleter et éructer.

« Sangdieu ! que se passe-t-il ? demandai-je à Mark.

— Il est devenu complètement fou, monsieur !

— Cernez-le ! Attrapez-le ! » cria le frère Guy. Les traits crispés, il fit un signe de tête à Alice qui passa d'un côté en étendant les bras. Suivant son exemple, Mark et le frère Guy entourèrent le novice qui s'était immobilisé et lançait des regards fous dans toute la pièce. Le moine aveugle s'était réveillé et tournait la tête de tous côtés d'un air inquiet.

« Que se passe-t-il ? demandait-il d'une voix tremblante. Frère Guy ? »

Puis quelque chose d'atroce se produisit. J'eus l'impression que, m'ayant aperçu, Whelplay se courbait immédiatement afin d'imiter mon corps contrefait. Pour couronner le tout, comme pour me narguer, il étendit les bras et se mit à les agiter tout en remuant les doigts. Selon les gens qui m'ont vu au tribunal, c'est, paraît-il, l'un de mes tics lorsque je suis surexcité. Mais comment Whelplay aurait-il pu être au courant de cette manie ? Je revivais une nouvelle fois mes années d'école, l'époque où des gamins cruels singeaient mon allure, et j'avoue qu'en voyant le novice tituber en gesticulant, le dos voûté, je sentis se hérisser les poils de ma nuque.

Un cri poussé par Mark me ramena à la réalité.

« Aidez-nous ! Par pitié, monsieur, attrapez-le, ou il va s'échapper ! » Le cœur battant, j'étendis moi aussi les bras et m'approchai du novice. Tout en avançant, je fixai ses yeux qui faisaient peur à voir, égarés, leurs pupilles ayant doublé de taille, incapables de reconnaître quiconque malgré la pantomime burlesque. Les paroles du frère Gabriel évoquant des forces sataniques me revinrent à l'esprit et, saisi de terreur, je me dis que le garçon était possédé du diable.

Comme nous le cernions de plus en plus près tous les quatre, il fit un brusque écart de côté et disparut par la porte à moitié ouverte.

« Il est dans la pièce des bains ! s'écria le frère Guy. Il n'y a aucune issue par là. Faites attention, le sol est glissant ! » Il s'y précipita, Alice sur les talons. Mark et moi nous regardâmes, avant de les suivre.

La pièce des bains était sombre, éclairée seulement par une faible lueur laiteuse filtrant à travers une haute fenêtre à moitié bouchée par la neige. C'était une petite pièce carrée au sol dallé, munie d'une baignoire de quatre pieds de profondeur environ creusée au centre. Des balais-brosses et des grattoirs se trouvaient dans un coin, et il y régnait une âcre et pénétrante odeur de corps mal lavé. De l'eau coulait et, baissant le regard, je vis que la rigole passait en fait dans un canal couvert au fond de la baignoire. Toujours recroquevillé et tremblant dans sa chemise de nuit blanche, Simon Whelplay se tenait dans un coin, à l'autre bout de la pièce. Je restai près de la porte tandis que le frère Guy avançait vers lui d'un côté, Mark et Alice de l'autre. Alice tendit un bras vers lui.

« Venez, Simon, c'est Alice. Nous ne vous ferons aucun mal. » Je ne pus qu'admirer son courage. Peu de femmes auraient pu approcher une telle apparition avec ce calme.

Le novice se tourna vers elle, le visage contorsionné de douleur, presque méconnaissable. Il la fixa sans la voir quelques instants, puis ses yeux se posèrent sur Mark à côté d'elle. Pointant un doigt maigre, il cria d'une voix fêlée et rauque, tout à fait différente de la sienne propre : « Arrière ! Vous êtes l'envoyé du démon malgré vos brillants atours ! Je les vois maintenant, les diables, flottant dans les airs, aussi nombreux que des grains de poussière... Ils sont partout, même ici ! » Il couvrit ses yeux de ses mains, chancela et tomba soudain à plat ventre dans la baignoire. J'entendis son bras se briser en deux au moment où il heurta les carreaux. Il ne bougea plus, le corps affalé sur le canal couvert. Des eaux glaciales le baignaient de toutes parts.

Le frère Guy descendit dans la baignoire. Nous restâmes sur le bord tandis qu'il retournait le corps. Les yeux révulsés formaient un terrible contraste avec le visage inerte et livide. L'infirmier palpa le cou et soupira. Puis il leva la tête vers nous.

« Il est mort. »

Il se remit sur pied et fit le signe de la croix. Alice poussa un gémissement avant de s'effondrer contre la poitrine de Mark, le corps secoué de déchirants sanglots.

13

Mark et le frère guy soulevèrent avec précaution le corps de Simon du fond de la baignoire et le transportèrent dans la salle de l'infirmerie. Le frère Guy le tenait par les épaules et un Mark blême empoignait les pieds blancs. Je les suivis en compagnie d'Alice qui, après sa brève crise de sanglots, avait repris son calme habituel.

« Que se passe-t-il ? » Le moine aveugle s'était levé et agitait les mains devant lui, l'air effrayé et désemparé. « Frère Guy ? Alice ?

— Tout va bien, mon frère, le rassura Alice. Il y a eu un accident, mais tout est redevenu normal. » J'admirai une fois de plus sa maîtrise de soi.

Le corps fut déposé dans le dispensaire du frère Gabriel, sous le crucifix espagnol. Les traits crispés, il le couvrit d'un drap.

Je pris une profonde inspiration. Mon esprit chancelait, et pas seulement à cause du choc que m'avait causé la mort du novice. Ce qui s'était passé juste avant m'avait terriblement ébranlé. Les souvenirs des tourments subis pendant l'enfance possèdent une extrême puissance, même lorsqu'ils ne nous reviennent pas à l'esprit de cette manière atroce et inexplicable.

« Frère Guy, dis-je, je n'avais jamais rencontré ce garçon avant hier, et cependant lorsqu'il m'a vu il a semblé... se moquer de moi en imitant ma bosse et... ma manière d'agiter parfois les mains au tribunal. On dirait que c'est l'œuvre d-du d-diable. » Je me maudis de me mettre à bégayer comme l'économe.

Il fixa sur moi un long regard pénétrant.

« Je peux imaginer une raison à cette attitude. Mais j'espère me tromper.

— Que voulez-vous dire ? Soyez clair ! m'entendis-je lancer avec aigreur.

— Je dois y réfléchir ! rétorqua-t-il sur le même ton. Mais d'abord, monsieur le commissaire, nous devons mettre au courant l'abbé Fabian.

— Très bien. » Je m'agrippai au coin de la table. Mes jambes tremblaient violemment. « Nous allons attendre dans votre cuisine. »

Alice nous conduisit, Mark et moi, vers la petite pièce où nous avions pris le petit déjeuner.

« Vous allez bien, monsieur ? s'enquit Mark d'une voix inquiète. Vous tremblez.

— Oui. Oui.

— J'ai une infusion d'herbes qui calme le corps quand on a subi un choc, dit Alice. De la valériane avec de l'aconit. Je pourrais en faire chauffer si vous le souhaitez.

— Merci. Avec plaisir » Elle demeurait sereine, mais ses joues avaient pris un étrange éclat, comme si elles étaient meurtries. Je me forçai à sourire. « J'ai vu que la scène vous a affectée, vous aussi. C'est compréhensible. On craignait que le démon lui-même ne se fût emparé de cette malheureuse créature. »

Je fus surpris par la colère qui apparut soudain sur son visage.

« Je ne crains pas les démons, monsieur, sauf les démons humains qui ont tourmenté ce pauvre garçon. Sa vie a été détruite avant même de commencer, et voilà ce qui doit toujours nous faire pleurer. » Elle se tut, devinant qu'elle avait été trop loin pour une servante. « Je vais aller chercher l'infusion », s'empressa-t-elle d'ajouter avant de sortir en hâte.

Je levai les sourcils à l'adresse de Mark.

« Elle a son franc-parler !

— Elle mène une vie difficile. »

Je triturai ma bague de deuil.

« Comme beaucoup dans cette vallée de larmes. » Il s'est entiché d'elle, me dis-je.

« Je lui ai parlé, comme vous me l'aviez demandé.

— Raconte-moi », fis-je d'un ton encourageant. J'avais besoin d'oublier ce qui venait de se passer.

« Ça fait dix-huit mois qu'elle est ici. Elle vient de Scarnsea, son père est mort jeune et elle a été élevée par sa mère, une guérisseuse qui dispensait des herbes.

— C'est donc de là qu'elle tient son savoir.

— Elle devait se marier, or son promis est mort dans un accident en abattant des arbres. Il y a peu de travail en ville, mais elle avait trouvé une place à Esher comme assistante d'un apothicaire, une connaissance de sa mère.

— Elle a donc voyagé. Je me doutais bien que ce n'était pas une petite villageoise n'ayant jamais quitté son trou.

— Elle connaît très bien la région. Je lui ai parlé des marais. Elle affirme que des chemins existent si on sait où chercher. Je lui ai demandé si elle accepterait de nous les montrer et elle ne m'a pas dit non.

— Ça pourrait être utile. » Je lui parlai des contrebandiers évoqués par le frère Gabriel, lui racontai mon équipée et l'accident. Je lui montrai ma jambe boueuse. « S'il y a des chemins, le guide a intérêt à faire bien attention. Sangdieu, quelle journée mouvementée ! » Ma main, posée sur la table, tremblait. Je ne paraissais pas pouvoir arrêter les tremblements. Mark était toujours pâle, lui aussi. Il y eut quelques instants de silence, que je voulus soudain désespérément meubler.

« Vous semblez avoir eu une longue conversation... Comment a-t-elle échoué ici ?

— L'apothicaire est mort, car c'était un vieil homme. Alors elle est revenue à Scarnsea, mais sa mère est morte peu après, elle aussi. Elle occupait sa maisonnette en vertu d'une copie du rôle et le propriétaire l'a reprise. Alice s'est retrouvée sans feu ni lieu. Elle était désemparée, puis elle a appris que l'infirmier cherchait une assistante laïque. Personne en ville ne voulait travailler pour lui – on l'appelait le lutin noir – mais elle n'avait pas le choix.

— Je n'ai pas l'impression qu'elle éprouve beaucoup d'admiration pour nos saints frères.

— Elle dit que certains sont des hommes lubriques et qu'ils cherchent tout le temps à la toucher en catimini. Elle est la seule femme jeune de l'endroit. Apparemment, le prieur lui-même l'a importunée. »

Je haussai le sourcil.

« Mordieu ! elle a vraiment parlé à cœur ouvert...

— Elle est en colère, monsieur. Le prieur s'est montré importun dès son arrivée.

— J'ai remarqué, en effet, qu'elle ne l'aimait pas. Fi donc ! l'homme est un hypocrite qui punit les péchés des autres tout en pourchassant les servantes. L'abbé est-il au courant ?

— Elle en a informé le frère Guy qui a forcé le prieur à cesser de la harceler. L'abbé intervient rarement. Comme il approuve la stricte discipline maintenue par le prieur, il lui laisse quasiment les mains libres. Apparemment, tous les moines en ont une peur bleue, et ceux qui se sont rendus coupables de sodomie dans le passé le craignent trop pour continuer à suivre leurs vils instincts.

— Et nous avons constaté les résultats de cette discipline.

— Oui, en effet », acquiesça-t-il d'un air sombre en se passant la main sur le front.

Je réfléchis un instant.

« C'est déloyal de sa part de fournir des renseignements à l'assistant du commissaire. Est-elle d'obédience réformatrice ?

— Je ne le crois pas. Mais elle ne voit pas pourquoi elle devrait garder les secrets de ceux qui l'ont importunée. Elle a un fort caractère, monsieur, mais de beaux sentiments. Ce n'est pas une insolente péronnelle. Elle a chanté les louanges du frère Guy. Il lui a beaucoup appris et l'a protégée de ceux qui l'ont ennuyée. Et elle a de l'affection pour les vieillards inoffensifs dont elle s'occupe.

— Ne t'attache pas trop à cette petite, dis-je avec calme, tout en le fixant avec gravité. Lord Cromwell veut que le monastère se soumette, et il se peut qu'on soit obligés de la mettre dehors et de la renvoyer chez elle. »

Il se renfrogna.

« Ce serait cruel. Et ce n'est pas une “petite”. Elle a vingt-deux ans, c'est une femme. Ne pourrait-on faire quelque chose pour elle ?

— Je pourrais essayer. » Je réfléchis un moment. « Par conséquent, l'infirmier la protège. Le protégerait-elle à son tour ?

— Vous voulez dire que le frère Guy pourrait avoir des secrets ?

— Je n'en sais rien. » Je me levai et me dirigeai vers la fenêtre. « La tête me tourne.

— Vous avez dit que le novice a semblé vous imiter, dit-il d'une voix hésitante.

— Tu n'as pas eu cette impression, toi ?

— Je ne vois pas comment il aurait pu savoir...

— La façon dont je fais des moulinets avec mes bras quand je plaide au tribunal ? Non, moi non plus... », fis-je, la gorge serrée. Je regardai par la fenêtre, me mordant l'ongle du pouce, jusqu'à ce que je voie revenir à grands pas le frère Guy, flanqué de l'abbé et du prieur. Les trois hommes passèrent vivement devant la fenêtre, leurs pieds faisant gicler de petites gerbes de neige. Quelques instants plus tard, nous entendîmes des voix dans la pièce où gisait le corps. Il y eut ensuite un bruit de pas et les trois moines entrèrent dans la petite cuisine. Je les fixai l'un après l'autre. Le visage du frère Guy était inexpressif. Celui du prieur Mortimus était rouge de colère, mais également empreint de peur, me sembla-t-il. L'abbé était comme recroquevillé sur lui-même ; homme de grande taille, il avait l'air d'avoir rapetissé et son teint paraissait plus gris.

« Monsieur le commissaire, murmura-t-il, je suis désolé que vous ayez dû assister à une telle scène. »

J'avais plus envie de me tapir dans un coin que de tenter d'exercer mon autorité sur ces malheureux hommes, mais je n'avais guère le choix. Je respirai profondément.

« Certes. Je viens à l'infirmerie à la recherche de calme et de tranquillité pendant que j'effectue mon enquête, et je me retrouve face à face avec un novice si affamé et gelé qu'il commence par attraper une fièvre qui manque de le tuer avant de devenir complètement fou et de faire une chute mortelle.

— Il était possédé du démon ! » Le ton du prieur était dur, son débit haché, la note de sarcasme avait disparu. « Il a laissé son esprit se polluer si bien que le diable l'a possédé à un moment de faiblesse. Je l'ai confessé, je lui ai infligé une pénitence pour le mortifier, mais c'était trop tard. Vous voyez le pouvoir du démon... » Il serra les lèvres et me lança un regard noir. « Il est partout et toutes les querelles entre chrétiens nous empêchent d'y faire face !

— Le jeune novice a dit qu'il voyait des diables dans les airs aussi nombreux que des grains de poussière. Pensez-vous que ce soit vrai ?

— Allons ! monsieur, même les plus ardents réformateurs ne discutent pas le fait que le monde regorge d'agents du démon. Ne dit-on pas que Luther lui-même a une fois dans sa chambre jeté une bible contre un diable ?

— Mais il arrive que de telles visions soient engendrées par la fièvre cérébrale. » Je regardai le frère Guy qui opina du chef.

« C'est en effet possible, acquiesça l'abbé. L'église sait cela depuis des siècles. Il faut effectuer une enquête approfondie.

— Oh ! une enquête est inutile ! s'écria le prieur avec humeur. Simon Whelplay a ouvert son âme au diable, un démon s'est emparé de lui et l'a forcé à se jeter dans cette baignoire et à se tuer, comme les cochons gadaréniens s'élançant du haut de la falaise. Son âme est en enfer maintenant, malgré tous mes efforts pour le sauver.

— À mon avis, ce n'est pas la chute qui l'a tué », dit le frère Guy.

Tout le monde le regarda avec surprise.

« Qu'est-ce qui vous fait dire cela ? demanda le prieur avec mépris.

— Parce que sa tête n'a pas heurté le sol, répondit calmement l'infirmier.

— Alors de quoi... ?

— Je ne le sais pas encore.

— De toute façon, m'interposai-je avec vivacité en fixant le prieur, il semble être tombé dans un état de faiblesse extrême à cause d'une discipline excessivement rigoureuse. »

Le prieur me défia du regard.

« Monsieur, le vicaire général désire que l'ordre soit rétabli dans les monastères. Il a raison, le relâchement de naguère mettait les âmes en péril. Si j'ai échoué avec Simon Whelplay, c'est en fait parce que je n'ai pas été assez sévère. Ou parce que son cœur était déjà trop pourri. Je suis d'accord avec lord Cromwell que seule une discipline de fer permettra aux ordres de se réformer. Je ne regrette pas ce que j'ai fait.

— Qu'en dites-vous, messire l'abbé ?

— Il est possible que votre sévérité ait été excessive cette fois-ci, Mortimus. Frère Guy, vous et moi ainsi que le prieur Mortimus allons nous réunir pour analyser l'affaire plus avant et former une commission d'enquête. Une commission, c'est cela... » La formule parut le rassurer.

Le frère Guy poussa un profond soupir.

« Je dois d'abord examiner ses malheureux restes.

— Oui, fit l'abbé. Allez-y ! » Il se tourna vers moi, semblant reprendre de l'assurance. « Messire Shardlake, je dois vous dire que le frère Gabriel est venu me voir. Il se rappelle avoir aperçu des lumières dans les marais durant les jours précédant le meurtre du commissaire Singleton. Les contrebandiers du coin sont peut-être coupables, ce me semble. Ce sont des gens sans aveu. Lorsqu'on enfreint les lois du pays, un pas de plus et l'on viole les commandements divins.

— Oui. J'ai été voir les marais. J'ai l'intention

d'évoquer ce sujet demain avec le juge. C'est l'une des pistes.

— Je crois que c'est la seule. »

Je ne répondis pas. L'abbé poursuivit :

« Pour le moment, il serait sans doute préférable de dire simplement aux frères que Simon est mort des suites de sa maladie. Si vous êtes d'accord, monsieur le commissaire. »

Je réfléchis quelques instants. Je ne souhaitais pas créer davantage de panique.

« Très bien.

— Je vais devoir écrire à sa famille. Je leur dirai la même chose...

— Oui, c'est mieux que de leur apprendre que leur fils est en train de rôtir en enfer, comme le pense le prieur ! » m'exclamai-je, soudain dégoûté par les deux hommes. Le prieur ouvrit la bouche pour continuer à argumenter, mais l'abbé s'interposa.

« Venez, Mortimus, il faut que nous y allions. Nous devons donner l'ordre de creuser une nouvelle tombe. » Il inclina le buste et prit congé ; le prieur lui emboîta le pas après un dernier regard de défi à mon adresse.

« Frère Guy, demanda Mark, de quoi est mort ce garçon, à votre avis ?

— Je vais bientôt le savoir. Il faudra que je l'ouvre. » Il secoua la tête. « Ce n'est jamais une tâche facile quand on a connu la personne. Mais il faut le faire sans tarder, tant qu'il est encore frais. » Il baissa la tête, ferma les yeux, pria un court moment, puis prit une profonde inspiration. « Veuillez m'excuser, s'il vous plaît. »

J'acquiesçai d'un signe de tête et l'infirmier s'en alla, marchant à pas feutrés en direction du dispensaire. Mark et moi restâmes assis un moment. Ses joues commençaient un peu à reprendre leurs couleurs, mais il était toujours d'une pâleur inhabituelle. Je me sentais tout abasourdi, mais en tout cas mes tremblements avaient cessé. Alice apparut, portant une tasse pleine d'un liquide fumant.

« J'ai préparé votre infusion, monsieur.

— Merci.

— Et les deux clercs de la comptabilité sont dans la salle avec une grosse pile de livres.

— Quoi ? Ah oui ! Mark, veux-tu les faire déposer dans notre chambre ?

— Oui, monsieur. » Quand il ouvrit la porte j'entendis un bruit de scie en provenance du dispensaire. Quand la porte se referma, je baissai les paupières avec soulagement. Je bus une gorgée du breuvage apporté par Alice. Il avait un goût musqué prononcé.

« C'est bon après les émotions fortes, monsieur, ça rééquilibre les humeurs.

— C'est revigorant. Merci. »

Elle se tenait debout, les mains nouées devant elle.

« Monsieur, j'aimerais m'excuser pour mes paroles de tout à l'heure. J'ai parlé hors de propos.

— Ne vous en faites pas. Nous étions tous bouleversés. »

Elle hésita.

« Vous devez me trouver étrange pour avoir dit que je ne craignais pas l'œuvre des démons après ce que j'ai vu.

— Pas du tout. Certains sont trop disposés à voir la main du diable dans toute malfaisance qu'ils ne comprennent pas. Ce fut ma première réaction, mais je crois que le frère Guy a une explication en tête. Il... examine le corps. »

Elle se signa.

« Cela ne doit d'ailleurs pas nous rendre aveugles aux œuvres de Satan dans le monde.

— Je pense... » Elle se tut.

« Poursuivez ! Vous pouvez me parler librement. Asseyez-vous, je vous prie. »

Elle s'assit et fixa sur moi ses intenses yeux bleus, qui paraissaient un rien vigilants. Je remarquai à quel point sa peau était claire et saine.

« Je pense que le diable agit dans le monde par l'intermédiaire de la malfaisance des hommes, de leur cupidité, de leur cruauté, de leur ambition, plutôt qu'en les possédant et en les rendant complètement fous.

— C'est aussi mon avis, Alice. J'ai suffisamment vu à l'œuvre au tribunal les sentiments que vous avez cités. Pas seulement parmi les accusés. Et les gens qui en étaient animés n'étaient que trop sains d'esprit. » Le visage de lord Cromwell m'apparut soudain en pensée avec une netteté frappante. Je clignai des yeux.

Alice hocha tristement la tête.

« Ce genre de mal est partout. Il me semble parfois que l'appétit des hommes pour l'argent et le pouvoir peut les transformer en lions rugissants à la recherche de proies à dévorer.

— Bien dit ! Mais où une jeune servante a-t-elle pu rencontrer une telle malfaisance ? demandai-je avec douceur. Ici, peut-être ?

— J'observe le monde. Je réfléchis aux choses... Plus qu'il n'est convenable pour une femme, peut-être, ajouta-t-elle en haussant les épaules.

— Non, non. Dieu a doté de raison les femmes aussi bien que les hommes.

— Ici, bien peu seraient de votre avis, monsieur », répondit-elle avec un sourire ironique.

J'avalai une autre gorgée de la potion. Je sentais qu'elle réchauffait et détendait mes muscles fatigués.

« C'est délicieux. Maître Poer me dit que vous êtes douée dans l'art de soigner.

— Merci. Comme je le lui ai dit, ma mère était guérisseuse. » Elle se rembrunit quelques instants. « Au village, certains confondent cet art avec la nécromancie, mais ma mère rassemblait seulement des connaissances. Elle tenait ce don de sa mère, qui l'avait hérité de la sienne. L'apothicaire lui demandait souvent conseil.

— Et vous êtes devenue l'assistante d'un apothicaire...

— Oui. Il m'a beaucoup appris. Mais il est mort et je suis rentrée chez moi.

— Vous avez alors perdu votre logis... »

Elle serra les lèvres.

« Oui. Le bail expirait au décès de ma mère. Le propriétaire a démoli notre maison et a clôturé notre petit terrain pour y parquer des moutons.

— Je suis désolé. Ces enclos détruisent les campagnes. Cela préoccupe beaucoup lord Cromwell. »

Elle me regarda avec étonnement.

« Vous le connaissez personnellement ? Lord Cromwell ? »

Je fis signe que oui.

« Je le sers depuis longtemps, d'une façon ou d'une autre. »

Elle fixa sur moi un long regard inquisiteur, puis baissa les yeux et demeura silencieuse, les mains dans son giron. Des mains rendues rugueuses par le travail, mais encore jolies.

« Vous êtes venue ici après la mort de votre mère, n'est-ce pas ? »

Elle leva la tête.

« Oui. Le frère Guy est un homme bon, monsieur. J'espère que... vous n'avez pas une mauvaise opinion de lui à cause de son apparence étrange. Comme certains.

— Non. Si je veux être un bon enquêteur, je dois aller au-delà des apparences. Même si je dois avouer que la première fois où je l'ai vu j'ai été interloqué. »

Elle éclata de rire, découvrant des dents blanches régulières.

« Moi aussi, monsieur. J'ai cru que c'était une tête sculptée dans le bois devenue soudain vivante. J'ai mis des semaines à voir en lui un homme comme les autres. Et il m'a beaucoup appris.

— Vous aurez peut-être un jour l'occasion d'utiliser vous-même ces connaissances. Je sais qu'à Londres il y a des femmes apothicaires. Mais ce sont surtout des veuves, et vous vous marierez sans aucun doute. »

Elle haussa les épaules.

« Un jour, peut-être.

— Mark m'a dit que votre promis est mort. J'en suis désolé.

— Oui », fit-elle lentement. La lueur de vigilance reparut dans ses yeux. « Maître Poer semble vous avoir raconté beaucoup de choses sur moi.

— Nous... Eh bien ! comme vous vous en doutez, nous devons en apprendre le plus possible sur tous ceux qui vivent ici. » Je lui fis un sourire que j'espérais rassurant.

Elle se leva et s'approcha de la fenêtre. Quand elle se retourna, ses épaules s'étaient raidies et elle semblait avoir pris une décision.

« Monsieur, si je vous fournissais certains renseignements, resteraient-ils confidentiels ? J'ai besoin de garder mon emploi ici.

— Oui, Alice. Vous avez ma parole.

— Les clercs du frère Edwig ont affirmé avoir, sur

votre demande, apporté tous les livres de comptes actuels.

— En effet.

— Mais ce n'est pas exact, monsieur. Il manque celui qu'avait pris le commissaire Singleton le jour de sa mort.

— Qu'est-ce qui vous fait dire ça ?

— Parce que tous ceux qu'ils ont apportés sont marron. La couverture de celui sur lequel travaillait le commissaire était bleue.

— Vraiment ? Comment le savez-vous ? »

Elle hésita.

« Vous ne révélerez à personne que c'est moi qui vous l'ai dit ?

— Oui, je le promets. J'aimerais que vous me fassiez confiance, Alice.

— Eh bien !... Le jour de la mort du commissaire Singleton, j'étais allée en ville l'après-midi pour effectuer quelques emplettes. Sur le chemin du retour je suis passée devant le jeune assistant de l'économe, le frère Athelstan, et le commissaire. Ils se trouvaient sur le seuil de la porte de la comptabilité.

— Le frère Athelstan ?

— Oui. Le commissaire Singleton tenait dans ses mains un grand registre bleu et était en train d'apostropher Athelstan. Il n'a pas jugé bon de baisser le ton au moment où je passais. » Elle fit un petit sourire narquois. « Après tout, je ne suis qu'une servante.

— Et que disait-il ?

— "Il croyait pouvoir me le cacher, dissimulé dans son tiroir ?" Je me rappelle ses paroles. Le frère Athelstan a bredouillé qu'il n'avait pas le droit de fouiller dans le bureau privé de l'économe pendant son absence, mais le commissaire a rétorqué qu'il avait le droit d'aller où bon lui semblait et que livre jetait un jour nouveau sur les comptes de l'année.

— Qu'a alors répondu le frère Athelstan ?

— Rien. Il était terrorisé et avait l'air d'un chien qu'on a jeté par la fenêtre. Le commissaire Singleton a dit qu'il allait étudier le registre, puis il s'est éloigné à grands pas. Je me rappelle son air de triomphe. Le frère Athelstan n'a pas bougé pendant quelques instants. Puis il m'a aperçue. Alors il m'a foudroyée du regard avant de rentrer dans le bâtiment en claquant la porte.

— Et vous n'avez plus entendu parler de l'incident ?

— Non, monsieur. La nuit tombait tout juste... Plus tard j'ai appris que le commissaire était mort.

— Merci, Alice. Ces renseignements me seront sans doute utiles. » Je me tus un instant, la fixant attentivement. « Au fait, maître Poer m'apprend que vous avez eu des ennuis avec le prieur... »

L'air hardi réapparut.

« Au début, il a essayé de tirer parti de ma position inférieure. Aujourd'hui, ce n'est plus un problème.

— Fort bien. Vous parlez franchement, Alice. Je vous en sais gré. Je vous en prie, si vous pensez à quelque chose qui puisse faire avancer mon enquête, n'hésitez pas à venir me voir. Si vous avez besoin de ma protection, comptez sur moi. Je vais me mettre en quête du livre manquant, en m'abstenant soigneusement de signaler que c'est vous qui m'en avez parlé.

— Merci, monsieur. Et maintenant, avec votre permission, il faudrait que j'aille aider le frère Guy.

— Quelle sinistre tâche pour une jeune fille ! »

Elle haussa les épaules.

« Ça fait partie de mes devoirs, et j'ai l'habitude des cadavres. Ma mère préparait les morts de notre village.

— Vous avez l'estomac moins délicat que moi, Alice.

— Après la vie que j'ai menée il ne me reste plus beaucoup de délicatesse, répondit-elle, soudain amère.

— Ce n'est pas ce que je voulais dire. » Je fis un geste de protestation. Mon bras frôla alors ma tasse, manquant de la renverser. Mais la jeune femme, qui avait déjà atteint la table et se tenait en face de moi, tendit vivement la main, rattrapa la tasse et la remit d'aplomb.

« Merci. Dieu du ciel ! vous avez le poignet leste.

— Le frère Guy passe son temps à faire tomber des objets à l'infirmerie. Et maintenant, monsieur, avec votre permission, il faut que j'y aille.

— Bien sûr. Merci de m'avoir parlé de l'économe. Je sais qu'un commissaire du roi peut sembler intimidant, ajoutai-je en souriant.

— Non, monsieur. Vous, vous êtes différent. » Elle fixa sur moi un regard grave, puis se détourna prestement et quitta la pièce.

✝

Je bus lentement ma potion qui réchauffa peu à peu mes organes vitaux. La pensée qu'Alice semblait me faire confiance me mettait aussi du baume au cœur. Si je l'avais rencontrée en d'autres circonstances, si elle n'avait pas été une simple servante...

Je réfléchis à ses dernières paroles. En quoi étais-je « différent » ? Je supposai que ce qu'elle avait vu de Singleton l'avait conduite à penser que tous les commissaires se comportaient en brutes tyranniques, mais avais-je perçu autre chose dans ses propos ? Je ne pouvais imaginer qu'elle était attirée par moi, comme moi je l'étais par elle. Je lui avais révélé, me rendis-je soudain compte, que Mark m'avait répété tout ce qu'elle lui avait dit. Cela risquait de miner sa confiance en lui, pensée qui, constatai-je avec émoi, me causait un frisson de plaisir. Je fis la grimace car l'envie est un péché mortel. Je me concentrai sur ce qu'elle avait dit à propos du livre de comptes. C'était là une piste prometteuse.

Mark revint peu après. Lorsqu'il ouvrit la porte je fus soulagé de noter que le bruit de scie avait cessé.

« J'ai signé pour l'emprunt des livres de comptes, monsieur. Dix-huit grands registres. Les employés de l'économe se sont plaints à l'envi de la gêne que cela allait leur occasionner dans leur travail.

— Au diable leur travail ! As-tu fermé à clef notre chambre ?

— Oui, monsieur.

— As-tu remarqué si l'un d'eux avait une couverture bleue ?

— Ils sont tous marron.

— Alors je crois savoir pourquoi le frère Edwig a mené la vie dure au jeune Athelstan... Il nous avait caché quelque chose. On va s'entretenir une nouvelle fois avec notre économe... Ça pourrait être important... » Je me tus car le frère Guy entrait dans la pièce. Il avait le teint blême et les traits crispés. Il portait sous le bras un tablier taché qu'il jeta dans un panier dans un coin.

« Monsieur le commissaire, pourrions-nous avoir un entretien en privé ?

— Bien sûr. »

Je me levai et le suivis. Je craignais qu'il ne m'emmène auprès du corps du malheureux Whelplay, mais à mon grand soulagement il me conduisit dehors. Le soleil commençait à se coucher, teintant de rose la blancheur du jardin d'herbes aromatiques. Le frère

Guy avança avec précaution parmi les plantes jusqu'à ce qu'on atteigne un gros arbuste couvert de neige.

« Je sais maintenant de quoi est mort le pauvre Simon, et ce n'est pas parce qu'il était possédé du diable. J'ai moi aussi remarqué qu'il se tordait en avant et qu'il agitait les mains. Cela n'avait rien à voir avec vous. Les spasmes sont caractéristiques, ainsi que le changement de voix et les visions.

— Caractéristiques de quoi ?

— De l'empoisonnement par les baies de cet arbuste. » Il secoua les branches auxquelles s'accrochaient encore quelques feuilles mortes noircies. « La belladone, la "belle-dame vénéneuse", comme on l'appelle dans ce pays.

— Il a été empoisonné ?

— La belladone possède un parfum léger mais très particulier. Je le reconnais car cela fait des années que je me sers de cette plante. Il y en avait dans les intestins du pauvre Simon. Et dans le reste d'hydromel chaud sur sa table de nuit.

— Comment s'y est-on pris ? À quel moment a-t-on commis cette vilenie ?

— Ce matin, sans doute. Les symptômes se déclarent très vite. Je m'en veux... Si seulement Alice ou moi-même étions demeurés avec lui tout le temps... » Il se passa la main sur le front.

« Vous ne pouviez pas prévoir ce qui est arrivé. À part vous deux, qui d'autre est resté seul avec lui ?

— Le frère Gabriel lui a rendu visite tard hier soir, après votre départ, et une nouvelle fois ce matin. Comme il était très bouleversé, je lui ai donné la permission de prier près de lui. L'abbé et l'économe sont venus un peu plus tard.

— Je savais en effet qu'ils devaient passer.

— Et ce matin, quand je suis venu voir comment il allait, j'ai trouvé le prieur Mortimus à son chevet.

— Le prieur ?

— Il était debout près du lit, le regard fixé sur le malade, la mine anxieuse. J'ai cru que les effets produits par son dur traitement le tracassaient. » Il serra les lèvres. « Le suc de la belladone a un goût sucré et son parfum est trop léger pour qu'on puisse le détecter dans l'hydromel.

— On l'utilise comme remède pour certains maux, n'est-ce pas ?

— À petites doses, elle soulage la constipation, et on s'en sert aussi dans d'autres traitements. J'en garde dans mon dispensaire, car je la prescris souvent. Un grand nombre de moines en prennent. Ses propriétés sont bien connues. »

Je réfléchis quelques instants.

« Hier soir, Simon avait commencé à me révéler quelque chose. Il disait que la mort du commissaire Singleton n'était pas la première. J'avais l'intention de le questionner à nouveau là-dessus à son réveil. » Je fixai sur le moine un regard pénétrant. « Avez-vous, vous ou Alice, rapporté ses propos à quelqu'un ?

— Moi non, et sûrement pas Alice. Mais il a pu délirer devant ses autres visiteurs.

— L'un d'entre eux a décidé qu'il fallait lui fermer la bouche. »

Il se mordit les lèvres et hocha vigoureusement la tête.

« Pauvre enfant ! Et je n'ai pu qu'imaginer qu'il se moquait de moi ! m'exclamai-je.

— Les apparences sont presque toujours trompeuses.

— Ici surtout. Dites-moi, mon frère, pourquoi est-ce à moi que vous avez parlé, au lieu de courir directement chez l'abbé ? »

Il me fixa d'un air lugubre.

« Parce que l'abbé était l'un de ses visiteurs. Vous détenez l'autorité, messire Shardlake, et je crois que vous cherchez la vérité, même si je soupçonne fortement que nous risquons de ne pas être d'accord en matière de religion. »

J'opinai du chef.

« Pour le moment, je vous demande de garder secret ce que vous m'avez confié. Je dois réfléchir posément à la manière de procéder. » Je le regardai, cherchant à voir comment il accueillait des ordres venant de moi, mais il hocha seulement la tête avec lassitude. Il fixa ma jambe encroûtée de boue séchée.

« Vous avez eu un accident ?

— Je suis tombé dans le marécage. Mais j'ai réussi à m'en extirper.

— Le terrain n'est pas du tout sûr, là-bas.

— Je crains qu'ici aucun terrain ne soit sûr sous mes pas... Rentrons, si nous ne voulons pas attraper la fièvre ! » J'ouvris la marche. « N'est-il pas étrange qu'on ait abouti à cette découverte parce que j'ai cru à tort qu'il se moquait de moi ?

— En tout cas, le prieur ne pourra plus affirmer que Simon est, sans doute aucun, en enfer.

— Oui. Je pense que cela risque de le décevoir. » Sauf s'il est le meurtrier, songeai-je, auquel cas il le sait déjà. Je serrai les dents. Si je n'avais pas permis à Alice et au frère Guy de me dissuader de parler à Simon la veille, non seulement j'aurais recueilli toutes ses révélations, non seulement celles-ci auraient pu me mener jusqu'à l'assassin de Singleton, mais le malheureux aurait toujours été en vie. Maintenant, je devais enquêter sur deux meurtres. Et si Singleton n'était pas la première victime, comme l'avait marmonné le pauvre novice dans son délire, alors il y en avait trois.

14

J'avais espéré me rendre à Scarnsea cet après-midi-là, mais il était désormais trop tard. Dans les derniers feux du soleil couchant, je retraversai péniblement l'enceinte enneigée du monastère en direction de la maison abbatiale afin de m'entretenir avec Goodhaps. Le vieux clerc était une fois de plus occupé à boire en solitaire dans sa chambre. Je ne lui dis pas que le novice Whelplay avait été empoisonné, seulement qu'il avait été très malade, mais cela ne sembla guère l'intéresser. Je lui demandai s'il savait quelque chose sur le livre de comptes qu'avait étudié Singleton juste avant sa mort. Singleton, me répondit-il, lui avait uniquement annoncé avoir réussi à soutirer à la comptabilité un nouveau registre qui lui serait utile, espérait-il. Le vieil homme marmonna d'un ton amer que Robin Singleton n'était pas très bavard et ne se servait de lui que pour piocher dans les livres. Je le laissai à son vin.

Un vent froid et mugissant s'était levé, me traversant comme une lame sur le chemin de l'infirmerie. Tandis que les cloches carillonnaient de nouveau à toute volée pour annoncer les vêpres, je ne pus m'empêcher de songer que quiconque savait quelque chose était en danger : le vieux Goodhaps, Mark, ou moi. Le meurtre de Whelplay avait été perpétré de manière froide et impitoyable et aurait bien pu ne jamais être découvert si, grâce à ma description de la posture et des gestes bizarres de Simon, le frère Guy n'avait pas pensé à la belladone. Il se pouvait qu'on eût affaire à un fanatique, mais ce n'était pas quelqu'un agissant sous le coup d'une impulsion. Et s'il projetait de mettre du poison dans mon assiette ou de me faire subir le sort de Singleton en séparant ma tête de mes épaules ? Frissonnant, je serrai davantage mon manteau autour du cou.

✝

Les registres étaient empilés sur le sol de notre chambre. Mark était assis, contemplant le feu. Il n'avait pas encore allumé les bougies, mais les flammes jetaient une lumière chatoyante sur son visage inquiet. Je m'installai en face de lui, ravi d'avoir l'occasion de reposer ma carcasse fatiguée devant un bon feu.

« Mark, dis-je, nous sommes confrontés à un nouveau mystère. » Je lui fis part de ce que le frère Guy m'avait appris. « Toute ma vie j'ai déchiffré des secrets, mais ici ils semblent se multiplier et devenir de plus en plus terribles. » Je me passai la main sur le front. « Et je me reproche la mort de ce garçon. Si seulement, hier soir, j'avais insisté pour l'interroger plus avant. Et dans l'infirmerie, quand il a courbé son malheureux corps en agitant les mains, la seule idée qui me soit venue à l'esprit c'est qu'il se gaussait de moi. » Je regardai tristement dans le vide, soudain saisi de remords.

« Vous ne pouviez imaginer ce qui allait se passer, monsieur, dit Mark d'une voix hésitante.

— J'étais fatigué et j'ai accepté qu'on me pousse à le quitter. Lord Cromwell a dit à Londres que le temps pressait. Or, quatre jours après notre départ, nous n'avons aucune réponse et un autre meurtre s'est produit. »

Mark se leva et alluma au feu la mèche des bougies. Je me sentis soudain furieux contre moi-même. J'aurais dû lui donner du courage au lieu de céder au désespoir... Mais j'étais encore sous le coup de la mort du novice. J'espérais que son âme avait trouvé le repos auprès de Dieu. J'aurais prié pour lui si j'avais cru que les prières pour les morts faisaient la moindre différence.

« Ne renoncez pas ! dit Mark avec une certaine gêne tout en posant les bougies sur la table. On doit enquêter sur cette nouvelle affaire concernant l'économe. Il se peut que ça nous fasse progresser.

— Il était absent lorsque le meurtre a été commis. Mais, non, fis-je avec un sourire contraint, je ne vais pas renoncer. De plus, je n'oserais pas. Il s'agit d'une mission décidée par lord Cromwell.

— J'ai profité de votre visite de l'église pour explorer les dépendances. Vous avez raison, ce sont des lieux très animés. Les écuries, la forge, la crémerie sont toujours en pleine activité. Je n'ai vu aucun endroit où l'on pourrait dissimuler de gros objets.

— Les chapelles latérales de l'église valent peut-être la peine d'être examinées. Et j'ai aperçu quelque chose d'intéressant sur le chemin des marais. » Je lui parlai du reflet jaune au fond de l'étang. « On peut facilement y jeter un objet compromettant.

— Eh bien ! allons vérifier, monsieur ! Vous voyez, nous avons des indices. La vérité prévaudra. »

Je me forçai à rire.

« Oh, Mark ! Tu as passé trop de temps dans les tribunaux de Sa Majesté pour affirmer cela. Mais tu as raison de m'encourager. » Je triturai un fil qui pendait de la housse du siège. « Je deviens mélancolique. Je me sens extrêmement abattu depuis de longs mois mais c'est pire ici. Mes humeurs sont sûrement déséquilibrées. Il doit y avoir trop de bile noire dans mes organes. Peut-être devrais-je consulter le frère Guy.

— Cet endroit n'est guère fait pour remonter le moral.

— Non. Et j'avoue, en plus, ne pas être tranquille. Je pensais au danger tout à l'heure en traversant la cour. Un bruit de pas derrière moi, une épée qui fend l'air en tournoyant... » Je levai les yeux vers Mark qui se tenait devant moi. Son jeune visage était très inquiet et j'étais conscient du poids que lui infligeait cette mission.

« Je sais. Ce lieu, ce silence brisé par ces cloches qui vous font sauter comme un cabri...

— Très bien. Il est sage d'être sur ses gardes et je suis content que tu sois disposé à avouer tes craintes. C'est une attitude louable, plus virile que la bravade de la jeunesse. Et moi, je devrais moins me laisser aller à la mélancolie. Ce soir il me faudra prier pour que Dieu me donne de la force. » Je posai soudain sur lui un regard interrogateur. « Et toi, pour quoi prieras-tu ?

— J'ai perdu l'habitude de prier le soir, répondit-il en haussant les épaules.

— Ce ne doit pas être une simple habitude, Mark. Ne prends pas cette mine inquiète, je ne vais pas te faire la leçon sur les vertus de la prière. » Je me hissai sur mes jambes. Je sentais à nouveau la fatigue dans mon dos meurtri. « Bien. On doit se secouer et jeter un coup d'œil à ces registres. Ensuite, après le dîner, on s'occupera du frère Edwig. »

J'allumai de nouvelles bougies et nous plaçâmes les livres de comptes sur la table. Comme j'ouvrais le premier et qu'apparaissaient des pages rayées bourrées de chiffres et de griffonnages, Mark me fixa d'un air grave.

« Monsieur, Alice est-elle en danger à cause de ce qu'elle vous a appris ? Si Simon Whelplay a été tué parce qu'il aurait pu révéler un secret, elle pourrait subir le même sort...

— Je sais. Plus tôt j'interrogerai l'économe à propos de ce registre manquant, mieux ça vaudra. J'ai promis à Alice que je ne la mêlerais pas à cette affaire.

— C'est une femme courageuse.

— Et mystérieuse, non ? »

Il rougit et changea brusquement de sujet.

« Le frère Guy a dit que le novice a eu quatre visiteurs ?

— Oui. Et il s'agit des quatre principaux obédienciers qui étaient au courant du but de la mission de Singleton, en plus du frère Guy.

— Mais c'est le frère Guy qui vous a dit que Simon a été empoisonné.

— Je dois cependant éviter de me confier entièrement à lui. » Je levai la main. « Bon, voyons ces livres, maintenant... Aux Augmentations, tu as l'habitude de ces comptes de monastères, n'est-ce pas ?

— Bien sûr. On m'a souvent chargé de les vérifier.

— Parfait. Alors, examine ceux-ci et dis-moi si quelque chose attire ton attention. Une dépense qui semble trop élevée ou qui ne correspond à rien. Mais d'abord, ferme la porte à clef. Mordieu ! je deviens aussi peureux que le vieux Goodhaps. »

Nous nous mîmes au travail. Tâche fastidieuse. La comptabilité en partie double, avec ses soldes constants, est plus dure à suivre que de simples listes si on n'est pas comptable de métier, mais autant que j'en pouvais juger il n'y avait rien d'insolite dans ces comptes. Les revenus des terres du monastère et ceux du monopole de la bière étaient substantiels. Les fortes sommes dépensées en achats de vêtements et provisions de bouche, notamment pour la maison de l'abbé, contrebalançaient les faibles débours concernant les aumônes et les salaires. Il semblait y avoir en caisse un surplus de cinq cents livres, somme conséquente mais pas inhabituelle, augmentée par de récentes ventes de terres.

Nous travaillâmes jusqu'à ce que les cloches annonçant le dîner retentissent dans l'air glacial. Je me levai et arpentai la pièce, frottant mes yeux fatigués. Mark s'étira en grognant.

« Tout semble confirmer ce qu'on devinait. On a affaire à un riche monastère, possédant beaucoup plus d'argent que les maisons de moindre importance dont je m'occupais d'habitude.

— Oui. Il y a pas mal d'or derrière ces bilans. Que peut bien contenir le registre qu'avait saisi Singleton ? Peut-être tout est-il trop en ordre. Peut-être ces chiffres sont-ils destinés au vérificateur tandis que l'autre livre montre les vrais. Si l'économe trompe l'Échiquier, il s'agit là d'un grave délit. » Je refermai mon registre d'un coup sec. « Bon, allons-y ! Il est temps de rejoindre les saints frères. » Je le fixai avec gravité. « Et il faudra faire bien attention à ne se servir que dans le plat commun. »

Nous traversâmes la cour du cloître pour gagner le réfectoire, rencontrant des moines qui nous gratifiaient de profonds saluts. Ce faisant, l'un d'eux perdit l'équilibre et tomba. Le sol ayant été maintenant beaucoup piétiné, la neige était devenue dure et glissante. Le jet de la fontaine avait gelé en coulant, une longue pointe de glace sortait du bec comme une stalactite.

✝

Le dîner fut lugubre. Le frère Jérôme était absent, probablement enfermé quelque part sur ordre du prieur. L'abbé Fabian monta au pupitre et annonça solennellement que le novice Whelplay était mort de sa fièvre, déclaration qui déclencha le long des tables des exclamations horrifiées et des appels à la clémence de Dieu. Je notai quelques regards venimeux lancés au prieur, notamment de la part des trois novices, assis ensemble tout au bout de la table. J'entendis l'un des moines, un gros homme aux yeux tristes et chassieux, maugréer contre ceux qui n'ont aucune charité, tout en fixant d'un air sombre le prieur Mortimus, lequel, la mine sévère, dardait droit devant lui un regard dur.

L'abbé psalmodia une longue prière en latin pour le frère disparu. Les réponses furent ferventes. Ce soir-là, il resta dîner à la table des obédienciers où l'on servit un grand cimier de bœuf accompagné de petits pois. Il y eut quelques faibles tentatives pour entamer une conversation, l'abbé déclarant qu'il n'avait jamais vu autant de neige en novembre. Le frère Jude, le pitancier, et le frère Hugh, le petit intendant au visage orné d'un kyste que j'avais rencontré au chapitre, qui semblaient toujours s'asseoir à côté l'un de l'autre et discuter ferme, s'opposaient, mais plutôt mollement, sur la question de savoir si, selon les statuts, la ville était obligée de dégager la neige de la route menant au monastère. Seul le frère Edwig parlait avec animation des tuyaux gelant dans les cabinets d'aisances et du coût des réparations lorsqu'ils éclateraient, dès que le temps se réchaufferait. Bientôt, pensai-je, je vais te fournir un plus grave sujet d'inquiétude. Surpris par la virulence de mes sentiments, je me morigénai, car c'est mal de permettre à l'inimitié d'altérer le jugement qu'on porte sur un suspect.

Ce soir-là, quelqu'un d'autre était aux prises avec

des émotions encore plus fortes. Le frère Gabriel toucha à peine à son repas. Paraissant complètement bouleversé par la nouvelle de la mort de Simon, il demeura perdu dans ses pensées. Je fus donc d'autant plus surpris que, levant soudain la tête, il jetât sur Mark un regard empli d'un si intense désir, d'une si brûlante passion que j'en frissonnai. Heureusement, Mark, les yeux sur son assiette, ne le remarqua pas.

À mon grand soulagement, on dit enfin les grâces et l'on sortit tous de la salle l'un derrière l'autre. Le vent avait fraîchi, soulevant des tourbillons de neige qui nous cinglaient le visage. D'un signe, j'intimai à Mark l'ordre de rester dans l'embrasure de la porte tandis que les moines relevaient leur capuchon et s'éloignaient dans la nuit d'un pas vif.

« Occupons-nous de l'économe ! Tu as bien ton épée ? »

Il hocha la tête.

« Bien. Garde ta main sur la poignée pendant que je lui parle pour lui rappeler notre pouvoir. Bon, où est-il passé ? »

Nous attendîmes quelques instants encore mais le frère Edwig ne sortait pas. Nous rentrâmes dans la salle à manger. J'entendis le bégaiement de l'économe et nous le découvrîmes penché au-dessus de la table des moines où était assis le frère Athelstan, l'air renfrogné. L'économe donnait des coups de doigt dans un feuillet.

« Ce solde n'est p-pas c-correct, insistait-il. Vous avez modifié la facture du houblon. » Il agita un reçu avec colère, puis, nous ayant aperçu, inclina le buste et fit son sourire forcé.

« Monsieur le commissaire... Mes livres sont correctement tenus, n'est-ce pas ?

— Ceux qui sont en notre possession, en effet. Je souhaiterais m'entretenir avec vous, s'il vous plaît.

— Assurément. Juste un instant, je vous prie. » Il se tourna vers son assistant. « Athelstan, il est clair comme le jour que vous avez modifié un chiffre dans la colonne de gauche pour dissimuler le fait que vos comptes ne tombent pas juste. » Je remarquai que son bégaiement semblait disparaître lorsqu'il était en colère.

« De quelques pence seulement, frère économe.

— Un penny est un penny. Vérifiez chaque ligne, toutes les deux cents, jusqu'à ce que vous trouviez l'erreur. Je veux voir apparaître un vrai bilan, ou aucun. Vous pouvez disposer ! » Il fit un geste et le jeune moine s'éclipsa.

« Exc-cusez-moi, monsieur le c-commissaire, mais j'ai affaire à des c-crétins. »

Je fis signe à Mark d'aller garder la porte devant laquelle il se posta, la main sur la poignée de l'épée. L'économe jeta sur lui un regard inquiet..

« Frère Edwig, dis-je d'un ton sévère, je dois vous accuser d'avoir dissimulé l'existence d'un livre de comptes au commissaire du roi, un registre à la couverture bleue que vous aviez cherché à cacher au commissaire Singleton, registre que vous avez récupéré après son assassinat et que vous ne m'avez pas remis. Qu'avez-vous à dire à ce sujet ? »

Il s'esclaffa. Mais lorsqu'on leur présente un acte d'accusation en bonne et due forme, nombreux sont ceux qui éclatent de rire pour décontenancer leur accusateur.

« Mordieu, monsieur ! m'écriai-je, est-ce que vous vous moquez de moi ? »

Il fit un geste de dénégation.

« Non, monsieur. P-Pardonnez-moi, mais vous vous t-trompez. Il s'agit d'un malentendu. Est-ce la jeune Fewterer qui vous a raconté ça ? Bien sûr. Le frère

Athelstan m'a dit que cette p-péronnelle l'avait vu d-discuter avec le commissaire Singleton. »

Je jurai à part moi.

« La façon dont j'ai découvert la chose ne vous regarde pas. Je veux connaître votre réponse.

— B-bien sûr.

— Et ne bredouillez pas exprès pour avoir le temps d'inventer des mensonges. »

Il soupira et joignit les mains.

« Il y a eu un m-malentendu avec le c-commissaire Singleton, Dieu ait son âme ! Il a demandé nos livres de c-c-c...

— Vos livres de comptes, d'accord.

— Comme vous, monsieur, et je les lui ai remis, t-tout comme à vous. Mais, c-comme je vous l'ai dit, il venait souvent seul à la c-comptabilité quand elle était fermée p-pour voir ce qu'il p-pourrait trouver. Je ne nie pas ses d-droits, monsieur, mais ça c-créait de la c-confusion. Le jour où il a été tué il avait abordé Athelstan au moment où celui-ci fermait les p-portes en lui agitant un registre sous le nez, c-comme cette fille a dû vous le dire. Il l'avait pris dans mon bureau privé. » Il écarta les mains. « Mais, monsieur, il ne s'agissait pas d'un registre de c-comptes. Il ne contenait que des notes, des p-projections concernant de futurs revenus que j'avais élaborées il y avait déjà un certain temps, c-comme il l'aurait vu dès qu'il l'aurait examiné d'un peu près. Je peux vous le montrer si vous le souhaitez.

— Vous l'avez repris après sa mort chez l'abbé sans en aviser personne.

— Pas du tout, monsieur. Les serviteurs de l'abbé l'ont trouvé dans sa chambre quand ils l'ont nettoyée. Ils ont reconnu mon écriture et me l'ont rendu.

— Mais quand nous nous sommes entretenus vous

avez affirmé ne pas savoir exactement quels livres le commissaire Singleton avait empruntés.

— J'avais oublié. Ce registre n'a aucune imp-portance. Je p-peux vous le faire porter et vous p-pourrez vous en assurer vous-même.

— Non. On va aller le chercher avec vous. »

Il hésita.

« Eh bien ?

— Bien sûr. »

Je fis signe à Mark de s'écarter, puis nous traversâmes derrière lui la cour du cloître, Mark ayant pris une lampe pour éclairer le chemin. Le frère Edwig déverrouilla la porte de la comptabilité et nous montâmes l'escalier jusqu'à son cabinet de travail. Il ouvrit un tiroir du bureau fermé à clef et en retira un mince registre bleu.

« Le voici, monsieur. Vérifiez vous-même. »

J'en parcourus les pages. En effet, il n'y avait pas de colonnes de chiffres impeccables, seulement des notes et des calculs arithmétiques.

« Je vais l'emporter.

— Je vous en p-prie. Mais p-puis-je vous demander, étant donné qu'il s'agit d'un bureau p-particulier, de vous adresser à moi avant de prendre d'autres livres ? Pour éviter t-toute confusion ? »

Je ne répondis pas à sa question.

« J'ai remarqué en consultant vos autres registres que le monastère possède un fort excédent, plus important que celui de l'année dernière. Des ventes de terres ont apporté des revenus supplémentaires. Alors pourquoi ces objections aux demandes du frère Gabriel concernant les réfections de l'église ? »

Il posa sur moi un regard grave.

« Le frère Gabriel dép-penserait toutes nos ressources pour ces réfections. P-Peu lui chaut que tout le reste t-tombe en ruine. L'abbé lui accordera évidemment des fonds pour effectuer les réparations, mais nous devons lui t-tenir tête car autrement il prendrait tout. Il faudra négocier. »

Tout était si plausible.

« Très bien, dis-je. C'est tout. Pour le moment. Encore une chose, cependant. Vous avez cité Alice Fewterer. Cette jeune fille se trouve sous ma protection personnelle et s'il lui arrive le moindre mal vous serez arrêté sur-le-champ et envoyé à Londres pour subir un interrogatoire. » Je tournai les talons et sortis de la pièce.

✝

« "Il faudra négocier", tu parles ! répétai-je sur le chemin de l'infirmerie. Il est faux comme un jeton celui-là !

— Il n'a pas pu tuer Singleton, malgré tout. Il était absent. Et ce gros petit porc n'aurait pu lui trancher la tête de la sorte.

— Mais il aurait pu tuer Simon Whelplay. Peut-être sont-ils plusieurs complices agissant de concert dans cette affaire. »

De retour dans notre chambre nous étudiâmes le registre. Comme l'avait annoncé l'économe, il semblait ne contenir que des notes et des opérations sans ordre, jetées là de sa belle écriture ronde depuis plusieurs années, à en juger par la pâleur de l'encre des premières pages. Je le repoussai en frottant mes yeux fatigués.

« Peut-être que le commissaire Singleton pensait à tort avoir trouvé quelque chose ? dit Mark.

— Non, je ne crois pas. D'après ce qu'a dit Alice, son accusation était tout à fait précise. Il avait dit que le livre jetait un jour nouveau sur les comptes de l'année. » Je poussai soudain une exclamation et donnai des coups de poing dans la paume de ma main. « Où avais-je la tête ? Et s'il possédait plus d'un livre de comptes avec une couverture bleue ? Celui-ci n'est peut-être pas le seul !

— On pourrait retourner à la comptabilité maintenant et la mettre sens dessus dessous.

— Non. Je suis épuisé. Demain. Reposons-nous maintenant. La journée s'annonce difficile. Il va falloir assister à l'enterrement de Singleton. Puis on devra aller à Scarnsea pour voir le juge Copynger. Je veux également parler à Jérôme. Et il faut examiner la pièce d'eau.

— Il n'y a donc aucun répit pour les émissaires de lord Cromwell, soupira Mark. En tout cas, on risque d'être trop occupés pour avoir le temps d'avoir peur.

— Avec un peu de chance. Et maintenant je vais me coucher. Dis une prière pour qu'on fasse quelques progrès demain. »

✝

Nous nous réveillâmes tôt le lendemain matin, juste au moment où poignait l'aube. Je me levai et grattai le gel sur le côté intérieur de la vitre. L'aurore aux doigts de rose jouait sur la neige. Paysage merveilleux mais aride.

« Aucun signe de dégel. » Je me retournai vers Mark qui se tenait debout près du feu, torse nu, une chaussure à la main, tout en parcourant la chambre d'un regard interrogateur. Il leva la main.

« Qu'est-ce que c'était que ça ? J'ai entendu un bruit.

— Moi je n'ai rien entendu.

— On aurait dit un bruit de pas. J'en suis certain. »

Les sourcils froncés, il ouvrit la porte brusquement. Il n'y avait personne.

Je me rassis sur le lit. J'avais de fortes courbatures dans le dos ce matin-là.

« Tu as des hallucinations. Cet endroit te fait perdre la tête. Et ne reste pas là à moitié nu. Le monde ne tient pas à voir ton ventre, même s'il est très plat.

— Monsieur, je suis sûr d'avoir entendu quelque chose. J'ai cru que ça venait de dehors. » Il réfléchit quelques instants, puis se dirigea vers le placard. Il l'ouvrit d'un seul coup mais, à part nos vêtements, il ne contenait que de la poussière et des crottes de souris. Le regardant du haut du lit, j'enviais ses muscles lisses et symétriques jouant le long de son dos.

« Ce ne sont que des souris, dis-je. Allons, viens ! »

†

Comme nous prenions le petit déjeuner, nous reçûmes la visite de l'abbé, les joues rouges et emmitouflé dans des fourrures pour se protéger du froid. Il était accompagné de messire Goodhaps, qui parcourut l'infirmerie d'un œil chassieux et inquiet, une goutte de rosée au bout du nez.

« Je dois vous faire part d'une triste nouvelle, commença l'abbé Fabian de son ton pompeux. Nous sommes contraints d'ajourner l'enterrement de feu le commissaire.

— Et pourquoi donc ?

— Les serviteurs n'ont pas réussi à creuser assez profondément. Le sol est dur comme du métal et il leur faut en plus creuser la tombe du malheureux Simon dans le cimetière des moines. Il faudra toute la journée d'aujourd'hui pour terminer la besogne. On pourra donc célébrer les deux enterrements demain.

— Alors il n'y a pas d'autre solution. Les deux enterrements seront-ils célébrés ensemble ? »

Il hésita.

« Étant donné que Simon était un religieux, les deux cérémonies doivent être distinctes. Les injonctions l'autorisent...

— Je ne m'y oppose pas.

— Et comment se déroule votre enquête ? Je crains que l'économe n'ait vraiment besoin de récupérer ses livres le plus tôt possible...

— Il devra patienter. Je n'ai pas encore terminé. Et ce matin je vais en ville pour voir le juge. »

Il hocha la tête d'un air solennel.

« Bien. Je suis absolument persuadé, monsieur, que l'assassin du pauvre commissaire Singleton se trouve en ville, parmi les contrebandiers et les malfaiteurs qui y habitent.

— À mon retour, j'aimerais m'entretenir avec le frère Jérôme. Où se trouve-t-il ? Je n'ai plus vu son visage avenant.

— Au secret. Pour le punir de sa mauvaise conduite. Monsieur le commissaire, je dois vous avertir que si vous lui parlez il va une fois encore vous agonir d'injures. On n'arrive pas à le maîtriser.

— Je sais prendre en compte les excès d'un dément. Je le rencontrerai en revenant de Scarnsea.

— Vos chevaux risquent d'avoir du mal à arriver jusque-là. Le vent de cette nuit a entassé la neige en énormes amas. L'un de nos chariots a dû faire demi-tour, car les chevaux ne parvenaient plus à avancer.

— Eh bien ! nous irons à pied.

— Ça aussi, ça risque d'être difficile. J'ai essayé d'expliquer à messire Goodhaps... »

Le vieil homme prit la parole.

« Monsieur, je suis venu vous demander la permission de rentrer chez moi dès demain, après l'enterrement. Assurément, je ne peux plus servir à rien ici, n'est-ce pas ? Si je me rendais en ville, je pourrais trouver une place dans un coche. Autrement, cela me serait égal de m'installer dans une auberge jusqu'à la fonte des neiges.

— Très bien, messire Goodhaps. Même si je crains que vous risquiez d'attendre un bon bout de temps à Scarnsea avant qu'un changement de temps se produise.

— Ça m'est égal, monsieur. Merci beaucoup ! » Le vieil homme rayonnait de joie. Ses hochements de tête firent tomber sur son menton la goutte qui lui pendait au nez.

« Retournez à Cambridge. Ne révélez rien de ce qui s'est passé ici.

— Tout ce que je souhaite, c'est oublier cette affaire.

— Et maintenant, Mark, il est temps d'y aller. Messire l'abbé, pendant que nous serons en ville, je voudrais que vous triiez pour moi de nouveaux documents. Les actes de cession afférents à toutes les ventes de terres des cinq dernières années.

— Tous ? Il faudra aller les chercher...

— Oui. Tous, sans exception. Je veux pouvoir jurer que vous m'avez fourni absolument tous les actes translatifs...

— Je vais m'en occuper, bien sûr, puisque vous le désirez.

— Parfait. » Je me levai de table. « Et maintenant nous devons partir. »

L'abbé s'inclina et sortit, le vieux Goodhaps sur les talons.

« Ça, ça l'ennuie, fis-je.

— Les ventes de terres ?

— Oui. Il me semble que, s'il existe une comptabilité frauduleuse, elle concerne très probablement la dissimulation de ressources correspondant à des ventes de terres. C'est la seule façon pour eux de faire rentrer de grosses sommes. On verra ce qu'il nous apportera. »

Nous quittâmes la cuisine. Au moment où nous passions devant le dispensaire du frère Guy, Mark m'attrapa soudain le bras.

« Regardez ! Que lui est-il donc arrivé ? »

Le frère Guy était couché à plat ventre sous le grand crucifix dont les bras s'étendaient au-dessus de lui. Le soleil faisait luire la tonsure marron. Un instant je fus saisi d'inquiétude, puis j'entendis le murmure, léger mais fervent, d'une prière en latin. Comme nous poursuivions notre chemin, je me dis une nouvelle fois que je devais faire attention à ne pas trop me confier au Maure espagnol. Certes, il s'était ouvert à moi et c'était la plus agréable des personnes que j'avais rencontrées en ces lieux. Mais en le voyant là, affalé de tout son long, en train de supplier avec ferveur un morceau de bois, je me rappelai qu'il était, tout autant que les autres, prisonnier des vieilles hérésies et superstitions, et l'ennemi de tout ce que je représentais.

15

Dehors, sous un ciel d'un bleu lumineux, la matinée était une fois de plus glaciale. Durant la nuit, nettoyant presque complètement certaines parties de la cour, le vent avait chassé la neige contre les murs où elle s'amoncelait. C'était un étrange spectacle. Nous refranchîmes le portail. J'aperçus Bugge, le portier, en train d'épier par sa fenêtre, mais il rentra la tête quand nos regards se croisèrent.

« Sangdieu, quel soulagement d'échapper à tous ces regards ! » Je parcourus des yeux la route, parsemée de vagues de neige comme la cour. Tout le paysage – même les marais – était blanc, ponctué seulement d'arbres noirs squelettiques, de bouquets de roseaux dans les marais, et bordé par la mer grise au lointain. Le frère Guy m'avait fourni un nouveau bâton que je serrais fortement.

« Heureusement que nous avons ces protège-chaussures ! s'écria Mark.

— Oui. Quand cette neige fondra, toute la région va devenir un océan de boue.

— Si elle fond jamais... »

Progressant lentement au milieu du lugubre panorama, il nous fallut une heure pour atteindre les premières rues de Scarnsea. Nous parlâmes peu, étant toujours tous les deux d'humeur sombre. Il n'y avait presque personne dehors et, dans la lumière éclatante du soleil, je notai une nouvelle fois à quel point la plupart des bâtiments étaient délabrés.

« Il nous faut trouver Westgate Street », dis-je, au moment où nous parvînmes de nouveau à la place principale. Une petite embarcation était amarrée au quai ; un personnage officiel en manteau noir inspectait des balles de tissu, tandis que deux citadins se tenaient à côté, tapant des pieds pour se réchauffer. Au large, à l'embouchure du chenal traversant les marais, mouillait un gros bateau.

« Le douanier, dit Mark.

— Ils doivent exporter des étoffes en France. »

Nous tournâmes dans une rue bordée de maisons récentes et bien construites. Les armes de la ville étaient gravées sur la porte de la plus grande. Je frappai et le domestique en livrée qui nous ouvrit confirma qu'il s'agissait bien de la demeure du juge Copynger. On nous fit attendre dans un beau salon meublé de sièges de bois garnis de coussins ainsi que d'un dressoir présentant une grande variété de vaisselle d'or.

« Il est très à l'aise, commenta Mark.

— En effet. » Je me dirigeai vers le mur où se trouvait le portrait d'un homme blond austère à la barbe carrée. « C'est excellent, et, à en juger par l'arrière-plan, peint dans cette même pièce.

— Il est riche, par conséquent... » Mark s'interrompit car la porte s'ouvrait pour laisser passer le modèle du tableau, un homme grand et costaud, âgé d'une quarantaine d'années. Enveloppé dans une toge marron ornée de parements de zibeline, il arborait une mine grave et sévère. Il me serra la main avec force.

« Messire Shardlake, c'est un honneur. Je suis Gilbert Copynger, juge de paix de la ville et très loyal serviteur de lord Cromwell. Je connaissais ce malheureux commissaire Singleton. Je remercie Notre-Seigneur qu'on vous ait envoyé ici. Ce monastère est un cloaque de corruption et d'hérésie.

— Rien n'y est parfaitement net, assurément. » J'indiquai Mark. « Mon assistant. »

Copynger lui fit un bref salut.

« Passons dans mon cabinet de travail. Prendrez-vous quelques rafraîchissements ? Je pense que c'est le diable lui-même qui nous a envoyé ce temps-là. Avez-vous assez chaud au monastère ?

— Les moines font du feu dans toutes les pièces.

— Oh ! je n'en doute pas, monsieur. Je n'en doute pas le moins du monde. »

Il nous fit longer le corridor jusqu'à une pièce confortable donnant sur la rue. Il enleva des papiers posés sur des tabourets devant l'âtre.

« Permettez-moi de vous servir un peu de vin à tous les deux. Veuillez excuser le désordre, mais la paperasse que je reçois de Londres... le salaire minimum, les lois sur les indigents..., soupira-t-il. Et l'on me demande de fournir des comptes rendus sur le moindre murmure fleurant la trahison. Dieu soit loué ! il n'y en a guère à Scarnsea, mais il arrive que mes informateurs les fabriquent et je suis alors contraint d'enquêter sur des propos qui n'ont jamais été prononcés. Cela force au moins les gens à comprendre qu'ils doivent faire attention.

— Je sais que cela facilite le sommeil de lord Cromwell de savoir qu'il existe des hommes aussi fidèles que vous dans les divers comtés. » Copynger opina gravement du chef en entendant ce compliment. Je bus une petite gorgée de vin. « Il est excellent, monsieur, merci. Bon, le temps presse. Il y a certains sujets sur lesquels j'aimerais recevoir quelques éclaircissements.

— Je suis à votre entière disposition. Le meurtre de messire Singleton constitue un crime de lèse-majesté. Il crie vengeance. »

J'aurais dû apprécier la compagnie d'un réformateur comme je l'étais moi-même, mais j'avoue que Copynger ne me plut guère. Certes, les juges étaient de plus en plus chargés par Londres de tâches s'ajoutant à leurs missions juridiques, mais ils en tiraient néanmoins bien des bénéfices. Les juges ont toujours profité de leurs fonctions et, même dans une ville pauvre, davantage de travail signifiait davantage de revenus, comme l'attestait la richesse de Copynger. Son grand train jurait avec sa mine pieuse et austère. Mais il s'agissait de la nouvelle sorte d'homme que nous créions alors en Angleterre.

« Dites-moi, comment considère-t-on les moines en ville ?

— On les déteste parce que ce sont de vraies sangsues. Ils ne font rien pour Scarnsea. Ils ne descendent en ville que s'ils y sont obligés et alors ils se montrent fiers comme Lucifer. Leurs aumônes sont minuscules et les miséreux doivent, en outre, monter à pied au monastère pour les recevoir le jour de la distribution. Cela oblige les contribuables à subvenir en grande partie aux besoins des nécessiteux.

— Ils ont le monopole de la bière, me semble-t-il.

— Et ils en demandent un prix exorbitant. Leur bière est un infect breuvage, des poules nichent dans leur brasserie et lâchent des fientes dans le moût.

— Oui. Je l'ai constaté. Ça doit, en effet, avoir un goût atroce.

— Et personne d'autre n'a le droit de vendre de la bière. » Il écarta les bras tout grand. « Ils saignent à blanc leurs terres. Ne croyez surtout pas que les moines sont des propriétaires accommodants ! Les choses ont empiré depuis que le frère Edwig occupe le poste d'économe. Il écorcherait une puce pour lui extraire la graisse du cul.

— Oui, je suppose qu'il en serait tout à fait capable. En parlant des finances du monastère, vous avez fait savoir à lord Cromwell qu'on avait vendu des terres à un prix en dessous de leur valeur. »

Il prit un air penaud.

« Je crains de n'avoir aucune précision là-dessus. J'avais entendu des rumeurs, mais depuis qu'on a appris que j'avais lancé une enquête, les gros propriétaires terriens évitent de me parler de leurs affaires.

— Qui sont-ils ?

— Le plus important ici, c'est sir Edward Wentworth. Il est très intime avec l'abbé, bien qu'il soit allié aux Seymour. Ils chassent ensemble. Les métayers ont fait courir la rumeur que des terres appartenant au monastère lui ont été vendues en secret et que le régisseur de l'abbé touche désormais les baux pour le compte de sir Edward, mais je n'ai aucun moyen de m'en assurer, puisque ce n'est pas de ma compétence. » Il fronça les sourcils d'un air courroucé. « Et le monastère possède des terres partout, même en dehors du comté. Je suis désolé, monsieur le commissaire. Si mes pouvoirs étaient accrus... »

Je réfléchis un bref instant.

« Peut-être cela ne fait-il pas tout à fait partie de ma mission, mais, possédant le pouvoir d'enquêter sur tout sujet ayant trait au monastère, je pense que je pourrais aller jusqu'à examiner les ventes de terres qu'ils ont effectuées. Que diriez-vous de reprendre vos investigations sur cette base ? En invoquant le nom de lord Cromwell ?

— Une requête lancée au nom de ce grand personnage les ferait accourir sur-le-champ, répondit-il avec un large sourire. Je vais faire tout mon possible.

— Merci. Cela pourrait se révéler très important. Au fait, il paraît que sir Edward est un cousin du frère Jérôme, le vieux chartreux du monastère...

— Oui. Wentworth est un papiste invétéré. Il paraît que le chartreux tient ouvertement des propos séditieux. J'aurais bien envie de le faire pendre à la flèche de la halle aux draps.

— Dites-moi un peu..., dis-je après un court silence. Si vous faisiez vraiment pendre le frère Jérôme au clocher, comment réagiraient les habitants de la ville ?

— Ils feraient la fête. Je le répète, les moines sont détestés. La ville est pauvre et ils l'appauvrissent encore plus. Le port est si envasé qu'on arrive à peine à y faire passer un canot à rames.

— C'est ce que j'ai vu. On dit que certains se sont mis à pratiquer la contrebande. D'après les moines, pour gagner la rivière ils passent par les marais derrière le monastère. L'abbé Fabian affirme qu'il a déposé plainte mais que les édiles municipaux ferment les yeux. »

Copynger fut immédiatement sur ses gardes.

« L'abbé dira n'importe quoi pour créer des ennuis. Il s'agit d'une question de ressources, monsieur. Nous n'avons qu'un gabelou, et il ne peut surveiller toutes les nuits les chemins qui traversent ces marais.

— Selon l'un des moines il y a eu des va-et-vient à cet endroit, récemment. L'abbé suggère que ce sont peut-être des contrebandiers qui sont entrés par effraction dans le monastère et qui ont tué Singleton.

— Il essaie de détourner l'attention, monsieur le commissaire. Dans le pays, la contrebande ne date pas d'hier. Des étoffes sont transportées à travers les marais et envoyées en France dans des bateaux de pêche. Pourquoi l'un de ces trafiquants voudrait-il assassiner l'émissaire du roi ? Il n'était pas chargé d'enquêter sur la contrebande, n'est-ce pas ? » Je perçus une vague lueur d'inquiétude dans ses yeux.

« Non, en effet. Et moi non plus, sauf si cette sorte d'activité est liée à la mort de messire Singleton. Mais j'ai le sentiment que le meurtrier appartenait au monastère. »

Il parut soulagé.

« Si les propriétaires avaient le droit de clôturer plus de terres pour élever des moutons, cela rapporterait davantage à la ville, et les habitants n'auraient pas recours à la contrebande. Il y a trop de petits fermiers qui sont aussi tisserands.

— Quelle que soit l'étendue de la contrebande, la ville est-elle au demeurant loyale ? Vous savez que le monastère a été profané ? Aucun ennui avec des sectaires fanatiques, par exemple, pas d'activité de sorcellerie dans les parages ?

— Rien de tel, répondit-il en secouant la tête. Autrement je serais au courant. J'entretiens cinq informateurs. Des tas de gens n'aiment pas les nouveaux rituels, mais ils s'y plient. Ils se sont surtout plaints de l'abolition des fêtes de saints car il s'agissait de jours fériés. Mais je n'ai jamais ouï parler de pratiquants de magie noire dans les parages.

— Pas d'évangéliste enflammé non plus ? Aucun lecteur des Écritures y ayant découvert quelque mystérieuse prophétie qu'il est le seul à pouvoir mettre en œuvre ?

— Comme ces anabaptistes allemands qui veulent tuer les riches et mettre en commun les biens ? On devrait tous les brûler. Mais il n'y en a aucun chez nous. L'année dernière, un apprenti forgeron illuminé annonçait que le jour du Jugement dernier était arrivé, mais nous l'avons mis au pilori, avant de le chasser de la ville. Il est en prison aujourd'hui, comme il se doit !

Passe encore de prêcher en anglais, mais permettre aux domestiques et aux paysans de lire la Bible va remplir l'Angleterre de rebelles. »

Je haussai le sourcil.

« Êtes-vous de ceux qui considèrent que seuls les propriétaires devraient avoir le droit de lire la Bible ?

— C'est un point de vue qui présente bien des avantages, monsieur.

— Les papistes aimeraient que personne ne la lise. Mais pour revenir à la question du monastère, j'ai lu qu'un grand nombre de méfaits y ont été commis par le passé. Des abominations entre moines. »

Copynger renâcla de dégoût.

« Et je suis persuadé que ça continue ! Le sacristain, le frère Gabriel, c'était l'un des coupables, et il est toujours là.

— Quelqu'un de la ville était-il impliqué ?

— Non. Mais il y a chez eux non seulement des sodomites mais aussi des fornicateurs. Des servantes originaires de Scarnsea ont subi leurs répugnants attouchements. Aucune femme de moins de trente ans n'accepte d'aller travailler pour eux. Pas depuis qu'une petite a disparu sans laisser de trace.

— Vraiment ?

— Une orpheline de l'asile des pauvres qui était allée travailler pour l'infirmier. Il y a deux ans. Elle revenait de temps en temps à la ville jusqu'à ce qu'un beau jour elle cesse de le faire. Quand on a posé des questions, le prieur Mortimus a déclaré qu'elle avait volé des calices en or avant de s'enfuir. Joan Stumpe, la gouvernante de l'orphelinat, est convaincue qu'il lui est arrivé malheur. Mais c'est une vieille commère et il n'y avait aucune preuve.

— Elle travaillait pour l'infirmier ? demanda Mark avec une certaine inquiétude.

— Oui. Le lutin noir, comme on l'appelle. Comment peut-on donner ce poste à un homme de cet acabit ? On croirait que tous les Anglais ont du travail... »

Je réfléchis quelques instants.

« Pourrais-je m'entretenir avec cette dame Stumpe ?

— Il faudra prendre ce qu'elle raconte avec un grain de sel. Elle devrait se trouver à l'asile en ce moment. Comme il y a distribution d'aumônes au monastère demain, elle doit être en train de s'y préparer.

— Eh bien ! battons le fer pendant qu'il est chaud ! » m'écriai-je en me levant. Copynger envoya un valet chercher nos manteaux.

« Monsieur, dit Mark au magistrat comme nous attendions, en ce moment il y a une jeune fille qui travaille pour l'infirmier, une certaine Alice Fewterer.

— Ah oui ! je m'en souviens.

— Je crois comprendre qu'elle a dû travailler parce que la terre de sa famille a été clôturée pour y mettre des moutons. Je sais que les juges de paix supervisent les lois sur les clôtures. J'aimerais savoir si tout s'est déroulé dans la légalité ? Et si l'on pourrait faire quelque chose pour elle... »

Copynger le prit de haut.

« Je suis bien placé pour savoir que tout s'est déroulé dans la légalité, jeune homme, puisque cette terre m'appartient et que c'est moi qui l'ai clôturée. La famille occupait la terre depuis longtemps en vertu d'une copie du rôle, et le bail expirait à la mort de la mère. Il me fallait démolir cette bicoque et faire paître des moutons sur le terrain si je voulais en tirer quelque profit. »

Je fis les gros yeux à Mark.

« Je suis sûr que vous avez tout fait selon les règles, monsieur, répondis-je pour l'amadouer.

— Ce qui rapporterait quelque chose à la ville, reprit Copynger en fixant sur Mark un regard glacial, serait de fermer le monastère, de fiche à la porte toute cette engeance et de détruire ces bâtiments bourrés d'idoles. Et si la ville doit supporter un fardeau supplémentaire sous la forme d'une masse de larbins d'abbaye au chômage, je suis sûr que messire Cromwell trouverait normal que certaines des terres du monastère soient attribuées à des citadins de premier plan.

— En parlant de lord Cromwell, il tient beaucoup à ce que, pour le moment, l'on garde ces événements secrets.

— Je ne m'en suis entretenu avec personne, monsieur, et aucun des moines n'est descendu en ville.

— Bien. On a aussi enjoint à l'abbé de ne pas en parler. Mais certains des serviteurs du monastère ont sans doute des connaissances à Scarnsea. »

Il secoua la tête.

« Très peu. Eux et les habitants de la ville ne se fréquentent pas, ces derniers n'aimant pas plus les larbins d'abbaye que leurs maîtres.

— Ça se saura tôt ou tard. C'est dans la nature des choses.

— Je suis persuadé que vous résoudrez vite ce problème », fit-il. Il sourit et ses joues s'empourprèrent. « Puis-je indiquer à quel point je suis honoré de rencontrer quelqu'un ayant parlé de vive voix à lord Cromwell ? Dites-moi, monsieur, comment il est, en réalité. On dit qu'il a un fort caractère, malgré ses origines modestes.

— En effet, monsieur le juge, c'est un homme qui parle et agit avec force. Ah ! voici votre valet qui apporte nos manteaux », m'écriai-je soudain, en ayant assez de son ton mielleux et de ses flatteries.

†

L'asile des pauvres, long bâtiment peu élevé et fort délabré, était situé à la lisière de la ville. Sur le chemin, nous passâmes devant un petit groupe d'hommes en train de déneiger la rue sous l'œil d'un surveillant. Ils portaient des blouses grises, bien trop minces pour un pareil temps, sur lesquelles étaient cousues les armes de la ville. Ils s'inclinèrent au passage de Copynger.

« Des mendiants patentés, commenta le juge. Le chef gardien sait très bien les employer à un travail honnête. »

Nous entrâmes dans le bâtiment, non chauffé et si humide que le plâtre des murs s'effritait en plusieurs endroits. Assises autour de la salle, plusieurs femmes étaient occupées à coudre ou à filer devant un rouet, tandis que dans un coin une rondelette matrone d'un certain âge fouillait dans un gros tas de hardes malodorantes, aidée par un groupe d'enfants très maigres. Copynger se dirigea vers elle pour lui parler. Elle nous conduisit à un petit réduit propret où elle se présenta comme Joan Stumpe, la gouvernante chargée des enfants.

« En quoi puis-je vous aider, messieurs ? » Le visage ridé était accueillant malgré les yeux marron perçants.

« Messire Shardlake fait en ce moment une enquête sur certains aspects du monastère, lui dit Copynger. Il s'intéresse au sort de la jeune Orpheline Stonegarden.

— Notre pauvre Orpheline ! soupira-t-elle.

— Vous la connaissiez ? demandai-je.

— C'est moi qui l'ai élevée. C'était une enfant trouvée. Elle avait été abandonnée dans la cour de ce même bâtiment, voilà dix-neuf ans. Un bébé qui venait de naître. La pauvre Orpheline ! répéta-t-elle.

— Comment s'appelait-elle ?

— Elle s'appelait vraiment Orpheline, monsieur. C'est un nom qu'on donne souvent aux enfants trouvés. Nous n'avons jamais appris qui étaient ses parents. Comme on l'avait découverte dans la cour on lui a donné Stonegarden[1] comme nom de famille.

— Je comprends. Et elle a grandi auprès de vous ?

— Je m'occupe de tous les enfants. Un grand nombre d'entre eux meurent en bas âge, mais Orpheline était robuste et elle a bien grandi... » Elle détourna brusquement la tête.

« Continuez, la mère ! s'exclama Copynger avec impatience. Je vous l'ai déjà dit, vous êtes trop gentille avec ces gamins.

— Leur séjour sur terre est souvent très bref, répondit-elle avec vivacité. Pourquoi n'en jouiraient-ils pas un peu ?

— Mieux vaut gagner le ciel en morceaux qu'aller intact en enfer, rétorqua brutalement Copynger. La plupart de ceux qui survivent deviennent voleurs ou mendiants. Poursuivez !

— Quand Orpheline a eu seize ans, les chefs gardiens ont dit qu'elle devait partir travailler. C'était triste parce qu'elle avait pour amoureux le fils du meunier, et si on avait laissé la relation suivre son cours ils se seraient mariés.

— Elle était donc jolie ?

— Oui, monsieur. Petite, blonde, avec un charmant et doux minois. L'un des plus jolis visages que j'aie jamais vus. Mais le chef gardien des hommes a un frère qui travaille pour les moines. Il a dit que l'infirmier avait besoin d'une aide et on l'a envoyée là-bas.

— Et cela s'est passé quand, dame Stumpe ?

1. Jardin de pierre.

— Il y a deux ans. Elle revenait me voir pendant son jour de congé, chaque vendredi, sans exception. Elle m'aimait autant que moi je l'aimais. Elle n'était pas heureuse au monastère, monsieur.

— Pourquoi donc ?

— Elle ne voulait pas le dire. J'apprends aux enfants à ne jamais critiquer leurs supérieurs, sous peine de tout perdre. Mais je voyais bien qu'elle avait peur.

— De quoi ?

— Je n'en sais rien. J'ai essayé de le lui faire dire mais elle a refusé. Elle a d'abord travaillé pour le vieux frère Alexandre et lorsqu'il est mort le frère Guy a pris sa suite. Il l'effrayait, à cause de son aspect bizarre. L'ennui c'est qu'elle avait cessé de fréquenter Adam, le fils du meunier. Il venait la voir, mais elle me disait de le renvoyer. » Elle fixa sur moi un regard pénétrant. « Et quand une femme se comporte ainsi, cela veut souvent dire qu'on a abusé d'elle.

— Avez-vous jamais aperçu des marques ? Des contusions ?

— Non. Mais à chaque visite elle paraissait plus abattue. Et puis un vendredi, six mois après avoir commencé à travailler au monastère, elle n'est pas venue, ni le vendredi suivant.

— Vous avez dû vous faire du souci.

— Pour sûr. J'ai décidé d'aller au monastère pour découvrir ce que je pourrais. » Je hochai la tête. Je l'imaginais en train d'avancer sur la route d'un pas décidé et de cogner contre le portail gardé par maître Bugge.

« D'abord, ils ont refusé de me laisser entrer, mais j'ai continué à rouspéter et à faire du tapage, si bien qu'ils sont allés chercher le prieur Mortimus. Un barbare d'Écossais. Il m'a raconté qu'une nuit Orpheline avait dérobé deux calices d'or dans l'église avant de disparaître. »

Copynger opina du bonnet.

« Ce n'est pas impossible. Ça arrive souvent avec ces enfants.

— Pas Orpheline, monsieur. C'était une bonne chrétienne. » Dame Stumpe se tourna vers moi. « J'ai demandé au prieur pourquoi on ne m'avait pas prévenue et il m'a affirmé qu'il n'avait aucune idée des gens que la fille connaissait en ville. Il a menacé de déposer officiellement plainte contre elle pour vol si je ne m'en allais pas. J'ai avisé messire Copynger, qui m'a déclaré que sans preuve de malfaisance il ne pouvait rien faire.

— Il n'y en avait aucune, répliqua le magistrat en haussant les épaules. Et si les moines avaient officiellement déposé plainte contre elle, ils auraient marqué un point contre la ville.

— À votre avis, dame Stumpe, qu'est-il arrivé à cette jeune fille ? »

Elle me regarda droit dans les yeux.

« Je n'en sais rien, monsieur, mais je crains le pire. »

Je hochai lentement la tête.

« Mais le juge Copynger a tout à fait raison. Sans preuve, il ne pouvait rien faire.

— Je le sais, mais je connaissais très bien Orpheline. Elle était incapable de voler et de s'enfuir.

— Si elle était désespérée...

— Alors elle se serait confiée à moi plutôt que de risquer la corde pour vol. Mais depuis dix-huit mois personne ne l'a vue ni n'a eu la moindre nouvelle. Aucune trace.

— Très bien. Merci, ma bonne, de nous avoir accordé votre temps. » Je soupirai. Partout les soupçons restaient des soupçons. Je n'arrivais pas à saisir un indice et à le relier clairement au meurtre de Singleton.

Elle nous raccompagna à la grande salle où les enfants qui triaient les haillons levèrent leurs visages pâles et ratatinés. De l'autre bout de la pièce on percevait l'odeur fétide des vieilles guenilles.

« Que font donc vos petits protégés ? lui demandai-je.

— Ils cherchent parmi les hardes données par les gens quelque chose à porter demain. C'est le jour de la distribution des aumônes au monastère. Le trajet sera pénible par ce temps.

— Sans aucun doute, opinai-je. Merci, dame Stumpe. » Parvenu à la porte, je me retournai. Elle était déjà au milieu des enfants, les aidant à fouiller dans l'infect tas d'oripeaux.

✝

Le juge Copynger nous invita à dîner chez lui, mais j'arguai qu'on devait rentrer au monastère. Nous nous mîmes en route, nos protège-chaussures crissant dans la neige.

« Nous arriverons trop tard pour le repas, dit Mark au bout de quelque temps.

— Oui. Cherchons une auberge. »

Nous trouvâmes derrière la place une hôtellerie d'aspect plutôt respectable. L'aubergiste nous conduisit à une table d'où l'on apercevait le quai. Chargée de balles de tissu, l'embarcation de tout à l'heure était propulsée à la rame avec précaution dans le chenal, en direction du bateau mouillant au large.

« Sangdieu ! s'exclama Mark, j'ai une de ces faims !

— Moi aussi. Mais on évitera de prendre de la bière. Sais-tu que selon la règle originelle de saint Benoît les moines n'avaient droit qu'à un seul repas par jour en hiver, le dîner ? Il avait édicté la règle pour le climat italien, mais on l'avait d'abord gardée en

Angleterre. Imagine, réciter des prières debout pendant des heures, chaque jour, en plein hiver, en ne prenant qu'un seul repas ! Mais, évidemment, au cours des ans et au fur et à mesure que les monastères s'enrichissaient, on est passé à deux repas par jour, puis trois, avec viande, vin...

— En tout cas, ils continuent de prier, je suppose.

— Oui. Et ils croient par leurs prières intercéder auprès de Dieu pour les morts. » Je pensai au frère Gabriel et à sa ferveur angoissée. « Mais ils se trompent.

— J'avoue, monsieur, que toute cette théologie me donne le vertige.

— C'est dommage, Mark. Dieu t'a donné un cerveau. Sers-t'en.

— Comment va votre dos aujourd'hui ? » s'enquit-il pour changer de sujet. Je songeai qu'il était désormais passé maître en la matière.

« C'est supportable. J'ai moins mal que ce matin. »

L'hôte nous apporta une tourte au lapin et nous mangeâmes quelque temps en silence.

« À votre avis, qu'est-il advenu de cette fille ? » finit-il par demander.

Je secouai la tête.

« Dieu seul le sait. Il y a tant de pistes à suivre. De plus en plus. J'avais espéré tirer davantage de Copynger. Bon, on sait désormais que des femmes ont été molestées au monastère. Par qui ? Par le prieur Mortimus qui a importuné Alice ? Par d'autres ? Quant à la jeune Orpheline, Copynger a raison. Il n'existe aucune preuve qu'elle ne s'est pas tout simplement enfuie, et la tendresse que lui portait la vieille femme peut affecter son jugement. On n'a rien de concret ! » Je levai la main et serrai le poing, n'attrapant que de l'air.

« Que pensez-vous du juge Copynger ?

— C'est un réformateur. Il nous aidera dans la mesure de ses moyens.

— Il parle de la vraie religion et de la façon dont les moines oppriment les pauvres, et cependant il mène grand train, tout en chassant les gens de leur terre.

— Il ne me plaît pas à moi non plus. Mais tu n'aurais pas dû lui parler de la mère d'Alice. Ta position ne te le permet pas. C'est notre seule source de renseignements et je ne veux pas le buter. Nous n'avons déjà pas beaucoup d'aide. J'avais espéré obtenir davantage de détails sur les ventes de terres afin de faire la comparaison avec les registres de l'économe.

— J'ai l'impression qu'il en savait plus sur les contrebandiers qu'il ne l'a laissé entendre.

— Assurément ! Il reçoit des pots-de-vin. Mais cela ne fait pas partie de notre mission. Je suis d'accord avec lui sur un point : le meurtre a été commis par quelqu'un du monastère et non pas par un habitant de Scarnsea. Les cinq obédienciers supérieurs (je comptais sur mes doigts) : l'abbé Fabian, le prieur Mortimus, Edwig, Gabriel et Guy... Ils sont tous assez grands et assez costauds pour avoir expédié Singleton dans l'autre monde. Hormis le frère Edwig qui était absent. Et n'importe lequel d'entre eux aurait pu tuer le novice. Si, bien sûr, ce que le frère Guy nous a dit sur la belladone est vrai.

— Pourquoi mentirait-il ? »

Je revis par la pensée le visage sans vie de Simon Whelplay au moment où on le soulevait du fond de la baignoire. Je ressassais l'idée qu'on l'avait empoisonné parce que je risquais de m'entretenir avec lui et cela me donnait des crampes à l'estomac.

« Je n'en sais rien, répliquai-je, mais je ne fais confiance à personne. Ils perdront tous gros si le monastère ferme. Où le frère Guy pourra-t-il bien trouver à s'employer comme guérisseur avec cet étrange visage ? Quant à l'abbé, il tient à sa position comme à la prunelle de ses yeux. Et, à mon avis, les trois autres ont sans doute quelque chose à cacher. Malversations pour le frère Edwig ? Il se peut qu'il dissimule des fonds en prévision de la fermeture du monastère, mais pour vendre des terres il aurait besoin de la signature de l'abbé.

— Et le prieur Mortimus ?

— Je le crois quasiment capable de tout. Quant à Gabriel, le serpent de la tentation ne le laisse toujours pas en paix, j'en suis certain. Il ne te quitte pas des yeux depuis ton arrivée. J'imagine qu'il a des liaisons parmi les moines, même s'il ne s'intéressait pas au malheureux Whelplay... Et voilà que tu débarques ici, vêtu d'un beau justaucorps, le mollet avantageux dans tes chausses, et il rêve de te voir débarrassé de ces vêtements. »

Mark repoussa son assiette, l'air renfrogné.

« Êtes-vous obligé d'entrer dans les détails, monsieur ?

— Les avocats doivent passer leur temps à entrer dans les détails, même les plus sordides. Gabriel peut paraître doux comme un agneau, mais c'est un homme tourmenté, et les hommes de ce genre commettent des actions téméraires et irrationnelles. S'il était prouvé qu'il s'est récemment livré à la sodomie, il risquerait le gibet. Un interrogatoire sans pitié de la part de Singleton aurait pu le pousser au désespoir, surtout s'il avait à protéger d'autres moines. Et puis il y a Jérôme... Je veux voir ce qu'il a à dire. Cela m'intrigue qu'il ait traité Singleton de menteur et de parjure. »

Mark ne répondit pas. Il gardait sa mine renfrognée.

« Oh ! déride-toi, m'écriai-je, irrité. Qu'est-ce que ça peut faire si le sacristain louche sur tes fesses ? Puisqu'il n'a guère de chances de parvenir à ses fins. »

Ses yeux lancèrent des éclairs.

« Je ne pensais pas à moi, monsieur, mais à Alice. La fille qui a disparu était également l'assistante du frère Guy.

— J'y avais pensé moi aussi. »

Il se pencha en avant.

« Ne serait-il pas mieux et plus sûr pour tout le monde d'arrêter comme suspects tous les obédienciers, ainsi que Jérôme ? De les emmener à Londres et de leur faire avouer ce qu'ils savent ?

— Sur quelles preuves ? Et comment les faire avouer ? Sous la torture ? Je croyais que tu étais contre ce genre de méthode.

— Bien sûr que non. Mais en leur faisant subir un interrogatoire... ferme...

— Et si je me trompe ? Si ce n'était absolument pas l'un d'eux ? Et comment garderions-nous secrète cette arrestation collective ?

— Mais le temps... et le danger nous pressent.

— Tu penses que je ne m'en rends pas compte ? m'exclamai-je, soudain en colère. Mais maltraiter les gens ne fait pas découvrir la vérité. Singleton a essayé cette méthode, et regarde où ça l'a mené. Pour défaire un nœud il vaut mieux utiliser patience et douceur que tirer violemment dessus, et, crois-moi, je n'ai jamais vu un nœud aussi serré que celui auquel nous avons affaire ici. Mais je vais en venir à bout.

— Pardonnez-moi, monsieur. Je ne voulais pas remettre en question...

— Oh si ! Remets en question, Mark, le coupai-je, agacé. Mais fais-le avec bon sens ! » Ma colère m'ayant donné de l'énergie, je me levai en jetant quelques pièces sur la table. « Bon. Allons-y ! Nous sommes en train de gâcher l'après-midi, et j'ai un vieux chartreux fou qui m'attend... »

16

Nous parlâmes peu, sur le chemin du retour au monastère, sous un ciel qui à nouveau se couvrait rapidement de nuages. Je m'en voulais de m'être emporté, mais j'avais les nerfs à vif et la naïveté de Mark m'agaçait. J'étais désormais bien décidé à agir, cependant, avançant sur la route d'un pas martial, jusqu'à ce que je bute contre un monticule de neige et que Mark me remette d'aplomb, ce qui m'irrita encore plus. Comme nous approchions des murs de Saint-Donatien, un vent glacial se leva et la neige recommença à tomber.

Je cognai sans ménagement contre la porte de la loge de Bugge. Il apparut en essuyant de la nourriture sur sa bouche avec sa manche sale.

« Je désire voir le frère Jérôme immédiatement, je vous prie.

— C'est le prieur qui le garde, monsieur. Il assiste à la sexte. » Il fit un signe de tête en direction de l'église d'où s'échappait une faible rumeur de chants psalmodiés.

« Eh bien ! allez le quérir ! » Le drôle s'éloigna en marmonnant et nous resserrâmes davantage nos manteaux déjà blancs de neige en attendant son retour. Il ne tarda pas à reparaître, accompagné du prieur Mortimus, le visage rouge et renfrogné.

« Vous souhaitez voir Jérôme, monsieur le commissaire ? Quelque chose est-il arrivé qu'on vienne me chercher jusque dans l'église ?

— Seulement que je n'ai pas de temps à perdre. Où se trouve-t-il ?

— Après les injures dont il vous a agoni, on l'a enfermé dans sa cellule.

— Eh bien ! conduisez-nous à lui, s'il vous plaît. Je souhaite l'interroger. »

Il nous mena au cloître.

« J'ose à peine imaginer les insultes dont il va vous gratifier si vous le défiez dans son antre. Si vous avez l'intention de le faire emprisonner pour trahison, vous nous rendrez à tous un immense service.

— Vraiment ? Il n'a donc aucun ami ici ?

— Quasiment pas.

— Il y a pas mal de gens dans cette situation ici. Le novice Whelplay, par exemple. »

Il fixa sur moi un regard glacial.

« Je m'étais efforcé d'enseigner à Simon l'esprit de contrition.

— Mieux vaut gagner le ciel en morceaux qu'aller intact en enfer ? murmura Mark.

— Plaît-il ?

— C'est une formule qu'un magistrat réformateur nous a sortie ce matin, à moi et à maître Poer. Au fait, il paraît que vous avez rendu visite à Simon tôt hier matin ?

— J'étais allé prier auprès de lui, répondit-il en rougissant. Je ne souhaitais pas sa mort. Je voulais seulement l'exorciser.

— Même au prix de sa vie ? »

Il s'arrêta et me fit face, l'air traqué. Le temps empirait. Des flocons de neige tourbillonnaient autour de nous, tandis que le vent faisait gonfler nos manteaux et le froc du prieur.

« Je ne souhaitais pas sa mort ! Je n'en suis pas coupable ! Il était possédé. Possédé... Je ne suis pas responsable de sa mort et je refuse d'en être accusé ! »

J'étudiai son visage. Était-il allé prier la veille auprès du novice parce qu'il éprouvait des remords ? Non, me dis-je, le prieur Mortimus n'était pas homme à remettre en question le bien-fondé de ses actions, quelles qu'elles fussent. Étrange... Sa détermination impitoyable me rappelait certains luthériens radicaux que j'avais rencontrés. Il avait sans nul doute conçu quelque sophisme intellectuel lui permettant d'importuner les jeunes femmes sans scrupules de conscience.

« Il fait froid, dis-je. Allons-y ! »

Il nous conduisit sans reprendre la conversation jusqu'à la résidence des moines, un long bâtiment de deux étages faisant face au cloître. La fumée s'élevait d'un bon nombre de cheminées. Je n'avais jamais vu l'intérieur d'un dortoir de moines. Je savais grâce au *Comperta* que les vastes dortoirs communs des premiers bénédictins avaient été dès longtemps divisés en chambres individuelles, et c'était bien le cas ici. Nous empruntâmes un long corridor percé de nombreuses portes. Certaines étant ouvertes, j'aperçus des feux qui pétillaient et des lits confortables. J'appréciai la chaleur. Le prieur Mortimus s'arrêta devant une porte close.

« Elle est normalement fermée à clef pour empêcher Jérôme d'aller vagabonder. » Il poussa la porte. « Jérôme, le commissaire souhaite vous parler. »

La cellule du frère Jérôme était aussi austère que celles que je venais d'apercevoir étaient accueillantes. Aucun feu ne flambait dans l'âtre vide et, à part un crucifix au-dessus du lit, les murs blanchis à la chaux étaient nus. Le vieux chartreux était assis sur le lit, vêtu seulement de son caleçon. Son torse maigre était tordu, voûté au niveau des épaules, aussi noueux et déformé que le mien, mais visiblement à cause de blessures et non pas d'une malformation congénitale. Penché au-dessus de lui, le frère Guy était en train de laver à l'aide d'un linge une dizaine de petites lésions disgracieuses. Certaines étaient violacées, d'autres jaunes de pus. Un broc rempli d'eau dégageait une forte odeur de lavande.

« Frère Guy, dis-je, je suis désolé d'interrompre vos soins.

— J'ai presque fini. Voilà, mon frère, cela devrait soulager vos plaies infectées. »

Le chartreux me lança un regard noir avant de s'adresser à l'infirmier.

« Ma chemise propre, s'il vous plaît.

— Vous vous affaiblissez avec ça, soupira le frère Guy. Vous pourriez au moins faire tremper les crins auparavant pour les assouplir. » Il lui passa un cilice de couleur grise, hérissé de crins d'animal raides et noirs, cousus sur l'envers du tissu. Le frère Jérôme l'enfila puis revêtit avec difficulté sa soutane blanche. Le frère Guy reprit son broc, s'inclina devant nous et sortit de la pièce. Le frère Jérôme et le prieur échangèrent un regard de dégoût.

« Vous vous mortifiez à nouveau, Jérôme ?

— Pour expier mes péchés. Mais je ne prends aucun plaisir à la mortification des autres, frère prieur, contrairement à certains. »

Le prieur Mortimus le foudroya du regard, puis me donna sa clef.

« Quand vous aurez fini, remettez la clef à Bugge », dit-il avant de tourner brusquement les talons, claquant la porte derrière lui. Je me rendis soudain compte que nous étions désormais confinés dans un espace restreint en compagnie d'un homme dont les yeux, dans un visage pâle et ridé, étincelaient de haine à notre égard. Je cherchai du regard un endroit où m'asseoir, mais, comme il n'y avait que le lit, je restai debout, appuyé sur mon bâton.

« Vous souffrez, bossu ? me demanda soudain Jérôme.

— J'ai un peu mal. Nous avons fait un long trajet à pied dans la neige.

— Connaissez-vous le dicton “Toucher un nain porte bonheur, mais toucher un bossu malheur” ? Vous êtes une caricature de l'espèce humaine, commissaire. Et doublement, car votre âme est tordue et pourrie comme celle de toutes les créatures de Cromwell. »

Mark fit un pas en avant.

« Corbleu, monsieur, vous avez une langue de vipère ! »

D'un geste, je lui intimai le silence et fixai Jérôme droit dans les yeux.

« Pourquoi m'insultez-vous, Jérôme de Londres ? On dit que vous êtes fou. L'êtes-vous ? La folie serait-elle votre excuse si je vous sortais d'ici par la peau des fesses et vous expédiais à la Tour pour propos séditieux ?

— Je ne présenterais aucune excuse, bossu, car je serais content d'avoir l'occasion de devenir ce que j'aurais dû déjà être, un martyr de l'Église de Dieu. Je conchie le nom du roi Henri et son usurpation de l'autorité du pape. » Il rit amèrement. « Même Martin Luther désavoue le roi Henri, vous le saviez ? Il dit que Heinz le Junker finira par se déclarer Dieu. »

Mark étouffa un cri. Ces paroles suffisaient pour faire exécuter Jérôme.

« Alors, comme vous devez être bourrelé de remords

d'avoir prêté le serment reconnaissant la suprématie royale », dis-je sans hausser le ton.

Il saisit sa béquille et se leva péniblement du lit. La coinçant sous son bras, il se mit à marcher de long en large dans la cellule. Quand il reparla, son ton était calme mais acéré.

« Oui, bossu. J'ai des remords et je crains pour mon âme éternelle. Savez-vous de quelle famille je suis issu ? On vous l'a dit ?

— Je sais que vous êtes apparenté à la reine Jeanne... Dieu ait son âme !

— Dieu n'accueillera pas son âme. Elle brûle en enfer pour avoir épousé un roi schismatique. » Il se tourna vers moi et me fit face. « Voulez-vous que je vous raconte comment j'ai échoué ici ? Vais-je vous présenter mon dossier, monsieur l'avocat ?

— Oui. Racontez-moi. Je vais m'asseoir pour vous écouter. » Je m'installai sur le lit dur. Mark resta debout, la main sur la poignée de l'épée, tandis que Jérôme se traînait lentement de long en large dans la pièce.

« J'ai quitté le monde de la parade et de la futilité dès l'âge de vingt ans. Feu ma cousine au second degré n'était pas encore née et je ne l'ai jamais rencontrée. J'ai vécu plus de trente ans en paix à la chartreuse de Londres. Il s'agissait d'un lieu saint, à la différence de cette maison de sybarites décadents. C'était un havre, un lieu consacré à Dieu, au milieu de la ville profane.

— Où porter le cilice faisait partie de la règle.

— Pour nous rappeler sans cesse que la chair est faible et corrompue. Thomas More a vécu quatre ans parmi nous. Il n'a plus jamais cessé de porter la haire, même sous sa toge officielle quand il était lord-chancelier. Cela l'aidait à demeurer humble, et même ferme jusqu'à la mort lorsqu'il s'est opposé au mariage du roi.

— Et auparavant, à l'époque où il était lord-chancelier et qu'il brûlait tous les hérétiques qui lui tombaient sous la main. Mais vous, frère Jérôme, vous n'avez pas été ferme ? »

Son dos se raidit et quand il se retourna je m'attendais à un nouvel éclat. Mais sa voix resta calme.

« Quand le roi a déclaré qu'il exigeait que tous les membres des maisons religieuses prêtent serment et le reconnaissent comme chef suprême de l'Église, nous les chartreux avons été les seuls à refuser, tout en sachant à quoi nous nous exposions. » Son regard brûlant me transperçait.

« Oui. Toutes les autres maisons ont prononcé le serment, mais pas vous.

— Nous étions quarante et on nous a pris un par un. Le prieur Houghton a été le premier à refuser de prêter serment et c'est Cromwell lui-même qui l'a interrogé. Saviez-vous, commissaire, que lorsque le frère Houghton lui a dit que saint Augustin avait placé l'autorité de l'Église au-dessus des Écritures, Cromwell a répondu qu'il se fichait de l'Église comme d'une guigne et que peu lui chalait ce que pensait Augustin ?

— Il avait raison. L'autorité des Écritures dépasse celle de n'importe quel érudit.

— Et l'opinion d'un fils de tavernier a plus de poids que celle de saint Augustin, commenta Jérôme avec un rire amer. Quand il n'a pas voulu céder, notre vénérable prieur a été reconnu coupable de trahison et exécuté à Tyburn. J'étais présent. J'ai vu son corps éventré par le couteau du bourreau alors qu'il était encore en vie. Mais ce jour-là on n'a pas assisté à l'habituelle foire autour du gibet. La foule l'a regardé mourir en silence. »

Je jetai un coup d'œil à Mark. Troublé, il fixait sur Jérôme un regard intense. Le chartreux continua son récit.

« Votre maître n'a pas eu plus de chance avec le successeur du prieur Houghton. Le vicaire Middlemore ainsi que les obédienciers supérieurs ont eux aussi refusé de prêter serment et ont été également emmenés à Tyburn. Cette fois-là, des cris contre le roi se sont élevés de la foule. Cromwell n'avait pas l'intention d'affronter une émeute la fois suivante... C'est pourquoi il a exercé toutes sortes de pressions sur nous pour qu'on prête serment. Il a fait diriger la maison par ses hommes et clouer à la grille le bras en état de décomposition et nauséabond du prieur Houghton. Ils nous nourrissaient à peine, se moquaient de nos offices, déchiraient nos livres, nous insultaient. Ils ont emmené les agitateurs l'un après l'autre. L'un des moines était soudain expédié dans une maison plus accommodante ou disparaissait purement et simplement. »

Il se tut et appuya quelques instants son bras valide sur le lit.

« J'ai déjà entendu ces histoires, dis-je. Ce ne sont que fables. »

Il ne me prêta guère attention et recommença à marcher de long en large.

« Après la rébellion du Nord, au printemps dernier, le roi a perdu toute patience. Les frères qui restaient ont reçu l'ordre de prêter serment sous peine d'être envoyés à Newgate où on les laisserait mourir de faim. Quinze ont cédé et ont perdu leur âme. Dix ont été emmenés à Newgate où on les a enchaînés dans une cellule atroce sans la moindre nourriture. Certains ont survécu durant des semaines... » Il s'interrompit brusquement. Couvrant son visage de ses mains il se balança sur ses chevilles, pleurant en silence.

« J'ai entendu ces rumeurs, murmura Mark. Tout le monde disait qu'elles étaient fausses... »

Je lui fis signe de se taire.

« Même si c'était vrai, frère Jérôme, vous n'auriez pu être parmi eux. Vous étiez déjà ici. »

Il me tourna le dos, s'essuyant le visage avec la manche de sa soutane, et, lourdement appuyé sur sa béquille, regarda par la fenêtre. Dehors la neige tourbillonnait sans cesse comme pour enterrer le monde.

« Oui, bossu, j'étais l'un de ceux qui avaient été enlevés subrepticement. On avait emmené mes supérieurs sous mes yeux. Je savais comment ils étaient morts. Mais, malgré nos humiliations quotidiennes, nous nous secourions entre frères. Nous pensions pouvoir tenir bon. J'étais un homme costaud et en pleine forme. J'étais fier de ma force d'âme. » Il éclata d'un rire fêlé, hystérique.

« Les soldats sont venus me chercher un matin et m'ont emmené à la Tour. Cela se passait l'année dernière, à la mi-mai. Anne Boleyn avait été condamnée à mort et on construisait un grand échafaud dans la cour. Je l'ai vu. Et c'est à ce moment-là que j'ai commencé à avoir vraiment peur. Tandis que les gardes me poussaient vers les cachots souterrains, je savais que ma résolution risquait de chanceler.

» Ils m'ont fait descendre dans une grande salle en sous-sol et m'ont jeté sur une chaise. J'ai vu un chevalet de torture dans un coin, la table à charnières et les cordes, deux énormes gardes prêts à faire tourner les roues. Il y avait deux autres hommes dans la pièce assis en face de moi, de l'autre côté du bureau. L'un d'eux était Kingston, le gouverneur de la Tour. L'autre homme, qui me foudroyait du regard, était votre maître, Cromwell.

— Le vicaire général lui-même ? Je ne vous crois pas !

— Laissez-moi vous dire ce qu'il a déclaré... "Frère Jérôme Wentworth, vous nous causez bien des ennuis. Répondez-moi sans détour et sans ergoter... Acceptez-vous de jurer que vous reconnaissez la suprématie royale ?"

» J'ai répondu par la négative. Mais mon cœur cognait si fort que j'avais l'impression qu'il allait faire éclater ma poitrine... J'étais assis en face de cet homme, ses yeux brûlant du feu de l'enfer, car c'est le diable qui regarde par eux... Comment pouvez-vous être face à face avec lui, commissaire, et ne pas savoir ce qu'il est ?

— Ne vous occupez pas de ça ! Continuez !

— Votre maître, le grand et sage conseiller, a indiqué le chevalet d'un signe de tête. "Nous verrons, a-t-il dit. Dans quelques semaines Jeanne Seymour sera reine d'Angleterre. Le roi n'acceptera pas que le cousin de son épouse refuse de prêter serment. Il ne veut pas non plus que votre nom figure parmi ceux des hommes exécutés pour trahison. Dans les deux cas, ce serait tout à fait gênant, frère Jérôme. Vous devez donc jurer ou on vous y contraindra." Et à nouveau il a désigné du menton le chevalet. Je lui ai répété que je refusais de prêter serment, même si ma voix tremblait. Il m'a fixé un instant, puis il a souri. "Je pense que si, a-t-il rétorqué. Messire Kingston, je suis très pressé. Allongez-le !"

» Kingston a fait un signe de tête aux tortionnaires qui m'ont hissé sur pied. Ils m'ont jeté si brutalement sur le chevalet que j'en ai eu le souffle coupé. Ils m'ont lié pieds et poings, étirant mes bras au-dessus de ma tête. » La voix de Jérôme devint un chuchotement.

« Tout s'est passé si vite. Aucun des tortionnaires ne disait mot.

» J'ai entendu un craquement pendant qu'ils actionnaient la roue et puis j'ai senti une douleur d'une violence inouïe dans les bras. Un feu dévastateur. » Il s'interrompit, massant doucement son épaule brisée, les yeux vides. Le souvenir de son supplice semblait lui avoir fait oublier notre présence. À côté de moi, Mark s'agita.

« Je hurlais. Je ne m'en étais pas rendu compte avant d'entendre les cris. Puis l'étirement s'est arrêté, j'avais toujours mal, mais la marée de douleur (il bougea de haut en bas une main tremblotante) se retirait. J'ai levé les yeux et j'ai rencontré le regard fixe de Cromwell debout à côté de moi.

» "Jurez maintenant, mon frère, a-t-il dit. Vous n'êtes pas très résistant, à ce que je vois. Et cela continuera jusqu'à ce que vous juriez. Ces hommes, experts en la matière, ne vous laisseront pas mourir, mais votre corps est déjà déchiré et il sera bientôt si rompu que la douleur ne cessera jamais. Il n'y a aucune honte à jurer quand on y a été contraint par ce procédé."

— Vous mentez ! » m'écriai-je. Mais il continua son récit sans prendre la peine de me répondre.

« J'ai crié que je supporterais la douleur comme Jésus-Christ sur la croix. Cromwell a haussé les épaules et a fait un signe de tête en direction des tortionnaires qui, cette fois-là, ont manœuvré les deux roues à la fois. Les muscles de mes jambes se sont déchirés et quand j'ai senti se déboîter mon fémur j'ai hurlé que j'allais prêter serment.

— Un serment extorqué par la force n'a sûrement pas de valeur légale, n'est-ce pas ? demanda Mark.

— Sangdieu, tais-toi donc ! » lui lançai-je. Jérôme sursauta, reprenant ses esprits, puis sourit.

« C'était un serment devant Dieu, un parjure, et je suis perdu. Es-tu bon, mon garçon ? Alors tu ne devrais pas te trouver en compagnie de ce bossu hérétique. »

Je le regardai fixement. En vérité, la force de son récit m'avait puissamment ébranlé. Mais je devais garder l'initiative. Je me levai, croisai les bras et lui fis face.

« Frère Jérôme, je suis las de vos insultes et de vos fables. Je suis venu ici pour discuter du meurtre atroce de Robin Singleton. Vous l'avez appelé parjure et menteur devant des témoins. J'aimerais savoir pourquoi. »

Sa bouche se tordit en une sorte de grimace hargneuse.

« Savez-vous ce qu'est la torture, hérétique ?

— Savez-vous ce qu'est le meurtre, moine ? Ne te mêle surtout pas de ça, Mark Poer, ajoutai-je comme il s'apprêtait à intervenir.

— Mark. » Jérôme eut un sourire sombre. « Ce nom, encore. Vrai, votre homme lige ressemble assez à l'autre Mark.

— Quel autre Mark ? De quoi parlez-vous maintenant ?

— Voulez-vous que je vous parle de lui ? Vous dites que vous refusez d'entendre de nouvelle fables. Mais voilà une histoire qui va vous intéresser. Puis-je me rasseoir ? J'ai mal à présent.

— Je n'accepterai pas de nouvelles insultes ni des propos séditieux.

— Ni insultes, je vous le promets, ni propos séditieux. Uniquement la vérité. »

J'acquiesçai d'un signe de tête et il s'assit lentement sur le lit à l'aide de sa béquille. Il se gratta la poitrine en faisant une grimace à cause d'un élancement provoqué par le cilice.

« Je constate, monsieur l'avocat, que la description

de la séance de torture vous a ébranlé. Ce que je vais vous raconter maintenant vous bouleversera encore plus. L'autre garçon appelé Mark était un certain Mark Smeaton. Ce nom vous dit-il quelque chose ?

— Bien sûr. Le musicien de la cour qui a avoué avoir commis l'adultère avec la reine Anne et qui l'a payé de sa vie. »

Jérôme opina du chef.

« Oui, il a avoué. Pour la même raison que j'ai prêté serment.

— Comment pourriez-vous le savoir ?

— Je vais vous le dire. Après avoir juré devant Cromwell dans cette terrible salle, je me suis entendu dire par l'officier que je serais logé à la Tour pendant quelques jours pour me remettre. On était en train d'organiser avec mon cousin mon transfert à Scarnsea où je devais être pensionnaire. On dirait à Jeanne Seymour que j'avais prêté serment. Lord Cromwell se désintéressait déjà de moi. Il ramassait le document signé avec ses autres papiers.

» On m'a conduit à une cellule dans les profondeurs des caves. Les gardes ont dû me porter. Elle s'ouvrait sur un corridor sombre et humide. On m'a laissé par terre sur une vieille paillasse. J'avais l'esprit affreusement agité après ce que j'avais fait et mon corps était horriblement meurtri. L'odeur d'humidité émanant de la paillasse pourrie me donnait mal au cœur. J'ai réussi malgré tout à me lever et à me traîner jusqu'à la porte munie d'une petite fenêtre à barreaux. Priant Dieu qu'Il me pardonne ma forfaiture, je me suis appuyé contre elle, car un vent plus frais soufflait du couloir.

» Puis j'ai entendu un bruit de pas, des pleurs et des sanglots. De nouveaux gardes sont apparus, et cette fois-ci ils soutenaient un jeune homme pas plus âgé que votre assistant, doté lui aussi d'un joli visage, en plus doux, ruisselant de larmes. Il portait des restes de beaux habits et ses grands yeux effrayés lançaient des regards éperdus en tout sens. Il m'a imploré du regard pendant qu'on le traînait dans le couloir, puis j'ai entendu que l'on ouvrait la porte de la cellule contiguë.

» "Remettez-vous, maître Smeaton, a dit l'un des gardes. Vous allez passer la nuit ici. Et demain tout ira très vite et vous ne sentirez rien." Son ton était presque compatissant. » Jérôme se remit à rire, montrant des dents cariées grisâtres. Le son de sa voix me fit frissonner. Ses traits se contorsionnèrent quelques instants, puis il reprit : « La porte de la cellule se referma et les pas s'éloignèrent. Puis j'ai entendu un appel : "Mon père ! Mon père ! Êtes-vous prêtre ?

» — Je suis un moine de la chartreuse. Êtes-vous le musicien accusé avec la reine ?"

» Il s'est mis à sangloter. "Mon frère, je n'ai rien fait ! On m'accuse d'avoir couché avec elle, mais ce n'est pas vrai.

» — On dit que vous avez avoué.

» — Mon frère, on m'a emmené chez lord Cromwell et on m'a dit que si je n'avouais pas on m'attacherait un cordon autour de la tête et qu'on serrerait jusqu'à ce que mes yeux éclatent !" Sa voix était suraiguë, presque un cri. "Lord Cromwell a conseillé de me mettre sur le chevalet pour qu'il ne reste aucune marque. Mon père, je souffre atrocement, mais je veux vivre. On doit me tuer demain !" Alors il a éclaté en sanglots. »

Jérôme demeurait immobile, les yeux dans le vague.

« J'avais de plus en plus mal à la jambe et à l'épaule, mais je n'avais pas la force de bouger. J'ai accroché mon bras valide aux barreaux et je me suis appuyé contre la porte, à demi inconscient, écoutant les sanglots de Smeaton. Il s'est calmé peu à peu et m'a interpellé à nouveau, la voix tremblante.

» “Mon frère, j'ai signé une fausse confession qui a permis de faire condamner la reine. Est-ce que je vais aller en enfer ?

» — Si on vous l'a arrachée sous la torture, Dieu ne va pas vous condamner. Une fausse confession n'est pas comme un serment prêté devant Dieu, ai-je ajouté avec amertume.

» — Mon frère, je crains pour mon âme. J'ai péché avec des femmes. C'était facile.

» — Si vous vous repentez sincèrement, le Seigneur vous pardonnera.

» — Mais je ne me repens pas, mon frère.” Il a poussé un rire hystérique. “Ç'a toujours été du plaisir. Je ne veux pas mourir et ne plus jamais connaître le plaisir.

» — Vous devez fortifier votre âme, ai-je insisté. Vous devez vous repentir sincèrement ou alors vous brûlerez en enfer.

» — En tout cas, le purgatoire...” Il s'est remis à sangloter, mais la tête me tournait. J'étais trop faible pour continuer à parler fort et je me suis traîné jusqu'à ma fétide paillasse. Je ne savais pas quelle heure il était. Il n'y a aucune lumière dans ces cachots souterrains, à part celle des torches des couloirs. J'ai dormi un peu. Je me suis réveillé les deux fois où les gardes ont emmené un visiteur à la cellule de Smeaton. »

Jérôme cligna des yeux vers moi avant de détourner prestement le regard.

« Les deux fois je l'ai entendu sangloter à fendre l'âme. Puis, lorsque je me suis réveillé à nouveau, j'ai vu passer un prêtre en compagnie d'un garde et j'ai entendu de longs marmonnements, mais je ne sais pas si Smeaton s'est enfin sincèrement repenti et a sauvé son âme. Je me suis assoupi une nouvelle fois et quand mes douleurs m'ont réveillé tout était silencieux. Il n'y a pas de fenêtre, là-bas, mais je devinais que c'était le matin et qu'il était parti, qu'il était mort. » Ses yeux me fixèrent derechef. « Sachez, par conséquent, que votre maître a arraché par la torture de faux aveux à un innocent et qu'il l'a tué. C'est un homme sanguinaire.

— Avez-vous raconté cette histoire à quelqu'un d'autre ? » demandai-je.

Il fit un étrange sourire grimaçant.

« Non. Ça n'a pas été nécessaire.

— Que voulez-vous dire ?

— Cela n'a aucune importance.

— Cela n'a pas d'importance, en effet, car j'affirme que toute cette histoire n'est qu'un tissu de mensonges. »

Il se contenta de hausser les épaules.

« Fort bien, repris-je. Vous avez encore esquivé ma question à propos de Robin Singleton. Pourquoi l'avez-vous traité de parjure et de traître ? »

Il refit cet étrange sourire de sauvage.

« Parce que c'est ce qu'il était. Comme vous, c'était un instrument de ce monstre de Cromwell. Vous êtes tous parjures et trahissez votre allégeance au pape.

— Jérôme de Londres, osai-je enfin lui dire, je ne vois qu'un homme qui ait pu suffisamment détester le commissaire, ou plutôt sa fonction, pour concevoir un complot d'assassinat insensé : vous-même. Votre infirmité vous empêchait de perpétrer personnellement le crime, mais vous êtes le genre d'homme capable de persuader un autre d'agir. Je vous accuse d'être responsable de sa mort. »

Le chartreux saisit sa béquille et se leva avec difficulté. Il plaça sa main droite, qui tremblait légèrement, sur son cœur. Il plongea son regard dans le mien, avec sur les lèvres ce sourire énigmatique qui me donnait des frissons.

« Le commissaire Singleton était un hérétique et un homme cruel, et je suis ravi qu'il soit mort. J'espère que cela contrarie lord Cromwell. Mais je jure sur mon âme, devant Dieu et de ma propre volonté, que je n'ai pas participé au meurtre de Robin Singleton. Je jure également que je ne vois aucun homme dans cette maison de mauviettes et d'imbéciles ayant le cœur assez bien accroché pour accomplir cet acte téméraire. Voilà, j'ai répondu à votre accusation. Et maintenant je suis fatigué et j'aimerais dormir. » Il se coucha sur le lit et étira ses membres.

« Très bien, Jérôme de Londres. Mais nous reparlerons. » Je désignai la porte à Mark. Je la refermai à clef derrière nous et nous longeâmes à nouveau le couloir, tandis que les moines, revenus de la sexte, nous regardaient par la porte ouverte de leur chambre. Au moment où nous gagnions le portail du cloître, il s'ouvrit brusquement et le frère Athelstan entra en coup de vent, la soutane toute blanche, car la neige tombait toujours à gros flocons. Il s'arrêta net en me voyant.

« Eh bien ! mon frère, j'ai découvert la raison pour laquelle vous n'êtes pas en odeur de sainteté auprès du frère Edwig. Vous n'avez pas protégé son bureau privé. »

Il sautilla d'un pied sur l'autre, des gouttes de neige fondue tombant de sa barbe mal taillée sur la natte en jonc tressé.

« Oui, monsieur.

— Ce renseignement m'aurait été plus utile que vos ragots à propos de conciliabules au chapitre. Que s'est-il passé ? »

Il me fixa, l'air effrayé.

« Je n'ai pas cru que c'était important, monsieur. J'étais venu travailler et j'ai trouvé le commissaire Singleton en train de consulter un registre, en haut, dans le cabinet de travail du frère Edwig. Je l'ai supplié de ne pas l'emporter ou, en tout cas, de me laisser noter la référence, car autrement je savais que le frère Edwig serait mécontent contre moi. Quand je l'ai informé à son retour, il m'a dit que j'aurais dû surveiller le commissaire Singleton.

— Donc, il était en colère.

— Furieux, monsieur.

— Connaissez-vous le contenu du registre ?

— Non, monsieur. Je ne m'occupe que des registres du bureau d'en bas. Je ne sais pas quels livres le frère Edwig détient au premier.

— Pourquoi ne m'aviez-vous pas parlé de ça ? »

Il se balança d'un pied sur l'autre.

« J'avais peur, monsieur. J'avais peur que si vous interrogiez le frère Edwig à ce sujet il comprenne que c'était moi qui vous l'avais dit. Il est très sévère, monsieur.

— Et vous, vous êtes un imbécile. Permettez-moi de vous donner un conseil, mon frère. Un bon informateur doit être prêt à fournir des renseignements même si cela le met en danger. Autrement, on ne lui fera pas confiance. Maintenant, ôtez-vous de ma vue ! »

Il s'enfuit en courant dans le corridor. Mark et moi nous emmitouflâmes dans nos manteaux et sortîmes dans la tempête de neige. Je parcourus du regard le cloître tout blanc.

« Corbleu, quel temps épouvantable ! Je voulais qu'on aille à cet étang à poissons, mais c'est impossible. Allez, rentrons à l'infirmerie ! »

Tandis que nous regagnions cahin-caha notre chambre, je remarquai que Mark avait l'air sombre et pensif. Nous trouvâmes Alice dans la cuisine de l'infirmerie en train de préparer une décoction d'herbes aromatiques.

« Vous avez l'air d'avoir froid, messieurs. Puis-je vous apporter du vin chaud ?

— Avec plaisir, Alice, répondis-je. Le plus chaud possible. »

De retour dans notre chambre, Mark prit un coussin et s'assit devant l'âtre. Je m'installai sur le lit.

« Jérôme sait quelque chose, dis-je à voix basse. Il n'est pas impliqué dans le crime, car autrement il n'aurait pas juré devant Dieu, mais il sait quelque chose. Son sourire énigmatique le laissait entendre.

— La torture lui a tellement brouillé l'esprit que je ne crois pas qu'il sache ce qu'il dit.

— Si. Il est furieux et bourrelé de remords, mais il a toute sa tête. »

Mark fixa le feu.

« Par conséquent, ce qu'il a dit sur Mark Smeaton est vrai ? Lord Cromwell l'a torturé pour lui arracher de faux aveux ?

— Non. » Je me mordis la lèvre. « Je n'en crois pas un mot.

— Vous refusez de le croire, murmura Mark.

— Non ! Je ne crois pas non plus que lord Cromwell ait été présent quand Jérôme a été torturé. C'est un mensonge. Je l'ai vu durant les jours précédant l'exécution d'Anne Boleyn. Il se trouvait constamment auprès du roi. Il n'aurait pas eu le temps de se rendre à la Tour. Et il ne se serait pas comporté de la sorte. Cela ne lui ressemble pas. Jérôme a inventé toute cette histoire. » Je m'aperçus que je serrais les poings très fort.

Mark ne me quittait pas des yeux.

« Monsieur, cela ne vous a-t-il pas paru évident, d'après le ton de sa voix, que Jérôme disait la vérité ? »

J'hésitai. Il y avait eu un terrible accent de sincérité dans le ton du chartreux. Il avait été torturé, bien sûr, cela sautait aux yeux. Mais contraint de faire un faux serment par lord Cromwell lui-même ? Je ne pouvais croire mon maître capable de cela, pas plus que je ne pouvais ajouter foi au récit l'impliquant dans la torture de Mark Smeaton, la prétendue torture, me disais-je. Je me passai les mains dans les cheveux.

« Certains hommes sont passés maîtres dans l'art de donner un accent de vérité à leurs affirmations mensongères. Je me rappelle un homme que j'avais jadis fait juger. Il se disait orfèvre patenté et avait même réussi à tromper la guilde...

— Ce n'est guère la même chose, monsieur...

— Je ne puis croire lord Cromwell capable d'élaborer de fausses preuves contre Anne Boleyn. Tu oublies, Mark, que je le connais depuis des années. Il a acquis son pouvoir grâce aux sympathies d'Anne Boleyn pour la Réforme. Il était son protégé. Pourquoi aurait-il aidé à la faire tuer ?

— Parce que c'était ce que voulait le roi et que lord Cromwell ferait n'importe quoi pour garder son poste. C'est ce qu'on chuchote aux Augmentations.

— Non ! rétorquai-je d'un ton ferme. Il est dur, il est obligé de l'être, vu les ennemis auxquels il doit faire face, mais aucun chrétien ne pourrait se comporter ainsi envers un innocent, et, crois-moi, lord Cromwell est un chrétien. Je le connais depuis des lustres... Sans lui, il n'y aurait pas eu de Réforme. Ce moine pourri nous a tenu des propos félons. Et tu as intérêt à ne pas les répéter hors de cette pièce. »

Il fixa sur moi un œil dur et perçant. Pour la première fois, son regard me mit mal à l'aise. Alice revint avec deux gobelets de vin fumant. Elle m'en donna un en souriant puis échangea avec Mark un regard qui semblait indiquer une plus grande intimité. Je ressentis la morsure de la jalousie.

« Merci, Alice, dis-je. Voilà un grand réconfort ! Nous venons de parler avec le frère Jérôme et nous avons bien besoin d'un remontant.

— Vraiment, monsieur ? » Elle ne semblait guère intéressée. « Je ne l'ai vu que quelques fois en train d'avancer de-ci de-là en claudiquant. On dit qu'il est fou. » Elle fit la révérence et repartit. Je me retournai vers Mark qui restait assis, les yeux fixés sur le feu.

« Monsieur, commença-t-il d'une voix hésitante, je voudrais vous dire quelque chose.

— Soit. Je t'écoute.

— Quand nous rentrerons à Londres – si on sort jamais d'ici – je ne souhaite pas retourner aux Augmentations. Ma décision est prise. Je ne le supporte plus.

— Tu ne supportes plus quoi ? Que veux-tu dire ?

— La corruption, la cupidité. On est constamment harcelés par des gens qui veulent savoir quels monastères sont sur le point de tomber. Ils envoient des suppliques, débarquent dans nos bureaux en se prétendant parents de lord Rich, promettent de servir fidèlement Rich ou Cromwell si on leur accorde des terres.

— *Lord* Cromwell, Mark...

— Et les chefs ne parlent que d'une chose : quel sera le prochain courtisan à être décapité et qui recevra son poste. Ça me fait horreur, monsieur.

— Qu'est-ce qui te fait soudain parler ainsi ? Est-ce ce qu'a raconté Jérôme ? As-tu peur de finir plus ou moins comme Mark Smeaton ? »

Il me regarda droit dans les yeux.

« Non, monsieur. J'avais déjà tenté de vous dire ce que je pense des Augmentations.

— Écoute-moi, Mark. Je n'aime pas davantage que toi certaines des choses qui ont lieu en ce moment.

Mais... nous poursuivons un but précis. Nous cherchons à créer un nouveau royaume, plus pur. » Je me levai et me dressai au-dessus de lui, écartant les bras tout grands. « Les terres monastiques, par exemple. Tu as constaté ce qui se passe ici... Ces moines gros et gras se vautrant dans toutes les hérésies possibles concoctées par le pape, vivant sur le dos de la ville, faisant des génuflexions et se prosternant devant leurs idoles alors que, s'ils le pouvaient, ils commettraient des saletés entre eux, avec la jeune Alice, ou avec toi. Tout ce mode de vie parvient à son terme, et c'est heureux. C'est une abomination.

— Certains d'entre eux ne sont pas de mauvaises personnes. Le frère Guy...

— L'institution est pourrie. Écoute... Si lord Cromwell peut remettre ces terres au roi, eh bien ! oui, certaines seront données à ses hommes liges. Cela fait partie du système de la protection, c'est ainsi que fonctionne la société, c'est inévitable. Mais les sommes sont énormes et elles permettront au roi de devenir indépendant du Parlement. Écoute... Tu es sensible au sort des miséreux, n'est-ce pas ?

— Oui, monsieur. C'est une honte. Partout des gens comme Alice sont expulsés de leur terre, des hommes sans aveu mendient dans les rues...

— Oui. C'est une honte, en effet. Lord Cromwell a essayé de faire voter une loi par le Parlement l'année dernière pour vraiment secourir les pauvres, installer des hospices pour ceux qui ne peuvent pas travailler et mettre en œuvre de grands travaux pour les chômeurs, tels que la construction de routes et le creusement de canaux. Le Parlement a repoussé la proposition de loi parce que les gens de condition n'ont pas voulu payer un impôt pour financer ces dépenses. Mais une fois la richesse des monastères dans ses coffres, le roi pourra se passer du Parlement. Il pourra construire des écoles. Offrir une bible en anglais à chaque église. Imagine un peu ! Du travail pour tous, tout le monde lisant la parole de Dieu. Et c'est pourquoi les Augmentations constituent une institution essentielle. »

Il sourit avec tristesse.

« Vous ne pensez pas, comme maître Copynger, que seuls les propriétaires devraient avoir le droit de lire la Bible ? J'ai entendu lord Rich affirmer la même chose. Mon père n'en étant pas un, on ne lui permettrait pas d'avoir la Bible. Ni à moi.

— Tu le seras un jour. Mais non, je ne suis pas d'accord avec Copynger. Et Rich est un gredin. Cromwell a besoin de lui pour le moment, mais il va s'assurer qu'il ne monte pas plus haut. Les choses vont se calmer.

— Vraiment, monsieur ?

— Il le faut. Il le faut. Tu dois réfléchir, Mark. Et prier. Je ne peux pas... Je ne peux pas me permettre de douter. Pas en ce moment. Les enjeux sont trop élevés. »

Il se retourna vers le feu.

« Désolé de vous contrarier, monsieur.

— Alors crois ce que je dis. »

J'avais mal au dos. Nous demeurâmes silencieux tandis que la nuit tombait et que la chambre devenait de plus en plus sombre. Ce n'était pas un calme agréable. J'étais content d'avoir parlé avec vigueur à Mark et je croyais tout ce que j'avais affirmé à propos de l'avenir que nous étions censés construire. Mais alors les paroles de Jérôme me revinrent à l'esprit, ainsi que l'expression de son visage, et mon instinct d'avocat me souffla qu'il ne mentait pas. Mais s'il avait dit la vérité, alors la Réforme reposait sur tout un échafaudage de mensonges et de brutalités monstrueuses. Et j'en faisais partie. J'étais soudain horrifié. Puis une pensée me réconforta... Si Jérôme était fou, il se pouvait qu'il ait fini par croire sincèrement quelque chose qui n'était, en fait, que le fruit de son imagination. J'avais déjà assisté à ce genre de phénomène. Je me persuadai que là devait se trouver la clef de l'énigme et qu'en outre je devais cesser de me ronger les sangs à ce sujet. J'avais besoin de repos et je devais garder l'esprit clair pour le lendemain. Voilà la façon dont les hommes vertueux se prémunissent contre le doute et se donnent bonne conscience.

17

Mark me secoua et je me réveillai en sursaut. Allongé sur le lit, j'avais dû m'assoupir.

« Monsieur, le frère Guy est là. »

L'infirmier me regardait et je me mis sur pied en toute hâte.

« J'ai un message pour vous, monsieur le commissaire. L'abbé va vous apporter les actes de vente des terres demandés et quelques lettres qu'il souhaite expédier. Il est en route.

— Merci, mon frère. » Il me regarda intensément, ses longs doigts bruns triturant le cordon autour de la taille de sa soutane.

« Je suis sur le point d'aller assister au service nocturne à la mémoire de Simon Whelplay. Monsieur le commissaire, je crois que je devrais informer l'abbé de mes soupçons au sujet de son empoisonnement. »

Je secouai la tête.

« Pas tout de suite. Son meurtrier ne sait pas encore qu'on soupçonne un assassinat. Et cela peut me donner un avantage.

— Mais de quoi dois-je dire qu'il est mort ? L'abbé va me le demander.

— Répondez que vous n'êtes sûr de rien. »

Il passa sa main sur sa tonsure. Quand il me répondit sa voix tressaillait.

« Mais, monsieur, la cause de sa mort doit guider nos prières. Nous devons prier le Seigneur de recevoir l'âme d'un homme assassiné, pas d'un malade. Il est mort non absous et sans avoir reçu l'extrême-onction, cela suffit à mettre son âme en péril.

— Dieu voit tout. Ce garçon sera admis au ciel ou non, selon Sa volonté. »

L'infirmier s'apprêtait à continuer à argumenter, mais l'abbé apparut juste à cet instant. Il était suivi de son vieux serviteur qui portait une grande sacoche de cuir. Le teint gris, l'abbé Fabian avait mauvaise mine et nous fixait d'un œil fatigué. Le frère Guy s'inclina devant son supérieur et nous quitta.

« Monsieur le commissaire, j'ai apporté les actes de vente des quatre terres cédées cette année. Ainsi que la correspondance : courrier d'affaires et lettres personnelles écrites par les moines. Vous avez demandé à voir toute correspondance avant qu'elle soit expédiée.

— Merci. Posez la sacoche sur la table. »

Il hésita, se frottant nerveusement les mains.

« Puis-je vous demander comment les choses se sont passées en ville aujourd'hui ? Avez-vous fait des progrès ? Les contrebandiers...

— Quelques progrès. Les pistes semblent se multiplier, messire l'abbé. J'ai aussi vu Jérôme cet après-midi.

— J'espère qu'il n'a pas... pas été...

— Oh ! il m'a de nouveau insulté, bien sûr. Je crois qu'il faut qu'il reste dans sa cellule pour le moment. »

L'abbé toussota.

« J'ai reçu moi-même une lettre, dit-il d'un ton hésitant. Je l'ai mise avec les autres. Elle émane d'un vieil ami, un moine de Bisham. Il a des amis au prieuré de

Lewes. Ils disent qu'ils négocient avec le vicaire général les termes de la soumission. »

Je fis un sourire ironique.

« Les moines d'Angleterre possèdent leur propre réseau de communication, il en a toujours été ainsi. Eh bien ! Votre Seigneurie, je pense pouvoir affirmer que Scarnsea n'est pas la seule maison ignominieuse que lord Cromwell trouve plus opportun de fermer.

— Cette maison n'est pas ignominieuse, monsieur. » Un léger tremblement était perceptible dans sa voix profonde. « Les choses se passaient très bien et dans le calme jusqu'à l'arrivée du commissaire Singleton ! » Je plantai sur lui un regard outragé. Il se mordit la lèvre, sa gorge se noua. Je m'aperçus alors que j'avais affaire à un homme effrayé, frôlant la déraison. Je compris son humiliation, son désarroi devant le violent ébranlement de tout son univers.

Il leva la main.

« Je suis désolé, messire Shardlake. Pardonnez-moi. Nous traversons des moments difficiles.

— Vous devriez cependant, Votre Seigneurie, surveiller votre langage.

— Je vous présente une nouvelle fois mes excuses.

— Très bien. »

Il reprit son calme.

« Messire Goodhaps s'apprête à partir demain matin, monsieur, après l'enterrement du commissaire Singleton. L'office nocturne va commencer dans une heure, suivi de la veillée. Allez-vous y assister ?

— Y aura-t-il une veillée commune pour les deux morts ? Pour Simon Whelplay et le commissaire ?

— Non. L'un était dans les ordres et l'autre laïque, les offices seront distincts. Les frères se partageront entre les deux veillées.

— Et vont veiller debout les deux corps, des bougies bénites allumées, afin d'écarter les esprits malins ? »

Il ne répondit pas tout de suite puis déclara :

« C'est la tradition.

— Une tradition désapprouvée par les "Dix articles de la religion" du roi. Les bougies sont autorisées pour les morts seulement en souvenir de la grâce de Dieu. Le commissaire Singleton n'aurait pas voulu qu'on impute des pouvoirs surnaturels à ses bougies funéraires.

— Je vais rappeler aux frères cette stipulation.

— Quant aux rumeurs de Lewes... N'en parlez à personne. » D'un signe de tête j'indiquai que l'entretien était terminé et il repartit. Je le suivis du regard, perdu dans mes pensées.

« Je pense que dorénavant c'est moi qui mène la barque », dis-je à Mark. Je fus secoué de frissons. « Mordieu ! que je suis fatigué...

— Il est presque à plaindre.

— Tu penses que j'ai été trop dur ? Tu te rappelles ses manières pompeuses le jour de notre arrivée ? Je dois affirmer mon autorité. Ce n'est peut-être pas joli, mais c'est nécessaire.

— Quand lui direz-vous comment est mort le novice ?

— Je veux sonder la pièce d'eau demain, puis je réfléchirai à ce que j'ai à faire ensuite. On peut aussi explorer les chapelles latérales. Bon, maintenant il nous faut étudier ces lettres et les actes de vente. Ensuite il faudrait faire une apparition à la veillée pour ce pauvre Singleton.

— Je n'ai jamais assisté à un office de nuit. »

J'ouvris la sacoche et déversai sur la table un amas de lettres et de parchemins.

« On doit témoigner notre respect, mais je ne vais pas participer à toute une nuit de momeries à propos du purgatoire. Tu verras, c'est un spectacle bizarre. »

✝

Il n'y avait rien de répréhensible dans le courrier. Les lettres d'affaires étaient banales et concernaient l'achat de houblon pour la brasserie ou d'autres sujets similaires. Les quelques missives personnelles des moines à leur famille signalaient que le novice était mort d'une fièvre due au temps épouvantable qui sévissait. C'était la même explication que celle donnée par l'abbé dans l'onctueuse lettre officielle adressée aux parents du jeune infortuné. J'eus un accès de remords en pensant à la mort de Simon.

Nous examinâmes les actes de vente des terres. Les prix semblaient normaux pour des lopins de terrain agricole et il n'y avait aucune preuve qu'ils aient été sous-estimés dans le but de se ménager des appuis politiques. Je vérifierais auprès de Copynger, mais j'eus à nouveau le sentiment qu'on avait pris grand soin de s'assurer que les comptes du monastère étaient en ordre, à première vue en tout cas. Je passai la main sur le sceau vermillon appliqué au bas de chaque acte et sur lequel était gravée l'image de saint Donatien ressuscitant le mort.

« C'est l'abbé lui-même qui doit apposer le sceau sur chaque document, murmurai-je.

— Quiconque le ferait à sa place se rendrait coupable de faux, fit observer Mark.

— Tu te rappelles que nous avons vu le sceau sur son bureau le jour de notre arrivée ? Il serait plus en sécurité dans un endroit fermé à clef, mais j'imagine qu'il aime le montrer, comme symbole de son autorité.

“Vanité, vanité, tout n’est que vanité !” dis-je en m’étirant. Je ne pense pas aller dîner au réfectoire ce soir. Je suis trop fatigué. Tu peux demander quelque chose à l’infirmier, si tu le désires. Tu pourrais m’apporter du pain et du fromage.

— D’accord. » Il quitta la pièce et je restai assis, absorbé dans mes réflexions. Depuis notre discussion à l’auberge, je percevais désormais une réserve, une distance dans la voix de Mark. Tôt ou tard il faudrait que je soulève derechef la question de son avenir. Je me sentais obligé de ne pas le laisser gâcher sa carrière. Obligé non seulement dans son propre intérêt, mais aussi vis-à-vis de son père et du mien.

✝

Dix minutes plus tard, il n’était toujours pas revenu et je commençais à m’impatienter. J’avais plus faim que je ne l’avais cru. Je me levai et partis à sa recherche. Je vis par la porte entrouverte qu’une lumière brillait dans la cuisine de l’infirmier et j’entendis aussi un bruit doux et confus. Des pleurs de femme.

J’ouvris la porte toute grande. Alice était assise devant la table, la tête dans les mains. Ses épais cheveux bruns étaient épars et cachaient son visage. Elle pleurait doucement, émettant une sorte de mélopée mélancolique. M’entendant, elle releva la tête. Son visage était marqué de taches violacées et ses traits boursouflés avaient perdu leur régularité. Elle se leva à demi, s’essuyant le visage sur sa manche, mais je lui fis signe de demeurer assise.

« Non, non, ne bougez pas, Alice ! Dites-moi donc ce qui vous fait souffrir à ce point.

— Ce n’est rien, monsieur. » Elle toussa pour cacher un tressaillement de sa voix.

« Quelqu'un vous a-t-il blessée ? Dites-moi qui c'est. Le frère Edwig ?

— Non, monsieur. » Elle me regarda d'un air perplexe. « Pourquoi serait-ce lui ? »

Je lui parlai de mon entretien avec l'économe, comment il avait deviné d'où je tenais mes renseignements. « Mais n'ayez crainte, Alice, je lui ai précisé que vous étiez sous ma protection personnelle.

— Ce n'est pas cela, monsieur. C'est juste que... (elle baissa la tête) ... je me sens si seule, monsieur. Je suis seule au monde. Vous ne pouvez comprendre ce sentiment.

— Je crois pouvoir le comprendre. Voilà des années que je n'ai pas vu ma famille. Elle vit loin de Londres. Je n'ai que maître Poer chez moi. Je sais que j'occupe une certaine position dans le monde, mais moi aussi je peux me sentir seul. Oui, seul. » Je lui fis un triste sourire. « Mais vous n'avez absolument aucune famille ? Pas d'ami à Scarnsea à qui vous rendiez visite ? »

Elle fronça les sourcils, jouant avec un fil détaché de sa manche.

« Ma mère était la dernière de la famille. Les Fewterer n'étaient pas très bien vus en ville. Les guérisseuses sont toujours tenues un peu à l'écart. » Son ton se fit amer. « Les gens viennent consulter des femmes comme ma mère ou ma grand-mère pour qu'elles les aident à soulager leurs maux mais ils n'aiment pas être leurs obligés. Une fois, durant sa jeunesse, le juge Copynger était venu voir ma grand-mère pour qu'elle l'aide à se débarrasser d'un mal d'intestin tenace. Elle l'a guéri, mais ensuite il faisait même semblant de ne pas la reconnaître dans la rue. Et cela ne l'a pas empêché de saisir notre maisonnette quand ma mère est morte. J'ai dû vendre notre humble mobilier au milieu duquel j'avais grandi, car je ne savais pas où l'entreposer.

— Je suis désolé. On devrait mettre un terme à ces vols de terre.

— C'est pour cela que je ne retourne plus à Scarnsea. Je passe mes jours de congé ici à regarder les livres du frère Guy. Il m'aide à essayer de les lire.

— Eh bien ! vous avez là au moins un ami. »

Elle opina de la tête.

« Oui. Il est bon.

— Dites-moi, Alice, avez-vous jamais entendu parler d'une jeune fille prénommée Orpheline qui travaillait ici avant vous ?

— On raconte qu'elle a volé des calices en or avant de s'enfuir. Je la comprends. »

Je décidai de ne rien dire des craintes de la mère Stumpe. Je ne souhaitais pas tracasser davantage Alice. J'éprouvais un irrésistible désir de me lever et de la serrer contre moi, de soulager le sentiment de solitude qui nous poignait tous les deux. Je parvins à me retenir.

« Peut-être pourriez-vous partir, vous aussi ? suggérai-je sans conviction. Vous l'avez déjà fait, la fois où vous êtes allée travailler chez l'apothicaire, à... Esher, c'est bien ça ?

— Je partirais d'ici si je le pouvais, surtout après ce qui s'est passé ces derniers jours. Ce lieu est plein de vieillards poussiéreux et il n'y a ni amour ni chaleur dans leurs cérémonies. Et je me demande toujours contre quoi le malheureux Simon me mettait en garde.

— Oui. Moi aussi. » Je me penchai vers elle. « Peut-être pourrais-je vous venir en aide. J'ai des relations en ville, ainsi qu'à Londres. » Elle eut l'air étonnée. « Je vous plains de vous trouver dans cette situation, vraiment, et j'aimerais vous aider. Je ne veux pas que vous vous croyiez... (je me sentis rougir)... une dette envers moi, mais si vous acceptez qu'un bossu vieux et laid vous secoure, je le ferai avec joie. »

Elle parut encore plus surprise. Elle fronça les sourcils.

« Pourquoi dites-vous que vous êtes vieux et laid, monsieur ? »

Je haussai les épaules.

« J'ai presque quarante ans, Alice, et on m'a toujours dit que j'étais laid.

— Ce n'est pas vrai, monsieur ! s'exclama-t-elle avec force. Pas plus tard qu'hier, le frère Guy faisait remarquer que vos traits présentaient un rare mélange de raffinement et de tristesse. »

Je levai le sourcil.

« J'espère que le frère Guy n'a pas les mêmes tendances que le frère Gabriel ! dis-je en riant.

— Non, pas du tout ! s'écria-t-elle avec une soudaine véhémence. Et vous ne devriez pas vous dénigrer de la sorte, monsieur. N'y a-t-il pas déjà assez de souffrance dans le monde ?

— Désolé... » Je ris nerveusement. Ses paroles me mettaient au comble de la gêne tout en me procurant un immense plaisir. Elle continuait à me regarder d'un air mélancolique et je ne pus m'empêcher d'étendre la main par-dessus la table pour toucher la sienne. Mais le violent carillon retentit alors dans la nuit, nous faisant sursauter tous deux. Je laissai retomber ma main et nous éclatâmes en même temps d'un rire nerveux. La porte s'ouvrit pour laisser passer Mark. Alice se leva immédiatement et se dirigea vers un placard. Je devinai qu'elle ne voulait pas qu'il vît son visage mouillé de larmes.

« Désolé d'avoir mis si longtemps, monsieur. » Il s'adressait à moi, mais ses yeux fixaient le dos d'Alice.

« Je suis allé à la garde-robe puis à la salle de l'infirmerie. Le frère Guy s'y trouve. Le vieux moine est très malade.

— Le frère Francis ? » Alice se retourna vivement. « Alors, veuillez m'excuser, messieurs, je dois aller le voir. » Elle se faufila entre nous et on l'entendit s'éloigner dans le corridor d'un pas leste. Mark avait l'air inquiet.

« Elle a pleuré, monsieur, n'est-ce pas ? Qu'a-t-elle ?

— La solitude, Mark, rien d'autre que la solitude, soupirai-je. Bien. Allons-y ! Ce glas infernal annonce la veillée funèbre. »

✝

Comme nous traversions la salle de l'infirmerie, nous vîmes Alice et le frère Guy debout au chevet du vieux moine. L'aveugle, le frère Andrew, était assis dans son fauteuil comme d'habitude, inclinant la tête d'un côté puis de l'autre pour suivre les bruits produits par les mouvements d'Alice et du frère Guy. L'infirmier leva les yeux lorsque je m'approchai du lit.

« Il s'affaiblit, dit-il à voix basse. Apparemment, je vais perdre un autre de mes patients.

— Son heure a sonné. » Nous nous retournâmes tous en entendant la voix du moine aveugle. « Le pauvre Francis, voilà près de cent ans qu'il voit le monde s'écrouler et approcher de sa fin. Il a assisté à l'avènement annoncé de l'Antéchrist : Luther, ainsi que de son agent, Cromwell. »

Je me rendis compte qu'il n'était pas du tout conscient de ma présence. Le frère Guy se précipita vers lui, mais je posai ma main sur son bras pour le retenir.

« Non, mon frère. Laissons-le parler.

— Est-ce un visiteur ? demanda le moine aveugle, en tournant ses yeux laiteux vers moi. Connaissiez-vous le frère Francis, monsieur ?

— Non, mon frère. Je suis un... visiteur.

— Quand il a prononcé ses vœux c'était encore l'époque des guerres entre Lancastre et York. Vous vous rendez compte ? Il m'a dit qu'il y avait alors un vieux moine à Scarnsea, aussi vieux que Francis aujourd'hui, qui avait connu des moines s'étant trouvés là au temps de la Grande Peste. » Il eut un sourire béat. « Ce devait être une époque merveilleuse. Plus de cent frères ici, des jeunes gens réclamant le froc à cor et à cri. Le vieil homme avait dit au frère Fabian que lorsque la peste s'est déclarée la moitié des moines sont morts en une semaine. On a dressé une cloison pour partager le réfectoire en deux, car les survivants ne supportaient pas la vue des tables vides. Le monde entier a alors été frappé et a fait un pas de plus en direction de sa fin. Aujourd'hui, à l'approche de la chute finale, tout n'est que vanité et corruption, ajouta-t-il en secouant la tête. Bientôt le Christ viendra pour juger tout un chacun.

— Du calme, mon frère, murmura le frère Guy d'un ton anxieux, du calme... » Je regardai Alice. Elle baissa les yeux. Je fixai le vieux moine. Il était couché, tout à fait inconscient, son visage ridé empreint de sérénité. « Viens, Mark, soufflai-je. Allons-y. »

✝

Nous nous emmitouflâmes dans nos manteaux et sortîmes. La nuit glaciale était sereine, nos pas crissaient dans la neige qui étincelait au clair de lune. La pâle lumière des bougies luisait derrière les fenêtres.

La nuit, l'église offrait un aspect tout différent. On eût dit une immense grotte dont le plafond se perdait dans une obscurité sonore. Le long des murs, tout autour, des points lumineux indiquaient les cierges allumés devant les images favorites. Il y avait deux vastes oasis de lumière, l'une au-delà du jubé, dans le chœur, l'autre dans une chapelle latérale. Je conduisis Mark à cette dernière, devinant que Singleton jouissait du décor le moins solennel.

Le cercueil ouvert était placé sur une table. Une dizaine de moines l'entouraient, chacun portant un grand cierge. Elles constituaient un étrange spectacle, ces formes encapuchonnées, avec les sombres visages éclairés par en dessous. En approchant j'aperçus le frère Athelstan qui s'empressa de baisser la tête. Le frère Jude et le frère Hugh se poussèrent un peu pour nous faire de la place.

La tête de Singleton avait été raccordée à son cou, un billot de bois coincé entre elle et le montant du cercueil pour la maintenir en place. On lui avait fermé les yeux et la bouche, et, sans la ligne violacée autour du cou, on aurait pu croire qu'il reposait après une mort naturelle. Je me penchai au-dessus du corps, puis me redressai en toute hâte à cause de la puanteur qui dominait l'odeur rance des moines. Singleton était mort depuis plus d'une semaine et hors du caveau le cadavre se décomposait très vite. Je fis un grave signe de tête aux moines avant de reculer de plusieurs pas.

« Je rentre me coucher, dis-je à Mark. Toi, tu peux rester si tu le désires. »

Il secoua la tête.

« Je rentre avec vous. La nuit est lugubre.

— J'aurais aimé saluer la dépouille de Simon Whelplay. Mais, en tant que laïcs, je doute que nous soyons les bienvenus. »

Mark opina du chef et nous repartîmes. Un psaume

latin montait de l'endroit où gisait le novice, derrière le jubé. Je reconnus le psaume XCIV.

« Ô Dieu des vengeances, Dieu des vengeances, resplendis ! »

✝

Malgré mon extrême fatigue, je dormis mal cette nuit encore. Mon dos me faisait souffrir et je ne somnolais que par à-coups. Mark était agité, lui aussi, grognant et marmonnant dans ses rêves. Ce ne fut qu'au point du jour que je tombai dans un profond sommeil, mais Mark me réveilla une heure après. Il était sur pied et tout habillé.

« Seigneur Dieu ! grommelai-je. On est déjà en plein jour ?

— Oui, monsieur. » Sa voix marquait toujours une certaine réserve. Comme je me redressais, un élancement parcourut ma bosse. Je ne pouvais pas continuer de la sorte.

« Tu n'as entendu aucun bruit ce matin ? » demandai-je. Je ne cherchais pas à l'énerver, mais la façon dont mes remarques glissaient sur lui comme sur le dos d'un canard avait fini par m'agacer.

« En fait, j'ai bien cru entendre quelque chose il y a quelques minutes, répliqua-t-il avec froideur. Le bruit a maintenant cessé.

— Je pensais à ce qu'a dit Jérôme hier. Tu sais qu'il est fou. Il se peut qu'il croie lui-même aux histoires qu'il nous raconte... C'est peut-être pourquoi elles paraissent... plausibles. »

Il me regarda droit dans les yeux.

« Je ne suis pas du tout certain qu'il soit fou, monsieur. Je pense seulement que son âme est extrêmement tourmentée. »

J'avais espéré que Mark accepterait mes explications, car j'avais besoin d'être rassuré, même si je ne m'en rendais pas compte alors.

« Soit. Mais de toute façon, rétorquai-je avec vivacité, ce qu'il a raconté n'a aucun rapport avec la mort de Singleton. Peut-être même s'en sert-il comme d'un écran de fumée pour cacher quelque chose qu'il sait vraiment. Bon. Maintenant on doit se presser.

— D'accord, monsieur. »

Tandis que je me rasais et m'habillais, Mark alla prendre le petit déjeuner à l'autre bout du couloir. Tandis que j'arrivais près de la cuisine, j'entendis sa voix et celle d'Alice.

« Il ne devrait pas vous faire tant travailler, disait Mark.

— Ça me rend plus forte, répondit Alice d'un ton bien plus léger que d'habitude. Un jour, j'aurai des bras aussi costauds que les vôtres.

— Ce ne serait guère seyant pour une dame. »

J'eus un pincement au cœur de jalousie. Je toussotai et entrai dans la pièce. Mark était assis, souriant à Alice qui alignait avec difficulté des jarres de grès, visiblement très lourdes, en effet.

« Bonjour. Mark, pourrais-tu porter ces lettres chez l'abbé ? Dis-lui que je garde les actes de vente pour le moment.

— Bien entendu. » Il me laissa avec Alice, qui posa du pain et du fromage sur la table. Elle paraissait de meilleure humeur ce matin et ne fit aucune allusion à notre conversation du soir précédent, se contentant de me demander si j'allais bien. Je fus un peu déçu par la simple courtoisie de la question, ses paroles de la veille m'ayant réjoui le cœur, même si je me félicitais d'avoir retiré ma main. Les choses étaient déjà assez compliquées comme ça.

Le frère Guy entra.

« Le vieux frère Auguste a besoin de son bassin, Alice.

— Tout de suite. »

Elle fit la révérence et s'éclipsa. Dehors, les cloches se mirent à carillonner à toute volée. Elles semblaient retentir sous mon crâne.

« L'enterrement du commissaire Singleton aura lieu dans une demi-heure.

— Frère Guy..., fis-je, soudain emprunté. Puis-je vous consulter d'un point de vue professionnel ?

— Bien sûr. Je suis à votre service.

— Mon dos me cause du souci. Depuis le long trajet à cheval pour venir jusqu'ici, j'ai mal à la pointe de la... protubérance.

— Voulez-vous que j'y jette un coup d'œil ? »

Je pris une profonde inspiration. La pensée qu'un étranger puisse voir ma malformation me faisait horreur mais, souffrant beaucoup depuis le voyage, j'avais fini par craindre des dommages définitifs.

« Très bien », fis-je, en commençant à enlever mon pourpoint.

Le frère Guy passa derrière moi et je sentis des doigts froids palper les muscles durcis de mon dos. Il émit un petit grognement.

« Eh bien ? demandai-je anxieusement.

— Vos muscles sont contractés. Ils sont très noués. Mais votre colonne vertébrale n'est pas abîmée, me semble-t-il. Avec le temps et du repos, votre dos devrait se détendre. » Il repassa devant moi et, tandis que je me rhabillais, me scruta d'un œil sérieux, professionnel. « Votre dos vous fait-il souvent très mal ?

— Parfois, répondis-je sèchement. Mais il n'y a pas grand-chose à faire.

— Vous êtes extrêmement préoccupé. Ce n'est jamais bon.

— Je n'ai pas bien dormi depuis mon arrivée ici, grommelai-je. Ce n'est guère étonnant, n'est-ce pas ? »

Ses grands yeux me fixèrent.

« Et avant ? Vous étiez en bonne santé ?

— La mélancolie est mon humeur dominante. Je l'ai sentie croître durant ces derniers mois. Je crains que l'équilibre de mes humeurs ne soit en train de se rompre.

— Je pense que votre esprit est échauffé, dit-il en hochant la tête. Rien d'étonnant à cela, après ce à quoi vous avez assisté ici.

— Je ne peux m'empêcher de me sentir responsable de la mort de ce garçon », répondis-je après un court silence. Je n'avais pas eu l'intention de m'ouvrir ainsi à lui, mais le frère Guy avait le don, malgré que j'en aie, de provoquer des confidences.

« Si quelqu'un est responsable, c'est moi. Il a été empoisonné alors qu'il était sous ma garde.

— Ce qui s'est passé ici vous effraie-t-il ? »

Il secoua la tête.

« Qui voudrait me faire du mal ? Je ne suis qu'un vieux Maure. » Il se tut un instant. « Venez à l'infirmerie. J'ai une infusion susceptible de vous soulager. Du fenouil, du houblon, plus un ou deux ingrédients.

— Avec plaisir. » Je le suivis le long du couloir et m'assis sur le bord de la table tandis qu'il choisissait des herbes et faisait chauffer de l'eau. Je regardai le crucifix espagnol sur le mur d'en face, me rappelant avoir vu l'infirmier la veille prosterné à plat ventre devant lui. « Avez-vous rapporté cela de votre pays ?

— Oui, il m'a suivi dans tous mes voyages. » Il mit une dose de diverses herbes dans l'eau. « Quand ce sera prêt, buvez-en un peu, pas trop, car alors vous auriez envie de dormir la journée entière... Je vous remercie de me faire confiance, reprit-il après un court silence, et de me laisser vous prescrire ce breuvage.

— Je dois faire confiance à vos talents de médecin, frère Guy... Je crois que mes propos d'hier au sujet des prières de l'enterrement vous ont heurté », ajoutai-je.

Il baissa la tête.

« Je comprends votre raisonnement. Vous pensez que Dieu est indifférent à la diversité des prières.

— Je pense que le salut vient de la grâce de Dieu. Vous n'êtes pas d'accord ? Allons ! Oublions un instant ma fonction et parlons librement, comme des théologiens chrétiens.

— Seulement comme des théologiens ? J'ai votre parole ?

— Oui, je vous le promets. Sangdieu ! que cette mixture sent mauvais !

— Il faut la laisser mijoter un petit peu. » Il croisa les bras. « Je comprends pourquoi ces nouveautés sont arrivées en Angleterre. Il y a eu beaucoup de corruption au sein de l'Église. Mais on pourrait régler ces problèmes par des réformes, comme ça s'est passé en Espagne. Aujourd'hui, des milliers de frères espagnols sont en mission aux Indes pour convertir les païens, au prix de terribles privations.

— J'ai du mal à imaginer des frères anglais dans ce cadre.

— Moi aussi. Mais l'Espagne a montré que des réformes sont possibles.

— Elle possède sa propre Inquisition comme récompense de la part du pape.

— Je crains que l'Église d'Angleterre ne soit pas réformée mais détruite.

— Mais qu'est-ce qui sera détruit ? Quoi donc ? Le

pouvoir de la papauté, la fausse doctrine du purgatoire ?

— Les “Articles de la religion” du roi admettent que le purgatoire puisse exister.

— C’est une interprétation parmi d’autres. Moi, je pense que le purgatoire n’existe pas. À notre mort, on est seulement sauvé par la grâce de Dieu. Les prières de ceux qui demeurent sur terre n’ont pas la moindre influence. »

Il secoua la tête.

« Mais alors, monsieur, que doit faire l’homme pour s’efforcer d’être sauvé ?

— Posséder la foi.

— Et exercer la charité ?

— Si on a la foi, la charité s’ensuit.

— Martin Luther soutient que le salut n’a absolument rien à voir avec la foi. Dieu décide avant même la naissance d’une âme si celle-ci sera sauvée ou damnée. Cela me semble une bien cruelle doctrine.

— Luther a interprété saint Paul. Soit. Moi – et je ne suis pas le seul –, j’affirme qu’il se trompe.

— Mais si chacun a le droit d’interpréter la Bible à sa guise, les gens ne vont-ils pas élaborer ce genre de philosophie cruelle un peu partout ? Ne risque-t-on pas de réédifier une tour de Babel et de sombrer dans le chaos ?

— Dieu nous guidera. »

Il s’immobilisa et me fit face, le regard assombri par... quoi ? De la mélancolie ? Du désespoir ? Il était toujours difficile de déchiffrer les pensées du frère Guy.

« Donc vous feriez un grand ménage ? s’enquit-il.

— Oui, c’est exact. Dites-moi, mon frère, croyez-vous, comme le vieux frère Paul, que le monde dérive vers sa fin, qu’on approche du Jugement dernier ?

— C'est la doctrine centrale de l'Église depuis des temps immémoriaux.

— Mais doit-il en être ainsi ? demandai-je en me penchant en avant. Le monde ne peut-il être transformé, reconstruit à l'image de ce que Dieu avait voulu ? »

Il joignit les doigts devant lui.

« L'Église catholique a souvent été la seule lumière de la civilisation dans ce monde. Ses doctrines et ses cérémonies rituelles unissent chaque homme, dans un esprit de communion, à toute l'humanité souffrante et à tous les morts chrétiens. Elles encouragent tous les hommes à faire la charité. Notre-Seigneur sait qu'ils ont besoin d'être encouragés. Mais votre doctrine prescrit à chaque homme de trouver son salut individuel par la prière et la lecture de la Bible. Alors la charité et l'esprit de communion disparaissent. »

Je me rappelai ma propre enfance, le gros prêtre éméché m'expliquant que je ne pourrais jamais entrer dans les ordres.

« L'Église n'a guère été charitable envers moi dans ma jeunesse, dis-je amèrement. Je cherche Dieu dans mon cœur.

— Et vous L'y trouvez ?

— Oui, Il y est venu une fois. »

L'infirmier fit un triste sourire.

« Vous savez, jusqu'à présent un homme originaire du Canada ou de n'importe quelle contrée d'Europe pouvait entrer dans une église d'Angleterre et se sentir immédiatement chez lui, entendre les mêmes offices en latin, éprouver du réconfort. Cette fraternité entre les peuples retirée, qui va désormais brider les querelles entre les princes ? Que va-t-il advenir d'un homme tel que moi quand il échoue sur une terre hostile ? Lorsque je suis allé à Scarnsea, les enfants m'ont parfois lancé des ordures. Que vont-ils me lancer quand le monastère ne sera plus là pour me protéger ?

— Vous avez une bien piètre opinion de l'Angleterre, dis-je.

— Une opinion réaliste de l'humanité déchue. Oh ! je peux comprendre votre point de vue. Vous les réformateurs êtes contre le purgatoire, les messes pour les morts, les reliques, précisément tout ce que symbolisent les monastères. C'est pourquoi ils vont disparaître, je ne me fais aucune illusion.

— Et vous souhaiteriez empêcher leur disparition ? » Je le regardai avec insistance.

« Comment le pourrais-je ? La décision est prise. Mais je crains que, sans l'Église universelle pour nous lier les uns aux autres, un jour viendra dans ce pays où même la croyance en Dieu disparaîtra. Seul l'argent sera vénéré, et la nation, bien sûr.

— Ne doit-on pas être loyal à sa nation, à son roi ? »

Il retira sa décoction du feu, récita une courte prière, puis versa le mélange dans un flacon de verre. Il me fixa d'un œil sévère.

« En vénérant leur nation, les hommes s'adorent eux-mêmes et méprisent les autres, ce qui n'est pas sain.

— Vous vous trompez lourdement en ce qui concerne le but que nous poursuivons. Nous cherchons à établir la Communauté des chrétiens.

— Je vous crois, mais les choses ne prennent pas ce chemin, je le crains. » Il me tendit le flacon et une cuiller. « Telle est mon opinion de théologien. Voilà : prenez-en une dose maintenant. »

J'en avalai une cuillerée en faisant la grimace. Le goût en était aussi âcre que l'odeur. Le lent bruit des cloches qui avait accompagné notre discussion devint plus fort. L'horloge de l'église sonna huit heures.

« Nous devrions y aller, dit le frère Guy. L'office ne va pas tarder à commencer. »

Je rangeai le flacon dans une poche et le suivis dans le corridor. Tout en regardant la frange de cheveux noirs laineux autour de la tonsure sombre, je me dis qu'il avait raison en un sens au moins. Si les monastères étaient dissous il ne jouirait plus d'un seul havre en Angleterre. Même son odeur épicée différait de la puanteur commune. Il devrait supplier qu'on lui accorde un permis pour se rendre à l'étranger, dans un monastère d'Espagne ou de France. Et peut-être ne l'obtiendrait-il pas, ces pays étant devenus nos ennemis. Si le monastère était dissous, le frère Guy avait plus à perdre que les autres moines.

18

Conduits par l'abbé, les moines entraient en procession dans l'église. Le frère Guy me quitta pour se joindre à eux. Je vis, venant du bureau de la comptabilité, le prieur Mortimus et le frère Edwig traverser en hâte la cour du cloître en compagnie de deux autres retardataires. Goodhaps m'avait affirmé que les deux hommes dirigeaient la maison, me rappelai-je. Pourtant, je n'avais aperçu aucun signe d'amitié entre eux. Le prieur marchait très vite, faisant gicler la neige, le petit économe courant presque pour le suivre. Mark se joignit à moi. Il était flanqué du vieux Goodhaps qui lançait des regards vers le ciel redevenu gris.

« Bonjour, messire Shardlake. Pensez-vous qu'il va neiger ? demanda-t-il d'un ton anxieux. Je veux me mettre en route dès la fin de l'office.

— La route de Scarnsea est praticable. Allons, venez ! Nous allons être en retard. »

J'entrai le premier dans l'église. Les moines avaient franchi le jubé et s'étaient installés dans les stalles du chœur. Je les entendais tousser et remuer les pieds. De ce côté-ci du jubé, le cercueil de Singleton, toujours ouvert, avait été placé sur des chaises. Un peu plus loin, un autre cercueil, celui de Simon Whelplay, était entouré de cierges. L'abbé se tenait à côté du cercueil de Singleton, mais pas trop près, car lorsque nous approchâmes nous perçûmes à nouveau l'odeur de pourriture.

« Si vous autres laïcs vouliez bien rester près du cercueil pendant qu'on chante l'hymne funèbre, dit-il d'un ton solennel, et ensuite porter le cercueil jusqu'au cimetière. Le prieur Mortimus s'est proposé comme quatrième porteur. Si, euh... (il jeta un coup d'œil à ma bosse) ... vous en avez la force.

— J'en ai tout à fait la force, répliquai-je sèchement, tout en tressaillant à cette pensée.

— Moi, j'en suis incapable ! s'écria Goodhaps de sa voix flûtée. J'ai de l'arthrite à l'épaule, je devrais passer une semaine au lit...

— Très bien, messire Goodhaps, répondit l'abbé d'un ton las. Je vais trouver un moine pour faire le quatrième porteur. » Pour la première et la dernière fois, l'abbé et moi échangeâmes un regard de connivence par-dessus la tête du vieil homme. Puis il s'inclina avant de passer de l'autre côté du jubé, tandis que nous nous asseyions derrière le cercueil de Singleton. Goodhaps toussota et enfouit son nez dans son mouchoir.

L'office commença. Ce matin-là, bien que je fusse assis derrière le cercueil nauséabond d'un homme assassiné, je me laissai bercer par la merveilleuse polyphonie des moines. Les psaumes et les lectures en latin tirées de Job étaient émouvants.

« *Et tu demandes : Que connaît Dieu ? Peut-Il juger à travers la nuée ? Les nuages épais lui font un voile qui l'empêche de voir. Et Il parcourt le cercle des cieux.* »

« Les nuages épais », c'est le cas de le dire, pensai-je. Je suis toujours dans le brouillard. Je me secouai avec colère. Je devais me ressaisir. Où était ma détermination ? C'est alors que je songeai soudain à un élément que je n'avais pas encore pris en compte, bien que j'eusse dû le faire. J'étais assis entre Mark et Goodhaps. Le vieil homme gardait son mouchoir contre son nez, tandis que Mark, absorbé dans ses pensées, regardait droit devant lui. Je le poussai du coude.

« Alice sera-t-elle à l'infirmerie ce matin ? chuchotai-je.

— Je crois bien.

— Parfait. » Je me tournai vers Goodhaps. « J'aimerais que vous m'y accompagniez avant de partir. » Il prit un air de victime.

Je me remis à suivre l'office. Les chants montaient et descendaient avant de cesser peu à peu. Les moines sortirent du chœur et un serviteur qui attendait dans l'église se précipita pour ramasser le couvercle du cercueil. Je regardai une dernière fois le visage dur de Singleton, et me le rappelai soudain au tribunal, avec ses propos enflammés, ses grands gestes vifs, sa passion de la discussion. Puis on vissa le couvercle et son visage fut plongé pour toujours dans le noir. Le prieur et un moine trapu d'un certain âge apparurent. Mark et moi nous penchâmes en même temps qu'eux pour soulever le cercueil. Je sentis alors quelque chose bouger à l'intérieur. Mark se tourna vers moi, les yeux écarquillés.

« Sa tête, murmurai-je. Elle a glissé. »

Suivis par la longue procession des moines, nous transportâmes le cercueil hors de l'église, horriblement conscients de la tête et du billot de bois qui roulaient dedans. En sortant, j'aperçus le frère Gabriel en train de prier ardemment près du cercueil du novice Whelplay. Il leva les yeux et fixa sur nous un regard éperdu de désespoir.

Le glas retentissant à nos oreilles, nous marchâmes dans la neige, en direction du cimetière laïque où l'on avait creusé une tombe, balafre marron sur l'étendue blanche. Je jetai un coup d'œil au prieur Mortimus à côté de moi. Son visage dur arborait une expression pensive inhabituelle.

Des serviteurs attendaient, armés de pelles. Ils s'emparèrent du cercueil et le descendirent dans la tombe. Des flocons de neige se mirent à tomber sans bruit par cette matinée grise, saupoudrant la terre creusée pendant qu'étaient récitées les dernières prières et qu'on aspergeait le cercueil d'eau bénite. Au moment où les premières mottes de terre s'abattaient sur le couvercle, l'un derrière l'autre les moines reprirent en silence le chemin de l'église. Comme je les suivais, le prieur me rattrapa.

« Il leur tarde de se mettre au chaud. S'ils avaient dû comme moi monter la garde en plein hiver... » Il secoua la tête.

« Vraiment ? demandai-je, intéressé. Vous avez été soldat ?

— Est-ce que je vous parais rude à ce point ? Non, messire Shardlake, j'ai jadis été officier de paix à Tonbridge. J'ai aidé le shérif de la ville à arrêter les malfaiteurs, guetté les voleurs durant des nuits hivernales. Et la journée, j'étais maître d'école. Êtes-vous surpris que je sois un lettré ?

— Un peu. Mais uniquement parce que vous affectez un air de rudesse.

— Je ne l'affecte pas. C'est inné. » Il eut un sourire sarcastique. « Je suis écossais. Nous n'avons pas vos onctueuses manières anglaises. Nous ne connaissons quasiment que la lutte... En tout cas, dans les contrées frontalières d'où je viens. La vie y est une bataille, les seigneurs pilleurs de bétail se battent entre eux, et contre vous, les Anglais.

— Qu'est-ce qui vous a fait venir en Angleterre ?

— Mes parents ont été tués quand j'étais encore enfant. Notre ferme a été mise à sac... Oh ! par un seigneur écossais, pas par les Anglais.

— Je suis désolé de l'apprendre.

— J'allais alors à l'école de l'abbaye de Kelso. Je voulais partir très loin et les pères ont financé mes études dans une école anglaise. Je dois tout à l'Église. » Son regard d'habitude narquois devint sérieux. « Les ordres religieux dressent un rempart entre le monde et l'atroce chaos, monsieur le commissaire. »

Un autre réfugié, pensai-je. Un autre bénéficiaire de la communauté universelle du frère Guy.

« Qu'est-ce qui vous a fait entrer dans les ordres ?

— Je me suis lassé du monde, monsieur le commissaire, des mœurs humaines. Enfants passant leur temps à se bagarrer et à faire l'école buissonnière si on ne les fouette pas constamment... Criminels que j'ai aidé à attraper... Tous les hommes bêtes et cupides... Une dizaine de coupables encore libres pour chaque homme jugé et pendu... Ah ! l'homme est un être déchu, dévoyé et plus dur à discipliner qu'une meute de chiens. Mais, dans un monastère, on peut au moins maintenir la discipline de Dieu.

— Et quelle est votre mission sur terre ? Le maintien de la discipline parmi les hommes ?

— N'est-ce pas la vôtre ? N'êtes-vous pas révolté par la mort de cet homme ? N'êtes-vous pas venu ici pour trouver et punir son assassin ?

— La mort du commissaire vous a révolté ? »

Il s'immobilisa et me fit face.

« C'est un pas de plus vers le chaos. Vous me jugez dur, mais croyez-moi, le diable a le bras long, et même dans l'Église on a besoin d'hommes de ma trempe pour l'empêcher d'agir. Tout comme la loi du roi cherche à maintenir l'ordre dans le monde séculier.

— Que se passe-t-il si les lois du monde et celles de l'Église entrent en conflit ? demandai-je. Comme c'est arrivé ces dernières années ?

— Dans ce cas, messire Shardlake, je prie Dieu pour que le conflit se résolve, afin que l'Église et le prince puissent à nouveau travailler de concert, car lorsqu'ils se combattent ils laissent le champ libre au démon.

— Alors, que l'Église ne défie pas la volonté du roi ! Bon. Il faut que je retourne à l'infirmerie. Je vais vous laisser ici. Vous allez rentrer à l'église. Pour assister à l'enterrement du pauvre novice Whelplay », ajoutai-je d'un air entendu.

Il soutint mon regard.

« Je vais prier pour que ce garçon soit admis au paradis lorsque Dieu le décidera. Tout pécheur qu'il fut. »

Je me détournai, dirigeant mon regard à travers les flocons de neige vers l'endroit où Goodhaps avançait en titubant. Mark lui avait offert son bras. Allait-il réussir à gagner la ville ? À s'échapper ?

✝

Dans la salle de l'infirmerie, Alice s'occupait toujours du vieux moine mourant. Il avait repris conscience et elle enfournait doucement dans sa bouche des cuillerées de gruau. Tandis qu'elle accomplissait cette tâche, son visage semblait plus charmant, plus aimable. Je la priai de nous accompagner dans la petite cuisine de l'infirmier. Les laissant tous les trois là, j'allai chercher le registre que m'avait remis l'économe. Ils fixèrent sur moi un regard interrogateur lorsque je le leur montrai.

« D'après l'économe, voici le livre de comptes qu'avait emprunté le malheureux Singleton juste avant sa mort. Bien. Messire Goodhaps et Alice Fewterer, je veux que vous l'examiniez et que vous me disiez si vous l'avez déjà vu. Vous noterez qu'il y a une grosse tache de vin rouge sur la couverture. J'ai pensé soudain, à l'église, que ceux qui avaient vu le registre se souviendraient de cette tache. »

Goodhaps s'en empara, le retournant entre ses mains.

« Je me rappelle que le commissaire étudiait un registre avec une couverture bleue. C'était peut-être celui-ci. Je n'en suis pas sûr. Je ne m'en souviens pas.

— Veuillez m'excuser... » Alice se pencha en avant et saisit le livre. Elle en examina la couverture, le retourna, avant de déclarer d'un ton ferme : « Ce n'est pas celui-là. »

Mon cœur battit plus vite.

« Vous en êtes sûre ?

— Le livre que le commissaire avait pris au frère Edwig n'était pas taché. Je m'en serais aperçue... L'économe est si soigneux, il aime que tout soit propre et net.

— Êtes-vous prête à le jurer devant un tribunal ?

— Oui, monsieur. » Son ton était grave et serein.

« Bon. Maintenant je peux être certain que l'économe m'a berné. » Je fis un lent hochement de tête. « Très bien, Alice, je vous remercie une nouvelle fois. Gardez cela pour vous, tous les trois.

— Moi, je ne serai plus ici ! » répliqua Goodhaps, tout fier de lui.

Je regardai par la fenêtre. La neige avait cessé de tomber.

« Oui, messire Goodhaps, je pense que vous devriez

vous mettre en route. Mark, peut-être pourrais-tu aider monsieur à gagner la ville... »

Le visage du vieil homme s'éclaira.

« Merci, monsieur. Un bras sur lequel s'appuyer serait le bienvenu et j'ai mes bagages chez l'abbé. Mon cheval est ici, et s'il pouvait être reconduit à Londres dès que le temps le permettra...

— Soit. Soit. Mais, Mark, fais le plus vite possible. Nous avons plusieurs tâches à effectuer dès ton retour. »

Il aida le vieil homme à se hisser sur pied.

« Au revoir, monsieur le commissaire, dit Goodhaps. J'espère que vous resterez sur vos gardes dans ce maudit endroit. » Sur ces joyeuses paroles d'adieu, il nous quitta. Je retournai dans ma chambre, dissimulant le registre sous les draps. Je me sentais heureux. Enfin une avancée. Je voulais maintenant explorer l'église et le fond de l'étang. Combien de temps Mark mettrait-il pour aller à Scarnsea et en revenir ? Tout seul, à peine plus d'une heure, mais avec le vieil homme... Je m'en voulais d'être si bonne pâte, mais j'avais répugné à laisser Goodhaps, chargé de ses bagages, avancer en titubant sous les rafales de neige.

Je décidai d'aller voir les chevaux. Cela faisait plusieurs jours qu'ils n'étaient pas sortis. Je gagnai les écuries. Un balai à la main, un jeune palefrenier m'assura que les bêtes étaient en bonne forme. En effet, Chancery et le Redshanks de Mark avaient l'air en bonne condition et heureux de me voir après être restés si longtemps enfermés. Je caressai la longue tête blanche de Chancery.

« Tu aimerais sortir, mon vieux cheval ? lui murmurai-je gentiment. Il vaut mieux s'ennuyer ici que d'être perdu au milieu des intempéries dehors. Il y a des choses pires que de rester dans une stalle d'écurie. »

Le jeune palefrenier passa près de moi et me lança un drôle de regard.

« Vous ne parlez pas à vos chevaux, vous ? » lui demandai-je. Il marmonna quelque chose d'inintelligible et se remit à balayer.

Je dis au revoir aux chevaux et retournai lentement à l'infirmerie. On avait dégagé un espace dans la neige de la cour et dessiné à la craie des carrés de diverses tailles sur le sol. Six moines jouaient à un jeu consistant à exécuter des pas complexes après un jet de dés. Appuyé sur sa bêche, Bugge contemplait le spectacle. En me voyant, les moines s'interrompirent et voulurent s'écarter, mais je leur fis signe de continuer. Je reconnus le jeu pour l'avoir vu pratiquer à Lichfield, savant mélange de marelle et de dés auquel s'adonnaient tous les moines bénédictins.

Comme je regardais la scène, le frère Septimus, le gros moine un peu niais auquel le frère Guy avait reproché de s'empiffrer, passa en claudiquant dans la neige, ahanant tant et plus.

« Viens te joindre à nous, Septimus ! » lança l'un des moines. Les autres s'esclaffèrent.

« Oh non ! C'est impossible... Je risquerais de tomber.

— Allez, viens ! On suit la version simplifiée. C'est pas difficile, même pour une nouille comme toi !

— Oh non, non ! »

L'un des moines lui attrapa le bras et, malgré ses protestations, le traîna jusqu'au milieu de l'espace déblayé, tandis que celui qui se trouvait là s'écartait déjà. Tout le monde ricanait, même Bugge. Presque tout de suite, Septimus glissa sur une plaque de glace et tomba à la renverse en poussant un grand cri. Les moines hurlèrent de rire.

« Aidez-moi à me relever ! cria le frère Septimus.

— On dirait un cloporte renversé sur le dos ! Allez, cloporte, relève-toi donc !

— Bombardez-le de boules de neige ! lança l'un d'eux. Ça l'obligera à se relever. »

Les moines se mirent à cribler de boules de neige le malheureux, qui, à cause de son poids et de son infirmité, ne réussissait pas à se redresser. Hurlant et se tordant dans tous les sens, il avait de plus en plus l'air d'une tortue renversée.

« Arrêtez ! hurlait-il. Mes frères, je vous en prie, laissez-moi tranquille ! »

Ils continuèrent à pousser des cris et à lui envoyer des boules de neige. Ce n'était pas une amusante plaisanterie comme celle à laquelle j'avais assisté la veille. Je me demandais si je devais intervenir lorsqu'une voix forte domina le vacarme.

« Mes frères ! Cessez immédiatement ! »

Les moines lâchèrent leurs boules de neige alors que la haute silhouette du frère Gabriel, la mine furieuse, approchait à grands pas.

« Est-ce là la fraternité chrétienne ? Vous devriez avoir honte ! Aidez-le à se relever ! » Deux jeunes moines s'empressèrent d'aider un Septimus haletant et suffoquant à se remettre sur pied.

« À l'église ! Vous tous ! Prime commence dans dix minutes ! » Le sacristain sursauta un peu en m'apercevant parmi les spectateurs. Il s'avança vers moi tandis que les frères s'égaillaient.

« Je suis désolé, monsieur le commissaire. Il arrive que les moines se conduisent comme des enfants turbulents.

— C'est ce que je vois. » Je me rappelai ma conversation avec le frère Guy. « Aucune fraternité chrétienne dans cette scène, en effet. » Je considérai le frère Gabriel d'un œil neuf, me rendant compte qu'il n'était pas obédiencier pour rien. Lorsque c'était nécessaire, il était tout à fait capable de faire montre d'autorité et de force morale. Mais, sous mon regard, cette assurance sembla se retirer de son visage et laisser la place à la tristesse.

« Cela semble une règle universelle, n'est-ce pas ? qu'ici-bas l'on cherche toujours des souffre-douleur et des boucs émissaires. Surtout aux époques de troubles et de tensions. Comme je l'ai dit tout à l'heure, monsieur, les moines eux-mêmes ne sont pas protégés contre les ruses du Malin. » Il me fit un bref salut et suivit ses frères dans l'église.

Je me dirigeai vers l'infirmerie, retraversant la salle commune pour gagner le corridor. Ayant faim, je m'arrêtai dans la cuisine pour prendre une pomme dans le fruitier. Juste à ce moment, quelque chose attira mon attention à l'extérieur. Une grosse tache écarlate sur la neige immaculée. Je me précipitai à la fenêtre. Mes jambes faillirent se dérober sous moi.

Alice était affalée à plat ventre dans le jardin, un pot brisé à côté d'elle. Elle baignait dans une mare de sang qui s'étalait, encore fumante, dans la neige.

19

J'étouffai un cri d'effroi, plaquant le poing contre ma bouche. Simon Whelplay était mort parce qu'il m'avait parlé. Pas Alice aussi, quand même ! Je me ruai dehors, priant désespérément qu'un miracle se produise – mais je ne crois guère aux miracles – et que mes yeux m'aient trompé.

Elle était couchée près du sentier. Il y avait tant de sang sur elle et autour d'elle que durant quelques instants affreux je crus que son cou avait été tranché comme celui de Singleton. Je me forçai à regarder de près : elle était entière. Marchant sur les éclats du broc cassé, je m'agenouillai près d'elle et tâtai son cou d'une main hésitante. Je poussai un cri de soulagement en constatant que le pouls battait très fort. Elle bougea au contact de mes doigts et gémit. Clignant les paupières elle ouvrit les yeux, d'un bleu étonnant dans son visage ensanglanté.

« Alice ! Dieu soit loué, vous êtes vivante... Il a accompli un miracle ! » Je tendis les bras et l'étreignis, haletant de joie en sentant sa chaleur vitale et les battements de son cœur, même si l'odeur ferreuse du sang emplissait mes narines.

Ses bras repoussèrent ma poitrine.

« Monsieur, que faites-vous ? Non... » Je la relâchai et me rassis, tout étourdi.

« Excusez-moi, Alice, dis-je d'un ton penaud. C'était le soulagement. Je vous ai crue morte. Mais ne bougez pas ! Vous êtes grièvement blessée. Où êtes-vous blessée ? »

Elle regarda sa robe maculée de vermillon, la fixant d'un air perplexe, puis porta la main à sa tête. Son expression s'adoucit et, à mon grand étonnement, elle éclata de rire.

« Je ne suis pas blessée, monsieur, seulement sonnée. J'ai glissé dans la neige et je suis tombée.

— Mais...

— Je portais un broc de sang. Vous vous rappelez les saignées des moines ? Ce n'est pas le mien.

— Ah ! » Je m'appuyai contre le mur de l'infirmerie, presque défaillant de soulagement.

« On allait le verser sur le jardin. On l'a gardé au chaud, mais le frère Guy a dit d'attendre que la neige ait fondu. Alors je l'apportais dans l'entrepôt.

— Oui. Oui, je vois. » Je souris avec tristesse. « Je me suis ridiculisé. » Je jetai un coup d'œil à mon pourpoint maculé de sang. « Et j'ai abîmé mes vêtements.

— On pourra les nettoyer, monsieur.

— Je suis désolé de... ah !... de vous avoir prise dans mes bras. Je n'étais pas malintentionné.

— Je le vois bien, monsieur, fit-elle, gênée. Je regrette de vous avoir causé une telle frayeur. Je n'ai jamais glissé auparavant, mais ces sentiers dans la neige se recouvrent de gel. Merci de votre sollicitude. » Elle baissa la tête. Elle s'était recroquevillée sur elle-même et j'eus un pincement au cœur en comprenant que mon étreinte lui avait déplu.

« Venez ! fis-je. Vous devriez rentrer et rester couchée un moment après cette chute. Avez-vous le vertige ?

— Non, je me sens bien. » Elle ne prit pas mon bras offert. « Je pense qu'on devrait tous les deux se changer. » Elle se releva, ruisselante de neige rougie par le sang, et je la suivis à l'intérieur. Elle alla à la cuisine tandis que je retournais dans ma chambre. Je mis les autres vêtements que j'avais apportés, abandonnant par terre mes habits maculés de sang. Je m'assis sur le lit en attendant le retour de Mark. J'aurais pu aller voir Alice pour lui demander de faire nettoyer mon linge, mais cela me gênait et je n'osais pas.

L'attente me parut très longue. J'entendis le glas sonner à nouveau dans le lointain. L'enterrement de Simon Whelplay était désormais terminé et lui aussi était descendu dans sa tombe. Je me maudis de n'avoir pas laissé Goodhaps se rendre en ville tout seul. Je voulais aller jusqu'à l'étang et ensuite j'avais l'intention de m'occuper du frère Edwig.

J'entendis un bruit de voix. J'ouvris la porte, le sourcil froncé. Des murmures venaient de la cuisine. C'étaient les voix de Mark et d'Alice. Je m'élançai dans le couloir.

La robe d'Alice, qu'elle venait de laver, était posée sur une planche à récurer. Elle ne portait que ses jupons blancs ; elle et Mark étaient dans les bras l'un de l'autre. Pourtant, ils ne souriaient pas. Le visage d'Alice appuyé contre le cou de Mark était empreint de tristesse et l'expression de celui-ci était également sérieuse, comme s'il ne l'étreignait pas mais la consolait seulement. M'apercevant, ils sursautèrent et firent un bond de côté. Sous les sous-vêtements, je vis le mouvement d'une belle poitrine ferme, les mamelons durs pointant sous l'étoffe. Je détournai le regard.

« Mark Poer, dis-je d'un ton sec. Je t'avais demandé de te dépêcher. Nous avons du travail. »

Il rougit.

« Veuillez m'excuser, monsieur..., je...

— Et vous, Alice, où est votre pudeur ?

— Je n'ai qu'une robe propre, monsieur. » Elle parlait d'un ton de défi. « C'est le seul endroit où je peux la laver.

— Alors vous auriez dû fermer la porte à clef pour empêcher qu'on n'entre. Viens, Mark ! » Je baissai la tête et il me suivit dans le couloir.

Une fois dans la chambre je me plantai devant lui.

« Je t'avais dit de ne pas traîner là-bas. Tu as eu, à l'évidence, des conversations plus approfondies avec elle que je ne le croyais...

— Ces tout derniers jours, nous avons conversé chaque fois que c'était possible. » Il me fixa droit dans les yeux. « Je savais que cela vous déplairait. Mais je ne peux lutter contre mes sentiments.

— Tu n'y as pas réussi non plus avec la demoiselle d'honneur de la reine. Cela va-t-il se terminer de la même manière ? »

Son visage s'empourpra.

« C'est tout à fait différent cette fois-ci, rétorqua-t-il avec vivacité. Mes sentiments pour Mlle Fewterer sont nobles ! Je n'ai jamais ressenti cela pour aucune femme ! Vous pouvez vous moquer, mais c'est vrai. Nous n'avons rien fait de mal. Nous n'avons pas été plus loin que ce que vous avez vu : des baisers et des étreintes. Sa chute dans la neige l'avait bouleversée.

— "Mlle" Fewterer ! Tu oublies qu'Alice n'est pas une demoiselle, mais une servante.

— Cela ne vous a pas empêché de la prendre dans vos bras quand elle est tombée dans la neige. Je vous ai vu la regarder, monsieur. Vous aussi vous l'admirez ! » Il fit un pas vers moi, le visage soudain empreint de colère. « Vous êtes jaloux, voilà tout !

— Mordieu ! hurlai-je. J'ai été trop gentil avec toi !

Je devrais te renvoyer sur-le-champ à Lichfield, toi et ta queue insatiable, pour chercher un emploi de laboureur ! »

Il ne répliqua pas. Je me forçai à parler calmement.

« Tu me considères donc comme un pauvre infirme dévoré de jalousie. Oui, Alice est une belle fille, je ne le nierai pas. Mais nous sommes chargés d'une mission sérieuse. Que penserait lord Cromwell, s'il savait que tu te divertis en folâtrant avec les servantes, hein ?

— Il n'y a pas que lord Cromwell dans la vie, marmonna-t-il.

— Vraiment ? Oserais-tu le lui dire en face ? Et ce n'est pas tout. Qu'aimerais-tu faire ? Ramener Alice à Londres ? Tu affirmes ne pas vouloir retourner aux Augmentations, mais ne vises-tu pas un rang plus élevé que celui de domestique ?

— Si. » Il hésita, les yeux baissés.

« Eh bien ?

— J'ai pensé que vous me laisseriez vous servir d'assistant, monsieur, de secrétaire. Je vous ai aidé dans votre travail. Vous avez dit que vous étiez satisfait...

— Secrétaire ? répétai-je avec incrédulité. L'employé à tout faire d'un avocat ? Tes ambitions se bornent à ça ?

— Ce n'est pas le bon moment pour faire cette demande, je le sais, répondit-il d'un ton boudeur.

— Sangdieu ! Ce ne sera jamais le bon moment pour faire ce genre de demande. Ton manque d'honnête ambition me ferait honte vis-à-vis de ton père et lui aussi aurait honte de toi. Non, Mark, je refuse que tu sois mon secrétaire. »

Il s'enflamma soudain.

« Pour quelqu'un qui parle sans cesse du bien-être des miséreux et de l'édification de la communauté chrétienne, vous ne tenez pas en grande estime les gens du peuple !

— Il doit exister une hiérarchie dans la société. Tout le monde ne se trouve pas sur le même échelon et Dieu n'a jamais voulu qu'il en soit autrement.

— L'abbé serait d'accord avec vous là-dessus. Ainsi que le juge Copynger.

— Mordieu ! tu vas trop loin ! » hurlai-je. Il me fit face sans mot dire, se retirant derrière son agaçant masque d'impassibilité. J'agitai un doigt sous son nez.

« Écoute-moi ! J'ai quelque peu gagné la confiance du frère Guy. Il m'a informé de ce qui était arrivé à Simon Whelplay. Crois-tu qu'il aurait agi ainsi si c'était lui qui était tombé sur la scène à laquelle je viens d'assister ? Alors que cette fille est sous sa protection ? Eh bien ? »

Il continua à se taire.

« Plus de badinage avec Alice. Tu entends ? C'est fini. Et je te demande de penser très sérieusement à ton avenir.

— Oui, monsieur », bougonna-t-il. Pour un peu j'aurais giflé son visage inexpressif.

« Enfile ton manteau ! Nous allons explorer l'étang. Nous pourrons fouiller les chapelles sur le chemin du retour.

— Autant chercher une aiguille dans une meule de foin, fit-il d'une voix morne. Les objets ont peut-être été enterrés.

— Ça ne nous prendra qu'une heure environ. Allons, viens ! Et tu as intérêt à préparer ton corps à la caresse glaciale de l'eau, ajoutai-je perfidement. Ce sera bien plus froid que les bras de cette donzelle. »

✝

Nous marchâmes en silence. J'étais fou de colère. Contre Mark, à cause de sa désinvolture et de son insolence, mais aussi contre moi, car ce qu'il avait dit de ma jalousie était vrai. Le voir tenir Alice dans ses bras alors qu'elle avait fui mon étreinte m'avait transpercé le cœur. Je lui jetai un regard de biais. D'abord Jérôme et maintenant Alice. Comment ce garçon têtu et voluptueux me donnait-il toujours le sentiment que j'avais tort ?

Au moment où nous passions devant l'église, les frères y entraient à nouveau, deux par deux. Simon était maintenant enterré dans le cimetière des moines mais, de toute évidence, on allait célébrer un autre office pour lui, alors qu'il n'y en avait eu aucun pour Singleton. Je réfléchis avec amertume que Simon aurait été reconnaissant de jouir du dixième des dons et privilèges que Dieu avait prodigués à Mark. Les derniers moines entrèrent dans le bâtiment, le portail se referma en claquant et nous continuâmes à avancer en direction du cimetière laïque, au-delà des dépendances.

Mark s'arrêta brusquement.

« Regardez ! s'écria-t-il. Comme c'est étrange... » Il indiquait la tombe de Singleton, la terre brune se détachant sur la neige. La récente chute de neige avait ajouté un nouveau saupoudrage tout autour mais pas sur la tombe.

Nous nous dirigeâmes vers elle et je poussai un cri de rage. La tombe était recouverte d'un liquide visqueux luisant dans le pâle soleil. Je me penchai pour l'effleurer et portai mon doigt à mes narines.

« Du savon ! m'exclamai-je avec colère. On a recouvert la tombe de savon. Pour empêcher l'herbe de repousser. Il a fait fondre la neige.

— Mais pourquoi ?

— Tu ne connais pas la légende selon laquelle l'herbe ne croît pas sur la tombe des pécheurs ? Une femme avait été pendue pour infanticide quand j'étais gamin. La famille de son mari allait en catimini enduire de savon la tombe afin que rien ne pousse dessus. Exactement comme cela. Quelle atroce vilenie !

— Qui a pu faire ça ?

— Comment le saurais-je ? rétorquai-je sèchement. Morbleu ! je vais ordonner à l'abbé Fabian de les convoquer tous ici pour effectuer le nettoyage sous ma surveillance... Non, sous la tienne... Ce sera plus humiliant sous la tienne. » Je me détournai, très en colère.

Nous continuâmes notre pénible chemin, traversant le cimetière et le verger désormais enfouis sous un pied de neige au moins. Le soleil chatoyait dans le cours d'eau et dans le cercle de l'étang recouvert de glace.

Je me frayai un chemin à travers les roseaux gelés. La glace était maintenant plus épaisse, le bord de l'étang orné d'une mince couche de neige. Mais en me penchant et en plissant fortement les yeux je pouvais encore distinguer une pâle lueur vers le milieu.

« Mark, tu vois cet amas de pierres sous l'endroit où le mur a été réparé. Va en chercher une grosse pour casser la glace. »

Il soupira, mais, obéissant à mon regard sévère, il alla quérir un gros bloc de pierre à chaux. Je me reculai quand il le souleva au-dessus de sa tête et le lança au centre de l'étang. Il y eut un énorme fracas, plutôt agréable cependant, même si je tressaillis au moment où un jet d'eau et des éclats de glace jaillirent dans les airs. J'attendis que l'eau se calme, puis, m'approchant prudemment du bord, je me mis de nouveau à quatre pattes pour scruter le fond de l'étang. Les poissons dérangés nageaient frénétiquement dans tous les sens.

« Oui, juste là... Tu l'aperçois ? Une lueur jaunâtre ?

— Oui. Il me semble, acquiesça Mark. Oui, il y a quelque chose. Vous voulez que j'essaie de repêcher l'objet ? Si je prends votre bâton et que vous agrippiez mon autre bras, en me penchant le plus possible je peux l'atteindre. »

Je secouai la tête.

« Non. Je veux que tu entres dans l'eau. »

Il blêmit.

« Mais elle est presque gelée.

— Le meurtrier de Singleton y a peut-être aussi jeté ses vêtements ensanglantés. Allez ! Il ne peut guère y avoir plus de deux ou trois pieds de profondeur. Tu n'en mourras pas. »

L'espace d'un instant, je crus qu'il allait refuser, mais, serrant les lèvres, il se pencha pour enlever son manteau, ses chausses, ses protège-chaussures et finalement ses souliers. Ses très coûteuses chaussures de cuir auraient mal supporté un bain. Frissonnant, il resta quelques instants sur la berge, ses robustes jambes et ses pieds nus presque aussi blancs que la neige. Puis il prit une profonde inspiration et entra dans l'étang, lâchant une exclamation de surprise et suffoquant au contact de l'eau glaciale.

J'avais pensé qu'elle ne monterait pas plus haut que ses cuisses, mais, après seulement deux pas, il s'enfonça jusqu'à la poitrine en poussant un cri. D'énormes bulles d'un gaz fétide bouillonnèrent autour de lui. L'odeur était si nauséabonde que je dus reculer d'un pas. Il s'immobilisa en hoquetant tandis que la puanteur s'atténuait.

« Bigre ! Il y a un pied de boue, fit-il, le souffle coupé.

— Oui. Bien sûr, les sédiments charriés par le ruisseau tombent au fond. Vois-tu quelque chose ? Peux-tu atteindre le fond en te penchant ? »

Il me lança un regard torve, puis se baissa en grognant, son bras disparaissant dans l'eau. Il fouilla le fond.

« Oui... Il y a quelque chose... C'est pointu... » Son bras refit surface. Sa main tenait une grande épée dont la poignée était en métal doré. Mon cœur cogna dans ma poitrine au moment où il la jeta sur la rive.

« Bravo ! soufflai-je. Bon, y a-t-il encore autre chose ? »

Il se repencha en avant, son épaule passant entièrement sous la surface où se formaient des rides qui gagnaient lentement le pourtour glacé.

« Seigneur Dieu, qu'est-ce que c'est froid ! Attendez... Oui, il y a quelque chose... C'est mou... Du tissu, il me semble.

— Les vêtements de l'assassin... », murmurai-je.

Tirant quelque chose, il se releva, avant de perdre l'équilibre en criant, plongeant complètement dans l'eau, tandis qu'un autre corps bondissait hors de l'étang. Médusé, je contemplai une forme humaine vêtue d'une robe détrempée. Le haut du corps parut un instant rester suspendu dans l'air, les cheveux tournoyant autour de la tête, et puis la créature s'affala dans les roseaux.

La tête de Mark réapparut. Il hurlait de stupéfaction et de terreur, battant l'eau en direction du bord. Il se hissa sur la berge et s'effondra dans la neige, ses cris se changeant en halètements, les yeux lui sortant de la tête, comme les miens, devant le cadavre gisant dans les roseaux. Un corps de femme grisâtre, décomposé et vêtu des haillons d'une robe de servante. Les orbites étaient vides, la bouche sans lèvres montrait des dents grises et serrées. De maigres mèches de cheveux dégoulinaient sur son visage.

Mark se remit sur pied en chancelant. Il se signa à maintes reprises tout en priant. « *Deus salvamos, deus salvamos, mater Christi salvamos...* »

« Tout va bien, le rassurai-je d'une voix douce. Tout va bien. » Je lui posai une main sur l'épaule. « Elle devait être sous la vase. Les gaz se sont accumulés et tu les as libérés. Tu n'as rien à craindre. Cette malheureuse créature ne peut nous faire aucun mal. » Mais ma voix se brisa tandis que je regardais l'atroce forme allongée sur la berge.

« Viens ! Tu vas attraper la fièvre. Rhabille-toi ! » Il s'exécuta, l'opération semblant le calmer quelque peu.

Je vis que quelque chose d'autre était remonté et flottait à la surface. Un large morceau de tissu marron, gonflé de gaz. Je l'attrapai du bout de mon bâton, craignant qu'il ne s'agisse d'un second cadavre, mais ce n'était qu'une simple soutane de moine. Je la ramenai, la déposant sur la rive. Il y avait des plaques sombres qui auraient pu être des taches de sang coagulé. Je me rappelai, frémissant soudain, la grosse carpe qu'on avait dégustée le premier soir.

Les yeux exorbités, Mark continuait à fixer le corps.

« Qui est-ce ? » bredouilla-t-il.

Je pris une profonde inspiration.

« Je pense qu'il s'agit des restes d'Orpheline Stonegarden. » Je regardai cette horrible tête, la peau grise tirée sur le crâne. « "Un charmant et doux minois", avait affirmé la mère Stumpe. "L'un des plus jolis visages que j'aie jamais vus." Voilà donc ce que Simon Whelplay voulait dire quand il mettait en garde une femme contre le péril. Il savait de quoi il parlait.

— Donc maintenant nous avons trois cadavres.

— Je prie Dieu que ce soit le dernier. » Je me forçai à ramasser la soutane. Je la retournai et découvris, interdit, une petite harpe cousue sur l'étoffe. Je l'avais déjà remarquée : c'était l'emblème de la fonction du sacristain. Je restai bouche bée de stupéfaction.

« Elle appartient au frère Gabriel... », soufflai-je.

20

Je dis à Mark de courir chercher l'abbé afin de se réchauffer le sang. Je le regardai avancer le plus vite possible dans la neige puis me retournai vers l'étang. Des bulles continuaient à remonter du fond bourbeux, faisant bouillonner la surface de l'eau. Je me demandai si la relique était au fond ainsi que peut-être les calices censés avoir été volés par la pauvre fille.

Je me forçai à m'approcher du cadavre de la malheureuse. Elle portait une mince chaîne d'argent autour du cou et, après un instant d'hésitation, je me penchai pour la lui ôter, rompant facilement les maillons entre mes doigts. Un minuscule médaillon y était accroché sur lequel était représentée la silhouette grossière d'un homme transportant un fardeau sur son dos. Je la mis dans ma poche et pris l'épée. C'était une arme de valeur, l'épée d'un gentilhomme. La marque du fabricant était gravée sur la lame : *JS.1507*, au-dessus de l'image d'un bâtiment carré flanqué de quatre tours pointues.

J'allai m'asseoir sur le tas de pierres près du mur. Les yeux fixés sur la forme couchée dans les roseaux, je restais paralysé de stupeur, mes doigts et mes orteils devenant bientôt gourds à cause du froid. Je me levai, agitant les bras et tapant des pieds pour revivifier mon sang.

La neige crissait sous mes pas, je marchais de long en large, cherchant à déterminer le sens de ces découvertes. Je commençai à apercevoir un schéma, les divers éléments s'emboîtant dans ma tête. J'entendis bientôt des voix et aperçus Mark qui revenait à grands pas, accompagné de deux hommes en soutane, l'abbé et le prieur. Le prieur Mortimus portait une grande couverture. L'abbé Fabian devint livide en découvrant, horrifié, le corps gisant sur la berge. Il se signa et marmonna une prière. Le prieur s'en approcha, le visage révulsé de dégoût. Il posa le regard sur l'épée que j'avais placée sur la berge.

« Cette femme a-t-elle été tuée avec ça ? souffla-t-il.

— Je ne le crois pas. Le corps a été conservé dans la vase, mais il devait être là depuis longtemps. Je pense que c'est avec cette épée que Singleton a été tué. Cet étang a servi plus d'une fois de cachette.

— Mais quel est ce cadavre ? » Une note de panique vibrait dans la voix de l'abbé.

Je le regardai droit dans les yeux.

« On m'a parlé d'une ancienne assistante de l'infirmier, disparue il y a deux ans. Une jeune fille appelée Orpheline Stonegarden. »

Le prieur regarda une nouvelle fois le cadavre.

« Non... », murmura-t-il. Le ton dénotait la colère, ainsi que le chagrin et l'incrédulité. « Mais... elle s'est enfuie. C'était une voleuse... »

Nous nous retournâmes en entendant arriver d'autres gens. Quatre serviteurs portant un brancard. L'abbé fit un signe de tête au prieur Mortimus, qui jeta la couverture sur le corps. L'abbé se pencha vers moi.

« Le monastère est tout en émoi. On a vu maître Poer accourir chez moi. Lorsqu'il m'a annoncé que vous aviez trouvé un corps, j'ai demandé aux serviteurs d'apporter une civière pour le ramener. Mais... je vous en prie, pourrions-nous le garder couvert et dire seulement pour le moment que quelqu'un s'est noyé dans l'étang, sans indiquer qu'il s'agit d'une femme...

— Pour le moment », acquiesçai-je. Lorsque les serviteurs approchèrent je cachai l'épée dans la soutane détrempée. Ils firent halte et se signèrent. « Aide-les, Mark », dis-je. Je notai qu'il avait ôté ses vêtements mouillés et enfilé une blouse bleue de serviteur sous son manteau. Il les aida à poser le corps couvert sur le brancard, qu'ils soulevèrent aussi aisément qu'une feuille de papier.

« Emmenez-le à l'infirmerie », dis-je. Nous marchâmes en procession derrière les serviteurs. Une fois ou deux je jetai un coup d'œil au prieur Mortimus, mais il détourna le regard. De l'eau souillée dégouttait du cadavre, maculant la neige.

✝

Une foule s'était assemblée : des moines et des serviteurs s'agitaient dans le verger, tel un essaim d'abeilles bourdonnantes. Le prieur leur ayant crié avec colère de se remettre au travail, ils s'égaillèrent en lançant maints regards en arrière vers le brancard et sa couverture. Le frère Guy s'avança vers nous.

« Qui est-ce ? Il paraît que quelqu'un s'est noyé dans l'étang. »

Je me tournai vers les porteurs.

« Transportez le corps à l'infirmerie pour que le frère Guy puisse l'examiner. Mark, accompagne le frère. Et mets ceci dans notre chambre. » Je gardai l'épée mais lui tendis la soutane trempée.

« Il faut que je dise quelque chose aux frères, déclara le prieur.

— Seulement qu'un corps a été trouvé dans l'étang. Bon, messire l'abbé, il faut que je vous parle. » J'indiquai de la tête sa maison.

✝

Assis à son bureau jonché de papiers, le sceau de l'abbaye posé sur son bloc de cire rouge, il me faisait face une nouvelle fois. Il semblait avoir vieilli d'une décennie en quelques jours. Ses joues rouges qui respiraient naguère la confiance en soi avaient aujourd'hui tourné au gris, marquées par l'épuisement et la peur.

Je posai l'épée sur son bureau. Il la regarda avec dégoût. Je plaçai la petite chaîne d'argent à côté d'elle et la désignai du doigt.

« Vous reconnaissez ce bijou, Votre Seigneurie ? »

Il se pencha pour l'étudier.

« Non. Je ne l'ai jamais vu. Se trouvait-il sur... sur... ?

— Sur le cadavre. Oui. Et l'épée ? »

Il secoua la tête.

« Nous n'avons pas d'épée ici.

— Je ne vous demanderai pas si vous identifiez le corps comme celui d'Orpheline Stonegarden, il est méconnaissable. Je vais devoir m'enquérir auprès de la mère Stumpe si elle reconnaît la chaîne. »

Il me fixa, horrifié.

« La gouvernante de l'asile des pauvres ? Faut-il la mêler à cela ? Elle ne nous aime guère. »

Je haussai les épaules.

« Et elle vous aimera encore moins s'il appert que sa protégée a été assassinée et jetée dans votre étang à poissons. Elle m'a dit que la jeune fille n'était pas heureuse au monastère. Que pouvez-vous me dire à ce sujet ? »

Pour toute réponse, il enfouit son visage dans ses

mains. Je crus qu'il allait éclater en sanglots, mais il releva bientôt la tête.

« Ce n'est pas une bonne chose que des jeunes filles soient employées dans les monastères. Là-dessus, je suis d'accord avec lord Cromwell. Mais à cette époque l'infirmier était le frère Alexandre. Il se faisait vieux et avait besoin d'aide. On lui a envoyé cette fille et il a décidé de l'engager.

— Peut-être l'a-t-il trouvée d'apparence agréable. Il paraît qu'elle était jolie. »

Il toussota.

« Pas le frère Alexandre. En fait, j'avais pensé que c'était moins risqué que de lui donner un garçon comme assistant. Cela se passait avant l'inspection, au temps où... euh...

— Je vois. Au temps où un jeune homme aurait peut-être dû protéger ses fesses. Mais le frère Guy était déjà infirmier à l'époque où elle a disparu ?

— Oui. Le nom du frère Alexandre a été cité durant la visite de l'évêque. Cela l'a brisé et il est mort peu après d'une attaque. Puis le frère Guy est arrivé.

— Alors, qui est la personne qui a importuné la jeune fille ? Je crois qu'il y a bien eu quelqu'un. »

Il secoua la tête.

« Monsieur le commissaire, la présence d'une jolie fille dans le cloître constitue une tentation. Les femmes tentent les hommes, comme Ève a tenté Adam. Les moines ne sont que des hommes...

— D'après ce qu'on m'a dit, elle n'a tenté personne, mais elle a été importunée et harcelée. Je vous repose la question : Que savez-vous à ce sujet ? »

Ses épaules s'affaissèrent.

« Le frère Alexandre s'est plaint. Un jeune moine, le frère Luke, qui travaille à la blanchisserie, l'aurait... molestée.

— Vous voulez dire qu'il l'a prise de force ?

— Non, non, non... Ça n'a pas été aussi loin. J'ai parlé au frère Luke, lui ai interdit de se trouver en sa présence. Quand il l'a importunée une nouvelle fois, je l'ai prévenu que s'il ne changeait pas de conduite je le mettrais à la porte.

— Et y en avait-il d'autres ? Des obédienciers, par exemple ? »

Il fixa sur moi des yeux effrayés.

« Il y a eu des plaintes contre le frère Edwig et le prieur Mortimus. Ils avaient... ils avaient fait des propositions lascives, le frère Edwig, surtout. Je les ai mis eux aussi en garde.

— Le frère Edwig ?

— Oui.

— Et vos avertissements ont été suivis d'effets ?

— Je suis l'abbé, monsieur », répliqua-t-il avec un rien de son ancienne morgue. Il hésita. « La fille n'aurait-elle pu se noyer volontairement... de désespoir ?

— Selon la version officielle, elle avait volé deux calices d'or avant de s'enfuir.

— C'est ce qu'on a cru quand ils ont disparu de l'église au moment où elle est partie. Mais... n'aurait-elle pas pu se repentir de son acte et les avoir jetés dans l'étang avant de se donner la mort ?

— Je veux qu'on assèche l'étang, mais, même si on retrouve ces calices, cela ne prouvera rien. Son assassin pourrait les avoir pris et jetés dans l'eau avec le corps pour égarer l'enquête. Il faut faire une enquête approfondie, Votre Seigneurie. Il se peut qu'on doive avoir recours aux autorités laïques, au juge Copynger. »

Il baissa la tête et demeura silencieux un moment.

« Tout est fini, n'est-ce pas ? demanda-t-il soudain, d'une voix sourde.

— Que voulez-vous dire ?

— Notre vie ici. La vie monastique en Angleterre. Je me suis bercé d'illusions, n'est-ce pas ? La justice ne peut nous sauver. Même si l'on découvrait que l'assassin du commissaire Singleton venait de la ville. »

Je ne répondis pas.

Il prit un papier sur son bureau, sa main tremblant légèrement.

« J'ai regardé tout à l'heure la formulation de l'acte de soumission que m'avait remis le commissaire Singleton. » Il lut : « "Nous sommes tout à fait convaincus que le mode de vie et les cérémonies que nous pratiquons depuis fort longtemps, nous et les autres adeptes de notre prétendue religion, consistent essentiellement en certaines règles et en momeries inventées par des potentats romains et autres étrangers." J'ai d'abord cru que lord Cromwell voulait accaparer nos terres et notre richesse et que ce passage n'était qu'une prime pour les réformateurs. » Il leva les yeux vers moi. « Mais après ce que j'ai appris de Lewes... C'est une clause habituelle, n'est-ce pas ? Toutes les maisons, toutes sans exception, doivent tomber. Et après ce qui s'est passé, c'en est fini de Scarnsea.

— Trois personnes sont mortes de façon atroce, et cependant vous ne pensez qu'à votre propre survie. »

Il eut l'air perplexe.

« Trois ? Non, monsieur. Seulement deux. Une seule si la fille s'est tuée volontairement...

— Le frère Guy pense que Simon Whelplay a été empoisonné. »

Il fronça les sourcils.

« Alors il aurait dû m'en informer, puisque je suis l'abbé.

— Je lui ai demandé de n'en parler à personne pour le moment. »

Il me regarda fixement. Quand il reprit la parole, il chuchotait presque.

« Vous auriez dû voir cette maison, il y a seulement cinq ans, avant le divorce du roi. L'ordre et la sécurité y régnaient. Prières et dévotions, l'emploi du temps d'été et puis celui d'hiver, sans la moindre modification, depuis plusieurs siècles. Les bénédictins m'ont donné une vie que je n'aurais jamais pu avoir dans le monde. Le fils d'un approvisionneur de navires parvenu à la position d'abbé. » Il ébaucha un pâle et triste sourire. « Ce ne sont pas seulement mes privilèges que je regrette, monsieur le commissaire, mais la tradition, la vie d'antan. L'ordre a commencé à se rompre ces deux dernières années. Jadis, nous avions tous les mêmes croyances, le même point de vue, mais les réformes ont apporté les dissensions, la discorde. Et maintenant le meurtre. La dissolution, chuchota-t-il. La dissolution. » Je vis deux grosses larmes se former dans le coin de ses yeux. « Je vais signer l'acte de soumission, murmura-t-il. Je n'ai pas le choix, n'est-ce pas ? » Je secouai la tête lentement.

« Je recevrai la pension promise par le commissaire Singleton ?

— Oui, Votre Seigneurie, vous toucherez votre pension. Je me demandais à quel moment nous y viendrions.

— Il me faudra d'abord, bien sûr, obtenir l'assentiment officiel des frères. Je détiens tout en leur nom, voyez-vous.

— Attendez encore un peu. Vous les mettrez au courant dès que je vous préviendrai. »

Il acquiesça d'un air morne, baissant à nouveau la tête pour cacher ses larmes. Je le regardai. J'avais récolté sans effort le trophée que Singleton avait cherché à décrocher avec tant de zèle. Les meurtres avaient brisé la résistance de l'abbé. Et maintenant je croyais deviner l'identité du meurtrier, de celui qui les avait tous tués.

✝

Je trouvai le frère Guy dans son dispensaire. Mark était assis sur un tabouret près de lui, toujours vêtu de sa blouse de serviteur. L'infirmier était occupé à nettoyer des couteaux dans une bassine pleine d'eau d'un vert brunâtre. Le cadavre avait été placé sur la table, dissimulé, à mon grand soulagement, sous la couverture. Mark était blême et on distinguait même une pâleur sous-jacente au teint sombre de l'infirmier, comme si de la cendre transparaissait sous sa peau.

« J'ai examiné le corps, dit-il d'une voix calme. Je ne peux en être certain, mais, à en juger par sa taille et sa corpulence, je pense qu'il s'agit de la jeune Orpheline. Et les cheveux étaient blonds. Mais je peux vous dire comment elle est morte. On lui a brisé la nuque. » Il tira sur la couverture, révélant l'horrible tête. Il la fit lentement pivoter. Elle pendit d'un côté, les vertèbres disjointes. J'eus du mal à étouffer une nausée.

« Elle a donc été assassinée.

— Elle n'aurait pu se blesser ainsi en tombant dans l'étang. Maître Poer dit que le fond est recouvert d'une épaisse couche de vase. »

J'opinai du chef.

« Merci, mon frère. Mark, l'autre chose que nous avons récupérée, est-elle dans notre chambre ? Nous devons aller faire une visite. As-tu des vêtements de rechange ?

— Oui, monsieur.

— Va les mettre. Tu ne dois pas te promener ainsi, vêtu en domestique. »

Il nous quitta et je m'assis sur le tabouret. L'infirmier courba la tête.

« D'abord, Simon Whelplay empoisonné à mon nez et à ma barbe, et maintenant il semble que cette malheureuse, mon ancienne assistante, ait aussi été tuée. Et moi qui croyais que c'était une voleuse...

— Combien de temps est-elle restée avec vous ?

— Pas longtemps, quelques mois seulement. Elle travaillait dur, mais je la trouvais renfermée, un rien maussade. Je crois qu'elle faisait confiance au frère Alexandre, mais à personne d'autre. Je cherchais à remettre de l'ordre dans l'infirmerie qu'il avait laissée en piteux état. J'aurais dû davantage m'occuper d'elle.

— Vous a-t-elle signalé avoir été importunée par les moines ?

— Non, répondit-il en fronçant les sourcils. Mais un jour je l'ai trouvée devant sa porte en train de se débattre contre un moine. Elle avait la chambre qu'occupe aujourd'hui Alice, tout au bout du couloir. Il essayait de l'embrasser en faisant des remarques lascives.

— Qui était-ce ?

— Le frère Luke, l'assistant du blanchisseur. Je l'ai chassé et me suis plaint à l'abbé, bien qu'Orpheline n'ait pas voulu qu'on fasse d'histoires. L'abbé Fabian m'a dit qu'il parlerait à Luke. Il m'a appris que ce n'était pas la première fois. Après l'incident, Orpheline m'a paru plus ouverte, même si elle ne parlait toujours pas beaucoup. Et elle a disparu peu de temps après.

— Personne d'autre ne l'a importunée, selon vous ?

— Pas devant moi. Mais, comme je l'ai dit, elle ne se confiait guère. » Il fit un triste sourire. « Je ne crois pas qu'elle se soit jamais habituée à mon étrange couleur de peau. Rien d'étonnant, sans doute, vu qu'elle était originaire d'une bourgade.

— Et ensuite Alice est arrivée.

— Et j'ai décidé de gagner sa confiance dès le début. Ça, je crois y avoir réussi.

— Vous soignez le frère Jérôme. Quel est son état d'esprit, à votre avis ? »

Il me regarda attentivement.

« Aussi bon que peut l'être celui d'un homme qui, pour le meilleur et pour le pire, a consacré son existence à des idéaux exigeants et à un rigoureux mode de vie, avant de les dénoncer sous la torture. Son esprit est extrêmement troublé, mais il n'est pas fou, si c'est ce que vous suggérez.

— Soit. Mais c'est pour moi pure folie d'affaiblir encore davantage un corps déjà détérioré en portant un cilice. Dites-moi, parle-t-il parfois de son séjour à la Tour ?

— Non. Jamais. Bien qu'il ait été horriblement torturé. Ça, je peux l'attester.

— Il m'en a parlé. Et d'autres choses encore... Mais je pense qu'il ne s'agit que de fabulations destinées à me contrarier. » Le frère Guy ne réagit pas. Je me levai et un élancement me transperça le dos. Je fis la grimace, agrippant le bord de la table.

« Que se passe-t-il ? »

Je pris plusieurs profondes inspirations.

« Je me suis tordu quelque chose en me levant. Je vais maintenant souffrir pendant des jours. » Je lui fis un amer sourire. « Vous et moi, nous savons tous les deux ce que cela signifie d'être regardé comme des créatures étranges, hein, mon frère ? Mais, au moins, votre apparence est un phénomène naturel et elle n'entraîne pas de douleur. Et il existe un pays où elle est normale. »

✝

Mark avait mis sa chemise et son pourpoint de rechange et s'était assis sur mon lit. Il paraissait soucieux.

« Ça va ? lui demandai-je d'un ton bourru.

— Oui, monsieur. Cette pauvre malheureuse...

— Je sais. Je suis désolé que tu aies dû subir cela. Quel terrible choc ! Je n'avais aucune idée...

— Bien sûr. Personne n'aurait pu savoir...

— Mark, il faut que nous oubliions nos... différends. Nous poursuivons le même but, il me semble. Démasquer le cruel meurtrier qui sévit ici. »

Il me fixa d'un air étonné.

« Évidemment, monsieur. Comment pouvez-vous en douter ?

— Non, non. Écoute, j'ai réfléchi à quelque chose. La seule raison pour laquelle la soutane de Gabriel a pu être jetée dans l'étang c'est qu'elle était trempée de sang. Le meurtrier l'a portée pour tuer Singleton, puis l'a balancée dans l'eau avec l'épée.

— Oui. Mais... le frère Gabriel en assassin ? » Il secoua la tête.

« Pourquoi pas ? Pourquoi ne serait-ce pas lui ? Je croyais que tu le méprisais parce qu'il est sodomite ?

— En effet. » Il réfléchit quelques instants. « Mais... Je n'arrive pas à le voir en meurtrier. Il a l'air d'un homme capable de... fortes affections, si on peut appeler ça ainsi, mais pas de quelqu'un qui ferait sciemment du mal. Ou qui aurait le courage de frapper.

— Oh ! il est capable de courage quand il le veut. Et il a en effet de très fortes affections. Violentes même. Et là où il existe des affections violentes, il peut y avoir aussi de violentes haines.

— Je ne peux l'imaginer. Croyez-moi, monsieur, je vous en prie, je ne veux pas vous contrarier, mais je ne vois pas le frère Gabriel en meurtrier.

— Je l'ai plaint, je l'aime bien, même. Mais en ce domaine on ne peut se fier à son instinct. Ce qui compte, c'est la froide logique. Comment savoir si quelqu'un est capable de meurtre ou non quand on ne le fréquente que depuis quelque jours ? Surtout en ce lieu où la crainte du danger aiguise ou altère tous nos sens ?

— Ça me semble quand même impossible, monsieur. Il a l'air d'un caractère si... doux.

— Autant accuser le frère Edwig uniquement parce que c'est un être méprisable, qu'il est davantage une opération arithmétique ambulante qu'un être de chair et d'os. Il est aussi très fourbe et plein de concupiscence, semble-t-il. Mais cela ne nous autorise pas à affirmer que c'est un criminel.

— Il était absent le jour où Singleton a été tué.

— Mais pas Gabriel. Et je devine un enchaînement de motifs dans le cas de Gabriel. Non, nous devons écarter les sentiments.

— Comme vous aimeriez que je le fasse avec Alice.

— Ce n'est pas le moment de discuter de ça. Bon. Es-tu disposé à m'accompagner pour affronter Gabriel ?

— Bien entendu. Moi aussi, monsieur, je veux qu'on attrape l'assassin.

— Parfait. Alors ceins ton épée une fois de plus et apporte la soutane. Essore-la dans la cuvette d'abord. Il est temps de tirer les choses au clair. »

21

Mon cœur cognait dans ma poitrine au moment où nous ressortîmes de l'infirmerie, mais j'avais les idées claires. L'après-midi était très avancé maintenant et le soleil était bas dans le ciel brumeux. Il s'agissait d'un de ces splendides et rougeoyants soleils d'hiver que l'on peut regarder en face, comme si tout le feu en avait été retiré. Par ce froid, c'était bien l'impression que cela donnait.

Le frère Gabriel se trouvait dans l'église. Il était assis dans la nef en compagnie du vieux moine que j'avais vu copier un ouvrage dans la bibliothèque. Ils examinaient une grosse pile de livres anciens. Ils levèrent la tête à notre approche, et le regard papillotant de Gabriel passa de Mark à moi avec appréhension.

« Encore des ouvrages anciens, mon frère ? demandai-je.

— Ce sont nos livres d'offices, monsieur, contenant les notations musicales. Personne ne les imprime plus, on doit les recopier quand les caractères pâlissent. »

J'en pris un. Les pages étaient en parchemin, les mots latins inscrits phonétiquement et entremêlés de notations musicales à l'encre rouge. Il s'agissait des différents psaumes et prières pour chaque jour du calendrier. Après de longues années d'utilisation, l'encre était passée sur les bords. Je le laissai tomber sur un banc.

« J'ai quelques questions à vous poser, mon frère. » Je me tournai vers le vieux moine. « Peut-être pourriez-vous nous laisser ? » Il hocha la tête et s'éclipsa.

« Quelque chose ne va pas ? demanda le sacristain, la voix tremblante.

— Vous n'êtes donc pas au courant ? À propos du corps retrouvé dans la pièce d'eau ? »

Il écarquilla les yeux.

« J'étais occupé. Je viens d'aller chercher le frère Stephen à la bibliothèque. Un corps ?

— Nous pensons qu'il s'agit de la jeune fille qui avait disparu il y a deux ans. Une certaine Orpheline Stonegarden. »

Il resta bouche bée. Il se leva à moitié puis se rassit.

« Elle avait la nuque brisée. Apparemment, elle a été assassinée avant d'être jetée dans l'étang. Il y avait aussi une épée, celle qui a tué le commissaire Singleton, à notre avis. Et ceci. » Je fis un signe de tête à Mark qui me passa la soutane. J'agitai l'emblème sous le nez du sacristain. « Elle vous appartient, frère Gabriel. »

Il restait immobile, la mâchoire pendante.

« C'est bien votre emblème ?

— Oui, en effet. Ce doit être la... soutane qu'on m'a dérobée.

— Dérobée ?

— Il y a deux semaines, j'ai envoyé une soutane à la blanchisserie, mais elle n'est jamais revenue. Je l'ai réclamée, mais on ne l'a jamais retrouvée. Les serviteurs volent de temps en temps des soutanes. Nos habits d'hiver sont en bonne laine. Vous ne pouvez pas imaginer, monsieur, je vous en prie... »

Je me penchai au-dessus de lui.

« Gabriel d'Ashford, je vous accuse d'avoir assassiné le commissaire Singleton. Il connaissait votre passé et avait découvert quelque récente turpitude pour laquelle vous auriez pu être jugé et exécuté. Alors vous l'avez tué.

— Non ! » Il secoua la tête. « Non !

— Vous avez caché l'épée et votre soutane maculée de sang dans l'étang que vous saviez être une cachette sûre puisque vous l'aviez déjà utilisée pour dissimuler le cadavre de la jeune servante. Pourquoi avez-vous tué Singleton de cette théâtrale façon, frère Gabriel ? Et pourquoi avez-vous assassiné cette fille ? Était-ce par jalousie, parce que le frère Alexandre la protégeait ? Votre collègue sodomite ? Et le novice Whelplay également, votre autre ami ? Il savait ce qui lui était arrivé, n'est-ce pas ? Mais il n'a pas voulu vous trahir, vous. Jusqu'au moment où, vers la fin, il s'est mis à parler durant sa maladie, et alors vous l'avez empoisonné. Depuis lors vous semblez en proie à de terribles souffrances, comme si vous étiez bourrelé de remords. Tout s'emboîte parfaitement, mon frère. »

Il se leva et me fit face, s'agrippant au dossier de son siège. Il prit deux profondes inspirations. La main de Mark se posa négligemment sur la poignée de son épée.

« Vous êtes le commissaire du roi, dit-il d'une voix tremblante, mais votre diatribe est celle d'un avocat minable. Je n'ai tué personne. » Il se mit à hurler. « Personne ! Je suis un pécheur, mais depuis deux ans je n'ai enfreint aucune loi du royaume ! Vous pouvez le demander à tout le monde, ici et en ville, si vous le souhaitez, mais vous ne trouverez rien ! Rien ! » Sa voix retentit dans toute l'église.

« Calmez-vous, mon frère, déclarai-je d'un ton modéré. Et répondez-moi poliment.

— Le frère Alexandre n'était ni mon ami ni mon ennemi. C'était un vieil homme paresseux et niais. Quant au pauvre Simon... (il poussa un soupir qui était presque un râle) ... il a protégé cette jeune personne au début de son noviciat. Je crois qu'ils se sentaient tous les deux perdus et en danger ici. Je lui avais dit qu'il ne devait pas fréquenter les serviteurs, que cela lui porterait tort. Il m'a appris qu'elle se plaignait d'être harcelée...

— Par qui ?

— Il n'a pas voulu me le dire. Elle lui avait fait jurer de se taire. Ç'aurait pu être n'importe quel moine. J'avais conseillé à Simon de ne pas se mêler de ce genre de chose et de tâcher de convaincre la servante d'avertir le frère Guy. On venait de l'engager comme infirmier après la mort d'Alexandre... De honte, ajouta-t-il avec amertume.

— Et puis elle a disparu. »

Un spasme crispa son visage.

« J'ai cru, comme tout le monde, qu'elle s'était enfuie. » Il me fixa d'un air lugubre puis reprit d'une nouvelle voix, froide et calme. « Eh bien ! monsieur le commissaire, je constate que vous avez bâti toute une théorie qui vous fournit la clef de l'énigme. Il ne reste plus sans doute qu'à soudoyer un faux témoin et à m'envoyer au gibet. C'est monnaie courante de nos jours. Je sais ce qui est arrivé à sir Thomas More.

— Non, frère Gabriel, il n'y aura pas de faux témoin. Je vais découvrir les preuves dont j'ai besoin. » Je m'approchai un peu plus de lui. « Je vous préviens : de graves soupçons pèsent sur vous.

— Je suis innocent. »

Je le fixai un instant, puis me reculai.

« Je ne vais pas vous faire arrêter tout de suite, mais je vous interdis de quitter l'enceinte du monastère pour le moment. Si vous cherchez à en sortir, ce sera considéré comme un aveu de culpabilité. Vous saisissez ?

— Je n'ai pas l'intention de sortir d'ici.

— Restez à tout moment à ma disposition. Viens, Mark ! »

Je m'éloignai à grands pas, abandonnant le frère Gabriel au milieu de sa pile de livres. Dehors, je frappai de la main l'encadrement de pierre du portail de l'église.

« J'étais persuadé de l'avoir coincé.

— Le croyez-vous toujours coupable ?

— Je n'en sais rien. Je pensais qu'il s'effondrerait si je l'accusais et qu'il fût coupable. Mais... (je secouai la tête) ... il cache quelque chose, j'en suis certain. Il m'a traité d'avocat minable et c'est peut-être vrai, mais si mes vingt ans de tribunal m'ont appris une chose, c'est à sentir quand quelqu'un ne dit pas tout ce qu'il sait. Allons-y !

— Où va-t-on maintenant ?

— À la blanchisserie. On pourra faire d'une pierre deux coups : vérifier son histoire et rencontrer ce Luke. »

✝

La blanchisserie se trouvait dans une grande dépendance près de la crémerie. De la vapeur s'échappait des grilles de ventilation et j'avais vu des serviteurs entrer dans le bâtiment et en sortir chargés de paniers de linge. Je tournai le loquet de la lourde porte de bois et pénétrai à l'intérieur. Mark la referma derrière lui.

À l'intérieur, il faisait chaud et très sombre. Je ne vis d'abord qu'une grande salle au sol dallé parsemé de paniers et de seaux. Puis Mark s'écria : « Seigneur Dieu ! » et je les aperçus alors.

La pièce était pleine de chiens. Il y avait une dizaine

de molosses que j'avais vus errer dans la cour le premier jour, avant l'arrivée de la neige. L'odeur de leur urine empestait la pièce. Ils se redressèrent lentement et deux d'entre eux s'approchèrent en grognant, les poils hérissés, les babines frémissantes et retroussées sur des crocs jaunâtres. Mark dégaina lentement son épée et j'empoignai mon bâton.

Entendant des bruits derrière une porte, je faillis appeler à grands cris mais, ayant été élevé dans une ferme, je savais que cela ne ferait qu'inquiéter les chiens, qui risqueraient de se jeter sur nous. Je serrai les dents. Nous n'allions pas en sortir indemnes. De ma main libre je saisis le bras de Mark. Je lui avais infligé les horreurs de l'étang, et maintenant celles-ci.

Il y eut un grincement et nous pivotâmes sur nos talons au moment où la porte intérieure s'ouvrit. Le frère Hugh apparut, une bassine d'abats entre ses mains grassouillettes. Il resta bouche bée en nous apercevant. Nous le fixâmes d'un air désemparé et, se reprenant, il appela les chiens.

« Brutus, Augustus ! Ici ! Tout de suite ! » Il jeta sur le sol des morceaux de viande. Le regard des chiens passa de lui à nous, puis ils se traînèrent l'un après l'autre vers la nourriture. Le chef de la meute resta quelques secondes de plus à grogner avant de se détourner et de rejoindre les autres. Encore frissonnant, je pris une profonde inspiration. Le frère Hugh nous fit signe de nous hâter.

« Entrez vite, monsieur, je vous prie. Tout de suite, pendant qu'ils mangent. »

Contournant les bêtes bavantes, nous le suivîmes dans la pièce intérieure. Il referma la porte et abaissa le loquet. Nous nous retrouvâmes dans la blanchisserie pleine de vapeur. Surveillés par deux moines, des serviteurs faisaient bouillir du linge dans des chaudrons placés sur divers feux ou pressaient des soutanes et des sous-vêtements dans des essoreuses. Ils nous regardèrent avec curiosité ôter nos épais manteaux. Je m'étais mis à transpirer à grosses gouttes, tout comme Mark. Il agrippa le bord de la table et respira profondément. Il était si pâle que j'eus peur qu'il ne s'évanouisse, mais il reprit bientôt des couleurs. Vacillant sur mes jambes, je me tournai vers le frère Hugh, qui s'agitait tant et plus en se tordant les doigts.

« Oh ! messieurs, seigneur commissaire, je suis arrivé à temps, Dieu soit loué ! » Il s'inclina en prononçant le nom du Créateur, imité par tous les présents.

« Nous vous en sommes très reconnaissants, mon frère. Ces dogues ne devraient pas se trouver là, cependant. Ils pourraient tuer quelqu'un.

— Mais, monsieur, ils connaissent tout le monde. Sauf votre respect, vous n'étiez pour eux que des intrus. L'abbé nous a enjoint de les garder là tant qu'il neigeait. »

J'essuyai la sueur de mon front.

« Très bien, frère intendant. Vous êtes responsable de la blanchisserie ?

— En effet. En quoi puis-je vous être utile ? L'abbé nous a demandé de vous aider autant que faire se peut. Il paraît que quelqu'un s'est noyé dans l'étang. » Ses yeux éraillés brillaient de curiosité.

« Le prieur va faire une déclaration à ce sujet. Je suis venu vous poser une question, mon frère. Vous avez une table ? »

Il nous conduisit dans un coin, loin des autres. Je fis signe à Mark de disposer la soutane du frère Gabriel sur la table et désignai l'emblème.

« Le frère Gabriel a signalé qu'une de ses soutanes avait disparu il y a deux semaines. Vous vous en souvenez ? »

J'espérais, je l'avoue, une réponse négative, mais il hocha la tête sans hésiter.

« Si fait, monsieur. Nous l'avons cherchée dans tous les coins. L'économe se met en colère lorsque quelque chose disparaît. C'est pour cela que je tiens un registre. » Il s'éclipsa dans la vapeur et revint avec un registre. « Voici, monsieur, l'indication de son arrivée, et voilà celle signalant sa perte. » Je notai la date. Cela s'était passé trois jours avant l'assassinat de Singleton.

« Où l'a-t-on trouvée, monseigneur ? demanda-t-il.

— Peu importe. Qui aurait pu avoir l'occasion de la voler ?

— La journée, nous sommes toujours ici à travailler, monsieur. La blanchisserie est verrouillée la nuit, mais...

— Eh bien ?

— On a égaré des clefs. Il arrive que mon assistant soit un peu... disons, négligent, si vous voulez. » Il sourit nerveusement en passant la main sur le kyste qu'il avait au visage. « Mon frère Luke, venez ici ! »

Mark et moi échangeâmes un regard en voyant approcher un grand moine roux de moins de trente ans, puissamment bâti, les traits lourds, la mine revêche.

« Oui, mon frère ?

— Luke, depuis que vous travaillez avec moi vous avez perdu deux trousseaux de clefs, n'est-ce pas ?

— Ça glisse de la poche, fit-il d'un ton maussade.

— Oui, si on est négligent, acquiesçai-je. Quand avez-vous perdu une clef pour la dernière fois ?

— Cet été.

— Et la fois précédente ? Il y a combien de temps que vous travaillez dans la blanchisserie ?

— Ça fait quatre ans, monsieur. L'autre fois, c'était il y a deux ans.

— Merci, frère Hugh. Je souhaite m'entretenir avec le frère Luke en privé. Où pouvons-nous aller ? »

Le frère Luke roulait des yeux anxieux tandis que l'intendant, l'air désappointé, nous conduisait dans une remise où séchait du linge. Je regardai le jeune moine droit dans les yeux.

« Vous êtes au courant de ce qu'on a trouvé dans l'étang à poissons ?

— Un cadavre, paraît-il, monsieur.

— Un corps de femme, celui d'une jeune fille prénommée Orpheline, croyons-nous. Il paraît que vous l'importuniez. »

Il écarquilla les yeux de terreur et il tomba à genoux d'un seul coup, ses doigts rouges et épais agrippant l'ourlet de ma robe.

« Ce n'est pas moi, monsieur ! J'ai folâtré avec elle, rien de plus ! Et je n'étais pas le seul ! C'était une délurée et elle m'a tentée !

— Lâchez-moi ! Regardez-moi en face ! »

Il me regarda sans se relever, les yeux exorbités. Je me penchai vers lui.

« J'exige la vérité. Votre vie en dépend ! Vous avait-elle tenté ou était-ce vous qui la harceliez ?

— C'était... c'était une femme, monsieur. C'était une tentation rien que de la voir ! Je ne pensais qu'à elle, j'étais obsédé par elle. Satan l'avait mise sur mon chemin pour me tenter, mais je me suis confessé. J'ai tout avoué !

— Peu me chaut votre confession. Vous avez continué à la harceler même après la mise en garde de l'abbé, n'est-ce pas ? Le frère Guy a dû se plaindre une seconde fois !

— Mais je n'ai plus rien fait après ça ! L'abbé m'a menacé de me mettre à la porte ! Sangdieu ! je l'ai laissée tranquille après ça. Par le sang sacré de Jésus !

— L'abbé n'a pas chargé le prieur de l'affaire ?

— Non. Le prieur...

— Eh bien ? Eh bien, quoi, mon garçon ?

— Il... était coupable de la même chose, et l'économe aussi.

— Bon. Y en avait-il d'autres ? Qui a rendu la vie insupportable à cette fille vers la fin ?

— Je n'en sais rien, monsieur. Je le jure, je le jure... Je ne me suis plus approché de l'infirmerie après l'avertissement de l'abbé. Par la Sainte Vierge...

— La Sainte Vierge ! m'exclamai-je. Si elle revenait sur terre je doute qu'Elle serait en sécurité près de vous et de vos pareils. Partez ! Fichez le camp ! »

Je le foudroyai du regard tandis qu'il se relevait prestement et regagnait la blanchisserie en toute hâte.

« Vous lui avez fait une sacrée peur, dit Mark, un sourire narquois sur les lèvres. C'est facile avec des poltrons comme lui. Le prieur et l'économe, hein ? Tenez, il y a là une porte par laquelle on peut sortir en évitant les chiens. »

Nous sortîmes dans la cour. Je repensai à la confrontation avec les chiens. Je me sentais vidé, et ce fut mon tour de m'appuyer quelques instants contre le mur. Un bruit confus de voix me fit me retourner.

« Mordieu ! qu'est-ce que c'est encore ? »

Plusieurs personnes s'étaient arrêtées pour assister à une procession se dirigeant vers le portail. Deux moines, les mains jointes et la mine pieuse, portaient une statue de saint Donatien vêtu de sa toge romaine. Suivait la mince et haute silhouette du frère Jude, le pitancier, chargé d'une sacoche de cuir. Fermant la marche, l'économe Edwig en personne, un manteau d'hiver par-dessus sa soutane et des gants aux mains. Ils approchèrent de l'espace situé sous le corps de garde, où se tenait Bugge, prêt à ouvrir le portail.

« C'est le jour de la distribution des aumônes », dit Mark.

✝

Lorsque nous atteignîmes le portail, Bugge l'avait déjà ouvert. Dehors une foule regardait la statue que les deux moines avaient juchée sur leurs épaules. Le frère Jude éleva sa sacoche et harangua la foule.

« Regardez ! L'image de notre très saint patron, le bienheureux Donatien, martyrisé par les païens ! Ces aumônes sont distribuées au nom de son immense bonté. Priez-le pour que vos péchés soient remis ! »

Nous nous frayâmes un chemin parmi les présents. Il y avait un attroupement d'une petite cinquantaine d'adultes, les pieds dans la neige : veuves âgées, mendiants et infirmes, certains quasiment en guenilles et le visage bleu de froid. À part, un groupe d'enfants à la figure de papier mâché se pressait autour du corps dodu de dame Stumpe. Même par ce froid intense la foule dégageait une odeur répugnante. En réponse aux paroles du moine, cette marée de miséreux, qui avait parcouru péniblement le mille séparant la ville du monastère, s'inclina en se signant. Le pitancier s'interrompit brusquement au moment où j'apparus à ses côtés.

« Que faites-vous ? l'apostrophai-je.

— Je... je distribue simplement les aumônes, monsieur...

— Vous demandez à ces pauvres bougres d'adorer ce morceau de bois. »

Le frère Edwig s'approcha à toute vitesse.

« Seulement en souvenir de la b-bonté du saint, monsieur le c-commissaire.

— Il leur a demandé de prier la statue ! Je l'ai entendu ! Emportez-la immédiatement ! »

Les moines abaissèrent la statue et l'emportèrent en toute hâte. Profondément bouleversé, le frère Jude fit signe qu'on apporte les paniers. Certains des habitants de la ville ricanaient ouvertement.

L'aumônier cria à nouveau d'une voix altérée.

« Venez recevoir vos aumônes et vos vivres.

— Allons ! pas de bousculade ! » lança Bugge au moment où, un par un, s'approchaient les miséreux. Chacun recevait un minuscule liard d'argent, la plus petite pièce de monnaie du royaume, ainsi que quelque chose pris dans les paniers : pomme, miche de pain, fine tranche de lard.

Le frère Edwig se tenait à mes côtés.

« Nos int-tentions étaient b-bonnes, monsieur. Montrer le saint est une si vieille trad-dition que nous en avons oublié les implications. Nous allons la m-modifier, m-monsieur.

— Ce serait dans votre intérêt.

— Nous faisons la charité une fois p-par mois. Cela fait p-partie de notre charte originelle. La viande, sans ça, ces gens n'en verraient jamais.

— Avec tous vos revenus, j'aurais pensé que vous pourriez vous montrer financièrement plus généreux. »

Son visage s'assombrit soudain de ressentiment.

« Et lord Cromwell cherche à accaparer tout notre argent pour ses copains ! Et ça, c'est de la charité ? » Il débita sa diatribe sans la moindre trace de bégaiement avant de repartir d'un pas vif. La foule me regardait avec curiosité tandis que, les moines continuant à distribuer des restes, la sacoche du pitancier se ratatinait, se vidant peu à peu.

Je soupirai. Je m'étais laissé emporter par la colère en voyant cette pantomime. Maintenant, tout le monde serait au courant de la présence d'un commissaire du roi. Quoique épuisé après l'esclandre que j'avais créé, je me dirigeai vers le bas-côté de la route où dame Stumpe et les enfants attendaient que les adultes aient été servis. Elle me fit la révérence.

« Bonjour, monsieur.

— Accordez-moi quelques instants, je vous prie, madame. Venez par ici. »

Nous nous éloignâmes un peu des enfants. Elle me fixa, intriguée.

« Examinez ceci, s'il vous plaît. Reconnaissez-vous cet objet ? » Le dos à la foule, je lui montrai la chaîne d'argent que j'avais enlevée du cou du cadavre. Elle la saisit en poussant un cri.

« Le saint-christophe ! Je l'avais offert à Orpheline quand elle est venue ici ! L'avez-vous retrouvée, monsieur... ? » Elle s'interrompit en voyant mon expression.

« Je suis désolée, madame, répondis-je avec douceur. La chaîne était sur un corps repêché ce matin dans l'étang à poissons. »

Je m'étais attendu à des larmes, mais la vieille femme se contenta de serrer les poings.

« Comment est-elle morte ?

— On lui a brisé la nuque. Je suis désolé.

— Avez-vous découvert le coupable. Qui est-ce ? » Sa voix se brisa et devint une plainte aiguë. Les enfants se retournèrent, fixant sur nous un regard inquiet.

« Pas ici, madame. Je vous en prie. Il ne faut pas encore ébruiter la nouvelle. Je vais démasquer le coupable, je vous le jure.

— Vengez-la ! Au nom du Seigneur, vengez-la... » La voix de dame Stumpe défaillit et elle se mit à pleurer doucement. Je la pris gentiment par les épaules.

« Ne dites rien pour le moment. Je vous avertirai par l'intermédiaire du juge Copynger. Tenez ! les adultes ont terminé. Essayez de reprendre vos esprits. »

Les dernières aumônes aux adultes ayant été distribuées, une file de gens reprenait déjà la route de la ville, sombres silhouettes dépenaillées se détachant, tels des corbeaux, sur la neige d'un blanc cru. La mère Stumpe me fit un bref signe de tête, respira profondément et emmena les enfants. Je refranchis le portail et rejoignis Mark qui m'attendait. Je craignais qu'elle ne s'effondre à nouveau mais, d'une voix calme, la gouvernante encourageait les enfants à s'approcher. Le frère Edwig avait disparu.

22

Je pénétrai discrètement dans l'église, refermant le lourd portail sans faire de bruit. Au-delà du jubé, la flamme des cierges tremblotait et j'entendais les moines chanter des psaumes. On célébrait les vêpres.

Après avoir quitté dame Stumpe, j'avais demandé à Mark de se rendre chez l'abbé pour qu'il veille à ce que le frère Gabriel ne sorte pas du monastère et que la tombe de Singleton soit nettoyée. Je voulais également que, dès le lendemain, l'étang soit asséché. Mark avait répugné à donner des ordres à l'abbé Fabian, mais je lui avais répondu que s'il avait l'intention de faire son chemin dans le monde il devrait s'habituer à traiter avec des personnages haut placés. Il était parti sans rien ajouter, guindé de nouveau.

J'étais resté dans notre chambre. J'avais besoin de me retrouver seul quelque temps pour réfléchir. Je m'assis devant l'âtre tandis que la nuit commençait à tomber. Vidé, j'avais du mal à demeurer éveillé dans la chaleur dégagée par les bûches qui crépitaient. Je me levai et m'aspergeai d'eau le visage.

La confirmation par le blanchisseur du vol de la soutane constituait une réelle déception, car j'avais bien cru avoir découvert le coupable. J'étais cependant toujours persuadé que Gabriel cachait quelque chose. Les paroles de Mark me revinrent à l'esprit, et il avait certainement raison : Gabriel n'avait rien de la brute barbare ayant commis ces crimes. « Barbare... », pensai-je. Où avais-je déjà entendu ce mot ? Ah oui ! c'était le terme employé par dame Stumpe pour décrire le prieur Mortimus.

Les cloches retentirent une fois de plus. Les moines assisteraient à l'office durant une heure entière. En tout cas, me dis-je, cela me fournissait l'occasion d'imiter Singleton et de faire ce que j'aurais dû déjà faire : fouiller le bureau de la comptabilité pendant que le frère Edwig était occupé ailleurs. Malgré ma grande fatigue et l'angoisse qui m'étreignait, je me rendis compte qu'en fait je me sentais mieux, que mon cerveau était moins paresseux. Je pris une autre dose de la potion du frère Guy.

J'avançai sans bruit le long de la nef peu éclairée, invisible pour ceux qui chantaient derrière le jubé. J'appuyai l'œil contre l'une des fentes décorées pratiquées dans la pierre pour permettre aux fidèles laïques d'apercevoir le fascinant mystère de la messe célébrée de l'autre côté du jubé.

Le frère Gabriel dirigeait, apparemment absorbé par la musique. J'étais bien obligé d'admirer l'habileté avec laquelle il conduisait les moines chantant les psaumes, leurs voix montant et descendant en parfait accord, tandis que leurs yeux allaient de ses mains guidant le chant aux livres d'offices posés sur leur lutrin. L'abbé était présent, le visage sombre dans la lumière des cierges. Je me rappelai le dernier mot qu'il avait chuchoté d'un ton désespéré : « Dissolution ». Passant les moines en revue, j'aperçus Guy et, à ma grande surprise, Jérôme assis à côté de lui, sa soutane blanche de chartreux se détachant sur le noir des bénédictins. On devait le laisser sortir pour assister aux offices. Le frère Guy se pencha et tourna la page pour le chartreux infirme. Il souriait et le frère Jérôme le remercia d'un signe de tête. Je me dis que, pour son austérité et sa ferveur, l'infirmier était peut-être l'un des rares moines de Scarnsea que Jérôme appréciait. Étaient-ils très proches après tout ? Cela n'avait pas paru le cas lorsque j'avais trouvé Guy en train de panser les blessures de Jérôme. Passant au prieur Mortimus, je vis qu'il ne chantait pas et regardait dans le vague, droit devant lui. Je me souvins que la vue du corps de la jeune servante l'avait horrifié mais aussi mis en colère. Au contraire, debout entre le frère Athelstan et son autre assistant – le vieil homme –, le frère Edwig chantait avec force.

« Lequel est-ce ? chuchotai-je à part moi. Dieu, guide mon pauvre esprit ! » Aucune inspiration ne me vint en réponse. À cette époque de désespoir, j'avais parfois le sentiment que Dieu n'entendait pas mes prières. « Je T'en prie, fais qu'il n'y ait plus de morts ! » suppliai-je, avant de quitter l'église discrètement.

✝

La cour du cloître était vide lorsque j'insérai la clef marquée « Trésorerie » dans la serrure du bâtiment de la comptabilité. Le froid humide régnant dans la salle me fit frissonner et je m'emmitouflai dans mon manteau. Rien n'avait changé : les bureaux, les murs couverts de registres, le coffre placé contre la cloison du fond. On avait laissé une bougie allumée. Je la pris et me dirigeai vers le coffre. Choisissant une autre clef, je l'ouvris.

Le coffre était divisé en casiers bourrés de sacs, lesquels portaient chacun une étiquette indiquant la valeur des pièces contenues à l'intérieur ainsi que la somme totale. Je sortis ceux renfermant des pièces d'or : « angelots », « demi-angelots » et « nobles ». En ouvrant deux au hasard, je comptai les pièces et vérifiai la somme marquée. Tout concordait et le montant indiqué dans le coffre s'avéra identique à celui consigné dans les registres. Je le refermai. Il y avait plus d'argent là que dans le plus riche bureau de comptabilité d'Angleterre. Il était d'ailleurs mieux protégé ici, car il était plus difficile de pénétrer dans un monastère que dans la chambre forte d'un marchand.

Reprenant la bougie, j'ouvris la porte donnant sur l'escalier. Je m'arrêtai sur le palier. Le bâtiment étant un peu plus haut que les autres, on voyait par la fenêtre la pièce d'eau au-delà du cloître et, plus loin, les marais. La main du bon larron se trouvait-elle au fond de l'étang ? Je le saurais dès le lendemain.

Je déverrouillai le sanctuaire privé de l'économe. Plaçant la bougie sur le bureau, je commençai par jeter un coup d'œil à quelques-uns des registres empilés le long des murs de la pièce sans fenêtre, à l'atmosphère oppressante. Il s'agissait de livres de comptes ordinaires datant de plusieurs années. Le bureau était bien en ordre, les documents rangés avec une symétrie parfaite. Le frère Edwig semblait être un obsédé de l'ordre et de la précision.

Le bureau était doté de deux profonds tiroirs. J'essayai un grand nombre de clefs avant de trouver celles qui les ouvraient. Le premier contenait deux livres latins que je sortis. Il s'agissait de *Summa contra Gentiles* et *Summa Theologiae* de saint Thomas d'Aquin. Je les regardai avec dégoût. Ainsi donc, le frère Edwig était adepte de l'ancienne et discréditée théologie scholastique du saint italien. Comme s'il était possible de prouver l'existence de Dieu par la logique, alors que seule la foi comptait ! Mais je comprenais bien comment les syllogismes desséchés de Thomas d'Aquin pouvaient séduire cet esprit aride.

Je replaçai les livres puis ouvris l'autre tiroir. À l'intérieur se trouvaient plusieurs registres empilés les uns sur les autres. J'eus un sourire sarcastique... Ils avaient tous une couverture bleue. « Merci, Alice », murmurai-je. Trois ou quatre étaient du même type que celui qu'il m'avait remis, plein de notes rapides et de calculs remontant plusieurs années en arrière. L'un d'eux avait une tache de vin sur la couverture, et j'y trouvai seulement d'autres notations hâtives. (Il avait sans doute renversé une bouteille. Cela avait dû l'indisposer d'avoir ainsi abîmé ses beaux registres impeccables.) Je retirai le dernier, qui lui n'était pas taché.

Ce livre contenait des inscriptions concernant des ventes de terres effectuées durant les cinq dernières années. Mon cœur se mit à cogner et mon corps à vibrer fébrilement. Je posai le livre sur le bureau et en approchai la bougie d'une main qui tremblait légèrement, toussant à cause de la fumée dégagée par la mèche. Il contenait les caractéristiques des terrains vendus, le nom des acheteurs, le prix, ainsi que la date à laquelle le sceau avait été apposé. Je regardai la dernière date. Selon ce registre, quatre ventes importantes depuis un an n'avaient pas été inscrites dans les livres de comptes du monastère. Les sommes s'élevaient à près d'un millier de livres, ce qui était énorme. L'une des ventes, la plus importante, avait été faite au parent de Jérôme. Je gonflai mes joues. Ce devait être le livre que Singleton avait examiné.

Je réfléchis quelques instants, puis, prenant sur le bureau une feuille de papier et une plume, je recopiai en hâte les divers éléments. On pourrait demander à Copynger de confirmer que les ventes avaient effectivement eu lieu. Je n'accepterais plus l'excuse qu'il ne s'agissait que de notes et de projections. Cette fois-ci, je montrerais des preuves irréfragables au frère Edwig et il ne pourrait plus se défiler.

Je remis les registres en place et réfléchis en marchant lentement de long en large. L'économe et l'abbé – puisque c'était ce dernier qui avait la garde du sceau du monastère – s'étaient-ils rendus coupables de fraude ? Ils devaient bien se douter pourtant que les inspecteurs des Augmentations la découvriraient si le monastère se soumettait. Ou bien Edwig avait-il pu se saisir du sceau et l'utiliser à l'insu de l'abbé ? Ç'aurait été assez facile. Et où se trouvait donc l'argent ? Les gains correspondant à ces ventes auraient rempli un demi-coffre de plus. Tout en me posant ces questions, je contemplai le dos des vieux registres qui tapissaient les murs.

Quelque chose attira mon attention. La flamme de la bougie vacillait. Je me rendis compte qu'un courant d'air s'était créé derrière moi. La porte s'était ouverte. Je me retournai lentement. Le frère Edwig se tenait dans l'embrasure de la porte, les yeux posés sur moi. Il jeta un coup d'œil rapide au bureau qu'heureusement j'avais refermé à clef. Puis, pressant ses paumes l'une contre l'autre, il s'écria : « Je n'avais auc-cune idée, monsieur le c-commissaire, que quelqu'un était là. Vous m'avez fait p-peur.

— Je m'étonne alors que vous n'ayez pas poussé un cri de surprise.

— J'étais muet de st-tupéfaction.

— J'ai le droit d'entrer en tout lieu. J'ai décidé d'examiner certains de ces registres qui tapissent vos murs. Je venais tout juste de commencer. » M'avait-il vu fouiller dans son bureau ? Non, car autrement j'aurais senti le courant d'air plus tôt.

« Je crains qu'il ne s'agisse là que de vieux comptes.

— C'est ce que je constate.

— Je suis ravi de vous voir, monsieur, affirma-t-il en faisant son bref sourire sans joie. Je voulais m'exc-cuser pour l'éc-clat de ce matin. J'étais b-bouleversé que la cérémonie ait été interrompue. Je vous prie d'oublier ce qui a été dit sans réfléchir, sous le c-coup de la c-colère. »

Je hochai la tête.

« Je sais que d'aucuns pensent comme vous, même s'ils ne le disent pas. Mais vous vous trompez. Les sommes perçues par l'Échiquier seront utilisées par le roi pour le bien commun.

— Vraiment, monsieur ?

— Vous ne le croyez pas ?

— À une époque où tous les hommes sont d-dévorés de cupidité ? Ne dit-on pas que l'appât du gain n'a jamais été plus vilipendé ni davantage p-paré d'attraits ? Les amis du roi le presseront de les combler de ses largesses. Et qui peut demander des c-comptes au roi ?

— Dieu. Il a placé entre les mains du roi le bien-être de ses sujets.

— Mais les rois ont d'autres p-priorités ! Ne vous méprenez pas, je vous prie, je ne c-critique pas le roi Henri.

— Ce ne serait guère prudent.

— Je veux d-dire, les rois en général. Je connais la façon dont ils jettent l'argent par les fenêtres. J'ai pu personnellement constater comment on le gaspille pour les armées, par exemple. »

Il y avait dans ses yeux une vive lueur que je n'avais jamais aperçue auparavant, un impérieux besoin de parler qui le rendait d'emblée plus humain.

« Vraiment ? l'encourageai-je. Comment ça, mon frère ?

— Mon père était trésorier militaire, monsieur. J'ai passé mon enfance à aller de camp en camp afin d'apprendre son métier. Il y a vingt ans, j'étais avec l'armée du roi Henri durant la guerre contre la France.

— Lorsque le roi espagnol l'a trompé en lui promettant de le soutenir avant de l'abandonner. »

Il opina du chef.

« Et tout cela pour g-gagner la g-gloire et faire des c-conquêtes. J'ai vu les armées se livrer au saccage en France. J'ai passé mon enfance à regarder des rangées de soldats morts alignés dans les c-camps, monsieur, leurs c-corps virant au gris, et des prisonniers p-pendus aux portes. J'étais au siège de Thérouanne de 1513.

— La guerre est une chose terrible, reconnus-je. Et pourtant, nombreux sont ceux qui affirment qu'elle est noble. »

Il fit de vigoureux hochements de tête.

« Et les prêtres passaient c-constamment entre les blessés, donnant l'extrême-onction, tentant de réparer ce que les hommes avaient rompu. Ce fut alors que j'ai d-décidé de devenir moine et de mettre mes compétences en comptabilité au service de l'Église. » Il sourit derechef et cette fois-ci son sourire était plein de vie, narquois. « On dit que je suis mesquin, n'est-ce pas ? »

Je haussai les épaules.

« Pour moi, reprit-il, le moindre liard qui entre dans les c-coffres de l'Église est arraché au monde des p-pécheurs et remis à Dieu. Pouvez-vous comprendre cela ? Cet argent sert à soutenir la p-prière et les œuvres de charité. Sans ce que nous leur donnons les p-pauvres n'auraient rien. Notre foi nous oblige à d-distribuer des aumônes.

— Alors que les rois choisissent ou non de le faire, c'est ce que vous voulez dire ?

— Exactement. Et le paiement que nous recevons

pour les messes célébrées à l'intention des morts, monsieur. C'est une bonne chose aux yeux de Dieu, car ces sommes aident les âmes du purgatoire et honorent le donateur.

— Le purgatoire, décidément... Vous y croyez ? »

À nouveau, il opina vigoureusement du chef.

« L'endroit existe vraiment, monsieur. Il est fort périlleux de ne pas s'en préoccuper. Et n'est-il pas logique que Dieu pèse nos mérites et nos p-péchés dans les deux plateaux de la balance comme moi j'équilibre mes comptes ?

— Par conséquent, Dieu est un comptable expert ?

— Le plus expert de tous. Le purgatoire existe bien. Il se trouve sous nos pieds en ce moment même. N'avez-vous pas ouï parler des énormes volcans italiens d'où jaillissent les flammes du purgatoire ?

— Vous le craignez ?

— Je crois que nous devons tous le craindre », répondit-il en hochant lentement la tête. Il se tut, puis se ressaisit tout en me regardant avec prudence. « Pardonnez-moi, mais les “Dix articles” ne nient pas l'existence du purgatoire.

— En effet. Ce que vous avez dit n'est pas interdit. Et c'est intéressant. Mais, juste avant, ne sous-entendiez-vous pas que le roi pourrait ne pas agir de manière responsable en tant que chef de l'Église ?

— C-comme je l'ai dit, monsieur, je p-parlais seulement des rois en général et j'ai dit l'Église et non pas le pape. Sauf votre respect, cette op-pinion n'est pas hérét-tique.

— Fort bien. Dites-moi, vu votre éducation militaire, sauriez-vous manier l'épée ?

— Comme celle qui a tué le commissaire ? »

Je haussai le sourcil.

« J'ai deviné, continua-t-il, que c'était ce qui s'est

passé quand j'ai appris l'état du corps en revenant de mon inspection des propriétés. J'ai vu assez d'hommes décapités dans ma jeunesse. Mais j'ai renoncé à ce monde dès que j'ai atteint l'âge adulte. J'avais vu suffisamment de sang comme ça.

— La vie d'un moine a ses inconvénients cependant, non ? Le vœu de chasteté, par exemple... Ce doit être pénible. »

Il se troubla.

« Que voulez-vous d-dire ?

— En plus de la mort du commissaire, je dois maintenant enquêter sur celle d'une jeune servante. » Je lui appris quel corps avait été repêché de l'étang. « Vous avez été cité, parmi d'autres, comme quelqu'un qui s'était mal comporté envers elle. »

Il s'assit au bureau, courbant la tête, me cachant son visage.

« Le célibat est dur à vivre, murmura-t-il. Ne c-croyez pas que, c-contrairement à certains, j'apprécie les désirs qui m'assaillent. Je hais ces p-passions diaboliques. Elles détruisent l'édifice d'une vie sainte construit au prix de tant d'efforts. Oui, monsieur, je d-désirais cette fille. Heureusement que je suis craintif de nature. Quand elle m'envoyait promener, je n'insistais pas. Mais je revenais à la charge. Elle semblait me tenter comme le désir de gloire sur le champ de bataille tente les hommes.

— C'est elle qui vous tentait ?

— Ce n'était pas sa faute. Elle était femme et que font les femmes sur terre sinon tenter les hommes ? » Il prit son souffle. « Est-ce qu'elle s'est t-tuée ?

— Non. On lui a brisé la nuque.

— On n'aurait jamais d-dû la laisser venir ici ! s'exclama-t-il en secouant la tête. Les femmes sont l'instrument du d-diable.

— Frère Edwig, dis-je doucement. Vous vous dites craintif, mais je pense que vous êtes peut-être l'homme le plus impitoyable du monastère. Et maintenant je vais vous laisser. Calculez bien... »

✝

Je m'arrêtai sur le palier pour rassembler mes pensées. J'avais été sûr que Gabriel était l'assassin et qu'il avait agi dans un moment de grande colère. Mais si le registre que j'avais trouvé était le même que celui découvert par Singleton, alors le frère Edwig avait un mobile clair pour assassiner mon prédécesseur. Cependant, Singleton avait été tué sous le coup de la passion et je ne sentais aucune passion chez l'économe à part celle des chiffres et de l'argent. Il avait, en outre, été absent de Scarnsea durant la nuit fatidique. Mais c'était très certainement un prévaricateur.

Comme je me tournais vers l'escalier, une lumière sur les marais attira mon attention. J'aperçus dans le lointain deux lueurs tremblotantes brillant dans la vase. Je me rappelai m'être dit que ces ventes de terre devaient représenter un demi-coffre d'or et avoir rencontré le frère Edwig le jour où je m'étais aventuré dans les marais. Et pour transporter de l'or, qui ferait mieux l'affaire que des contrebandiers professionnels ? Je repris mon souffle et me précipitai à l'infirmerie.

✝

Assise dans la cuisine de l'infirmier, Alice était en train de couper les racines de quelque plante. Elle me regarda un bref instant avec une virulente hostilité avant de se forcer à sourire.

« Vous préparez l'une des potions du frère Guy ?

— Oui, monsieur.

— Maître Mark est-il revenu ?

— Il est dans votre chambre, monsieur. »

L'animosité perceptible sous la politesse guindée m'attrista. Mark lui avait donc répété ce que je lui avais dit.

« Je reviens de la comptabilité. J'ai vu des lumières sur les marais depuis une fenêtre du premier étage. Je me suis demandé si les contrebandiers étaient de nouveau à l'œuvre.

— Je n'en sais rien, monsieur.

— Vous avez dit à Mark que vous nous montreriez les pistes.

— Oui, monsieur, répondit-elle d'un ton prudent.

— Ça m'intéresserait de les voir. Pourriez-vous m'y conduire demain ? »

Elle hésita.

« J'ai des tâches à accomplir pour le frère Guy, monsieur.

— Et si je lui demandais la permission ?

— À votre service.

— Et, Alice, j'aimerais aussi... vous parler d'un sujet ou deux. J'aimerais être votre ami, vous savez. »

Elle détourna le regard.

« Si le frère Guy m'enjoint de vous accompagner, je le ferai bien sûr.

— Alors je vais le lui demander », répondis-je d'un ton aussi froid que le sien. Blessé et mécontent, je suivis le couloir jusqu'à notre chambre. Mark regardait par la fenêtre d'un air lugubre.

« J'ai demandé à Alice de me montrer les sentiers qui traversent les marais, annonçai-je en entrant. Je viens d'y apercevoir des lumières. J'ai compris à son attitude que tu lui avais dit que je t'avais ordonné de la laisser tranquille.

— Je l'ai informée que vous trouviez malséant que nous nous fréquentions. »

J'enlevai mon manteau et m'affalai dans le fauteuil.

« En effet. As-tu transmis mes ordres à l'abbé ?

— La tombe du commissaire Singleton sera nettoyée demain et ensuite l'étang sera vidé.

— J'aimerais que tu sois présent. J'irai seul dans les marais avec Alice. Et avant que tu dises quelque chose que tu risques de regretter, je lui ai fait cette demande parce que je pense que ces contrebandiers peuvent avoir de l'importance pour notre enquête. Et ensuite j'irai en ville pour voir Copynger. » Je lui fis part de ma découverte dans le bureau du frère Edwig.

« J'aimerais être à nouveau parmi des gens ordinaires, dit-il en évitant mon regard. Cet endroit semble grouiller de voleurs et de voyous.

— As-tu réfléchi un peu plus à notre discussion sur ce que tu feras à notre retour à Londres ?

— Non, monsieur. » Il haussa les épaules. « Londres regorge aussi de voleurs et de voyous.

— Alors peut-être devrais-tu vivre dans les arbres, parmi les oiseaux, afin de ne pas être souillé par le contact avec le monde, répliquai-je sèchement. Et maintenant, je vais prendre encore un peu de la bonne potion du frère Guy et dormir jusqu'au dîner. Ç'a été l'une des journées les plus longues et les plus harassantes que j'aie jamais vécues. »

23

Le repas au réfectoire se déroula ce soir-là dans le calme. L'abbé enjoignit à chacun de dîner en silence et de prier pour l'âme de la personne inconnue, comme il dit, dont le corps avait été trouvé dans l'étang. Les moines avaient la mine tendue et inquiète. J'interceptai maints regards effrayés et angoissés. On avait l'impression que la crainte d'une dissolution inéluctable évoquée par l'abbé commençait déjà à envahir tout le monastère.

Mark et moi revînmes à l'infirmerie en silence. Nous étions tous les deux épuisés, mais je sentis qu'il me battait toujours froid depuis que je lui avais interdit de faire la cour à Alice. Dès que nous eûmes regagné notre chambre, je me jetai sur les coussins de mon fauteuil, tandis qu'il ajoutait quelques bûches dans le feu. Je lui avais parlé de mon entretien avec le frère Edwig. J'y pensais encore beaucoup.

« Si je demande à Copynger de faire son enquête demain matin, on devrait avoir une réponse dès le lendemain. Même si une seule de ces ventes de terres est confirmée, nous pouvons accuser Edwig de prévarication. Ça lui donne un bon motif pour commettre un crime. »

Mark était assis sur un tas de coussins en face de

moi, l'air très intéressé. Malgré nos différends, il avait autant envie que moi d'attraper notre assassin. Je voulais mettre mes hypothèses à l'épreuve de son intelligence et il était réconfortant de l'entendre parler de nouveau avec enthousiasme.

« Nous en revenons toujours à la question de son absence, monsieur. Absent quand Singleton a trouvé le registre et aussi lorsque le commissaire a été assassiné le même soir.

— Je le sais. Seul Athelstan était au courant et il affirme n'en avoir parlé à personne.

— Athelstan pourrait-il être l'assassin ?

— Lui ? Trancher la tête d'un homme, d'un commissaire du roi ? Non. Rappelle-toi comme il avait peur quand il s'est proposé comme informateur. Il n'oserait s'attaquer à une souris.

— N'est-ce pas là une réaction instinctive à sa personnalité ? » Le ton était quelque peu ironique.

« D'accord. Peut-être me suis-je laissé emporter par la logique quand j'ai échafaudé des hypothèses à propos de la culpabilité de Gabriel. Mais tout semblait s'emboîter si parfaitement. Mais oui, bien sûr, il nous faut prendre en compte notre appréciation du caractère des gens, et Athelstan est à l'évidence un faible.

— Et qu'est-ce que ça pourrait bien lui faire que le frère Edwig soit envoyé au gibet et même que le monastère soit dissous ? Il n'est pas très pieux.

— Et comment se serait-il procuré cette épée ? J'aimerais beaucoup savoir d'où elle vient. À Londres, grâce à la marque, je pourrais sans doute en découvrir le fabricant. La guilde des fabricants d'épées doit le savoir. Mais nous sommes prisonniers de cette neige.

— Et, monsieur, si Singleton avait révélé à quelqu'un d'autre ce qu'il avait découvert à la comptabilité et qu'on ait décidé de le tuer ? L'abbé, peut-être ? Son sceau doit se trouver sur ces actes de vente.

— Oui. Un sceau qu'il laisse traîner sur son bureau et dont n'importe qui pourrait se servir quand il est absent.

— Le prieur Mortimus, donc ? Il est sans aucun doute assez brutal pour commettre un meurtre, n'est-ce pas ? Et ne dit-on pas que c'est lui et le frère Edwig qui dirigent le monastère ?

— Ces deux-là complices de fraude ? Je ne suis guère convaincu. Vivement que je reçoive la réponse de Copynger ! » Je soupirai. « Il y a combien de temps qu'on a quitté Londres ? Une semaine ? Ça paraît une éternité.

— Six jours seulement.

— J'aimerais avoir le temps d'y retourner. Mais même envoyer un message prendrait des jours à cause de cette neige. Morbleu ! Est-ce que ça va durer éternellement ?

— C'est l'impression que ça donne. »

✝

Peu après, Mark s'installa dans sa petite couche à roulettes et rentra sous mon lit. Assis dans mon fauteuil, je fixai l'âtre plein de bûches. Par les fenêtres qui recommençaient à se couvrir de givre j'entendis les cloches annoncer les complies. Quels que soient les événements, quelles que soient les tragédies, on continuait de célébrer les offices.

Je pensai à lord Cromwell qui attendait ma réponse à Londres. Il fallait que j'essaye de lui envoyer bientôt un message, ne fût-ce que pour l'informer que je n'avais pas encore de réponse mais deux meurtres de plus à élucider. J'imaginais son visage furieux, ses jurons, sa nouvelle mise en doute de ma loyauté. Mais si Copynger confirmait les ventes de terres je pourrais faire arrêter le frère Edwig pour prévarication. Je me voyais déjà en train de l'interroger, les menottes aux poignets, dans quelque réduit obscur de la prison de Scarnsea, et m'aperçus que la scène me réjouissait. Troublé, je me dis que la perspective de tenir à sa merci un homme qu'on déteste donne des idées déplaisantes. Un sentiment de culpabilité m'envahit peu à peu et je pensai une fois de plus à Mark et Alice. Dans quelle mesure mes motifs étaient-ils purs à ce sujet ? Tout ce que j'avais dit à Mark à propos de la différence de niveau social et de l'obligation où il se trouvait de réussir vis-à-vis de sa famille était vrai. Je savais cependant que le ver de la jalousie était en moi. Leur étreinte dans la cuisine me revint en mémoire, et je fermai les paupières tandis qu'une autre vision s'ébauchait dans un coin de mon esprit : c'était moi qu'Alice étreignait. J'entendais la profonde respiration de Mark, désormais celle du sommeil.

Je priai Dieu qu'Il me fasse m'engager dans le bon et juste chemin, celui qu'aurait suivi le Christ. Puis je dus m'endormir car je me réveillai en sursaut et fixai un feu éteint. Plusieurs heures avaient dû s'écouler. J'avais mal au dos et j'étais transi de froid. Je me levai de mon fauteuil avec difficulté, me déshabillai et, recru de fatigue, grimpai dans mon lit.

✝

Je tombai immédiatement dans un profond sommeil et me réveillai le lendemain matin plus reposé que je ne l'avais été depuis une semaine. La prescription du frère Guy m'était bénéfique. Après le petit déjeuner, j'écrivis une lettre au juge Copynger et la confiai à Mark.

« Porte ce pli à Scarnsea. Demande à Copynger s'il peut me fournir une réponse dès demain.

— Je pensais que vous vouliez le voir vous-même.

— Je veux me rendre dans les marais avant que le temps ne se gâte. » Je jetai un coup d'œil au ciel que les nuages assombrissaient de nouveau. « Dis à l'abbé que le nettoyage de la tombe de Singleton pourra s'effectuer à ton retour. Le dispositif d'assèchement de l'étang est-il en place ?

— Il y a un puisard où le ruisseau peut se déverser. Apparemment, on désenvase l'étang environ tous les dix ans.

— Quand l'a-t-on fait pour la dernière fois ?

— Il y a trois ans.

— De telle sorte que le corps serait tranquillement resté là durant de nombreuses années encore. Mais pas éternellement, cependant.

— Peut-être le meurtrier a-t-il dû s'en débarrasser au plus vite ?

— Oui. Et ensuite ç'aurait été difficile de le sortir.

— On n'a pas à aller à l'église maintenant.

— Non, tu as raison, il nous faut d'abord faire vider l'étang. Décidément, tu vas être très occupé aujourd'hui ! » ajoutai-je. Mais mon effort pour alléger l'atmosphère ne réussit apparemment qu'à le faire se renfermer à nouveau sur lui-même. « Oui, monsieur », murmura-t-il avant de quitter la pièce.

Je lus le banal courrier habituel apporté par le serviteur de l'abbé puis partis à la recherche d'Alice. Tel un tout jeune homme, la perspective de la voir m'emplissait d'une joie mêlée d'inquiétude. Le frère Guy m'indiqua qu'elle était en train de suspendre des herbes dans la salle de séchage et qu'elle serait bientôt libre. Je sortis dans la cour pour vérifier l'état du temps. Les nuages étaient hauts dans le ciel et j'espérais que la neige nous serait épargnée. Je frissonnai, le froid était toujours aussi intense.

Mon attention fut attirée par des éclats de voix. Je vis deux silhouettes en train de se battre près du corps de garde, l'une vêtue de noir, l'autre de blanc. Je hâtai le pas. Jérôme était aux prises avec le prieur Mortimus qui l'avait fermement empoigné et s'efforçait d'attraper un papier que Jérôme ne voulait pas lâcher. Malgré ses infirmités, le chartreux se débattait farouchement. À côté, Bugge retenait par le col un garçonnet qui se tortillait comme un ver.

« Donnez-moi ça, espèce de salaud ! » grogna le prieur. Jérôme essaya de fourrer le papier dans sa bouche, mais, passant un pied derrière la jambe valide du chartreux, le prieur le fit tomber à la renverse dans la neige. Il se pencha, lui arracha le papier et se releva en haletant.

« Pourquoi tout ce raffut ? » demandai-je.

Avant que le prieur ait pu répondre, Jérôme se hissa sur son coude et lui cracha dessus ; le jet de salive atteignit la soutane du prieur. Poussant un cri de dégoût, celui-ci flanqua un coup de pied dans les côtes du chartreux. Le vieil homme retomba sur le dos en hurlant dans la neige labourée. Le prieur brandit une lettre.

« Voyez, monsieur le commissaire, je l'ai surpris en train de tenter d'envoyer subrepticement ceci ! »

Je saisis la missive et lus l'adresse.

« C'est adressé à sir Thomas Seymour !

— N'est-il pas membre du Conseil du roi ?

— Oui. Et c'est le frère de la feue reine. » Jetant un coup d'œil à Jérôme qui, étendu sur le sol, fixait sur nous un regard de bête sauvage, je déchirai l'enveloppe. Un frisson me parcourut de haut en bas lorsque je lus la lettre. Il appelait Seymour « mon cousin », signalait son emprisonnement dans une maison où régnait la corruption, où un commissaire du roi avait été assassiné, et lui affirmait qu'il fallait qu'il sache que lord Cromwell avait commis des vilenies. Il répétait l'histoire de sa rencontre en prison avec Mark Smeaton et des tortures infligées par Cromwell au musicien.

> *Je suis confiné ici par un autre commissaire de Cromwell, un bossu à la mine sinistre. Je te fais ce récit dans l'espoir que tu pourras t'en servir contre Cromwell, l'instrument de l'Antéchrist. Le peuple le déteste et le haïra encore plus quand il apprendra cela.*

Je chiffonnai le papier.

« Comment est-il sorti ?

— Il a disparu après prime et je suis parti à sa recherche. Entre-temps, notre bon Bugge a reçu la visite de ce gamin de l'asile des pauvres qui prétendait être venu chercher le message d'un moine. Bugge s'est méfié et a refusé de le laisser entrer. » Le portier se rengorgea, enfonçant les jointures de ses doigts dans le col du gamin. Celui-ci avait cessé de se débattre et, frappé de stupeur, fixait le corps de Jérôme allongé dans la neige.

« Qui t'a envoyé ici ? lui demandai-je.

— Un serviteur a apporté un mot, monsieur, répondit-il, d'une voix tremblante, qui me demandait d'aller chercher une lettre pour la poste de Londres.

— J'ai trouvé ça sur lui », dit Bugge. Il ouvrit sa main libre, qui contenait une bague en or.

« C'est à vous ? » demandai-je à Jérôme. Il détourna la tête.

« Quel serviteur, mon garçon ? Réponds. Tu cours de grands risques.

— Maître Grindstaff, monsieur, qui travaille aux cuisines. La bague c'était pour me payer et pour le courrier postal.

— Grindstaff ! s'écria le prieur avec mépris. C'est lui qui apporte sa nourriture à Jérôme. Il a toujours été contre les changements. Je vais le mettre à la porte dès ce soir... Sauf si vous souhaitez prendre des mesures plus sévères, monsieur le commissaire. »

Je secouai la tête.

« Assurez-vous que Jérôme reste constamment enfermé dans sa cellule. Vous n'auriez pas dû le laisser sortir pour assister aux offices, car vous voyez le résultat ! » Je me tournai vers Bugge. « Relâchez le gamin ! »

Bugge traîna le garçonnet jusqu'au portail et le poussa brutalement sur la route.

« Et vous, relevez-vous ! » lança le prieur à Jérôme.

Le chartreux tenta de se mettre debout mais retomba en arrière.

« Je n'y arrive pas, sale mécréant !

— Aidez-le, ordonnai-je à Bugge. Et enfermez-le à double tour dans sa cellule. » Le portier hissa le chartreux sur ses pieds et l'emmena sans ménagement.

« Cromwell a beaucoup d'ennemis ! hurla Jérôme à mon adresse par-dessus son épaule. Sa chute méritée ne tardera pas ! »

« Disposez-vous d'un bureau où nous puissions aller ? » demandai-je au prieur.

Traversant le cloître intérieur, il me conduisit jusqu'à une pièce où flambait un bon feu. Un pichet de vin se trouvait sur un bureau jonché de papiers. Il nous en versa un gobelet à tous deux.

« Est-ce la première fois que Jérôme disparaît après un office ?

— Oui. Il est toujours surveillé.

— Est-il possible qu'il ait précédemment réussi à envoyer une autre lettre ?

— Pas depuis qu'il a été enfermé le jour de votre arrivée. Mais avant ça..., oui. »

Je hochai la tête tout en me rongeant un ongle.

« Dorénavant il faut le garder à l'œil. Cette lettre est une affaire grave. Il faut sans tarder signaler la chose à lord Cromwell. »

Il fixa sur moi un regard calculateur.

« Vous serait-il loisible de dire à lord Cromwell qu'un moine loyal au roi a empêché que la lettre soit envoyée ?

— Nous verrons. » Je le regardai froidement. « Je voulais discuter avec vous d'un autre sujet. D'Orpheline Stonegarden.

— Oui..., fit-il en opinant lentement du chef. J'ai entendu dire qu'on posait des questions à ce sujet.

— Eh bien ? On a cité votre nom.

— Même les vieux célibataires ont parfois des désirs, répondit-il en haussant les épaules. C'était une belle fille. J'ai tenté de la persuader de folâtrer un brin avec moi, je ne le nie pas.

— Vous qui êtes chargé de maintenir la discipline dans la maison et qui, pas plus tard qu'hier, m'avez affirmé que la discipline empêche le monde de sombrer dans le chaos ? »

Il s'agita sur son siège.

« Des ébats avec une fille bien chaude n'ont rien à voir avec les passions perverses qui pourrissent les relations normales entre moines ! s'exclama-t-il. Je ne suis pas parfait, personne ne l'est, sauf les saints, et encore pas tous !

— Prieur Mortimus, d'aucuns diraient que votre attitude est celle d'un hypocrite.

— Allons donc ! monsieur le commissaire, tous les hommes ne sont-ils pas des hypocrites ? Je ne voulais aucun mal à cette fille. Elle m'a vite remis à ma place et ce vieux sodomite d'Alexandre m'a dénoncé à l'abbé. Par la suite, ça m'a attristé, ajouta-t-il d'un ton plus calme, de la voir errer ici comme une âme en peine. Mais je ne lui ai plus adressé la parole.

— Quelqu'un l'a-t-il prise de force, à votre avis ? Dame Stumpe croit que c'est ce qui s'est passé.

— Non. » Il se rembrunit. « Je ne l'aurais pas toléré. » Il poussa un long soupir. « Ç'a été dur de la voir hier. Je l'ai reconnue tout de suite.

— Dame Stumpe également. » Je croisai les bras. « Frère prieur, votre exquise sensibilité me surprend. J'ai du mal à croire que j'ai affaire à l'homme qui, il y a moins d'une demi-heure, a donné, sous mes yeux, un coup de pied à un infirme.

— La vie est dure pour tout homme, elle l'est encore plus pour un moine. Il a des obligations envers Dieu et de terribles tentations à surmonter. Les femmes... pour elles, c'est différent. Elles méritent une vie paisible si elles se conduisent bien. Orpheline était une brave fille, pas comme cette insolente que Guy a engagée.

— Vous l'avez importunée elle aussi, paraît-il. »

Il ne répondit pas immédiatement.

« Je ne l'ai pas harcelée, Orpheline, vous savez, reprit-il. Quand elle m'a repoussé, je n'ai pas insisté.

— Mais d'autres, si. Le frère Luke. » J'observai un silence. « Et le frère Edwig.

— Oui. Le frère Alexandre les a dénoncés eux aussi... Mais ses propres péchés, bien plus graves, devaient le mettre sur la sellette, ajouta-t-il d'un ton narquois. L'abbé s'est occupé du frère Luke et a enjoint au frère Edwig de la laisser tranquille. Et à moi aussi. Il ne me donne pas souvent d'ordre mais cette fois-là il ne s'est pas gêné.

— On dit que vous et le frère Edwig dirigez en fait le monastère.

— Il faut bien que quelqu'un le fasse. L'abbé Fabian passe le plus clair de son temps à chasser avec les nobliaux du coin. Nous nous coltinons les mornes tâches pour assurer la bonne marche de la maison. »

Je me demandai si je devais évoquer les finances du monastère ou les ventes de terres en général pour voir sa réaction. Mais je m'abstins : il ne fallait pas leur mettre la puce à l'oreille avant de disposer de preuves.

« Je n'ai jamais cru qu'elle avait dérobé ces calices et qu'elle s'était enfuie, vous savez, dit-il tranquillement.

— C'est pourtant ce que vous avez déclaré à dame Stumpe.

— Ça donnait cette impression et c'est la version que l'abbé Fabian nous avait enjoint de répandre. Il y tenait beaucoup. J'espère que vous découvrirez qui l'a jetée là-dedans, ajouta-t-il d'un ton lugubre. Ce jour-là, j'aimerais assez passer un petit moment seul à seul avec le coupable. »

Son visage était animé d'une juste colère.

« J'imagine, en effet, que ça ne vous déplairait pas, fis-je sèchement. Et maintenant, veuillez m'excuser, car je suis en retard pour un rendez-vous. »

✝

Alice attendait dans la cuisine de l'infirmerie, de gros protège-chaussures aux pieds et un vieux manteau de laine à côté d'elle.

« Vous devriez mettre quelque chose de plus chaud que ça, lui conseillai-je. Il fera très froid là-bas.

— Ça suffira, répondit-elle en s'emmitouflant dans le manteau. Il appartenait à ma mère et il lui a tenu chaud pendant trente hivers. »

Nous nous dirigeâmes vers le portail qui s'ouvrait dans le mur de derrière, en suivant le sentier que Mark et moi avions emprunté la veille. Je constatai avec surprise qu'elle me dépassait d'un bon pouce. C'est le cas de la plupart des hommes à cause de la courbure de mon dos, mais en général je peux regarder les femmes droit dans les yeux. Je me demandai ce qui en elle nous avait attirés, Mark et moi, car elle ne possédait guère la pâleur et la délicatesse d'une beauté classique. Mais les donzelles blondes et minaudières ne m'avaient jamais attiré. J'avais toujours aspiré à la rencontre de deux fortes personnalités s'embrasant l'une l'autre. À cette pensée, mon cœur battit à nouveau la chamade.

Nous passâmes devant la tombe de Singleton, dont le marron foncé tranchait toujours sur l'éclatante blancheur. Alice était aussi distante et taciturne que Mark la veille. J'enrageais d'être derechef en butte à ce mutisme hautain. Avaient-ils ensemble mis au point cette tactique, ou bien l'avaient-ils chacun adoptée spontanément ? Il est vrai que les façons de marquer son mécontentement vis-à-vis de ceux qui détiennent le pouvoir ne sont pas légion.

Comme nous traversions péniblement le verger, où un vol de corbeaux affamés croassaient dans les arbres, j'essayai de faire la conversation. Je lui demandai comment il se faisait qu'elle avait passé son enfance à jouer dans les marais.

« Deux gamins habitaient dans une maisonnette près de la nôtre. Des frères : Noël et James. On avait l'habitude de jouer ensemble. Leurs familles vivaient de la pêche depuis des générations. Ils connaissaient tous les chemins traversant les marais, tous les repères qui permettent de rester sur la terre ferme. Leur père était pêcheur mais aussi contrebandier. Ils sont tous morts aujourd'hui, leur bateau ayant sombré au cours d'une violente tempête il y a cinq ans.

— Je suis désolé de l'apprendre.

— C'est le sort qui guette tous les pêcheurs. » Elle se tourna vers moi, haussant un rien le ton. « Si des gens transportent des étoffes en France et ramènent du vin, c'est parce qu'ils sont pauvres !

— Je ne cherche pas à faire inculper des gens, Alice. Mais seulement à savoir si des sommes d'argent dont l'origine est inconnue, et peut-être la relique disparue, ont pu prendre ce chemin. »

Nous arrivâmes en face de l'étang. Un peu à l'écart, quelques serviteurs surveillés par un moine s'activaient près d'une petite porte d'écluse dans le cours d'eau. Je vis que le niveau de l'étang avait déjà baissé.

« Le frère Guy m'a parlé de cette jeune malheureuse, dit Alice en serrant son manteau plus près de son corps. Il m'a dit que je l'ai remplacée.

— En effet. La pauvre créature n'avait aucun ami, à part Simon Whelplay. Vous, il y a des gens qui vous protègent. » Apercevant une lueur d'inquiétude dans ses yeux, je lui fis un sourire rassurant. « Venez. Nous voici parvenus au portail. J'ai la clef. »

Nous sortîmes et je me retrouvai une nouvelle fois devant l'étendue blanche des marais, la rivière au loin et la petite butte aux bâtiments en ruine à mi-chemin.

« J'ai failli me noyer, la première fois que je suis venu là, dis-je. Êtes-vous certaine qu'il existe un passage sûr ? Je ne comprends pas comment on peut apercevoir les repères puisque la neige recouvre tout. »

Elle tendit le doigt.

« Vous voyez ces massifs de grands roseaux ? Il faut repérer les bons et les longer à la distance adéquate. Il n'y a pas que des marais, il y a des zones de terre ferme et les bouquets de roseaux les signalent comme des poteaux indicateurs. » Elle sortit du sentier et tâta le terrain. « Il y aura des plaques de glace de temps en temps. Il faudra prendre garde à ne pas les crever.

— Je sais. C'est ce qui m'est arrivé la dernière fois. » J'hésitai sur le bord, un sourire contraint sur les lèvres. « Vous tenez la vie d'un commissaire du roi entre vos mains.

— Je vais être prudente, monsieur. » Elle fit plusieurs allées et venues sur le sentier, déterminant l'endroit où nous devions marcher, puis, me recommandant de mettre exactement mes pas dans les siens, s'engagea dans les marais.

✝

Elle avançait prudemment mais d'un pas régulier, s'arrêtant souvent pour se repérer. J'avoue qu'au début mon cœur cognait dans ma poitrine. Je regardais en arrière, conscient que l'on s'éloignait de plus en plus de l'enceinte du monastère et qu'il serait impossible de nous porter secours si l'un de nous deux s'enfonçait dans le marécage. Mais Alice paraissait sûre d'elle. Parfois, lorsque je mettais mon pied dans son empreinte le terrain était ferme, mais de temps en temps de l'eau noire grasse s'infiltrait dans le creux. Comme nous avions l'air de progresser lentement, je fus surpris lorsque, levant les yeux, je m'aperçus que nous avions presque atteint la butte et que l'éboulement des pierres de l'édifice en ruine se trouvait seulement à cent coudées. Elle s'arrêta.

« On est obligés de gravir la butte et de redescendre

jusqu'à la rivière par un autre sentier. C'est plus dangereux de l'autre côté cependant.

— Bon. Arrivons d'abord jusqu'à la butte. »

Quelques instants plus tard, nous étions sur la terre ferme. La butte ne s'élevait qu'à quelques pieds au-dessus du niveau du marécage, mais depuis le sommet on voyait clairement le monastère d'un côté et la rivière, calme et grise, de l'autre. On apercevait la mer dans le lointain et un vent cinglant donnait à l'air une saveur saumâtre.

« Par conséquent, c'est par là que les contrebandiers transportent leur marchandise ?

— Oui, monsieur. Il y a quelques années, les douaniers de Rye les ont pourchassés par ici mais ils se sont perdus. Deux hommes ont coulé en quelques secondes et ont disparu de la surface de la terre. » Je suivis en frémissant son regard sur l'étendue blanche, puis parcourus la butte des yeux. Elle était plus petite que je ne l'avais cru, les ruines n'étant guère que des tas de moellons. Bien que dépourvu de toit, l'un des bâtiments était plus complet que les autres et j'aperçus les restes d'un feu, espace nu dans la neige couvert de cendres.

« Des gens sont venus ici tout récemment », dis-je en remuant les cendres. Je fourrageai partout du bout de mon bâton, dans le vague espoir de trouver la relique ou un coffre plein d'or dissimulé, mais il n'y avait rien. Alice me fixait en silence.

Je revins vers elle et regardai alentour.

« Les premiers moines n'ont pas dû avoir la vie facile. Pourquoi sont-ils venus jusque-là ? Pour des raisons de sécurité peut-être.

— On dit que les marais ont peu à peu monté, au fur et à mesure que l'embouchure de la rivière s'envasait. Peut-être qu'à l'époque ce n'étaient pas des marais mais juste un site près de la rivière. » Cela ne semblait pas la passionner.

« Cette scène ferait un surprenant tableau. Je peins, vous savez, quand j'en ai le temps.

— Les seules peintures que j'ai vues sont celles des vitraux. Les couleurs sont jolies mais les personnages n'ont jamais vraiment l'air très naturels.

— C'est parce que les proportions ne sont pas bonnes, qu'il n'y a ni sens de la distance ni perspective. Mais aujourd'hui, les peintres cherchent à montrer les choses telles qu'elles sont, à représenter la réalité.

— Vraiment, monsieur ? » Son ton restait froid, réservé. Je nettoyai la neige du rebord d'un mur éboulé et m'assis.

« Alice, j'aimerais avoir un entretien avec vous. À propos de maître Mark. »

Elle fixa sur moi un regard sombre.

« Je sais qu'il a des sentiments pour vous et je crois qu'ils sont honnêtes. »

Elle s'anima sur-le-champ.

« Alors, monsieur, pourquoi lui interdisez-vous de me voir ?

— Le père de Mark est l'intendant des fermes de mon père. Non pas que mon père soit riche, mais j'ai eu la chance de faire carrière grâce au droit et d'être engagé dans les services de lord Cromwell lui-même. » Je voulais l'impressionner mais son expression ne changea pas. « Mon père a promis à celui de Mark que j'essaierais de promouvoir la carrière de son fils à Londres. C'est ce que j'ai fait. Mais pas tout seul : l'intelligence et les bonnes manières de Mark ont joué leur rôle. » Je toussotai. « Malheureusement, il y a eu de petites difficultés. Il a dû quitter son poste...

— Je suis au courant de la demoiselle d'honneur, monsieur. Il m'a tout raconté.

— Ah bon ? Alors ne voyez-vous pas, Alice, que grâce à cette mission il lui reste une dernière chance de rentrer en grâce ? S'il la saisit, il pourra faire son chemin, s'assurer un avenir de grande prospérité, mais il lui faudra se marier à une personne de qualité. Alice, vous êtes une fille de valeur, et si votre père était un marchand de Londres, ce serait une autre affaire. Tenez, si c'était le cas vous pourriez me compter moi-même au nombre de vos soupirants. » Je n'avais pas eu l'intention de prononcer ces mots, mais ce fut plus fort que moi. Elle fronça les sourcils, cherchant à comprendre. N'avait-elle pas été consciente de la situation ? Je pris une profonde inspiration. « Quoi qu'il en soit, si Mark veut faire carrière il ne peut courtiser une servante. C'est cruel, mais la société fonctionne ainsi.

— Alors la société est injuste, rétorqua-t-elle avec une soudaine colère froide. Je le pense depuis longtemps. »

Je me relevai.

« C'est le monde qu'a créé Dieu pour nous, et nous devons y vivre pour le meilleur et pour le pire. Voudriez-vous représenter une entrave pour sa carrière ? Si vous l'encouragez c'est ce qui se passera.

— Je ne ferai rien qui puisse nuire à son avenir ! s'écria-t-elle d'un ton vif. Je ne ferai rien contre son gré.

— Mais il se peut qu'il veuille quelque chose qui nuise à son avenir.

— C'est à lui de le dire. Mais puisque nous n'avons pas le droit de nous parler il ne peut rien dire, de toute façon.

— Accepteriez-vous de gâcher ses chances ? Réellement ? »

Elle darda sur moi un regard perçant. Aucun regard

de femme ne m'avait à ce point désarçonné. Elle finit par pousser un profond soupir.

« Parfois, j'ai l'impression que tous ceux que j'aime me sont tôt ou tard enlevés... Mais peut-être est-ce là le sort des servantes, ajouta-t-elle d'un ton amer.

— Mark m'a dit que vous aviez un promis, un bûcheron mort dans un accident.

— S'il n'était pas mort, je serais tranquillement à Scarnsea, car en ce moment les propriétaires ne font qu'abattre des arbres. Au lieu de ça, je suis là... » Des larmes se formèrent au coin de ses yeux, qu'elle essuya d'un geste rageur. Je l'aurais volontiers prise dans mes bras pour la consoler, mais je savais que ce n'étaient pas mes bras qu'elle voulait.

« Je suis désolé. C'est dans la nature des choses qu'on perde souvent les êtres chers. Alice, l'avenir du monastère risque d'être bien compromis. Et si j'essayais de vous trouver un emploi en ville par l'intermédiaire du juge Copynger ? Il se peut que je le voie demain. Vous ne devriez pas demeurer ici, vu les horribles choses qui s'y passent. »

Elle s'essuya à nouveau les yeux et me lança un étrange regard, très ému.

« Oui, j'ai découvert ici les abîmes de violence que recèle l'être humain. C'est atroce. » Au moment où j'écris ces lignes je revois ce regard et frissonne au souvenir de ce qui nous attendait.

« Laissez-moi vous éloigner d'ici.

— Peut-être, monsieur, mais il me sera difficile de respecter cet homme.

— Je comprends. Mais ainsi va le monde, force m'est de le répéter.

— J'ai peur ici désormais. Même Mark a peur.

— Oui. Et moi aussi.

— Monsieur, le frère Guy dit qu'en plus du corps

de la jeune fille on a trouvé d'autres objets au fond de l'étang. Puis-je demander de quoi il s'agit ?

— Rien qu'une soutane qui ne semble pas fournir l'indice que j'espérais, ainsi qu'une épée. Je fais vider l'étang pour voir ce qu'il peut contenir d'autre.

— Une épée ?

— Oui. Je crois que c'est celle qui a tué le commissaire Singleton. Il y a la marque du fabricant qui devrait permettre d'en connaître l'origine, mais il me faudrait retourner à Londres pour suivre cette piste.

— N'y allez pas, monsieur, s'il vous plaît ! s'écria-t-elle d'un ton soudain suppliant. Je vous prie de me pardonner si j'ai été insolente, mais ne partez pas ! Seule votre présence ici me protège.

— Je crains que vous n'exagériez mon pouvoir, dis-je avec tristesse. Je n'ai pas réussi à sauver Simon Whelplay. Or à cause de cette neige il me faudrait au moins une semaine de voyage pour gagner Londres, et je ne dispose pas de tout ce temps. »

Son visage rayonna de soulagement. J'osai me pencher pour lui tapoter le bras.

« Votre foi en moi me touche. »

Elle retira son bras mais sourit.

« Peut-être avez-vous trop peu confiance en vous, monsieur. Peut-être que dans d'autres circonstances... S'il n'y avait pas Mark... » Elle ne termina pas sa phrase, baissant la tête d'un air pudique. J'avoue que mon cœur battait très fort. Nous restâmes silencieux sur la butte quelques instants.

« Je pense que nous devrions rentrer, fis-je, sans essayer d'atteindre la rivière. J'attends un message du juge. Et, Alice, je vais faire quelque chose pour vous, je vous le promets. Et... merci pour ce que vous m'avez dit.

— Et vous pour votre aide. » Elle fit un bref sourire

puis reprit le chemin des marais. Le retour fut plus aisé. Nous n'avions qu'à mettre nos pieds dans nos propres empreintes. Marchant derrière elle, je contemplais sa nuque et faillis une fois tendre la main pour la toucher. Je me dis que les moines n'étaient pas les seuls à se ridiculiser et à devenir aisément hypocrites.

Une gêne s'était emparée de moi et nous n'échangeâmes que de rares paroles. Mais le silence était en tout cas plus chaleureux qu'à l'aller. Elle me quitta dans la salle de l'infirmerie, me disant qu'elle avait des tâches à accomplir. Le frère Guy était en train de panser la jambe du gros moine. Il leva les yeux.

« Déjà de retour ? Vous avez l'air gelé.

— En effet. Alice m'a beaucoup aidé. Je lui en suis très reconnaissant.

— Vous dormez mieux ?

— Beaucoup mieux, grâce à votre efficace potion. Avez-vous vu Mark ?

— Je l'ai croisé il y a quelques instants. Il a regagné votre chambre. Prenez la potion encore quelques jours », me lança-t-il comme je quittais la salle. Je me demandais si je devais parler à Mark de ma conversation avec Alice. Je suivis le couloir et ouvris la porte de notre chambre.

« Mark, je suis allé... » Je m'arrêtai net, regardant à l'entour. La pièce était vide. Puis me parvint une voix, venant de nulle part, semblait-il.

« Monsieur ! À l'aide ! »

24

« Au secours ! » Il y avait une note de panique dans le cri étouffé de Mark dont la voix, à ma grande perplexité, paraissait désincarnée. Puis je vis que le placard avait été un peu déplacé. Regardant derrière, j'aperçus une porte dans le mur lambrissé. Je parvins à grand-peine à tirer le placard.

« Tu es là, Mark ?

— Je suis coincé ! Ouvrez la porte, monsieur ! Dépêchez-vous ! Il risque de revenir ! »

Je tournai avec difficulté la poignée qui était vieille et rouillée. Puis il y eut un déclic et la porte s'ouvrit, laissant passer un courant d'air froid et humide. Mark surgit de l'obscurité, débraillé et couvert de poussière. Je scrutai les ténèbres quelques instants avant de le regarder à nouveau.

« Sangdieu ! que s'est-il passé ? Qui risque de revenir ? »

Il prit bruyamment plusieurs inspirations.

« Quand je suis passé de l'autre côté, j'ai refermé la porte derrière moi avant de me rendre compte qu'on ne pouvait pas l'ouvrir de l'extérieur. J'étais pris au piège. Il y a un petit trou dans la cloison. Quelqu'un nous avait bien déjà espionnés.... C'est par là que je vous ai vu entrer dans la chambre, alors j'ai crié.

— Raconte-moi ce qui s'est passé depuis le début. » Au moins, pensai-je, la frayeur l'a guéri de son humeur boudeuse. Il s'assit sur le lit.

« Quand vous êtes parti, j'ai parlé au prieur Mortimus de l'assèchement de l'étang. Ils sont en train de le vider.

— Oui. Je l'ai vu.

— Je suis revenu ici pour mettre mes protège-chaussures. C'est alors qu'une fois de plus j'ai entendu des bruits. » Il me lança un regard de défi. « Je savais bien que je ne me trompais pas.

— Si tu avais l'esprit aussi fin que l'ouïe tu ne te serais pas enfermé de la sorte. Continue...

— Ça semblait toujours venir du placard. J'ai décidé de le déplacer pour voir ce qu'il y avait derrière et j'ai trouvé cette porte. Je suis passé de l'autre côté avec une bougie. Il y a un couloir et j'avais l'intention de découvrir où il menait. J'ai tiré la porte au cas où quelqu'un viendrait, mais au moment où je la refermais le courant d'air a éteint la flamme et je me suis retrouvé dans le noir. J'ai poussé la porte de l'épaule mais elle n'a pas bougé. » Il rougit. « Ça m'a fichu la frousse. Je n'avais pas mon épée. Mais, la bougie éteinte, j'ai pu apercevoir un point lumineux... Quelqu'un a percé un orifice dans le panneau. » Il indiqua un trou minuscule dans la cloison. « Je me suis mis sur la pointe des pieds pour l'inspecter. On aurait dit un trou de clou.

— Tu es resté longtemps enfermé ?

— Non. Grâce à Dieu, vous êtes entré quelques minutes plus tard. Vous êtes allé dans les marais ?

— Oui. Des contrebandiers sont passés par là... On a découvert les traces d'un feu. J'ai eu un entretien avec Alice, on en parlera plus tard. » J'allumai deux bougies et lui en donnai une. « Bon. On réexplore ce couloir ? »

Il prit une profonde inspiration.

« D'accord.... »

Je verrouillai notre chambre pour empêcher que quelqu'un y pénètre, puis nous nous glissâmes derrière le placard et ouvrîmes la porte. Devant nous se trouvait un étroit couloir sombre.

« Le frère Guy a dit qu'il existe un passage entre l'infirmerie et la cuisine, expliquai-je, me souvenant soudain de cette indication. Il a été fermé pendant la Grande Peste.

— Mais ce couloir a été emprunté bien plus récemment.

— Oui. » J'aperçus le point lumineux dont Mark avait parlé. « Par ce trou on voit très bien la chambre. Apparemment, il n'y a guère longtemps qu'il a été percé.

— C'est le frère Guy qui a choisi la chambre pour nous.

— Oui. Celle où on pouvait nous espionner, entendre notre conversation à notre insu. » J'inspectai la porte. Elle était munie de cette sorte de loquet qu'on ne peut actionner que d'un côté. « Cette fois, prenons nos précautions. » La repoussant presque complètement, je coinçai mon mouchoir dans la fente pour l'empêcher de se refermer sur nous.

Nous longeâmes l'étroit corridor qui suivait le mur de l'infirmerie. L'une des deux parois était constituée des panneaux en bois des diverses pièces de l'infirmerie, l'autre des pierres du cloître. Des morceaux de candélabres rouillés restaient accrochés aux murs humides. À l'évidence, cela faisait longtemps que ce passage n'était pas utilisé, car il empestait le moisi et de bizarres champignons bulbeux poussaient dans les coins. Le corridor tourna bientôt à droite avant de déboucher dans une pièce où nous pénétrâmes, promenant notre lumière à l'entour.

Nous nous trouvions dans une cellule de prison, carrée, sans fenêtre. D'anciens fers étaient fixés aux murs et dans un coin un amas de toile et de bois vermoulu était tout ce qui restait d'un lit. Je fis courir ma lumière le long des murs. Des mots étaient griffonnés sur toute la pierre. Je déchiffrai une série de lettres profondément gravées. *Frater Petrus tristissimus. Anno 1339.* « Frère Pierre, le plus triste. » Je me demandai ce qu'il avait fait.

« Il y a une sortie par là », dit Mark en se dirigeant vers une lourde porte de bois. Je me penchai pour regarder par le trou de la serrure. On ne voyait aucune lumière de l'autre côté. Je collai mon oreille à la porte, mais je n'entendis rien.

Je tournai lentement la poignée. La porte s'ouvrit doucement vers l'intérieur et je vis que les gonds avaient été graissés. Nous nous retrouvâmes derrière un autre placard qui avait été écarté juste assez pour qu'un homme puisse se couler dans l'espace ainsi dégagé. Nous passâmes dans un corridor au sol dallé. Un peu plus loin, il y avait une porte à demi ouverte. J'entendis un murmure de voix et un tintement de vaisselle.

« C'est le couloir de la cuisine, soufflai-je. Rentrons vite, avant qu'on ne nous aperçoive ! »

Après Mark, je me refaufilai entre le mur et le placard et me penchai pour refermer la porte, toussotant à cause de l'air humide. Soudain une main s'abattit sur ma bouche... Je restai pétrifié tandis qu'une autre s'appuyait sur ma bosse. Les bougies étaient éteintes. Mark me chuchotait à l'oreille.

« Silence, monsieur. Quelqu'un vient ! »

Je hochai la tête et il enleva ses mains. Je ne percevais aucun bruit. Il avait l'ouïe aussi fine qu'une chauve-souris. Quelques instants après, la lueur d'une chandelle apparut, précédant une forme humaine en soutane et capuchon. Le visage sombre et étroit scrutait la cellule de prison. La bougie du frère Guy nous révéla et il sursauta.

« Seigneur Dieu ! Que faites-vous là ? »

Je fis un pas en avant.

« Nous pourrions vous poser la même question, mon frère. Comment avez-vous pénétré ici ? Nous avons fermé notre porte à clef.

— Et je l'ai déverrouillée. Je venais vous annoncer la nouvelle qu'on vidait l'étang, mais quand je vous ai appelés je n'ai pas reçu de réponse. J'avais peur que vous ne soyez tombés tous les deux raides morts, alors je suis entré grâce à ma clef et j'ai vu l'autre porte ouverte.

— Maître Poer a plusieurs fois entendu quelqu'un derrière la cloison et il a trouvé la porte ce matin. On nous a espionnés, frère Guy. Vous nous avez assigné une chambre donnant sur un couloir secret. Pour quelle raison ? Et pourquoi ne m'avez-vous pas prévenu qu'il existait un passage entre l'infirmerie et les cuisines ? » Mon ton était âpre. J'avais appris à considérer le frère Guy comme un ami. Je me maudissais de m'être laissé aller à faire confiance à un homme qui, après tout, était toujours un suspect.

Son visage se figea. La lumière de la bougie jetait des reflets chatoyants sur son long nez, sur ses traits sombres et émaciés.

« J'avais oublié que cette porte s'ouvrait dans votre chambre. Monsieur, ce couloir n'a pas été utilisé depuis près de deux siècles.

— On l'a utilisé ce matin même ! Et vous nous avez

donné la seule chambre où l'on pouvait percer un trou pour nous espionner !

— Ce n'est pas la seule chambre », répondit-il d'une voix calme. Il ne cillait pas et la bougie était tenue d'une main ferme. « Vous n'avez pas remarqué que le couloir longe les panneaux de la cloison de l'infirmerie et de toutes les chambres s'ouvrant dans le même corridor ?

— Mais un trou a été percé seulement dans la cloison de la nôtre. Tous les visiteurs sont-ils en général logés dans notre chambre ?

— Ceux qui n'habitent pas chez l'abbé, oui. Il s'agit en général des messagers ou des régisseurs de nos domaines venus discuter affaires. »

Je fis un geste circulaire dans le cachot humide.

« Et quel est cet horrible endroit, Dieu du ciel ?

— C'est l'ancienne prison des moines, soupira-t-il. La plupart des monastères en possèdent une. Jadis les abbés jetaient au cachot les frères ayant commis de graves péchés. Selon le droit canon ils en ont toujours le pouvoir, bien qu'ils n'en usent jamais.

— Non. Pas à cette époque de relâchement.

— Il y a quelques mois, le prieur Mortimus a demandé si l'ancien cachot existait toujours. Il parlait de s'en resservir comme lieu de punition. Je lui ai répondu qu'il me semblait que c'était le cas. C'est la première fois que je viens ici depuis le jour où un vieux serviteur me l'a montré quand j'ai pris mon poste d'infirmier. Je croyais que la porte était scellée.

— Eh bien ! vous vous trompiez. Donc le prieur Mortimus s'est enquis de son existence, hein ?

— En effet. » Il durcit le ton. « J'aurais cru que vous l'auriez approuvé puisque le vicaire général semble vouloir rendre notre vie le plus pénible et le plus cruelle possible. »

Je laissai le silence retomber entre nous un instant.

« Attention à ce que vous dites devant témoin, mon frère...

— Oui. Voici un monde plein de nouveaux prodiges dans lequel le roi d'Angleterre fait pendre un homme pour ses paroles. » Il s'efforça de se ressaisir. « Je suis désolé. Mais, messire Shardlake, même si hier nous avons eu une discussion savante sur la nouvelle doctrine, l'angoisse et la peur se sont emparées de chacun de nous ici. Je désire seulement vivre en paix, monsieur le commissaire. C'est ce que nous souhaitons tous ici.

— Pas tous, mon frère. Quelqu'un aurait pu traverser ce couloir pour se rendre à la cuisine afin de tuer le commissaire Singleton. Cela veut dire que cette personne n'aurait pas eu besoin d'une clef pour gagner la cuisine. Oui, bien sûr... la cuisine était ainsi l'endroit idéal pour lui donner rendez-vous, se mettre à l'affût et l'assassiner.

— Alice et moi avons veillé toute cette nuit-là au chevet du vieux frère. Personne n'aurait pu passer près de nous sans que nous le voyions. »

Je pris sa chandelle et la portai à la hauteur de son visage.

« Mais vous, vous auriez pu le faire, mon frère.

— Par le sang sacré de Notre-Seigneur, je jure qu'il n'en est rien ! s'écria-t-il avec véhémence. Je suis médecin. Mon serment m'oblige à préserver la vie, pas à la détruire.

— Qui d'autre connaissait ce passage ? Vous avez dit que le prieur en avait parlé. Quand ça ? »

Il porta la main à son front.

« Il a soulevé la question au cours d'une réunion des obédienciers. J'étais présent, ainsi que l'abbé, le prieur Mortimus, le frère Edwig et le frère Gabriel. Le frère

Jude, le pitancier, et le frère Hugh, l'intendant, y assistaient également. Le prieur Mortimus expliquait une fois de plus qu'il fallait renforcer la discipline. Il a dit qu'il avait entendu parler d'une ancienne cellule de moine quelque part derrière l'infirmerie. Il plaisantait à moitié, il me semble.

— Qui d'autre dans le monastère pourrait être au courant ?

— Quand ils arrivent, on fait peur aux novices en leur disant qu'il y a un ancien cachot au fin fond du monastère, mais je ne crois pas que quelqu'un en ait connu l'emplacement avec exactitude. Et je l'avais oublié jusqu'au moment où vous m'avez fait penser à ce passage le jour de votre arrivée. Je le répète, je le croyais fermé à double tour depuis des lustres...

— Par conséquent, certains savaient que ce lieu existait. Et votre ami, le frère Jérôme ? »

Il écarta les mains.

« Que voulez-vous dire ? Il n'est pas mon ami !

— Je vous ai vu, hier, l'aider à tourner les pages de son psautier durant l'office.

— C'est mon frère en Jésus-Christ et un pauvre infirme, répliqua-t-il en secouant la tête. En est-on arrivé au point où aider un infirme à tourner les pages de son bréviaire constitue un chef d'accusation ? Je vous avais mal jugé, messire Shardlake.

— Je recherche un assassin, mon frère, répliquai-je sèchement. Je garde à l'œil tous les obédienciers, vous y compris. Par conséquent, n'importe lequel des présents à cette réunion, intrigué par cette annonce, aurait pu décider de partir à la recherche de ce passage.

— C'est possible. »

Je jetai un nouveau coup d'œil circulaire dans la cellule.

« Allons-nous-en ! Cet endroit fait souffrir mes os. »

Nous reprîmes le couloir en silence. Le frère Guy en sortit le premier et je me penchai pour reprendre mon mouchoir. Ce faisant je vis quelque chose luire faiblement dans la lumière de la bougie. Je grattai prudemment la dalle avec un ongle.

« Qu'est-ce que c'est ? » demanda Mark.

Je regardai mon doigt de près.

« Mordieu ! Voilà donc ce qu'il était en train de faire, chuchotai-je. Oui, bien sûr, la bibliothèque...

— Mais qu'est-ce que c'est ?

— Plus tard. » Je m'essuyai avec soin les doigts sur ma robe. « Allons ! je vais geler si je ne m'assois pas vite près d'un feu. »

Une fois rentrés dans notre chambre, je congédiai le frère Guy, puis me postai devant l'âtre pour me réchauffer les mains.

« Sangdieu ! il faisait un de ces froids là-dedans !

— J'ai été étonné d'entendre le frère Guy dire du mal du vicaire général.

— Il n'a dénoncé que la politique du roi. Il eût fallu qu'il dénonce sa manière de diriger l'Église pour se rendre coupable de trahison. Dans le feu de la passion, il a dit tout haut ce qu'ils pensent tous tout bas. J'ai relevé une trace là-dedans, mais la piste me conduit à quelqu'un d'autre.

— À qui ? »

J'étais content de voir à sa mine que sa bouderie était oubliée.

« Plus tard. Viens ! On doit aller à l'étang avant qu'ils se mettent à en explorer le fond eux-mêmes. Il faut qu'on voie s'il contient autre chose. » Nous sortîmes de la chambre. Les pensées se bousculaient dans ma tête.

✝

Nous repassâmes par le verger et parvînmes à l'endroit où, armés de longues perches, une petite foule de serviteurs se tenaient près de l'étang. Le prieur Mortimus était avec eux. Il se tourna vers nous.

« Le ruisseau a été dévié, monsieur le commissaire, et l'eau complètement vidée. Mais il faudra le laisser s'écouler à nouveau car autrement il inondera le terrain près du puisard. »

J'acquiesçai d'un signe de tête. L'étang était désormais un bassin profond et vide, la vase marron grisâtre du fond hérissée çà et là de pointes de glace. Je lançai aux serviteurs : « Un shilling pour celui qui trouve quelque chose là-dedans ! »

Deux serviteurs s'approchèrent et descendirent dans la vase avec précaution. Ils se mirent à la tâter du bout de leur perche. Finalement, l'un d'eux m'appela en brandissant des objets. Deux calices en or.

« Orpheline était censée les avoir emportés », souffla le prieur.

J'avais espéré repêcher la relique, mais dix minutes de recherches supplémentaires ne révélèrent rien, à part une vieille sandale. Les serviteurs remontèrent et celui qui avait trouvé les calices me les remit. Je lui donnai le shilling promis et quand je me retournai je vis que le prieur les étudiait.

« Ce sont eux, ça ne fait aucun doute. » Il émit un long soupir. « Si vous démasquez celui qui a tué cette malheureuse, rappelez-vous, monsieur le commissaire, il faut me laisser un moment seul à seul avec lui. » Il tourna les talons et s'éloigna. Je haussai un sourcil à l'adresse de Mark.

« Sa mort l'attriste-t-elle vraiment ? demanda-t-il.

— Le cœur humain recèle d'étranges et insondables profondeurs. Viens, il nous faut aller à l'église. »

25

J'avais les jambes fatiguées et mon dos me faisait mal tandis qu'une fois de plus nous regagnions péniblement le monastère. J'enviais à Mark ses jambes robustes et son pas énergique qui faisait gicler la neige. Lorsque nous atteignîmes la cour, je m'arrêtai pour reprendre mon souffle.

« La trace dans le couloir nous ramène au frère Gabriel. Il cachait bien quelque chose, semble-t-il. Allons le trouver ! On va d'abord le chercher à l'église. Quand je lui parlerai je veux que tu restes juste hors de portée d'oreille. Ne me demande pas pourquoi. J'ai mes raisons.

— Comme vous voudrez, monsieur. » Je voyais que mes cachotteries l'indisposaient mais ça faisait partie de ma stratégie. Quoique surpris de ce que j'avais trouvé sur le sol du couloir, je ne pouvais m'empêcher d'être fier de voir mes soupçons à propos de Gabriel s'avérer. Le cœur humain recèle vraiment d'étranges et insondables profondeurs.

Le temps étant toujours nuageux, il faisait sombre à l'intérieur de l'église. Comme nous avancions dans la nef, je notai qu'on n'entendait pas l'habituel murmure des prières susurrées dans les chapelles latérales. Ce devait être l'heure de repos des moines. J'aperçus la silhouette du frère Gabriel au milieu de la nef. Il surveillait un serviteur qui astiquait une large plaque de métal apposée sur le mur.

« Le vert-de-gris s'en va, disait-il de sa voix sonore et profonde au moment où nous approchions. La formule du frère Guy est efficace.

— Frère Gabriel, fis-je, je suis désolé de passer mon temps à éloigner vos serviteurs. Mais il faut que je m'entretienne de nouveau avec vous. »

Il soupira et congédia l'homme. Je lus les mots latins gravés sur la plaque au-dessus d'un sarcophage surmonté d'un gisant représentant un moine.

« Donc, c'est dans ce mur qu'est enterré le premier abbé ?

— Oui. Le travail du métal est exceptionnel. » Il jeta un coup d'œil à Mark, qui se tenait un peu à l'écart, comme je le lui avais demandé, puis se retourna vers moi. « Malheureusement, c'est un alliage de cuivre. Mais le frère Guy a trouvé une bonne formule pour le nettoyer. » Il parlait vite, avec nervosité.

« Vous êtes très occupé, mon frère. Vous êtes chargé de la musique ainsi que de la décoration. » Je levai les yeux vers la rambarde de la galerie, contemplant la statue de saint Donatien, les outils à côté, la nacelle des ouvriers accrochée à la galerie et au clocher par son entrelacs de cordes. « Les travaux n'avancent pas, je vois. Vous négociez toujours avec le frère Edwig ?

— Oui. Mais ce n'est pas pour discuter de ça que vous êtes venu, n'est-ce pas ? demanda-t-il, une note d'irritation dans la voix.

— Non, mon frère. Hier, je vous ai présenté une hypothèse, une accusation d'avocat, avez-vous déclaré. Une accusation de meurtre. Vous m'avez dit que j'élaborais un faux dossier.

— Oui, en effet. Je ne suis pas un assassin.

— Cependant, nous acquérons un talent, nous les faiseurs de plaidoiries, celui de sentir quand les gens cachent quelque chose. Et nous nous trompons rarement. »

Il ne répondit rien, scrutant mon visage.

« Permettez-moi de vous présenter, disons, une autre série d'hypothèses et, si je me trompe, vous pourrez me corriger au fur et à mesure. Est-ce une juste proposition ?

— Je ne sais pas quel piège vous me tendez.

— Il n'y a aucun piège, je vous le promets. Je vais commencer, s'il vous plaît, par une réunion des obédienciers il y a quelques mois au cours de laquelle le prieur Mortimus a signalé l'existence du vieux cachot des moines et un couloir menant de l'infirmerie aux cuisines.

— Oui... oui, je me rappelle. » Il respirait un peu plus rapidement maintenant, cillant plus souvent.

« On n'a pas donné de suite à cette idée, mais je pense que vous êtes allé à la bibliothèque, où vous saviez que l'on gardait les anciens plans du monastère. Je les ai aperçus quand vous m'avez montré la biblicthèque. Je me rappelle que vous cherchiez à les dissimuler à mon regard. Je pense que vous avez découvert le couloir, mon frère, et je crois que vous l'avez emprunté pour aller percer un trou dans la cloison de la chambre que nous occupons en ce moment. Le cuisinier a dit qu'il vous a vu traîner près des cuisines, à l'endroit où se trouve, je le sais maintenant, l'entrée du passage. »

Il passa la langue sur ses lèvres sèches.

« Vous ne me contredisez pas, mon frère.

— Je... je ne sais absolument pas de quoi vous parlez.

— Vraiment ? Mark a entendu des bruits certains

matins et je me suis moqué de lui, lui affirmant qu'il s'agissait de souris. Aujourd'hui, cependant, il a fouillé dans tous les recoins de la chambre et découvert la porte et le petit trou. Je me suis demandé qui nous avait espionnés et j'ai même soupçonné l'infirmier, avant d'apercevoir quelque chose par terre, juste au-dessous du trou. Quelque chose de luisant. Et j'ai compris que l'homme qui nous avait observés ne cherchait pas à nous espionner. Il avait un autre motif. »

Poussant un grognement qui semblait jaillir de ses entrailles, il s'avachit comme un pantin dont on a coupé les ficelles.

« Vous êtes attiré par les jeunes hommes, frère Gabriel. Ce doit être une passion dévorante et irrésistible, si vous avez pris tous ces risques rien que pour regarder Mark Poer s'habiller le matin. »

Il vacilla sur ses pieds et je crus qu'il allait tomber. Il appuya une main contre le mur pour garder l'équilibre. Quand son regard revint sur moi, son visage, d'abord d'une pâleur mortelle, s'empourpra violemment.

« C'est la vérité, murmura-t-il. Que le Seigneur me pardonne !

— Mordieu ! Ç'a dû être un étrange périple de traverser ce vieux cachot atroce dans le noir, la queue gonflée...

— Je vous en prie... je vous en prie. » Il leva la main. « Ne le lui dites pas ! Ne le dites pas au jeune homme... »

Je me rapprochai d'un pas.

« Alors, avouez tout ce que vous avez dissimulé. Ce couloir est un passage secret pour gagner les cuisines où mon prédécesseur a été assassiné.

— Je n'ai pas choisi ma nature, siffla-t-il avec une passion soudaine. La beauté m'obsède depuis longtemps, depuis le jour où j'ai vu une représentation de saint Sébastien dans notre église. Je ne voyais que lui, et les autres garçons ne voyaient que les seins de la statue de sainte Agathe. Mais eux pouvaient se marier. Alors que moi, j'ai dû affronter seul cette tentation. Je suis venu ici pour la fuir.

— Dans un monastère ? demandai-je, incrédule.

— Oui. » Il éclata d'un rire désespéré. « De nos jours, les jeunes gens vigoureux ne deviennent pas moines, ou rarement, en tout cas. La plupart des candidats sont de pauvres hères comme Simon qui n'osent pas affronter le monde. Je ne désirais pas Simon, et encore moins le vieil Alexandre. J'ai péché avec des hommes, mais pas souvent ces dernières années, et jamais depuis l'inspection. Grâce à la prière, grâce au travail, j'ai réussi à me maîtriser. Mais il arrive que nous recevions des visiteurs, des intendants de nos propriétés dans le comté, des messagers, et parfois je vois... je vois un beau garçon qui embrase mes sens... Alors je ne sais plus où j'en suis.

— Et en général les visiteurs sont logés dans notre chambre. »

Il baissa la tête.

« Quand le prieur a signalé le couloir, je me suis demandé s'il pouvait mener à la chambre des visiteurs. Vous avez raison, j'ai consulté les plans. Dieu me garde ! j'ai percé le trou pour contempler leur nudité. » Il se tourna vers Mark, le regardant, cette fois-ci, d'un air furieux et traqué. « Puis vous êtes arrivé. Avec lui... Il fallait que je le contemple : il est magnifique... Il représente l'apogée de ma quête de... l'idéal. » Il se mit à parler vite, presque comme s'il récitait une leçon. « J'entrais dans le couloir au moment où, selon mes calculs, vous vous leviez. Que Dieu me pardonne, j'étais là hier et le jour où le pauvre Simon a été enterré. J'y suis retourné ce matin, ç'a été plus fort que moi. Ah ! que suis-je devenu ? Peut-on être plus humilié devant Dieu ? » Il serra le poing et le porta à sa bouche, se mordant jusqu'à ce qu'une goutte de sang perle sur la peau.

Je songeai qu'il avait dû me voir m'habiller moi aussi et apercevoir la bosse de laquelle Mark détournait toujours son regard avec tact. Ce n'était guère une pensée agréable.

« Écoutez-moi, mon frère, dis-je en me penchant vers lui, je n'ai encore rien dit à Mark. Mais vous, vous allez me révéler tout ce que vous savez sur les morts qui ont eu lieu ici et tout ce que vous m'avez caché. »

Il ôta la main de sa bouche et fixa sur moi un regard perplexe.

« Mais, monsieur le commissaire, je n'ai rien d'autre à révéler. Il n'y avait que mon secret honteux. Tout ce que je vous ai dit est vrai et je ne sais rien sur ces actes atroces. Je n'espionnais pas. Je n'ai utilisé ce couloir que pour apercevoir les jeunes visiteurs. » Il poussa une sorte de râle. « Je voulais juste regarder.

— Vous ne cachez vraiment rien d'autre ?

— Rien d'autre. Je le jure. Dieu sait que je vous aiderais s'il était en mon pouvoir d'élucider ces horribles crimes ! »

Il se tassa contre le mur, accablé de honte. Je sentis une bouffée de colère monter en moi... J'avais, une fois de plus, suivi une piste débouchant sur une impasse. Je secouai la tête.

« Morbleu ! frère Gabriel, vous m'avez fait perdre mon temps, grognai-je. Je vous avais pris pour le meurtrier.

— Je sais, monsieur, que vous voulez dissoudre le monastère. Mais, je vous en prie, n'utilisez pas ce que j'ai fait. Ne laissez pas mes péchés causer la chute de Scarnsea.

— Sangdieu ! vous exagérez vos péchés. Ce vice solitaire ne constitue même pas un motif suffisant pour vous inculper. Si cette maison est fermée, ce sera pour d'autres raisons. Cela m'étonne et m'attriste seulement qu'un homme gâche sa vie à cause de cette étrange sorte d'idolâtrie. Vous êtes la créature la plus stupide du monde. »

De honte, il baissa les paupières, puis leva les yeux au ciel et, au mouvement de ses lèvres, je vis qu'il priait. Soudain, il ouvrit grand la bouche et, toujours levés, ses yeux semblaient lui sortir de la tête. Intrigué je me rapprochai. Tout se passa si vite que je n'eus pas le temps de réagir... Poussant un grand cri, les bras tendus, il se jeta sur moi.

La suite est gravée si profondément dans ma mémoire que ma main tremble en relatant la scène. Il me donna un si violent coup dans la poitrine que je tombai à la renverse, heurtant le sol de pierre avec une telle force que j'en eus le souffle coupé. L'espace d'un instant je crus qu'il avait perdu la tête et qu'il voulait me tuer. Il se dressait au-dessus de moi, les yeux fous. Mais, une seconde plus tard, j'aperçus quelque chose qui fendait l'air, se ruant vers le sol à toute vitesse... Une grande statue atterrit à l'endroit où je me tenais quelques instants plus tôt, écrasant Gabriel contre le sol. J'entends encore la pierre se fracasser bruyamment contre les dalles, le bruit se mêlant au terrible broiement de ses os.

†

Je me soulevai sur mes coudes, bouche bée, frappé de stupeur, contemplant la statue peinte de saint Donatien, maintenant en morceaux sur le corps du sacristain, dont le bras était étendu tout droit, tandis qu'une mare de sang s'étalait sur le sol. La tête brisée de la statue gisait à mes pieds, ses yeux, au-dessus de larmes peintes en blanc, fixés sur moi d'un air de pieux chagrin.

J'entendis alors Mark pousser un cri comme je n'en avais jamais entendu.

« Éloignez-vous du mur ! » rugit-il.

Je levai la tête. Le piédestal de la statue vacillait au bord de la galerie, cinquante pieds au-dessus. Je ne pus apercevoir qu'une silhouette encapuchonnée. Je m'écartai tant bien que mal, juste avant qu'il ne s'écrase à l'endroit que je venais de quitter. Pâle comme la mort, Mark m'empoigna, s'apprêtant à me hisser sur pied.

« Là-haut ! » s'écria-t-il. Je suivis son regard. Une vague forme humaine s'échappait le long de la galerie en direction du sanctuaire.

« Il m'a sauvé ! » Je fixai les membres fracassés du sacristain sous la pierre, la mare de sang. « Il m'a sauvé !

— Monsieur, chuchota Mark d'un ton pressant, on le tient. Il est dans la galerie supérieure. La seule façon d'en descendre ce sont les escaliers de chaque côté du jubé. »

Je rassemblai mes pensées éparses, regardant les deux escaliers de pierre.

« Oui. Tu as raison. Tu as vu qui c'était ?

— Non. Juste quelqu'un en soutane, le capuchon relevé. Il s'est dirigé vers le fond de l'église. Si nous montons les escaliers, chacun d'un côté, on peut l'intercepter. On le coincera, il n'y a pas d'autre escalier pour descendre. En êtes-vous capable, monsieur ?

— Oui. Aide-moi à me relever ! »

Il me remit debout. Il dégaina son épée et je saisis mon bâton, respirant profondément pour tenter de calmer les battements de mon cœur.

« On va avancer parallèlement, sans se perdre de vue. »

Il hocha la tête et se précipita vers l'escalier de droite. Détournant le regard du corps de Gabriel, je me dirigeai vers la gauche.

Je gravis lentement les marches. Mon cœur cognait si fort que ma gorge palpitait et que des points incandescents dansaient devant mes yeux. J'enlevai mon lourd manteau et le posai par terre. Le froid me transperça jusqu'aux os mais je me sentais plus à l'aise pour escalader les degrés.

L'escalier menait à une étroite plate-forme courant tout autour du bâtiment. C'était une passerelle en fer forgé et, très loin sous mes pieds, j'apercevais le clignotement des cierges placés devant l'autel et dans les chapelles des divers saints, ainsi que l'amas de pierres et la grande mare écarlate du sang de Gabriel. La plate-forme n'avait pas plus de trois pieds de large et je n'étais protégé de la chute que par un garde-corps de métal. Juste devant moi, les outils du maçon étaient entassés n'importe comment à côté des cordes retenant la nacelle des ouvriers suspendue au-dessus du vide, elles-mêmes attachées au mur par des rivets. Je parcourus la passerelle du regard, maudissant le manque d'éclairage. Tous les vitraux se trouvant au-dessous de la galerie, là-haut c'était la pénombre. Je ne pouvais pas voir très loin devant moi, mais il y avait quelqu'un, c'était certain. Je me déplaçai avec une extrême prudence, me penchant pour passer sous les cordes.

Juste en face, la plate-forme était au même niveau que le sommet du jubé. Celui-ci, large de sept pieds, allait d'un côté à l'autre de la nef et supportait les statues que j'avais contemplées d'en bas. Elles m'avaient alors paru toutes petites, mais là, je vis dans la pénombre que ces formes floues étaient de taille humaine.

M'accrochant à la rambarde, je m'avançai prudemment et dépassai le jubé. La rambarde crissait à chaque pas ; une fois je la sentis vaciller sous ma main. Je me dis que le maçon et ses ouvriers couraient allègrement le long de la galerie chaque fois qu'ils travaillaient là, mais je ne pus m'empêcher de me demander si en la percutant les blocs de pierre avaient pu la fragiliser.

Je vis Mark progresser lentement dans le même sens que moi, de l'autre côté de l'église. Il brandit son épée et je lui répondis en levant mon bâton. Entre lui et moi, nous devions avoir pris au piège l'assassin. Je serrai le bâton de toutes mes forces. Mes jambes s'étant mises à trembler, je leur enjoignis en les maudissant de se tenir tranquilles.

Je poursuivis mon chemin, fouillant la pénombre du regard. Rien en vue. Et pas le moindre bruit. Comme j'approchais du fond de l'église, la galerie s'incurva en arc de cercle et quelques instants plus tard Mark et moi nous retrouvâmes face à face, à cinquante pieds l'un de l'autre, de chaque côté du sanctuaire. Et entre nous, rien, personne. Il me fixa, incrédule.

« Il est venu par ici, je l'ai vu ! lança-t-il.

— Alors où est-il ? Il n'y a personne de ce côté-ci. Tu t'es sûrement trompé, il a dû partir vers l'autre bout, en direction du portail. » Je regardai vers l'endroit d'où je venais, au-delà du jubé, là où l'extrémité de la galerie se perdait dans l'obscurité.

« Je jurerais sur ma vie qu'il se dirigeait par ici. Sur ma foi.

— D'accord. » Je pris une profonde inspiration. « Calme-toi. S'il est à l'autre bout de l'église, on va quand même le coincer. Personne n'est descendu par les escaliers, on l'aurait entendu. On n'a qu'à repartir en sens inverse.

— Peut-être devrions-nous redescendre. L'un de nous deux pourrait aller chercher du renfort.

— Non. C'est difficile de surveiller les deux escaliers à la fois, et dans un bâtiment de cette taille, une fois en bas, il pourrait filer sans être vu. »

Nous rebroussâmes chemin, chacun de son côté, comme précédemment. J'avais mal aux yeux à force de scruter la pénombre. Comme je passais devant le jubé et ses statues quelque chose me fit tiquer. Je l'avais déjà bien dépassé quand le déclic se produisit... Les trois statues habituelles étaient là : saint Jean-Baptiste, Notre-Seigneur et la Vierge Marie. Mais il y en avait une quatrième.

À l'instant même où je m'arrêtais pour faire demi-tour, quelque chose siffla dans l'air et frappa le mur à côté de moi. Un poignard tomba à mes pieds sur la plate-forme au moment même où je me rendais compte que ce que j'avais pris pour une statue du milieu était en fait un homme en habit de bénédictin. Une silhouette floue était d'ailleurs en train d'enjamber la rambarde pour passer dans la galerie. Je me précipitai vers elle mais, comme je me retournais, mon pied se prit dans une aspérité de la plate-forme et je m'affalai contre le garde-corps. L'espace d'un instant, ma tête et mes épaules restèrent suspendues au-dessus de l'abîme de la nef que je scrutai, terrifié, avant de réussir à me redresser. La silhouette avait disparu. Des pas résonnèrent sur les marches.

« Mark ! criai-je. Par ici ! Il est en train de s'échapper... »

Mark était un peu plus loin que moi et, avant qu'il ait eu le temps de revenir en courant jusqu'à l'escalier de son côté, le moine était descendu. J'entendis des pas qui s'éloignaient très vite. Il filait le long du mur de mon côté, ce qui m'empêchait de le voir. Je me ruai dans l'escalier, arrivant en bas au moment où Mark débouchait de l'autre côté. Le portail de l'église claqua au loin.

« Il était debout sur le jubé, parmi les statues ! m'écriai-je. Tu as vu qui c'était ? Il a disparu en un clin d'œil.

— Non, monsieur, il était déjà dans l'escalier quand je suis parvenu à votre hauteur. » Il leva les yeux vers le haut du jubé. « Mordieu ! il en a eu du courage, de se tenir là-haut sans garde-corps ni rien où s'accrocher.

— Dans l'espoir que des réformateurs détourneraient instinctivement les yeux des statues. Il a filé maintenant... » J'examinai le poignard que j'avais ramassé dans la galerie. C'était une banale arme d'acier très aiguisée. Aucun indice... Je donnai un coup de poing dans le mur, provoquant une déflagration dans tout mon bras.

« Mais, monsieur, et Gabriel ? Au fait, ne pensiez-vous pas que c'était l'assassin ? Qu'avez-vous trouvé dans le couloir secret ? »

J'hésitai.

« Je me trompais. Du tout au tout. Il n'avait aucun secret. Et maintenant, une nouvelle personne est morte à cause de moi. En dépit de mes prières, ajoutai-je, en regardant vers le plafond, l'air furieux. Mais je jure que ce sera la dernière. »

26

J'avais convoqué dans l'église les quatre principaux obédienciers encore en vie. L'abbé Fabian, le prieur Mortimus, le frère Edwig et le frère Guy étaient réunis avec Mark et moi dans la nef, tandis que des serviteurs dégageaient des morceaux de pierre du corps de Gabriel. Étrangement, je m'aperçus que j'arrivais à supporter ce terrible spectacle, car frappé de stupeur j'étais comme engourdi, pétrifié. J'observais les réactions des obédienciers : le frère Guy et le prieur Mortimus étaient impassibles, le frère Edwig faisait une grimace de dégoût. Quant à l'abbé Fabian, il se détourna pour vomir dans le bas-côté.

Je leur enjoignis de m'accompagner dans le bureau de Gabriel où s'empilaient sur le sol des tas de livres à copier et où, l'air chagrin, la statue au nez brisé de la Vierge était toujours penchée contre le mur. Je demandai aux moines où les autres frères s'étaient trouvés une heure plus tôt, au moment où la pierre était tombée.

« Dans tout le monastère, répondit le prieur Mortimus. C'est l'heure de repos. Rares sont ceux qui seraient dehors par ce temps, la plupart doivent être restés dans leur cellule.

— Et Jérôme ? Il est enfermé ?

— Oui, à double tour dans sa cellule, depuis hier.

— Et vous quatre ? Où étiez-vous ? »

Le frère Guy déclara qu'il étudiait seul dans son dispensaire. Le prieur était dans son bureau, seul lui aussi. Le frère Edwig m'assura que ses deux assistants certifieraient qu'il s'était trouvé à la comptabilité, tandis que l'abbé Fabian était en train de donner des ordres à son majordome. Installé dans le fauteuil, je les dévisageai l'un après l'autre. On ne pouvait faire confiance même à ceux qui possédaient des alibis, puisqu'ils avaient le pouvoir de persuader leurs subordonnés ou de les contraindre sous la menace. Les alibis que se fourniraient les moines les uns aux autres n'auraient pas plus de valeur. Je pouvais questionner tous les serviteurs et tous les moines, mais combien de temps cela me prendrait-il et pour quels résultats ? Je me sentis soudain impuissant.

Le prieur Mortimus rompit le silence.

« Par conséquent, Gabriel vous a sauvé la vie ?

— Oui, en effet.

— Et pourquoi donc ? demanda-t-il. Sauf votre respect, pour quelle raison a-t-il donné sa vie pour sauver la vôtre ?

— Peut-être n'est-ce pas si surprenant. Je pense qu'on l'avait convaincu que sa vie ne valait pas grand-chose, répliquai-je en le fusillant du regard.

— Eh bien, j'espère que son acte est compté à son actif, maintenant qu'il est jugé par son créateur. Il a beaucoup de péchés à son débit.

— Peut-être ont-ils en fait peu d'importance aux yeux du Créateur. »

Un petit coup discret fut frappé à la porte et le visage apeuré d'un moine apparut dans l'embrasure.

« Je vous prie de m'excuser, mais il y a une lettre

pour le commissaire de la part du juge Copynger. Le messager affirme que c'est urgent.

— Très bien. Pour le moment restez ici, messieurs. Mark, toi, tu viens avec moi. »

✝

Traversant l'église à grands pas, nous vîmes que le corps de Gabriel avait été enlevé. Deux serviteurs lavaient les dalles, de la vapeur montant de l'eau chaude avec laquelle ils nettoyaient le sang. Quand nous ouvrîmes le portail, une marée de visages inquiets se tourna vers nous. Des moines et des serviteurs chuchotaient nerveusement, des nuages de vapeur grise sortant de cinquante bouches. J'aperçus le frère Athelstan, les yeux brillant de curiosité, et le frère Septimus qui se tordait les doigts en regardant de toutes parts, l'air hagard et inquiet. Dès qu'il nous aperçut, le frère Jude cria au groupe de s'écarter pour nous laisser passer. Nous fendîmes la foule, conduits par le moine venu nous chercher. Bugge nous attendait à la loge, une lettre à la main, ses petits yeux perçants allumés.

« Le messager a dit que c'était extrêmement urgent, monsieur le commissaire. J'espère que vous me pardonnerez d'avoir interrompu votre réunion. Est-ce que c'est vrai que le frère Gabriel a été tué dans un accident à l'église ?

— Non, maître Bugge, il ne s'agissait pas du tout d'un accident. Il est mort en empêchant un assassin de m'ôter la vie. » Je pris la lettre et m'éloignai, ne m'arrêtant qu'au milieu de la cour. À ce moment je me sentis davantage en sécurité, loin des hauts murs.

« En moins d'une heure, la nouvelle va se répandre dans tout le monastère, prophétisa Mark.

— Parfait. Le temps des secrets est révolu. » Je rompis le sceau et lus l'unique feuillet. Je me mordis les lèvres nerveusement. « Copynger a commencé son enquête. Il a convoqué sir Edward et un autre propriétaire de la région cité dans le registre. Il a reçu en réponse des messages lui indiquant qu'ils sont bloqués dans leurs propriétés à cause de la neige. Mais si un messager peut s'y rendre, eux peuvent en sortir... Alors il les a envoyé chercher à nouveau. Cela sent la manœuvre dilatoire. Ces gens ont des choses à cacher.

— Vous pourriez maintenant demander des comptes au frère Edwig.

— Je ne veux pas que cette anguille se défile en arguant qu'il ne s'agissait que d'exercices et de projections. Je souhaite lui mettre sous le nez des preuves irréfutables. Mais, du train où vont les choses, ce n'est pas pour demain, ni même après-demain... » Je repliai la missive. « Mark, qui pouvait savoir que nous irions à l'église ce matin ? Je te l'ai annoncé près de l'étang. Rappelle-toi que je t'ai dit qu'on devait se rendre à l'église.

— Le prieur Mortimus était présent, mais il était en train de partir.

— Peut-être a-t-il l'ouïe aussi fine que toi. Le fait est que personne d'autre n'était au courant. Au cas, bien sûr, où quelqu'un est bien monté là-haut pour guetter mon arrivée. »

Il réfléchit un instant.

« Mais comment deviner que vous vous tiendriez juste sous ces blocs de pierre ?

— Tu as raison. Oh ! Seigneur, je n'arrive pas à penser clairement. » Je me pétris le front. « Bon. Et si notre assassin se trouvait sur cette galerie pour une tout autre raison ? Et s'il avait simplement saisi l'occasion de débarrasser le monde de ma personne au moment où je me suis arrêté à cet endroit ?

— Mais pour quelle raison quelqu'un monterait-il là-haut ? Il n'y a même pas de travaux en cours.

— Maintenant que Gabriel est mort, qui serait le mieux au courant des travaux ?

— Le prieur Mortimus est responsable de la bonne marche du monastère.

— Je pense que je vais lui parler. » Je me tus et rangeai la lettre. « Mais d'abord, Mark, je dois te dire quelque chose.

— Oui, monsieur. »

Je posai sur lui un regard grave.

« Dans la missive que tu as portée à Copynger à propos des ventes de terres, je lui demandais aussi de s'enquérir s'il y avait des bateaux en partance pour Londres. À cause de cette neige, cela me prendrait une semaine de traverser le Weald, mais après la lettre de Jérôme il faut à tout prix que je voie Cromwell. J'avais pensé qu'il y aurait peut-être un bateau, et c'est bien le cas. Il y en a un qui profite de la marée de cet après-midi et lève l'ancre avec un chargement de houblon. Il devrait être à Londres dans deux jours et repartir le lendemain. Si le temps nous est favorable, je ne serai absent que quatre jours. Je ne peux pas laisser passer cette occasion. Et je veux que toi tu restes là.

— Mais est-ce une bonne idée de partir en ce moment ? »

Je marchai de long en large.

« Je dois saisir cette chance. Rappelle-toi que le roi ne sait pas ce qui s'est passé ici. Si Jérôme a réussi à envoyer d'autres lettres et que le roi les ait vues, Cromwell risquerait d'avoir des ennuis. Je ne pars pas de gaieté de cœur, mais j'y suis obligé. Et il y a autre chose... Tu te souviens de cette épée ?

— Celle de l'étang ?

— Elle porte la marque du fabricant. Ce genre

d'épée est fabriquée sur commande. Si je retrouve le fabricant, je devrais pouvoir apprendre le nom du client. Et, pour le moment, c'est le seul indice dont je dispose.

— À part ce que nous dira le frère Edwig quand on aura des preuves à propos des ventes de terrains.

— Soit. Mais, tu sais, je ne vois pas le frère Edwig travailler avec un complice. Il paraît de caractère trop renfermé. »

Mark hésita.

« Le frère Guy pourrait avoir tué Singleton. Il est mince, mais il a l'air en assez bonne forme, et il est grand.

— Sans doute, mais pourquoi lui précisément ?

— Le passage secret, monsieur. Il aurait pu si aisément s'y glisser ce soir-là pour gagner la cuisine. Il n'aurait même pas eu besoin de sa clef. »

Je me palpai le front à nouveau.

« Ils pourraient tous être coupables. Les indices suggèrent des pistes différentes. Il m'en faut de plus probants. Je prie Dieu de me les faire découvrir à Londres. Mais j'ai besoin d'un représentant ici. Je veux que tu t'installes chez l'abbé. Surveille le courrier, suis les événements de près.

— Vous voulez m'éloigner d'Alice, répliqua-t-il en me transperçant du regard.

— Je veux que tu sois en sécurité, en dehors du monastère proprement dit, comme le vieux Goodhaps. Tu peux t'installer dans sa chambre. C'est une pièce bien meublée, fort luxueuse pour un jeune homme de ton âge. Et, d'accord, je préférerais que tu t'éloignes d'Alice, ajoutai-je en soupirant. Je l'ai avertie qu'une liaison avec elle risquait de compromettre ta carrière.

— Vous n'en aviez pas le droit, monsieur ! s'exclama-t-il avec une certaine véhémence. J'ai le droit de décider de mon propre avenir.

— Non, Mark, ce n'est pas vrai. Tu as des obligations vis-à-vis de ta famille et de ton propre avenir. Je t'ordonne de t'installer dans la maison abbatiale. »

Un reflet glacial apparut dans les grands yeux bleus qui avaient captivé le pauvre Gabriel.

« Je vous ai vu vous-même la lorgner avec concupiscence, rétorqua-t-il avec mépris.

— Mais moi, je me maîtrise. »

Il me toisa de haut en bas.

« Vous n'avez pas le choix. »

Je serrai les dents.

« Je devrais te botter les fesses et te congédier pour ces propos. Je préférerais ne pas avoir besoin de toi ici pendant mon absence... Bon. Es-tu disposé à m'obéir ?

— Je ferai tout mon possible pour vous aider à attraper l'homme qui a tué ces gens. Il doit être pendu. Mais après ça, je ne promets rien, même si je dois être totalement rejeté par vous. » Il prit son souffle. « J'ai l'intention de demander sa main à Alice Fewterer.

— Alors je risque de devoir me séparer de toi, répondis-je sereinement. Corbleu ! je n'en ai aucune envie, mais je ne puis demander à lord Cromwell de réengager un homme marié à une servante. C'est hors de question. »

Il ne répondit rien. Au fond de mon cœur, malgré mes menaces, je savais qu'au pire je l'engagerais comme secrétaire et leur trouverais, à lui et à Alice, un logis à Londres. Mais je ne lui faciliterais pas la tâche. Je plantai sur lui un regard aussi acéré que le sien.

« Prépare mon bagage, ordonnai-je sèchement. Et selle Chancery. Je pense que la route de la ville est assez dégagée. Je me rends de ce pas chez le prieur, puis je partirai pour Londres. » Je le quittai, regrettant de ne pas l'avoir à mes côtés pour affronter le prieur

Mortimus, mais après ce qui s'était passé il valait mieux rester séparés.

✝

Les obédienciers se trouvaient toujours dans le bureau de Gabriel, affreusement abattus. Je fus frappé par leur manque de cohésion. L'arrogance de l'abbé semblait de plus en plus fragile ; Guy était austère et solitaire ; le prieur et l'économe faisaient tourner la maison, sans être amis le moins du monde, me dis-je une fois de plus. Belle fraternité spirituelle...

« Il faut que vous sachiez, mes frères, que je pars pour Londres. Je dois faire un compte rendu à lord Cromwell. Je serai de retour dans cinq jours à peu près. Mark Poer me remplacera en attendant.

— Comment pouvez-vous faire l'aller-retour en cinq jours ? demanda le prieur Mortimus. On dit que cette neige atteint Bristol.

— Je prends un bateau.

— Mais de quoi devez-vous discuter avec lord Cromwell ? s'enquit nerveusement l'abbé Fabian.

— D'affaires privées. Bon. J'ai révélé la façon dont frère Gabriel était mort. Et j'ai décidé que le corps d'Orpheline Stonegarden serait remis à dame Stumpe pour l'enterrement. Prenez toute disposition à ce sujet.

— Mais, alors, toute la ville saura qu'elle est morte ici... » L'abbé fronçait les sourcils comme s'il avait du mal à comprendre ce qui se passait.

« Oui. Les choses sont allées trop loin pour qu'on continue à les dissimuler. »

Il releva la tête et me fixa avec un reste de son ancienne hauteur.

« Force m'est de protester, messire Shardlake. Une telle décision, qui affecte tout le monde ici, aurait d'abord dû être discutée avec moi, l'abbé.

— Cette époque est révolue, Votre Seigneurie ! répliquai-je d'un ton brusque. À part le prieur Mortimus, vous pouvez tous disposer maintenant. »

Ils sortirent, l'abbé me lançant un regard perplexe, égaré. Je croisai les bras et me plantai devant le prieur, puisant dans des réserves d'énergie mentale insoupçonnées.

« Je me suis demandé, mon frère, qui savait que j'allais me rendre à l'église. Vous vous trouviez là, près de l'étang, quand je l'ai annoncé à mon assistant. »

Il s'esclaffa, incrédule.

« Mais je devais être déjà parti ! »

J'étudiai son visage mais n'y lus que de la perplexité mêlée d'agacement.

« Oui, en effet. Alors la personne qui a poussé la pierre ne me guettait pas le moins du monde mais se trouvait là pour un autre motif. Qui pouvait avoir une raison de monter là-haut ?

— Personne. Tant qu'on ne sera pas tombés d'accord sur la nature des travaux.

— Je voudrais que vous m'accompagniez jusqu'à la galerie pour la réexaminer. » Je venais de me rappeler la relique manquante et l'or qui devait être caché quelque part si je ne me trompais pas sur les ventes de terres. Pouvaient-ils être dissimulés là-haut ? Était-ce la raison pour laquelle l'assassin s'était trouvé sur la galerie ?

« Comme vous voudrez, monsieur le commissaire. »

Suivi du prieur, je me dirigeai vers l'escalier et gravis à nouveau les marches. Mon cœur battait très fort quand nous débouchâmes sur la plate-forme. En bas, les serviteurs continuaient à nettoyer, tordant dans des seaux d'eau les balais à franges rougis. Voilà donc à quoi se réduisait un homme... Pris de nausées, je dus m'agripper à la rambarde.

« Ça va ? » Le prieur Mortimus se tenait à deux pas de moi. Je songeai soudain que, s'il décidait de m'empoigner, il était plus costaud que moi. J'aurais dû emmener Mark.

Je l'écartai d'un geste.

« Très bien. Poursuivons notre chemin. »

Je regardai le petit tas d'outils, à l'endroit où s'étaient trouvés les blocs de pierre, et la nacelle des ouvriers suspendue par l'entrelacs de cordes.

« Il y a combien de temps qu'on a fait des travaux ici ?

— Les cordes et la nacelle ont été hissées il y a deux mois, afin que les ouvriers puissent atteindre la statue qui était en fort mauvais état, l'enlever et examiner la lézarde. Le système d'accrochage de la nacelle au mur et au clocher par des cordes mobiles est très ingénieux. C'est le maçon qui l'a conçu. À peine venait-on de commencer les travaux que le frère Edwig a ordonné qu'on les arrête. Il avait raison : Gabriel n'aurait pas dû les entreprendre avant que le programme soit approuvé. Ensuite, il a traîné les pieds, pour montrer à Gabriel qui était le maître. »

Je contemplai le réseau de cordes.

« C'est un travail dangereux. »

Il haussa les épaules.

« Ce serait moins périlleux avec des échafaudages. Mais pouvez-vous imaginer notre économe approuvant ce genre de dépenses ?

— Vous n'aimez guère le frère Edwig, lâchai-je d'un ton désinvolte.

— C'est un petit fouineur, toujours à pourchasser le moindre penny.

— Vous consulte-t-il beaucoup sur les finances du monastère ? » Je guettais sa réaction, mais il se contenta de hausser nonchalamment les épaules.

« Il ne consulte que messire l'abbé, même s'il nous fait perdre à tous notre temps en nous forçant à justifier le moindre liard.

— Je vois. » Je levai les yeux vers le clocher. « Comment atteint-on les cloches ?

— Il y a un autre escalier qui part du rez-de-chaussée. Je peux vous y conduire si vous voulez. Je doute que les travaux reprennent maintenant. Gabriel a perdu la partie en se faisant tuer. »

Je haussai le sourcil.

« Prieur Mortimus, comment se fait-il que vous ayez été peiné par la mort d'une servante, alors que vous ne montrez aucun chagrin pour celle d'un frère avec qui vous avez dû travailler durant de nombreuses années ?

— Sur cette terre, je le répète, les obligations d'un moine sont tout à fait différentes de celles d'une simple femme. » Il durcit le regard. « Et, notamment, de ne pas être un dépravé.

— Je me réjouis que vous ne soyez pas juge à la Cour du Banc du roi, frère prieur. »

✝

Il me fit redescendre puis, après avoir traversé la nef, passer par une porte pour gagner un escalier à vis conduisant jusqu'au toit. C'était très haut et j'étais à bout de souffle lorsque nous débouchâmes sur une étroite passerelle menant à une autre porte. Par une fenêtre sans vitre on jouissait d'une vue vertigineuse sur le monastère et, au-delà de l'enceinte, sur les champs et la forêt blancs de neige, d'un côté, et sur la mer grise, de l'autre. Ce devait être le point le plus haut à vingt milles à la ronde. Un vent glacial gémissait, lugubre, ébouriffant nos cheveux.

« C'est par ici. » Le prieur me fit franchir la porte d'un local nu où les grosses cordes des cloches pendaient jusqu'au plancher. Au-dessus de ma tête, j'apercevais dans la pénombre le contour des impressionnants bourdons. Au centre du local, il y avait une large ouverture circulaire entourée d'un garde-fou. Me penchant au-dessus de celui-ci, je découvris une autre vue du rez-de-chaussée de l'église. Depuis notre position élevée, les hommes en bas avaient l'air de fourmis. J'apercevais la nacelle suspendue vingt pieds plus bas, les formes des outils et des seaux qu'elle contenait se dessinant sous la grande bâche. Les cordes passaient par l'ouverture et étaient accrochées dans le local à d'énormes rivets fixés dans le mur.

« Sans ce trou, le vacarme des cloches rendrait sourds les sonneurs, déclara le prieur. Ils doivent déjà se boucher les oreilles avec des tampons.

— Ça ne m'étonne pas, ça rend presque sourd de les entendre d'en bas. » Je remarquai des degrés de bois. « Est-ce que ces marches mènent au clocher proprement dit ?

— Oui, les serviteurs montent par là pour nettoyer et entretenir les cloches.

— Montons ! Après vous... »

Les marches conduisaient à un autre local où une grille entourait les cloches. Celles-ci étaient en effet gigantesques, chacune plus volumineuse qu'un homme. Elles étaient attachées au toit par d'énormes anneaux. Rien n'était caché ici non plus. J'avançai vers les cloches, prenant bien soin de ne pas m'approcher du bord car le garde-fou était bas. La cloche la plus proche était recouverte d'ornements complexes. Sur une plaque fixée dessus on lisait une formule rédigée en un langage étrange.

« *Arrancada de la barriga del infiel, año 1059* », lus-je à voix haute.

« Arrachée au ventre de l'infidèle », traduisit le

prieur Mortimus. Je sursautai, ne m'étant pas aperçu qu'il était aussi près. « Monsieur le commissaire, fit-il, j'aimerais vous demander quelque chose. Vous avez vu l'abbé tout à l'heure ?

— Oui...

— C'est un homme brisé. Il est désormais incapable d'assurer ses fonctions. Quand il faudra le remplacer, lord Cromwell aura besoin d'un homme à poigne et qui lui soit loyal. Je sais que dans les monastères il a promu ceux qui le soutiennent. » Il me lança un regard significatif.

Je secouai la tête, fort surpris.

« Prieur Mortimus, pensez-vous réellement qu'on va autoriser cette maison à perdurer ? Après ce qui s'est passé ici ? »

Il eut l'air stupéfait.

« Mais bien sûr... Notre vie ici... Elle ne peut pas vraiment cesser. Il n'existe aucune loi qui nous force à nous soumettre. Je sais que d'aucuns affirment que les monastères vont disparaître, mais, assurément, on ne peut l'autoriser... C'est impossible. » Il fit un pas de plus vers moi, me poussant contre la rambarde, son odeur rance et fétide assaillait mes narines. Mon cœur se mit à cogner comme un fou.

« Prieur Mortimus, écartez-vous, je vous prie ! »

Il prit un air étonné, puis se recula.

« Monsieur le commissaire, déclara-t-il avec force, je pourrais sauver cette maison.

— L'avenir de ce monastère, je dois en discuter seulement avec lord Cromwell. » J'avais la bouche sèche, car l'espace d'un terrible instant, j'avais cru qu'il s'apprêtait à me pousser dans l'abîme. « J'ai vu tout ce que j'avais besoin de voir. Il n'y a rien de caché ici. Il est temps de redescendre ! »

Nous redescendîmes en silence. Je n'avais jamais été aussi soulagé de retrouver la terre ferme.

« Vous partez tout de suite ? demanda-t-il.

— Oui. Mais pendant mon absence Mark Poer détient mon autorité.

— Quand vous parlerez à lord Cromwell, je vous en prie, lui signalerez-vous ce que j'ai dit ? Je pourrais être son loyal serviteur.

— J'ai beaucoup de choses à lui dire, répliquai-je sèchement. Et, maintenant, il me faut partir. »

Je m'éloignai à grands pas en direction de l'infirmerie. Je ressentais enfin le choc produit par la mort de Gabriel. La tête me tournait et, au moment où je traversais la salle de l'infirmerie pour regagner notre chambre, mes jambes menaçaient de se dérober sous moi. Mark n'était pas là mais un sac avait été préparé : il contenait mes documents, de la nourriture et une chemise de rechange. Je le poussai de côté et m'assis sur le lit, m'abandonnant à un tremblement qui me secouait des pieds à la tête. J'éclatai soudain en sanglots sans chercher à me retenir. Je pleurai sur Gabriel, Orpheline, Simon, même sur Singleton. Et de terreur.

Me sentant plus calme, j'étais en train de me laver le visage dans la cuvette quand un coup fut frappé à la porte. J'espérai que c'était Mark, venu me souhaiter bon voyage, mais c'était Alice qui regarda avec étonnement mon visage rouge et bouffi.

« Monsieur, le valet d'écurie a amené votre cheval. Il est l'heure de partir pour la ville si vous voulez attraper le bateau.

— Merci. » Je pris mon sac et me levai. Elle resta devant moi.

« Je suis désolée de vous voir partir, monsieur.

— J'y suis obligé, Alice. Il se peut qu'à Londres je trouve des réponses qui mettent fin à ces horreurs.

— L'épée ?

— Oui, l'épée. » Je pris une profonde inspiration. « Pendant mon absence, restez ici, ne sortez que si c'est absolument nécessaire. »

Elle ne répondit pas. Je la contournai vivement, de crainte, si j'hésitais un instant de plus, de dire quelque chose que je regretterais. Je ne parvins pas à déchiffrer son expression au moment où je passai près d'elle. Devant la porte, le jeune palefrenier tenait par la bride Chancery qui agitait sa queue blanche et hennit en me voyant. Je lui flattai le flanc, content qu'une créature au moins m'accueillît avec affection. Comme d'habitude, je montai en selle avec beaucoup de difficulté, puis me dirigeai vers le portail que Bugge gardait ouvert. M'arrêtant, je me retournai et, sans trop savoir pourquoi, contemplai pendant un long moment la cour blanche de neige. Puis, après un signe de tête à Bugge, je fis prendre à Chancery la route de Scarnsea.

27

Le voyage se déroula sans encombre. Le vent était favorable et, porté par une forte marée, le petit bateau marchand à deux mâts remonta la Manche. Il faisait encore plus froid en mer et nous voguâmes sur des vagues couleur de plomb et sous un ciel gris. Je restai dans ma petite cabine, ne m'aventurant sur le pont que lorsque l'âcre odeur du houblon devenait insupportable. Le patron était un homme morose et taciturne qu'assistait un gamin maigrichon. Ils repoussèrent tous les deux mes tentatives de les faire parler de la vie à Scarnsea. Je soupçonnais le patron d'être papiste, car une fois, comme je sortais sur le pont, je le vis marmonner, un chapelet entre les mains, chapelet qu'il s'empressa de ranger dans sa poche en m'apercevant.

Nous passâmes deux nuits en mer et je dormis très bien, enveloppé dans des couvertures en plus de mon manteau. La potion du frère Guy était vraiment efficace, mais en outre, loin du monastère, je me rendis compte à quel point m'avait oppressé cette vie de troubles incessants et de peur constante. Rien d'étonnant à ce que dans une telle atmosphère Mark et moi nous nous soyons querellés. Peut-être pourrions-nous encore nous réconcilier quand tout serait terminé. J'imaginai Mark en train, sans doute, de s'installer chez l'abbé, mais j'étais sûr qu'il ferait fi de mes instructions à propos d'Alice. C'est d'ailleurs ce qu'il avait sous-entendu. Devinant qu'elle lui révélerait comment je lui avais fait part de mes sentiments dans les marais, je sentis une bouffée de honte monter en moi. Je m'inquiétais également pour leur sécurité mais me dis que si Mark restait dans la demeure de l'abbé, à part, bien sûr, quelques visites à l'infirmerie, et si Alice accomplissait tranquillement ses tâches, personne n'aurait alors de raisons de leur faire du mal.

✝

Nous arrivâmes à Billingsgate l'après-midi du troisième jour, après une courte pause à l'embouchure de la Tamise en attendant le changement de marée. Les berges de l'estuaire étaient couvertes de neige, mais j'avais l'impression que la couche n'était pas aussi épaisse qu'à Scarnsea. Debout sur le pont, je distinguai un banc de glace boueuse en train de se former sur la rive opposée. Suivant mon regard, le capitaine m'adressa la parole quasiment pour la première fois depuis le début du voyage.

« La Tamise risque de geler comme l'hiver dernier, m'est avis.

— Ce n'est pas impossible.

— Je me rappelle l'année dernière, monsieur, la fois où le roi et la cour ont traversé à cheval le fleuve gelé. Vous l'avez vu ?

— Non. J'étais au tribunal. Je suis avocat. »

Je me rappelais le récit de Mark, cependant. Il travaillait aux Augmentations quand la rumeur se répandit que le roi allait chevaucher sur la glace en compagnie de toute la cour, depuis Whitehall jusqu'au palais de Greenwich, afin d'assister aux cérémonies de Noël, et qu'il voulait que tous les employés de Westminster suivent eux aussi le cortège. C'était uniquement pour des raisons politiques, bien entendu. Une trêve avait été annoncée avec les rebelles du Nord et leur chef, Robert Aske, porteur d'un sauf-conduit, se trouvait à Londres pour parlementer avec le roi. Celui-ci voulait que le spectacle montrât aux Londoniens que la rébellion ne troublait pas ses fêtes. Mark ne se lassait pas de raconter comment tous les employés, dépêchés sur la berge avec leurs documents, tentaient de forcer leurs chevaux rétifs à monter sur la glace.

Sa propre monture faillit le désarçonner au passage de la cavalcade royale... Le roi, silhouette massive sur un énorme cheval de bataille, la reine Jeanne sur son palefroi, minuscule figure à son côté, et derrière eux tous les gentilshommes et les dames de la cour, eux-mêmes suivis des serviteurs de la maison royale. Enfin Mark et les autres commis de l'État rejoignirent la queue de l'immense cortège au milieu des cris et des appels, les chevaux et les chariots glissant et dérapant sous le regard de la moitié des Londoniens postés à leurs fenêtres. Les employés n'étaient là que pour faire nombre. On leur fit retraverser le London Bridge le soir même, agrippant leurs documents et leurs registres. Je me rappelle en avoir discuté avec Mark des mois plus tard, après l'arrestation d'Aske pour haute trahison.

« On dit qu'il doit être pendu tout enchaîné à York, m'avait dit Mark.

— Il s'est rebellé contre le roi.

— Mais on lui avait fourni un sauf-conduit. Il avait même été reçu à la cour durant les festivités de Noël.

— "*Circa regna tonat*", répliquai-je en citant la formule de Wyatt. "Autour des trônes le tonnerre gronde." »

Le bateau fit une embardée. La marée changeait. Le capitaine guida son embarcation vers le milieu du fleuve, et bientôt apparut la haute flèche de Saint-Paul dominant le désordre de dix mille toits nappés de blanc.

✝

Ayant laissé Chancery dans une écurie de Scarnsea, quand je débarquai à Londres au couchant je rentrai chez moi à pied. L'épée repêchée dans l'étang cognait désagréablement contre ma jambe. Je l'avais glissée dans le fourreau trop petit de celle de Mark et, en outre, je n'avais pas l'habitude de porter une arme.

C'est avec soulagement que je me retrouvai au milieu de la foule londonienne, un homme de condition parmi d'autres, au lieu d'être à ce point haï et redouté. La vue de ma maison mit du baume à mon cœur meurtri et l'accueil que me réserva Joan eut le même effet. Ne m'attendant pas, elle ne put préparer pour mon dîner qu'une piètre volaille, une vieille poule bouillie, mais je me réjouis de m'asseoir de nouveau à ma propre table. J'allai ensuite me coucher, ne devant passer à Londres qu'une journée entière et ayant beaucoup à faire.

✝

Je quittai la maison de bonne heure, avant l'aube hivernale, juché sur notre vieille haridelle au pas tranquille. Lorsque je parvins à Westminster, les bureaux de Cromwell ressemblaient déjà à une ruche illuminée de bougies. J'informai Grey, le premier secrétaire, que je devais voir lord Cromwell de toute urgence. Il plissa les lèvres et jeta un coup d'œil vers le sanctuaire de son maître.

« Il reçoit le duc de Norfolk. »

Je haussai le sourcil. Le duc, un noble hautain, était

le chef de la faction antiréformatrice à la cour et l'ennemi juré de Cromwell. Je m'étonnais qu'il ait daigné lui rendre visite dans son bureau.

« C'est extrêmement urgent malgré tout. Pourriez-vous lui transmettre le message que je sollicite un rendez-vous aujourd'hui même ? »

Le clerc posa sur moi un regard intrigué.

« Êtes-vous en bonne santé, messire Shardlake ? Vous avez l'air épuisé.

— Je vais assez bien. Mais il faut à tout prix que je voie lord Cromwell. Dites-lui que suis à son entière disposition. »

Grey savait bien que je n'allais pas déranger Cromwell sans raison. Il frappa nerveusement à la porte avant d'entrer. Il réapparut peu après pour m'annoncer que lord Cromwell me recevrait à onze heures dans sa maison de Stepney. J'aurais aimé me rendre au palais de justice pour apprendre les récentes nouvelles et me rasséréner en contemplant un décor familier, mais j'avais d'autres tâches à accomplir. Je ceignis mon épée, remontai sur mon cheval et, dans l'aube rose et glaciale, pris le chemin de la Tour de Londres.

✝

J'avais d'abord songé à consulter la guilde des fabricants d'épées, mais, comme toutes les guildes vivaient au milieu de montagnes de documents dont elles protégeaient le contenu secret avec un soin jaloux, je risquais de passer la journée à tenter de lui soutirer des renseignements. À une réception donnée quelques mois plus tôt, j'avais rencontré un certain Oldknoll, l'armurier de la Tour, et je me rappelais qu'il était censé connaître les armes mieux que quiconque en Angleterre. C'était, de plus, un fidèle de Cromwell. Ma lettre de mission me permit d'entrer dans la Tour, et je passai le portail sous l'impressionnant mur d'enceinte de Londres. Je traversai le pont-levis au-dessus des douves gelées et pénétrai dans l'immense forteresse, la haute masse de la Tour blanche dominant les bâtiments moins élevés qui l'entouraient. Je n'avais jamais aimé la Tour de Londres, pensant toujours à ceux qui avaient franchi ce fossé et n'étaient jamais ressortis vivants.

Les lions de la ménagerie royale rugissaient, réclamant leur petit déjeuner. Deux gardiens, vêtus de leurs tuniques or et écarlate, couraient sur le Tower Green enneigé, chargés de grands seaux pleins de déchets. Je frissonnai en me rappelant ma rencontre avec les molosses. Laissant ma rosse à l'écurie, je grimpai les marches de la Tour blanche. Dans la grande salle s'activaient des soldats et des employés. Deux gardes poussaient sans ménagement, en direction de l'escalier menant aux cachots souterrains, un vieil homme hagard, vêtu d'une chemise déchirée. Je montrai mon ordre de mission au sergent qui me conduisit alors au domaine d'Oldknoll.

L'armurier était un soldat à la mine bourrue et revêche. Il leva les yeux d'une liasse de feuillets qu'il examinait d'un air lugubre et me pria de m'asseoir.

« Corbleu ! messire Shardlake, la paperasse qu'on reçoit aujourd'hui... J'espère que vous ne m'en avez pas apporté davantage !

— Non, maître Oldknoll, je suis venu faire appel à vos lumières, si vous le permettez. Je suis l'émissaire de lord Cromwell. »

Il m'accorda alors toute son attention.

« Dans ce cas, je ferai tout mon possible pour vous aider. Vous paraissez éreinté, monsieur, sauf votre respect.

— Oui, c'est ce que tout le monde me dit. À juste titre. Voilà... Je voudrais savoir qui a fabriqué cette épée. » Je la sortis de son fourreau et la lui remis délicatement. Il se pencha pour examiner la marque du fabricant, me lança un coup d'œil inquiet, puis regarda l'épée de plus près.

« Où l'avez-vous trouvée ?

— Dans l'étang à poissons d'un monastère. »

Il se dirigea vers la porte et la referma soigneusement avant de poser l'épée sur son bureau.

« Vous connaissez le nom du fabricant ? demandai-je.

— Certes !

— Il vit toujours ? »

Oldknoll secoua la tête.

« Il est mort voici dix-huit mois.

— Tous les renseignements que vous pouvez me fournir sur cette épée me seront utiles. Et d'abord, que signifient ces lettres et ces symboles ?

— Eh bien !... Vous voyez le petit fort gravé là. Cela indique que le fabricant a appris son art à Tolède, en Espagne. »

J'écarquillai les yeux.

« Par conséquent, le propriétaire serait espagnol ?

— Pas nécessairement. Bon nombre d'étrangers vont apprendre à fabriquer des armes blanches à Tolède.

— Même des Anglais ?

— Jusqu'aux changements en matière de religion. Si en ce moment les Anglais ne sont pas en odeur de sainteté en Espagne, jadis ils y étaient les bienvenus. Ceux qui ont étudié à Tolède gravent le plus souvent comme marque l'Alcazar, la forteresse mauresque, sur l'épée qu'ils soumettent à la guilde pour y être admis. C'est ce qu'a fait cet homme. Voici ses initiales.

— JS.

— Oui. » Il posa sur moi un regard appuyé. « John Smeaton.

— Corbleu ! Un parent de Mark Smeaton, l'amant de la reine Anne ?

— Son père. Je le connaissais vaguement. Cette épée est sans doute celle qu'il a fabriquée pour être admis dans la guilde. "Mil cinq cent sept"... Ça concorde assez bien.

— Je ne savais pas que le père de Smeaton fabriquait des épées.

— Si, au début de sa carrière. Il était d'ailleurs fort doué. Mais il a eu un accident, il y a quelques années, qui lui a coûté les phalanges de deux doigts. Sa main n'a alors plus été assez forte pour fabriquer des épées. C'est pourquoi il est devenu menuisier. Il avait un petit atelier là-bas à Whitechapel.

— Il est mort ?

— Il a eu une attaque deux jours après l'exécution de son fils. Je me souviens qu'on en a parlé. Personne n'a pu prendre sa suite et il me semble qu'on a fermé l'atelier.

— Mais il devait avoir des parents. Cette épée possède de la valeur. Elle a dû faire partie de la succession.

— Oui. Sans aucun doute. »

Je respirai profondément.

« Donc, la mort de Singleton a un lien avec Mark Smeaton. À l'évidence, Jérôme connaissait plus ou moins ce rapport. Voilà pourquoi il m'a raconté cette histoire.

— Je ne vous suis pas, monsieur...

— Je dois découvrir qui a hérité de cette épée après la mort de John Smeaton.

— Vous pourriez aller chez lui. Il vivait au-dessus

de son atelier, comme la plupart des artisans. Les nouveaux propriétaires ont sans doute acheté sa maison aux héritiers.

— Merci, maître Oldknoll, vous m'avez énormément aidé. » Je receignis mon épée. « Je dois vous quitter. Je suis attendu chez lord Cromwell.

— Ravi d'avoir pu vous apporter mon aide. Et, messire Shardlake, si vous devez voir lord Cromwell... »

Je haussai le sourcil. C'était toujours la même chose : dès que les gens savaient qu'on se rendait chez Cromwell, il fallait toujours solliciter pour eux quelque faveur.

« C'est seulement... Si l'occasion se présente, pourriez-vous lui demander de m'envoyer moins de paperasse ? J'ai dû veiller chaque soir de la semaine pour établir des statistiques sur les armes alors qu'ils ont déjà tous ces renseignements, je le sais. »

Je souris.

« Je vais voir ce que je peux faire. C'est l'esprit du temps. Il est difficile d'aller contre vents et marées.

— Cette marée de papiers finira par nous engloutir ! » répliqua-t-il, l'air chagrin.

✝

La maison de lord Cromwell à Stepney était une imposante demeure de brique qu'il avait fait construire quelques années auparavant. Elle abritait non seulement son épouse et son fils, mais une dizaine de jeunes fils de clients qu'il avait pris sous son aile pour faire leur éducation. Ce n'était pas la première fois que je venais dans cette cour en miniature avec ses domestiques et ses précepteurs, ses secrétaires et ses nombreux visiteurs. Comme j'approchais, je vis une foule de gueux dépenaillés attendant à l'extérieur. Un vieil aveugle, pieds nus dans la neige, tendait la main en criant : « L'aumône, l'aumône, par pitié ! » J'avais ouï dire qu'afin de se gagner l'amour des miséreux de Londres Cromwell faisait distribuer des aumônes par ses valets devant la porte latérale. Cela me rappelait désagréablement la cérémonie devant le monastère.

Après avoir laissé ma monture aux écuries, je fus conduit à l'intérieur de la maison par Blitheman, l'intendant, un charmant garçon. Lord Cromwell serait un peu en retard, m'informa-t-il, et il me proposa un verre de vin.

« Ce n'est pas de refus.

— Dites-moi, monsieur, souhaiteriez-vous voir le léopard de lord Cromwell ? Il aime qu'on le montre à ses visiteurs. Il se trouve dans une cage derrière la maison.

— J'ai en effet appris qu'il venait d'acquérir cet animal. Oui, avec plaisir. »

Il me fit traverser la maison très animée jusqu'à une cour de derrière. Je n'avais jamais vu de léopards, bien que j'eusse entendu parler de ces fabuleuses créatures tachetées qui pouvaient courir plus vite que le vent. L'intendant menait la marche, un orgueilleux sourire de propriétaire sur les lèvres. Mes narines furent assaillies par une odeur fétide, et je me retrouvai devant les barreaux d'une cage de métal d'environ vingt pieds carrés. Un énorme félin arpentait le sol de pierre jonché de bouts de viande. La fourrure dorée était parsemée de taches noires et tout dans le corps svelte et musclé évoquait la puissance sauvage. Lorsque nous pénétrâmes dans la cour, la bête se tourna vers nous en grognant, montrant ses énormes crocs jaunâtres.

« Quel animal terrifiant ! m'écriai-je.

— Il a coûté quinze livres à Sa Seigneurie. »

Le léopard s'assit, le regard fixé sur nous, relevant

de temps en temps ses babines en une grimace menaçante.

« Comment s'appelle-t-il ? demandai-je.

— Oh ! il n'a pas de nom... Ce ne serait pas décent de donner un nom chrétien à un tel monstre.

— Pauvre bête ! Elle doit avoir froid. »

Un jeune valet de pied en livrée apparut dans l'embrasure de la porte et chuchota quelque chose à Blitheman.

« Lord Cromwell est rentré, dit l'intendant. Venez ! Il est dans son bureau. » Après un dernier coup d'œil au léopard à l'air féroce, je suivis Blitheman à l'intérieur de la maison. Me rappelant que mon maître avait lui aussi une réputation de férocité, je me demandai s'il avait acquis ce fauve dans le seul but d'envoyer un message précis.

✝

Encombré de tables, elles-mêmes couvertes de documents, le cabinet de travail de lord Cromwell était un modèle réduit de son bureau de Westminster. La pièce était normalement sombre, mais ce jour-là la neige du jardin réfléchissait une lumière éblouissante jusque dans les replis et les profondes rides du visage de l'homme assis derrière le bureau. Quand on m'introduisit, Cromwell, les lèvres serrées, le menton projeté en avant d'un air irrité, planta sur moi un regard hostile. Il ne m'invita pas à m'asseoir.

« J'avais espéré avoir plus tôt de vos nouvelles, me lança-t-il d'un ton glacial. Ça fait déjà neuf jours. Et l'affaire n'est toujours pas réglée, je le devine à votre mine. » Il remarqua mon épée. « Sangdieu ! vous osez porter une arme en ma présence ?

— Non, Votre Seigneurie, m'empressai-je de répondre en la débouclant. C'est un élément de preuve.

J'ai été obligé de l'apporter. » Je la posai sur une table où un exemplaire illustré de la version anglaise de la Bible était ouvert à la page montrant Sodome et Gomorrhe consumées par les flammes. Je lui racontai tout ce qui s'était passé : la mort de Simon et de Gabriel, la découverte du corps d'Orpheline Stonegarden, l'offre de soumission de l'abbé, mes soupçons concernant les ventes de terres, et enfin la lettre de Jérôme que je lui remis. Sauf pendant qu'il la lut il ne cessa de me fixer sans ciller de son regard impitoyable. La lecture terminée, il éructa :

« Par le sang sacré du Christ, c'est pire qu'un asile de fous ! J'espère que vous retrouverez votre jeune gars vivant, ajouta-t-il brutalement. J'ai passé mon temps à cajoler Rich pour qu'il le reprenne... J'espère que ce n'est pas pour rien.

— J'ai jugé bon de venir vous faire un compte rendu, Votre Seigneurie. Surtout après avoir trouvé cette lettre. »

Il acquiesça d'un grognement.

« On aurait dû me rappeler qu'il y avait là-bas ce chartreux. Grey va m'entendre ! On va s'occuper du frère Jérôme. Mais je ne m'inquiète guère des lettres adressées à Edward Seymour. Toute la famille Seymour recherche ma faveur, maintenant que la reine n'est plus. » Il se pencha en avant. « En revanche, ces crimes non élucidés me tracassent beaucoup. Il ne faut surtout pas les révéler en ce moment, car je ne veux pas que mes autres négociations en pâtissent. Le prieuré de Lewes est sur le point de se soumettre.

— Les moines baissent les bras ?

— J'ai reçu un mot hier. L'acte de soumission sera signé cette semaine. C'est la raison pour laquelle je recevais Norfolk : on va se partager leurs terres. Le roi est en principe d'accord.

— Ce doit être un domaine considérable.
— En effet. Leurs propriétés du Sussex me seront attribuées et celles du Norfolk reviendront au duc. La perspective d'acquérir des terres amène vite de vieux ennemis à la table des négociations. » Il rugit de rire. « Je vais installer mon fils Gregory dans la belle maison abbatiale, faire de lui un propriétaire terrien. » Il se tut et son regard se durcit à nouveau. « Vous cherchez à me distraire, Matthew, à me mettre de meilleure humeur.
— Non, monsieur. Je sais que les choses traînent, mais il s'agit du cas le plus difficile et le plus épineux que j'aie eu à traiter...
— En quel sens cette épée est-elle importante ? »
Je lui fis part de la façon dont on l'avait trouvée et de mon entretien avec Oldknoll, un peu plus tôt. Il plissa le front.
« Mark Smeaton... Je ne me doutais pas qu'il allait nous causer des ennuis par-delà la tombe. » Il se mit sur pied et alla soulever l'épée. « C'est une belle arme, en effet. J'aurais bien aimé l'avoir lorsque j'étais soldat en Italie dans ma jeunesse.
— Il doit y avoir un lien entre Smeaton et les meurtres.
— J'en vois un au moins. Avec l'assassinat de Singleton, en tout cas. La vengeance. »
Il réfléchit quelques instants puis me transperça du regard.
« Il ne faut pas répéter à quiconque ce que je vais vous dire.
— Vous avez ma parole d'honneur. »
Il reposa l'épée et se mit à arpenter la pièce, les mains nouées derrière le dos. Sa robe noire faisait des vagues autour de ses genoux.
« Quand le roi s'est détourné d'Anne Boleyn l'année

dernière j'ai dû agir vite. J'avais été dans son camp depuis le tout début et les membres de la faction papiste auraient voulu me faire tomber avec elle. Le roi commençait à les écouter. J'ai donc été obligé de débarrasser moi-même le roi de la reine, vous saisissez ?

— Oui, oui, je vois.

— Je l'ai persuadé qu'elle était adultère, ce qui voulait dire qu'on pouvait l'exécuter pour trahison, sans que sa religion soit prise en ligne de compte. Mais il fallait des preuves et un procès public. »

Je le regardai en silence.

« J'ai choisi certains des hommes en qui j'avais le plus confiance et j'ai ordonné à chacun de s'occuper d'un des amis de la reine : Norris, Weston, Brereton, son frère Rochford, et... Smeaton. Ils avaient pour mission d'obtenir soit des aveux, soit quelque vague déclaration qu'on pourrait interpréter comme une preuve qu'ils avaient couché avec elle. C'est Singleton que j'ai choisi pour interroger Mark Smeaton.

— Il a monté un dossier contre lui ?

— Smeaton paraissait le plus facile à convaincre d'avouer. Ce n'était qu'un gamin. Ça s'est passé comme prévu : après une séance sur le chevalet de torture à la Tour, il a témoigné que la reine avait été adultère. Le même chevalet que j'ai utilisé pour le chartreux. Il avait dû vraiment rencontrer le jeune homme, car tous les propos de Smeaton qu'il a cités sont justes. » Cromwell parlait d'un ton tranquille, posé. « Et l'un des visiteurs que le chartreux a vus venir dans sa cellule était sans doute Singleton lui-même. Je l'avais envoyé pour s'assurer que dans ses paroles prononcées sur l'échafaud – voilà une tradition qu'on devrait abolir – Smeaton ne se rétracterait pas.

On lui a rappelé que s'il disait la moindre parole malheureuse son père aurait à en souffrir. »

Je fixai sur lord Cromwell un regard incrédule.

« Donc, tout ce qu'on a raconté était vrai ? La reine Anne et ceux qui ont été accusés avec elle étaient innocents ? »

Il se tourna vers moi. Bien qu'il fronçât les sourcils, la violente lumière parut vider son regard de toute expression.

« Évidemment qu'ils étaient innocents ! Personne n'a le droit de le dire, mais le monde entier le sait, le jury au procès le savait... Même le roi s'en doutait à moitié, quoiqu'il n'ait pas voulu blesser sa délicate conscience en se l'avouant. Mordieu, Matthew, vous êtes bien naïf pour un avocat ! Vous possédez l'innocence d'un croyant réformateur, sans la flamme. Mieux vaut, comme moi, avoir la flamme sans l'innocence !

— Je croyais fondés les chefs d'accusation. Je l'ai si souvent affirmé...

— Il vaut mieux imiter la majorité des gens à ce propos et se taire.

— Peut-être que tout au fond de moi je connaissais la vérité, murmurai-je. Dieu n'a pas atteint certaines parties de mon être. »

Cromwell me regarda avec impatience, la mine irritée.

« Donc Singleton a été tué par vengeance, repris-je enfin. Quelqu'un l'a tué de la même façon qu'Anne Boleyn a été exécutée. Mais qui ? » Une pensée me traversa l'esprit. « Qui était le deuxième visiteur de Smeaton ? Jérôme a mentionné le prêtre venu l'entendre en confession et deux autres personnes.

— Je vais faire rechercher le dossier préparé par Singleton pour voir ce qu'il dit sur la famille de Smeaton. Je le ferai porter chez vous dans moins de deux heures. Entre-temps, ce serait une bonne idée de vous rendre au logis du père de Smeaton. Vous repartez pour Scarnsea dès demain ?

— Oui. Le bateau part avant l'aube.

— Si vous trouvez quoi que ce soit avant votre départ, faites-le-moi savoir. En outre, Matthew...

— Oui, Votre Seigneurie ? »

Il était sorti de la lumière du soleil, la fureur et la puissance animant à nouveau son regard.

« Trouvez l'assassin coûte que coûte ! Voilà trop longtemps que je cache cette affaire au roi. Quand je lui en parlerai je dois être à même de lui fournir le nom du meurtrier... Et faites apposer le sceau de l'abbé sur l'acte de soumission ! En ce domaine au moins vous semblez avoir eu un certain succès.

— Très bien, Votre Seigneurie. » J'hésitai. « Quand le monastère se soumettra, que va-t-il lui arriver ? »

Il fit un sourire sardonique.

« La même chose qu'à tous les autres. L'abbé et les moines obtiendront leur pension. Les serviteurs devront se débrouiller tout seuls... Bien fait pour ces cupides larbins ! Quant aux bâtiments, je vais vous dire ce que j'ai décidé pour Lewes. J'envoie un ingénieur expert en démolition. Je veux qu'il rase complètement l'église et le cloître. Et une fois que toutes les terres du monastère seront entre les mains du roi et qu'on les louera, je vais faire insérer une clause dans chaque contrat, stipulant que les locataires sont tenus de démolir tous les bâtiments monastiques, sans exception. S'ils ne font qu'enlever la couverture de plomb en permettant aux gens du coin d'utiliser les pierres pour des constructions, cela reviendra au même. Il ne restera aucune trace de siècles de momeries, à part quelques ruines désolées pour rappeler à la population la puissance royale.

— Certains des bâtiments sont superbes.

— Un gentilhomme ne peut vivre dans une église ! s'écria Cromwell avec impatience. » Ses yeux s'étrécirent. « Vous ne tournez pas au papiste ? Vous ne me faites pas ce coup, n'est-ce pas, Matthew Shardlake ?

— Jamais de la vie ! m'exclamai-je.

— Bon. Alors vous pouvez disposer. Et, cette fois, je compte sur vous. Rappelez-vous : j'ai le pouvoir de faire prospérer un cabinet d'avocat, mais je peux également le conduire à la ruine. » Il me foudroya derechef de son regard de taureau.

« Vous pouvez compter sur moi, Votre Seigneurie. »

Je ramassai l'épée et tournai les talons.

28

La tête me tournait quand je quittai Stepney. Je passai en revue tous les habitants du monastère, tentant de trouver un lien plausible avec la famille Smeaton. Se pouvait-il que John Smeaton ait rencontré le frère Guy en Espagne trente ans plus tôt ? S'il était alors apprenti, lui et l'infirmier auraient eu le même âge.

Je ruminais ces pensées, le cœur accablé d'un lourd poids. Je n'avais pas cru Thomas Cromwell capable du rôle impie qu'on lui avait attribué dans la chute d'Anne Boleyn. Et voilà qu'il venait de le reconnaître sans la moindre gêne. Mais Cromwell n'avait pas abusé de ma crédulité, je m'étais abusé moi-même.

Le cheval avait avancé lentement et avec précaution entre les ornières de la rue couverte de glace, mais au milieu de Fleet Street il s'arrêta net, secouant la tête d'inquiétude. Entravant le chemin, une foule s'était massée un peu plus loin. Par-dessus la tête des badauds, j'aperçus deux des hommes de l'officier de paix cherchant à maîtriser un jeune apprenti, lequel se débattait farouchement en vitupérant ceux qui le retenaient.

« Vous êtes les suppôts de Babylone, vous arrêtez les enfants du bon Dieu ! Les justes triompheront, les puissants seront abattus ! »

Lui maintenant les bras derrière le dos, les gardes entraînèrent l'homme qui continuait à se démener tant et plus. Certains parmi la foule le huaient, d'autres l'applaudissaient.

« Tiens bon, mon frère ! Les élus du Seigneur triompheront ! »

Un cavalier arrivait à ma hauteur. Je découvris la mine narquoise du confrère avocat rencontré le jour où j'avais entrepris la mission de Scarnsea.

« Holà, Shardlake ! lança-t-il amicalement. On a donc arrêté un ardent évangéliste. Un anabaptiste, sans doute, à en juger par son ton enflammé. Ils voudraient s'emparer de tous nos biens, tu sais !

— Est-ce que désormais on rafle sans autorisation tous les prédicants ? Je m'étais à nouveau absenté de Londres.

— Il y a des anabaptistes à Londres, paraît-il. Le roi a ordonné que tous les suspects soient arrêtés. Il va en envoyer quelques-uns au bûcher, et c'est tant mieux. Ils sont plus dangereux que les papistes.

— Aujourd'hui, on n'est plus en sécurité nulle part.

— Cromwell a saisi l'occasion de procéder à une battue générale. Coupe-jarrets, escrocs, prédicants sans licence, par ce temps de chien ils sont tous restés tapis dans leur niche, et il les oblige à en sortir. Et ce n'est pas trop tôt ! Tu te rappelles la vieille commère et son oiseau qui parle ?

— Oui. Ça fait un siècle, on dirait.

— Tu avais raison, en fait. L'oiseau répète seulement les mots qu'on lui apprend. On a importé deux bateaux entiers de ces bestioles, et toute la Cité en parle, tous les propriétaires d'une maison de ville en veulent une. La vieille a été accusée d'escroquerie et elle sera sans doute attachée à l'arrière d'une charrette et fouettée. Mais où étais-tu passé ? Tu es resté bien au chaud près de l'âtre ?

— Non, Pepper. Je suis allé en province, en mission pour lord Cromwell, une fois de plus.

— Il paraît qu'il est déjà à la recherche d'une nouvelle épouse pour le roi, dit-il, espérant me tirer les vers du nez. On parle d'un mariage avec une princesse allemande, une Hesse ou une Clèves. Ça nous lierait aux luthériens.

— Je ne sais rien là-dessus. Je te le répète, j'étais en voyage pour le compte de lord Cromwell. »

Il me regarda d'un air envieux.

« Il te donne beaucoup de travail. Penses-tu qu'il lui en resterait un peu pour moi ? »

Je fis un sourire ironique.

« Oui, Pepper. Sans aucun doute. »

Rentré chez moi, je lus le courrier sur lequel, à cause de la fatigue, je n'avais jeté qu'un bref coup d'œil la veille. Il comprenait des lettres concernant des dossiers dont je m'occupais. Mes clients requéraient des réponses urgentes sur divers sujets. Il y avait aussi une lettre de mon père. La moisson avait été maigre cette année-là. La ferme ne rapporterait pas grand-chose et il songeait à consacrer davantage de terre à l'élevage des moutons. Il espérait que mes affaires étaient prospères et que Mark réussissait bien aux Augmentations. (Je n'avais rien dit à propos de sa disgrâce.) Il ajouta qu'en province on disait qu'on allait dissoudre d'autres monastères. Le père de Mark se réjouissait de cette perspective, puisque ça fournirait davantage de travail à son fils.

Je posai la lettre et regardai tristement le feu. Je pensai à Mark Smeaton sur le chevalet de torture, totalement innocent. Et à Jérôme sur le même chevalet. Rien d'étonnant à ce qu'il détestât la fonction que j'incarnais. Tout ce qu'il avait dit était donc vrai. Il devait connaître le rapport existant entre Singleton et Mark Smeaton, sinon pourquoi m'aurait-il raconté cette histoire ? Pourtant, il avait juré qu'aucune personne du monastère n'avait tué Singleton. Je tâchai de me rappeler ses paroles exactes, mais j'étais trop fatigué. Le cours de mes pensées fut interrompu par un coup frappé à la porte. Joan entra.

« Un pli vient d'arriver, monsieur. De la part de lord Cromwell.

— Merci, Joan. » Elle me remit une épaisse enveloppe que je retournai dans mes mains. Elle portait la mention « Très confidentiel ».

« Monsieur, demanda Joan d'un ton hésitant, puis-je vous demander quelque chose ?

— Bien sûr. » Je lui souris. L'anxiété se lisait sur son visage poupin.

« Je me suis demandé, monsieur, si vous alliez bien... Vous avez l'air troublé. Et maître Mark, est-il en sécurité, là-bas, sur la côte ?

— Je l'espère. Je ne sais pas ce qu'il va faire ensuite, cependant, puisqu'il ne veut pas retourner aux Augmentations.

— Ça ne m'étonne pas.

— Vraiment, Joan ? Moi si.

— Je voyais bien qu'il n'y était pas heureux. Il paraît que c'est un endroit atroce, plein d'hommes cupides, sauf votre respect.

— C'est peut-être vrai, mais ce n'est pas le seul, et de loin ! Si nous devions éviter ce genre de lieu en restant au coin du feu, nous serions tous réduits à la mendicité, non ?

— Mais maître Mark n'est pas comme les autres, monsieur.

— En quoi est-il différent ? Allez ! Joan, vous êtes tombée sous son charme, comme toutes les femmes.

— Non, monsieur, dit-elle, piquée au vif. Ce n'est pas cela. Peut-être est-ce que je connais mieux son caractère que vous. Derrière cette charmante apparence il y a un caractère d'une douceur exceptionnelle. L'injustice lui fait mal. Je me suis demandé s'il n'avait pas d'une certaine façon cherché à se perdre en fréquentant cette demoiselle, afin de quitter Westminster. Il a des idéaux élevés, monsieur, et je pense parfois qu'il en a trop pour survivre dans notre monde cruel.

— Je croyais que c'était moi qui avais des idéaux élevés, dis-je en souriant tristement. "Et les écailles tombèrent de mes yeux."

— Plaît-il ?

— Rien, Joan. Ne vous en faites pas. Il faut que je lise cela.

— Bien sûr. Veuillez m'excuser, monsieur.

— Il n'y a pas de mal. Et, Joan, je vous remercie de votre sollicitude. »

✝

J'ouvris l'enveloppe en poussant un soupir. Elle contenait des notes prises par Singleton, ainsi que des lettres rédigées par lui à l'intention de Cromwell pour le mettre au courant de ses progrès auprès de Mark Smeaton. Elles révélaient clairement qu'un plan avait été froidement ourdi afin d'exécuter le jeune musicien après avoir fabriqué de fausses preuves. La révélation que la reine avait couché avec un homme de si basse extraction serait particulièrement choquante aux yeux du public, précisait Singleton. C'est pourquoi il fallait à tout prix le prendre au piège. D'un ton moqueur, il décrivait Smeaton comme un benêt, un agneau à mener à l'abattoir. Après avoir fracassé son luth contre le mur sous ses yeux chez Cromwell, on l'avait laissé nu dans une cave toute une nuit. Mais il avait fallu le torturer pour le contraindre à signer de faux aveux. Je priai qu'il fût désormais en sécurité au paradis.

Une note de Singleton concernait la famille du jeune homme. Sa mère était morte et il n'avait plus que son père. Pas d'autre parent mâle. John Smeaton avait une sœur aînée quelque part en province, mais à cause d'une brouille il ne l'avait pas revue depuis des années. Singleton signalait à Cromwell que l'absence de parents haut placés leur facilitait la tâche. Ainsi ils pourraient traiter le jeune homme comme bon leur semblerait, sans risquer qu'on leur demande des comptes.

Je remis soigneusement les feuillets dans l'enveloppe. Je revis l'enterrement de Singleton, le couvercle du cercueil se refermant sur son visage, et j'avoue que désormais cette vision me réjouissait le cœur. Je demandai qu'on m'amène le cheval. Il était temps de partir pour Whitechapel. J'étais ravi d'enfiler mon manteau et de ressortir pour poursuivre un but précis. Cela me permettait d'échapper au tohu-bohu régnant dans mon esprit.

29

Le trajet à cheval était long jusqu'à Whitechapel, faubourg situé bien au-delà du mur d'enceinte de Londres et où poussaient de jour en jour de nouvelles misérables masures de torchis. De plusieurs dizaines de cheminées, des filets de fumée montaient dans l'air serein. Là le temps glacial n'était pas seulement un pénible désagrément... En voyant le visage émacié et l'air affamé des habitants, je me disais que pour certains d'entre eux ce serait une calamité de trop. Les rares puits à leur disposition devaient être gelés, car de nombreuses femmes revenaient du fleuve chargées de seaux d'eau.

Bordée de plusieurs ateliers, la rue où s'était trouvée la fabrique de Smeaton était l'une des mieux loties. Les documents de Singleton précisant qu'il avait habité dans un bâtiment d'un étage contigu à une forge, je le repérai assez vite. Il ne s'agissait plus d'une menuiserie. Le volet fermant la devanture de l'atelier avait été cloué et peint. J'attachai la rosse à un poteau et frappai à la fragile porte de bois.

Elle fut ouverte par un jeune homme pauvrement vêtu dont la tignasse brune encadrait un visage hâve aux joues creuses. Il me demanda d'un air morne ce que je voulais, mais, lorsque j'expliquai que j'étais un commissaire appartenant aux services de lord Cromwell, il recula peureusement en secouant la tête.

« On n'a rien fait, monsieur. Il n'y a rien ici qui puisse intéresser lord Cromwell.

— Vous n'êtes accusés de rien, le rassurai-je d'une voix douce. J'ai quelques questions à poser, c'est tout. Au sujet du dernier propriétaire de la maison, John Smeaton. Il y aura une récompense pour ceux qui m'aident. »

Il ne sembla guère convaincu, mais il me fit entrer.

« Excusez l'état de mon logis, marmonna-t-il, mais je n'ai pas de travail. »

En vérité, l'endroit où il me conduisit était sordide. À l'évidence, ç'avait été un atelier tout récemment encore, car il n'y avait qu'une longue pièce basse dont les murs de brique étaient noircis par la suie accumulée au fil des ans. Un établi de menuisier servait désormais de table. Il faisait froid, les quelques morceaux de houille de l'âtre dégageant autant de fumée que de chaleur. En plus de l'établi, le mobilier ne se composait que de quelques chaises bancales et de paillasses posées à même le sol. Devant le maigre feu, trois enfants maigres s'agglutinaient autour de leur mère qui cajolait un bébé toussant assis dans son giron. Ils levèrent tous vers moi un regard vide. L'endroit était sombre, la seule lumière venant d'une petite fenêtre de derrière, maintenant qu'était cloué le volet de la devanture. La pièce empestait la fumée et l'urine. La scène m'emplit d'une affreuse tristesse.

« Vous habitez ici depuis longtemps ? demandai-je à l'homme.

— Dix-huit mois. Depuis la mort de l'ancien propriétaire. Le nouveau nous loue cette pièce. Il y a une autre famille dans le logement du premier. Maître Placid, lui, habite dans le Strand.

— Vous savez qui était le fils de l'ancien propriétaire ?

— Oui, monsieur. Mark Smeaton, qui a couché avec la grande putain.

— Je suppose que les héritiers de Smeaton ont vendu la maison à maître Placid. Savez-vous qui c'étaient ?

— L'héritière était une vieille femme. Quand on a emménagé il y avait un tas d'effets appartenant à maître Smeaton, des vêtements, une timbale en argent et une épée...

— Une épée ?

— Oui, monsieur. Tout était en tas, là. » Il désigna un coin. « Le valet de maître Placid nous a dit que la sœur de John Smeaton viendrait les chercher. Nous n'avions pas le droit d'y toucher... Autrement on serait mis à la porte.

— Et on a obéi, monsieur », ajouta la femme assise près de l'âtre. Son enfant eut un accès de toux et elle le serra contre elle. « Calme-toi, Craint-Dieu ! »

J'eus du mal à maîtriser mon émotion.

« La vieille femme ? Est-elle venue ?

— Oui, monsieur. Quelques semaines plus tard. Elle habitait la campagne. La ville avait l'air de lui faire peur. Son avocat l'accompagnait.

— Vous rappelez-vous son nom ? demandai-je d'un ton pressant. Et de quelle province elle venait ? Pourrait-ce être d'une ville appelée Scarnsea ? »

Il secoua la tête.

« Désolé, monsieur. Je me rappelle seulement qu'elle venait de province. Une petite femme grassouillette, de plus de cinquante ans, aux cheveux gris. Elle n'a prononcé que quelques mots. Ils ont pris le ballot et l'épée, et ils sont partis.

— Vous vous souvenez du nom de l'avocat ?

— Non, monsieur. Il l'a aidée à porter l'épée. Je me rappelle qu'elle a dit qu'elle aurait aimé avoir un fils pour la lui donner.

— Très bien. J'aimerais que vous jetiez un coup d'œil à mon épée – non, n'ayez pas peur, je la sors de son fourreau seulement pour vous la montrer ! – et que vous me disiez s'il pourrait s'agir de celle que la vieille femme a emportée. » Je la posai sur l'établi. L'homme l'examina et sa femme s'approcha, le bambin toujours serré dans ses bras.

« Ça lui ressemble », dit-elle. Elle me regarda attentivement. « On l'a sortie de son fourreau, monsieur, mais juste pour y jeter un œil. On ne s'en est pas servi. Je reconnais cette poignée dorée et ces marques sur la garde.

— On a dit que c'était une belle pièce, ajouta l'homme. Pas vrai, Élisabeth ? »

Je rengainai l'arme.

« Je vous remercie beaucoup tous les deux. Vos renseignements me sont précieux. Je suis désolé que votre enfant soit malade. » Je fis le geste de toucher l'enfant, mais la femme leva la main.

« Ne la caressez pas, monsieur... Elle est couverte de lentes. Et elle n'arrête pas de tousser. C'est le froid. On en a déjà perdu un. Calme-toi, Craint-Dieu.

— Elle a un nom étrange.

— Notre pasteur est un ardent réformateur. C'est lui qui les a tous nommés. Il a dit que ça nous aiderait à faire notre chemin dans le monde d'aujourd'hui que nos enfants portent ces noms. Allez les gosses, levez-vous ! » Les trois autres enfants se dressèrent sur leurs frêles petites jambes, révélant des ventres gonflés, infestés de vers. Leur père les désigna l'un après l'autre. « Zélé, Persévérance, Devoir. »

Je hochai la tête.

« Chacun d'entre eux aura six pence. Et voici trois shillings pour vous remercier de votre aide. » Je tirai l'argent de ma bourse. Les enfants saisirent prestement les pièces. Les parents semblaient ne pas parvenir à croire à leur bonne fortune. Bouleversé, je les quittai brusquement, me mis en selle et m'éloignai en toute hâte.

✝

Cette pénible scène hantait mon esprit. Pour l'oublier, je tournai mes pensées vers ce que j'avais découvert. Cela n'avait aucun sens. La personne qui avait hérité de l'épée, le seul être ayant un motif familial de vengeance, une vieille femme ? Il n'y avait aucune femme âgée de plus de cinquante ans au monastère, à part deux servantes, deux grandes vieilles efflanquées ne correspondant pas au portrait brossé par le jeune homme. Dame Stumpe était la seule que j'avais rencontrée depuis mon arrivée à Scarnsea susceptible d'y répondre. Or une vieille femme de courte taille ne pouvait avoir assené un tel coup. Pourtant, les documents de Singleton étaient catégoriques : aucun parent de sexe mâle. Je secouai la tête.

Perdu dans mes pensées, j'avais permis à la jument d'aller à sa guise et elle se dirigeait vers le fleuve. N'ayant pas envie de rentrer tout de suite, je lui laissai la bride sur le cou. Je humai l'air. Était-ce mon imagination ou commençait-il vraiment à faire enfin plus chaud ?

Je passai devant un campement installé sur un terrain vague couvert de neige où des hommes au chômage s'étaient regroupés. Ils étaient sans doute venus ici dans l'espoir de trouver quelque travail temporaire sur les quais et avaient construit un appentis à l'aide de toile de sac et de bouts de bois échoués sur la rive.

Ils étaient assis tout près les uns des autres. Ils me lancèrent des regards hostiles, tandis qu'un maigre roquet jaune sortait du campement pour aboyer contre ma haridelle, qui secoua la tête et hennit. L'un des hommes rappela le chien. Je m'éloignai vivement, tapotant l'encolure de la jument jusqu'à ce qu'elle se calme.

Nous avions atteint la berge où étaient amarrés des bateaux que des hommes déchargeaient. Deux ou trois avaient le teint aussi sombre que le frère Guy. J'arrêtai ma monture. Juste en face de moi, un énorme galion était à quai, sa proue carrée ornée d'une sirène nue au sourire obscène. Des débardeurs remontaient de la cale des cageots et des caisses. De quel coin éloigné du globe venait-il ? Levant les yeux vers les hauts mâts et l'enchevêtrement du gréement, je fus surpris de voir une brume s'enrouler autour du nid-de-pie et des guirlandes de brouillard approcher au-dessus du fleuve. Je sentais nettement que l'atmosphère se réchauffait.

La rosse montrant de nouveaux signes d'inquiétude, je décidai de regagner la Cité par une rue bordée d'entrepôts. Je fis bientôt halte. Un incroyable charivari venait d'une des constructions de bois... Cris, hurlements, divers propos en langues exotiques. C'était inquiétant d'entendre ces sons bizarres dans l'atmosphère brumeuse. Poussé par la curiosité, j'attachai la jument à un poteau et me dirigeai vers l'entrepôt, d'où émanait une âcre odeur.

La porte ouverte laissait voir un affreux spectacle. L'endroit était plein d'oiseaux placés dans trois grandes cages de métal aussi hautes qu'un homme. C'étaient les mêmes oiseaux que celui de la vieille commère dont Pepper m'avait reparlé. Il y en avait des centaines, de toutes les tailles et de toutes les couleurs : rouge et vert, doré, bleu et jaune. Mais ils étaient fort mal en point... Tous avaient les ailes coupées, certains jusqu'à l'os et n'importe comment, si bien que les extrémités mutilées montraient des plaies à vif. Nombre d'entre eux étaient malades : le corps couvert de croûtes et les yeux bordés de pus, ils avaient perdu la moitié de leurs plumes. Il y en avait autant par terre, tombés morts au milieu de grands tas de fientes poudreuses, qu'accrochés aux parois des cages. Le pire c'étaient leurs cris. Certains des malheureux oiseaux poussaient des plaintes rauques et désespérées, comme s'ils suppliaient qu'on mît fin à leurs souffrances, d'autres hurlaient constamment les mêmes paroles en diverses langues. J'entendis des expressions en latin, en anglais, et aussi dans des langues que je ne comprenais pas. Deux d'entre eux, accrochés aux barreaux, la tête en bas, s'apostrophaient, l'un répétant sans cesse « Vent favorable ! » et l'autre lui répondant « *Maria, mater dolorosa* » avec l'accent du Devon.

Médusé, je contemplai cet horrible spectacle jusqu'à ce qu'une main brutale s'abatte sur mon épaule. Me retournant, j'aperçus un marin vêtu d'un pourpoint crasseux qui me regardait d'un air méfiant.

« Qu'est-ce que vous fabriquez ici ? demanda-t-il d'un ton brusque. Si c'est pour affaires, il faut aller au bureau de maître Fold.

— Non, non. Je ne faisais que passer. J'ai entendu le raffut et j'ai voulu voir de quoi il s'agissait.

— C'est la Tour de Babel, hein, monsieur ? ricana-t-il. Des créatures possédées par l'esprit et qui ont le don des langues ? Non, c'est juste une nouvelle cargaison de ces oiseaux dont les gens de condition raffolent.

— Ils sont en piteux état.

— Y en a des tas là-bas d'où ils viennent. Y en a toujours qui meurent pendant la traversée. D'autres vont mourir de froid. Ils sont fragiles. Sont jolis quand même, pas vrai ?

— Où les avez-vous dénichés ?

— Sur l'île de Madère. Y a un marchand portugais là-bas. Il a compris qu'il existe un marché en Europe pour ces bestioles. Vous devriez voir les articles qu'il achète ou qu'il vend, monsieur. Tenez, il embarque des flopées de nègres d'Afrique pour les envoyer comme esclaves aux colons du Brésil. » Il s'esclaffa, montrant des dents en or.

Je n'avais plus qu'un désir : fuir l'atmosphère glaciale et fétide de l'entrepôt. Après un mot d'excuse, je m'éclipsai et remontai sur ma jument. Les cris déchirants des oiseaux, leurs imitations terrifiantes du langage humain me poursuivirent le long de la rue boueuse.

✝

Après avoir longé le mur de la Cité, je pénétrai dans un Londres soudain gris et embrumé où résonnait le bruit de l'eau dégouttant de la glace qui fondait sur les toits. J'arrêtai ma monture devant une église. En général, j'allais à l'église une fois par semaine, mais il y avait plus de dix jours que je n'avais pas assisté à un office. J'avais besoin de réconfort spirituel. Je mis pied à terre et entrai dans le bâtiment.

Il s'agissait d'une de ces opulentes églises de la Cité dont les fidèles sont des marchands. À Londres, nombre de ceux-ci étant désormais réformateurs, il n'y avait aucun cierge. Les figures de saints sur le jubé avaient été recouvertes de peinture et remplacées par un verset biblique :

Le Seigneur sait délivrer les justes de la tentation et faire attendre les mauvais jusqu'au jour du jugement, où ils seront punis.

L'église était vide. Je passai derrière le jubé. L'autel avait été dépouillé de ses ornements, la patène et le calice posés sur une table nue. Un exemplaire de la nouvelle Bible était attaché au pupitre par une chaîne. Je m'assis sur un banc, rassuré par ce décor familier, en opposition totale avec celui de Scarnsea.

Mais toutes les décorations de l'ancienne époque n'avaient pas disparu. De ma place, j'apercevais un sarcophage du siècle dernier composé de deux cercueils de pierre, l'un au-dessus de l'autre. Celui d'en haut était surmonté de l'effigie d'un riche marchand dans sa belle robe, barbu et bien en chair. Sur celui du dessous était étendu un cadavre décharné portant les haillons des mêmes vêtements, accompagné de la devise : « Tel je suis maintenant ; tel j'étais jadis. Un jour tu seras tel que je suis aujourd'hui. »

Tandis que je contemplais le cadavre de pierre, j'eus soudain la vision du corps décomposé d'Orpheline surgissant de l'étang, puis je revis les enfants chétifs et malades de la maison des Smeaton. J'eus subitement l'atroce pressentiment que notre révolution ne ferait que changer les noms des enfants affamés qui troqueraient ceux des saints pour « Craint-Dieu » ou « Zélé ». Je repensai à la désinvolture avec laquelle Cromwell avait admis avoir fabriqué de fausses preuves pour persécuter des innocents et causer leur mort, ainsi qu'au récit de Mark sur les hommes cupides venant aux Augmentations solliciter l'octroi des terres monastiques. Ce nouveau monde n'avait rien à voir avec la communauté chrétienne. Ce ne serait jamais le cas. En vérité, il ne valait guère mieux que l'ancien, n'était pas moins régi par la force et la vanité. Je revis les oiseaux encagés aux couleurs criardes, s'invectivant stupidement, et j'eus l'impression que c'était là l'image même de la cour, où les papistes et les réformateurs s'agitaient et jacassaient, se disputant le pouvoir. M'aveuglant volontairement, j'avais refusé de voir ce qui sautait aux yeux. Les hommes ont peur du chaos du monde, pensai-je, et du gouffre béant de l'éternité dans l'au-delà. C'est pourquoi nous élaborons des théories pour expliquer les terribles mystères et nous persuader que nous sommes en sécurité ici-bas et dans l'au-delà.

Et je compris que des œillères d'un autre genre m'avaient caché la réalité de ce qui s'était passé à Scarnsea. Je m'étais accroché à un faisceau de postulats à propos du fonctionnement du monde, mais éliminer un seul de ceux-ci revenait à remplacer un miroir déformant par une glace fidèle. J'en restai bouche bée. Je venais de deviner qui avait tué Singleton et pourquoi, et, cette étape franchie, tout se mit en place. Le temps pressait, mais je demeurai là quelques instants de plus, la bouche ouverte, respirant avec difficulté. Puis, sortant de ma torpeur, je quittai l'église. Je chevauchai aussi vite que le permettait la haridelle, en direction du seul endroit où, si j'avais raison, se trouvait le dernier élément du puzzle : la Tour.

✝

La nuit était tombée lorsque je retraversai les douves. Le Tower Green était illuminé par des torches enflammées. Je courus presque jusqu'à la grande salle pour gagner le bureau de maître Oldknoll. Il était toujours là, occupé à transférer des renseignements d'un document à un autre.

« Messire Shardlake ! J'espère que la journée vous a été profitable. Plus qu'à moi, en tout cas.

— Il faut que je parle de toute urgence au geôlier chargé des cachots souterrains. Pouvez-vous m'y conduire sur-le-champ ? Je n'ai pas le temps d'errer à sa recherche. »

À ma mine, il comprit la gravité de l'affaire.

« Je vous y conduis séance tenante. »

Il prit un énorme trousseau de clefs et mena la marche, empruntant une torche à un soldat qui passait par là. Comme nous traversions la grande salle, il me demanda si j'étais déjà descendu dans les cachots.

« Jamais, Dieu soit loué !

— Ce sont des endroits sinistres. Et depuis que je suis là, ils n'ont jamais été aussi fréquentés.

— Oui. Je me demande où nous allons.

— C'est un pays infesté de crimes impies, voilà ce qui se passe. Des papistes et des évangélistes déments. On devrait tous les pendre. »

Il me fit descendre un étroit escalier à vis. L'atmosphère devint froide et humide. Les murs étaient couverts de moisissure verte, de grosses gouttes d'eau ruisselant comme de la sueur. Nous nous trouvions maintenant au-dessous du niveau du fleuve.

Au pied de l'escalier se dressait une grille métallique, au-delà de laquelle on voyait une salle où un petit groupe d'hommes se tenaient autour d'une table jonchée de documents. Un gardien portant la livrée de la Tour s'étant approché, Oldknoll s'adressa à lui à travers les barreaux.

« J'ai avec moi l'un des commissaires du vicaire général qui a besoin de parler de toute urgence au geôlier-chef Hodges. »

Le gardien ouvrit la grille.

« Par ici, monsieur. Il est très occupé. Nous avons coffré aujourd'hui toute une ribambelle de suspects anabaptistes. » Il nous conduisit à la table devant laquelle un homme grand et svelte vérifiait des papiers en compagnie d'un autre gardien. De chaque côté de la salle se trouvaient de lourdes portes de bois percées d'ouvertures à barreaux. Par l'une d'entre elles on entendait une voix forte déclamer des versets de la Bible.

« “Me voici contre eux, dit le seigneur des armées, et je brûlerai les chars. Tes lionceaux, le glaive les dévorera.” »

Le geôlier-chef leva la tête.

« Boucle-la ! Tu veux le fouet ? » La voix baissa. Il se tourna vers moi et me fit un profond salut. « Veuillez m'excuser, monsieur, j'essaie de trier les diverses destinations de tous ces nouveaux prisonniers. Certains d'entre eux doivent être envoyés demain chez lord Cromwell pour interrogatoire, et je ne veux pas me tromper.

— J'ai besoin de renseignements sur un prisonnier qui se trouvait ici il y a dix-huit mois, dis-je. Vous souvenez-vous de Mark Smeaton ? »

Il haussa les sourcils.

« Je ne suis pas près d'oublier cette époque, monsieur. La reine d'Angleterre à la Tour... » Il se tut, tout à ses souvenirs. « Oui, reprit-il, Smeaton était ici, la veille de son exécution. On nous avait enjoint de le séparer des autres prisoniers, car il devait recevoir des visites. »

Je hochai la tête.

« En effet. Robin Singleton est venu s'assurer qu'il ne reviendrait pas sur ses aveux. Et il y a eu d'autres visiteurs. Est-il possible qu'on ait gardé la trace de leur passage ? »

Le geôlier échangea un regard avec Oldknoll et éclata de rire.

« Oh oui ! monsieur. Aujourd'hui, tout est inscrit... Pas vrai, Thomas ?

— Plutôt deux fois qu'une. »

Le geôlier dépêcha l'un de ses hommes qui revint quelques minutes plus tard chargé d'un gros registre. Le geôlier l'ouvrit.

« 16 mai 1536. » Il fit courir son doigt sur la page. « Oui, Smeaton était dans la cellule où il y a le braillard en ce moment. » Il indiqua de la tête la porte d'où étaient sorties les vociférations. La cellule était silencieuse maintenant. Par les barreaux on voyait qu'elle était plongée dans le noir.

« Ses visiteurs ? » demandai-je impatiemment, m'approchant pour regarder par-dessus son épaule. Il s'écarta un peu, tout en se repenchant sur son registre. Peut-être un bossu lui avait-il jadis porté la guigne.

« Vous voyez... Singleton est venu à six heures. Un autre, décrit comme "membre de la famille", à sept heures, et enfin un "prêtre", à huit heures. Il s'agit du prêtre de la Tour, le frère Martin, venu le confesser avant son exécution. Maudit soit ce Fletcher, je lui ai dit de toujours inscrire les noms ! »

Je parcourus la page du doigt, lisant les noms des autres prisonniers.

« Jérôme Wentworth appelé Jérôme de Londres, moine de la chartreuse de Londres. Oui, il est là lui aussi. Mais, maître Hodges, j'ai besoin d'en savoir plus sur ce membre de la famille, et de toute urgence. Qui est ce Fletcher, l'un de vos gardiens ?

— Oui, et il n'aime pas la paperasse. Il écrit mal.

— Est-il de service en ce moment ?

— Non, monsieur. Il a dû s'absenter pour assister à l'enterrement de son père dans l'Essex. Il ne reviendra que demain après-midi.

— Il reprend son service à son retour ?

— À une heure. »

Je me mordis le doigt.

« À ce moment-là je serai en mer. Apportez-moi du papier et une plume. »

Je griffonnai deux courtes missives et les remis à Hodges.

« Ce mot demande à Fletcher de me faire part de tout ce qu'il se rappelle sur ce visiteur, absolument tout. Vous le persuaderez de l'importance capitale de ces renseignements, et s'il n'est pas capable d'écrire la réponse, chargez quelqu'un d'autre de le faire. Quand il aura terminé, je veux qu'on porte la réponse au bureau de lord Cromwell, ainsi que cette seconde lettre. Elle le prie de confier la réponse de Fletcher à son coursier le plus rapide pour qu'il me l'apporte à Scarnsea. Les routes seront un infernal cauchemar si la neige fond, mais un bon cavalier devrait pouvoir arriver jusqu'à moi au moment où mon bateau atteindra le port.

— Je ferai moi-même la commission à lord Cromwell, messire Shardlake, dit Oldknoll. Je serai ravi de prendre l'air.

— Désolé pour Fletcher, dit Hodges. Mais aujourd'hui il y a tant de paperasse qu'il arrive qu'on fasse mal le travail.

— Assurez-vous seulement que je recevrai la réponse, maître Hodges. »

Oldknoll me fit sortir des cachots. Comme nous montions l'escalier nous entendîmes l'homme qui occupait la cellule de Smeaton se remettre à vociférer. La litanie de citations déformées de la Bible se termina par un claquement sec suivi d'un cri.

30

Les vents me furent favorables au cours du voyage de retour. Une fois en mer la brume s'estompa et le bateau fut poussé dans la Manche par un léger vent de sud-est. La température était montée de plusieurs degrés et, après le froid glacial de la semaine précédente, on éprouvait presque une sensation de chaleur. Le patron, qui rapportait une cargaison d'étoffes et d'outils en acier, était de plus joyeuse humeur.

Comme nous approchions de la terre, le soir du second jour, j'aperçus la côte enveloppée d'une légère brume. Mon cœur battit plus vite : nous étions presque arrivés. J'avais passé une grande partie du voyage à réfléchir. Mes décisions dépendraient de l'arrivée du messager. Et il était temps d'avoir un nouvel entretien avec Jérôme. Soudain, une pensée que j'avais tenté d'étouffer ces deux derniers jours s'imposa à mon esprit. Mark et Alice étaient-ils toujours en sécurité ?

La brume rendait la navigation difficile dans le chenal traversant les marais jusqu'au quai de Scarnsea. Le patron me demanda en hésitant si je pouvais prendre une perche pour écarter le bateau du bord si on approchait trop près. J'acquiesçai. Une fois ou deux, elle faillit rester prise dans la boue épaisse et gluante sillonnée par de petits ruisseaux de neige fondue. Je fus ravi d'atteindre enfin l'embarcadère. Le patron m'aida à remettre le pied sur la terre ferme en me remerciant de mon aide. Il avait peut-être fini par mieux considérer un hérétique réformateur au moins.

✝

Je me dirigeai tout de suite vers la demeure de Copynger. Il s'installait pour dîner en compagnie de son épouse et de ses enfants. Il m'invita à me joindre à eux, mais je lui dis que je devais rentrer. Il me conduisit alors à son confortable cabinet de travail.

« Y a-t-il eu d'autres événements au monastère ? lui demandai-je dès que la porte fut refermée.

— Non, monsieur.

— Tout le monde va-t-il bien ?

— Oui, autant que je sache. J'ai des nouvelles concernant ces ventes de terres, cependant. » Il ouvrit un tiroir de son bureau et y prit un document de cession de propriété. J'en étudiai la calligraphie ornée, le sceau du monastère de cire rouge apposé nettement au bas du parchemin. Le contrat translatif cédait à sir Edward Wentworth, pour la somme de cent livres, un grand terrain cultivable de l'autre côté des Downs.

« C'est bon marché, commenta Copynger. C'est une belle terre.

— Cette vente n'a pas été notée dans les registres officiels que j'ai consultés.

— Alors, voilà les filous, monsieur ! fit-il en souriant. Finalement je me suis rendu moi-même chez sir Edward accompagné de l'officier de paix. Ça lui a fait peur, car, malgré son arrogance, il s'est alors souvenu que j'ai le pouvoir de procéder à une arrestation. Moins d'une demi-heure plus tard il a remis l'acte en gémissant qu'il avait acquis le bien de bonne foi.

— Avec qui a-t-il négocié au monastère ?

— Son intendant a traité avec l'économe, il me semble. Vous savez qu'Edwig a la haute main sur tout ce qui concerne les finances du monastère.

— Mais l'abbé devait apposer le sceau sur le document. Ou quelqu'un d'autre l'a fait à sa place.

— En effet. Et, monsieur, l'accord stipulait que la vente restât secrète quelque temps, les métayers payant comme d'habitude leur loyer à l'intendant du monastère qui le remettrait à sir Edward.

— Les cessions secrètes ne sont pas illégales en elles-mêmes, dans la mesure où on ne les cache pas aux inspecteurs du roi. » Je roulai le document et le rangeai dans ma sacoche. « Vous avez bien agi et je vous en suis reconnaissant. Continuez votre enquête sans rien révéler pour le moment.

— J'ai enjoint à Wentworth de garder secrète ma visite, sous peine de s'attirer les foudres des services de lord Cromwell. Il ne dira rien.

— Fort bien. Je vais agir au plus vite, mais j'attends d'abord des renseignements en provenance de Londres. »

Il toussota.

« Pendant que vous êtes là, monsieur... La mère Stumpe a demandé à vous voir. Je lui ai dit que vous deviez revenir cet après-midi et elle s'est postée dans ma cuisine. Elle ne va pas déguerpir avant de vous avoir parlé.

— Fort bien. Je peux lui accorder quelques minutes. Au fait, de quelles forces pouvez-vous disposer ici ?

— Mon officier de paix et son adjoint, ainsi que mes trois informateurs. Mais il y a en ville de bons réformateurs sur qui je peux compter en cas de besoin. » Il scruta mon visage. « Vous vous attendez à des difficultés ?

— J'espère que non. Mais je compte procéder à des

arrestations sous peu. Peut-être pourriez-vous vous assurer que vos hommes sont disponibles et que la prison de la ville est prête. »

Il hocha la tête en souriant.

« Je serai ravi d'y accueillir quelques moines. Et, monsieur, poursuivit-il en me regardant d'un air entendu, quand cette affaire sera terminée, aurez-vous la bonté de me recommander à lord Cromwell pour me remercier de mon aide ? J'ai un fils qui a presque l'âge de monter à Londres...

— Je crains qu'une recommandation de ma part n'ait guère de poids en ce moment, répliquai-je avec un sourire narquois.

— Ah ! fit-il, l'air déçu.

— Bon. Pourrais-je voir la bonne dame ?

— Cela ne vous gêne pas de lui parler dans la cuisine, n'est-ce pas ? Je ne veux pas qu'elle marche sur mes tapis avec ses souliers crottés. »

Il me mena à la cuisine, où était assise la gouvernante, un gobelet de bière entre les mains. Copynger chassa deux filles de cuisine curieuses et me laissa en tête à tête avec elle. La vieille femme alla droit au but.

« Je suis désolée de vous déranger, monsieur, mais je dois vous demander une faveur. Nous avons enterré Orpheline, il y a deux jours, dans le cimetière.

— Je suis content que son pauvre corps soit en repos.

— J'ai payé moi-même l'enterrement mais je n'ai pas d'argent pour une stèle. J'ai vu que vous étiez triste d'apprendre tout ce qu'elle avait subi et je me suis demandé si... Une stèle bon marché coûte un shilling, monsieur.

— Et une chère coûte combien ?

— Deux, monsieur. Je peux vous faire envoyer un reçu. »

Je comptai deux shillings.

« Cette mission fait de moi un dispensateur d'aumônes, dis-je d'un ton chagrin, mais il faut qu'elle ait une belle stèle. Je ne paierai pas pour des messes, cependant.

— Orpheline n'a que faire de messes, rétorqua-t-elle avec mépris. Je crache sur les messes pour les défunts. Elle est en sûreté auprès de Dieu.

— Vous parlez comme une adepte de la Réforme, ma bonne.

— J'en suis une et j'en suis fière.

— Au fait, ajoutai-je d'un ton désinvolte, avez-vous jamais été à Londres ? »

Elle me regarda d'un air perplexe.

« Non, monsieur. Une fois j'ai été jusqu'à Winchelsea.

— Vous n'avez pas de parents à Londres ?

— Toute ma famille vit dans cette région.

— C'est bien ce que je pensais. Ne vous en faites pas, mon amie. »

Je la remerciai et pris brièvement congé de Copynger, lequel était visiblement moins chaleureux maintenant qu'il savait que je ne jouissais pas de la faveur de Cromwell. J'allai chercher Chancery aux écuries et repris la route embrumée du monastère.

✝

Je sentais l'atmosphère se réchauffer encore tandis que je chevauchais lentement dans l'obscurité. Chancery avançait avec précaution, le chemin étant rendu glissant par la neige fondue. J'entendais l'eau dégouliner en gargouillant dans les marais. Je mis bientôt pied à terre et menai Chancery par la bride, de crainte que, vu l'obscurité, il ne patauge dans la boue et ne quitte le chemin. Enfin l'enceinte du monastère et les lumières de la loge de Bugge apparurent à travers la brume. Celui-ci, une torche à la main, répondit sans tarder aux coups que je frappai contre le portail.

« Vous voilà de retour, monsieur. C'est dangereux de voyager à cheval par une telle nuit.

— J'étais pressé. » Je franchis le portail en tenant Chancery par la bride. « Un coursier a-t-il apporté un message pour moi, Bugge ?

— Non, monsieur, il n'y a rien eu.

— Peste ! J'attends quelqu'un venant de Londres. S'il arrive, venez me chercher sur-le-champ. De nuit comme de jour.

— Oui, monsieur, comptez sur moi.

— Et sauf contrordre de ma part, personne, vous entendez bien, personne, ne doit quitter l'enceinte du monastère. Vous comprenez ? Si quelqu'un désire sortir vous devez m'envoyer quérir. »

Il me fixa d'un air curieux.

« Si vous l'ordonnez, monsieur le commissaire.

— Absolument. » Je pris une profonde inspiration. « Que s'est-il passé, ces derniers jours, Bugge ? Tout le monde va bien ? Maître Mark ?

— Oui, monsieur. Il loge chez l'abbé. » Il planta sur moi un regard perçant, ses yeux envoyant des éclairs dans la lumière de la torche. « Mais d'autres se sont déplacés.

— Que voulez-vous dire ? Foin d'énigmes, l'ami !

— Le frère Jérôme. Il est sorti de sa chambre hier. Il a disparu.

— Vous voulez dire qu'il s'est enfui ? »

Il ricana méchamment.

« Il pourrait pas filer très loin, celui-là, et il n'est pas passé par mon portail. Non, il se cache quelque part dans le monastère. Le prieur aura tôt fait de le dénicher.

— Mordieu, on était censé le tenir enfermé ! » Je grinçai des dents. Maintenant je ne pourrais pas l'interroger sur le visiteur de Mark Smeaton. Tout dépendait désormais du messager.

« Je sais, monsieur. Mais aujourd'hui plus rien n'est fait sérieusement. Le serviteur qui s'en occupe a oublié de verrouiller la porte de la chambre. Vous voyez, monsieur, tout le monde a peur. La mort du frère Gabriel a été la goutte d'eau qui a fait déborder le vase. Et on dit que le monastère va être dissous.

— On dit ça ?

— Eh bien, c'est logique, non ? Entre ces meurtres et l'annonce que de nouveaux monastères vont être confisqués par le roi ? Qu'en dites-vous, monsieur ?

— Corbleu, Bugge ! Croyez-vous que je vais discuter de questions politiques avec vous ? »

Cela lui rabaissa le caquet.

« Je suis désolé, monsieur. Je n'avais pas l'intention d'être insolent. Mais... » Il se tut.

« Eh bien ?

— On dit que, si les monastères sont dissous, les moines obtiendront des pensions mais les serviteurs seront jetés à la rue. Seulement moi, j'ai presque soixante ans. Je suis sans famille et je n'ai pas d'autre métier que celui-ci. Et il n'y a pas de travail à Scarnsea.

— Je n'ai aucune prise sur les colporteurs de ragots, Bugge, répondis-je doucement. Bon, votre assistant est-il là ?

— David, monsieur ? Oui.

— Alors demandez-lui, s'il vous plaît, de conduire Chancery à l'écurie pour moi. Je vais chez l'abbé. »

Je regardai le jeune gars traverser la cour avec précaution dans la neige fondue en guidant Chancery par la bride. Je me souvins de ma discussion avec Cromwell. Bugge et tous les autres seraient mis dehors, confiés à la paroisse s'il n'y avait pas de travail. Je me rappelai les mendiants patentés en train de déneiger le chemin, la fois où j'étais allé à l'hospice des indigents. Même si je ne l'aimais guère, ce n'était pas agréable d'imaginer Bugge, dépouillé de ses quelques onces d'autorité, occupé à ce genre de tâche. Cela le tuerait en moins de six mois.

Un mouvement me fit me retourner brusquement et agripper l'épée de John Smeaton. Debout contre le mur, une vague silhouette était perceptible dans la brume.

« Qui va là ? » m'écriai-je.

Le frère Guy s'avança, le capuchon encadrant son visage sombre.

« Messire Shardlake, fit-il de son accent zézayant. Vous voilà donc de retour ?

— Que faites-vous donc, mon frère, debout là, dans le noir ?

— Je voulais respirer un peu d'air pur. J'ai passé la journée avec le vieux frère Francis. Il est mort il y a une heure. » Il fit le signe de la croix.

« Je suis désolé.

— Son heure était venue. À la fin, il semblait retombé en enfance. Il parlait de vos guerres civiles du siècle dernier, entre les York et les Lancastre. Il avait vu le vieux roi Henri VI conduit le long des rues le jour de sa restauration, la bave aux lèvres.

— Aujourd'hui, nous avons un roi fort.

— Personne ne pourrait le nier.

— Il paraît que Jérôme s'est échappé.

— En effet. Son gardien a laissé ouverte la porte de sa chambre. Mais on va le retrouver, même dans un lieu aussi vaste. Sa santé ne lui permet pas de rester caché. Le pauvre homme... Il est plus faible qu'il ne le paraît, et une nuit passée dehors n'arrangera pas sa condition.

— Il est fou. Il pourrait être dangereux.

— Les serviteurs n'accomplissent plus leurs tâches avec soin. Il en va de même des moines, car tous craignent pour leur avenir.

— Alice va-t-elle bien ?

— Oui, très bien. Nous avons beaucoup travaillé, elle et moi. Maintenant que le temps se radoucit, tout le monde attrape la fièvre. C'est à cause de ces miasmes fétides montant des marais.

— Dites-moi, mon frère, avez-vous jamais été à Tolède ? »

Il haussa les épaules.

« Quand j'étais enfant, notre famille allait de ville en ville. Nous n'avons été en sécurité qu'en arrivant en France, quand j'avais douze ans. Oui, je me rappelle que nous avons séjourné quelque temps à Tolède. Je me rappelle un grand château, un bruit de métal battu apparemment dans un millier d'ateliers.

— Y avez-vous jamais rencontré un Anglais ?

— Un Anglais ? Je ne m'en souviens pas. Non que cela eût été inhabituel à l'époque, car il y avait jadis beaucoup d'Anglais en Espagne. Il n'y en a plus aujourd'hui, bien sûr.

— Oui. L'Espagne est devenue notre ennemie. » Je m'approchai de lui pour plonger mon regard dans ses yeux marron, mais ils étaient insondables. Je refermai mon manteau. « Il faut que je vous quitte maintenant, mon frère.

— Voulez-vous reprendre votre chambre à l'infirmerie ?

— Nous verrons. Mais faites-y allumer un feu. Bonne nuit. »

Je le quittai et me dirigeai vers la maison abbatiale. Lorsque je passai devant les dépendances, je jetai des coups d'œil anxieux dans les coins sombres, guettant le blanc reflet d'une soutane de chartreux. Qu'avait l'intention de faire Jérôme maintenant ?

✝

Le vieux serviteur répondit au coup que je frappai à la porte. Il me dit que l'abbé Fabian était là, qu'il parlait avec le prieur, et que maître Mark se trouvait dans sa chambre. Il me conduisit au premier, à l'ancienne chambre du vieux Goodhaps, débarrassée des bouteilles et de l'odeur du vieil homme sale. Mark travaillait, assis à la table couverte de lettres. Je notai que ses cheveux avaient beaucoup poussé. Il lui faudrait aller chez le barbier à Londres s'il voulait rester à la mode.

Il me salua brièvement, l'œil froid et vigilant. J'étais à peu près certain que ces derniers jours il avait passé avec Alice le plus de temps possible.

« Tu regardes la correspondance de l'abbé ?

— Oui, monsieur. Les lettres semblent toutes avoir trait aux affaires courantes. » Il scruta mon visage. « Comment les choses se sont-elles passées à Londres ? Vous avez découvert l'origine de l'épée ?

— Certains indices. J'ai fait quelques démarches supplémentaires et j'attends un messager venant de Londres. En tout cas, l'éventualité que les Seymour aient reçu des lettres de Jérôme ne semble pas inquiéter Cromwell. Mais il paraît que le chartreux s'est échappé.

— Le prieur l'a cherché partout avec plusieurs jeunes moines. Je leur ai prêté main-forte hier pendant quelque temps, mais on n'a trouvé aucune trace de lui. Le prieur est très en colère.

— Ça ne m'étonne pas. Et qu'en est-il de ces rumeurs selon lesquelles on dissout les monastères ?

— Apparemment, un homme de Lewes a raconté à la taverne que le grand prieuré s'est soumis.

— Cromwell a dit que c'était imminent. Il envoie sans doute des agents dans tout le pays pour répandre la nouvelle afin d'effrayer les autres maisons. Mais je n'ai pas la moindre envie pour l'instant que de folles rumeurs circulent partout. Il faudra que j'essaie de rassurer l'abbé, de le persuader qu'il y a une chance que Scarnsea demeure ouvert pour le moment. » Le regard de Mark se fit plus froid. Ce mensonge lui déplaisait. Les paroles de Joan affirmant qu'il était trop idéaliste pour notre monde me revinrent en mémoire.

« J'ai reçu une lettre du pays, lui dis-je. La moisson a été médiocre, hélas ! Ton père espère que les monastères seront dissous, car ça apportera du travail aux Augmentations. » Il ne répondit pas, se contentant de fixer sur moi un regard triste, glacial.

« Je vais voir l'abbé, lui dis-je. Toi, reste ici pour le moment. »

✝

L'abbé Fabian était assis à son bureau, en face du prieur. Ils donnaient l'impression d'être là depuis un certain temps. L'abbé avait les traits horriblement tirés. Le visage du prieur Mortimus était tout rouge, l'image même de la colère. Ils se levèrent tous les deux lorsque j'entrai.

« Messire Shardlake, ravi de vous voir de retour, dit l'abbé. Votre voyage a-t-il été couronné de succès ?

— Oui, dans la mesure où lord Cromwell ne se soucie pas des lettres que Jérôme a pu envoyer. Mais j'ai appris que le drôle s'est échappé.

— J'ai fouillé les lieux de fond en comble pour

retrouver le vieux chameau ! s'écria le prieur. Je ne sais pas dans quel trou il se terre, mais il n'a pas pu escalader le mur ni passer devant Bugge sans qu'il le voie. Il est quelque part ici.

— Mais qu'a-t-il en tête ? Voilà la question. »

L'abbé secoua la tête.

« C'est justement de quoi nous parlions. Peut-être guette-t-il l'occasion de s'enfuir. Le frère Guy pense que, vu son état de santé, il ne pourra pas survivre longtemps sans nourriture et dans le froid.

— Ou bien peut-être attend-il l'occasion de faire du mal à quelqu'un... À moi par exemple.

— Dieu nous préserve ! s'exclama l'abbé.

— J'ai dit à Bugge que personne ne devait quitter le monastère sans ma permission pendant un ou deux jours. Veillez à ce qu'on avertisse les frères.

— Pour quelle raison, monsieur ?

— Simple mesure de précaution. Dites donc, il paraît qu'il y a des rumeurs en provenance de Lewes et que tout le monde assure que Scarnsea sera la prochaine maison à être dissoute.

— C'est quasiment ce que vous m'avez annoncé vous-même », soupira l'abbé.

J'inclinai la tête.

« Je déduis de mes discussions avec lord Cromwell que rien n'est encore décidé. J'ai sans doute parlé trop vite. » Je me sentis soudain coupable de leur mentir ainsi. Mais c'était nécessaire. Je ne voulais pas que, sous le coup de la frayeur, quelqu'un en particulier agisse avec précipitation.

Le visage de l'abbé Fabian s'éclaira et une lueur d'espérance apparut dans les yeux du prieur.

« Donc nous n'allons pas être dissous ? demanda l'abbé. Il reste un espoir ?

— Disons que l'annonce d'une dissolution est prématurée et qu'il faut décourager ce genre de propos. »

L'abbé se pencha en avant, l'œil vif.

« Peut-être devrais-je m'adresser aux moines avant le dîner. Il est servi dans une demi-heure. Je pourrais annoncer qu'en ce qui nous concerne, il n'y a... aucun projet de fermeture, n'est-ce pas ?

— Ce serait une bonne idée.

— Il vaudrait mieux que vous prépariez quelque chose, dit le prieur.

— Oui, bien sûr. »

L'abbé saisit une plume et du papier. Mon regard était attiré par le sceau du monastère, toujours à côté de son coude.

« Dites-moi, Votre Seigneurie, laissez-vous normalement la porte de ce bureau déverrouillée ? »

Il leva les yeux vers moi, l'air surpris.

« Oui.

— Est-ce sage ? Quelqu'un ne pourrait-il pas entrer dans la pièce en catimini et apposer le sceau du monastère sur n'importe quel document ?

— Mais il y a toujours des serviteurs dans les parages. Personne ne peut entrer ici sans permission, répliqua-t-il, l'air perplexe.

— Personne ?

— Personne, à part les obédienciers.

— Évidemment. Très bien. Je vais vous quitter maintenant et vous reverrai au dîner. »

✝

Une fois de plus, je regardai les moines entrer dans le réfectoire, l'un derrière l'autre. Je me rappelai ma première soirée en ce lieu. Simon Whelplay coiffé de son bonnet pointu, debout près de la fenêtre, tremblant de froid, tandis que la neige tombait dehors. Ce soir-là, par cette même fenêtre je voyais l'eau dégoutter de stalactites dont la taille diminuait ainsi que plusieurs plaques noires dans la neige fondue, là où les crevasses se transformaient en minuscules ruisseaux.

Les moines prirent place à table, recroquevillés dans leurs habits, comme renfermés sur eux-mêmes. Des coups d'œil hostiles et inquiets furent lancés vers l'endroit où je me tenais, à côté de l'abbé, derrière le grand pupitre sculpté. Comme Mark passait devant moi pour s'asseoir à la table des obédienciers je lui attrapai le bras.

« L'abbé va annoncer que Scarnsea ne sera pas pris par le roi, chuchotai-je. C'est important. Il y a un oiseau que je ne veux pas effrayer et faire sortir de son buisson pour le moment. Pas encore.

— J'en ai assez de tout ça », marmonna-t-il en se dégageant d'un mouvement d'épaule pour aller s'asseoir. Son impolitesse éhontée me fit monter le rouge au front. Ses joues rubicondes rayonnant d'un nouvel éclat, l'abbé Fabian feuilleta ses notes, puis annonça que les rumeurs selon lesquelles tous les monastères devaient tomber étaient sans fondement. Lord Cromwell avait lui-même affirmé qu'il n'y avait aucun projet visant la soumission de Scarnsea, malgré les meurtres atroces sur lesquels l'enquête se poursuivait. Il ajouta que personne ne devait quitter l'enceinte du monastère.

Les réactions varièrent selon les moines. Certains, notamment les plus vieux, sourirent et soupirèrent de soulagement. D'autres n'eurent pas l'air convaincus. Je parcourus du regard la table des obédienciers. Les deux obédienciers de second rang, les frères Jude et Hugh, parurent soulagés et je vis l'espoir renaître sur le visage du prieur Mortimus. Le frère Guy, cependant, secoua légèrement la tête, tandis que le frère Edwig se contentait de froncer les sourcils.

Les serviteurs nous apportèrent le dîner. Une épaisse soupe de légume, suivie d'un ragoût de mouton aux herbes. Je m'assurai que l'on me servait dans le plat commun et que personne n'ajoutait quelque chose aux mets pendant qu'on les faisait circuler autour de la table. Comme nous commencions à manger, le prieur Mortimus, qui s'était déjà servi deux fois de vin, se tourna vers l'abbé.

« Maintenant que nous sommes en sécurité, Votre Seigneurie, nous devrions nommer un nouveau sacristain.

— Fi donc, Mortimus ! Il n'y a que trois jours que le pauvre Gabriel a été enterré.

— Mais nous ne pouvons attendre davantage. Quelqu'un devra négocier avec l'économe à propos des réparations de l'église, hein, frère Edwig ? » Il leva sa timbale d'argent en direction de l'économe qui avait toujours l'air renfrogné.

« Du moment qu'on nomme q-quelqu'un de plus raisonnable que Gabriel et qui c-comprenne qu'on n'a pas les moyens de se lancer dans de g-grands t-travaux. »

Le prieur Mortimus se tourna vers moi.

« Notre économe est l'homme le plus près de ses sous d'Angleterre. Bien que je n'aie jamais compris pourquoi vous étiez si farouchement opposé à la construction d'échafaudages pour effectuer les réparations, Edwig. On ne peut pas accomplir un programme de vrais travaux en n'utilisant que des cordes et des poulies. »

L'économe rougit en se voyant le centre de l'attention.

« D-D'accord. C'est vrai qu'il faudra c-construire un échafaudage p-pour effectuer les travaux. »

L'abbé s'esclaffa.

« Comment donc, mon frère ? Vous vous êtes querellé avec Gabriel à ce propos pendant des mois ! Même lorsqu'il a prévenu que cela pourrait entraîner la mort d'ouvriers, vous avez refusé de céder. Qu'est-ce qui vous arrive ?

— C'était un sujet de nég-gociation. » L'économe baissa les yeux, fixant son assiette d'un air chagrin. Le prieur se servit une nouvelle timbale du vin très fort, puis tourna vers moi son visage empourpré.

« On ne vous a sans doute pas raconté l'histoire d'Edwig et du boudin, monsieur le commissaire. » Il parlait haut, et les moines assis à la longue table se mirent à ricaner. Le visage baissé de l'économe s'enflamma.

« Allons, allons, Mortimus ! dit l'abbé avec indulgence. De la charité entre frères...

— Mais il s'agit précisément d'une histoire de charité ! Il y a deux ans, le jour de la distribution des aumônes venu, nous n'avions pas de viande à donner aux pauvres qui se pressaient devant le portail. On aurait dû abattre un porc, ce que refusait le frère Edwig. Le frère Guy venait alors d'arriver au monastère. Il avait saigné plusieurs moines et commencé à garder le sang pour servir d'engrais à son jardin. Il paraît qu'Edwig a suggéré qu'on en mélange avec de la farine pour faire du boudin et qu'on le distribue aux pauvres qui ne se rendraient pas compte qu'il ne s'agissait pas de sang de cochon. Tout ça pour économiser le prix d'un porc ! » Il éclata d'un rire sonore.

« C'est faux, s'écria le frère Guy. Je l'ai dit et redit. »

Je regardai le frère Edwig. Tassé au-dessus de son assiette, il avait cessé de manger, la cuiller serrée dans la main. Il la reposa bruyamment et se leva, ses yeux sombres dans son visage rubicond lançant des éclairs.

« Espèces d'idiots ! hurla-t-il ! Blasphémateurs imbéciles ! Le seul sang qui devrait avoir pour vous de l'importance est celui de Jésus-Christ, Notre Sauveur, que nous buvons à chaque messe lorsque le vin est transmué ! Ce sang est la seule chose qui empêche le monde de s'effondrer ! » Il serra ses poings dodus, le visage bouleversé, le bégaiement disparu.

« Imbéciles, il n'y aura plus de messes ! reprit-il. Pourquoi nourrissez-vous de vains espoirs ? Comment croyez-vous ces mensonges concernant la sécurité de Scarnsea alors que vous êtes au courant de ce qui se passe dans tout le pays ? Idiots ! Idiots ! Le roi va tous vous réduire à néant ! » Il tapa des deux poings sur la table avant de sortir à grands pas du réfectoire en claquant la porte. Une chape de silence tomba sur la salle.

Je pris une profonde inspiration.

« Prieur Mortimus, j'affirme que ce sont là des propos séditieux. Prenez, je vous prie, quelques serviteurs et placez le frère Edwig en détention. »

Le prieur était atterré.

« Mais, monsieur, il n'a rien dit contre la suprématie royale. »

Mark se pencha vers moi, suppliant.

« Mais, monsieur, ce n'étaient sûrement pas des déclarations félonnes ! s'écria-t-il.

— Suivez mes instructions ! » Je fixai l'abbé Fabian.

« Dieu du ciel, Mortimus, obéissez ! »

Le prieur pinça les lèvres, mais se leva de table et s'éloigna d'un pas vif. Je restai immobile un moment, plongé dans mes pensées, conscient d'être le point de mire de tous les présents, avant de partir à mon tour, intimant d'un geste à Mark l'ordre de ne pas bouger.

J'atteignis la porte du réfectoire au moment où le prieur, sortant de la cuisine à la tête d'un groupe de serviteurs munis de torches, se dirigeait vers le bâtiment de la comptabilité.

Une main s'abattit soudain sur mon bras. Je pivotai sur mes talons. C'était Bugge, le regard ardent.

« Monsieur, le messager est arrivé !

— Quoi ?

— Le coursier venant de Londres, il est là. Je n'ai jamais vu quelqu'un d'aussi crotté. »

Je m'attardai quelques instants, regardant le prieur Mortimus cogner sur la porte de la comptabilité. J'hésitais entre le désir de le suivre et celui d'aller voir le messager. J'étais pris de vertige, des paillettes dansant devant mes yeux. Je repris mon souffle et me tournai vers Bugge qui me regardait avec étonnement.

« Allons-y ! » fis-je, et je menai la marche en direction du corps de garde.

31

Le messager était assis tout près du feu. Malgré la boue le recouvrant de pied en cap, je reconnus un jeune homme que j'avais vu apporter des lettres au bureau de lord Cromwell. Le vicaire général devait déjà savoir ce qu'avait dit le gardien de la Tour.

Visiblement épuisé, il se leva en vacillant un peu et s'inclina.

« Messire Shardlake ? »

Je fis oui de la tête, trop crispé pour parler.

« Je dois vous remettre ceci en personne. » Il me tendit un pli revêtu du sceau de la Tour. Lui tournant le dos, ainsi qu'à Bugge, je rompis le sceau et lus les trois lignes du message. C'était bien ce que j'avais pensé. Me forçant à avoir l'air serein, je me retournai vers le portier qui scrutait mes traits. Le messager s'était derechef affalé près du feu.

« Maître Bugge, dis-je, cet homme a accompli un long trajet. Assurez-vous qu'il aura une chambre avec un bon feu pour la nuit et de la nourriture s'il le désire... Comment vous appelez-vous ? demandai-je au messager.

— Hanfold, monsieur.

— Il y aura peut-être un message à rapporter

demain matin. Bonne nuit. Vous avez bien fait de chevaucher ventre à terre. »

Je quittai la loge, chiffonnant le papier dans ma poche, et retraversai en hâte la première cour. Sachant ce qui me restait à faire, je n'avais jamais eu le cœur aussi lourd.

Je m'arrêtai. Qu'était-ce ? Du coin de l'œil je vis une ombre bouger. Je me retournai si brusquement que je faillis perdre l'équilibre dans la neige boueuse. J'étais sûr qu'il y avait eu un mouvement près de l'appentis du forgeron, mais on n'apercevait plus rien maintenant.

« Qui est là ? » criai-je.

Il n'y eut aucune réponse. Pas le moindre son à part le bruit continu de la neige fondue dégouttant des toits. La brume s'épaississait. Elle s'enroulait autour des bâtiments, en estompant les contours, encadrant d'un halo la plaque de lumière jaunâtre des fenêtres. L'oreille aux aguets, je poursuivis mon chemin jusqu'à l'infirmerie.

On avait enlevé les draps du lit du frère Francis. Le moine aveugle était assis dans son fauteuil à côté, la tête baissée. Le gros moine dormait. Il n'y avait personne d'autre dans la salle. Le dispensaire du frère Guy était vide également. Les moines devaient toujours être au réfectoire. L'arrestation du frère Edwig avait dû terriblement les bouleverser.

✝

Je longeai le corridor, dépassai mon ancienne chambre, me dirigeant vers l'endroit où je savais que se trouvait celle d'Alice. Un rai de lumière filtrait sous la porte. Je frappai et ouvris.

Assise sur un petit lit à roulettes dans une chambrette sans fenêtre, elle entassait des vêtements dans un grand cabas de cuir. Quand elle leva la tête, les grands yeux bleus étaient empreints de frayeur. Son fort visage carré semblait défait. J'éprouvai du désarroi et du chagrin.

« Vous partez en voyage ? » M'étant vaguement attendu à un trémolo, je fus surpris du ton normal de ma voix.

Elle ne répondit rien, restant là, les mains sur les poignées du cabas.

« Eh bien, Alice ? » Ma voix tremblait désormais. « Alice Fewterer, dont la mère avait Smeaton pour nom de jeune fille ? »

Son visage s'empourpra, mais elle ne dit toujours rien.

« Oh ! Alice, je donnerais ma main droite pour que cela ne soit pas vrai. » Je pris une profonde inspiration. « Alice Fewterer, je dois vous arrêter au nom du roi pour l'odieux meurtre de Robin Singleton, son commissaire. »

Elle parla alors, sa voix vibrant d'émotion.

« Il ne s'agit pas d'un meurtre. J'ai rendu la justice. La simple justice.

— C'est sans doute votre point de vue. J'ai donc raison : Mark Smeaton était votre cousin ? »

Ses yeux s'étrécirent comme si elle se livrait à un calcul. Puis elle parla d'un ton clair, à la fois serein et farouche, que j'espère ne plus jamais entendre chez une femme.

« Plus que mon cousin. Nous étions amants.

— Comment ?

— Son père, le frère de ma mère, était parti tout jeune chercher fortune à Londres. Ma mère ne lui avait jamais pardonné d'avoir quitté la famille, mais quand mon promis est mort je me suis rendu à Londres pour me faire reconnaître par lui comme parente, bien que ma mère ait tenté de m'en empêcher de toutes ses forces. Il n'y avait pas de travail ici.

— Et ils vous ont accueillie chez eux ?

— John Smeaton et sa femme étaient de braves gens. De très braves gens. Ils m'ont reçue chez eux à bras ouverts et m'ont aidée à me placer chez un apothicaire de Londres. Cela se passait il y a quatre ans, et Mark était déjà musicien à la cour. Dieu merci, ma tante est morte de la suette, ce qui lui a évité d'assister à la suite des événements. » Des larmes brillèrent dans ses yeux. Elle les essuya puis me fixa sans ciller. Son regard se fit à nouveau calculateur, mais je ne parvins pas à comprendre ce qu'il signifiait.

« Mais vous devez être au courant de tout cela, monsieur le *commissaire*... (je n'ai jamais entendu prononcer un mot avec autant de mépris), car autrement pourquoi êtes-vous là ?

— Il y a une demi-heure, je n'étais encore sûr de rien. L'épée m'a conduit à John Smeaton – pas étonnant que vous m'ayez supplié de ne pas me rendre à Londres la fois où on était près des marais –, mais pendant un certain temps je n'ai pu aller plus loin. J'ai été intrigué en lisant dans les archives que John Smeaton n'avait laissé aucun parent de sexe mâle et qu'une femme avait hérité de ses biens. S'agissait-il de votre mère ?

— Oui.

— J'ai étudié tous les habitants du monastère pour essayer de deviner qui aurait pu avoir l'habileté et la force nécessaires pour décapiter un homme, et à Londres je n'étais guère plus avancé. Puis je me suis dit : Et si John Smeaton avait *une parente* ? J'avais toujours imaginé qu'un homme avait perpétré le crime, puis j'ai compris qu'il n'y avait aucune raison qu'une jeune femme robuste n'ait pu commettre l'acte. Ce qui m'a conduit jusqu'à vous, conclus-je avec tristesse. Le message que je viens de recevoir a confirmé qu'une jeune femme a rendu visite à Mark Smeaton dans sa cellule la veille de sa mort et vous correspondez à la description. » Je la regardai en secouant la tête. « C'est un affreux péché de la part d'une femme. »

Son ton resta calme mais débordant d'amertume.

« Vraiment ? Pire que ce qu'il a fait, lui ? » Sa maîtrise de soi, sa dureté me stupéfiaient.

« Je sais ce qu'on a fait à Mark Smeaton, dis-je. Jérôme m'a en partie mis au courant, le reste je l'ai appris à Londres.

— Jérôme ? Qu'a-t-il à faire là-dedans ?

— Jérôme se trouvait dans la cellule contiguë à celle de votre cousin la nuit où vous lui avez rendu visite. Quand il est arrivé ici il a dû vous reconnaître. Ainsi que Singleton. C'est pourquoi il l'a traité de menteur et de parjure. Et, bien sûr, lorsqu'il m'a juré qu'il ne connaissait aucun *homme* capable de faire une telle chose il s'agissait d'une de ses railleries retorses. Il a deviné que c'était vous.

— Il ne m'a rien dit à moi. » Elle secoua la tête. « Il aurait dû le faire. Si peu de gens savent ce qui s'est passé. Le mal que vous autres avez commis.

— En arrivant ici je ne connaissais pas la vérité à propos de Mark Smeaton, Alice, ni de la reine. Vous avez raison. Ce fut cruel, pervers. »

Une lueur d'espoir apparut dans ses yeux.

« Alors, laissez-moi partir, monsieur. Durant tout votre séjour ici, vous m'avez intriguée, car vous n'êtes pas un homme brutal comme Singleton et les autres créatures de Cromwell. Je n'ai fait que rendre la justice. Je vous en prie, laissez-moi m'en aller.

— Non. C'est impossible, dis-je en secouant la tête.

Ce que vous avez fait est quand même un meurtre. Je suis contraint de vous faire arrêter. »

Elle me regarda d'un air suppliant.

« Si vous saviez tout, monsieur. Écoutez-moi, je vous en prie ! »

J'aurais dû deviner qu'elle voulait me retenir là, mais je ne l'interrompis pas. Il s'agissait de l'explication de la mort de Singleton que j'avais cherché à élucider depuis si longtemps.

« Mark Smeaton venait rendre visite à ses parents aussi souvent qu'il le pouvait. Il était passé du chœur du cardinal Wolsey à la maisonnée d'Anne Boleyn, dont il était devenu le musicien. Le pauvre Mark avait honte de ses origines, mais il continuait à venir voir ses parents. Si les splendeurs de la cour lui avaient tourné la tête, rien d'étonnant à cela. Elles l'avaient séduit comme vous auriez aimé qu'elles séduisent Mark Poer.

— Cela n'arrivera jamais. Vous avez dû vous en rendre compte.

— Mark m'a emmenée voir les façades des grands palais, Greenwich et Whitehall, mais il ne m'y a jamais fait entrer, même après que nous fûmes devenus amants. Il disait qu'on ne pouvait se rencontrer qu'en secret. Cela me suffisait. Et puis un jour, en revenant de mon travail chez l'apothicaire, j'ai trouvé Robin Singleton dans la maison de mon oncle accompagné d'un détachement de soldats. Il lui hurlait dessus pour le forcer à dire que son fils lui avait révélé qu'il couchait avec la reine. Quand j'ai saisi ce qui s'était passé, je me suis précipitée sur Singleton pour le frapper et les soldats ont dû m'entraîner. » Elle fronça les sourcils. « C'est alors que j'ai compris pour la première fois de quelle fureur j'étais capable. Ils m'ont chassée mais je ne crois pas que John Smeaton les ait informés de la nature de mes rapports avec Mark, ni que j'étais sa cousine, car autrement ils m'auraient recherchée moi aussi pour m'obliger par la menace à garder le silence.

» Mon pauvre oncle est mort deux jours après Mark. J'ai assisté au procès et vu comment le jury avait peur. Le verdict était connu d'avance. J'ai tenté de rendre visite à Mark à la Tour, mais on a refusé de me laisser le voir jusqu'à ce qu'un gardien prenne pitié de moi, la veille de sa mort. Il était enchaîné dans cet horrible endroit, vêtu des oripeaux de ses beaux habits.

— Je suis au courant. Jérôme me l'a raconté.

— Quand Mark a été arrêté, Singleton lui a affirmé que s'il avouait avoir couché avec la reine il serait gracié par le roi. Il m'a dit que lorsqu'il a été arrêté il croyait naïvement que puisqu'il n'avait rien fait de mal il serait protégé par la loi ! » Elle poussa un rire rauque. « La loi d'Angleterre, c'est un chevalet de torture dans une cave ! Ils l'ont torturé jusqu'à ce que le monde se réduise pour lui à un cri. Il a donc avoué et on lui a accordé deux semaines de vie de paralytique pendant la durée du procès, avant de lui trancher la tête. Je l'ai vu, j'étais dans la foule. Je lui avais promis que mon visage serait la dernière chose qu'il verrait. » Elle secoua la tête. « Il y avait tant de sang... Un flot de sang a jailli dans les airs. Il y a toujours tant de sang...

— Oui, en effet. » Je me rappelai alors Jérôme me disant que Smeaton avait avoué avoir couché avec un grand nombre de femmes. Le portrait brossé par Alice était idéalisé, mais je ne pouvais pas le lui dire.

« Et puis Singleton est arrivé ici, dis-je.

— Pouvez-vous imaginer mes sentiments le jour où, traversant la cour du monastère, je l'ai aperçu en train de discuter avec l'assistant de l'économe ? J'avais appris qu'un commissaire était venu voir l'abbé, mais je ne me doutais pas que c'était lui...

— Alors vous avez décidé de le tuer ?

— J'avais si souvent rêvé de tuer ce mauvais homme. Je savais tout simplement que c'était mon devoir. Justice devait être faite.

— Souvent elle ne l'est pas ici-bas. »

Ses traits se durcirent.

« Cette fois-là elle l'a été.

— Il ne vous avait pas reconnue ? »

Elle s'esclaffa.

« Non. Il a aperçu une servante en train de porter un sac, si seulement il m'a vue. Cela faisait plus d'un an que je servais d'assistante au frère Guy. L'apothicaire de Londres m'avait renvoyée parce que j'étais une parente des Smeaton. Je suis revenue chez ma mère. Elle a reçu la lettre d'un avocat et s'est rendue à Londres pour recueillir les maigres biens de mon oncle. Et puis elle est morte – d'une attaque, comme mon oncle –, et Copynger m'a mise à la porte. C'est pourquoi je suis venue ici.

— Les gens de la ville ne connaissaient pas votre lien de parenté avec les Smeaton ?

— Cela faisait trente ans que mon oncle était parti et ma mère avait changé de nom en se mariant. Son nom de jeune fille avait été oublié et ce n'était pas moi qui allais le leur rappeler. J'ai raconté que j'avais été travailler pour un apothicaire d'Esher qui était mort.

— Vous avez gardé l'épée ?

— Pour des raisons sentimentales. Les soirs d'hiver, il arrivait que mon oncle nous montre certaines des passes exécutées par les spadassins. J'ai un peu appris à garder l'équilibre, à me déplacer, à déterminer les angles de force. Quand j'ai vu Singleton j'ai su que j'utiliserais l'épée.

— Dieu du ciel, mademoiselle, vous êtes d'une redoutable témérité !

— Ç'a été facile. Je n'avais pas la clef de la cuisine, mais je me suis rappelé l'histoire de cet ancien passage.

— Et vous l'avez trouvé.

— Oui. En examinant toutes les pièces. Alors j'ai écrit un mot anonyme à Singleton, me présentant comme un informateur et lui donnant rendez-vous au petit matin. Je lui disais que j'avais un grand secret à lui révéler. » Elle fit alors un sourire qui me donna des frissons.

« Il a sans doute cru que le mot venait d'un moine. » Le sourire s'estompa.

« Je savais qu'il y aurait du sang. C'est pourquoi je suis allée à la blanchisserie pour dérober une soutane. À mon arrivée, j'avais trouvé une clef de la blanchisserie dans le tiroir de la table de ma chambre.

— La clef que le frère Luke avait fait tomber en luttant contre Orpheline Stonegarden. Elle avait dû la garder.

— Pauvre fille... Vous devriez chercher son assassin plutôt que celui de Singleton. » Elle me regarda droit dans les yeux. « J'ai revêtu la soutane, pris l'épée et emprunté le passage menant aux cuisines. Nous nous occupions de l'un des vieux moines, le frère Guy et moi. Je lui ai dit que j'avais besoin d'une heure de repos. Ç'a été si facile... Je me suis postée derrière le placard de la cuisine et l'ai frappé au moment où il est passé devant moi. » Un effroyable sourire de satisfaction s'étala sur sa face. « J'avais affûté l'épée : un seul coup a suffi pour lui trancher la tête.

— Comme pour celle de la reine Anne Boleyn.

— Comme pour celle de Mark. » Son expression changea. Elle fronça les sourcils. « Quelle quantité de sang ! J'espérais que son sang me laverait de ma rage, mais ça n'a pas été le cas. Je vois toujours en rêve le visage de mon cousin. »

Ses yeux s'illuminèrent soudain, et elle poussa un grand soupir de soulagement tandis qu'une main me saisissait le poignet par-derrière et plaquait mon bras contre mon dos, envoyant mon poignard heurter bruyamment le sol. Une autre enserra mon cou. J'aperçus un couteau effleurant ma gorge.

« Jérôme ? gémis-je.

— Non, monsieur, répondit la voix de Mark. Ne criez pas ! » Le couteau s'appuya sur ma gorge. « Allez vous asseoir sur le lit ! Bougez lentement... »

Je traversai la pièce en chancelant et m'affalai sur le petit lit. Alice se leva et alla se placer à côté de Mark, lui entourant la taille du bras.

« J'ai cru que tu n'arriverais jamais. Je l'ai retenu en parlant. »

Mark referma la porte, puis resta en équilibre sur la pointe des pieds, gardant son poignard tout près de ma gorge. Un simple mouvement en avant et il pouvait m'étriper en un tournemain. Il n'avait plus l'air impassible, mais absolument déterminé. Je le fixai du regard.

« C'est toi qui étais dans la cour tout à l'heure ? Tu m'as suivi ?

— Oui. Qui d'autre est au courant, monsieur ? » Il continuait à me donner du « monsieur ». Je faillis éclater de rire.

« Le messager était l'un des serviteurs de lord Cromwell. Cromwell connaît désormais le contenu du pli. Par conséquent tu sais ce qu'elle a fait ?

— Elle me l'a appris la première fois que nous avons couché ensemble, le jour où vous êtes parti pour Londres. Je lui ai dit que vous étiez malin... Je vous ai vu vous rapprocher du but et on s'apprêtait à partir ce soir. Si vous étiez arrivé quelques heures plus tard, vous ne nous auriez plus trouvés là. Je regrette que cela ne se soit pas passé ainsi.

— Vous ne pouvez pas vous enfuir maintenant. Pas en Angleterre en tout cas.

— On ne va pas rester en Angleterre. Un bateau nous attend sur la rivière pour nous conduire en France.

— Les contrebandiers ?

— Oui, répondit tranquillement Alice. Je vous ai menti. Mes amis d'enfance ne se sont pas noyés et ce sont toujours mes amis. Il y a un navire français qui nous attend en mer. Il doit prendre une cargaison en provenance du monastère demain soir, mais il envoie une embarcation dès ce soir pour nous chercher. »

Je sursautai.

« En provenance du monastère ? Vous savez de la part de qui ? Ou de quoi il s'agit ?

— Ça m'est égal. Nous attendrons à bord du navire jusqu'à demain avant de mettre le cap sur la France.

— Mark, sais-tu quelle est cette cargaison ?

— Non. » Il se mordit les lèvres. « Je suis désolé, monsieur. Seules Alice et notre fuite m'importent désormais.

— Les Français ne portent pas les réformateurs anglais dans leur cœur. »

Il me regarda avec compassion.

« Je ne suis pas un réformateur. Je ne l'ai jamais été. Encore moins depuis que je suis au courant de la manière d'agir de Cromwell.

— Tu es un traître. Déloyal à ton roi et à moi qui t'ai traité comme un fils.

— Je ne suis pas du tout votre fils, monsieur. Je n'ai jamais été d'accord avec votre religion. Vous vous en seriez aperçu si vous aviez jamais écouté ce que je disais au lieu de m'assener vos opinions.

— Je ne mérite pas d'être traité de la sorte par toi, gémis-je. Ni par vous, Alice.

— Qui sait ce que chacun mérite ? s'écria Mark avec fougue. Il n'y a ni ordre ni justice ici-bas, comme vous le verriez si vous n'étiez pas aussi aveugle. Après ce que m'a raconté Alice, j'en suis sûr maintenant. Je pars avec elle, j'ai pris cette décision il y a quatre jours. » Pendant qu'il parlait, je vis qu'il hésitait pourtant, qu'il avait honte et que l'affection qu'il m'avait portée n'avait pas complètement disparu.

« Tu es donc devenu papiste ? Je ne suis pas aussi aveugle que tu le crois, Mark. Je me suis parfois demandé quelle était ta vraie croyance. Que penses-tu alors de la profanation de l'église par cette femme ? C'était vous, Alice, n'est-ce pas ? Vous avez déposé ce coq mort sur l'autel après avoir tué Singleton pour brouiller les pistes ?

— Oui, c'est vrai. Mais si vous pensez que Mark et moi sommes des papistes vous vous trompez. Les réformateurs et les papistes, c'est du pareil au même. Vous élaborez des croyances que vous contraignez le peuple à adopter sous peine de mort, tout en vous efforçant d'acquérir pouvoir, terres ou argent, ce qui est votre réel dessein à tous.

— Ce n'est pas le mien.

— Peut-être. Vous avez bon cœur et je n'ai pris aucun plaisir à vous mentir. Mais pour ce qui se passe en Angleterre en ce moment vous êtes aussi aveugle qu'un chaton nouveau-né. » Dans sa voix, la pitié se mêlait à la colère. « Vous devriez voir les choses par les yeux des gens ordinaires, mais les hommes de votre classe n'en seront jamais capables. Croyez-vous que je pourrais m'attacher à une église après tout ce que j'ai vu ? Tuer ce coq m'a causé plus de chagrin que la profanation de l'autel.

— Et que va-t-il se passer maintenant ? demandai-je. L'heure de ma mort a-t-elle sonné ? »

La gorge de Mark se serra.

« Je ne ferai jamais une telle chose. Sauf si vous m'y forcez. » Il se tourna vers Alice. « On peut l'attacher, lui mettre un bâillon et l'enfermer dans ton placard. Les moines vont le chercher, mais ils ne songeront pas à fouiller ici. Quand le frère Guy va-t-il s'apercevoir de ton absence ?

— Je lui ai dit que j'allais me coucher tôt. C'est seulement quand il constatera que je ne suis pas au dispensaire à sept heures du matin qu'il s'apercevra de mon départ. À ce moment-là nous serons en pleine mer. »

Je tâchai de réfléchir posément.

« Mark, je t'en prie, écoute-moi. Tu oublies le frère Gabriel, Simon Whelplay, Orpheline Stonegarden.

— Je n'ai rien à voir avec leur mort ! s'écria Alice avec force.

— Je le sais. J'avais bien pensé qu'il pouvait y avoir deux meurtriers agissant de concert, mais je n'avais pas du tout songé à deux assassins différents. Mark, réfléchis à ce que tu as vu. Orpheline Stonegarden repêchée dans l'étang, Gabriel écrasé comme un insecte, Simon rendu fou par le poison. Tu m'as aidé, tu as été à mes côtés. Veux-tu permettre à l'assassin de rester en liberté ?

— Nous allions vous laisser un mot pour vous dire qu'Alice avait tué Singleton.

— Écoute-moi, s'il te plaît. Le frère Edwig, l'a-t-on arrêté ?

— Non. Je vous ai suivi jusqu'à la porte du réfectoire et ai entendu Bugge vous dire qu'il y avait un message. Puis je vous ai emboîté le pas jusqu'au corps de garde et vous ai vu revenir à l'infirmerie. Mais le prieur Mortimus m'a abordé pour m'informer que le frère Edwig ne se trouvait pas à la comptabilité, ni dans sa chambre. Il semblait s'être enfui. Voilà pourquoi j'ai mis tant de temps, Alice.

— Il ne faut pas qu'il s'échappe, dis-je d'un ton pressant. Il a vendu des terres, à l'insu de l'abbé, me semble-t-il. Il a caché mille livres quelque part. Ce navire, c'est pour lui permettre de fuir. Bien sûr, il a gagné du temps jusqu'à son arrivée. C'est pourquoi il a tué le novice Whelplay. Il craignait qu'il ne me parle d'Orpheline Stonegarden et que je le fasse arrêter. »

Mark baissa son poignard, l'air stupéfait. J'avais réussi à capter son attention.

« C'est le frère Edwig qui l'a tuée ?

— Oui ! Ensuite il a tenté de me tuer à l'église. À cause de la neige, il faudrait des jours, voire des semaines avant que quelqu'un vienne de Londres pour me remplacer, et alors il serait déjà loin. Sur le bateau, vous aurez un assassin comme compagnon de voyage.

— Vous êtes sûr de ce que vous avancez ? demanda Mark.

— Oui. J'ai échafaudé de fausses hypothèses à propos du frère Gabriel, mais ça c'est la vérité. Ce que vous me dites sur le navire apporte la touche finale. Edwig est un voleur et un meurtrier sanguinaire. En conscience, vous ne pouvez le laisser s'échapper. »

Je le vis hésiter l'espace d'un instant.

« Vous êtes certain que le frère Edwig a tué la malheureuse ? demanda Alice.

— Absolument certain. Ce ne pouvait être que l'un des obédienciers qui ont rendu visite à Simon Whelplay. Le prieur Mortimus et Edwig avaient déjà importuné des femmes. Mortimus vous a ennuyée, mais pas le frère Edwig, parce qu'il craignait de perdre la maîtrise de soi comme cela s'était passé avec Orpheline. »

Mark se mordit la lèvre.

« Alice, on ne peut pas le laisser s'échapper. »

Elle me jeta un regard désespéré.

« On me pendra. Ou plutôt, on me brûlera. On m'accusera de sorcellerie parce que j'ai tué ce coq.

— Écoute, dit Mark. Quand nous arriverons sur le navire on peut leur demander de ne pas attendre, de partir ce soir même. Comme ça il ne s'enfuira pas avec son or maudit. Ils ne voudront pas aider un assassin.

— Oui ! s'écria-t-elle. On peut faire ça.

— Il sera toujours en liberté, fis-je.

— Alors, c'est à vous de l'attraper, monsieur. Désolé, soupira Mark.

— On doit partir maintenant ! insista Alice. La marée va changer.

— On a le temps. Il n'est que huit heures à l'horloge de l'abbaye. La marée ne sera haute que dans une demi-heure. Nous avons largement le temps de traverser les marais.

— Traverser les marais ? répétai-je, incrédule.

— En effet, répondit Alice. Par la piste que je vous ai montrée. L'embarcation attend dans l'estuaire.

— Mais c'est impossible ! m'exclamai-je. Vous n'avez pas vu le temps ? La neige a presque complètement fondu et les marais ne seront plus qu'un marécage de boue liquide. J'ai emprunté le chenal cet après-midi. J'ai vu l'état des lieux et les choses auront entretemps empiré. La neige fondue ruisselle des Downs. Et une brume épaisse est en train de se former. Vous n'y parviendrez jamais ! Vous devez m'écouter !

— Je connais très bien les passages, répliqua-t-elle. Je peux me repérer facilement. » Mais elle ne semblait pas tout à fait sûre d'elle.

« Mark, au nom du ciel, crois-moi, vous courez à la mort !

— Elle connaît la route, dit-il après une courte hésitation. Et la mort ne nous attend-elle pas ici ?

— Qu'elle s'échappe toute seule ! Qu'elle parte tout de suite et tente sa chance comme elle peut. Je ne dirai rien de ta complicité, je le jure. Mordieu ! j'accepte de vous couvrir, je vous le promets. Je vais risquer ma vie pour vous deux ! Mais n'entrez pas dans les marais ! »

Elle lui jeta un regard désespéré.

« Mark, ne m'abandonne pas ! Je peux nous faire traverser les marais.

— Je vous le répète : c'est impossible ! Vous n'avez pas vu dans quel état ils sont ! »

Dans les affres de l'indécision, Mark nous regardait tour à tour, elle et moi. Revoyant la scène, je me dis qu'il était très jeune alors, bien jeune pour décider en quelques instants de son sort personnel et de celui de sa compagne. Ses traits se durcirent et mon cœur se serra.

« On doit vous attacher, maintenant, monsieur. Je vais essayer de ne pas vous faire mal. Alice, où est ta chemise de nuit ? »

Elle la tira de dessous son oreiller et Mark la découpa en longues bandes avec son poignard.

« Couchez-vous à plat ventre, monsieur.

— Mark, par pitié... »

Empoignant mon épaule, il me força à m'exécuter. Il m'attacha fermement les bras dans le dos, puis les jambes, avant de me retourner.

« Mark, ne va pas là-bas... »

Ce furent les tout derniers mots que je lui dis, car il me fourra dans la bouche un gros morceau de la chemise de nuit, manquant de m'étouffer. Alice ouvrit la porte du petit placard et ils me poussèrent à l'intérieur. Il s'immobilisa un instant, son regard braqué sur moi.

« Attends une seconde. Son dos le fait souffrir. »

Elle le regarda avec impatience prendre l'oreiller sur le lit et le coincer derrière moi, pour soutenir mon dos pendant que je restais accroupi dans le placard.

« Désolé », chuchota-t-il. Puis il se détourna et referma la porte du placard, m'abandonnant dans le noir. Quelques instants plus tard j'entendis celle de la chambre se refermer doucement à son tour.

J'avais envie de vomir, mais je savais qu'alors j'étoufferais sûrement. Je me calai contre l'oreiller, respirant profondément par le nez. Alice avait dit que le frère Guy ne la chercherait pas avant sept heures lorsqu'elle n'apparaîtrait pas à l'infirmerie. J'avais onze heures à attendre.

32

Deux fois, au cours de cette longue et froide nuit, je crus entendre des cris lointains. On devait nous chercher, Mark et moi, ainsi qu'Edwig. J'avais dû réussir à m'endormir car j'avais rêvé que Jérôme me regardait en jacassant comme un dément, avant de me réveiller en sursaut dans la totale obscurité de mon placard, les liens m'échauffant les poignets.

J'étais réveillé depuis plusieurs heures quand j'entendis enfin des pas dans la chambre. Je rassemblai assez d'énergie pour frapper la porte de mes talons. Elle ne tarda pas à s'ouvrir. La lumière du jour me fit grimacer et cligner des yeux. Le frère Guy me regardait, bouche bée. J'eus la pensée saugrenue qu'à son âge il avait de la chance d'avoir gardé toutes ses dents.

Il défit mes liens et m'aida à me remettre sur pied, me conseillant de me déplacer lentement de peur qu'un mouvement brusque ne blesse mon dos raidi. Il me conduisit à ma chambre, où je fus ravi de m'asseoir près d'un feu, car j'étais gelé. Je lui racontai ce qui était arrivé, et lorsqu'il apprit que c'était Alice qui avait assassiné Singleton il se laissa tomber sur le lit en gémissant.

« Je me rappelle lui avoir parlé de ce passage à son arrivée. J'essayais de faire la conversation, car elle paraissait perdue et esseulée. Et quand je pense que je lui confiais mes malades...

— Je crois que seul Singleton avait à la craindre. Dites-moi, frère Guy, Edwig est-il toujours dans la nature ?

— Oui, il a complètement disparu, tout comme Jérôme. Mais il a pu s'enfuir du monastère. Bugge a quitté sa loge, la nuit dernière, quand on s'est lancés dans une battue. Ou bien il a pu sortir par le portail de derrière qui donne sur les marais. Mais je n'ai pas compris pourquoi vous teniez tellement à ce qu'il soit arrêté. Depuis votre arrivée ici vous avez entendu pis que ce qu'il a dit alors.

— Il a tué le frère Gabriel, Simon et aussi, je pense, la jeune Orpheline. Et il a volé une fortune en or. »

Guy semblait abasourdi. Il se prit la tête entre les mains.

« Qu'est-il arrivé à cette maison, Seigneur Dieu ! pour qu'elle nourrisse deux meurtriers en son sein ?

— Alice ne serait pas devenue une meurtrière à une autre époque. Et l'escroquerie d'Edwig ne serait pas passée inaperçue si les choses avaient été plus normales. Autant se demander ce qui est arrivé à l'Angleterre. Et je fais partie de ce désastre. »

Il releva la tête.

« L'abbé Fabian s'est effondré hier soir. Après que vous avez ordonné l'arrestation du frère Edwig. Il semble incapable de faire quoi que ce soit ou de parler à quiconque. Il reste assis dans son bureau, le regard perdu dans le vague.

— Il n'a jamais été capable de s'occuper de cette affaire. Le frère Edwig a pris son sceau et l'a apposé sur les actes de cession quand il a vendu ces terres. Il a fait jurer le secret aux acheteurs qui devaient croire que l'abbé était au courant. » Je tentai de me hisser sur pied. « Frère Guy, il faut que vous m'aidiez. Je dois retourner au monastère. Je dois voir si Alice et Mark ont pu s'échapper. »

Il doutait que je fusse capable de faire un tel trajet, mais j'insistai et il m'aida à me mettre debout. Je pris mon bâton et nous sortîmes. Le ciel était nuageux, l'atmosphère douce et humide. Le monastère avait totalement changé d'aspect. La cour était parsemée de petites flaques d'eau et de tas de neige pourrie qui, pas plus tard que la veille, avaient été des congères immaculées.

Des gens qui allaient et venaient dans la cour s'arrêtaient, l'air surpris, pour me voir passer en claudiquant. Le prieur Mortimus se précipita vers moi.

« Monsieur le commissaire ! Nous vous croyions mort comme Singleton. Où est votre assistant ? »

Je répétai mon histoire, entouré par un auditoire de moines et de serviteurs sidérés. J'ordonnai au prieur Mortimus d'envoyer quérir Copynger. Si Edwig s'était enfui il fallait que le pays se mobilise pour le retrouver.

Je ne sais pas comment je parvins à traverser le verger. Je n'y serais pas arrivé sans le soutien du frère Guy. Mon dos me faisait atrocement souffrir après la nuit passée dans le placard et je me sentais très faible. Nous atteignîmes enfin le mur de derrière. Je déverrouillai le portail et franchis l'enceinte.

Devant moi se trouvait un lac d'un demi-mille de large. Les marais étaient complètement sous l'eau, le ruban de la rivière visible seulement comme un courant rapide au milieu d'une étendue d'eau qui montait presque jusqu'à nos pieds. Ce n'était guère profond, pas plus d'un pied au-dessus de la vase, car partout émergeaient des roseaux, ondulant dans la brise, mais le fond saturé devait être bourbeux.

« Regardez ! » Le frère Guy désignait deux séries

d'empreintes de pas dans la boue près du portail, certaines plus grandes que les autres. Elles se dirigeaient vers l'eau.

« Seigneur Jésus ! s'exclama-t-il. Ils sont entrés là-dedans.

— Ils n'ont pas pu aller très loin, soufflai-je. Dans cette brume, dans le noir, dans toute cette eau.

— Qu'est-ce que c'est que ça ? Là-bas ? » Le frère Guy me montra quelque chose qui flottait un peu plus loin.

« C'est une lampe. L'un des petits bougeoirs de l'infirmerie. Ils devaient le tenir à la main. Oh ! mon Dieu ! » Je me raccrochai à l'infirmier car je défaillais en imaginant Mark et Alice glissant, tombant et gisant désormais quelque part dans ce bourbier recouvert par les eaux. Le frère Guy m'aida à m'asseoir sur la rive et je respirai profondément jusqu'à ce que je recouvre mes esprits. Lorsque je levai les yeux, je vis le frère Guy murmurer une prière en latin, les mains jointes, les yeux fixés sur la lampe qui dérivait tranquillement sur la surface des eaux.

✝

Il me reconduisit jusqu'à l'infirmerie. Il insista pour que je me repose et me restaure, me faisant asseoir dans sa cuisine et me servant lui-même. La nourriture et la boisson redonnèrent des forces à mon corps mais mon cœur resta lourd comme une pierre. Je revoyais constamment par la pensée Mark en train d'échanger des plaisanteries sur la route, me tenant tête dans la chambre, serrant Alice dans ses bras. En fait, c'était lui que je pleurais le plus.

« Il n'y avait que deux séries d'empreintes de l'autre côté du portail, dit enfin le frère Guy. Il ne semble pas qu'Edwig soit passé par là.

— Non, pas lui, renchéris-je amèrement. Il a dû passer par le portail principal lorsque Bugge avait le dos tourné. » Je serrai les poings. « Mais je vais le traquer, même si j'y passe le reste de mes jours. »

Un coup fut frappé à la porte et le prieur Mortimus apparut, la mine sinistre.

« Avez-vous envoyé chercher Copynger ? demandai-je.

— Oui, il devrait arriver bientôt. Mais, monsieur le commissaire, nous avons trouvé...

— Edwig ?

— Non. Jérôme. Il est dans l'église. Vous devriez venir voir.

— Vous n'en avez pas la force », dit le frère Guy, mais je repoussai sa main et saisis mon bâton. Le prieur me conduisit à l'église, sur le parvis de laquelle un groupe de personnes s'étaient rassemblées. Le pitancier montait la garde devant le portail, les empêchant d'entrer. Le prieur se fraya un chemin à travers la foule et nous pénétrâmes à l'intérieur.

De l'eau dégouttait quelque part. Le seul autre son était de légers pleurs, une sorte de mélopée. Nos pas résonnant fortement, je suivis le prieur Mortimus le long de la vaste nef déserte dont les niches étaient éclairées par des cierges, jusqu'à celle qui avait contenu la main du bon larron. Les béquilles et les appareils orthopédiques, naguère amoncelées au pied de la plinthe, jonchaient désormais le sol. Je me rendis compte que le socle était creux et l'espace assez grand pour abriter un homme. À l'intérieur, accroupi et recroquevillé, se trouvait Jérôme tenant un objet. Son froc blanc était sale et déchiré et il pleurait tristement, dégageant une forte puanteur.

« Je l'ai trouvé il y a une demi-heure, dit le prieur. Il s'était glissé dans ce creux et avait ramené les béquilles devant lui pour se cacher. J'explorais l'église et me suis rappelé l'espace là-dessous.

— Que tient-il ? Est-ce... ?

— La relique, dit le prieur en hochant la tête. La main du bon larron. »

Je m'agenouillai devant Jérôme, une forte douleur dans mes articulations me fit grimacer. Il tenait un gros coffret carré, serti de joyaux qui scintillaient dans la lumière des cierges. On distinguait une vague forme à l'intérieur.

« Mon frère, lui demandai-je d'une voix douce, est-ce vous qui avez pris la relique ? »

Pour la première fois depuis notre première rencontre, Jérôme parlait d'une voix sereine.

« Oui. Elle compte beaucoup pour nous. Pour l'Église. Elle a guéri tant de gens.

— Donc, vous l'avez dérobée dans la confusion créée par la mort de Singleton.

— Je l'ai cachée là-dessous pour la sauver, pour la sauver... » Il la serra davantage dans ses bras. « Je sais ce que Cromwell va faire. Il va détruire cette sainte relique que Dieu nous a donnée en signe de pardon. Quand ils m'ont enfermé, je savais que vous pourriez la trouver et je devais la protéger. Maintenant elle est perdue, perdue... Je ne puis résister davantage. Je suis si las », conclut-il d'une voix triste et calme. Il secoua la tête et regarda dans le vague.

Le prieur Mortimus passa la main dans le creux et lui empoigna l'épaule.

« Venez, Jérôme, tout est fini. Laissez-la et venez avec moi. » À ma grande surprise, le chartreux ne regimba pas. Il s'extirpa avec difficulté de la niche, tirant sa béquille derrière lui, puis baisa le coffret avant de le déposer par terre avec soin.

« Je vais le ramener dans sa cellule, dit le prieur.

— Oui, d'accord », répondis-je.

✝

Sans un autre coup d'œil à la relique, ni à moi, traînant péniblement la jambe, Jérôme permit au prieur de lui faire traverser la nef. Je le regardai s'éloigner. Si le jour où je l'avais interrogé, au lieu de parler par énigmes, il m'avait confié l'avoir vue rendre visite à Mark Smeaton, j'aurais pu arrêter Alice sur-le-champ et, le meurtre de Singleton élucidé, démasquer Edwig plus tôt. Alors ni Mark ni Gabriel ne seraient morts. Mais, étonnamment, je ne ressentais aucune colère contre lui. Je me sentais comme vidé de toute émotion.

M'agenouillant à nouveau, je scrutai la relique posée par terre. Le coffret était en or richement décoré et serti des plus grosses émeraudes que j'aie jamais vues. À travers le verre, j'aperçus une main, accrochée par le poignet à un vieux morceau de bois noir à l'aide d'un clou à large tête, le tout placé sur un coussinet de velours violet. C'était un objet brun, momifié, mais il s'agissait nettement d'une main. Je distinguai même des cals sur les doigts. S'agissait-il vraiment de la main du larron mort au côté du Christ et qui L'avait reconnu sur la croix ? Je touchai le verre, animé, l'espace d'un instant, de l'espoir fou que la douleur ressentie dans toutes mes articulations puisse cesser, ma bosse disparaître, et que mon dos devienne droit et normal, comme celui du pauvre Mark, tant envié par moi. Mais rien ne se passa. Il n'y avait que le tintement de mes ongles contre le verre.

Soudain, du coin de l'œil j'aperçus un minuscule éclat doré descendant dans les airs. Un objet heurta les dalles à deux pieds de moi avec un bruit métallique, puis roula avant de s'immobiliser. Je l'examinai. Il s'agissait d'une pièce d'or, un noble. Le visage du roi Henri sur le sol levait les yeux vers moi.

Je me tenais sous le clocher. Au-dessus de ma tête se trouvait l'enchevêtrement de cordes et de poulies qui au dîner avait constitué le sujet de plaisanteries sur le frère Edwig. Mais quelque chose avait changé. La nacelle des ouvriers n'était plus là. Elle avait été remontée dans le beffroi.

« Il est là-haut ! » soufflai-je. Voilà donc où il avait caché l'or... Dans la nacelle. J'aurais dû mieux regarder ce qui se trouvait sous la bâche la dernière fois où je l'avais vue, le jour où j'étais monté au clocher avec Mortimus. C'était une bonne cachette. Voilà pourquoi il avait fait arrêter les travaux.

Si le jour où, en compagnie du prieur Mortimus, j'avais gravi l'escalier à vis jusqu'au clocher, j'avais été appréhensif, cette fois-ci, comme j'escaladais les marches, insoucieux des récriminations de tous mes membres, je ne ressentais qu'une détermination farouche. Je n'étais pas vidé de toute sensibilité finalement, elle n'était qu'engourdie. Une rage inouïe me donnait des ailes. J'atteignis le beffroi où étaient accrochées les cordes des cloches. La nacelle gisait là, vide et renversée sur le côté. Deux pièces de plus étaient tombées sur le plancher. Il n'y avait personne. Je contemplai les degrés menant aux cloches elles-mêmes et sur lesquels on avait semé d'autres pièces. Je compris que quiconque se trouvait là devait m'avoir entendu monter. S'était-il réfugié dans le local des cloches ?

Je montai les marches avec précaution, pointant mon bâton devant moi. Je tournai la poignée de la porte, puis reculai immédiatement d'un pas, utilisant mon bâton pour la pousser. Heureusement ! Car quelqu'un jaillit et abattit une torche en bois non allumée vers l'endroit où j'aurais dû me trouver. La massue improvisée heurta mon bâton sans créer de dommage et j'aperçus le visage de l'économe, rouge de fureur, les yeux plus écarquillés, plus fixes que je ne les avais jamais vus.

« Vous êtes démasqué, frère Edwig ! criai-je. Je suis au courant du navire qui doit vous emmener en France ! Au nom du roi, je vous arrête pour vol et assassinat ! »

Il rentra dans le local à toute vitesse. J'entendis le bruit de ses pas filant sur le plancher ainsi qu'un bizarre cliquetis métallique.

« Tout est fini ! m'écriai-je. Il n'y a pas d'autre issue. » Je gravis les derniers degrés et jetai un œil à l'intérieur, cherchant à l'apercevoir, mais de l'endroit où je me trouvais je ne pouvais voir que le plancher et les grandes cloches au-delà de la rambarde. D'autres pièces jonchaient le sol.

Je compris qu'on était dans une impasse. Il ne pouvait me contourner, mais moi aussi j'étais coincé. Si je redes cendais l'escalier tournant je serais vulnérable à une attaque lancée par-derrière et d'en haut, et l'homme que j'avais jadis pris pour un bureaucrate grippe-sou était à l'évidence capable de tout. Je pénétrai dans le local, agitant mon bâton devant moi.

Il se tenait à l'autre bout, derrière les cloches. Il s'avança au moment où j'entrais et je vis qu'il portait deux volumineuses sacoches de cuir attachées ensemble autour de son cou à l'aide d'une grosse corde. C'étaient elles qui émettaient le cliquetis quand il se déplaçait. Il haletait, brandissant la massue de la main droite, les jointures des doigts luisant d'un éclat blanc et dur.

« Quel était votre projet, mon frère ? criai-je. Filer vers une nouvelle vie en France avec l'argent des ventes ? » Je fis un pas en avant, tentant de le prendre au dépourvu, mais il restait aussi vigilant qu'un chat, tout en me menaçant de la torche.

« N-Non ! » Immobile, il hurla le mot comme un enfant accusé à tort. « Non ! C'est la somme que je dois payer pour entrer au royaume des cieux !

— Quoi ?

— Elle ne cessait de me repousser... Alors le diable m'a empli l'âme de colère et je l'ai tuée ! Savez-vous à quel point il est facile de tuer quelqu'un, monsieur le commissaire ? » Il eut un rire de dément. « J'ai vu trop de tueries dans mon enfance... Ç'a ouvert la p-porte au diable... Il remplit mon esprit de rêves de sang. »

Son gros visage était écarlate et pendant qu'il vociférait les veines se détachaient sur son cou. Il avait perdu toute maîtrise de soi. Si seulement je pouvais le surprendre, m'approcher assez près pour sonner les cloches...

« Vous aurez du mal à persuader un jury avec ces arguments !

— Maudits soient vos jurys ! » Le bégaiement disparut tandis qu'il hurlait à tue-tête. « Le pape, le vicaire de Dieu sur terre, permet l'achat de la rémission des péchés ! Je vous l'ai dit ! Dieu évalue notre âme au paradis, calcule le crédit et le débit ! Et je vais lui faire un tel don qu'il me placera à sa droite ! J'apporte presque un millier de livres à l'Église de France, un millier de livres enlevées des mains de votre roi hérétique. C'est une grande œuvre aux yeux de Dieu ! » Il me fixa avec colère. « Vous ne pourrez pas m'en empêcher !

— Cela achètera-t-il aussi votre pardon pour ce que vous avez fait à Simon et à Gabriel ? »

Il pointa la torche vers moi.

« Whelplay avait deviné ce que j'avais fait à cette fille et il vous l'aurait dit. Il devait mourir. Je devais terminer mon œuvre ! Et c'est vous qui auriez dû mourir à la place de Gabriel, espèce d'avorton... Dieu vous tiendra responsable de cette mort !

— Vous êtes fou ! hurlai-je. Je vais vous faire envoyer à l'asile, pour montrer au monde où mène une religion pervertie ! »

C'est alors qu'il saisit sa massue à deux mains et se précipita vers moi en poussant un cri affreux. Les lourds sacs le ralentirent, l'empêchant de m'attraper. Je réussis à esquiver l'attaque. Pivotant sur lui-même, il s'élança à nouveau. Je levai mon bâton mais il me le fit tomber des mains avec la torche. Au moment où le bâton heurta le sol, je me rendis compte que l'économe s'était placé entre moi et la porte. Il avança lentement, agitant la torche, tandis que je reculais vers le petit garde-fou me séparant des cloches et de l'abîme béant au-dessous. Il était plus calme désormais. Je vis ses yeux noirs et méchants calculer la distance entre nous ainsi que la hauteur de la rambarde. « Où est votre jeune gars ? demanda-t-il avec un sourire mauvais. Il n'est pas là aujourd'hui pour vous protéger, hein ? » Puis, se jetant sur moi, il m'assena un coup sur le bras au moment où je le levais pour me défendre. Il m'appuya brutalement sur la poitrine et je tombai à la renverse par-dessus le garde-fou.

Dans mes rêves, je me revois encore tournoyer dans les airs, mes mains agrippant le vide. J'entends toujours résonner dans mes oreilles le cri de triomphe du frère Edwig. Puis mes bras cognèrent contre le flanc d'une cloche, et instinctivement je les lançai autour de celle-ci, m'accrochant à la surface de métal, enfonçant mes ongles dans le creux des ornements. Cela ralentit ma chute, mais j'avais les mains moites de sueur et je me sentis glisser vers le bas.

Mon pied heurta alors quelque chose et je m'immobilisai. Je m'aplatis contre la cloche et réussis tout juste à nouer mes doigts autour d'elle. Jetant un bref coup d'œil vers le bas, je compris que mon pied s'était posé sur l'antique plaque de la vieille cloche espagnole. Je me cramponnais avec l'énergie du désespoir.

Puis je sentis bouger la cloche. Mon poids la faisait osciller. Elle cogna contre la cloche voisine, provoquant un carillon assourdissant dans le beffroi au moment où le choc violent menaçait de me faire lâcher prise. La cloche revint en arrière, moi agrippé dessus comme une moule à son rocher. J'aperçus Edwig qui, tout en me jetant des regards noirs, se dégageait de ses sacs et se penchait pour ramasser les pièces tombées par terre. Il savait que je ne pouvais rester dans cette position que quelques instants de plus. Je percevais un faible bruit de voix tout en bas. La foule avait dû se précipiter dans l'église en entendant le carillon inattendu. Je n'osai pas regarder en bas. La cloche se balança à nouveau et cogna encore une fois contre la plus proche. Cette fois-ci, toutes les autres s'entrechoquèrent, produisant un vacarme qui semblait capable de me crever le tympan. À cause des vibrations de la cloche qui s'ensuivirent, mes mains commencèrent à s'écarter l'une de l'autre.

J'accomplis alors l'acte le plus désespéré de ma vie. Je tentai l'opération uniquement parce que je savais que c'était ça ou la mort certaine. D'un seul coup, je laissai mes mains se séparer, puis tournoyai dans l'air, utilisant la plaque sous mon pied comme tremplin pour me propulser en direction du garde-fou. Je recommandai mon âme à Dieu, sûr que ce serait ma dernière pensée sur terre.

Mon estomac heurta la rambarde. Le souffle coupé, mes mains serrant frénétiquement la partie intérieure du garde-fou secoué par le choc, je me hissai par-dessus, sans que je sache comment aujourd'hui. Je me retrouvai affalé par terre, le dos et les bras en capilotade. De l'autre côté du local, agenouillé, une poignée de pièces dans la main, Edwig me fixait d'un air à la fois furieux et perplexe, pendant que les cloches sonnaient à toute volée en faisant trembler le plancher.

Il fut tout de suite sur pied, s'empara de ses sacoches de cuir et se précipita vers la porte. Je me jetai sur lui, cherchant à atteindre ses yeux. Il se dégagea d'un mouvement brusque mais le poids des sacoches lui fit perdre l'équilibre. Il chancela et heurta le garde-fou comme moi quelques instants auparavant. Le choc lui fit lâcher ses sacoches qui basculèrent par-dessus le bord. Poussant un cri, il se pencha en avant pour saisir la corde qui les attachait ensemble. Il réussit à l'attraper, mais le geste le déséquilibra. Un instant il resta aplati contre le garde-fou, et je crois que si seulement il avait renoncé à l'or il aurait pu s'en tirer, mais il ne lâcha pas prise. Le poids des sacs l'entraîna et il tomba la tête la première, rebondissant sur le flanc d'une cloche avant de disparaître, hurlant de terreur et de rage, comme si au moment de rendre l'âme il savait qu'il devrait se présenter devant son créateur avant d'avoir pu faire sa grande offrande. Je me précipitai vers la rambarde et vis qu'il tournoyait toujours dans les airs, sa soutane gonflant autour de lui, accompagné d'une forte pluie de pièces s'échappant des sacoches. Prise de panique, la foule s'enfuit au moment où il s'écrasa sur le sol au milieu d'un jaillissement de sang et d'or.

Je m'appuyai sur la rambarde, haletant et couvert de sueur, tandis que la foule revenait lentement vers lui. Certains baissaient les yeux vers les restes de l'économe, d'autres levaient la tête vers l'endroit où je me trouvais. Je fus écœuré de voir des moines et des serviteurs se mettre à quatre pattes et se mouvoir en tout sens pour ramasser des poignées de pièces.

Épilogue

FÉVRIER 1538. TROIS MOIS PLUS TARD

Tandis que je pénétrais dans la cour du monastère, je vis que les grosses cloches avaient été descendues du beffroi, réduites en morceaux en vue d'être fondues, les énormes fragments de métal posés en tas. On avait dû les détacher des anneaux qui les retenaient au plafond et les laisser se fracasser sur le sol de l'église. Le vacarme avait sans doute été assourdissant.

Un peu plus loin, à côté d'un gros tas de charbon, un four de brique, construit récemment, avalait du plomb. Du haut du toit de l'église une équipe d'hommes jetait des morceaux et des baguettes de plomb, tandis que d'autres ouvriers sous les ordres des inspecteurs attendaient en bas pour recueillir le plomb et alimenter le feu.

Cromwell avait eu raison. La série des soumissions récoltées au début de l'hiver avait persuadé les autres établissements monastiques que toute résistance était inutile, et on apprenait chaque jour la dissolution d'un monastère. Bientôt, il n'en resterait plus aucun. Partout en Angleterre les abbés se retiraient après avoir obtenu une grosse pension, tandis que les frères allaient prendre des paroisses séculières ou acceptaient des retraites moins conséquentes. On disait qu'en certains endroits régnait un grand désordre. À l'hôtellerie de Scarnsea où j'étais descendu, on m'apprit que, lorsque les moines avaient quitté le monastère trois mois plus tôt, cinq ou six d'entre eux, trop vieux ou trop malades pour aller plus loin, y avaient pris une chambre. Comme ils avaient refusé de partir quand leurs fonds s'étaient épuisés, l'officier de paix et ses hommes avaient dû les mettre dehors. Parmi eux se trouvaient le gros moine qui avait un ulcère variqueux à la jambe et ce pauvre benêt de Septimus.

Quand le roi Henri apprit ce qui s'était passé à Saint-Donatien, il ordonna qu'on en rase tous les bâtiments. Portinari, l'ingénieur italien de Cromwell, qui était en train de démolir le prieuré de Lewes, devait venir ensuite pour les détruire. On le disait fort habile. À Lewes, il avait réussi à miner les fondations, si bien que toute l'église s'était effondrée d'un seul coup au milieu d'énormes nuages de poussière. On racontait à Scarnsea que ç'avait été à la fois grandiose et terrifiant, et tous espéraient assister à un spectacle similaire.

À cause de l'hiver particulièrement rigoureux, Portinari avait dû attendre l'arrivée du printemps pour amener ses ouvriers et son équipement jusqu'à la côte de la Manche. Ils seraient à Scarnsea dans une semaine, mais les agents des Augmentations étaient venus auparavant pour enlever tout ce qui avait de la valeur, jusqu'au plomb du toit et au cuivre des cloches. Un employé des Augmentations m'avait accueilli au corps de garde et avait vérifié ma commission. Bugge et les autres serviteurs avaient dès longtemps quitté les lieux.

J'avais été surpris quand Cromwell m'avait envoyé une missive m'ordonnant de me rendre à Scarnsea pour surveiller le déroulement des opérations. Je n'avais guère eu de ses nouvelles depuis ma brève visite à Westminster, en décembre, pour discuter de mon rapport. Il avait passé, selon lui, une fort désagréable demi-heure chez le roi quand celui-ci avait compris qu'on lui avait caché durant des semaines le scandale et le meurtre ayant eu lieu dans une maison religieuse, et la fuite de l'assistant de son nouveau commissaire en compagnie de la meurtrière du précédent. Peut-être le roi avait-il souffleté son premier ministre comme, selon la rumeur, il lui arrivait de le faire. Quoi qu'il en soit, l'attitude de Cromwell envers moi avait été très brusque et il m'avait congédié sans le moindre remerciement. Je ne jouissais plus de sa faveur, en avais-je conclu.

Bien que j'aie officiellement conservé le titre de commissaire, on n'avait plus besoin de mes services. Les inspecteurs des Augmentations étant parfaitement capables de mener à bien cette mission, je me demandais si Cromwell avait voulu me faire retourner sur les lieux de ces terribles expériences afin de se venger du mauvais moment enduré chez le roi. C'eût été typique de lui.

Le juge Copynger, qui louait désormais au roi les terres appartenant naguère au monastère, se tenait un peu à l'écart, étudiant un plan en compagnie d'un autre homme. Je m'avançai vers lui, passant devant deux inspecteurs des Augmentations qui portaient dans leurs bras des piles de livres de la bibliothèque destinés à être brûlés dans la cour.

Copynger saisit ma main.

« Commissaire, comment allez-vous ? Il fait plus beau que lors de votre dernier séjour en ces lieux, n'est-ce pas ?

— En effet. On est presque au printemps, bien que

le vent qui souffle de la mer soit très froid. Comment trouvez-vous la maison abbatiale ?

— J'y ai emménagé avec grand plaisir. L'abbé Fabian l'avait fort bien entretenue. Quand le monastère aura été détruit, je jouirai d'une belle vue sur la Manche. » Il fit un geste vers le cimetière des moines où des ouvriers étaient en train de déterrer les stèles. « Vous voyez, je fais installer là un enclos pour mes chevaux. J'ai acheté toute l'écurie des moines à un bon prix.

— J'espère que vous n'employez pas à cette tâche des hommes des Augmentations, sir Gilbert », dis-je en souriant. Copynger avait été anobli à Noël. Le roi l'avait lui-même adoubé chevalier en touchant son épaule d'une épée. Plus que jamais Cromwell avait besoin d'hommes liges dans les comtés.

« Non, non. Ce sont mes ouvriers. Je les paie de ma propre poche. » Il me regarda avec hauteur. « Je regrette que vous n'ayez pas souhaité habiter chez moi pendant votre séjour ici.

— Ce lieu évoque pour moi de trop mauvais souvenirs. Je suis mieux en ville. J'espère que vous comprendrez.

— Fort bien, monsieur, fort bien. » Il hocha la tête d'un air condescendant. « Mais j'espère que vous dînerez avec moi plus tard. J'aimerais vous montrer les plans dressés par mon architecte que voici. Une fois démolis les bâtiments principaux, nous allons transformer quelques-unes des dépendances en bergeries. Ce sera un beau spectacle, hein ? Plus que quelques jours à attendre.

— En effet. Veuillez m'excuser, je vous prie... » Je m'inclinai et m'éloignai, m'emmitouflant dans mon manteau pour me protéger du vent.

Je pénétrai dans le cloître. Le sol de la galerie était

souillé d'innombrables traces de bottes boueuses. L'inspecteur des Augmentations s'était solennellement installé dans le réfectoire où, en un flot ininterrompu, ses hommes lui apportaient vaisselle, statues dorées, croix en or et tapisseries, chapes et aubes, et même la literie des moines... Tout ce qui pouvait avoir de la valeur en vue de la vente aux enchères devant se tenir le surlendemain.

Le dos devant un feu flambant, messire William Glench trônait dans un réfectoire vidé de ses meubles mais plein de caisses et de coffres. Il discutait un élément de son volumineux registre avec un secrétaire. C'était un homme tatillon, grand et mince, portant lunettes. Durant l'hiver, les Augmentations avaient recruté une flopée de quidams de son acabit. Je me présentai. Il se leva et s'inclina, après avoir marqué avec soin l'endroit où il s'était arrêté dans son livre.

« Tout semble très bien organisé », dis-je.

Il se rengorgea.

« Tout est inscrit, monsieur, jusqu'à la moindre casserole et marmite des cuisines. » L'espace d'un instant, il me rappela Edwig. Je réprimai un frisson.

« Je vois qu'on s'apprête à brûler les livres de la bibliothèque. Est-ce nécessaire ? Ne pourraient-ils avoir quelque valeur ? »

Il secoua vigoureusement la tête.

« Non, monsieur. Tous les livres doivent être détruits. Ce sont des instruments du culte papiste. Pas un seul n'est écrit dans notre honnête langue anglaise. »

J'allai ouvrir un coffre au hasard. Il était bourré d'ornements d'église. Je soulevai un calice en or joliment sculpté. C'était l'un des deux qu'Edwig avait jetés dans l'étang avec le corps d'Orpheline pour faire croire que la voleuse s'était enfuie. Je le fis pivoter dans mes mains.

« Ces objets ne sont pas à vendre, dit Glench. Tout l'or et l'argent doit être transporté à la Tour pour être fondu. Sir Gilbert a essayé d'en acheter certains. Il trouve qu'il s'agit d'un beau travail et c'est peut-être vrai, mais ce sont des hochets utilisés dans les momeries papistes. Il devrait le savoir.

— Oui, en effet. » Je remis le calice dans le coffre.

Deux hommes ayant apporté un gros panier d'osier, le secrétaire commença d'empiler des soutanes sur la table.

« On aurait dû les nettoyer, déclara-t-il d'un ton irrité. On en aurait tiré davantage. »

Je sentais Glench impatient de se remettre au travail.

« Je vous quitte. Prenez garde à ne rien oublier ! » ajoutai-je, jouissant brièvement de son air surpris et vexé.

Je traversai le cloître en direction de l'église, surveillant d'un œil les ouvriers qui se déplaçaient sur le toit. Déjà des tuiles parsemaient la cour carrée du cloître. À l'intérieur de l'église, la lumière entrait à flots par les vitraux richement décorés, créant toujours un chatoiement de chaudes couleurs sur le sol de la nef. Mais les murs et les chapelles latérales étaient nus, désormais. On entendait un bruit de voix et des coups de marteaux sur le toit. À l'extrémité de la nef, le sol défoncé n'était plus qu'un amas de carreaux brisés. C'était là qu'Edwig avait dû s'écraser et les cloches se fracasser quand on les avait détachées du toit. Je levai les yeux vers l'espace vide et béant du beffroi, tout à mes souvenirs.

Contournant le jubé, je vis que les pupitres et même le grand orgue avaient été enlevés. Je secouai la tête et m'apprêtai à partir.

C'est alors que j'aperçus une silhouette encapuchonnée assise, le dos tourné, dans un coin des stalles du chœur. J'éprouvai un bref frisson de terreur superstitieuse, imaginant que Gabriel était revenu pleurer la destruction du travail de toute une vie. La silhouette se retourna et je faillis pousser un cri, ne voyant tout d'abord aucun visage sous le capuchon, avant de distinguer les traits bruns et émaciés du frère Guy. Il se leva et s'inclina.

« Frère infirmier, dis-je, un instant je vous ai pris pour un fantôme. »

Il fit un sourire triste.

« C'est ce que je suis en un sens. »

Je m'approchai et m'assis dans une stalle, lui faisant signe de m'imiter.

« Je suis content de vous voir, dit-il. Je voulais vous remercier pour ma pension, messire Shardlake. J'imagine que c'est à vous que je dois son importance.

— Vous avez été élu abbé, après tout, quand l'abbé Fabian a été déclaré incapable. Vous avez droit à une plus forte pension, même si vous n'avez occupé le poste que quelques semaines.

— Le prieur Mortimus n'a pas été content que les frères m'aient préféré à lui. Il est redevenu maître d'école dans le Devon, vous savez.

— Que Dieu protège ses élèves !

— Je me suis demandé s'il était convenable d'accepter une plus forte somme alors que les frères doivent vivre avec cinq livres par an. Mais si j'avais refusé ils n'auraient pas reçu un penny de plus. Et, vu mon visage, les choses ne vont pas être faciles pour moi. Je compte garder mon nom de moine, Guy de Malton, au lieu de reprendre mon nom séculier d'Elakbar... J'en ai le droit, même si l'appellation de "frère" est désormais interdite, n'est-ce pas ?

— Bien entendu.

— N'ayez pas l'air gêné, mon ami... Vous êtes mon ami, je pense ?

— Oui. Croyez-moi. C'est à contrecœur que je suis de retour ici. Je n'ai plus envie d'être commissaire. » Je frissonnai. « Il fait froid ici.

— Oui. Ça fait longtemps que je suis assis là. Je pensais aux moines qui se sont assis dans ces stalles chaque jour, pendant quatre siècles, pour chanter et prier. Les vénaux, les paresseux, les dévots. Ceux qui étaient tout cela à la fois. Mais... » Il désigna le toit sur lequel on cognait et tambourinait tant et plus. « C'est dur de se concentrer. »

Comme nous regardions le plafond, il y eut un coup de marteau particulièrement violent accompagné d'un nuage de poussière. Des morceaux de plâtre s'écrasèrent sur le sol et un flot de soleil fusa brusquement par une ouverture.

« Le toit est crevé, espèces de brutes ! lança une voix au-dessus de nos têtes. Allez-y mou ! »

Guy émit un son bizarre, entre soupir et grognement. Je lui touchai le bras.

« Il faut partir. D'autres morceaux de plâtre vont tomber. »

Dans la lumière de la cour, son visage était lugubre mais serein. Copynger lui fit un bref signe de tête comme nous prenions le chemin de la maison abbatiale.

« Quand les moines sont partis à la fin de novembre, sir Gilbert m'a demandé de rester, expliqua Guy. Il avait été chargé de surveiller le monastère en attendant Portinari et il m'a demandé de l'aider. L'étang a énormément débordé en janvier, vous savez. J'ai pu l'aider à l'assécher.

— Ç'a dû être dur de vivre ici tout seul, maintenant que tout le monde est parti.

— Pas vraiment... Jusqu'à ce que les gens des Augmentations arrivent cette semaine et se mettent à vider la maison. Pendant l'hiver, on avait en quelque sorte l'impression que le monastère attendait seulement le retour des moines. » Il grimaça quand un bloc de plomb s'écrasa sur le sol derrière nous.

« Vous espériez un sursis ? »

Il haussa les épaules.

« On espère toujours. En outre, je n'avais nulle part où aller. J'attendais toujours de savoir si on m'accorderait l'autorisation de me rendre en France.

— Je pourrais sans doute vous aider à ce sujet si cela tarde trop.

— Non. J'ai eu la réponse il y a une semaine. Elle m'a été refusée. On parle d'une nouvelle alliance entre la France et l'Espagne contre l'Angleterre, me semble-t-il. J'ai intérêt à voir si je peux échanger ce froc contre des chausses et un pourpoint. Cela me fera bizarre après toutes ces années. Et je vais laisser pousser mes cheveux ! » Il baissa son capuchon et passa la main sur sa tonsure. La couronne de cheveux noirs était parsemée de neige.

« Qu'allez-vous faire ?

— Je veux partir dans les jours qui viennent. Je ne supporterai pas de rester ici quand on démolira les bâtiments. Tous les habitants de la ville viennent pour assister au spectacle. Ils vont en faire une foire. Comme ils devaient nous haïr ! » Il soupira. « Il se peut que j'aille à Londres où les visages exotiques ne sont pas si rares.

— Peut-être pourriez-vous y exercer comme médecin. Après tout, vous avez un diplôme de Louvain.

— Mais la faculté de médecine m'acceptera-t-elle ?

Ou même la guilde des apothicaires ? Un ancien moine au visage couleur de boue ? » Il haussa un sourcil et sourit tristement.

« Un de mes clients est médecin. Je pourrais plaider votre cause. »

Il hésita, puis sourit.

« Merci. Je vous en serais reconnaissant.

— Et je pourrais vous aider à trouver un logement. Je vous donnerai mon adresse avant de partir. Venez me voir. D'accord ?

— Me fréquenter ne vous ferait pas courir des risques ?

— Je n'ai pas l'intention de retravailler pour Cromwell. Je vais redevenir avocat indépendant, vivre tranquillement, peut-être peindre.

— Faites attention, Matthew. » Il jeta un coup d'œil par-dessus son épaule. « Je ne suis même pas sûr qu'il soit sage que vous bavardiez amicalement avec moi sous le regard de sir Gilbert.

— La peste soit de Copynger ! Je suis assez sage pour ne jamais rien faire qui enfreigne la loi. Et même si je ne suis plus le réformateur d'antan, je ne suis pas devenu papiste pour autant.

— En ce moment, cela ne suffit pas pour être à l'abri.

— Peut-être pas. Mais s'il est vrai que personne n'est en sécurité, je préfère courir des risques en m'occupant de mes propres affaires chez moi. »

Nous atteignîmes la maison de l'abbé, celle de Copynger dorénavant. Un jardinier s'occupait avec grand soin des roses, étalant du fumier au pied des buissons.

« Copynger a-t-il loué beaucoup de terres ? demandai-je.

— Énormément, et pour une somme modique.

— Il a eu de la chance.

— Et vous, vous n'avez reçu aucune récompense ?

— Non. J'ai trouvé pour Cromwell son meurtrier, son or volé et j'ai obtenu la soumission de ce monastère... Mais pas assez vite. » Je me tus, me rappelant ceux qui étaient morts. « Non, vraiment pas assez vite.

— Vous avez fait tout ce qu'on pouvait faire.

— Peut-être bien... Je pense souvent, vous savez, que j'aurais pu jauger Edwig à fond si je ne l'avais pas tant détesté, car j'ai alors essayé d'être doublement juste envers lui et sûr de moi. Même aujourd'hui j'ai du mal à accepter qu'un homme aussi méticuleux et ordonné ait été, malgré les apparences, si violent et dérangé. Se servait-il de cette maniaquerie, de cette obsession des chiffres et de l'argent pour se maîtriser ? Avait-il peur de ses rêves de sang ?

— Je prie Dieu que ce soit le cas.

— Mais, finalement, cette obsession des chiffres n'a fait que nourrir sa folie. Découvrir des vérités compliquées n'est jamais facile », soupirai-je.

Il opina du chef.

« Cela demande de la patience, du courage, des efforts. Si la vérité est le but de votre quête, dit-il.

— Vous savez que Jérôme est mort ?

— Non. Je n'ai pas eu de ses nouvelles depuis qu'on l'a emmené en novembre.

— Cromwell l'avait emprisonné à Newgate. Là où on avait fait mourir de faim ses frères. Il est mort peu après.

— Que Dieu donne la paix à son âme torturée ! » Le frère Guy se tut et me regarda d'un air hésitant. « Savez-vous ce qui est advenu de la main du bon larron ? On l'a emportée quand on a emmené Jérôme.

— Non. J'imagine qu'on a enlevé les pierres précieuses et fondu le reliquaire. La main elle-même aura sans doute été déjà brûlée.

— C'était réellement la main du larron, vous savez. Les preuves sont très solides.

— Croyez-vous toujours qu'elle pouvait accomplir des miracles ? »

Il ne répondit pas, et nous continuâmes à avancer en silence pendant quelques instants, pénétrant dans le cimetière des moines où les ouvriers enlevaient les stèles. Dans le cimetière laïque les tombeaux familiaux avaient été brisés et réduits à des amas de pierres.

« Dites-moi, finis-je par dire, qu'est-il advenu de l'abbé Fabian ? Je sais qu'il n'a pas reçu une pension d'abbé puisqu'il n'a pas signé l'acte de soumission. »

Guy secoua tristement la tête.

« Sa sœur l'a recueilli. Elle est couturière en ville. Il ne va pas mieux. Certains jours, il parle d'aller chasser ou de rendre visite aux hobereaux du coin sur leur vieille haridelle ; elle doit alors l'empêcher de sortir vêtu des misérables habits qui lui restent désormais. Je lui ai prescrit certains médicaments, mais ils n'ont aucun effet. Il a perdu la tête.

— "Les puissants sont tombés bien bas !" », citai-je.

Je me rendis compte qu'inconsciemment je nous avais conduits vers le verger. Plus loin se dressait le mur de derrière du monastère. Je m'arrêtai, une sensation de malaise au creux de l'estomac.

« Voulez-vous qu'on rentre ? demanda Guy d'une voix douce.

— Non. Continuons ! »

Nous marchâmes jusqu'au portail. J'avais un trousseau de clefs et nous sortîmes de l'enceinte. Sous nos yeux s'étirait le lugubre paysage. Les eaux de novembre s'étaient dès longtemps retirées et les marais n'étaient plus qu'une étendue brune et silencieuse, des bouquets de roseaux oscillant tranquillement dans le vent, leur image reflétée par les mares stagnantes. Des oiseaux de mer se balançaient sur la rivière enflée, le vent marin ébouriffant leurs plumes.

« Ils m'apparaissent en rêve, Mark et Alice, murmurai-je. Je les vois se débattre dans l'eau, perdre pied, appeler à l'aide. Il m'arrive de me réveiller en hurlant. » Ma voix se brisa. « De manières différentes, je les aimais tous les deux. »

Le frère Guy me regarda un long moment, puis plongea la main dans son habit. Il me donna un feuillet plié, très froissé.

« J'ai beaucoup réfléchi à l'opportunité de vous le montrer. Je me demandais si le lire ne vous ferait pas davantage de mal.

— Qu'est-ce que c'est ?

— Je l'ai trouvé il y a un mois sur le bureau de mon dispensaire, en revenant d'accomplir mes diverses tâches. Je pense qu'un contrebandier a graissé la patte d'un des ouvriers de Copynger pour qu'il le laisse là à mon intention. Il vient d'elle, mais c'est lui qui l'a écrit. »

J'ouvris la lettre et reconnus l'écriture ronde et nette de Mark Poer.

Frère Guy,

J'ai demandé à Mark d'écrire ce mot à ma place car son écriture est plus lisible que la mienne. Je l'envoie par un homme de la ville qui vient parfois en France. Il vaut mieux que vous ne sachiez pas qui c'est.

Veuillez me pardonner de vous écrire. Mark et moi sommes en sûreté en France, mais je ne dirai pas où. Je ne sais pas comment ce soir-là nous avons réussi à nous tirer de ce bourbier. À un moment, Mark est tombé dedans et j'ai dû l'en extirper, mais nous avons fini par rejoindre l'embarcation.

Nous nous sommes mariés le mois dernier. Mark connaît un peu le français et il fait de si rapides progrès que nous espérons qu'il pourra obtenir un poste d'employé de bureau dans la petite ville où nous vivons. Nous sommes heureux et je commence à ressentir une paix que je n'ai pas connue depuis la mort de mon cousin, bien que je ne sache pas si, par les temps qui courent, le monde nous laissera tranquilles.

Quoique cela vous soit sûrement égal, monsieur, je tiens à vous dire que j'étais malheureuse d'avoir à vous tromper, vous qui m'avez protégée et tant appris. Ça me peine, mais je ne regrette pas d'avoir tué cet homme, car il méritait de mourir plus que quiconque. Je ne sais pas où vous allez vous rendre désormais, mais, monsieur, je supplie Jésus-Christ, Notre-Seigneur, de vous garder et de vous protéger.

Alice Poer.

Le vingt-cinq janvier 1538.

Je repliai la lettre et restai immobile, contemplant l'estuaire.

« Ils ne parlent pas du tout de moi.

— C'est à moi qu'elle écrivait. Ils ne savaient pas que je vous reverrais.

— Donc ils sont vivants et en sécurité... Qu'ils aillent au diable ! Mes cauchemars vont peut-être cesser maintenant. Puis-je le dire au père de Mark qui a beaucoup de chagrin ? Juste qu'on m'a confié en secret que son fils est vivant ?

— Bien sûr.

— Elle a raison. Aujourd'hui, on n'est nulle part en sécurité dans le monde. Rien n'est plus certain. Parfois je pense au frère Edwig et à sa folie, à la façon dont il croyait pouvoir acheter le pardon de Dieu pour ces meurtres avec deux sacoches d'or volé. Peut-être sommes-nous tous un peu fous. La Bible dit que Dieu a fait l'homme à son image, mais je pense que nous Le faisons et Le refaisons à l'image qui correspond à nos besoins du moment. Je me demande s'Il le sait ou si ça L'intéresse. Tout se dissout, frère Guy, tout n'est que dissolution. »

Nous restâmes silencieux, regardant les oiseaux marins se balancer sur la rivière, tandis que, loin derrière nous, on entendait le plomb s'écraser sur le sol.

NOTES HISTORIQUES

La dissolution des monastères anglais entre 1536 et 1540 fut mise en œuvre du début à la fin par Thomas Cromwell, vice-régent et vicaire général. Après avoir fait inspecter les monastères et recueilli une grande quantité de preuves accablantes, Cromwell fit voter en 1536 une loi parlementaire qui dissolvait les monastères de moindre importance. Mais, lorsque ses agents commencèrent à la mettre en application, une puissante révolte armée, le « Pèlerinage de la grâce », éclata dans le nord de l'Angleterre. Henri VIII et Cromwell la calmèrent en proposant aux meneurs l'ouverture de négociations, tout en attendant de lever une armée capable d'anéantir la rébellion.

L'assaut contre les grands monastères fut livré l'année suivante. Comme le décrit le roman, on poussa les maisons vulnérables à se soumettre volontairement. La soumission forcée du prieuré de Lewes, en novembre 1537, constitua un tournant décisif, et pendant les trois années suivantes, un par un, tous les monastères se soumirent au roi. Dès 1540 il n'en restait plus un. Les bâtiments furent laissés à l'abandon, le plomb arraché aux toits par les agents des Augmentations. On accorda des pensions aux moines. S'ils résistaient, comme certains osèrent le faire, on les traitait avec sauvagerie.

L'abbé et les moines supérieurs des monastères avaient sans doute dans l'ensemble plus peur des commissaires, hommes réellement brutaux, que les moines de Scarnsea de Shardlake. Mais Scarnsea n'est pas un monastère moyen ni Shardlake un commissaire ordinaire.

On accepte généralement que les accusations d'adultères multiples portées contre la reine Anne Boleyn furent forgées par Cromwell pour Henri VIII qui s'était lassé de son épouse. Mark fut le seul de ses amants supposés à passer aux aveux, probablement sous la torture. Son père était menuisier, son précédent métier de fabricant d'épées étant une invention de l'auteur.

La Réforme anglaise reste un sujet de controverse. Le point de vue des historiens de naguère, à savoir que l'Église catholique était si corrompue qu'une réforme radicale était nécessaire, sinon inévitable, a récemment été remis en cause par un certain nombre d'auteurs, notamment C. Haigh, *English Reformations* (« Les Réformes anglaises », Oxford University Press, 1993) et E. Duffy, *The Stripping of the Altars* (« Le Dépouillement des autels », Yale University Press, 1992), qui décrivent une Église prospère et très aimée. Je pense que Duffy surtout donne une vision trop romanesque de la vie catholique médiévale. Il est significatif que ces chercheurs mentionnent à peine la Dissolution, la dernière étude importante sur ce sujet étant celle de David Knowles dans les années 50 : *The Religious orders in England : The Tudor Age* (« Les Ordres religieux à l'époque des Tudors », Cambridge University Press, 1959). Dans ce livre exceptionnel, le professeur Knowles, moine catholique lui-même, reconnaît que le confort et le relâchement régnant dans la plupart des grands monastères constituaient un vrai scandale. Tout en déplorant leur fermeture forcée, il juge qu'ils s'étaient tant éloignés des idéaux de leurs fondateurs qu'ils ne méritaient pas de survivre tels quels.

Personne ne sait vraiment ce que le peuple anglais dans son ensemble pensait de la Réforme. S'il existait un puissant mouvement protestant à Londres et dans certaines zones du Sud-Est, le Nord et l'Ouest demeuraient fortement catholiques. Mais le pays intermédiaire où vivait la majorité de la population reste en grande partie une *terra incognita*. Je pense, quant à moi, que la masse des gens ordinaires devaient considérer les changements successifs imposés d'en haut comme Mark et Alice, c'est-à-dire précisément des changements imposés par les classes dirigeantes qui leur indiquaient, comme toujours, ce qu'ils devaient penser et faire. Tant de changements survenaient – d'abord, un protestantisme de plus en plus radical, puis un retour au catholicisme sous Marie Tudor, et enfin de nouveau le protestantisme sous Élisabeth Ire – que cela ne pouvait que pousser au cynisme les gens du peuple. Ils se taisaient, puisque de toute façon personne ne leur demandait leur avis. Et si Élisabeth ne souhaitait pas « ouvrir des fenêtres dans les âmes » de ses sujets, ses prédécesseurs l'avaient fait, à la hache et par le feu.

Ceux qui profitèrent le plus de la Réforme furent les « hommes nouveaux », les classes montantes des capitalistes et des bureaucrates, les hommes sans naissance mais possédant du bien. Je pense qu'il y avait beaucoup de Copynger dans l'Angleterre du milieu du règne des Tudors. La Réforme concernait surtout, en fait, un changement de structure de classes. Cette opinion n'est pas à la mode aujourd'hui. Il est mal vu de parler de classes quand on discute d'histoire. Mais les modes disparaissent et reviennent...